Helmut Barz
Dolphin Dance

**Katharina Klein
... zurück in Frankfurt**

SUTTON KRiMI

Hochheimer Straße 59
99094 Erfurt
www.suttonverlag.de
www.sutton-belletristik.de
Copyright © Sutton Verlag, 2012
Gestaltung und Satz: Sutton Verlag

ISBN: 978-3-95400-038-8

Druck: Aalexx Buchproduktion GmbH, Großburgwedel

Dieses Buch wurde vermittelt durch BookaBook,
Literarische Agentur Elmar Klupsch, Stuttgart

*»I think there's a great beauty to having problems.
That's one of the ways we learn.«*

HERBIE HANCOCK
nach seinen Kompositionen
sind die Kapitel dieses Buches benannt

Über den Autor

Helmut Barz lebt in Offenbach am Main. Nach einem Studium der Theaterwissenschaften und der Theaterregie arbeitet er als Texter und Regisseur für Werbung und Unternehmenskommunikation.

Mehr Informationen zum Autor finden Sie im Internet unter www.helmut-barz.info.

Mehr zu den Katharina-Klein-Krimis finden Sie unter www.sonderermittlungseinheit.de oder unter facebook.com/Sonderermittlungseinheit.

Bisher von Helmut Barz bei Sutton Krimi erschienen:

Westend Blues. Ein Katharina-Klein-Krimi aus Frankfurt am Main

African Boogie. Ein Katharina-Klein-Krimi fort von Frankfurt am Main

Prelude in d Minor

Kapstadt 1991/Frankfurt am Main 2008

Damals.

Dritter Dezember.

Der Tag, an dem ihre Familie ermordet wurde.

Etwas hatte sie geweckt. Mitten in der Nacht. Katharina hatte nicht gewusst, was.

Sie hatte gefroren.

Es war ein heißer Tag gewesen in Kapstadt. Deshalb hatte sie vor dem Zubettgehen das Fenster geöffnet. In der Nacht war es stark abgekühlt und der Vollmond hatte ins Zimmer geschienen, sein Licht kalt und weiß wie Knochen.

Katharina hatte an der in ein Laken eingeschlagenen Decke gezerrt, um sich darin einzurollen, doch Laken und Decke waren, wie in Südafrika üblich, an den Seiten und am Fußende fest unter die Matratze gesteckt gewesen.

Endlich hatte sie es aufgeben. Auf dem Rücken liegend hatte sie zur Decke geschaut. Nachgedacht.

An diesem Tag war ein Päckchen von ihrer Schwester Susanne eingetroffen. Eine Kassette mit Musik und ein langer Brief. Die Kassette hatte Katharina vor dem Einschlafen gehört. Jetzt ging ihr ein Lied nicht mehr aus dem Kopf. Melancholisch, gesungen von einer rauchigen Frauenstimme, nur begleitet von einer Gitarre. »Autumn Leaves« hieß es. Katharina hatte es nicht gekannt. Doch es würde wohl ihr neues Lieblingslied werden.

Wie bei Susanne. Das hatte ihre Schwester in dem Brief geschrieben: dass sie ihr neues Lieblingslied entdeckt und außerdem ihren Traummann kennengelernt habe. Mit ihm zusammen sei. Verlobt. Und schwanger. Katharina würde eine Nichte bekommen. Was Susanne machte, machte sie gründlich: verliebt, verlobt und schwanger in weniger als drei Monaten. Susanne hatte sich immer Kinder gewünscht. Möglichst viele. Ihr Vater hatte sie manchmal damit aufgezogen: Wie das denn zusammengehen könne – sie wolle doch Ärztin werden. Aber sie hatte nur erwidert, das sei alles eine Frage der Organisation. Typisch Susanne.

Im PS hatte sie geschrieben, dass sie aber mit der Hochzeit bis zu Katharinas Rückkehr warten würde. Katharina solle doch Brautjungfer sein. Dann hatte Susanne noch spöttisch ergänzt: wenn Katharina bis dahin noch Jungfer wäre.

Katharina musste grinsen, als sie daran dachte. Susanne hatte ihre jüngere Schwester immer mit ihrer Schüchternheit aufgezogen. Aber sie hatte ja gar keine Ahnung. George hatte Katharina geküsst. George, der Rugby-Star. Auf den alle Mädchen der Schule standen. Aber geküsst hatte er Katharina. Einfach so. Doch, das Austauschjahr in Südafrika war eine gute Idee gewesen.

Sie hatte sich zufrieden gerekelt und dann auf die Seite gedreht, um weiterzuschlafen. Das Mondlicht schien auf das Foto ihrer Familie, das sie auf dem Nachttisch stehen hatte. Ihr Vater mit seinem gepflegten, roten Bart. Ihre Mutter, wie immer streng dreinblickend. Ihre Schwester lachte. Eine Strähne ihres langen, glatten und ansonsten schwarzen Haares war neonblau gefärbt. Susannes Form der Anarchie.

Katharina waren schon die Augen zugefallen, als sie es gehört hatte: Ihr Gastvater telefonierte. In seinem Arbeitszimmer, das neben Katharinas Zimmer lag. Seine Stimme war hektisch gewesen, schroff. Endlich hatte er den Hörer aufgelegt.

Kurz darauf hatte es leise an Katharinas Tür geklopft. Ihr Gastvater hatte den Kopf zur Tür hereingesteckt, gesehen, dass sie wach war, und war ganz ins Zimmer gekommen. Er hatte sich zu Katharina auf das Bett gesetzt. Ihre Hand genommen.

»Katharina, your parents and your sister ... Something has happened.« – Ihrer Familie war etwas zugestoßen.

Die Stewardess hatte immer wieder besorgt gefragt, ob sie etwas brauche. Katharina hatte nur wortlos den Kopf geschüttelt und wieder aus dem kleinen Fenster in die Dunkelheit gestarrt, später auf die monotone, nur manchmal von den grünen Kreisen künstlicher Oasen unterbrochene Fläche der Sahara, zuletzt auf die wintergraue Wolkendecke über Europa.

Ihr Gastvater hatte Himmel und Hölle in Bewegung gesetzt, um sie nach Deutschland zu bringen. War mit ihr durch die Nacht gerast, an den Townships vorbei zum Kapstadter Flughafen. Hatte ein Ticket erkämpft. Erster Klasse. Als ob das irgendetwas geändert hätte.

Der Ankunftsbereich des Frankfurter Flughafens war dank eines heiß umstrittenen Umbauprojektes ein bedrückend enges Labyrinth aus Sperrholzgängen. Katharinas Schritte hatten dumpf auf den provisorischen Dielen gedröhnt. Sie war langsam gegangen, ihren kleinen Rucksack auf dem Rücken und ihren Teddy im Arm. Eine Zollbeamtin hatte sie rausgewunken, aber nur um Katharina zu fragen, ob mit ihr alles in Ordnung wäre. Katharina hatte wieder den Kopf geschüttelt. Die Beamtin hatte sie zum Ausgang begleitet.

»Mein Name ist ... Ich bin Kriminalrat Polanski«, hatte sich der große, breitschultrige Mann mit dem zerknitterten Jackett, der hinter der Sicherheitsschleuse auf Katharina gewartet hatte, ungelenk vorgestellt. »Ihre Eltern und Ihre Schwester ... Kommen Sie bitte mit uns mit.«

In seiner Begleitung war ein Priester gewesen. Katholisch. Schwarzes Hemd, weißer Kragen. Dunkel gelockte Haare. Jung. Höchstens Ende zwanzig. Er hatte nichts gesagt. Sie nur mit seinen sanften grauen Augen gemustert. Doch auf der Fahrt zum Institut für Rechtsmedizin hatte er Katharinas Hand gehalten. Ganz fest.

Drei Stahltische hinter einer großen Glasscheibe, drei tote Körper, sauber mit weißen Tüchern abgedeckt. Nur die Gesichter waren zu sehen gewesen. Katharina hatte genickt. – Ja, das war ihre Familie.

Sie hatte sich abwenden müssen. Der Priester hatte sie in den Arm genommen. Und dann endlich hatte Katharina weinen können.

»Wir müssen aufhören, uns auf diese Weise zu treffen, Frau Klein. Die Leute könnten anfangen zu reden.«

Katharina schreckte auf. Sie hatte gar nicht bemerkt, wie die drei Männer an dem großen, hölzernen Tisch vor ihr Platz genommen hatten: die Untersuchungskommission.

Links außen saß Staatsanwalt Harald Ratzinger. Höchststrafen-Harry. Dreißig Jahre im Dienste der Strafverfolgung hatten tiefe Furchen in sein Gesicht gegraben.

Auf der rechten Seite saß, die frühzeitig schütter werdenden braunen Haare sorgfältig frisiert und das Kinn frisch rasiert, Kriminaldirektor Hans-Peter Weigl, Leiter der Internen Ermittlung.

Der Mann in der Mitte stand noch: aristokratisch hochgewachsen, weißes, volles Haar, das Gesicht eines Adlers – Dr. Wolfhard Weingärtner, Richter am Oberlandesgericht. Er hielt Katharina lächelnd die Hand hingestreckt. Sie reagierte nicht. Enttäuscht setzte er sich: »Nun gut. Dann fangen wir an. – Fürs Protokoll: Zusammengetreten heute, am 22. Januar 2008, ist der Untersuchungsausschuss in Sachen Klein / Amendt. Dieser Ausschuss hat die Aufgabe, die Vorfälle zwischen dem 15. und dem 19. Januar aufzuklären. Aktenzeichen ...«

Während der Richter zahlreiche lange Nummern diktierte, drifteten Katharinas Gedanken wieder zurück in die Vergangenheit, zu dem Priester. Er war auch zur Beerdigung ihrer Familie gekommen.

Es hatte bei der Organisation der Trauerfeier einigen Hickhack gegeben. Katharinas Vater war zwar offiziell evangelisch gewesen und nie aus der Kirche ausgetreten, hatte aber regelmäßig der Humanistischen Gesellschaft gespendet. Auch ihre Mutter hatte mit der Religion, die ihr in die Wiege gelegt worden war, nichts am Hut, aber trotzdem hatte sie regelmäßig Vorträge beim Freundeskreis des Buddhismus gehalten. Katharina und Susanne waren gänzlich ohne Religion aufgewachsen, nicht einmal getauft.

Die Humanistische Gesellschaft und der Freundeskreis des Buddhismus hatten sich deshalb zu den wahren Erbwaltern erklärt und haderten um die richtige Zeremonie. Das südkoreanische Konsulat hatte Anspruch auf die Leichen von Mutter und Tochter erhoben und wollte sie auf Kosten der Erben ausfliegen lassen. Und zu guter Letzt hatte sich auch noch der zuständige Pastor des Frankfurter Zentralfriedhofs eingemischt und schon einmal prophylaktisch gegen heidnische Riten auf seinem heiligen Grund und Boden protestiert. Ihm wäre es vermutlich am liebsten gewesen, die drei Toten im Schutze der Nacht an einem Kreuzweg zu verscharren.

Endlich hatte Katharinas Patenonkel Antonio Kurtz – zumindest nannte sie ihn ihren Patenonkel, auch ohne Taufe: Den Erzählungen ihrer Eltern nach musste er legendäre Partys veranstaltet haben, um Susanne und Katharina auf der Erde willkommen zu heißen – die Organisation der Feier an sich gerissen und damit beinahe einen diplomatischen Zwischenfall ausgelöst, doch letztlich hatte er sich durchsetzen können: Jetzt gab es eine kurze buddhistische Zeremonie, ein ebenso kurzes Gebet des diensthabenden Pastors und eine Totenrede, die ein ehemaliger Kulturdezernent der Stadt Frankfurt hielt. Sein chaotisch zu allen Seiten wegstehendes weißes Haar bebte, als er in warmen Worten die Verdienste von Katharinas Familie um die Kultur Frankfurts beschwor: Diether Klein, der renommierte Kunsthändler, ein leuchtender Stern der Gesellschaft, der im Auftrag der Museen Frankfurts so manchen Schatz geborgen hatte. Kyung-Soon Klein, die Dozentin für asiatische Sprachen und Literatur, die so viel zur Verständigung der Kulturkreise beigetragen hatte. Susanne Klein, die Studentin der Medizin, die ... die ... Schnell wechselte der Kulturdezernent a. D. das Thema und sprach wieder vom überragenden Engagement des Kunstsammlers Klein.

Katharina hatte in der ersten Reihe der Kapelle gesessen und die drei kleinen Urnen angestarrt, die auf einem üppig mit weißen Blumen dekorierten Tisch standen. Auch die Urnen waren weiß gewesen. Weiß – die buddhistische Trauerfarbe.

Kriminalrat Polanski und der Priester hatten etwas abseits an der Wand der Kapelle gelehnt und waren dann in respektvollem Abstand dem Trauerzug zum Grab auf dem Frankfurter Hauptfriedhof gefolgt.

Der Priester war der Letzte gewesen, der Katharina kondoliert hatte. Endlos viele Menschen hatten Katharinas Hand gedrückt, mehr oder weniger ehrlich »Mein Beileid« gemurmelt und waren dann durch den klebrigen Dezember-Nieselregen davongewandert.

Der Priester aber war vor ihr stehen geblieben. Hatte wieder ihre Hand gehalten. Dann hatte er gefragt: »Wissen Sie schon, was Sie jetzt machen werden?«

Das war wirklich eine gute Frage: zur Familie ihrer Mutter? Die südkoreanischen Verwandten hatten Katharina deutlich spüren lassen, dass sie Katharinas Mutter die Hochzeit mit einem Deutschen nicht verziehen hatten und die Tochter als Bastard betrachteten, der in ihrer Welt nicht willkommen war.

Ihr Vater hatte keine Familie mehr, also hatte Katharinas Patenonkel angeboten, die Siebzehnjährige bei sich aufzunehmen. Doch das Jugendamt hatte sein Veto eingelegt. Verständlich. Antonio Kurtz verdiente sein Geld als »Erotik-Gastronom«: Er kontrollierte weite Teile des Frankfurter Rotlichtmilieus.

Ihr Gastvater aus Südafrika, ein guter Freund ihres Vaters, hatte endlich die rettende Idee gehabt: Katharina solle zurück nach Kapstadt kommen. Dort an der Deutschen Schule ihr Abitur machen. Fort aus Frankfurt. Fort von den Erinnerungen an ihre Familie.

So würde es geschehen. Am nächsten Tag würde Katharina in ein Flugzeug steigen. Sie antwortete dem Priester also knapp: »Ich gehe nach Südafrika und mache da mein Abitur.«

Er nickte. Dann sagte er zögernd: »Ich weiß, es ist kein Trost für Sie. Aber ... Ihre Eltern und Ihre Schwester waren gute Menschen. Und Gott hat sie sicher gnädig bei sich aufgenommen.«

»Wir vernehmen jetzt die Zeugin Katharina Klein. – Ihr vollständiger Name ...«
Die Worte des Richters holen Katharina in die Gegenwart zurück.
»Was bitte?«, fragte sie benommen.
Richter Weingärtner wiederholte sanft: »Ihr vollständiger Name. Fürs Protokoll.«
»Katharina Yong Klein«, beeilte sie sich zu antworten.
»Und Ihr Beruf?«
»Kriminalhauptko ... Kriminaldirektorin bei der Frankfurter Kriminalpolizei.«
In diesem Augenblick wurde die Tür des Sitzungssaales aufgerissen. Energische Schritte in Stöckelschuhen. »Ach, hier sind Sie!«
»Frau Doktor Müller-Burkhardt! Was verschafft uns die Ehre und Freude der Anwesenheit der Oberstaatsanwältin?«, fragte Richter Weingärtner.
»Das sollten Sie eigentlich wissen. Ich bin hier, um die rechtlichen Interessen der Vernommenen zu wahren. Irgendjemand muss das ja tun.«
»Werte Frau Kollegin«, ließ sich Staatsanwalt Ratzinger vernehmen. »Das hier ist nur eine informelle Anhörung.«
»Umso wichtiger.« Frauke Müller-Burkhardt warf mit großer Geste ihren Mantel ab, rückte sich einen Stuhl zurecht und nahm neben Katharina Platz. »Der werte Herr Kollege Ratzinger sollte eigentlich wissen, dass die Aussagen vor dieser Kommission ohne Rechtsbeistand absolut nichts wert sind. – Haben Sie Frau Klein überhaupt schon belehrt?«
»Über was?«, fragte Ratzinger muffig zurück.
»Über ihre Rechte. Dass sie hier gar nichts sagen muss.«
Katharina hob die Hand. »Ist schon gut, Frauke ...«, sie korrigierte sich, »... Frau Müller-Burkhardt. Ich will aussagen.«
»Aber nicht ohne rechtlichen Beistand.«

Richter Weingärtner nippte vergnügt glucksend an seinem Kaffee: »Nachdem wir das jetzt geklärt haben, könnten wir dann vielleicht endlich anfangen?«

Niemand widersprach, also fuhr der Richter fort: »Frau Klein, vielleicht wäre es am besten, wenn Sie uns kurz den Ablauf der Geschehnisse aus Ihrer Sicht schildern könnten.«

»Was ist da schon groß zu schildern? Ich hatte eine Spur zum Mörder meiner Familie. Und am Ende waren eine Menge Leute tot.«

»Das können Sie laut sagen«, *murmelte Staatsanwalt Ratzinger zu sich selbst.*

»Moment, Mörder der Familie?«, *mischte sich Kriminaldirektor Weigl ein.*

Der Richter musterte ihn mit hochgezogener Augenbraue: »Ich weiß ja, Herr Weigl, dass Sie Ihre Position im Frankfurter Polizeipräsidium nur als Durchreisestation auf dem Weg nach Wiesbaden zum BKA betrachten. Aber auch Sie sollten über die Kriminalgeschichte der Stadt Frankfurt auf dem Laufenden sein. Haben Sie im Ernst noch nie vom Mordfall Klein gehört?«

»Doch. Selbstverständlich. Aber ich nahm an, der Fall sei praktisch gelöst. Es hieß doch immer, die Indizienkette habe nicht ausgereicht, vor allem, weil der Täter —«

»Der damals dringend Tatverdächtige«, *korrigierte ihn Frauke Müller-Burkhardt streng.*

»Der damals dringend Tatverdächtige«, *wiederholte Kriminaldirektor Weigl genervt.* »Weil der also einen ausgesprochen praktischen Gedächtnisverlust erlitten haben soll ...«

Katharina fuhr auf: »Doktor Amendt hat ...« *Frauke Müller-Burkhardt packte sie am Arm und zog sie auf ihren Stuhl zurück.*

»Doktor Amendt?«, *fragte Weigl verblüfft.* »Doktor Andreas Amendt? Der aus der Akte?«

»Genau der«, *bestätigte Richter Weingärtner.*

»Na, das wird ja immer schöner. Wollen Sie im Ernst sagen, dass wir eine Familienangehörige und einen dringend Tatverdächtigen gemeinsam haben ermitteln lassen?« *Kriminaldirektor Weigl musste seine Entrüstung mit einem Schluck Wasser runterspülen.*

»Wenn Sie die Akten gelesen hätten«, erwiderte Frauke Müller-Burkhardt spitz, *»dann wüssten Sie, dass niemand irgendjemanden hat ermitteln lassen. Und was Kriminaldirektorin Klein in ihrem Urlaub tut, ist ihre Privatangelegenheit.«*

»Nicht, wenn am Schluss zahlreiche Tote in der Gegend herumliegen.«

»Eins nach dem anderen.« Richter Weingärtner rückte seinen Notizblock zurecht. *»Vielleicht beginnen wir wirklich ganz von vorne. – Frau Klein, wenn es Ihnen nichts ausmacht, vielleicht könnten Sie auch kurz die Umstände der Ermordung Ihrer Familie schildern.«*

Katharina räusperte sich, doch der Kloß in ihrem Hals wollte nicht verschwinden. »Meine Eltern, Diether Klein und Kyung-Soon Klein, sowie meine Schwester Susanne wurden am dritten Dezember 1991 im Haus meiner Eltern erschossen.«

»Wissen Sie auch von wem?«, fragte Richter Weingärtner sanft.

»Ja. Von einem Auftragsmörder mit dem Alias Ministro.«

»Ministro? Der Superstar unter den Auftragsmördern? Etwas kleiner haben Sie es nicht?« Kriminaldirektor Weigl hatte mürrisch die Arme verschränkt. *»Dieser Amendt war also nur rein zufällig am Tatort? Und für seinen Gedächtnisausfall und das Blut auf seiner Kleidung haben Sie sicher auch eine Erklärung.«*

»Ja. Doktor Amendt war der Verlobte meiner Schwester. Ministro hat ihn unter Drogen gesetzt und als Sündenbock am Tatort zurückgelassen. Das Blut auf seiner Kleidung kam daher, dass er versucht hat, meine Schwester wiederzubeleben.«

»Tolle Räuberpistole, die Sie uns da auftischen. Sie sollten zum Film gehen.«

So hatte Andreas Amendt auch reagiert, als Katharina ihm zum ersten Mal von ihrer Theorie erzählt hatte. Er hatte selbst geglaubt, der Täter gewesen zu sein. Aber das gehörte nicht hierher.

Der Richter nippte erneut an seinem Kaffee: »Wissen Sie was, Frau Klein? Erzählen Sie am besten einfach mal. Sonst halten wir uns hier noch Stunden mit Detailfragen auf, die uns in der Sache nicht weiterbringen. – Einverstanden, meine Herren? Frau Doktor Müller-Burkhardt?«

Die Gefragten nickten zustimmend.

»Also gut.« Katharina holte tief Luft und atmete ganz langsam aus, um ihren Herzschlag zu beruhigen.

Wo sollte sie anfangen? Vielleicht am besten bei ihrer Rückkehr aus Tansania. Bei ihrer Ankunft auf dem Frankfurter Flughafen.

Sie und Dr. Amendt hatten gerade die Sicherheitsschleuse passiert, als Katharina eine Erleuchtung gehabt hatte. Nein, keine Erleuchtung. Blitzschlag war das bessere Wort. Plötzlich hatte sie gewusst, wer ihre Eltern erschossen hatte.

Und so hatte es begonnen. Wann war das gewesen? Am 15. Januar. Vor sieben Tagen. Einer Ewigkeit.

I
KOALA

»If you're going through hell, keep going.«
WINSTON CHURCHILL

Good Question

```
Flughafen Frankfurt am Main,
in den frühen Morgenstunden des 15. Januar 2008
```

Die Welt hatte stillgestanden. Eine Stunde? Eine Minute? Den Bruchteil einer Sekunde?

Lange genug. Katharina hatte sich erinnert.

An damals. An den Ankunftsbereich. Polanski – an der Absperrung auf sie wartend. In seiner Begleitung ein Priester. Warme graue Augen. Schwarzes Haar.

Sechzehn Jahre später hatte sie den Priester wiedergetroffen. In Tansania. Auf Mafia Island. Dorthin war sie geflohen. Vor einem Auftragskiller namens Ministro.

Sie hatte den Priester zunächst nicht wiedererkannt: Sein Haar war grau geworden. Doch seine Augen waren noch immer warm und sanft. Er hatte vor ihr gesessen und sie wieder so angeschaut wie damals. Diesmal allerdings über den Lauf einer Pistole. Ministro – das spanische Wort für Priester.

Felipe de Vega, ein kolumbianischer Drogenboss, hatte ihn beauftragt, Katharina zu töten, weil sie in Notwehr seinen Sohn Miguel erschossen hatte. Doch Ministro hatte den Auftrag nicht ausgeführt. Weil er keine Unschuldigen tötete. Und weil er Katharina für einen guten Menschen hielt. Das hatte er zumindest gesagt: »Die Welt ist mit Ihnen besser dran als ohne Sie.«

War das die ganze Wahrheit gewesen?

»Geht es Ihnen nicht gut, Frau Klein? Sie sind totenblass.« Die Worte drangen kaum zu Katharina durch.

»Was? Ich …« Ihre eigene Stimme klang weit entfernt. Dumpf. Die Wörter schmerzten.

Zwei Hände nahmen sie behutsam an den Schultern. Schoben sie. Setzten sie hin. »Lehnen Sie den Kopf nach vorne.« Die Hände führten sie. Katharina hatte keine Kraft, sich ihnen zu widersetzen. »Ja, so«, fuhr die Stimme fort. »Und tief durchatmen. – Ich hole Ihnen einen Kaffee aus dem Automaten da.«

Die Hände ließen sie los. Katharina sah auf. Alles wirkte verschwommen. Nur der Mann vor ihr nicht. Andreas Amendt.

»Nein, warten Sie. Ich …« Ihre Stimme kratzte im Hals. »Ich weiß, wer meine Familie umgebracht hat.«

Amendt packte ihre Hände so stark, dass es fast wehtat: »Was? Wer?«

Katharina erzählte. Leise. Hastig. Von ihrer Ankunft damals. Von dem Polizisten, der sie abgeholt hatte. Von seiner Begleitung. Einem Priester. »Und ich habe mich die ganze Zeit gefragt, woher ich ihn kenne. Jetzt weiß ich es. Der Priester damals, das war er.«

»Wer?«

»Ministro. Javier.«

»Sind Sie sicher?«

»Ja.«

»Aber wer sollte einen Killer auf Ihre Eltern ansetzen? Und auf Susanne?« Amendts Stimme klang heiser. Er ließ ihre Hände los. Sank auf die Knie.

»Das ist die Frage, oder nicht?«

Andreas Amendt sah zu Boden. Dann wieder zu ihr. Seine Worte kamen stockend: »Und was ist, wenn Sie sich irren?«

Ja, was? Ministros Augen … Die Augen des Priesters von damals … Irrte sie sich? Spielte ihre Fantasie ihr einen Streich? Katharina musste eine Entscheidung treffen. Jetzt.

»Ich irre mich nicht.« Sie zog den Reißverschluss des Vorderfachs ihrer Reisetasche auf. Sie steckte die Hand in das Fach, halb erwartend, dass der kleine Stoffbeutel nicht mehr dort war. Aufgelöst im Nichts eines bösen Traumes.

Doch er war noch da. Katharina spürte das Metall der drei Geschosse durch den Stoff, schloss ihre Finger um den Beutel und zog ihn hervor.

Dreimal hatte Ministro in ihr Bett geschossen. Ihr die Kugeln als Memento mori zurückgelassen.

»Die waren für Sie bestimmt. Schon immer«, hallte Ministros Stimme in ihrem Kopf. Das also hatte er gemeint. Oder nicht?

»Und ich kann es sogar beweisen.« Katharinas Stimme klang nicht ganz so fest, wie sie es sich gewünscht hätte. Ihre Hand umklammerte den kleinen Stoffbeutel mit den Geschossen, als könne sie die Wahrheit aus ihnen herauspressen.

»Beweisen? Wie?«

Katharina ignorierte Amendts Frage. Konnte das alles wirklich sein? War das Schicksal wirklich so grausam gewesen, ihr ausgerechnet den Killer auf den Hals zu hetzen, der ihre Eltern auf dem Gewissen hatte? Und warum hatte Ministro sie verschont? In Tansania. Und damals. Denn wozu sonst hätte er sie zur Gerichtsmedizin begleiten, die Beerdigung besuchen sollen, außer, um auch das letzte Kind der Familie Klein zu beseitigen?

Und was war auf Mafia Island geschehen? »Ich töte keine Unschuldigen.« War das wirklich die ganze Wahrheit? Bildete sie sich alles andere nur ein?

Sie öffnete ihre Hand und sah auf den kleinen Stoffbeutel. So klein und doch so wichtig. Kurzerhand steckte sie den Beutel in die Innentasche ihres Mantels. Dann stand sie auf und klemmte sich ihre Handtasche fest unter den Arm. Ihre Beine standen stabil auf dem Boden. Die Schwerkraft galt also noch. Die Welt stand nicht still und drehte sich auch nicht rückwärts. Beruhigend. Zwei tiefe Atemzüge später schaltete Katharinas Hirn artig in den Planungsmodus: Was war jetzt zu tun? Ein Schritt nach dem anderen. Erst einmal einen fahrbaren Untersatz besorgen. Dann Ministro zum Schein engagieren, in eine Falle locken und so lange ausquetschen, bis er den Auftraggeber von damals verriet. Eigentlich ganz einfach.

»Kommen Sie, Doktor Amendt. Auf uns wartet Arbeit.« Katharina befahl sich, loszugehen. Einen Fuß vor den anderen. Doch nach ein paar Metern stoppte sie wieder. Irgendetwas fehlte. Nur was? Nein! Wer!

Andreas Amendt saß noch immer auf dem Boden vor dem Gepäckkarren. Katharina ging zurück und streckte ihm die Hand hin, um ihm aufzuhelfen: »Kommen Sie?«

Er reagierte nicht, fuhr sich nur nervös mit der Hand durch sein lockiges, schwarzes Haar. Endlich sah er auf. Auch Amendt hatte graue Augen. Mit einem Schuss Blau. »Was ist, wenn Sie sich irren?«, fragte er erneut.

Katharina begriff. Sie setzte sich wieder auf den Gepäckwagen, um mit Amendt auf Augenhöhe zu sein. »Sie glauben noch immer, dass Sie es gewesen sind, oder?«

Amendt starrte schweigend auf den Boden, als würde der sich jeden Augenblick öffnen und ihn verschlucken.

»Was muss ich eigentlich noch tun, um Sie endlich vom Gegenteil zu überzeugen?«, brauste Katharina auf. Das war ja zum Verrücktwerden mit diesem Kerl!

»Immerhin war ich –«

»Zur Tatzeit am Tatort, ja. Und Ihre Mutter war schizophren. Das haben wir ja jetzt oft genug durchgekaut!«

»Und wenn ...?«

»Die sorgfältig beseitigten Spuren? Die Blutflecken auf Ihrer Kleidung, die nur den einen einzigen Schluss zulassen: Dass Sie versucht haben, meine Schwester wiederzubeleben?«

»Ich könnte –«

»Ich weiß! Sie sind für einen kurzen Moment zur Vernunft gekommen. Dann haben Sie praktischerweise den Verstand wieder verloren und alle anderen Spuren beseitigt.«

»Sie wissen genau –«

»Ach ja, richtig. Sie sind ... was? Eine multiple Persönlichkeit? Stecken mit dem Mörder zusammen in einem Körper? Und das alles klingt für Sie nach einer brauchbaren Theorie? Verdammt noch mal, Sie sind einer der besten Rechtsmediziner des Landes. Wenn jemand mit so einem Hirngespinst bei Ihnen auflaufen würde, würden Sie ihm ins Gesicht lachen.«

»Und Ihre Theorie?« Amendts Augen funkelten wütend. »Der große Unbekannte? Der Profi? Der aus dem Nichts auftaucht? – Ich dachte, Sie mögen keine Krimis.«

»Ach, und dass Sie ohne jedes Motiv morden, weil Sie ja eine multiple Persönlichkeit sind? Und diese andere Persönlichkeit in Ihnen schießt nicht nur wie der Teufel, sondern ist auch ein derartiger Profi in Spurenkunde, dass sie nicht nur alle Spuren verwischt, sondern auch noch den Verdacht auf Ihr anderes Ich lenkt? ›Liebling, ich habe einen Superbösewicht verschluckt‹? – Meine Theorie hat wenigstens keine Löcher, durch die man einen Laster fahren könnte!« Katharina hatte die Sätze abgefeuert wie ein Maschinengewehr. Jetzt war sie außer Atem und musste tief Luft holen.

Amendt sprang auf. »Eine Theorie, für die Sie keine Beweise haben. Nur eine vage Erinnerung an einen Priester, der Ministro gewesen sein *könnte*. Und den Sie jetzt plötzlich, nach sechzehn Jahren, wiedererkannt haben wollen?«, fauchte er.

»Besser als nichts.« Katharina erhob sich gleichfalls. »Kommen Sie endlich?«

»Wohin?«

Katharina wirbelte zu ihm herum: »Zur nächsten Autovermietung. Und dann bringen wir das hier zu Ende. Sie und ich. Ein für alle Mal.«

Sie wandte sich ab und marschierte los. Mit einem Blick über die Schulter sah sie, dass Amendt ihr endlich folgte. Langsam, als sei die Schwerkraft ein fast unüberwindliches Hindernis. Doch gleich blieb er wieder stehen und fragte: »Und was, wenn ich doch –?«

»Wenn Sie doch der Täter sind? Nun, in dem Fall schieße ich Ihnen eine Kugel in den Kopf. Das habe ich Ihnen ja versprochen.«

»Hatten Sie reserviert?«

Oh nein, nicht schon wieder. Das war jetzt bereits die vierte Autovermietung, bei der sie anfragten. Immer waren Katharina und Andreas Amendt freundlich, aber bestimmt abgewiesen worden.

»Nein«, antwortete Katharina also verdrossen. Die junge Frau mit dem verunglückten brünetten Langhaarschnitt sah Katharina und Amendt an, als hätten sie gerade nach dem nächsten Raumschiff zum Mond gefragt.

»Oh, ich fürchte … Aber lassen Sie mich mal schauen«, sagte die Frau schließlich mit professioneller Freundlichkeit und wandte sich ihrem Computer zu. Nach ein wenig Klickerei hellte sich ihre Miene auf: »Sie haben Glück. Wir haben noch genau einen Wagen. – Allerdings aus unserem Oberklasse-Tarif. Einen Porsche Cayenne GLS.«

»Iiih!«, entfuhr es Katharina angewidert, bevor Andreas Amendt ihr den Ellbogen in die Seite stoßen konnte. Er lehnte sich vor und fragte: »Der Wagen hat doch Winterreifen?«

»Aber natürlich«, antwortete die Frau begeistert. »Und acht Airbags. ABS. Einparkhilfe. Abstandswarner. ESP. Absolut sicher.«

»Hervorragend. Den nehmen wir«, sagte Amendt rasch, bevor Katharina ihm widersprechen konnte.

»Sehr schön!« Die Frau gab Amendt ein Klemmbrett mit Formularen, das er an Katharina weiterreichte.

Katharina wollte sich ans Ausfüllen machen, doch der Kugelschreiber, der mit Bindfaden am Klemmbrett befestigt war, schrieb natürlich nicht. Also fischte sie einen Stift aus ihrer Handtasche.

Wow! Wo hatte sie den denn mitgehen lassen? Katharina drehte den edel metallisch-roten, dicken Kugelschreiber in ihren Händen, aber er trug keinen Firmenaufdruck. Na, da würde sich aber jemand ärgern.

Ihr fiel ein, dass sie ja immer noch mit falschen Papieren unterwegs war; ihre echten lagen in dem kleinen Safe in ihrem Wohnzimmer. Nun gut, dann würde also noch etwas länger »Zoë Yamamoto, Halbjapanerin, Geschäftsfrau« bleiben. Ihre Mutter, die immer sehr stolz auf ihre koreanische Herkunft gewesen war, würde sich im Grabe umdrehen. Als Katharina mit dem Ausfüllen fertig war, schob sie das Klemmbrett über den Tresen. »Nun denn, ein Porsche Cayenne«, murmelte sie leise. »Mir bleibt auch nichts erspart.«

»Wieso? Der Wagen ist doch genau der Richtige für uns! Winterreifen. Acht Airbags. Und viel Blech um uns herum«, widersprach Amendt begeistert.

Die Frau hinter dem Tresen zwinkerte Katharina verschwörerisch zu: »Machen Sie sich nichts draus. Genau wie mein Mann. Werdende Väter sind so.«

Katharina zuckte zurück, als hätte sie einen Stromschlag bekommen: »Werdende Väter?«

Die Frau sah sie erschrocken an: »Ach, sind Sie nicht …? Ich dachte nur … Sie leuchten so von innen.«

»Nein, ich bin nicht schwanger«, blaffte Katharina.

Die Frau musterte sie mit Bedauern: »Nicht aufgeben. Nicht verzweifeln. Das klappt schon.«

»Was? Ach so. Nein. – Wir sind kein Paar.«

»Oh!« Mit leicht geröteten Wangen begann die Frau übereifrig, die Daten von den Formularen in den Computer zu übertragen. Zwischendrin fragte sie: »Wie lange denken Sie, dass Sie den Wagen brauchen?«

Eine gute Frage. Katharinas eigenes Auto, ein alter, von ihr selbst restaurierter Mini Monte Carlo, war von einer Bombe zerrissen worden. Vom Polizeidienst war sie momentan beurlaubt; sie würde also keinen Dienstwagen zur Verfügung haben. Und die Großzügigkeit ihres Patenonkels wollte sie auch nicht mehr beanspruchen als unbedingt nötig. »Na ja, zwei Wochen, würde ich sagen«, antwortete sie schließlich.

»Kein Problem. Nun bleibt noch die Frage der Kaution. Dazu bräuchte ich …«

Katharina hatte schon ihre Handtasche geöffnet und zog ein Bündel Geldscheine hervor.

»Tut mir leid, Bargeld kann ich nicht akzeptieren. Ich bräuchte eine Kreditkarte. Aus Versicherungsgründen.«

Katharina hatte keine, zumindest nicht auf den Namen Zoë Yamamoto. Doch Andreas Amendt hatte schon seine Brieftasche hervorgezogen. »Nehmen Sie meine.« Lässig warf er eine American Express Platinum Card auf den Tresen.

»Was ist?«, fragte er, als er Katharinas erstaunten Blick bemerkte. »Als Chefarzt bekommen Sie so was hinterhergeworfen.«

»Ach, Sie sind Arzt?«, fragte die Frau neugierig. Wenn sie jetzt irgendetwas von »guter Partie« sagte, würde Katharina über den Tresen springen und sie zwingen, die Computertastatur zu verspeisen.

»Ja, Gerichtsmediziner«, antwortete Andreas Amendt betont harmlos.

Die Frau schluckte. »Aha!« Sie nahm die Karte und schob sie in das Lesegerät.

»Aber wenn ich den Wagen abgebe, kann ich bar bezahlen, oder?«, fragte Katharina.

»Natürlich! Die Kreditkarte ist nur für die Versicherung. Und für die Kaution. – Also fahren Sie schön vorsichtig! Damit Sie Ihren ... Bekannten nicht in die Pleite treiben.«

Die Frau reichte Amendt seine Karte zurück und schob ein prall gefülltes Plastikmäppchen über den Tresen. »Der Wagen steht in unserem Transportation Convenience Center im Parkhaus gegenüber von Terminal 1.«

»Transportation ... was?«

»Im Transportation Convenience Center«, wiederholte die Frau so beglückt, als würde der Wagen frisch vom Papst gesegnet im Petersdom auf Katharina warten. »Sie können unsere Firmenschilder praktisch nicht übersehen. Ich wünsche Ihnen eine gute Fahrt.«

Porsche Cayenne! Katharina stapfte missmutig neben Andreas Amendt her, der artig den Gepäckwagen vor sich herschob. Und was hatte die Frau gedacht? Dass sie schwanger war? Weil sie so »von innen leuchtete«? Schwachsinn! Wovon sollte sie überhaupt schwanger sein? Sie hatte keinen Sex mehr gehabt seit ...

Katharinas Magen drehte sich um. Sie ließ Amendt stehen und rannte zur nächsten Toilette. Sie schaffte es gerade noch rechtzeitig in eine Kabine. Dann erbrach sie sich. In immer neuen Schüben. Endlich versiegte der Brechreiz. Katharina spülte und ließ sich auf den Toilettensitz sinken. Kalter, klebriger Schweiß stand ihr auf der Stirn.

Hatte sie wirklich mit Ministro geschlafen? Dem Mörder ihrer Eltern? So sehr Katharina sich anstrengte, sie konnte sich nicht erinnern. Sie wusste nur, dass er sie zu ihrem Bungalow begleitet hatte. In der Lodge auf Mafia Island. An Heiligabend. Vor ihrer Tür hatte er sie geküsst. Es war ein schöner Kuss gewesen. Sanft. Da war er für sie noch Javier gewesen. Priester Javier. Ein hilfsbereiter katholischer Geistlicher. Natürlich ... der Reiz des Verbotenen!

Das Nächste, woran sie sich erinnerte, war, dass sie an einen Stuhl gefesselt aufgewacht war. Ministro hatte vor ihr gesessen. Mit einer Pistole in der Hand.

Hatte er das Spiel wirklich so weit getrieben? Waren sie miteinander im Bett gewesen? Aber ... selbst wenn ... Der Griff zum Kondom war Katharina doch in Fleisch und Blut übergegangen. Sie hatte es noch nie vergessen. Noch nie!

Aber Ministro hatte sie unter Drogen gesetzt. Gefügig gemacht. Hatte er sie also ... vergewaltigt? Bei dem Gedanken musste Katharina schon wieder würgen. Sie zwang sich, tief und gleichmäßig zu atmen, bis der Brechreiz nachließ. Noch ein Grund mehr, Ministro aufzuspüren. Ihn zu stellen. Und ihn dann ...

»Frau Klein? Geht es Ihnen gut?«, holte sie eine männliche Stimme in die Realität zurück. Andreas Amendt. Katharina kam aus ihrer Toilettenkabine.

»Sie sehen furchtbar aus. Das Flugzeugfrühstück?«, fragte Amendt. Dann musterte er sie noch einmal: »Sie sind doch nicht wirklich ...?«

»Nein, ich bin nicht schwanger! Wovon denn? Flugsamen?«, blaffte Katharina. »Und jetzt raus aus der Damentoilette!«

Amendt gehorchte. Katharina ging zum Waschbecken und wollte sich Gesicht und Hände waschen. Doch dann überkam sie erneut die Übelkeit. Sie stürzte zurück in die Kabine, würgte, doch es kam nur noch Galle.

Sie spülte und setzte sich wieder auf den Toilettensitz. Ihre Beine zitterten, ihr Gesicht fühlte sich eiskalt an. Sie schloss die Augen, atmete tief ein und zählte langsam bis zehn. Ihr Puls beruhigte sich. Ganz mit der Ruhe, befahl sie sich. Wann hatte sie zuletzt ihre Tage gehabt? Das war ... Sie sah vor ihrem inneren Auge, wie ihr eine Frau ein paar Tampons in die Hand drückte. Sandra Herbst, eine gute Freundin von Andreas Amendt, die er in Afrika besucht hatte. Katharina hatte Kopfschmerzen gehabt. Und dann auch noch ... Klar! Das war am ersten Januar gewesen! Neujahr! Sie hatte einen Kater gehabt. Dann kamen auch noch ihre Tage. Und keine Tampons zur Hand. Sandra Herbst hatte ihr ausgeholfen. Erster Januar! Acht Tage nach ihrer Begegnung mit Ministro! Sie war also definitiv nicht schwanger. Wenigstens etwas! Die Stirn an die kühle Holztür der Toilettenkabine gelehnt, blieb sie sitzen, bis sie sich kräftig genug fühlte, um aufzustehen.

»Na Klasse! Ein schwuler Löschzug!«

»Na kommen Sie, Frau Klein. So schlimm ist es auch nicht.«

Nicht so schlimm? Reichte es nicht, dass sie die nächsten vierzehn Tage in einem Cayenne unterwegs sein würden? Musste er auch noch in diesem krassen Lila lackiert sein, das im Prospekt bestimmt »lavender-metallic« hieß?

»Außerdem sieht der Wagen eher wie ein Papamobil aus«, bemerkte Andreas Amendt trocken. Gut. Papamobil. Damit hatte der Wagen seinen Spitznamen weg.

Katharina war schlecht gelaunt um den unübersehbar violetten, hochbeinigen Pseudo-Geländewagen herumgewandert, während Andreas Amendt das Gepäck in den – zugegeben – geräumigen Kofferraum lud.

Nun denn, Amendt hatte das Papamobil ja unbedingt nehmen wollen. Also sollte er die Konsequenzen tragen. Katharina drückte ihm den Autoschlüssel in die Hand: »Sie fahren!«

Andreas Amendt ließ beinahe den Schlüssel fallen: »Ich ... Also Sie sind doch als Fahrerin eingetragen und ...«

»Nun haben Sie sich nicht so! Sie haben es doch gehört: Airbags. ABS. EBS. – Also, was ist?«

»Ich ...« Langes Zögern. »Ich kann nicht Auto fahren.«

»Sie können was nicht?«

»Autofahren. Ich habe keinen Führerschein.« Amendt hielt ihr trotzig den Autoschlüssel hin. »Ich habe Angst in Autos, okay?«

»Okay, okay.« Katharina nahm den Schlüssel und stieg ein. Zugegeben, die Ledersitze waren schon bequem. Andreas Amendt kletterte auf den Beifahrersitz und schnallte sich umständlich an.

»Sie können wirklich nicht Auto fahren?«, fragte Katharina noch einmal. »Sie haben keinen Führerschein?«

»Nur für Motorräder.«

Katharina hatte den Wagen bereits anrollen lassen, doch sie trat noch einmal auf die Bremse: »Was? Sie haben Angst in Autos, aber Sie fahren diese Organspenderschleudern?«

Amendt starrte aus der Windschutzscheibe: »Wenn Sie es genau wissen wollen: ja. Dann ist es wenigstens gleich vorbei. Und ich verbrenne nicht eingeklemmt in einem Wrack.«

Das war natürlich auch ein Argument. Katharina steuerte den Wagen schweigend aus dem Parkhaus hinaus in den in großen Flocken auf die Windschutzscheibe klatschenden Schnee. Na klasse. Das bedeutete Verkehrschaos. Sie hasste den Frankfurter Winter. Wären sie doch noch in Tansania geblieben.

Steppin' In It

```
Polizeipräsidium Frankfurt am Main,
    eine enervierende Autofahrt
 durch morgendlichen Schneefall später
```

Der Besucherparkplatz des Polizeipräsidiums war natürlich voll und Katharina hatte ihren Ausweis für den Mitarbeiterparkplatz nicht dabei. Sie musste also den Block dreimal umrunden, bis sie endlich eine Parklücke fand, die groß genug war für das Papamobil – in einer Nebenstraße, zwischen zwei großen Bergen schmutzig-grauen Schneematsches.

Sie und Andreas Amendt stapften und schlitterten über die noch nicht gekehrten Gehwege zum Haupteingang des Präsidiums. Die Beamtin an der Pforte erkannte Katharina zum Glück und ließ sie und Amendt durch die Sperre. Am Fahrstuhl warteten sie schweigend.

Endlich das erlösende »Ping!« des ankommenden Aufzugs. Ungeduldig drängte Katharina in die Kabine. Sie wollte gerade das Stockwerk anwählen, als eine schrill-quäkige Stimme rief: »Halt! Warten!«

Die Stimme kam hinter einem vollgepackten Putzwagen hervor, der auf die Aufzugtür zuraste. Katharina musste zur Seite springen, der Bügel ihrer Handtasche verfing sich am Handgriff des Putzwagens, der Wagen stellte sich quer. Um den Knoten zu lösen, mussten sie alle wieder aussteigen.

»Passense doch auf!«, schnauzte die Reinigungskraft Katharina an. Ihr Körper war unter einem zu weiten Putzkittel verborgen, ihr Haar steckte unter einem Kopftuch. Ihr blauen Augen blitzten wütend: »Mussisch machen meine Arbeit auch!«

Katharina wollte etwas Giftiges erwidern, doch Andreas Amendt legte beruhigend die Hand auf ihren Arm.

Als sie endlich das gewünschte Stockwerk erreicht hatten, ließen sie der Putzfrau mit ihrem Wagen den Vortritt. Leise verärgert vor sich hin murmelnd verschwand sie im Gewirr der Gänge.

»Ich weiß, wer meine Eltern umgebracht hat!«

Kriminaldirektor Polanski blieb ob dieses Satzes, den Katharina ihm statt einer Begrüßung entgegenschmetterte, auf halbem Wege um seinen Schreibtisch herum stehen: »Und ich sehe, Sie haben den Täter gleich mitgebracht!« Er deutete mit dem Kopf in Richtung Andreas Amendt, der hinter Katharina Polanskis Büro betreten hatte.

»Was? Nein. Doktor Amendt ist unschuldig. Er hat versucht, Susanne das Leben zu retten.« Ohne Polanski Zeit für eine Erwiderung zu lassen, sprudelte sie weiter: »Erinnern Sie sich an den Priester, der Sie damals begleitet hat, als Sie mich vom Flughafen abgeholt haben?«

»Dunkel. Was ist mit –?«

»Das war Ministro«, schnitt ihm Katharina das Wort ab.

»Der Killer?« Polanski blinzelte ein paar Mal. Dann ging er wieder um seinen Schreibtisch herum und ließ sich in seinen Sessel fallen. Er öffnete sein Schreibtischschränkchen, schloss es jedoch gleich wieder. Es war wohl doch noch zu früh für einen Cognac. »Setzen Sie sich besser«, sagte er. »Und erzählen Sie von Anfang an.«

Nachdem Katharina ihren Bericht beendet hatte, nahm Polanski seine Lesebrille ab und putzte sie mit seiner Krawatte. Endlich sagte er: »Dass Doktor Amendt versucht hat, seiner Verlobten das Leben zu retten, ist ja noch schlüssig. – Aber der Rest?«

»Was ist damit?« Katharinas Frage klang schärfer, als sie es beabsichtigt hatte.

»Ganz ehrlich? Haben Sie sich mal zugehört? Die Morde sollen von genau dem Killer begangen worden sein, der – ganz zufällig – sechzehn Jahre später auch auf Sie angesetzt wird? Der es, wie auch immer, schafft, Sie aufzuspüren? Und Sie dann laufen lässt, weil er Sie für einen guten Menschen hält? – Ist es nicht eher wahrscheinlich, dass Ihnen Ihre Fantasie da einen Streich gespielt hat? Ich meine, ich kann ja verstehen, dass Sie nach dem Stress der letzten Zeit –«

»Ich kann es sogar beweisen!«, fiel Katharina ihm schroff ins Wort. Dann fügte sie zögernd hinzu: »Glaube ich.«

»Und wie?«, fragte Polanski nicht sehr überzeugt.

Katharina griff in die Innentasche ihres Mantels, zog den kleinen Stoffbeutel hervor und legte ihn vor Polanski auf den Tisch: »Damit.«

Polanski drehte den Beutel zwischen den Fingern. »Was ist das?«

»Drei Geschosse aus Ministros Pistole.«

Polanski sah überrascht auf: »Wo haben Sie die denn her? Ich dachte, er hätte Sie laufen lassen?«

»Hat er. Aber vorher hat er dreimal in mein Bett geschossen. Und dann hat er gesagt: ›Diese Kugeln waren für Sie bestimmt. Schon immer.‹«

»Ach, und Sie denken, er meinte …«

»Was soll er sonst gemeint haben?«

»Eben. Genau diese Frage sollten Sie sich stellen.«

»Vielleicht …«, wollte Katharina widersprechen.

»Genau. Vielleicht«, griff Polanski ihren angefangenen Satz auf. »Vielleicht wollte er Sie auch nur auf eine falsche Fährte führen. Ein wenig mit Ihnen spielen. Haben Sie darüber schon mal nachgedacht?«

»In jedem Fall sollten wir –«

»Nicht wir! Ich!«, schnitt ihr Polanski das Wort ab. »Sie sind für so was nicht mehr zuständig.«

»Aber –«

»Kein Aber. Vor allem, wenn Sie recht haben sollten, dürfen Sie nichts, aber auch gar nichts mit den weiteren Ermittlungen zu tun haben. Wie Sie eigentlich genau wissen. Sie sind Angehörige.«

»Aber –«

»Und überhaupt: Ermittlungen sind nicht Ihre Aufgabe. Nicht mehr!«

Dieser Satz ernüchterte Katharina schlagartig: »Warum das denn?«

»Weil Sie jetzt Kriminaldirektorin sind.«

»Was soll das denn heißen?«

»Mein Gott, haben Sie eigentlich unsere Dienstvorschriften und Regularien überhaupt jemals gelesen? Sie sind jetzt Führungspersonal. Ihre Aufgabe besteht darin, Ihre Einheit zu führen.«

»Ich darf also nicht mehr ermitteln? Überhaupt nicht mehr?«

»Willkommen im Club!«

»Als der Innenminister mich befördert hat, da haben Sie gesagt –«

»Ich weiß, was ich gesagt habe!«

Katharina spürte Zorn in sich aufsteigen: »Sie haben mich angelogen?«

Polanski sah ihr direkt in die Augen: »Weil ich verhindern wollte, dass Sie dem Innenminister an die Gurgel springen.«

»Aber –«

»Das war die einzige Möglichkeit, Ihren Kopf zu retten. Ein verärgerter Innenminister hätte Ihnen unendliche Schwierigkeiten bereitet. Vermutlich säßen Sie jetzt in U-Haft. Es gibt immer noch genug Leute, die Ihren Kopf wollen.«

»Hölsung?« Berndt Hölsung, ein Kollege aus ihrer ehemaligen Abteilung, war Katharinas Todfeind.

»Der auch, ja. Nehmen Sie sich vor dem in acht.«

»Er spielt mit dem Innenminister Golf, ich weiß.«

»Und er ist stinksauer. Hat sich selbst Hoffnungen auf Beförderung gemacht.«

»Aber er ist doch gerade befördert worden.« Katharina malte Anführungszeichen in die Luft. »Für seinen erfolgreichen Schlag gegen den Drogenhandel.«

Dieser »erfolgreiche Schlag« – das war die Schießerei gewesen, in der Katharina Miguel de Vega getötet hatte. Und in der Katharinas Team-Partner Thomas ums Leben gekommen war.

»Das wurde wieder rückgängig gemacht. Irgendjemand hat der Presse gesteckt, was wirklich abgelaufen ist.«

Katharina konnte nicht umhin, sich zufrieden zurückzulehnen. »Und was geschieht jetzt?«, fragte sie.

»Sie bereiten sich in aller Ruhe auf Ihre neue Aufgabe vor.«

»Und Ministro? Die Kugeln?«

Polanski musterte sie über den Rand seiner Lesebrille hinweg. »Das Beste wäre, Sie vergessen sie einfach.«

»Was?«, brauste Katharina auf.

»Vergessen Sie die Kugeln. Ich meine das ernst.«

»Und warum sollte ich das tun?«

Polanski antwortete bedächtig: »Weil Sie die Kugeln in keinem Fall weiterbringen. Zum einen ist es unwahrscheinlich, dass ein professioneller Killer eine Tatwaffe zweimal benutzt – wie Sie eigentlich wissen sollten. Zum anderen: Selbst wenn die Kugeln aus der Waffe stammen, mit der Ihre Eltern getötet worden sind: Was wäre mit dieser Erkenntnis gewonnen?«

»Nun, wir hätten eine Spur –«

»Die uns schnurstracks ins Leere führt. Wenn Sie recht haben sollten, ist dieser Ministro bereits seit mehr als sechzehn Jahren im Geschäft. Und so lange hält man sich nur, wenn man weiß, was man tut. Es dürfte also absolut unmöglich sein, seiner habhaft zu werden. Und selbst wenn uns dieses Kunststück gelingen sollte, wissen wir immer noch nichts über seine Auftraggeber.«

»Die kriege ich schon aus ihm heraus!«

»Haben Sie mir nicht zugehört? Sie halten sich da raus!«, bellte Polanski zornig. »Sie kompromittieren sonst den ganzen Fall. Und es ist einfach nicht mehr Ihre Aufgabe.«

»Aber –«, begann Katharina zaghaft.

»Kein Aber! Das ist eine offizielle Anweisung! Und ich meine das auch nicht augenzwinkernd.«

»Augenzwinkernd?«, fragte Katharina.

»Sie wissen schon: Ich schaue weg, und Sie tun, was Sie wollen. Das kommt einfach nicht mehr infrage. Und schon gar nicht in diesem Fall. – Haben wir uns da verstanden?«

Polanski hatte recht. Wenn herauskäme, dass sie sich eingemischt hatte, würde selbst der unfähigste Verteidiger den Fall so lange mit seinen paragrafenbeschmierten Fingerchen zerpflücken, bis nur noch das Konfetti für die Feier anlässlich des Freispruchs seines Klienten übrig blieb.

»Aber die Kugeln? Lassen Sie die wenigstens untersuchen?«, fragte Katharina kleinlaut.

Polanski wollte antworten, sein Kopfschütteln deutete bereits das »Nein!« an, als sich plötzlich Andreas Amendt einmischte: »Meinen Sie nicht, dass Sie dieser Spur wenigstens ansatzweise nachgehen sollten? Vielleicht führen die Kugeln Sie ja auch zu einem ganz anderen Fall.«

»Wie meinen Sie das?«

»Wenn Frau Klein sich irrt, muss es einen anderen Grund gegeben haben, aus dem dieser Ministro ihr die Kugeln hinterlassen hat. Vielleicht wollte er –«

»Für so ein ›Vielleicht‹ setze ich nicht mein Kapital beim BKA aufs Spiel. Eine ballistische Untersuchung, die höchstwahrscheinlich ins Leere führt: Dafür habe ich weder den Etat noch das politische Standing.«

Amendt legte die Fingerspitzen zusammen. »Dann bleibt mir wohl nichts anderes übrig. Ich werde spontan mein Gedächtnis wiederfinden.«

Polanski sah ihn verblüfft an: »Wie meinen Sie das?«

»Ich schlage Ihnen einen Handel vor: Sie lassen die Kugeln untersuchen und wenn sie weder zum Mord an Frau Kleins Familie noch zu einem anderen Verbrechen führen, unterschreibe ich Ihnen ein volles Geständnis.«

»Haben Sie den Verstand verloren?«, fuhr Katharina ihn an.

»Absolut nicht. Ich vertraue einfach Ihren Instinkten, Frau Klein. Da bin ich bisher ganz gut mit gefahren.«

Polanski hatte ein gefährliches Glitzern in den Augen: »Verstehe ich Sie richtig, Doktor Amendt? Ich lasse die Kugeln untersuchen und im Gegenzug dazu unterschreiben Sie mir ein Geständnis?«

»Genau.«

»Das Sie nicht widerrufen?«
»Nein.«
»Und Sie lassen sich freiwillig wegen Mordes verurteilen?«
Andreas Amendt zuckte mit den Schultern: »Verminderte Schuldfähigkeit. Ich verbringe vermutlich den Rest meiner Tage in einer geschlossenen psychiatrischen Abteilung. Es gibt ohnehin eine Menge Leute, die der Meinung sind, dass ich da hingehöre.«

»Aber das ist doch totaler Wahnsinn!«, mischte sich Katharina ein. »Was ist, wenn ich mich wirklich irre? Dann sitzen sie unschuldig hinter Gittern.«

Amendt lächelte schmal: »Dann wäre jetzt ein guter Zeitpunkt für Sie, sich nicht zu irren. – Deal?« Er reichte Polanski die Hand. Polanski schlug ein: »Deal!«

Katharina schüttelte verzweifelt den Kopf. Wenn das schiefging ... Irgendetwas sagte ihr, dass Amendt sich nicht freiwillig einsperren lassen würde. Eher würde er sich das Leben nehmen.

Polanski verpackte eine der Kugeln in ein Plastiktütchen und schob den Stoffbeutel mit den beiden anderen zu Katharina. »Die verwahren Sie besser.«

Unschlüssig schob Katharina den Beutel zurück in ihre Manteltasche. Polanski war aufgestanden und zu seinem Büroschrank gegangen. Er schloss umständlich einen darin eingebauten Tresor auf, dem er eine kleine, durchsichtige Plastikschachtel entnahm.

»Was ist das?«, fragte Katharina.

»Eine der Kugeln, mit denen Ihre Familie getötet wurde.«

Katharina schluckte: »Die bewahren Sie in Ihrem Büro auf?«

»Ich hatte Ihnen doch gesagt: Die Akte bleibt offen, bis der Fall gelöst ist«, antwortete Polanski traurig. Er setzte sich an seinen Schreibtisch, nahm aus einer anderen Schublade ein Formular und begann es sorgfältig auszufüllen. Katharina und Andreas Amendt schauten ihm schweigend zu.

Endlich war er fertig und steckte die beiden Kugeln zusammen mit dem Formular in einen braunen Umschlag.

»Und jetzt?«, fragte Katharina.

»Jetzt warte *ich* auf die Resultate. Das kann aber ein paar Wochen dauern.«

»Warum denn so lange?«

»Ein sechzehn Jahre alter Fall hat beim BKA eben keine besonders hohe Priorität.«

»Können Sie nicht –«

»Nein! Ich kann das nicht beschleunigen. Und ich werde es auch nicht versuchen.«

»Und was machen wir inzwischen?«

»*Sie* machen überhaupt nichts! Haben Sie nicht gehört, was ich eben gesagt habe? Sie müssen sich raushalten. Sie gefährden sonst den ganzen Fall, verstanden?«

Polanski sah Katharina streng in die Augen. Endlich senkte sie den Blick und nickte: »Verstanden.«

»Also gut: Nutzen Sie die Zeit und bereiten Sie sich stattdessen in aller Ruhe auf Ihre neue Aufgabe vor. Unterschätzen Sie das nicht.«

»Was soll ich nicht unterschätzen?«

»Mitarbeiterführung, Organisation, Papierkrieg … Sie werden gut beschäftigt sein.«

»Und ich darf überhaupt nicht mehr ermitteln?«

»Sie werden schlicht keine Zeit dafür haben. Vor allem, da Sie diese Ermittlungseinheit völlig neu aufbauen müssen.«

»Aber Ermitteln ist das, was ich am besten kann.«

»Ich weiß, Katharina. Sie wissen, dass ich Ihre Talente sehr schätze. Aber meine erste Wahl für die Leitung der Sonderermittlungseinheit wären Sie nicht gewesen.«

»Sie haben mich ins offene Messer laufen lassen«, knurrte Katharina.

»So schlimm ist es ja nun auch nicht.« Polanski hob beschwichtigend die Hände. »Immerhin haben Sie noch einen Job. Und Sie sitzen nicht im Gefängnis. Sie werden das Kind schon schaukeln. – Apropos, das bringt mich hierzu.« Polanski ging erneut zu seinem Bürosafe und entnahm ihm eine Pistole: »Ihre Dienstwaffe.«

Er legte die Pistole vor sich auf den Schreibtisch. Eine Heckler & Koch P2000 mit verbesserter Visierung und modifiziertem Abzug, der auf Katharinas kleine Hände eingestellt war.

Katharina wollte danach greifen, aber ... Ihre Dienstwaffe? Die hatte ihr Polanski doch bereits zurückgegeben. Nach der Schießerei, in der sie Miguel de Vega erschossen hatte, musste sie die Pistole vorschriftsgemäß der Spurensicherung übergeben. Doch nach der Anhörung hatte sie sie von Polanski zurückbekommen. Und dann? Ja, was hatte sie dann mit der Waffe gemacht? Sie sah sich selbst, wie sie den kleinen Safe in ihrem Wohnzimmer öffnete, um die Pistole hineinzulegen. Doch dann hatte sie im Safe die Akte zur Ermordung ihrer Familie entdeckt. Ihr war eingefallen, dass es der Todestag ihrer Familie gewesen war, der dritte Dezember. Sie war anschließend zum Haus ihrer Eltern gefahren. Aber was hatte sie mit der Pistole gemacht? Sie hätte schwören können ...

»Was ist?«, unterbrach Polanski ihre Gedanken.

»Wie kommt die Pistole hierher?«, fragte sie hektisch. »Die haben Sie mir doch schon zurückgegeben.«

»Ja, aber irgendwie scheint mein Büro sie magisch anzuziehen.« Polanski lächelte schief. Katharina hatte schon öfter »von der Dienstwaffe Gebrauch gemacht« als ihm lieb war. Und jedes Mal wurde die Waffe kurzfristig zur ballistischen Untersuchung eingezogen. Die Strafpredigten, die Polanski Katharina hielt, wenn er ihr die Waffe zurückgab, waren länger und länger geworden.

»Wie kommt die Pistole hierher?«, wiederholte Katharina drängend ihre Frage.

»Die lag im Regal in Ihrem Wohnzimmer. Ganz offen. Da habe ich sie besser an mich genommen, bevor jemand Unsinn damit anstellt.«

Regal. Wohnzimmer. Über die Akte musste sie ihre Pistole völlig vergessen und einfach beiseitegelegt haben. Verdammt, wie leichtsinnig. Gut, dass Polanski ... Aber ...

»Wie kommen Sie denn in meine Wohnung?«, fragte Katharina barsch.

Polanski zuckte mit den Achseln. »Ich bin kurz nach Weihnachten bei Ihrem Haus vorbeigekommen, da habe ich Licht gesehen. Ich dachte, Sie wären entgegen allen Warnungen schon wieder zurückgekommen, also bin ich hoch. Waren aber nur Ihr Patenonkel und zwei seiner Spießgesellen.«

»Was haben die denn da gemacht?«

»Ich will es nicht beschwören, aber ich glaube, sie haben die Vorhänge gewaschen. Zumindest waren Kurtz und seine beiden Leibwächter gerade dabei, sie wieder aufzuhängen.«

Ach ja, natürlich. Sie hatte Antonio Kurtz ihren Wohnungsschlüssel gegeben, damit er in ihrer Abwesenheit nach der Post sah. Vorhänge zu waschen – das sah ihm ähnlich.

»Und da habe ich die Pistole entdeckt. Dachte, ich nehme sie besser an mich. Ich meine, Kurtz kann man trauen, aber seinen Spießgesellen?«, fuhr Polanski fort. »Wollte ja nicht, dass Sie nach Ihrer Rückkehr gleich wieder in Schwierigkeiten geraten, weil Ihre Pistole auf dem Schwarzmarkt aufgetaucht ist. Oder bei einer Straftat.«

Katharina räusperte sich: »Danke.«

Sie wollte nach der Waffe greifen, doch Polanski legte seine Hand auf die Pistole: »Als Kriminaldirektorin haben Sie keinen Anspruch auf eine Dienstwaffe. Also müssen Sie die hier noch offiziell abgeben.«

»Was? Und wie soll ich mich dann verteidigen?«

»Ganz einfach: gar nicht. Aber ich kann Sie beruhigen: Wenn Sie erst mal hinter einem Schreibtisch sitzen, nimmt die Anzahl der physischen Bedrohungen ganz schnell ab.« Polanski legte das Rückgabeformular vor sie hin. »Bitte unterschreiben Sie das.«

Nun denn, Katharina war mit der Waffe ohnehin nie wirklich warm geworden. Zudem besaß sie immer noch ihre Stockert & Rohrbacher Modell 1, eine handgefertigte Pistole, die ihr Patenonkel ihr zum Geburtstag geschenkt hatte.

Polanski musste Katharinas Gedanken erraten haben: »Die Waffen in Ihrem privaten Besitz können Sie natürlich behalten. Allerdings dürfen Sie sie nicht mehr führen.«

Das hätte sie sich denken können. Nun, sie würde dieses Verbot bis auf Weiteres ignorieren. Das brauchte Polanski aber nicht zu wissen.

Katharina hatte gerade das Formular unterschrieben, als die Tür zu Polanskis Büro aufgerissen wurde. Ein großer Putzwagen wurde klappernd hereingeschoben.

»So, muss ich putzen dann hier!«, sagte eine keifende Stimme. Schon wieder diese Putzfrau aus dem Fahrstuhl.

Polanski stand auf: »Nicht jetzt! Sehen Sie nicht, dass ich arbeite?«

»Ich arbeiten auch! Kann nicht immer warten! Krieg ich nicht bezahlt!« Die Putzfrau stürmte vor, einen Lappen und einen Eimer Wasser in der Hand.

Polanski stellte sich ihr in den Weg: »Ich sagte doch, nicht jetzt!«

Die Putzfrau ließ sich nicht beirren: »Aber dann beschweren! Weil alles so schmutzig! Und wer wieder gewesen?« Die Frau stieß Polanski ihren Putzlappen vor die Brust. »Wenigstens Müll ich muss mitnehmen, sonst stinken!«

Polanski seufzte tief: »Na meinetwegen. Aber bitte beeilen Sie sich.«

Die Putzfrau schob umständlich ihren Putzwagen weiter in den Raum hinein. Dabei drängte sie Polanski gegen seinen Schrank. Er nahm es schicksalsergeben hin.

Katharina sah aus den Augenwinkeln auf den braunen Umschlag im Postausgangskorb. Vielleicht konnte sie das Ganze ja ein wenig beschleunigen? Sie vergewisserte sich, dass Polanski abgelenkt war, und ließ den Umschlag in ihrer Handtasche verschwinden.

Unterdessen hatte die Putzfrau umständlich Polanskis Mülleimer unter dem Schreibtisch hervorgefischt, ein paar zerknüllte Taschentücher von Polanskis Schreibtisch genommen, und wollte gerade anfangen, die Tischplatte mit ihrem Putzlappen zu säubern, als Polanski ein Machtwort sprach: »Ich sagte doch, Sie brauchen meinen Schreibtisch nicht zu putzen.«

»Ist doch völlig dreckig!«

»Oder Sie machen es morgen«, sagte Polanski mit seiner sanftesten Stimme. »Dann bin ich nicht im Büro.«

Die Putzfrau sah ihn mit wütend blitzenden Augen an, fügte sich aber endlich. Sie leerte den Papierkorb in eine große Mülltüte und stellte ihn mit lautem Klappern wieder unter Polanskis Schreibtisch zurück. Dann wendete sie umständlich ihren Putzwagen. Dabei rammte sie Polanskis Schienbein.

Endlich hatte sie den Wagen aus dem Raum hinausgeschoben. Die Tür hatte sie natürlich offen gelassen. Polanski schloss sie mit Nachdruck. Er humpelte, als er zurück zu seinem Schreibtisch ging: »Und das ist einer der Gründe, warum Kriminaldirektoren keine Schusswaffen führen. Das Risiko ist einfach zu hoch.«

Katharina sah ihren Chef erstaunt an: »Was für ein Risiko?«

»Renitente Putzkräfte, Mitarbeiter, die machen, was sie wollen, permanente Einmischungen ... Sie werden schon sehen.« Polanski konnte sich ein sarkastisches Grinsen nicht verkneifen.

»Na, das sind ja tolle Aussichten«, seufzte Katharina.

»Ich glaube, das nennt man Karma.« Polanskis Grinsen verschwand. »Dennoch, ich muss Sie noch einmal warnen. Ihre neue Einheit ist –«

»Eine Weglobe-Einheit, ich weiß«, setzte Katharina seinen Satz fort. »Die am besten möglichst rasch und kostengünstig scheitern soll. Aber nur über meine Leiche.«

»Na ja, wenigstens haben Sie Ihren Kampfgeist noch. – Doch da wir gerade davon sprechen: Sie sollten dringend den Rest Ihres Teams benennen. Sonst nutzt das Innenministerium die Gelegenheit, alle renitenten, schwierigen Beamten, die die schon immer loswerden wollten, zu Ihnen zu versetzen.«

»Sie meinen Beamte wie mich?«, erwiderte Katharina sarkastisch.

»Bock zum Gärtner«, murmelte Andreas Amendt für sich und nahm Polanski damit das Wort aus dem Mund.

»Ganz recht, Doktor Amendt«, antwortete er begeistert. »Bock zum Gärtner. Aber vielleicht ist das ja ganz gut so. – Ich erwarte jedenfalls, dass Sie sich verdammte Mühe geben, Katharina. Und bis Ende der Woche will ich Vorschläge zur weiteren Besetzung Ihres Teams hören.«

»Werden Sie! Habe ich es jemals an Arbeitseinsatz mangeln lassen?«

»Nein, aber Diplomatie ist nicht Ihre Stärke. Das müssen Sie zugeben.«

Das musste sich Katharina wirklich eingestehen. Sie warf einen Blick auf ihre Handtasche. Nun denn, sie würde gleich damit anfangen, ihre diplomatischen Fähigkeiten zu trainieren, wenn sie die Sachverständigen beim BKA davon überzeugte, die Kugeln möglichst sofort zu untersuchen. Sie stand auf: »Also gut, Chef, dann gehen wir uns mal auf unsere große Aufgabe vorbereiten. Und ich hoffe, Sie halten mich trotzdem auf dem Laufenden.«

Polanski sah sie fragend an: »Worüber?«

»Über das Untersuchungsergebnis natürlich. Und das dürfen Sie mir sagen, obwohl ich Angehörige bin. So gut kenne ich unsere Dienstvorschriften dann doch.«

Polanski seufzte tief: »Natürlich. Aber Sie müssen mir versprechen, dass Sie nichts auf eigene Faust unternehmen werden, egal, wie das Ergebnis aussieht.« Er reichte Katharina die Hand.

Katharina schüttelte sie: »Versprochen!«

Auch Amendt war aufgestanden und hatte sich zur Tür gewandt, aber Polanski stellte sich ihm in den Weg: »Und Sie denken an unseren Deal!«

»Natürlich denke ich daran«, knurrte Andreas Amendt.

»Na, dann ist ja gut.« Polanski konnte den Triumph in seiner Stimme nicht ganz verbergen.

Katharina und Amendt waren schon fast an der Tür, als Polanski sie noch einmal aufhielt: »Ach, Katharina? Eines noch!«

Er kam um den Schreibtisch herum und hielt ihr eine grüne, eingeschweißte Karte hin: »Ihr neuer Dienstausweis.«

Katharina wollte nach der Karte greifen, doch Polanski zog sie noch einmal weg: »Aber keinen Unfug damit anstellen. Haben wir uns verstanden?«

»Versprochen, Chef!«

»Dann herzlichen Glückwunsch, *Frau Kollegin*.« Feierlich überreichte ihr Polanski den Dienstausweis. »Katharina Klein, leitende Kriminaldirektorin«, las Katharina laut. Der Ausweis würde ihr einige Türen öffnen. Doch auch das musste Polanski ja nicht unbedingt wissen.

Katharina wartete ab, bis Polanski seine Bürotür hinter ihr und Amendt geschlossen hatte, dann ging sie mit schnellen Schritten auf den Aufzug zu. »Kommen Sie, Doktor Amendt? Wir machen einen kleinen Ausflug nach Wiesbaden.«

»Was wollen wir denn da?«

»Was wohl? Die Untersuchung etwas beschleunigen.« Sie zeigte ihm verstohlen den braunen Umschlag mit den Kugeln in ihrer Handtasche.

»Aber Polanski hat doch gesagt …«

»Ich weiß, was Polanski gesagt hat. Aber solange es kein offizielles Untersuchungsergebnis gibt, kann er mich auch nicht daran hindern, mich weiter mit der Sache zu beschäftigen. – Außerdem will ich Sie nicht hinter Gittern sehen. Also, auf nach Wiesbaden!«

Actual Proof

```
      Kriminaltechnisches Institut des BKA
                 in Wiesbaden,
   eine Fahrt über die wenigstens bereits geräumte
                Autobahn später
```

Das Gebäude des Kriminaltechnischen Instituts des BKA in Wiesbaden würde sicher keine Schönheitspreise gewinnen. Der monströse Kasten sah aus, als hätten eine Fabrikhalle und ein Weltkriegs-Bunker im Vollsuff ein Kind gezeugt und anschließend in der hessischen Provinz ausgesetzt. Daran änderten auch die sich dekorativ um das Gebäude schlängelnden Metallgalerien nichts.

Wenigstens hatte sich der Pförtner dazu herabgelassen, Katharina und Andreas Amendt in ihrem Wagen auf den Besucherparkplatz zu lassen, doch sie mussten zehn Minuten suchen, bis sie endlich eine Parklücke entdeckten, die groß genug für den Cayenne war.

Sie wollten sich schon auf den Fußmarsch zum Haupteingang machen, als Katharina noch eine Idee hatte: Sie öffnete den Kofferraum und entnahm den Geheimfächern ihres Kosmetikkoffers die Teile ihrer Stockert & Rohrbacher Modell 1. Rasch und mit geübten Handgriffen setzte sie die Pistole zusammen. Andreas Amendt sah ihr kritisch über die Schulter: »Sie wollen sich doch nicht etwa den Weg freischießen, oder?«

»Nein, keine Sorge. Nur ein wenig angewandte Diplomatie.«

Die Beamtin in dem großen Kasten aus Panzerglas am Haupteingang des Gebäudes fragte mürrisch: »Was wollen Sie?«

»Mein Name ist Katharina Klein, ich komme vom Polizeipräsidium Frankfurt für eine ballistische Untersuchung.«

Die Beamtin musterte sie abschätzig von oben bis unten: »Können Sie sich ausweisen?«

Zur Antwort knallte Katharina ihren neuen Dienstausweis auf den Tresen. Die Beamtin nahm ihn und drehte ihn lustlos zwischen ihren Fingern. Doch dann hatte sie wohl den hohen Dienstrang entdeckt und nahm unwillkürlich Haltung an: »Ja, Frau Kriminaldirektorin. – Ich schaue gleich nach, wer von der Ballistik im Hause ist.«

Sie tippte auf ihrer Computertastatur, setzte ein professionelles Lächeln auf und sagte mit viel zu hoher Stimme: »Herr Schönauer ist auf dem Schießstand.«

Eine dröhnende Salve aus einer Pistole, dann ein lautes »Verdammte Scheiße!«.

Gerhard Schönauer stand an der hintersten Bahn des Schießstands und sah so aus, als wolle er die Pistole, mit der er eben geschossen hatte, wütend den Schüssen hinterherwerfen. Er legte sie energisch auf die kleine Balustrade vor sich, dann drückte er den Knopf, mit dem er die Zielscheibe zu sich heranholte. Katharina wartete, bis er keine Waffe mehr in der Hand hielt, und trat an ihn heran: »Herr Schönauer?«, fragte sie mit lauter Stimme, denn der Angesprochene trug Ohrenschützer.

Der Ballistiker warf ihr nur einen knappen Blick über die Schulter zu. »Sehen Sie das?«, fragte er mürrisch und deutete auf die Zielscheibe.

Oha! Schönauer galt als einer der besten Schützen der deutschen Polizei. Entweder war dieser Ruf reine Legende oder irgendetwas mit der Pistole war ganz und gar nicht in Ordnung. Das Trefferbild war lausig, die Einschläge über die ganze Zielscheibe verteilt. »Probleme?«, fragte Katharina vorsichtig.

»Das können Sie laut sagen. Die ganze Lieferung …« Schönauer deutete auf einen kleinen Handwagen, auf dem sich Pistolenkoffer stapelten. »Bisher hat keine Einzige davon ein vernünftiges Schussbild ergeben.« Dann musterte er Katharina, als hätte er sie eben erst entdeckt. »Moment mal, Sie kenne ich doch«, sagte er ärgerlich. »Sie sind doch die Frau, die diese beiden Drogendealer abgeknallt hat.«

Gerhard Schönauer hatte bei Katharinas Anhörung zum Tod von Miguel de Vega und seinem Partner ausgesagt und ihr unterstellt, die beiden Männer kaltblütig hingerichtet zu haben. Erst ein Video des Vorgangs, das zeigte, dass Katharina in Notwehr gehandelt hatte, hatte ihr den Kopf gerettet.

»Na, dann beweisen Sie mal, dass Sie wirklich so eine Meisterschützin sind.« Schönauer nahm einen neuen Pistolenkoffer vom Handwagen und reichte ihn Katharina. »Sagen Sie mir, ob ich heute Morgen einfach einen Knick in der Optik habe oder ob wirklich die ganze Charge versaut ist.«

Nun denn! Wenigstens befand sich Katharina auf vertrautem Terrain. Sie setzte sich Schutzbrille und Gehörschutz auf, spannte eine neue Zielscheibe ein und ließ sie zurückfahren. Sie lud das Magazin der Pistole und zog den Schlitten zurück, um sie zu spannen.

Schon beim ersten Schuss merkte Katharina, was nicht stimmte: Die Waffe bockte. Bei den nächsten Schüssen versuchte sie, die Bewegung auszugleichen, aber es war unmöglich. Im Gegenteil, das unkontrollierbare Rucken der Waffe wurde nur noch schlimmer.

Während sie die Zielscheibe zu sich heranfahren ließ, entlud sie die Pistole und klinkte den Schlitten aus, um die Waffe zu zerlegen. Sie betastete vorsichtig die Mechanik: Der Verschluss und der Lauf hatten eindeutig zu viel Spiel. Das zeigte auch ihr Schussbild. So schlecht hatte sie seit ihren Anfängertagen in der Ausbildung nicht mehr geschossen.

Schönauer hatte sie kritisch beobachtet, konnte aber ein Schmunzeln nicht ganz unterdrücken, als er sah, wie Katharina die Waffe untersuchte. »Ich sehe, Sie sind meiner Meinung.«

»Die Dinger sind ja lebensgefährlich.«

»Mit der Mechanik können sie jederzeit einfach auseinanderfliegen. Die ganze verdammte Charge ist so. Und die hätten eigentlich morgen als Dienstwaffen rausgehen sollen.« Schönauer packte die Pistole zurück in den Koffer, den er anschließend auf den Handwagen warf. »Na, die werden was von mir zu hören bekommen. So eine Schlamperei habe ich in meinem ganzen Leben noch nicht erlebt. Tja, das kommt davon, wenn die Devise nur noch ›Kosten sparen‹ heißt. – Und was wollen Sie hier?«, wandte er sich plötzlich wieder an Katharina.

»Ich komme von Kriminaldirektor Polanski. Er bittet Sie, eine ballistische Untersuchung –«

»Nicht schon wieder!«, stöhnte Schönauer auf. »Was will Kapitän Ahab denn diesmal?«

»Wir hätten da eine Kugel zum Vergleich –«

»Die Kugel des Kapitän Ahab?«, knurrte Schönauer. »Dann fahren Sie mal schön zurück nach Frankfurt und sagen Sie Polanski, dass er auf seine Untersuchungen warten kann wie jeder andere auch.«

»Es ist aber wichtig –«, wollte Katharina beginnen, doch Schönauer ließ sie nicht ausreden: »Es ist immer wichtig. Und natürlich ist es wichtiger als alles andere, ich weiß.«

»Sie würden uns einen riesigen Gefallen tun …«

»Natürlich würde ich das. Und richten Sie Polanski noch was aus: Es bringt überhaupt nichts, mir sein Anliegen durch eine attraktive Asiatin überbringen zu lassen. Ich bin glücklich verheiratet.« Um seine Aussage zu betonen, wedelte er mit seiner Hand, an deren Ringfinger ein dicker Goldring prangte, vor Katharinas Gesicht herum.

Katharina schluckte die Erwiderung herunter und zuckte mit den Schultern. Sie hatte ja noch eine Trumpfkarte im Ärmel.

»Nun gut, dann will ich Sie nicht weiter behelligen. Aber da ich gerade hier bin … Dürfte ich wohl mal kurz den Schießstand nutzen und meine neue Waffe justieren?« Mit diesen Worten nahm sie ihre Pistole aus der Handtasche.

Schönauers Augen leuchteten auf. »Ist das …?«, fragte er gleich sehr viel freundlicher.

»Eine Stockert & Rohrbacher Modell 1«, erklärte Katharina mit so viel Gleichgültigkeit in der Stimme, wie sie aufbringen konnte.

»Ist die überhaupt schon im Handel?«, fragte Schönauer mit mühsam unterdrückter Begeisterung. Die Stockert & Rohrbacher Modell 1 war schon seit ihrem Prototypenstadium eine Legende.

»Nein, das ist ein Einzelstück. Handgefertigt«, erklärte Katharina, als sei es das Selbstverständlichste von der Welt.

Der Letzte, der wohl eine Waffe derart ehrfürchtig angestarrt hatte wie Schönauer die Modell 1, dürfte König Artus gewesen sein, als er Excalibur aus dem Stein gezogen hatte. »Darf ich mal?«, fragte er.

Katharina überreichte ihm die Pistole. Schönauer wog das Gewicht der Waffe mit der Hand, nahm das Magazin heraus, blickte in den Verschluss und über das Visier, dann fragte er: »Ob ich wohl …?«

»Aber natürlich.«

Schönauer trat an die Balustrade, spannte eine neue Zielscheibe ein und ließ sie zurückfahren. Dann lud er die Pistole feierlich, zielte und schoss. Endlich war das Magazin leer und er legte die Waffe vor sich auf die Balustrade. »Ja, so muss sich das anfühlen. Das ist doch mal eine Pistole! – Darf ich fragen, wie Sie daran gekommen sind?«

Die Pistole war das Geschenk ihres Patenonkels gewesen. Eine Tatsache, die Katharina vielleicht besser nicht an die große Glocke hängen sollte. Daher griff sie zu einer kleinen Notlüge: »Ich hab zu den Polizisten gehört, die die Waffe getestet haben. Und Frau Stockert und Frau Rohrbacher waren wohl sehr happy mit meinem Feedback. Da konnte ich ihnen dieses Modell abschwatzen.«

»Na ja, dass Sie so ein Sahneschnittchen sind, wird wohl auch geholfen haben.« Schönauer schlug ihr kumpelhaft auf die Schulter.

»Ach, die beiden sind …?«, fragte Katharina betont harmlos.

»Ein Paar, aber sicher! Welche heterosexuelle Frau interessiert sich schon für Schusswaffen?«

»Nun, ich zum Beispiel.«

Endlich wurde Schönauer bewusst, was er gesagt hatte: genug, um ihn für die nächsten Monate in ein Anti-Sexismus-Seminar zu verbannen. Deshalb wechselte er hastig das Thema: »Wollten Sie nicht Ihre Waffe justieren?«

Katharina schmunzelte und trat an die Balustrade. Sie zog ein paar Mal trocken den Abzug der Waffe, dann bat sie Schönauer um einen Schraubendreher, den er aus der Innentasche seines Jacketts holte. Sie justierte vorsichtig den Abzug, bis sie mit dem Ergebnis zufrieden war. Dann lud sie die Waffe, spannte eine neue Zielscheibe ein und ließ sie auf zwanzig Meter Entfernung zurückfahren. Unter den kritischen Blicken von Schönauer zielte sie sorgfältig und schoss.

Schönauer nickte anerkennend, als er das Schussbild sah. Nur fünf Zentimeter Streuung. Alle Treffer in der Mitte der Scheibe. »Nicht schlecht, Frau Specht. Aber Ihre Handhaltung ist verbesserungswürdig. Hier, wenn Sie den kleinen Finger und den Ringfinger so legen ...«

Eigentlich konnte Katharina Menschen nicht leiden, die ihre Schießkünste kritisierten. Doch sie ließ die kleine Lektion geduldig über sich ergehen. Man sollte ja Männern immer suggerieren, dass sie die Lufthoheit besaßen.

Endlich war Schönauer zufrieden: »Nun gut. Kommen Sie!«

»Wohin?«, fragte Katharina überrascht.

»In mein Labor. Lassen Sie uns mal schauen, was Polanski mir da geschickt hat. Ich habe zufällig gerade etwas Luft in meinem Kalender.«

Schönauer hatte Katharina und Andreas Amendt durch ein Labyrinth von Gängen in das ballistische Labor geführt. Dort legte er den braunen Umschlag auf eine Arbeitsplatte und öffnete ihn mit einem scharfen Messer. Er ließ den Inhalt herausgleiten, warf einen kurzen Blick auf das Formular und betrachtete dann die Kugel in der kleinen Plastikschachtel: »Dachte ich es mir doch. Die Kugel des Kapitän Ahab.«

»Was meinen Sie damit?«, fragte Katharina neugierig.

Schönauer verzog seine Lippen zu einem verächtlichen Grinsen: »Die hier«, er klapperte mit der Kugel in der Plastikschachtel, »die schickt uns Polanski mit schöner Regelmäßigkeit. Wann immer er irgendwo auf ein mögliches Gegenstück trifft. Ich muss dieses Schätzchen bestimmt schon zwanzigmal unter meinem Mikroskop gehabt haben. – Aber immer ohne Erfolg. Tja, so ist das mit den ungelösten Fällen. Die werden irgendwann zur Obsession.«

Er nahm den Beutel mit der zweiten Kugel und hob ihn gegen das Licht. »Wenigstens stimmt diesmal das Kaliber.«

Mit lustloser Routine packte er die beiden Kugeln aus und spannte sie in das Vergleichs-Mikroskop. Skeptisch blickte er durch das Okular und justierte die Schärfe. Dann begann er, langsam an zwei Stellrädern zu drehen.

Katharina wusste, was er da machte. Pistolenläufe waren innen nicht glatt, sondern gezogen; das hieß, sie hatten in sich verdrehte Rillen, die die Aufgabe hatten, der Kugel beim Schuss einen Spin und damit eine stabilere Flugbahn zu geben. Diese Rillen hinterließen auf der Kugel ein charakteristisches Muster, das von Pistole zu Pistole fast so verschieden war wie Fingerabdrücke von Mensch zu Mensch.

»Holla«, rief Schönauer plötzlich und blickte vom Mikroskop auf: »Sieht so aus, als hätte Kapitän Ahab endlich seinen weißen Wal gefunden.«

Katharinas Puls schlug schneller: »Sie meinen …?«

»Na ja, offiziell würde ich wohl von siebzig bis achtzig Prozent Wahrscheinlichkeit sprechen. Für eine hundertprozentige Übereinstimmung bräuchte ich die Hülsen. Aber ganz inoffiziell: ja! Die Kugeln stammen aus der gleichen Waffe. Wenn auch eines merkwürdig ist … Meine Güte, ist Ihnen nicht gut? Sie sehen beide plötzlich ganz blass aus.«

Katharina schmeckte Kupfer. Der Geschmack von Adrenalin. Sie hatte also recht gehabt. Ministro war der Mörder ihrer Familie. Sie hatte es doch gesagt. Gewusst. Gehofft. Doch warum jetzt diese Panik? Warum würde sie am liebsten wegrennen, egal wohin, nur weit fort?

Aus dem Chaos in ihrem Kopf entstand plötzlich die Antwort. Kristallklar. So schrill, dass es wehtat. »Ich töte keine Unschuldigen.« Das hatte Ministro zu ihr gesagt.

»Kommen Sie! Setzen Sie sich!« Schönauers Stimme riss Katharina aus ihrer Schockstarre. Doch sein Befehl hatte nicht ihr gegolten, sondern Andreas Amendt. Der Arzt fiel auf den Stuhl, den Schönauer ihm hingeschoben hatte, wie eine Marionette, der man die Fäden durchgeschnitten hatte. Sein Gesicht war fahl. Katharina wusste, warum. »Die Kugeln stammen aus der gleichen Waffe.« Dieser so harmlose Satz hatte Amendt den Boden unter den Füßen weggerissen.

Es war ausgerechnet Ministro gewesen, der es Katharina erklärt hatte, damals, auf Mafia Island, als er für sie noch einfach Pfarrer Javier gewesen war, der gutmütige Geistliche. »Er ist ein Glaubender«, hatte er gesagt. »Seit sechzehn Jahren glaubt er fest daran, dass er Ihre Familie umgebracht hat. Und er wird sich mit Händen und Füßen dagegen wehren, dass jemand diesen Glauben zerstört. Weil dann nichts mehr von ihm übrig bleibt.«

Katharina wollte Amendts Hand nehmen, doch im selben Augenblick hatte er sich schon wieder gefasst. »Wenn auch eines merkwürdig ist …?«, fragte er Schönauer sachlich.

Schönauer sah ihn überrascht an: »Wie meinen?«

»Das haben Sie eben gesagt. Wenn auch eines merkwürdig ist …«

»Ach ja.« Schönauer schaltete einen großen Plasma-Bildschirm ein und legte am Mikroskop einen Schalter um. Auf dem Bildschirm erschien das stark vergrößerte Bild der beiden Kugeln. Der Ballistik-Experte deutete mit einem Kugelschreiber auf den Monitor: »Sehen Sie das? Die Muster zeigen zwar eindeutige Übereinstimmungen, aber das Geschoss hier auf der rechten Seite ist wesentlich älter. Sie können ziemlich deutlich die Verfärbung von der Korrosion sehen. Das andere Geschoss ist vielleicht drei Wochen alt. Aber die erste Kugel wurde vor mindestens zehn Jahren verschossen.«

»Vor sechzehn Jahren«, korrigierte ihn Katharina.

»Vor sechzehn Jahren, einem Monat und zwölf Tagen, um genau zu sein«, mischte sich Andreas Amendt ein.

Schönauer hatte sich schon wieder zum Monitor umgedreht, um seinen kleinen Fachvortrag fortzusetzen. Doch jetzt hielt er inne: »Darf ich fragen, woher die Geschosse stammen?«

Katharina warf Amendt einen Blick zu. Er nickte. Sie musste sich räuspern, bevor sie antworten konnte: »Die ältere Kugel gehört zu denen, mit denen meine Familie erschossen wurde.«

Schönauer sah sie einen Augenblick lang sprachlos an, dann schaltete er schnell den Monitor ab, nahm die beiden Kugeln aus dem Mikroskop, verpackte sie rasch, aber sorgfältig, schob sie zusammen mit dem Formular wieder zurück in den braunen Umschlag und legte den Umschlag in einen Tresor.

Endlich wandte er sich wieder an seine beiden Gäste: »Sie haben das hier nicht gesehen und kein Wort von dem gehört, was ich gesagt habe. Verstanden?«

Katharina nickte. Schönauer fuhr fort: »Ich schreibe gleich den Bericht für Polanski. Den hat er morgen auf seinem Schreibtisch.«

»Danke.« Katharina bekam das Wort gerade noch so raus.

Der Ballistik-Experte musterte sie einen Moment schweigend, dann befahl er: »Folgen Sie mir bitte. Sie beide.«

Schönauer führte sie in ein kleines Büro mit einer schalldichten Doppeltür. Er verschloss beide Türen sorgfältig, dann setzte er sich hinter den Schreibtisch. Er nahm eine Flasche Wodka und drei Schnapsgläser aus seinem Schreibtischschränkchen, goss ein und schob zwei der Gläser zu Katharina und Amendt hinüber: »Ich glaube, das hier können Sie jetzt brauchen. Bitte, trinken Sie.«

Andreas Amendt nahm sein Glas und nippte vorsichtig, Katharina ließ ihren Wodka unberührt. Sie trank nie, wenn sie noch Auto fahren musste. Nicht mal einen kleinen Tropfen. Schönauer nahm einen großen Schluck und ließ sich den Wodka langsam auf der Zunge zergehen, dann stellte er sein Glas ab: »Ihrer Reaktion vorhin entnehme ich, dass Sie auch wissen, woher die zweite Kugel stammt? Die Neuere?«

Katharina zögerte, doch Schönauer musterte sie so lange aus seinen emotionslosen Scharfschützenaugen, bis sie es nicht mehr aushielt: »Aus einem professionellen Hit.«

Schönauer runzelte die Stirn: »Welcher Profi benutzt denn eine Waffe, die nicht sauber ist? Und dann sogar eine, die bereits in einem relativ prominenten Mordfall verwendet wurde?«

»Ich bin mir ziemlich sicher, dass dieser Profi auch damals der Mörder war.«

»Noch ungewöhnlicher. Profis verwenden praktisch nie die gleiche Pistole zweimal.«

Schönauer hatte recht. Katharina stellte erstaunt fest, dass sich in ihre Enttäuschung eine gehörige Portion Erleichterung mischte. Vielleicht irrte sie sich doch und ihre Familie war von einem ganz anderen Menschen umgebracht worden. Das bedeutete allerdings, dass wieder alle Theorien im Spiel waren. Sie warf einen Blick auf Andreas Amendt: Nein, *er* hatte ihre Familie nicht umgebracht. Ganz bestimmt nicht. Punkt. Es musste noch eine völlig andere Erklärung geben. Aber wie kam dann Ministro an die Mordwaffe?

»Sie wissen nicht zufällig, wer der Profi war?«, unterbrach Schönauer ihre Gedanken.

»Ministro.«

Bei der Nennung des Namens zuckte Schönauer zurück, als hätte er einen elektrischen Schlag erhalten: »Sagen Sie das noch mal.«

»Ministro«, wiederholte Katharina. »Felipe de Vega hatte ihn auf mich angesetzt.«

»Und dann sitzen Sie jetzt hier? In einem Stück?« Schönauer wollte nach der Wodkaflasche greifen, um sich nachzuschenken, besann sich aber eines Besseren und verbannte die Flasche zurück in den Schreibtisch. »Wie sind Sie ihm entkommen?«

»Er hat mich laufen lassen«, antwortete Katharina zögernd. »Weil er mich für unschuldig hält.«

Schönauer sprang auf, ging zu einem Schrank und entnahm ihm einen prall gefüllten Schnellhefter aus Pappe. Bevor er die Mappe öffnete, konnte Katharina sehen, was darauf stand: »Ministro« – geschrieben mit dickem schwarzem Filzstift. »Sie ... Sie haben ihn gesehen?« Schönauers Stimme war kurz davor, sich zu überschlagen.

Katharina nickte.

Schönauer griff zum Telefon, wählte, dann fragte er schroff in den Hörer: »Kann der Herr Malinski mal zu mir herunterkommen? – Ach, wo ist er denn? – Verdammt. Ist sonst einer der Phantomzeichner im Haus? – Oh, das ist ärgerlich.« Er ließ den Hörer auf die Gabel fallen. Dann wandte er sich wieder Katharina zu: »Können Sie mir eine Beschreibung geben?«

Katharina nickte und berichtete, während Schönauer in seiner kleinen, energischen und akkuraten Schrift mitschrieb.

»Und er verkleidet sich wirklich als Priester? Gute Tarnung!«, sagte Schönauer widerwillig-anerkennend, nachdem Katharina geendet hatte.

»Nein, er *ist* Priester. Das hat er zumindest gesagt. Ich nehme an, er hat eine Gemeinde irgendwo in Südamerika.«

Schönauer legte den Stift weg. »Auf ganz absurde Weise passt das zu dem, was ich über ihn weiß. Ministro ist ein Geist. Nicht zu fassen. Nur einmal, in Argentinien, hatte ihn ein Sonderkommando gestellt. Er hat sich den Weg freigeschossen, aber keiner der Schüsse war tödlich. Er hat Gummigeschosse benutzt.«

»Ministro tötet keine Unschuldigen.« Und ihre Familie? Katharina merkte, wie ihre Zunge wieder begann, nach Kupfer zu schmecken, vermischt mit Galle, die sich ihren Weg aus dem Magen in ihren Mund bahnte. Sie schluckte kräftig.

Andreas Amendt, der die ganze Zeit ruhig dabeigesessen und nur hin und wieder ein, zwei Worte in die Personenbeschreibung eingeworfen hatte, beugte sich auf seinem Stuhl nach vorne und fragte Schönauer: »Warum sind Sie so interessiert an Ministro? Fällt ja eigentlich gar nicht in Ihr Fachgebiet als Ballistiker.«

»Haben Sie eine Ahnung! Ich habe das Sonderkommando trainiert, das er ausgeschaltet hat. Außerdem bin ich oft als Gutachter im Ausland. Da konnte ich schon mehrfach die Arbeit von ihm und seinen Kollegen ›bewundern‹. Es gibt auf der ganzen Welt vielleicht zwei Dutzend ›Spezialisten‹‹, er malte mit den Fingern die Anführungszeichen in die Luft, »wie Ministro. Und ich bin es leid, dass die uns auf der Nase herumtanzen, weil irgendjemand schützend die Hand über sie hält.«

»Schützend die Hand über sie hält?«

»Na ja, Ministro zum Beispiel ist jetzt weit über zehn Jahre im Geschäft. Nach meinen Unterlagen hat er mindestens vierzig Menschen auf dem Gewissen. Die meisten hat er aus nächster Nähe erschossen, aber er ist auch ein verdammt guter Scharfschütze. Niemand ist aus eigener Kraft so gut und überlebt so lange. Er hatte professionelles Training. Und er wird geschützt.«

»Von wem?«

»Es gibt genügend Organisationen mit besten Verbindungen, die Spezialisten wie Ministro brauchen.«

»Geheimdienste?«

»Zum Beispiel. Oder Organisationen wie die, zu der unser Eukalyptusbonbons lutschender Freund gehört.« Er wandte sich an Katharina: »Sie wissen, von wem ich spreche, oder? Von dieser unscheinbaren Eminenz, die Sie in Ihrer Anhörung verteidigt hat.«

Katharina erinnerte sich an den blassen Mann, dessen einziges prägnantes Merkmal war, dass er roch wie ein Koalabär. Er hatte in ihrer Anhörung im entscheidenden Moment das Video hervorgezaubert, das sie vor einer Verurteilung wegen Mordes bewahrt hatte. »Ein Freund«, hatte er geantwortet, als Katharina ihn gefragt hatte, wer er sei. Doch alle hatten sie vor ihm gewarnt: Richter Weingärtner, Kurtz, selbst Ministro. Vorsicht Tiger, sagte der Löwe. Und jetzt Schönauer.

Sie nickte: »Was wissen Sie über ihn?«

»Viel zu wenig. Aber es gibt immer Ärger, wenn er irgendwo auftaucht.«

»Wissen Sie, warum er so ein Interesse an der Ermordung meiner Familie hat?«

»Hat er das?«

»Er hatte meinem toten Partner die Ermittlungsakte zugespielt. Jetzt habe ich sie. – Also, haben Sie irgendeine Idee ...?«

»Nein, absolut nicht. Aber wenn er sich da reinhängt, dann geht es um was ganz Großes. Noch ein guter Grund für Sie übrigens, sich da so weit wie möglich rauszuhalten.« Er sah Katharina in die Augen. Sie sah unverwandt zurück, zwinkerte nicht und senkte auch nicht den Blick. Endlich fuhr Schönauer fort: »Aber ich glaube, meine Warnungen fallen nicht gerade auf fruchtbaren Boden, oder?«

Katharina antwortete nicht. Die Enden von Schönauers Schnauzbart hoben sich unter einem freudlosen Grinsen. »Nun, wie kann ich Ihnen helfen?«

»Mir helfen?«, fragte Katharina verblüfft.

»Ja. Brauchen Sie irgendetwas? Informationen? Munition? Eine zusätzliche Schusswaffe? Vielleicht irgendwas mit mehr Durchschlagskraft?«

»Warum wollen Sie mir helfen?« Katharina war plötzlich misstrauisch. Allzu kooperative Menschen trugen gerne mal ihre persönliche Agenda auf Katharinas Rücken aus.

»Weil ich mir denken kann, was Sie jetzt vorhaben. Sie wollen Ministro in die Finger kriegen. Und das soll mir mehr als recht sein. Wenn ich also irgendwie helfen kann?«

Katharina überlegte kurz. Waffen und Munition würde sie nicht brauchen, aber ihr fehlte eine ganz entscheidende Information: »Wissen Sie, wie man mit Ministro Kontakt aufnehmen kann?«

Schönauer wiegte den Kopf hin und her und biss sich auf die Unterlippe: »Leider nein. – Aber ich kenne da vielleicht jemanden, der das weiß. Geben Sie mir eine Stunde oder so. Ich rufe Sie an.«

»Ich habe mein Handy leider nicht dabei. Und ich weiß nicht, ob ich in einer Stunde schon zu Hause bin.«

»Dann rufen Sie auf meinem Handy an«, mischte sich Andreas Amendt ein. »Warten Sie, ich schreibe Ihnen die Nummer auf.«

Während sie sich durch den zähen Verkehr auf der Autobahn von Wiesbaden nach Frankfurt quälten, versuchte Katharina, ihre Gedanken zu ordnen.

»Ich töte keine Unschuldigen.« Ministros Satz hallte wieder und wieder durch ihren Kopf. War das damals auch schon so gewesen? Und wenn ja: Was hatte das zu bedeuten?

Der Einzige, der ihre Eltern gut genug gekannt hatte und ihr hoffentlich auch die Wahrheit sagen würde, war ihr Patenonkel Antonio Kurtz.

Ohne ihren Beifahrer anzusehen, fragte Katharina: »Was halten Sie davon, wenn wir jetzt erst mal italienisch essen gehen, Doktor Amendt?«

Statt einer Antwort kam nur ein lautes Aufschluchzen. Amendt weinte. Das hatte Katharina vorher überhaupt nicht gemerkt.

Gott sei Dank kamen sie in diesem Augenblick an einer Raststätte vorbei. Katharina bog ein und fuhr zum hintersten Ende des Parkplatzes. Sie stellte den Motor ab und ... Was sollte, was konnte sie sagen oder tun?

Sie gehorchte ihrem Instinkt, lehnte sich zu Andreas Amendt hinüber, nahm ihn fest in die Arme und zog ihn an sich. Sein Körper bebte unter heftigen Schluchzern.

Endlich beruhigte er sich halbwegs und Katharina ließ ihn wieder los. Seine Augen waren rot, sein Gesicht von Tränen und Rotz verschmiert, seine Stimme zittrig: »Ich habe nie um Susanne geweint.«

Palm Grease

```
Eine Autobahnraststätte
auf halben Wege zurück
in das Finanzzentrum Deutschlands
```

Katharina hatte stumm neben Andreas Amendt im Auto gesessen und gewartet. Irgendwann hatte er zu reden begonnen.

»Ich habe nie um Susanne geweint!« Der Schock, die Festnahme, die U-Haft, die Vernehmungen, die medizinischen und psychologischen Untersuchungen ... Und dann natürlich das nagende Gewissen. Amendt konnte sich einfach nicht mehr daran erinnern, was an dem Tag passiert war. In einem Moment hatte ihm Susanne die Haustür geöffnet, im nächsten Moment hatte er sich nackt unter einer viel zu heißen Dusche wiedergefunden. Er hatte gefroren, obwohl ihm das Wasser fast die Haut verbrühte.

»Alles deine Schuld!« Das hatte die laute Stimme in seinem Kopf immer wieder gesagt, geschrien, gebrüllt: Er hatte Susanne und ihre Familie erschossen. Wer sonst sollte es gewesen sein?

Und jetzt, auf einmal, war das alles nicht mehr wahr. Einfach so. Durch drei kleine Metallkugeln. Beweise logen nicht. Doch was war dann wahr? Ministro war ein Werkzeug – mehr nicht. Jemand hatte ihn beauftragt. Wer?

Endlich war Amendt in Schweigen versunken.

»Hören Sie«, hatte Katharina behutsam begonnen. »Wenn Sie sich aus der ganzen Geschichte zurückziehen wollen –«

Mit einem Ruck hatte Amendt sich aufgesetzt. Zorn war in seinen Augen aufgeblitzt. »Zurückziehen? Aufgeben? Jetzt?«, hatte er Katharina angefaucht. »Nein! Auf keinen Fall! Wie haben Sie das gesagt? Vorhin, auf dem Flughafen? Wir bringen das jetzt zu Ende! Sie und ich! Ein für alle Mal!«

Die Gründerzeitvilla nahm sich zwischen den sie umgebenden Bankgebäuden aus wie ein kostbarer antiquarischer Schrank in einem IKEA-Schlafzimmer.

»Was wollen wir denn hier? Ich dachte, wir fahren zu Ihrem Patenonkel?«, fragte Andreas Amendt, als sie vor dem großen Eingangsportal aus dunklem Holz standen.

»Sie werden schon sehen.« Katharina drückte auf die Klingel unter dem altmodischen, dezenten Messingschild mit der Aufschrift »Koestler Asset Management«. Als Katharina die Villa zum ersten Mal betreten hatte, vor vielen Jahren, hatte dort noch »Arthur v. Koestler – Treuhänderische Anlagenwertführung« gestanden.

Ein Diener in Livree öffnete die Tür und bat sie mit einer Geste seiner weiß behandschuhten Hand herein. Er geleitete sie stumm zu einem Empfangstresen in der großen Eingangshalle der Villa. Schwere Teppiche, dunkle Holztäfelung – bedrückende Gediegenheit.

Die Dame am Empfang war jung, sah aber so aus, als hätte der Architekt des Hauses sie bereits mit entworfen: zeitloses, graues Kostüm, weiße Bluse, eine schmale Perlenkette um den Hals, die aschblonden Haare sorgfältig frisiert und hochgesteckt. Sogar ihre Stimme klang dezent: »Sie wünschen?«

»Mein Name ist Katharina Klein und ich möchte gerne mit Herrn von Koestler sprechen.«

»Aber natürlich, Frau Klein. Bitte entschuldigen Sie, dass ich Sie nicht sofort erkannt habe. – Herr von Koestler ist gerade noch in einer Besprechung, die aber gleich zu Ende sein sollte. Bitte nehmen Sie doch einstweilen im Salon eine Tasse Tee.« Die Empfangsdame nickte dem Diener zu, der schweigend hinter ihnen gewartet hatte. Er wies ihnen den Weg in einen großen Salon: schwere, mit Leder bezogene Sofas und Sessel, zerbrechlich wirkende Beistelltischchen, an zwei Wänden Bücherregale bis zur Decke, gefüllt mit in Leder gebundenen Bänden.

Katharina und Andreas Amendt nahmen in zwei Sesseln Platz. Der Diener verschwand kurz durch eine Tapetentür und kehrte gleich darauf mit einem Tablett mit Teegeschirr aus feinem Porzellan zurück. Er schenkte ihnen ein, dann zog er sich mit einer leichten Verneigung zurück.

Als sie allein waren, beugte sich Andreas Amendt zu Katharina und fragte ehrfürchtig flüsternd: »Wo sind wir hier?«

Katharina war zu oft in dieser Villa gewesen, als dass sie noch Respekt vor den Räumlichkeiten gehabt hätte. Sie antwortete mit Zimmerlautstärke: »Koestler verwaltet das Vermögen meiner Familie. Also mein Vermögen. Ich denke, wir werden Geld brauchen, und ich will nur eben sicherstellen, dass es zur Verfügung steht.«

In diesem Augenblick trat auch schon der Diener in den Salon. »Herr von Koestler kann Sie jetzt empfangen.«

Holztäfelung, poliertes Mahagoni-Parkett, Bücherregale aus dem gleichen Holz, Samtvorhänge, eine lederbezogene Sitzgruppe, der moderne Computer auf dem großen Schreibtisch aus dunkel gebeizter Eiche ein widerwilliges Zugeständnis an moderne Zeiten – und auch der Besitzer des Büros, der jetzt um seinen Schreibtisch herumkam, um seine Gäste zu begrüßen, verbreitete altmodische Gediegenheit: das sorgsam frisierte Haar, der buschige Schnauzer, der bleigraue Dreiteiler, die Uhrkette auf der Weste, der Vatermörderkragen – ein Bild der Sehnsucht nach den besseren Zeiten eines früheren Jahrhunderts. Koestler leitete die Vermögensverwaltung jetzt schon in der fünften Generation. In der Eingangshalle hingen Gemälde seiner Ahnen. Antonio Kurtz – auch ein Klient von Koestler – scherzte gerne, sie alle zeigten den gleichen Mann: Koestler sei ein Untoter und mehr als tausend Jahre alt.

Koestler begrüßte Katharina und Andreas Amendt freundlich und bat sie, in der Sitzgruppe Platz zu nehmen. Dann reichte er

Katharina einen in Leder eingebundenen schmalen Hefter: »Ihr Jahresbericht. Gerade gestern fertig geworden. Sie werden sehr zufrieden sein.«

Katharina schlug den Hefter auf und überflog die erste Seite mit der Zusammenfassung. Die Summe am Fuß der Seite verschlug ihr fast den Atem: 63.536.249 Euro und 17 Cent. Ihr Vermögen.

»Nicht eingerechnet sind, wie auch schon in den letzten Jahren, Ihr Elternhaus und die Kunstsammlung Ihres Vaters«, erklärte Koestler sachlich. »Sie sollten sie wirklich schätzen lassen, und sei es nur für die Versicherung. Und bei den anderen Immobilien sind natürlich nur die Verkehrswerte in die Berechnung eingeflossen. Der eigentliche Wert dürfte deutlich höher liegen.«

Katharina deutete auf die Summe: »Das ist ein ganz schöner Anstieg, oder?«

»In der Tat. In etwa zwanzig Prozent. Ich war so frei, im letzten Jahr Ihr Portfolio gründlich umzuschichten. Sie haben ja sicher mitbekommen, dass sich in den USA eine Immobilien- und Kreditkrise zusammenbraut. Deshalb habe ich in Rohstoffe und Gold investiert und unterbewertete, aber zukunftsträchtige Aktien gekauft. Vor allem im Biotechnologiebereich. Mein Großvater wäre begeistert: Investitionen in die Landwirtschaft. Das war immer sein Steckenpferd. – Aber Sie sollten sich wirklich einmal etwas gönnen, Frau Klein. Vielleicht einen Ihrem Status angemessenen Wohnsitz.«

Katharina zuckte mit den Schultern: »Ich wohne in einer großen Vierzimmerwohnung im Westend. Mehr Platz, als ich wirklich brauche. – Und Sie wissen ja, ich habe mir –«

»Ich weiß, Frau Klein. Sie wollen Ihr Vermögen erst anrühren, wenn der Mord an Ihrer Familie aufgeklärt ist.«

»Oder es zur Aufklärung einsetzen.« Katharina musste sich kurz sammeln, bevor sie weitersprach: »Und dieser Zeitpunkt ist jetzt vielleicht gekommen.«

Koestler legte ihr eine Hand auf den Arm: »Wirklich?«

»Ja. Ich glaube, ich weiß, wer meine Familie umgebracht hat.«

»Wirklich? Wer?«

»Darüber möchte ich noch nicht sprechen.«

»Sicher. Wie kann ich helfen?« Koestler lehnte sich in seinem Sessel zurück und legte die Fingerspitzen aneinander.

»Ich brauche Geld, vermutlich eine größere Summe.«

»Haben Sie schon eine Vorstellung von der Größenordnung?«

»Ich denke, nicht mehr als zehn Millionen.«

Koestler fragte so ruhig, als hätte ihn Katharina um zwanzig Cent zum Telefonieren gebeten: »Und wann?«

»Ich bin mir noch nicht sicher. Irgendwann in den nächsten vierzehn Tagen.«

»Das sollte kein Problem sein. Ich hab ohnehin gerade eine größere Summe Ihres Vermögens auf einem Tagesgeldkonto zwischengeparkt. – Wissen Sie schon, wie Sie das Geld brauchen werden?«

Da stellte Koestler die richtige Frage: Wie wurde ein Profi wie Ministro eigentlich bezahlt? In bar? In Gold? Über ein Nummernkonto in irgendeinem Land mit niedrigen Steuern und strengem Bankgeheimnis?

»Ich weiß es leider noch nicht«, antwortete Katharina. »Kann in bar sein. Kann eine Überweisung ins Ausland sein …«

»Lassen Sie es mich einfach wissen. Für Bargeld brauche ich allerdings ein paar Tage. Die Überweisung sollte aber kein Problem darstellen. Jedoch sollten wir gemeinsam daran denken, den Betrag in möglichst viele Teilsummen aufzusplitten. Sonst wird Bankenaufsicht misstrauisch.«

»Wollen Sie gar nicht wissen, wofür ich das Geld brauche?«, fragte Katharina, ob der Nonchalance von Koestler plötzlich misstrauisch geworden.

»Nein. Diskretion und Service werden in meinem Hause groß geschrieben. Und für den Fall, dass Sie vorhaben, sich in einer rechtlichen Grauzone zu bewegen, darf ich es auch gar nicht wissen. Ich könnte Sie und mich selbst nur unnötig belasten.«

»Haben Sie Erfahrungen mit so etwas?«

»Man sieht Klienten nicht immer unbedingt an, wie sie ihr Geld verdienen. Pecunia non olet, wie der Lateiner sagt. Geld stinkt nicht.«

Schon wieder hallte Ministros Satz durch Katharinas Kopf: »Ich töte keine Unschuldigen.« Daher fragte sie: »Und mein Vater damals?«

»Ihr Vater?«

»Nun, ich hoffe, er war keiner Ihrer ›Pecunia non olet‹-Klienten?« Katharina zwang sich zu einem Lächeln, als hätte sie einen Witz gemacht.

Koestler schluckte den Köder nur halb: »Also, Frau Klein, da kann ich Sie wirklich beruhigen. Ihr Vater hat sein Vermögen auf ehrliche Art und Weise verdient. Und er wollte nicht mal Geld in Steueroasen unterbringen, obwohl das damals völlig legal gewesen wäre. Nein, keine Sorge. Ihr Vermögen ist ehrlich erworbenes Geld. Das kann Ihnen keiner wegnehmen.«

He Who Lives In Fear

»Puccini«, ein italienisches Restaurant
auf der Eschersheimer Landstraße,
gerade rechtzeitig für ein gutes Mittagessen

Es hatte gar keinen Sinn, auf der Eschersheimer Landstraße überhaupt eine Parklücke finden zu wollen, schon gar keine, die groß genug für das Papamobil war. Daher fuhr Katharina mit Schwung vor die Toreinfahrt neben dem »Puccini«, dem Restaurant ihres Patenonkels Antonio Kurtz.

Sie wollte gerade aussteigen, als die Tür des »Puccini« aufgerissen wurde. Hans und Lutz, Antonio Kurtz' Leibwächter, kamen herausgestürmt.

»Langsam, langsam. Ich bin es nur.«

Hans und Lutz entspannten sich, aber nicht ohne noch einmal ihren Blick aufmerksam über die Umgebung schweifen zu lassen. Dann kamen sie zu Katharina und zogen sie aus dem Auto, um sie zu umarmen. »Du bist zurück!«, stellte Hans, der Kleinere der beiden, vergnügt fest. Lutz, groß, kahlköpfig und meist sehr schweigsam, musterte sie sorgfältig von oben bis unten, um dann in seiner gewohnt präzisen Art festzustellen: »Sogar in einem Stück.«

Hans und Lutz waren ein ungewöhnliches Gespann, aber man durfte sie nicht unterschätzen. Sie waren gute Kämpfer und jederzeit bereit, für die Person, die sich ihnen anvertraute, eine Kugel zu fangen.

»Nicht sicher hier«, knurrte Lutz mit einem Blick auf den Wagen.

»Ja, lass ihn uns nach drinnen bringen«, bestätigte Hans.

Antonio Kurtz hatte das Hinterhaus des »Puccini« entkernen und die so entstandene Halle mit Stahlbeton verstärken lassen.

So war eine Garage und Lagerhalle entstanden, die man über die unscheinbare Einfahrt, vor der Katharina geparkt hatte, erreichen konnte. Hans beeilte sich, das Tor zu öffnen.

Der Cayenne passte gerade eben hindurch. Katharina stellte den Wagen in einer freien Parkbucht ab; sie und Andreas Amendt stiegen aus. Hans und Lutz führten sie in das Refugium von Antonio Kurtz: Neben der offiziellen Küche des Restaurants hatte sich Katharinas Patenonkel noch eine gemütliche Wohnküche in italienischem Stil einbauen lassen – rustikale Holzmöbel, Rauputz an den Wänden, ein altmodischer Gasherd.

Kurtz stand an einer Anrichte und schnitt Möhren. Als sie hereinkamen, legte er rasch das Messer weg und kam mit großen Schritten um die Anrichte herum, um seine Patentochter zu begrüßen. Er wollte sie umarmen, doch Katharina wehrte ihn höflich ab: »Wir müssen reden!«

Kurtz konnte seine Enttäuschung zwar nicht ganz verbergen, doch er setzte ein breites Lächeln auf: »Aber erst wird gegessen!«

Wenn Antonio Kurtz nicht gerade den »Paten von Frankfurt« gab, war er ein leidenschaftlicher, wenn auch experimenteller Koch. Während Katharinas Abwesenheit hatte Kurtz seine italo-asiatische Phase abgeschlossen und damit begonnen, »die deutsche und die süditalienische Küche miteinander zu versöhnen«. Das Ergebnis war eine ausgesprochen zarte Rinderroulade in Chianti-Soße mit Püree aus jungen Kartoffeln und einer Auswahl mediterranen Gemüses. Zum Nachtisch gab es Mousse au Chocolat, von dem Katharina zweimal nachnahm. Sie war süchtig nach allem, was mit Schokolade zu tun hatte, und so viel Zeit musste sein.

Endlich waren sie gesättigt. Kurtz hatte Espresso gemacht und sie saßen um den runden Tisch aus poliertem Eichenholz. Katharina berichtete zum dritten Mal an diesem Tag. Ihr Mund fühlte sich allmählich fusselig an.

Als sie endlich geendet hatte, starrte Kurtz lange in seine leere Espressotasse. Dann sagte er: »Ministro also.« Und versank wieder in Schweigen.

»Hast du eine Idee, wer ihn beauftragt haben könnte?«, fragte Katharina ungeduldig.

»Nein. Nicht wirklich. Außer … Es war ja allgemein bekannt, dass ich mit deinem Vater befreundet war. Das Einzige, was ich mir vorstellen könnte … Aber nein, das passt nicht.«

»Was passt warum nicht?«

»So einen Mord am besten Freund …, der wird veranstaltet, um ein Exempel zu statuieren. Und du weißt genau, wer es war, ohne es beweisen zu können. Dafür sorgen die dann schon. Aber damals? Nichts. Keine versteckte Drohung, keine Anspielungen oder gar anonyme Nachrichten.«

Katharina wusste, dass sie die nächste Frage stellen musste, doch gleichzeitig spürte sie die Panik vor der falschen Antwort in sich aufsteigen. »Sag mal, Antonio«, begann sie vorsichtig. »Hältst du es irgendwie für möglich, dass Papa …« Sie musste schlucken, bevor sie weitersprechen konnte. »Dass Papa in krumme Geschäfte verwickelt gewesen ist?«

Antonio Kurtz sprang auf. Seine Hand holte aus und für einen Moment sah es so aus, als würde er Katharina tatsächlich schlagen. »Sag so etwas nie wieder!«, bellte er sie an.

Katharina hob schützend die Hände vor ihr Gesicht: »Du weißt, dass ich das fragen muss.«

Kurtz setzte sich wieder und sprach beschwörend auf sie ein: »Katharina! Du kanntest doch deinen Vater! Glaubst du im Ernst, er hätte sich auf krumme Touren eingelassen? Diether? Herr Redlich persönlich? Nein, da lege ich meine Hand für ihn ins Feuer.«

»Und unwissentlich?«, bohrte Katharina weiter.

Statt zu antworten, stand Kurtz auf, ging zu einer Anrichte mit Flaschen und Gläsern, goss sich einen Grappa ein und stürzte ihn hinunter. Er schenkte nach, setzte sich wieder und begann, das Glas nervös zwischen seinen Fingern hin- und herzuschieben. »Unwissentlich? Darüber habe ich damals auch lange nachgedacht. Sah ja viel zu sehr nach Auftragsmord aus, das Ganze. Und es war auch die Zeit, in der Kriminelle entdeckten, dass sie mit Kunstwerken sehr einfach Geld waschen oder transferieren konnten. Aber ich habe damals den üblichen Verdächtigen ziemlich unmissverständlich klargemacht, was mit ihnen passiert, wenn sie auch nur versuchen, Diether da mit reinzuziehen.«

»Und andere Player? Vielleicht welche, die einfach nur ihr Geld vor der Steuer in Sicherheit bringen wollten?«

»Ach, Katharina, du kanntest doch das Verhältnis deines Vaters zum Finanzamt. Glaubst du im Ernst, er hätte sich auf so etwas eingelassen?«

Katharinas Vater war stets so überkorrekt gewesen, dass ihn das Finanzamt permanent im Visier hatte, denn wer so gesetzestreu war, konnte nur Böses im Schilde führen. Praktisch jedes Jahr hatten sie ihn geprüft. Ohne Ergebnis. Ihr Vater hatte sich stets einen Spaß daraus gemacht, die Prüfer mit Kaffee und Kuchen zu empfangen.

»Außerdem«, fuhr Kurtz fort, »ab einer gewissen Größenordnung hat dein Vater nichts mehr ohne notariellen Vertrag gemacht, um sich genau gegen so was abzusichern. Dieser ... Wie hieß er doch gleich? Ach ja, richtig! Dieser Schmitz muss sich dabei eine goldene Nase verdient haben.«

»Schmitz?« Der Name sagte Katharina im ersten Augenblick nichts.

»Na, der Anwalt und Notar deines Vaters.«

»Aber irgendjemand muss Ministro beauftragt haben«, warf Andreas Amendt ungeduldig ein.

Kurtz stützte den Kopf in die Hände: »Natürlich. Ich habe nur keine Ahnung, wer. Und wenn es jemand wissen müsste, dann doch Katharinas Gangster-Onkel.«

Am liebsten hätte Katharina Kurtz in den Arm genommen, um ihn zu trösten. Aber das war jetzt nicht der rechte Zeitpunkt: »Dann hilft alles nichts«, sagte sie schließlich. »Wir müssen uns Ministro krallen.«

Kurtz hob den Kopf: »Und wie willst du das machen? Ministro arbeitet normalerweise nicht in Deutschland. Felipe de Vega muss ihm ein gigantisches Honorar geboten haben.«

»Dann machen wir das Gleiche. Geld genug habe ich ja.«

»Und auf wen wollen Sie ihn ansetzen?« Amendts Frage war berechtigt: Der Plan war ja nicht ganz risikofrei.

Kurtz räusperte sich: »Gibt nur eine Möglichkeit. Auf mich.«

»Aber das kann ich nicht von dir –«, wollte Katharina widersprechen.

»Oder kennst du sonst irgendjemanden, den du glaubwürdig als Ziel eines Auftragsmordes verkaufen kannst?«

»Aber –«

»Keine Sorge, Katharina. Unkraut vergeht nicht. Wenn es so weit ist, werde ich mich in meinem Haus verschanzen und eine halbe Armee um mich herum haben.«

»Ministro weiß von der Verbindung zwischen uns. Glaubst du nicht, dass er die Falle riecht?«

»Vielleicht. Aber einen Versuch ist es wert. – Und eine andere Möglichkeit sehe ich nicht, außer du willst einen völlig Unschuldigen aus dem Telefonbuch heraussuchen.«

Kurtz hatte natürlich recht. Trotzdem behagte es Katharina nicht, ihn als Zielscheibe für einen der besten Killer der Welt zu missbrauchen. Ihr Patenonkel legte ihr beruhigend die Hand auf die Schulter: »Nun mach dir deswegen kein Kopf, Katharina. Ist nicht das erste Mal, dass ein Preis auf mich ausgesetzt ist. Und bis jetzt bin ich immer mit heiler Haut davongekommen.«

Es blieb trotzdem noch ein Problem: »Jetzt müssen wir nur noch Ministro kontaktieren. Hast du eine Ahnung, wie das geht?«, fragte Katharina.

»Nein«, antwortete Kurtz missmutig. »Dienste wie die von Ministro brauche ich nicht.«

»Sonst irgendeine Idee, wer es wissen könnte?«

»Nein. Leider. Absolut nicht. Habe ich schon ausgelotet, als ich erfahren habe, dass Ministro auf dich angesetzt ist. Dachte, ich kann den Kontrakt vielleicht aufkaufen und ihn so aufhalten. Aber ich war nicht erfolgreich. Leute wie Ministro kann man nicht einfach anrufen. Da sind Mittelsmänner zwischengeschaltet. Sogenannte Agenturen. Aber welche das sein könnten …«

Wie aufs Stichwort klingelte in diesem Moment Amendts Handy. Er gab das Telefon an Katharina weiter: »Für Sie!«

Es war Schönauer, der Ballistik-Experte: »Ich hatte Ihnen doch versprochen, mich wegen Ministro noch ein wenig umzuhören.«

Katharina fragte nervös: »Und? Wissen Sie jetzt, wie man ihn erreichen kann?«

»Nicht direkt. Aber ich kenne jemanden, der es vielleicht weiß. Haben Sie was zu schreiben?«

Schönauer diktierte Katharina eine lange Telefonnummer. Die Vorwahl kam Katharina bekannt vor: »Ein Satellitentelefon? Jemand im Ausland?«

»Nicht direkt. Ehrlich gesagt, weiß ich nicht, wo er sich aufhält. Er hält sich versteckt.«

»Wer ist es denn?«

»Vielleicht haben Sie den Namen schon mal gehört: Doktor Wolfgang Froh.«

»Der Kriminologe?« Wolfgang Froh hatte mehrere Standardwerke zum Thema »organisierte Kriminalität« verfasst.

»Genau. In den letzten Jahren hat er vor allem auf dem Gebiet der Kommunikation in der organisierten Kriminalität geforscht. Dabei muss er wohl ein paar Quellen zu nah gekommen sein. Auf jeden Fall musste er untertauchen. – Wenn Sie jemand auf die Spur von Ministro bringen kann, dann er.«

Katharina bedankte sich. Schönauer fuhr fort: »Gern geschehen. Ich würde mich freuen, wenn ich dabei helfen kann, Ministro aus dem Verkehr zu ziehen. – Ach, noch eines: Ministro ist ein ausgezeichneter Scharfschütze. Ich habe hier in meinen Unterlagen wenigstens drei Fälle, bei denen er aus einer Entfernung von mehr als zweihundert Metern geschossen hat. Das sollten Sie bei Ihrem Plan einkalkulieren. – Und, nur um in Erinnerung zu bleiben: Ich schieße noch besser. Ich hoffe, Sie besinnen sich darauf.«

Schönauer legte auf, ohne sich zu verabschieden. Katharina gab Andreas Amendt das Handy zurück und sah zu Kurtz. »Können wir dein Konferenz-Telefon benutzen?«

Kurtz nickte zu Hans zu, der aus einem Schränkchen ein kreisrundes Gerät holte, das er mit einer Telefonbuchse verband und auf den Tisch stellte.

»Wen willst du anrufen?«, fragte Kurtz.

»Doktor Wolfgang Froh, den Kriminologen. Angeblich soll er uns dabei helfen können, Ministro zu finden.«

»*Der* Froh?«

»Wieso? Kennst du ihn?«

»In meinem Metier kennt ihn fast jeder. Hat eine Menge Feinde. Und er ist ein wenig … Nun ja, mach dir lieber selbst einen Eindruck.«

Katharina wählte die Nummer, die Schönauer ihr gegeben hatte. Stille und elektronisches Rauschen. Dann eine elektronisch generierte Stimme: »Ihr Standort wird bestimmt. Bitte bleiben Sie in der Leitung.«

Endlich läutete es. Einmal, zweimal, dreimal … Katharina wollte schon aufgeben, da knackte es erneut in der Leitung und eine vom Stress quäkige Stimme meldete sich: »Antonio Kurtz! Warum rufen Sie mich an? Und woher haben Sie diese Nummer?«

»Doktor Wolfgang Froh?«, fragte Katharina vorsichtig.

»Wer sind Sie denn?«, quäkte es zurück.

»Mein Name ist Katharina Klein. Antonio Kurtz ist mein –«

»Patenonkel! Ich weiß! Ich weiß, wer Sie sind.«

»Dann ist ja gut.«

»Gut? Was soll daran gut sein? Sie sind die Frau, die Miguel de Vega weggepustet hat. Wissen Sie eigentlich, was Sie damit angerichtet haben? Haben Sie in letzter Zeit mal die Zeitung gelesen?«

»Nur insoweit, dass es auch Miguels Vater erwischt hat, Felipe de Vega.«

»Ganz richtig. Ahnen Sie auch nur ansatzweise, was das bedeutet? Einen neuen Krieg um Kokain. Mit Felipe de Vegas Tod ist ein Machtvakuum entstanden, das jetzt eine ganze Menge Leute füllen wollen. – Bitte sagen Sie mir, dass Sie nicht auch noch Felipe de Vega auf dem Gewissen haben.«

»Nein. Habe ich nicht.« Katharina ertappte sich dabei, dass sie das Gefühl hatte zu lügen. Ministro hatte vermutlich Felipe de Vega ermordet, um einen Racheakt zu verhindern: Der kolumbianische Drogenboss dürfte nicht sehr begeistert gewesen sein, als er gehört hatte, dass Ministro Katharina hatte laufen lassen.

»Na, dann ist ja gut«, sagte die Stimme aus dem Telefon sarkastisch. »Was wollen Sie? Und von wem haben Sie meine Nummer?«

»Gerhard Schönauer vom BKA hat sie mir gegeben.«

»Ach, der Schönauer. Gut. Also, was wollen Sie?«

»Ich müsste wissen, auf welchem Wege man einen hochrangigen Auftragsmörder kontaktieren und engagieren kann.«

»Wozu um Himmels willen brauchen Sie einen Auftragsmörder?«

»Es ist nur für eine Recherche und –«

»Lügen Sie mich nicht an. Ich habe hier ein Gerät mitlaufen, das Stimmstressmuster analysiert.«

Also gut, dann die Wahrheit: »Das muss aber absolut unter uns bleiben.«

»Selbstverständlich. Glauben Sie, ich will noch mehr Ärger?«

»Ich will einen Killer namens Ministro in eine Falle locken. Ich muss von ihm erfahren, wer ihn vor sechzehn Jahren für einen Mord engagiert hat.«

»Ministro?« Frohs Stimme überschlug sich. »Mit Verlaub: Sind Sie so naiv, dass Sie eigentlich nicht unbeaufsichtigt herumlaufen dürften? Oder einfach lebensmüde? – Ministro wird Sie kaltmachen, noch bevor Sie Gelegenheit haben, Ihre Waffe zu ziehen. Wenn Sie ihn überhaupt engagieren können. Und seinen Auftraggeber werden Sie niemals aus ihm herauskriegen.«

»Warum nicht?«

»Weil er seinen Auftraggeber nicht kennt, natürlich, Sie Dummerchen. – Sie haben echt keine Ahnung, wie so was abläuft, oder? Sie können jemanden wie Ministro nicht einfach anrufen und bestellen. Das läuft über Mittelsmänner, und zwar so viele, bis sich jede Spur verliert. Kein Profi der Gewichtsklasse Ministro weiß, wer ihn engagiert hat. Eine Sicherheitsmaßnahme.«

Katharina dachte nach: Richtig, Ministro hatte sie in ihrer finalen Konfrontation auf Mafia Island überhaupt erst dazu befragt, warum Felipe de Vega sie töten lassen wollte. Und wenn sie sich recht erinnerte, war sie es erst gewesen, die ihm verraten hatte, wer ihn auf sie angesetzt hatte.

»Sind Sie noch da?«, quäkte die Stimme aus dem Konferenztelefon.

»Ja, natürlich. Dennoch wüsste ich gerne, wie man Ministro engagiert.«

»Ganz einfach: gar nicht!«, kläffte die Stimme. »Er arbeitet nicht in Deutschland.«

»Dann hat er aber für Felipe de Vega eine Ausnahme gemacht.«

»Felipe de Vega?«

»Er hatte Ministro auf mich angesetzt.«

»Oha! Da muss ihm de Vega eine Stange Geld geboten haben. Und wozu wollen Sie Ministro dann engagieren? Sie brauchen nur zu warten. Ministro findet Sie schon.«

»Das hat er bereits. Und er hat mich laufen lassen. Weil er mich für unschuldig hält.«

Längeres, von elektronischem Rauschen untermaltes Schweigen aus dem Telefon. Endlich sagte Dr. Froh: »Dann sind die Gerüchte also wahr. Ministro ist bei der Annahme seiner Aufträge sehr wählerisch. Und eine Menge Leute sagen, dass er nur Menschen tötet, die es auch wirklich verdient haben.«

Katharina durchlief ein eiskalter Schauer. Aber sie würde jetzt nicht über die Konsequenz dieses Satzes nachdenken. »Können Sie mir nun sagen, wie ich Ministro kontaktieren kann?«

»Nein«, kam die einsilbige Antwort.

»Sie können nicht? Oder Sie wollen nicht?«

»Beides. Selbst, wenn ich es wüsste, würde ich Ihnen die Information nicht geben. Nicht bei jemandem wie Ministro. Ich hänge an meinem Leben, herzlichen Dank!«

»Aber Sie wissen ohnehin nicht, wie man ihn kontaktieren kann?«

»Nein. Wenn es in Deutschland überhaupt jemand weiß, dann ...« Die quäkige Stimme machte eine dramatische Pause. »Der Staufer!«

»Der Staufer?« Katharina unterdrückte nach Kräften das Lachen, das aus ihrem Bauch aufstieg und mit Macht nach draußen wollte. »Soll das ein Witz sein? Oder ist gerade Märchenstunde?«

»So etwas verbitte ich mir«, kam es gekränkt zurück. »Der Staufer ist höchst real. Und dass die Polizei seine Existenz leugnet, ist nicht nur dumm, sondern auch ausgesprochen gefährlich. Merken Sie sich meine Worte.«

»Das werde ich. Dann danke ich Ihnen für die Hilfe. Und, ach ja, wenn Sie ins Freie gehen, denken Sie immer schön an Ihren Aluminiumfolienhut.«

»Aluminiumfolienhut? Was soll das denn heißen?«

»Na, gegen die kosmischen Gedankenlenker-Strahlen.«

»Gedankenlenker-Strahlen? Halten Sie mich etwa für verrückt? Und im Übrigen hilft gegen psychotrope Strahlung keine Aluminiumfolie. Da brauchen Sie bleiverkleideten Stahlbeton.«

»Wenn Sie das sagen.«

Statt einer Erwiderung kam aus dem Konferenztelefon nur ein beleidigtes Knacksen, dann das Besetztzeichen. Katharina drückte die rote Taste zum Auflegen. Und dann war es um ihre Fassung geschehen. Sie wurde von einem hysterischen Lachanfall geschüttelt, in den Antonio Kurtz einfiel: »Der Staufer!«, stießen sie immer wieder hervor.

»Der Staufer?«, fragte Andreas Amendt dazwischen, aber er drang nicht durch die immer neuen Lachsalven von Kurtz und Katharina. Er wartete, bis sie sich halbwegs beruhigt hatten, dann fragte er noch einmal: »Wer ist der Staufer?«

»Nichts. Niemand«, antwortete Katharina, immer noch mit dem Lachen kämpfend. »Ein Märchen, das Unterweltler ihren

Kindern erzählen, wenn sie nicht artig sind. Sei schön brav, sonst kommt der Staufer und holt dich.«

Antonio Kurtz, der sich inzwischen mithilfe eines Grappas halbwegs beruhigt hatte, erbarmte sich und klärte den immer noch ratlosen Amendt auf: »Der Staufer war in den Achtzigern und frühen Neunzigern ein ganz heißes Thema. Angeblich jemand, der im Auftrag von Kunden große Verbrechen einfädelt: Morde, Raubüberfälle, Einbrüche und so weiter. Wann immer irgendetwas passiert ist, was man nicht erklären konnte und wo es Schwierigkeiten bei der Aufklärung gab, hat man es dem Staufer in die Schuhe geschoben. Aber wie schon gesagt: Niemand, den ich kenne, ist ihm je begegnet. Er war halt eine bequeme Erklärung und ein guter Sündenbock. In einigen Kreisen hält sich das Gerücht vom Staufer noch immer.«

»Im Polizeipräsidium ist das ein echter Klassiker«, ergänzte Katharina. »Wenn Verdächtige im Verhör mit dem Rücken zur Wand stehen, sagen sie gerne mal: Das war ich nicht, das war der Staufer. Mich hat der Staufer beauftragt. Und solche Dinge.«

Endlich hatten sie sich beruhigt. Kurtz hatte noch eine Runde Espresso gemacht.

»Und jetzt?«, stellte Andreas Amendt die offensichtliche Frage.

Eine kleine Stimme in Katharina jubelte begeistert: Jetzt könne man das Ganze doch einfach zu den Akten legen, abwarten, zur Tagesordnung übergehen. Wo die Spur zu Ministro doch ins Leere verlaufen war … Doch dann sah Katharina Andreas Amendts Augen. Sie waren noch immer leicht gerötet. Und was hatte sie selbst gesagt? »Wir bringen das jetzt zu Ende!«

Wenn sie nur wüsste, wie.

Early Warning

```
Katharinas Wohnung im Frankfurter Westend
     nach Einbruch der Dunkelheit -
  aber es ist ohnehin einer dieser Tage,
   an denen es nie richtig hell wird
```

Stille.

Was vom Lärm des Verkehrs seinen Weg durch den dämpfenden Schnee hoch in den vierten Stock fand, prallte an den doppelverglasten Fenstern von Katharinas Wohnung ab.

Stille.

Zum ersten Mal seit Langem. In Afrika, auf Mafia Island, war es nie ganz still gewesen. Selbst in den Nächten nicht, in denen Katharina auf dem Bett in ihrem Bungalow lag, das Licht ausgeschaltet, in die Nacht hineinlauschend: Die Schreie der Nachtvögel, Schritte der Nachtwächter auf dem Kies, hin und wieder das Brüllen eines Affen.

Die Stille in Katharinas Wohnung war bedrückend. Wie eine viel zu schwere, viel zu warme Daunendecke. Auch der Tag war hektisch gewesen, laut, immer Menschen in ihrer Nähe.

Vor allem ein Mensch.

Andreas Amendt.

Vor der Tür des »Puccini« hatte er sich von ihr verabschiedet, seinen Gitarrenkoffer und seine Reisetasche in der Hand. Er hatte es nicht weit und wollte laufen. Müde hatte er ausgesehen. Traurig. Katharina hätte ihn gerne getröstet. Ihm versprochen, dass sie Susannes Mörder stellen würden. Sie hatte ihm nachgesehen, bis er von der Eschersheimer Landstraße in eine Seitenstraße einbog. Die Fichardstraße. Dort wohnte er.

Dann war Katharina ins Papamobil gestiegen und durch den immer dichter fallenden Schnee ins Westend zu ihrer eigenen Wohnung gefahren. Sie hatte dreimal den Block umrunden müssen und zwei Nebenstraßen weiter endlich eine Parklücke für das Papamobil gefunden. Seufzend hatte sie ihr Gepäck aus dem Kofferraum genommen und es zu ihrem Haus geschleppt.

Jetzt saß sie an ihrem Küchentisch und wusste nichts mit sich anzufangen. Eigentlich war sie müde, doch es war erst fünf Uhr abends. Zu früh, um ins Bett zu gehen.

Nun, sie konnte wenigstens auspacken. Katharina ging ins Schlafzimmer und leerte ihre große Reisetasche auf dem Bett aus. Mit einem Armvoll schmutziger Wäsche ging sie zurück in die Küche und stopfte die erste Ladung in die Waschmaschine. Das leise klappernde Rotieren der Waschtrommel verschaffte ihr wenigstens eine gewisse Geräuschkulisse. Zusätzlich schaltete sie das Radio an. Nachrichten und Wetter. Mehr Krise, mehr Probleme, mehr Schnee. Drei Minuten Staumeldungen. Dann endlich Musik. Seichter Pop. Immer noch besser als Stille. Sie drehte das Radio laut – sollten die Nachbarn doch schimpfen – und begann, das restliche Gepäck zu sortieren und zu verstauen. Katharina hasste es, wenn ihre Wohnung unaufgeräumt war.

Im Badezimmer räumte sie ihren Kosmetikkoffer aus. Der Koffer war ein Geschenk des Mannes mit den Eukalyptuspastillen, jener seltsam blassen Erscheinung, der sie nach der Schießerei, in der sie Miguel de Vega getötet hatte, verteidigt hatte. Zuvor hatte er ihrem früheren Partner Thomas – mit dem sie drei Jahre lang ein Ermittlerteam gebildet hatte und der gleichfalls in der Schießerei umgekommen war – die Akte zur Ermordung ihrer Familie zugespielt. Den Koffer hatte er ihr gegeben, als er sie vor Ministro gewarnt und sie dringend gebeten hatte, unterzutauchen. Der Koffer enthielt Geheimfächer für Munition und außerdem drei große metallene Geräte: einen Fön, einen Epilierapparat und einen Vibrator mit den Ausmaßen einer Salatgurke. Die Geräte funktionierten wirklich – beim Vibrator hatte Katharina sich allerdings auf das Wort des Mannes mit den Eukalyptuspastillen verlassen –, enthielten aber auch Hohlräume, die Teile ihrer Schusswaffe aufnehmen konnten. Sie packte die drei Geräte zurück in den Kosmetikkoffer und stellte ihn ganz unten in das Badezimmerregal.

Sie fühlte sich schmutzig. Nach der Nacht im Flugzeug war sie den ganzen Tag unterwegs gewesen und trug seit fast sechsunddreißig Stunden die gleichen Klamotten. Kurzerhand zog sie sich aus und duschte. Danach wanderte sie nackt ins Schlafzimmer. Ihre Wäschekommode war zwar ziemlich leer – der größte Teil des Inhalts drehte sich gerade in der Waschmaschine –, aber sie fand noch einen Slip mit dazu passendem BH – schwarze Spitze, also vielleicht etwas overdressed – und ein Paar dicker Strümpfe. Schwarzer Rollkragenpullover, Jeans, fertig.

Die Dusche hatte die Müdigkeit vertrieben. Doch was konnte sie an diesem Abend noch tun?

Ihre Handtasche hatte sie noch nicht aus- und umgepackt. Katharina räumte die alte, abgegriffene Ledertasche, die ihr Susanne zu ihrem Austauschjahr in Südafrika geschenkt hatte, ganz aus. Dann begann sie, neu zu packen: Notizblock, ihre kleine Digitalkamera, ein paar Stifte, eine kleine Taschenlampe, Einweghandschuhe … Sie schmunzelte: Utensilien für eine Ermittlung. Nun, warum nicht? Vielleicht konnte sie Polanski davon überzeugen, ihr einen Fall zu übertragen, bis die Arbeit in der Sonderermittlungseinheit begann. Damit sie nicht einrostete. Oder …

Oder – dieser Gedanke kam ihr aus heiterem Himmel – sie könnte mit den Ermittlungen zum Tod ihrer Familie noch einmal ganz von vorne anfangen. Am Tatort. Im Haus ihrer Eltern. Es war praktisch noch in dem Zustand wie nach der Tat. Vielleicht hatte Polanski damals etwas übersehen. Nicht genau genug hingeschaut. Er hatte ja seinen Täter gehabt: Andreas Amendt. Doch jetzt waren die Karten neu gemischt. Das war vielleicht wirklich eine gute Idee. Und wenn es schon keine Spuren gab, dann vielleicht wenigstens einen Hinweis, wer Ministro auf ihre Familie …

»Ich töte keine Unschuldigen!« Ministros Satz dröhnte wieder in ihrem Kopf. Katharina hatte genug Tötungsdelikte bearbeitet, um zu wissen, dass Opfer nur selten wirklich unschuldig waren. Geheimnisse aus der Vergangenheit, gut begraben und vergessen, wurden bei Ermittlungen ans Tageslicht gezerrt. Würde es bei ihrer Familie auch so sein? Was würde sie über ihren Vater, ihre Mutter, ihre Schwester erfahren? Und wollte sie das wirklich wissen?

Doch dann erinnerte Katharina sich an den stummen Eid, den sie geleistet hatte: Sie war nach dem Abitur aus Südafrika zurückgekommen, hatte sich für den Polizeidienst beworben und war angenommen worden. Mit dem Brief in der Hand war sie zum letzten Mal am Grab ihrer Familie gewesen. Sie hatte ihnen versprochen, den Mörder zu finden. Wenn sie aufgab, würde sie sich das niemals verzeihen. Jetzt musste sich zeigen, wie gut sie als Ermittlerin wirklich war.

Katharina zwang sich, sich wieder ihrer Handtasche zu widmen. Beim Auspacken hatte sie zwei dieser dicken Kugelschreiber gefunden, einer rot, einer blau. Keine Ahnung, wo sie die eingesteckt hatte, aber sie schrieben vernünftig und lagen gut in der Hand. Also steckte sie die Stifte ebenfalls in die Handtasche. Ein Ersatzmagazin für ihre Pistole, Beweismittelbeutel, ein paar Briefumschläge für Spuren, die besser in Papier aufbewahrt wurden, ihr kleines Werkzeugset – Pinzette, Schraubendreher, ein Skalpell mit auswechselbarer Klinge, eine kleine Zange –, ein weicher Kosmetikpinsel, zwei Döschen mit schwarzem und weißem Fingerabdruckpulver, eine kleine Tube Sekundenkleber – mit den Dämpfen konnte man gleichfalls Fingerabdrücke sichtbar machen –, ein paar starke Kabelbinder: genauso gut wie Handschellen, aber sehr viel leichter und auch für andere Zwecke zu verwenden. All das wanderte zurück in ihre Handtasche.

Plötzlich fiel ihr etwas ein und sie zog den Reißverschluss des verborgenen Innenfachs auf. Darin steckte noch eine Rolle mit Geldscheinen: ihre Pokerkasse, mit der sie ihre Flucht nach Tansania finanziert hatte. Die Rolle war deutlich geschrumpft, aber es mussten immer noch ein paar Tausend Euro sein. Katharina wollte das Geld schon wieder in ihrer Keksdose verstecken, doch dann entschloss sie sich anders: Bargeld war vielleicht für das, was sie vorhatte, ganz nützlich. Wer wusste, wen sie bestechen, welche Informationen sie kaufen musste. Also steckte sie die Rolle zurück in die Handtasche.

Dann packte sie noch ihren kleinen Kulturbeutel für Notfall-Übernachtungen: Zahnbürste, Zahnpasta, einen kleinen Deostift, eine kleine Flasche Duschgel, ein sauberes Unterhöschen. Automatisch legte sie auch noch drei Kondome dazu. Sie musste kichern, ließ die Kondome aber im Kulturbeutel. Man wusste ja nie. Außerdem konnte man sie notfalls dafür verwenden, Spuren wasserdicht zu verpacken.

Sie schob den Kulturbeutel in das Seitenfach der Handtasche. Ein leichter Schauer der Erregung rieselte über ihren Rücken. Sie bekam plötzlich Lust, ihre Jacke überzustreifen, ihre Handtasche zu schnappen und einfach loszuziehen. Irgendwo etwas zu essen. Vielleicht in einer Bar jemanden kennenzulernen. Mit ihm zu gehen. Spaß zu haben. Auf andere Gedanken zu kommen. Wie lange hatte sie keinen Sex mehr gehabt? Das war …

Ihr Magen rebellierte wieder, ihr wurde schwindelig und sie musste sich setzen. Hatte sie wirklich mit Ministro geschlafen? Hatte er sie *unter Drogen gesetzt und vergewaltigt*? Ganz ruhig, befahl sie sich. Dir ist nichts nichts passiert. Du bist nicht schwanger. Nicht verletzt worden.

Katharina überfiel ein Gefühl von Scham. Ministro hatte sie geküsst. Aber da war er noch Javier gewesen, der freundliche Priester. Vermutlich hätte sie auch so mit ihm geschlafen. Und sie hätte es sogar genossen. Oder hatte sie es wirklich genossen? Verdammt! Sie konnte sich partout nicht erinnern.

So also musste sich Andreas Amendt gefühlt haben, als er im Haus ihrer Eltern wieder zu sich gekommen war. Nur noch sehr viel schlimmer.

Die Akte zur Ermordung ihrer Familie lag auf dem Küchentisch. Sie schob sie in ihre Handtasche. Dann ging sie ins

Wohnzimmer zu ihrem kleinen Tresor und öffnete ihn. Der Schlüsselbund zum Haus ihrer Eltern lag ganz obenauf. Sie ließ ihn gleichfalls in die Handtasche fallen.

Dann fiel ihr Blick auf ihr Mobiltelefon. Sie hatte es vor ihrer Abreise in den Tresor verbannt, damit niemand es nutzen und ihren Standort herausfinden konnte. Sie nahm das Gerät heraus und versuchte es anzuschalten. Das Display blieb dunkel. Natürlich, der Akku war leer.

Sie ging mit dem Handy und dem Netzteil in ihr Gästezimmer und stöpselte es in den Dreierstecker auf dem kleinen Schreibtisch. Dann schaltete sie es ein, um wenigstens ihre Nachrichten abzuhören. Doch so weit kam sie gar nicht. Kaum hatte sie ihre PIN eingegeben, begann das kleine Telefon auch schon zu läuten.

»Verschlüsselter Anruf von: Koala. Annehmen?«, verkündete das Display.

Verschlüsselter Anruf? Ach ja, richtig. Das Handy war gleichfalls ein Geschenk des Mannes mit den Eukalyptuspastillen gewesen. Geheimdienstmaterial, einschließlich eines Scramblers, um Telefonate zu verschlüsseln. Katharina beeilte sich, den Anruf entgegenzunehmen.

»Na endlich«, nörgelte eine Stimme, die Katharina zunächst nicht zuordnen konnte, aus dem Hörer. »Koala hier! Ich versuche schon seit Stunden, Sie zu erreichen.«

Endlich hatte Katharina sich so weit gefasst, dass sie die Stimme erkannte: der Mann mit den Eukalyptuspastillen!

»Ja, Entschuldigung, aber ich –«, begann sie. Doch der Mann ließ sie nicht ausreden: »Ich hab wichtige Informationen für Sie.«

»Worüber?«

»Das ist eine dumme Frage. Sie wissen worüber!«

Natürlich. Der Mann mit den Eukalyptuspastillen hatte in ihrem letzten Gespräch erklärt, dass er – oder die Institution, für die er arbeitete – an einer Aufklärung des Mordes an ihrer Familie dringend interessiert sei.

»Ja, ich kann es mir denken«, sagte Katharina schließlich in das Schweigen hinein.

»Gut. Wir müssen uns treffen. Möglichst bald.«

»Ich bin zu Hause, und wenn Sie –«, begann Katharina wieder, nur um erneut unterbrochen zu werden.

»Nein, das ist zu auffällig. Treffen Sie mich in einer halben Stunde am Westendplatz. Wir müssen uns wirklich beeilen. Ich habe gerade erfahren, dass ein neuer Player in der Stadt ist.«

»Ein neuer Player?«

»Na, nun seien Sie doch nicht so schwer von Kapee«, raunzte es aus dem Hörer. »Ein neuer Profikiller.«

Nicht schon wieder! »Meinetwegen?«, fragte Katharina tonlos.

»Ehrlich gesagt, weiß ich es nicht. Aber wir sind besser vorsichtig. Er hat den Codenamen S/M.«

»Essem?«, fragte Katharina. »Araber?«

»Nein. Es Schrägstrich Em. – Also dann, in einer halben Stunde am Westendplatz. Bestätigen Sie!«

»Westendplatz. Halbe Stunde«, wiederholte Katharina mechanisch.

»Und zu keinem ein Wort. Trauen Sie niemandem. Koala over!« Dann war das Handy stumm. Katharina starrte es an. Panik stieg in ihr auf. Noch ein Profikiller. Und bestimmt einer, der nicht solch moralische Skrupel hatte wie Ministro.

Sie warf einen Blick aus dem Fenster. Draußen trieben schwere weiße Flocken vorbei. Noch mehr Schnee. Andererseits war das ja vielleicht gut. Es würden nur wenige Menschen auf der Straße unterwegs sein. Sie würde Verfolger schnell erkennen und leicht abschütteln können.

Sie kramte ihre Doc Martins aus dem Kleiderschrank, schlüpfte in ihre geliebte weinrote Lederjacke und legte sich noch einen Schal um. Aus der Schublade ihrer Garderobe holte sie ihre alten Uniform-Lederhandschuhe. Die hatte sie nie abgegeben und immer sorgfältig gepflegt, denn sie passten wie angegossen, hielten warm und gaben doch genug Bewegungsfreiheit. Sie befestigte das Holster mit ihrer Waffe am Gürtel und schob es nach hinten auf den Rücken. Einerlei, was Polanski sagte: Sie würde die Waffe tragen. Besser ein Verstoß gegen das Waffengesetz als tot. Dann schnappte sie sich ihre Handtasche, vergewisserte sich, dass sie ihre Schlüssel dabeihatte, und verließ die Wohnung.

Der Schnee fiel so dicht, dass Katharina kaum etwas sehen konnte. Ihre Zehen wurden nach wenigen Minuten kalt, also begann sie, beim Gehen mit den Füßen aufzustampfen. Aber sie hatte recht gehabt: Außer ihr war kaum jemand unterwegs. Nur in der Ferne hörte sie zwei, drei Fehlzündungen. Na ja, nicht alle Autos waren wintertauglich.

Der Westendplatz lag verlassen im Schnee, der kleine Kiosk in der Mitte des Platzes hatte geschlossen. Katharina versuchte angestrengt, durch die Dunkelheit zu spähen, doch sie sah niemanden. Langsam ging sie um den Platz herum, immer halb in Deckung hinter den geparkten Autos. Endlich entdeckte sie einen Wagen mit eingeschalteter Warnblinkanlage. Die Scheiben des neuen schwarzen Mercedes-Benz waren getönt. Im Inneren rührte sich nichts. Sie schlich um den Wagen herum, klopfte an die Scheibe, schließlich fasste sie an die Fahrertür. Die Tür sprang auf. Ein Mann fiel ihr entgegen. Hemd und Jackett blutgetränkt, Blut rann aus seinen Mundwinkeln, sein Hinterkopf eine einzige blutige Masse.

Es war der Mann mit den Eukalyptuspastillen. Koala.

Tot. Erschossen. Scheiße.

Interlude in c Minor

        Polizeipräsidium Frankfurt am Main,
                22. Januar 2008

»Das können Sie laut sagen! Scheiße!«

»Aber, aber, Herr Kollege«, wies Richter Weingärtner Staatsanwalt Ratzinger, der wütend aufgesprungen war, freundlich zurecht. »Sie können doch nicht ausgerechnet jetzt unterbrechen. Wo es gerade spannend wird.«

»Es ist schön, dass Sie die Aussage von Frau Klein so unterhaltsam finden«, ließ sich Kriminaldirektor Weigl vernehmen. »Ich höre bisher nichts als eine ausgesprochen langatmige Räuberpistole. Der Staufer! Haben Sie es nicht eine Nummer kleiner?«

»Nun, Frau Klein wird uns ihre Geschichte in dem Tempo erzählen, das sie für angebracht hält«, brachte ihn Richter Weingärtner zum Schweigen. »Aber da wir ohnehin unterbrochen haben: Ich muss gerade mal eine Stange Wasser in die Ecke stellen.«

Ohne auf die Zustimmung der anderen Kommissionsmitglieder zu warten, stand der Richter auf und eilte aus dem Raum.

Kriminaldirektor Weigl, der ihm nachgesehen hatte, klopfte die Taschen seines Jacketts ab: »Und ich brauche eine Zigarette.« Er zog eine Zigarettenschachtel und ein Feuerzeug aus der Innentasche seiner Jacke und verließ gleichfalls den Sitzungssaal.

Staatsanwalt Ratzinger, der noch immer mürrisch vor sich hin starrte, fühlte sich wohl von seinen Kollegen im Stich gelassen: »Und ich gehe mir einen Tee holen. Diese Plörre hier verätzt einem ja die Schleimhäute.«

Mit Schwung ließ er die große Tür des Sitzungssaals hinter sich ins Schloss fallen.

Frauke Müller-Burkhardt räusperte sich und sah zur Protokollantin, die sie freundlich anlächelte. Endlich verstand das junge Mädchen und sprang auf: »Ich ... Also, ich ... ich glaube, wir brauchen frisches Mineralwasser.«

»*Das ist eine gute Idee.*« *Die Staatsanwältin sah der Protokollantin nach, bis auch sie endlich die Tür hinter sich geschlossen hatte. Dann legte sie die Hand auf Katharinas Arm und fragte flüsternd:* »Du bist doch wirklich nicht schwanger, oder?«

»*Nein*«, *antwortete Katharina pikiert.*

»*Einerseits gut, andererseits aber auch schade. Ich meine, das Kind muss ja nicht gerade von einem Profikiller sein. Aber dieser Amendt ...*«

»*Doktor Amendt und ich sind nur Freunde*«, *korrigierte Katharina sie rasch.*

»*Echt? Was habt ihr denn die ganze Zeit in Afrika gemacht? – Ich weiß, ihr habt einen Serienkiller gejagt. Aber trotzdem wärt ihr ein schönes Paar. – Und ›Doktor Amendt‹? Ihr seid noch immer per Sie?*«

»*Es hat sich einfach nicht ergeben.*«

»*Nun denn, was nicht ist, kann ja noch werden.*« *Frauke Müller-Burkhardt zuckte die Achseln.* »*In jeder Hinsicht. Und sag mir nicht, dass du ihn nicht anziehend findest. Den finde ja sogar ich attraktiv und ich stehe gar nicht auf Männer.*«

Endlich kehrten die drei Herren und die Protokollantin zurück.

»*Na, dann fahren Sie mal mit Ihrer Räuberpistole fort, Frau Klein*«, *sagte Kriminaldirektor Weigl.*

»*Aber, aber*«, *erwiderte Richter Weingärtner.* »*Bisher deckt sich der Bericht von Frau Klein mit der Faktenlage.*« *Er wandte sich an Katharina:* »*Sie haben also die Leiche von Hartmut Müller gefunden? Und als Nächstes werden Sie uns sicher berichten, wie Sie vorschriftsmäßig und ganz im Sinne von Kriminaldirektor Weigl die Kollegen alarmiert haben.*«

»*Na ja*«, *begann Katharina zögernd.* »*Ganz so einfach war das nicht.*«

»*Was soll daran nicht einfach sein?*«, *brauste Staatsanwalt Ratzinger auf.* »*Sie nehmen Ihr Handy und wählen die Eins Eins Null.*«

»*Mein Handy ... Also, das hatte ich nicht dabei. Das war –*«

Richter Weingärtner unterbrach sie höflich: »*Frau Klein, erzählen Sie einfach weiter. So wie eben. Vielleicht klären sich dann ja schon die meisten Fragen.*«

II
KOI-KARPFEN

*»One must never set up a murder.
They must happen unexpectedly, as in life.«*
ALFRED HITCHCOCK

Bomb

```
Westendplatz Frankfurt am Main,
    ein paar Sekunden später
```

Dicke Blutstropfen, die rotgeränderte Löcher in den weißen Schnee schmolzen.

Hirnmasse, die aus dem zersprengten Schädel rann und auf den Boden klatschte.

Tote Augen, die sie anklagend anstarrten.

Gleich würde er sie packen. Gleich …

Noch schlimmer, der Mörder konnte nicht weit sein.

Katharina riss sich vom Anblick der Leiche los. Sah sich um, halb geduckt, die Hand am Griff ihrer Pistole, doch um sie herum war alles still, gedämpft durch den immer dichter fallenden Schnee.

Schnee! Spuren! Der Schnee würde die Spuren zudecken! Dieser Gedanke endlich schreckte Katharina aus ihrer panischen Trance auf, ihr Notfallprogramm setzte ein, tausendmal geübt: Lebenszeichen suchen – Notruf absetzen – Tatort sichern.

Schnell zog Katharina ihre Handschuhe aus, streifte stattdessen ein paar Einweghandschuhe über und tastete nach dem Puls am Hals des Mannes mit den Eukalyptuspastillen: Nichts.

Erste Hilfe? Eigentlich war sie dazu verpflichtet. Den Tod konnte nur eine dafür ausgebildete Fachkraft feststellen. Außer bei nicht mit dem Leben zu vereinbarenden Verletzungen. Zählten ein fehlender Hinterkopf und ein über die Kopfstütze des Mercedes und das Straßenpflaster verteiltes Gehirn dazu?

Nächster Schritt: Notruf absetzen. Die Kollegen alarmieren. Einen Krankenwagen. Katharina tastete in ihrer Handtasche nach dem Handy … Verdammt! Das stand zu Hause in der Ladestation.

Natürlich waren bei diesem Wetter keine anderen Passanten unterwegs, die sie hätte um Hilfe bitten können. Was nun? Die Wohnhäuser um den Westendplatz herum abklappern, ob jemand öffnete und die Polizei alarmierte? Oder schnell zur Jüdischen Gemeinde sprinten? Dort stand immer ein Streifenwagen. Aber konnte sie wirklich den Tatort unbeaufsichtigt lassen? Was, wenn der Täter doch noch in der Nähe war? Die Zeit nutzte, um Spuren zu verwischen?

Oder …? Natürlich! Der Mann mit den Eukalyptuspastillen hatte sie angerufen. Von einem Handy. Das musste doch irgendwo sein. Mit ihrer kleinen Taschenlampe leuchtete sie ins Wageninnere. Auf dem Beifahrersitz lag ein schmaler metallener Aktenkoffer, geöffnet und leer. Das Handschuhfach enthielt nur das Handbuch des Wagens und die Scheckheftmappe. Die Handyhalterung am Armaturenbrett – leer. Auch der Autoschlüssel steckte nicht. Der Täter musste ihn mitgenommen haben. Auf der Rückbank lag ein Mantel; sie griff vorsichtig in die Taschen. Nichts.

Es half nichts. Sie würde die Leiche durchsuchen müssen. Mit spitzen Fingern griff sie in die äußeren Jacketttaschen. Nur eine Packung Taschentücher und die Dose mit den Eukalyptuspastillen, aus der sich der Mann immer bedient hatte. Die Innentaschen waren beide leer. Katharina fiel auf, dass die linke Innentasche eingerissen war. Dort hatte vermutlich die Brieftasche gesteckt. Ebenfalls gestohlen.

Und der Inhalt des Aktenkoffers? Er hatte vermutlich die Unterlagen enthalten, die ihr der Mann mit den Eukalyptuspastillen hatte übergeben wollen. Verdammt, auch die letzte Spur zum Teufel! Sie besah sich den Aktenkoffer noch einmal genauer. Gebürstetes Aluminium, mit schwarzem Leder ausgeschlagen, fünfstelliges Zahlenschloss, am Handgriff war eine Kette mit einer Handschelle befestigt. Vorsichtig schob Katharina ihre Hand in das Fach im Deckel des Koffers. Ihre Finger stießen auf eine Visitenkarte: »Hartmut Müller, Controlling, KAJ«. Ohne lange nachzudenken, schob Katharina die kleine Karte in ihre Jackentasche. Dann trat sie einen Schritt zurück. Was hatte ihr Spurenkunde-

Lehrer an der Polizeihochschule ihnen immer gepredigt? »Versuchen Sie stets, den Tatort als Ganzes zu sehen. Ignorieren Sie auch einmal das Offenkundige.«

Teurer Koffer, Handschelle ... Irgendetwas störte Katharina an diesem Bild. Sie versuchte, sich ihre Begegnungen mit dem Mann vorzustellen. Bei ihrer ersten Anhörung, als er sie verteidigt hatte. Das Zusammentreffen in Polanskis Büro, als er sie vor Ministro gewarnt hatte. Nie hatte er diesen Aktenkoffer bei sich gehabt. Sie konnte sich noch gut daran erinnern, wie sie sich darüber aufgeregt hatte, dass das Einzige, was er bei ihrer Anhörung vor sich liegen hatte, seine Dose mit Eukalyptuspastillen gewesen war.

Natürlich! Dieser Koffer mit Handschelle posaunte »Ich bin Geheimnisträger!« in die Welt hinaus. Viel zu theatralisch. Ein Requisit. Ein Ablenkungsmanöver. Der Mann hatte Wert darauf gelegt, die personifizierte Unscheinbarkeit zu sein. Die Eukalyptuspastillen waren das einzig Auffällige an ihm gewesen. Eine Marotte.

Moment, Eukalyptuspastillen? Vorsichtig zog sie die Pastillendose noch einmal hervor und betrachtete sie. Weißes Blech, an den Kanten abgeschabt, verblasstes Firmenetikett: eine unauffällige Dose. Unauffällig wie ihr Besitzer.

Sie klappte die Dose auf. Noch fünf Pastillen lagen darin. Seltsam, denn die Dose fühlte sich schwerer an. Katharina kippte die Pastillen in eine Hand, klappte die Dose zu und schüttelte sie leicht. Irgendetwas klapperte. Die Taschenlampe zwischen die Zähne geklemmt, betastete sie das Innere der Dose. Der Boden war viel zu dick und an einer Stelle etwas nach oben gebogen. Vorsichtig drückte sie mit dem Daumen auf diese Stelle. Der Boden klappte auf: ein Geheimfach. Es enthielt eine SD-Speicherkarte.

Sie wollte die Dose schon wieder zuklappen und zurückstecken, doch dann fiel ihr Blick noch einmal auf den Aktenkoffer. Der Mann mit den Eukalyptuspastillen musste geahnt haben, dass er verfolgt wurde. Wozu sonst die ganze Theatralik mit der Handschelle? War die Speicherkarte für sie bestimmt gewesen? Wenn ja, hatte der Mann sein Leben dafür riskiert, dass Katharina sie erhielt. »Vertrauen Sie niemandem!« Vielleicht seine letzten Worte.

Rasch ließ sie die Speicherkarte in der Brusttasche ihrer Lederjacke verschwinden, klappte die Dose zu und schob sie zurück in die Jacketttasche des Mannes.

So ... Was wollte sie noch mal? Richtig, der Notruf!

Verdammtes Handyzeitalter. Früher hatte es an jeder Ecke Telefonzellen gegeben. Sie würde es bei den Wohnhäusern probieren müssen.

Wo brannte Licht? Nur in einem Haus, vielleicht zwanzig bis dreißig Meter entfernt. Sie würde kurz den Tatort verlassen müssen. Nicht gut, aber unvermeidbar.

Sie wollte gerade ihren Fuß auf die Straße setzen, als ein großer SUV um die Ecke bog. Der Wagen hielt, statt sich durch die schmale Gasse zwischen den Autos auf der anderen Straßenseite und dem Mercedes des Mannes mit den Eukalyptuspastillen zu quetschen. Wütendes Hupen.

Na, sollte er doch. Moment! Vielleicht hatte der Fahrer ein Handy. Katharina ging zur Fahrerseite des Wagens und klopfte an die Scheibe.

»Fahren Sie Ihre verdammte Scheißkarre weg!«, blaffte der Mann sie an. Schütteres Haar, Anzug. Versicherungsmakler oder Banker, der mit seinem Wagen die Balance zwischen Midlife-Crisis und Familienleben zu finden versuchte.

»Haben Sie zufällig ein Handy?«, fragte Katharina im freundlichsten Ton, den sie aufbringen konnte.

»Liegen geblieben? Na typisch! Frau am Steuer! Vergessen zu tanken, was?«

Der Mann betätigte den Fensterheber, doch Katharina war schneller. Im selben Moment hatte sie den Mann an seiner Krawatte gepackt, ihn halb durchs Fenster gezogen und ihm ihren Dienstausweis ins Gesicht gehalten.

»Ich bin Kriminalpolizistin im Einsatz und das hier ist ein Tatort!«, schnauzte sie ihn an. »Und wenn Sie mir nicht auf der Stelle

Ihr verdammtes Handy geben, nehme ich Sie wegen Behinderung der Justiz und Widerstands gegen die Staatsgewalt fest!«

»Schon gut, schon gut, sagen Sie das doch gleich.« Eingeschüchtert reichte ihr der Mann sein Smartphone.

»Na bitte, warum denn nicht gleich so?« Katharina ließ ihn los, nahm das Handy und wählte 110. Nachdem sie den Notruf abgesetzt hatte, reichte sie das Telefon höflich zurück: »Ich muss Sie leider bitten, zurückzusetzen und andersherum zu fahren.«

»Aber das ist ja dann gegen die Einbahnstraße«, erwiderte der Mann kleinlaut.

»Ich bin nicht von der Verkehrspolizei. Und es sind auch nur zwanzig Meter. Ich nehme das im Zweifelsfall auf meine Kappe.«

Beruhigt ließ der Mann die Scheibe wieder hochfahren, setzte artig zurück und fuhr langsam in die andere Straße. Zum Glück hatte er keinen Gegenverkehr.

Katharina atmete tief aus. Jetzt hieß es warten. Eigentlich sollte zuerst ein Streifenwagen kommen, um den Tatort zu sichern. Aber wegen des Schnees, so hatte es ihr der Kollege in der Notrufzentrale gesagt, waren alle Wagen im Einsatz. Also musste sie selbst sichern und in der Kälte ausharren.

Um nicht am Boden festzufrieren, ging sie langsam um den Wagen herum, bemüht, immer nur in ihre eigenen Fußstapfen zu treten.

Fußstapfen! Fußspuren! Im Schnee gut zu sehen, aber nicht ganz so einfach zu sichern. So hatte sie es in der Spurenkunde gelernt. Eine Spur führte vom Wagen weg quer über den Westendplatz. Die ersten Schritte auf jungfräulichem Schnee. Die Fußspuren des Mörders? Katharina betrachtete die Abdrücke im Schein ihrer Taschenlampe. Feste, grobe Sohlen. Stiefel. Aber sie waren klein. Höchstens Größe 38 oder 39. Der Täter musste sehr kleine Flüsse haben. Frauenfüßchen. Katharina ertappte sich dabei, dass sie hysterisch kicherte.

Alone and I

```
Polizeipräsidium Frankfurt am Main,
    etwa eine Stunde später
```

Nach fast zwanzig Minuten waren die Kollegen endlich gekommen: zwei Streifenwagen mit Sirene und Blaulicht, dann ein dunkler Opel vom Kriminaldauerdienst und zuletzt der Kleinbus der Spurensicherung. Katharina hatte dem leitenden Beamten einen kurzen Bericht erstattet, dann war sie gebeten worden, für eine ausführlichere Aussage ins Polizeipräsidium zu fahren.

Dort herrschte hektischer Hochbetrieb: Der erneute Schneefall hatte Frankfurt im Verkehrschaos versinken lassen. Alle Beamten hetzten von Einsatz zu Einsatz, niemand beachtete Katharina.

Zunächst hatte sie im Flur gewartet, im KK 11, ihrer Abteilung. Ihrer ehemaligen Abteilung, korrigierte sie sich. Polanski hatte schließlich eine uniformierte Beamtin gebeten, Katharina in ein Vernehmungszimmer zu bringen. Dort sollte sie auf ihn warten. Und auf den leitenden Ermittler des Falls. Hoffentlich war das nicht ausgerechnet Berndt Hölsung, Katharinas Todfeind. Vermutlich würde er mit der ihm eigenen Mischung aus Inkompetenz und Gemeinheit versuchen, ihr diesen Mord anzuhängen.

Jetzt saß Katharina also im Vernehmungszimmer, vor sich einen Becher Kaffee, den ihr die uniformierte Beamtin gebracht hatte. Sie hatte Katharina aufmunternd zugenickt und sie dann wieder sich selbst überlassen.

War der Mann mit den Eukalyptuspastillen ihretwegen ermordet worden? Eine kleine, hoffnungsvolle Stimme in Katharina flüsterte, dass das ja auch ein Zufall gewesen sein konnte. Der Mann mit den Eukalyptuspastillen hatte sicher viele Feinde. Vielleicht war Katharina einfach nur zur falschen Zeit am falschen Ort gewesen.

Unsinn! Sie war mit dem Mann mit den Eukalyptuspastillen – wie war noch sein Codename? Koala? – verabredet gewesen. Und es war ganz sicher *kein* Zufall, dass er ausgerechnet an ihrem Treffpunkt erschossen wurde. Minuten, bevor sie eingetroffen war. Katharina erinnerte sich, dass sie auf dem Weg zum Westendplatz Knallgeräusche gehört hatte, gedämpft durch den Schnee. Sie hatte sie für Fehlzündungen gehalten. Vermutlich hatten die Anwohner des Westendplatzes genauso gedacht wie sie. Und so war ein Mensch direkt vor ihrer Haustür erschossen worden, ohne dass sie es bemerkt hatten. Die Freuden der Großstadt.

Doch woher wusste der Täter von ihrem Treffen? Die einfachste Erklärung war natürlich, dass er sein Opfer beschattet hatte. Doch je länger Katharina darüber nachdachte, umso unwahrscheinlicher erschien es ihr. Der Mann mit den Eukalyptuspastillen war ein erfahrener … Ja, was eigentlich? Geheimdienstler? Bestimmt war er mindestens ebenso paranoid wie die meisten Menschen dieses Berufsstandes und hätte einen Verfolger bemerkt und abgeschüttelt.

Ihr konnte der Mörder auch nicht gefolgt sein. Sonst wäre er ja mit oder nach ihr am Treffpunkt eingetroffen. Blieb also nur eine einzige Möglichkeit: Ihr Telefonat war abgehört worden.

Aber wie? Ihr neues Handy war in der Lage, Gespräche zu verschlüsseln. Und von dieser Möglichkeit hatte der Mann mit den Eukalyptuspastillen Gebrauch gemacht. Und das wiederum ließ nur einen einzigen Schluss zu, der Katharina einen eiskalten Schauer über den Rücken jagte: Sie selbst war abgehört worden. Ihre Wohnung war verwanzt. Und das bedeutete, dass der Täter rechtzeitig über ihre Spur zum Mörder ihrer Eltern informiert worden war. Aber wer hatte die Überwacher überhaupt auf ihre Spur gebracht? Irgendjemand musste mit irgendjemandem gesprochen haben, absichtlich oder nicht. Andreas Amendt? Nein, sie hatte fast den ganzen Tag mit ihm verbracht. Mit wem hatte sie noch geredet? Mit Kurtz, mit Polanski, mit Gerhard Schönauer, dem Ballistik-Experten des BKA. Und natürlich mit Wolfgang Froh, dem paranoiden Kriminologen.

Kurtz konnte sie wohl ausschließen. Den Kriminologen auch. Blieben noch Polizeipräsidium oder BKA. Katharinas Bauchgefühl sagte ihr eigentlich, dass sie Polanski und Schönauer trauen konnte. Doch beide mussten Berichte verfassen. Kollegen informieren. Und ...

Und Polanski war in ihrer Wohnung gewesen. Als er ihre Dienstwaffe an sich genommen hatte. Hatte er die Wanze angebracht? Schwer vorstellbar. Aber vielleicht hatte er ja aus gutem Willen gehandelt. Um über ihre Rückkehr informiert zu sein und sie zu schützen. Und die Abhördaten waren in die falschen Hände geraten. Katharina schüttelte ärgerlich den Kopf. Nein, nicht Polanski. Aber ... Auf seine Anweisung hin hatte sie, bevor sie in Afrika untergetaucht war, unter dem Personenschutz des BKA gestanden. Waren die Beamten etwas zu übereifrig gewesen, hatten die Wohnung verwanzt und vergessen, ihre Gerätschaften wieder mitzunehmen?

Was hatte der Mann mit den Eukalyptuspastillen gesagt? »Trauen Sie niemandem«? Katharina hatte das auf seine berufliche Paranoia geschoben. Aber wie sagt man doch: Nur weil du paranoid bist, heißt das nicht, dass sie nicht hinter dir her sind.

Katharinas Eingeweide ballten sich zu einem eisigen Klumpen zusammen. Warum hatte der Mörder nicht einfach auch auf sie gewartet? Sie gleich mit erledigt? Natürlich, sie hatte die Leiche finden sollen. Nur warum?

Die Tür des Vernehmungszimmers sprang auf, Polanski kam herein.

Hinter ihm Berndt Hölsung. Dass ausgerechnet der schlechteste Ermittler des KK 11 diesen Fall leiten sollte, konnte kein Zufall sein.

Katharina dachte an die Visitenkarte des Mannes mit den Eukalyptuspastillen und die SD-Speicherkarte. Beides steckte noch in ihrer Jacke, aber eigentlich war sie halb entschlossen gewesen, ein einziges Mal in ihrem Leben auf Polanski zu hören und ihm die Fundstücke zu übergeben.

Und nun ausgerechnet Hölsung. Es half nichts. Wenn sie wirklich die Wahrheit herausfinden wollte, würde sie doch auf eigene Faust ermitteln müssen. Sie würde also die beiden Beweisstücke behalten. Das war zwar eine Straftat, aber besser im Gefängnis als tot und begraben.

Polanski und Hölsung nahmen ihr gegenüber Platz. Katharinas und Hölsungs Blicke trafen sich; einen Moment lang starrten sie sich unverwandt an. Katharina lehnte sich zurück und verschränkte die Arme. Sollte Hölsung doch versuchen, ihr den Mord anzuhängen. Im Zweifelsfall würde sie einfach die Aussage verweigern und einen Anwalt verlangen.

Doch sie war fast enttäuscht von Hölsungs Vernehmungsstil. Er fragte sachlich, systematisch und mit der Fantasie eines gestressten Buchhalters. Auffinde-Situation, Uhrzeiten, etwaige Beobachtungen: Standardfragen. Katharina antwortete, so gut sie konnte. Frage um Frage, Antwort um Antwort schleppte sich die Vernehmung dahin. Genau war Hölsung ja, das musste sie ihm lassen. Zeitverschwendend genau. Es wäre viel einfacher gewesen, Katharina einen normalen Bericht schreiben zu lassen. Als sie Hölsung dieses Angebot machte, schüttelte er schlecht gelaunt den Kopf: Sie sei keine Beamtin das KK 11 mehr und somit als ganz normale Zeugin zu behandeln.

Irgendwann gingen Hölsung die Fragen aus und er wollte die Vernehmung schon beenden, als sich Polanski endlich einmischte. Er hatte schon geraume Zeit nervös mit den Fingern auf seinem Oberschenkel getrommelt: »Ich hätte da noch ein paar Fragen. Sie gestatten doch, Herr Kollege?«

Diese Frage war natürlich reine Höflichkeit. Polanski war Hölsungs Vorgesetzter. Also wartete er dessen Antwort gar nicht erst ab.

»Konnten Sie den Toten identifizieren?«, begann er.

»Nein.« Das war die Wahrheit, soweit es Katharina betraf. Sie kannte den Namen des Mannes mit den Eukalyptuspastillen nicht.

Hartmut Müller – der Name auf der Visitenkarte – war vermutlich ein Alias. Wenn die Visitenkarte überhaupt dem Toten gehörte.

Polanski war mit dieser Antwort nicht zufrieden: »Nein? Sie wissen aber, wer er war? Sie sind ihm schon begegnet?«

Katharina unterdrückte ein Aufstöhnen: »Natürlich. Er hat mich ja in meiner Anhörung verteidigt. Aber er hat mir nie seinen Namen gesagt. Ihnen vielleicht?«

Polanski schüttete schlecht gelaunt den Kopf: »Nein. Aber das spielt jetzt auch keine Rolle. – Keine Brieftasche, kein Handy, keine Schlüssel, sein Aktenkoffer leer … Haben Sie irgendetwas davon an sich genommen?«

»Nein«, sagte Katharina mit Nachdruck. »Ich habe die Leiche praktisch so belassen, wie ich sie aufgefunden habe. Nur seinen Puls gefühlt habe ich. Und seine Taschen vorsichtig durchsucht. Nach einem Handy. Ich hatte meines nicht dabei.«

»Soso.« Polanski beugte sich vor und stützte seine Ellbogen auf den Tisch: »Was haben Sie überhaupt am Westendplatz zu suchen gehabt?«

Was sollte sie darauf antworten? Am besten die Wahrheit: »Er hat mich angerufen und um ein Treffen dort gebeten.«

»Wusste sonst noch jemand von der Verabredung?«

»Nein, zumindest nicht von mir. Ich bin direkt nach dem Anruf aus dem Haus gegangen.«

»Und Sie haben mit niemandem gesprochen? Auch, zum Beispiel, mit Doktor Amendt nicht?«

»Natürlich nicht.«

»Wo ist Doktor Amendt jetzt?«

»Keine Ahnung. Vermutlich zu Hause. Seinen Jetlag ausschlafen.«

Polanski fischte mürrisch ein Stofftaschentuch aus seinem Jackett und putzte seine Brille. Dann endlich stellte er die richtige Frage: »Warum wollte sich Koala mit Ihnen treffen?«

Koala? Das Alias, mit dem sich der Mann mit den Eukalyptuspastillen auch am Telefon gemeldet hatte. Woher kannte Polanski das? Und warum hatte er sie eben angelogen? Warum hatte er gesagt, dass er keinen Namen wüsste? Eine kleine Stimme in Katharina mahnte, ihre Paranoia vielleicht besser etwas im Zaum zu halten. Ein Alias war kein Name. Andererseits war Polanski das Alias allzu leicht über die Lippen gegangen.

»Katharina, ich warte«, drängte Polanski ungeduldig. »Warum wollte er sich mit Ihnen treffen?«

Nun, vielleicht gelang es Katharina ja, Polanski aus der Reserve zu locken. Also sagte sie die Wahrheit: »Er wollte mir Unterlagen geben, die den Mord an meiner Familie betreffen.«

»Hatte ich Ihnen nicht ausdrücklich gesagt«, brauste Polanski auf, »dass Sie sich da raushalten sollen? Dass Sie den ganzen Fall kompromittieren, wenn Sie sich einmischen?«

Katharina nickte artig. »Das hatte ich auch nicht vor. Aber ich hatte den Eindruck, dass die Unterlagen wichtig waren. Und Ihnen direkt hat er sie ja nicht gegeben. Daher dachte ich …«

»Sie dachten was?«

»Ich dachte, ich nehme die Unterlagen an mich und gebe sie dann bei Ihnen ab. Und ja, das ist durchaus im Rahmen unserer Vorschriften.«

»Sie wollten also die Unterlagen bei mir abliefern? Und warum haben Sie mich dann nicht gleich über dieses Treffen informiert?«

»Ich habe, ehrlich gesagt, nicht daran gedacht.«

Diese Antwort machte Polanski noch wütender: »Sie haben nicht daran gedacht? Haben Sie unser Gespräch von heute Morgen schon vergessen? Wir hätten vielleicht zusammen –«

»Zusammen zum Treffen gehen können?«

»Oder ich hätte jemanden schicken können. Zu Ihrem Schutz.«

»Ich kann ganz gut auf mich selbst aufpassen, herzlichen Dank. Außerdem … Meine Güte, ist es schon so lange her, dass Sie mit einem Informanten umgehen mussten, Chef? Wenn die Unterlagen so wichtig waren und er sie Ihnen nicht direkt gegeben hat: Das spricht nicht gerade dafür, dass er Ihnen vertraut hat.«

Polanski überhörte ihre letzte Bemerkung: »Sie wollten zum Treffpunkt gehen, die Unterlagen abholen und sie anschließend mir übergeben?«

»Ja. Zu meinem Patenonkel gehe ich doch auch alleine, wenn er einen Tipp für uns hat. Das hat Sie bisher jedenfalls nie gestört.«

»Nun gut.« Polanski wirkte nicht gerade, als würde er ihr bedingungslos glauben. »Hat er Ihnen Unterlagen gegeben?«

Katharina glaubte, den kleinen Speicherchip in der Brusttasche ihrer Lederjacke pochen zu fühlen. Aber wenn Polanski nicht mit der ganzen Wahrheit herausrückte, dann würde sie das auch nicht tun. Also schüttelte sie energisch den Kopf: »Nein, natürlich nicht. Er war schon tot, als ich angekommen bin.«

Polanskis Finger trommelten nervös auf der Tischplatte: »Hat Koala Ihnen sonst noch irgendetwas gesagt?«

Sonst noch irgendetwas? Natürlich! Katharina hatte die Warnung des Mannes mit den Eukalyptuspastillen völlig verdrängt. Jetzt fiel sie ihr wieder ein: »Er hat mich gewarnt. Angeblich ist gestern ein neuer Profikiller in Frankfurt angekommen. Mit dem Codenamen S/M.«

»Essem?«

»Nein, S Schrägstrich M. Sie wissen schon, wie Sadomasochismus.«

»Und der ist hinter Ihnen her?«

Das hatte der Mann mit den Eukalyptuspastillen auch befürchtet. Andererseits hatte Katharina keine Lust, schon wieder den Personenschutz des BKA auf dem Hals zu haben. »Er wusste es nicht. Meinte, es könnte vielleicht ein Zufall sein.«

»Oder dieser S/M war hinter Koala her?«

»Möglich. Er wird wohl mehr als genug Feinde gehabt haben.«

Polanski räusperte sich: »Vielleicht sollten wir Sie sicherheitshalber unter Personenschutz –«

»Nein, das wird nicht nötig sein«, fiel ihm Katharina energisch ins Wort. »Wenn S/M wirklich hinter mir her wäre, dann hätte er vorhin genügend Gelegenheit gehabt, mich gleich mit zu erledigen.«

»Aber woher hat dieser S/M von Ihrem Treffen gewusst? Haben Sie wirklich mit niemandem darüber gesprochen?«

»Das habe ich Ihnen doch schon gesagt. Ich bin direkt nach dem Telefonat aus dem Haus gegangen. Ich nehme an, der Täter ist dem Toten gefolgt. Auf jeden Fall würde ich den Wagen gründlich nach Wanzen absuchen lassen. Aber das ist ja nicht meine Ermittlung.«

»Ganz richtig«, antwortete Polanski. »Es ist nicht Ihre Ermittlung. – Und da wir gerade dabei sind: Ich hätte gerne die Akte.«

»Welche Akte?«, fragte Katharina, obwohl sie genau wusste, was Polanski meinte: die Kopie der Akte zur Ermordung ihrer Familie. Sie würde den Teufel tun und sie rausrücken. Aber es war besser, sie blieb diplomatisch: »Die habe ich nicht dabei. Ich bringe Sie Ihnen morgen vorbei, wenn es recht ist.«

»Aber wirklich! Sonst komme ich und hole sie!«

»Mich?«

»Die Akte. Und Sie gleich mit. Wenn es nötig sein sollte.«

Hölsung hatte Katharina ausdrücklich darauf hingewiesen, in näherer Zukunft die Stadt nicht zu verlassen, ohne sich abzumelden. Was für ein Klischee! Dann hatten er und Polanski sie gehen lassen.

Katharina war in den Aufzug gestiegen, ins Erdgeschoss gefahren und wollte gerade durch die hintere Tür auf den Mitarbeiterparkplatz gehen, als ihr zwei alte Bekannte entgegenkamen.

Man konnte die eineiigen Zwillinge, die sich nur durch das Muster ihrer Karo-Hemden unterschieden, leicht unterschätzen. Doch Alfons und Bertram Horn waren die besten Spurenkundler, die das Polizeipräsidium Frankfurt zu bieten hatte. Im Präsidium hießen sie A-Hörnchen und B-Hörnchen oder kurz die Hörnchen.

Sie schoben einen großen, mit Laborgeräten beladenen Handwagen vor sich her und mühten sich, den Wagen in einem Stück durch die Glastür zu bekommen.

Katharina schlängelte sich an ihnen vorbei und hielt ihnen die Tür auf. Die Hörnchen schoben dankbar den Wagen hindurch, dann verneigten sie sich tief vor Katharina: »Habt Dank, Meisterin …,« – »… Chefin in spe und frischgebackene Kriminaldirektorin!«

Die Hörnchen teilten alles, was sie sagten, unter sich auf. Wenn sie Vorgesetzte zur Weißglut treiben wollten, sprachen sie sogar in Reimen. Katharina bekam sofort bessere Laune: »Wo wollt ihr denn hin?«

»In unser neues Labor!« – »Das ist so cool!« – »Wir haben eine ganze Etage für uns!« – »Und das neueste Equipment!« – »Und das alles deinetwegen!« – »Darum habt Dank, große Meisterin!«

Die meisten anderen Ermittler im Präsidium kamen mit den Hörnchen nicht zurecht, aber Katharina mochte sie. Deswegen hatte sie sich die beiden Spurensicherungsexperten als Mitarbeiter ausbedungen, als ihr der Innenminister die Leitung der neuen Sonderermittlungseinheit angetragen hatte. Offiziell war das zwar ein großer Verlust für das Polizeipräsidium, aber Katharina hatte Polanski selten so erleichtert gesehen.

»Ist irgendwas? Ein neuer Fall?« – »Du hast diesen Blick«, fragten die Hörnchen im neugierigen Duett.

Ein neuer Fall? Ja, den hatte Katharina. Den Mord an ihrer Familie. Sie würde selbst weiterermitteln. Wieder ganz von vorne beginnen. Aber immerhin hatte sie jetzt einen Anhaltspunkt. Es war ein Auftragsmord gewesen. Und ein Auftragsmord hatte – Binsenweisheit – einen Auftraggeber. Und der hatte einen Grund für sein Handeln. Finde den Grund, finde den Täter. Eine banale Erkenntnis aus dem Grundkurs für Ermittlungsstrategien, ebenso wie: Der Weg zum Täter führt immer über das Opfer und den Tatort. Dort würde sie also beginnen: im Haus ihrer Eltern.

Die Hörnchen mussten ihre Gedanken gelesen haben. »Ha! Hab ich's doch gesagt!« – »Dürfen wir mitspielen?«

»Na ja, es ist nicht offiziell«, begann Katharina, doch die Hörnchen ließen sie gar nicht erst weiterreden: »Und wenn schon!« – »Offiziell ist sowieso langweilig.« – »Das kann doch jeder.« – »Und außerdem: Wenn wir das ganze Zeug drüben im neuen Gebäude haben …,« – »… dann sind wir erst mal auf Urlaub gesetzt.«

Urlaub? Das war das Schlimmste, was man den Hörnchen antun konnte. Doch eigentlich wollte Katharina nicht das Leben und die Karriere von noch mehr Menschen riskieren: »Ach, ich will euch da nicht mit reinziehen. Das kann eine Menge Ärger geben.«

»Katharina, du weißt doch ...,« – »... wir lieben Ärger.« – »Und du bist doch die große Meisterin ...« – »... und Chefin in spe!«

Wenn sie sich so aufdrängten: Die Hilfe von zwei erfahrenen Spurenkundlern käme sicher sehr gelegen. Katharina nickte: »Kann sein, dass ich euch morgen anrufe. Aber zu niemandem ein Wort. Schon gar nicht zu Polanski.«

»Schon klar!« – »Und Polanski sagen wir überhaupt nichts mehr ...,« – »... der hat uns nämlich diesen Zwangsurlaub eingebrockt.« – »Also, Katharina ...,« – »... wir harren des Anrufs der großen Meisterin!«

Die Hörnchen verneigten sich noch einmal tief. Dann packten sie vergnügt den Griff ihres Handwagens und schoben ihn über den Innenhof des Gebäudes davon.

Katharina ging langsam zum Papamobil. Ihr Nacken begann zu kribbeln. Wurde sie verfolgt? Sie sah sich um. Der Parkplatz war ruhig. Kein Mensch zu sehen. Aber das mochte nichts heißen. Zwischen den parkenden Autos gab es genug Deckung. Schnell stieg sie ein, startete den Motor, setzte aus der Parklücke und fuhr zur Ausfahrt. An der Schranke warf sie einen Blick in den Rückspiegel. Huschte da nicht ein Schatten zwischen den Autos hindurch?

Katharina ließ den Wagen fast im Leerlauf auf die Straße rollen, den Rückspiegel weiterhin fest im Blick. Tatsächlich, da startete ein Auto in einer Parklücke am Straßenrand. Ein Verfolger?

Sie würde ihn auf jeden Fall abschütteln, bevor sie nach Hause fuhr. Nach Hause? War das wirklich eine gute Idee? Sie musste abgehört worden sein. Es gab gar keine andere Möglichkeit. Jemand war in ihre Wohnung eingedrungen und hatte sie verwanzt. Und wenn das einmal möglich war ...

Sie brauchte Hilfe. Von jemandem, der sich mit so etwas auskannte. Ihrem Patenonkel. Doch sie konnte nicht einfach zu ihm fahren. Nicht mit einem Verfolger im Nacken.

Kurzentschlossen nahm sie die Eschersheimer Landstraße stadtauswärts. Was sie brauchte, war ein halbwegs sicheres Telefon. Eine Telefonzelle. Zum Glück hatte sie eine gute Idee, wo sie einige der letzten Vertreterinnen dieser Art in der Stadt finden würde. Wenn all das hier vorbei war, würde sie eine Bürgerinitiative zur Rettung der Münzfernsprecher gründen. Wenn es denn je vorbei war.

Der Wagen war noch immer hinter ihr. Nun gut, das konnte Zufall sein. Doch auch, als sie in den Marbachweg abbog, folgte er dem Papamobil.

Sicher war sicher. Als sie zu ihrer Rechten ihr Ziel auftauchen sah, das Gebäude der Postbank, trat sie ein wenig aufs Gas, als würde sie daran vorbeifahren. Erst in letzter Sekunde riss sie das Steuer herum und fuhr schlitternd auf den Gehweg vor dem Gebäude. Ihr Verfolger – wenn es denn einer war – schoss an ihr vorbei.

Am Eingang der Postbank standen tatsächlich zwei Münzfernsprecher. Katharina wählte den, von dem aus sie den besten Blick auf die Straße hatte, und durchsuchte ihre Taschen nach Kleingeld.

Unwillkürlich musste sie an Harry Markert denken, ihren Ausbilder und ersten Partner. »Hab immer ein Taschenmesser, einen Dauerlutscher, ein Feuerzeug und ein paar Münzen dabei«, hatte er ihr damals beigebracht. »Du weißt nie, wann du etwas durchschneiden, ein Kind trösten, jemandem Feuer geben oder einen Anruf tätigen musst.«

Katharinas Finger schlossen sich um ihre Notfall-Münzen. Sie fütterte den Münzfernsprecher und wählte.

»Pronto?«, schallte es ihr nach dreimaligem Klingeln entgegen. Antonio Kurtz war stolz auf seine sizilianische Herkunft. Deshalb hatte er sich einen italienischen Akzent zugelegt, der jeden Operettenbuffo hätte vor Scham im Boden versinken lassen.

»Ich bin es, Katharina.«

»Katharina! Was ist los?«

»Ich stecke in Schwierigkeiten.« Sie berichtete hastig.

»Ich hab es ja gesagt, dieser Eukalyptusfresser bedeutet nichts als Ärger. Selbst im Tod noch«, kommentierte Kurtz trocken, als sie geendet hatte. Dann wurde sein Ton befehlend: »Also, du fährst heute Abend keinesfalls in deine Wohnung zurück. Ich schicke gleich ein paar Leute los, die sich auf die Suche nach den Wanzen machen. Am besten, du nimmst dir ein Hotelzimmer. Irgendwo außerhalb. Sieh aber zu, dass du nicht verfolgt wirst. Und keine Extratouren, verstanden?«

»Ja, natürlich«, antwortete Katharina.

»Und du kehrst erst zurück, wenn deine Wohnung wieder sicher ist. Ich melde mich bei dir.«

»Ich ... ich habe mein Handy nicht dabei.«

»Dann ruf mich morgen früh an. Und pass auf dich auf!«

Damit war das Telefonat beendet. Katharina hängte den Hörer ein und ging zu ihrem Wagen zurück. In welchem der Frankfurter Vororte konnte sie wohl ein Hotelzimmer finden? Kriftel? Hofheim? Oder am Flughafen?

Ach verdammt, das war wie bei ihrer Flucht nach Afrika. Sie war wieder allein. Auf sich gestellt. Und es war zu viel passiert an diesem Tag.

Sie musste mit irgendjemandem reden. Jemandem, der in der Lage war, das Chaos ihrer Gedanken aufzuräumen.

Es gab nur einen Menschen, der das konnte. Der ihr zuhören würde. Dem sie vertraute. Den sie als Freund betrachtete.

Chemical Residue

```
Die Wohnung des einzigen Menschen,
dem Katharina noch traut. Etwas später.
```

»Entschuldigen Sie, dass ich so spät noch vorbeikomme, aber ich ... Erinnern Sie sich noch an den Mann, der immerzu Eukalyptuspastillen gelutscht hat? Ach nein, den können Sie nicht kennen. Also, der hat mich damals, also, Sie wissen schon, in meiner Anhörung verteidigt. Und Thomas die Akte zugespielt ... Also Thomas, mein Partner, den Felipe de Vega erschossen hat ... Und die Akte, also die Akte zum Mord an meiner Familie, die hatte er Thomas gegeben. Er hat mich heute angerufen, also nicht Thomas, der ist ja tot, sondern Koala, das heißt, der Mann mit den Eukalyptuspastillen. Er wollte mich treffen. Und als ich zum Treffpunkt gekommen bin, war er tot, erschossen, ausgeraubt und –«

Zwei starke Hände packten Katharina, zogen sie vorwärts und drückten sie an eine Brust. Hielten sie fest umarmt. Sie ... sie wurde geerdet. Ja, so hatte das der Psychologe in dem Kriseninterventionsseminar genannt, das Katharina besucht hatte. Eine feste Umarmung bedeutete Erdung. Erste Hilfe nach einem psychischen Schock.

Richtig, sie stand unter Schock! Sie hatte einen Ermordeten aufgefunden. Und vielleicht war der Mörder auch hinter ihr her. Wanzen in ihrer Wohnung. Abgehört. Ministro. »Ich töte keine Unschuldigen.« Die Arme drückten sie noch fester.

Katharina zwang sich, im Einklang mit dem Brustkorb, an den sie gedrückt war, zu atmen. Allmählich beruhigte sie sich, ihr Herzschlag wurde gleichmäßig. Endlich ließen die Arme, die sie umschlungen gehalten hatten, los.

»Vielleicht kommen Sie besser erst einmal herein.« Andreas Amendt sprach langsam, Silbe für Silbe. Er musste wieder geweint haben, seine Augen waren rot und seine Pupillen ... Seine Pupillen waren so geweitet, dass seine grauen Augen fast schwarz wirkten. Und dann dieser Geruch, der aus der Wohnung drang. Herb und süßlich, verbrannter Salbei und Siegelwachs.

Katharina trat einen Schritt zurück: »Sind Sie bekifft?«

Amendt grinste ertappt: »Nur ein bisschen. Wollen Sie nicht endlich hereinkommen? Ich bin gerade am Essen. Es ist genug für zwei da.« Jede Silbe bedeutete für seine Zunge ein fast unüberwindliches Hindernis. Nur ein bisschen bekifft? Er war high wie ein Spaceshuttle!

Katharina folgte ihm durch den Flur seiner Wohnung ins Wohnzimmer. Kerzen brannten, der kleine Esstisch war festlich gedeckt. Zwei Gedecke.

»Verzeihung, ich wusste nicht dass Sie Besuch –« Nein, kein Besuch! Auf dem Teller des zweiten Gedecks stand ein Bild: ein Foto von Susanne, ihrer Schwester.

Andreas Amendt nahm es rasch an sich und stellte es beiseite. Dann rückte er Katharina den Stuhl zurecht. Verwirrt nahm Katharina Platz und Amendt ging aus dem Zimmer.

Einen Augenblick später kehrte er zurück. Er zerdrückte etwas mit einem leichten Knacksen zwischen den Fingern, hielt es sich an die Nase und sog tief die Luft ein. Sein Gesicht lief rot an; Tränen bildeten sich in seinen Augen. Dann warf er das Riechstäbchen in den Papierkorb und setzte sich auf seinen Stuhl: »So, nun ist mein Kopf wieder etwas klarer. Vielleicht erzählen Sie noch einmal von Anfang an.«

Doch Katharina war noch immer zu verwirrt vom Anblick des drogenumnebelten Andreas Amendt: »Sie haben gekifft?«

»Nur einen Joint. Zur Erinnerung an Susanne. Sie wissen doch ... oder?«

Oh Gott! Das hatte sie ja völlig verdrängt. Natürlich! Kaum dass ihre Schwester mit dem Medizinstudium begonnen hatte, hatte sie sich auf die Suche nach einem Mittel gegen die Migräneanfälle ihrer Mutter gemacht. Und sie war tatsächlich fündig geworden. Cannabis. Sehr zur Entrüstung ihrer Mutter, sehr zur Freude ihres Vaters. Es hatte Susanne einiges an Überredungskunst gekostet, aber letztlich hatte sich ihre Mutter auf das Experiment eingelassen. Es hatte geholfen.

»Hat Susanne denn auch …?«, fragte Katharina.

»Hin und wieder. Sie hatte auch manchmal Migräne. Doch sie hat es sofort gelassen, als sie schwanger wurde. Hat aber überlegt, ob sie darüber nicht ihre Doktorarbeit schreiben sollte. Und, na ja, da dachte ich mir, heute Abend einen kleinen Joint zur Erinnerung … Sie wissen ja, ich durfte damals nicht zur Beerdigung.«

Was hatte Andreas Amendt vorhin gesagt? Auf der Rückfahrt von Wiesbaden? Er habe nie um Susanne geweint? Jetzt erst verstand Katharina: Sie war mitten in seine private Trauerfeier geplatzt.

»Möchten Sie lieber alleine sein?« Katharina war bereits halb aufgestanden, doch Amendt bedeutete ihr, sitzen zu bleiben.

»Nein, ist schon in Ordnung. Susanne wäre sicher furchtbar böse, wenn ich Sie vor die Tür setzen würde. – Deshalb essen wir jetzt erst mal.«

Er stand auf und verließ das Zimmer. Katharina hörte ihn in der Küche rumoren, dann kam er mit zwei Tellern wieder.

»Ich hoffe, Sie mögen das. Grüne Soße, Pellkartoffeln, Eier und ein Schnitzel.«

Katharina erkannte die Zusammenstellung: Susannes Lieblingsessen.

»Kommen Sie, essen Sie«, befahl Amendt. »Der Teller ist nicht zur Andacht da. Und Susanne wäre sicher beleidigt, wenn Sie nicht aufessen.«

Sie hatten gegessen, Andreas Amendt hatte die Teller abgeräumt, sich dann wieder zu Katharina an den Tisch gesetzt und sie aufgefordert, zu erzählen.

Katharina hatte gehorcht. Langsam und systematisch berichtete sie, was passiert war, seit sie sich vor dem »Puccini« getrennt hatten. Manchmal hatte Amendt Zwischenfragen gestellt und einmal war er in die Küche gegangen und hatte sich eine Tüte Kartoffelchips geholt. »Sorry, ich habe wohl die Nebenwirkungen von Cannabis nicht recht bedacht«, hatte er sich entschuldigt.

Dann hatte er wieder zugehört, langsam und bedächtig Chip für Chip essend. Als Katharina ihren Bericht beendet hatte, stand Amendt auf, ging zu dem kleinen Schreibtisch, nahm das Telefon aus der Ladestation und legte es auf den Esstisch: »Rufen Sie die Hörnchen an!«

»Aber ...«

»Wenn Sie recht haben ... Wenn wirklich jemand verhindern will, dass der Fall doch noch aufgeklärt wird, dann dürfen wir keine Zeit verlieren. Und am Tatort anzufangen, ist keine ganz schlechte Idee.«

»Sie meinen ... Sie wollen also auch ...?«

Andreas Amendt setzte sich wieder und stützte die Ellbogen auf den Tisch: »Wissen Sie, ich bin nur ein einziges Mal an Susannes Grab gewesen.«

»Was hat das denn ...?«

»Und es hört sich zwar ziemlich kitschig an, aber dort habe ich ihr geschworen, dass ich die Wahrheit herausfinden werde. – Wie Sie wissen, kann ich ziemlich konsequent sein.«

Konsequent. So konnte man das natürlich nennen. Katharina wusste, dass Amendt alles getan hatte, um die Erinnerung an den Tattag wiederzugewinnen. Er hatte sich sogar Elektroden in sein Hirn einführen lassen. Aber er hatte keinen Erfolg gehabt.

»Sie zögern?«, fragte Amendt plötzlich.

Wenn Katharina irgendjemandem die Wahrheit anvertrauen konnte, dann ihm. »Ich weiß auch nicht, aber ich habe Angst«, gestand sie. »Ministro ... Also er hat gesagt, er tötet keine Unschuldigen.«

Amendt dachte einen Augenblick nach: »Ich verstehe. Und ich glaube, ich hatte Ihnen das schon einmal gesagt: Sie werden vielleicht etwas erfahren, das Sie nicht wissen wollen. – Aber ich fürchte, da müssen Sie ...«, er griff nach Katharinas Hand und drückte sie fest, »da müssen *wir* gemeinsam durch, wenn wir wirklich wissen wollen, was damals geschehen ist. Das wollen Sie doch, oder?«

Während Katharina mit den Hörnchen telefonierte, hatte Andreas Amendt Kaffee gemacht. Jetzt saßen sie vor dampfenden Tassen. Amendts Pupillen hatten wieder normale Größe und seine Augen waren auch nicht mehr ganz so rot. Pupillen, rote Augen, Joint … Woher …?

»Woher hatte eigentlich Susanne damals das Cannabis? Und hat sie vielleicht auch noch andere Drogen …?«

Amendt schüttelte ärgerlich den Kopf: »Natürlich nicht. Sie sollten Ihre Schwester besser kennen.«

»Entschuldigung, aber –«

»Sie suchen nach einem Motiv, ich weiß. Aber Susanne? Kommen Sie! Doch um Ihre Frage zu beantworten: Sie hatte das Cannabis von einem Hippie-Bauern irgendwo bei Schlüchtern, der in einem seiner Gewächshäuser etwas mehr als nur den Eigenbedarf angebaut hat. Der Mann war ständig so benebelt … Ich glaube nicht, dass er sich überhaupt an Susanne erinnern konnte, geschweige denn einen Killer engagieren. – Und warum fangen Sie bei Ihren Überlegungen ausgerechnet bei Ihrer Schwester an?«

»Na ja, das Cannabis …«, sagte Katharina entschuldigend. »Und manchmal …«

»Ja, ich weiß. Manchmal ist es sinnvoll, mit dem Unwahrscheinlichen zu beginnen.« Amendt sah Katharina einen Augenblick schweigend an, dann fragte er: »Wollen Sie weitermachen? Oder ist Ihnen das jetzt zu viel?«

Katharina schüttelte den Kopf: »Nein, bringen wir es hinter uns.«

»Also, da wäre als Nächstes Ihre Mutter«, schlug Amendt vor.

Ja, ihre Mutter. Katharinas Vater hatte Kunstgeschichte studiert und dabei ein Interesse für asiatische Kunst entwickelt. Er war einer der ersten Deutschen gewesen, der nach Südkorea gereist war, um die dortige Kunstszene zu erkunden. Noch während des Studiums. Dort hatte er ihre Mutter kennengelernt. Sie war gleichfalls Studentin gewesen, Germanistik und asiatische Sprachen. Ihr Vater hatte immer behauptet, es sei Liebe auf den ersten Blick gewesen: Er habe sie vor einem abstrakten Gemälde stehen sehen und gewusst, dass er sie heiraten würde. Ihre Mutter hatte es weniger romantisch geschildert: Sie hätten sich über das Bild gestritten, ihr Vater sei wutentbrannt abgezogen, aber dann hätten sie sich an der Universität wiedergetroffen. »Euren Vater zu erobern, war ein verdammt hartes Stück Arbeit«, hatte ihre Mutter immer gesagt. Irgendwann war ihr Vater wieder nach Hause geflogen. Ihre Mutter hatte sich um ein Stipendium für Deutschland beworben. Dort hatte sie zu Ende studiert, promoviert und war dann Dozentin am Institut für Orientalische und Ostasiatische Philologien der Uni Frankfurt geworden. Noch während des Studiums hatten Katharinas Eltern geheiratet und ihre erste Tochter war zur Welt gekommen: Susanne.

Das klang alles nicht sonderlich verdächtig. Außer ...

»Was denken Sie?«, unterbrach Amendt Katharinas Gedanken.

»Na ja, es ist doch allgemein bekannt, dass der südkoreanische Geheimdienst weltweit seine Agenten hat. Und vielleicht –«

Amendt unterdrückte ein Auflachen: »Ihre Mutter eine Geheimagentin? Also, ganz ehrlich, das halte ich für sehr, sehr unwahrscheinlich.«

»Aber –«

»Erinnern Sie sich nicht? Ihre Mutter konnte doch nicht einmal das kleinste Geheimnis für sich behalten. – Bevor ich um Susannes Hand angehalten habe, habe ich natürlich Ihre Eltern um Erlaubnis gefragt, wie sich das gehört. Und Ihre Mutter konnte nicht anders. Sie musste es ausplaudern. So war mein ganzer schöner Heiratsantrag überhaupt keine Überraschung mehr.«

Das stimmte. Als Geheimnisträgerin wäre ihre Mutter wirklich völlig ungeeignet gewesen. Trotzdem ...

»Aber was ist, wenn man versucht hat, sie anzuwerben? Sie vielleicht erpresst hat? Und sie sich geweigert hat?«

»Das ist natürlich möglich«, antwortete Amendt zweifelnd. »Aber glauben Sie nicht, dass die Südkoreaner dann ihre eigenen Leute geschickt hätten?«

»Vielleicht *ist* Ministro einer ihrer Leute. Erinnern Sie sich, was Schönauer heute früh gesagt hat? Dass jemand Ministro schützt? Vielleicht ein Geheimdienst?«

»Also gut. Wir sollten diese Theorie noch nicht ganz verwerfen. Ein bisschen James Bond macht den Kohl auch nicht mehr fett. – Überlegen wir weiter! Was war mit Ihrem Vater?«

»Na ja, internationaler Kunsthandel. Sie wissen doch, was Antonio Kurtz vorhin gesagt hat. Dass darüber Gelder gewaschen werden.«

»Und Sie glauben, dass Ihr Vater in so etwas verwickelt war?«

Katharina antwortete nicht. Amendt legte beruhigend seine Hand auf die ihre: »Wissen Sie, wie Paul Ihren Vater immer genannt hat? Sie erinnern sich doch an Paul Leydth?«

Natürlich erinnerte sich Katharina an Paul Leydth. Amendts Doktor- und Quasi-Adoptivvater. Eine Mischung aus verrücktem Professor und Bilderbuch-Opa.

»Also, Paul hat Ihren Vater immer ›Herrn Redlich‹ genannt«, beantwortete Amendt seine Frage selbst. »Weil er so ehrlich und so penibel war. Pauls Frau hatte ihn übrigens Barbarossa getauft. Wegen seines Bartes.«

»Sie glauben also nicht, dass mein Vater –«

»Nein. Ich kann es mir zumindest nicht vorstellen«, antwortete Amendt rasch. »Eher schon, dass jemand neidisch auf seinen Erfolg war. Oder Ihr Vater hat jemanden im Wettrennen um ein Bild geschlagen. Nach dem, was ich damals so mitbekommen habe, können Galeristen ziemlich biestig werden.«

Oh ja, das konnten sie. Einmal hatte ein Konkurrent sogar einen Eimer Farbe über das neue Auto von Katharinas Vater gegossen. Er hatte sehr darüber gelacht, denn der Streit ging um ein Bild von Jackson Pollock. Aber …

»Totschlag im Affekt?«, meinte Katharina zweifelnd. »Ja, das kann ich mir vorstellen. Aber einen Killer anzuheuern …«

»Da kennen Sie Kunstliebhaber aber schlecht. Sie sollten mal erleben, wie garstig Paul wird, wenn es um seine Kunstsammlung oder um seine Zeichentrickfilme geht.«

Ein ganzer Gebäudeteil der Leydthschen Villa diente als Galerie. Außerdem war der Professor Katharina sofort sehr sympathisch gewesen, als sie erfahren hatte, dass er Zeichentrickfilme liebte und sammelte – eine Leidenschaft, die sie teilte.

»Professor Leydth? Ernsthaft?«, fragte sie überrascht.

»Sie haben ihn noch nicht in freier Wildbahn erlebt. Wenn er ein Bild unbedingt haben will, dann setzt er Himmel und Hölle in Bewegung. Er hält Tripp ganz gut auf Trab.«

»Tripp?«

»Ach ja, richtig, den können Sie nicht kennen. Lienhardt Tripp ist offiziell der Anwalt von Paul Leydth. Problemlöser-Lakai wäre eine passendere Bezeichnung. Er kümmert sich um die Geschäfte und um die Wünsche von Paul. Und ich kann mir vorstellen, dass Paul verglichen mit anderen Kunstsammlern noch harmlos ist.«

Was Amendt sagte, klang schlüssig. Katharina machte sich eine gedankliche Notiz: Unbedingt die letzten Geschäfte und die Kunden ihres Vaters überprüfen!

Doch dann hatte sie noch eine andere Idee. Kurtz hatte es zwar abgestritten, aber was war ...

»Und wenn jemand die Redlichkeit meines Vaters ausgenutzt hat?«

»Sie meinen, dass jemand den Kunsthandel Ihres Vaters ohne sein Wissen benutzt hat, um krumme Geschäfte abzuwickeln? Das haben Sie doch vorhin Antonio Kurtz auch schon gefragt.«

»Und er hat es vehement verneint, ich weiß. – Glauben Sie ihm, Doktor Amendt?«

Amendt wiegte den Kopf hin und her: »Ja, ich glaube ihm. Aber Kurtz weiß auch nicht alles.«

Richtig. Kurtz wusste auch nicht alles. Kurtz. Der jetzt gerade auf dem Weg in ihre Wohnung war, um ... Hoffentlich fand ihr Patenonkel die Wanzen. Die Wanzen? Was war, wenn der Maulwurf im Präsidium saß? Dann hatte er Katharina und Amendt zusammen gesehen. Und bestimmt wusste er, wer Andreas Amendt war.

»Als Sie vorhin in Ihre Wohnung gekommen sind«, begann sie vorsichtig, um Amendt nicht in Panik zu versetzen. »War irgendwas verändert? Nicht an seinem Platz?«

Amendt sah sie erstaunt an: »Nicht, dass ich wüsste, nein.« Dann hatte er verstanden: »Sie meinen, dass ich vielleicht auch abgehört werde?«

Katharina nickte: »Es ist eventuell besser, wenn Sie die Nacht nicht hier verbringen. Und morgen lassen wir dann nach den Wanzen suchen.«

»Das ist wirklich besser, ja.«

»Wir sollten uns ein Hotelzimmer nehmen«, schlug Katharina vor.

»Ich habe eine bessere Idee.« Amendt stand auf. »Kommen Sie?«

»Wohin?«

»Dorthin, wo uns niemand so schnell finden wird. Wo wir nicht abgehört werden können. Und gutes Essen gibt es da auch.«

Tell Me A Bedtime Story

Mainufer, eine umwegreiche Autofahrt später

Andreas Amendt hatte schnell ein paar Sachen zusammengerafft und in einen kleinen Rucksack gestopft. Außerdem hatte er sich eine alte, schwarzlederne Arzttasche unter den Arm geklemmt: »In Ihrer Gegenwart ist es immer gut, zumindest eine medizinische Grundausstattung dabeizuhaben«, hatte er mit schiefem Grinsen zu Katharina gesagt.

Sie waren ins Papamobil gestiegen und Amendt hatte Katharina kreuz und quer durch die Stadt gelotst, um mögliche Verfolger abzuschütteln. Am Mainufer hatte er sie aufgefordert, zu parken.

»Was wollen wir denn hier?«, fragte Katharina.

»Spazieren gehen.«

»Spazieren gehen? Sind Sie verrückt? Um diese Uhrzeit? Außerdem ist es kalt und es schneit.«

»Andere Menschen würden es vielleicht romantisch nennen, so einen Spaziergang durch frisch gefallenen Schnee. Sehen Sie?« Amendt deutete amüsiert auf die Uferpromenade. Tatsächlich, dort ging eine ganze Reihe von Pärchen, untergehakt oder Hand in Hand, das Wetter und den Schnee genießend.

»Ab sofort sind wir nur noch ein Pärchen unter vielen. Das dürfte jeden Verfolger verwirren. Welche Mordermittler unterbrechen schon ihre Arbeit für einen romantischen Nachtspaziergang?« Amendt bot Katharina den Arm, nach kurzem Zögern hakte sie sich ein.

»Wenn wir einen Verfolger wirklich verwirren wollen, müssten wir eigentlich einen Schneemann bauen.« Katharina hatte das als Scherz gemeint, doch Andreas Amendt war sofort Feuer und Flamme: »Das ist eine gute Idee.« Als er Katharinas ungläubiges Gesicht sah, fügte er hinzu: »Ich bin bekifft. Da darf man kindlich sein.«

Schwungvoll ging er ein paar Schritte vom Weg ab auf die verschneite Uferwiese und raffte eine Handvoll Schnee zusammen. Doch dann sah er Hilfe suchend zu Katharina: »Wissen Sie, wie das geht? Ich habe noch nie einen Schneemann gebaut.«

»Dann wird es aber Zeit.« Katharina war ganz überrascht, dass sie sich von Amendts Enthusiasmus anstecken ließ. Aber ein paar Minuten etwas Albernes, Kindisches machen, sich nicht um Verfolger kümmern, nicht über Ministros Satz nachgrübeln müssen ...

Sie zeigte Amendt, wie man einen kleinen Schneeball so lange im Schnee herumwälzte, bis er zu einer stattlichen Kugel angewachsen war. Der Schnee hatte genau die richtige Konsistenz: schön pappig, ohne bereits zu tauen. Schnell hatten sie drei große Schneekugeln gerollt und aufeinandergestapelt.

Aus einer alten Zeitung, die Amendt auf einer Bank gefunden hatte, faltete er einen Hut. Auf dem Rand des Mülleimers neben der Bank standen drei leere Getränkedosen, die Katharina für das Gesicht des Schneemanns verwendete. Jetzt hatte er zwei große, silbern glänzende Augen und eine lange Energydrink-Dosen-Nase. Gemeinsam betrachteten sie ihr Werk.

»Irgendetwas fehlt«, bemerkte Katharina.

»Die Arme«, stellte Andreas Amendt fachmännisch fest.

»Richtig. Kommen Sie und helfen Sie mir mal.« Katharina zog ihr Taschenmesser aus der Handtasche und ging auf einen Baum zu.

»Was haben Sie denn jetzt vor?«

»Wir brauchen Zweige für die Arme. Machen Sie mal eine Räuberleiter!«

Amendt gehorchte und stemmte Katharina in die Höhe. Rasch schnitt sie zwei Zweige ab und ließ sie zu Boden fallen. »Sie können mich runterlassen.«

Behutsam ließ Andreas Amendt Katharina zwischen seinen Armen hindurchgleiten, bis ihre Füße wieder den Boden berührten. So standen sie einen Augenblick voreinander, Amendt hatte seine Arme um sie geschlungen, Katharinas Hände lagen auf seinen Schultern. Sie roch sein Aftershave, spürte die Kraft seiner Armmuskeln … Oh Gott, von außen betrachtet musste das jetzt aussehen wie eine Szene aus einem kitschigen Liebesfilm. Held und Heldin halten sich im Arm, eigentlich per Zufall … Es fehlte nur der obligatorische Kuss.

Während Katharina noch diesen Gedanken nachhing, hatte Amendt sich vorsichtig losgemacht. Dann wischte er mit dem Zeigefinger seiner behandschuhten Hand über ihre Nasenspitze. »Sie hatten da ein paar Schneeflocken.«

Katharina drehte sich rasch um und hob die Zweige auf. »Kommen Sie, vollenden wir unser Werk.«

Sie hatten die Zweige in den Schneemann gesteckt und mit Schnee umkleidet. So, jetzt hatte er auch Arme.

»Wie wollen wir ihn nennen?«, fragte Andreas Amendt.

»Ich finde, er sieht wie ein Walter aus.«

»Stimmt, der Name passt.« Amendt trat einen Schritt vor und breitete feierlich die Arme aus. »Hiermit taufe ich dich, meinen ersten Schneemann, auf den Namen Walter und überlasse dich der Welt, bis dass dich das Tauwetter dahinrafft.«

Kichernd trat er wieder zurück und bot Katharina erneut seinen Arm: »Kommen Sie? Allmählich ist mir doch etwas kalt.«

Sie kehrten durch den Schnee stapfend auf den Fußweg am Ufer zurück.

»Walter war wirklich Ihr erster Schneemann?«, fragte Katharina.

»Ja.«

»Na, dann wurde es aber höchste Zeit.«

Andreas Amendt blieb stehen und drehte sich zu Katharina um: »Ja, das hat Susanne damals auch gesagt. Sie haben schon ziemliche Ähnlichkeit mit Ihrer Schwester, wissen Sie das?«

»Susanne?«

»Ja, das hatten wir damals vor. Einen Schneemann bauen. Der Wetterbericht hatte Schnee angekündigt für den Tag ... Sie wissen schon. Wir haben uns darüber unterhalten, was wir später mal alles mit unserer Tochter machen wollen. Schlittenfahren, Schneeballschlacht ... Und natürlich einen Schneemann bauen. Ich habe Susanne gestanden, dass ich das noch nie gemacht habe. Diese eklatante Bildungslücke wollte sie natürlich unbedingt schließen. Sie kannten ja Susanne: ganz oder gar nicht.«

Katharina hakte sich wieder bei Amendt ein, widerstand aber dem Wunsch, ihren Kopf an seine Schulter zu lehnen.

»Doch, das hat Spaß gemacht«, sagte sie stattdessen das Erste, was ihr durch den Kopf schoss, um nur ja keine peinliche Stille aufkommen zu lassen. »Und Sie haben wirklich noch nie ein Schneemann gebaut? Auch in Ihrer Kindheit nicht?«

»Nein. Meine Eltern waren etwas überbehütend. Und ich hatte auch nicht viele Freunde, mit denen ich so etwas hätte machen können.«

»Keine Freunde zum im Schnee spielen?«

»Ich sagte ja, meine Eltern hatten immer Angst um ihr Wunderkind. Außerdem war ich ein Stubenhocker. Hab lieber Gitarre gespielt und gelesen. Dann habe ich zwei Klassen übersprungen und war immer der Jüngste. Im Schnee spielen war einfach nicht mehr cool. Und dann passierte natürlich das ...« Amendt stockte.

»Darf ich fragen ... Sie haben mir nie so richtig erzählt, was mit Ihren Eltern passiert ist.«

»Wissen Sie das nicht aus der Akte?« Amendts Ton war plötzlich kalt und abweisend.

»Nur sehr grob. Aber Sie müssen auch nicht ...«

Amendt seufzte. »Also gut. Sie wissen ja, dass meine Mutter schizophren war. Angefangen hat das kurz nach meiner Geburt, soweit ich weiß. Sie hat Stimmen gehört. Deshalb war sie ein paar Mal in der Klinik, doch zuletzt waren die Ärzte davon überzeugt, sie medikamentös richtig eingestellt zu haben. Dann, ein paar Tage nach meinem zwölften Geburtstag, sind die Stimmen zurückgekommen. Meine Mutter hat aber nichts davon gesagt. Sie hat wohl geglaubt, dass sich das schon von alleine regeln würde. In der Nacht bin ich aufgewacht, weil ich sie schreien gehört habe. Sie ... sie war in der Küche. Nackt und tobend. Mein Vater hat versucht, sie zu bändigen, und da hat sie ihm ein Küchenmesser in die Brust gerammt, immer wieder und wieder. Als müsse sie sich gegen einen brutalen Angreifer verteidigen. Schließlich ist mein Vater zusammengesackt. Und Mama hat mich gesehen. Sie hat mich in den Arm genommen, gesagt, dass alles gut wird ... Dann hat sie zugestochen. Dreimal. Ich muss wohl das Bewusstsein verloren haben, obwohl ich Glück hatte. Die Stiche haben nur Rippen getroffen. Das Messer konnte daher nicht tief genug eindringen, um das Herz oder die Lunge zu verletzen. – Irgendwann bin ich wieder aufgewacht, hab nach Mama gesucht. Sie ... sie lag im Bad. Alles war voller Blut. Sie hat sich erst die Pulsadern geöffnet und dann die Kehle durchgeschnitten. – Danach weiß ich auch nicht mehr so genau. Ich muss wohl auf die Straße gelaufen sein. Hilfe holen. – Den Rest kennen Sie. Paul, bei dem ich damals in Behandlung war –«

»Warum waren Sie in Behandlung?«

»Ein paar Anpassungsschwierigkeiten. Hochbegabt sein heißt ja nicht, dass man im Leben besonders gut klarkommt. Also, Paul hat mich aufgenommen. Und natürlich Marianne. Sie erinnern sich an Marianne Aschhoff?«

»Natürlich.« Marianne Aschhoff war eine Jazzsängerin. Andreas Amendt hatte mit ihr eine CD mit Jazzklassikern aufgenommen. Auch »Autumn Leaves«. Die Aufnahme, die ihr Susanne auf Kassette überspielt und nach Südafrika geschickt hatte. Ihr Lieblingslied.

Sie gingen ein paar Schritte schweigend nebeneinander her. Endlich traute sich Katharina zu fragen: »Haben Sie Angst?«

»Dass ich schizophren werde, meinen Sie? Momentan bin ich nicht im Risikoalter. Schizophrenie tritt meistens zuerst in der Pubertät oder den frühen Zwanzigern auf.« Amendts Ton war sehr sachlich gewesen, doch plötzlich wurde seine Stimme leiser und rauer. »Aber natürlich, ja. Manchmal habe ich schon Angst. Dass ich in einer Seifenblase lebe, die eines Tages platzt. Also, wenn Sie irgendwann bemerken, dass mit mir was nicht stimmt ...« Er sprach nicht weiter.

»Worauf müsste ich denn achten?«, fragte Katharina leise.

»Na ja, plötzliche oder langsam beginnende Verhaltensänderungen. Vielleicht Gedächtnislücken. – Wenn ich gewalttätig werde oder einen Menschen umbringe, dürfte das ein guter Hinweis sein.«

»Und dann? Was soll ich dann tun?«

Amendt fasste sie sanft an den Schultern. Ihre Blicke trafen sich. »Dann lösen Sie bitte Ihr Versprechen ein und erschießen mich. Wenn ich es nicht selbst tue.«

»Sie wollen dann ernsthaft ...?« Katharina widerstand der Versuchung, sich mit einem Ruck loszumachen.

Amendts Griff wurde fester. »Vor mich hin vegetieren? Ruhig gestellt mit schweren Medikamenten? Vielleicht katatonisch sein, sinnlos im Kreis laufen oder endlose Puzzles im Aufenthaltsraum einer geschlossenen Psychiatrie lösen? Ohne Aussicht auf Besserung? Nein, dann will ich lieber sterben. Dann habe ich es hinter mir.«

Amendt legte plötzlich den Arm um Katharina und zog sie etwas näher zu sich heran. Übertrieben fröhlich sagte er: »Nun ist aber genug mit den düsteren Themen. Außerdem habe ich immer noch Hunger und es ist kalt. Kommen Sie.«

»Wohin?«

»Ach, ich dachte, das hätten Sie schon erraten. Ins Blaue Café natürlich.«

Das Blaue Café war nicht blau. Und auch kein Café. Zumindest hatte es nichts gemein mit den designermöblierten »Cappuccino-Frappuccino-Double-Soy-Latte-Decaf«-Ausgabestellen der Frankfurter Innenstadt. Es lag etwas abseits des Mainufers hinter der Dreikönigskirche, in einer noch nicht ganz von Bankern und SUV-Fahrern eroberten Ecke Sachsenhausens. Das Souterrain-Gewölbe war mit einer in Würde verschlissenen Ansammlung von Stühlen, Sesseln und Tischen aus allen möglichen Epochen möbliert. Kerzen auf den Tischen und trübe Öllampen an den Wänden tauchten den Raum in ein behagliches Dämmerlicht.

Trotz des Schneegestöbers war ungefähr die Hälfte der Tische besetzt. Auf der kleinen Bühne an einem Ende des Gewölbes mühte sich ein junger Pianist ab. Bis auf ein paar Menschen, die um einen Tisch in der Nähe der Bühne saßen – vermutlich der Freundeskreis des Pianisten –, kümmerte sich niemand um ihn.

»Andreas! Du bist zurück!« Eine rothaarige, üppige Frau, vielleicht Mitte fünfzig, eilte durch das Labyrinth der Tische und Stühle auf Amendt und Katharina zu, um ihren Quasi-Adoptivsohn zu begrüßen. Marianne Aschhoff, die Wirtin. Eigentlich eine renommierte Jazzsängerin, hatte sie festgestellt, dass sie von der Musik allein nicht leben konnte, und daher ihren eigenen Jazzclub eröffnet: das Blaue Café.

Sie schloss Andreas Amendt in die Arme und drückte ihn lange an sich. Dann schob sie ihn etwas von sich, um ihn kritisch zu mustern: »Gut siehst du aus. Du hast richtig Farbe abbekommen.«

»Ich war in Afrika. Hab Sandra besucht.«

»Ich weiß, Andreas. Und du hast dabei geholfen, einen Serienmörder zu fangen. Dein Bild war in der Zeitung.«

»Oh Hilfe, meins auch?«, fragte Katharina dazwischen.

Marianne Aschhoffs Ton kühlte ab. »Ach, Sie sind das. Die Frau Hauptkommissarin.«

»Kriminaldirektorin«, korrigierte Katharina sie automatisch.

»Es ist einiges passiert, Marianne. Ich …« Amendt zögerte, als könne er selbst nicht ganz glauben, was er sagte. »Ich bin unschuldig. Frau Klein hat das herausgefunden.«

Einen Augenblick lang sah Marianne ihn ungläubig an. Doch dann konnte sie ihre Freude nicht mehr verbergen und umarmte ihn erneut: »Na endlich. Ich habe es dir doch immer gesagt. – Und? Wer war es?«, fügte sie neugierig hinzu.

»Wir wissen es nicht«, antwortete Amendt, doch Katharina korrigierte ihn sofort: »Noch nicht. Zumindest nicht vollständig. Wir wissen, wer den Abzug gedrückt hat. Ein Profikiller.«

»Oha!«, sagte Marianne trocken. »Kommt doch erst mal richtig rein. Wollt ihr was trinken? Setzt euch doch zu mir an die Bar. – Und bitte, Andreas, spiel später was.« Sie deutete über ihre Schulter auf den Pianisten. »Musikstudent. Quält uns schon den ganzen Abend mit verjazztem Chopin. Furchtbar deprimierend. Nicht, dass sich meine Stammgäste nachher im Main ersäufen.«

Katharina und Andreas Amendt schwangen sich auf zwei Barhocker, während Marianne sich hinter die Bar verzog.

»Und? Was wollt ihr trinken?« Sie wandte sich an Katharina. »Whisky? Den Guten?« Ohne die Antwort abzuwarten, nahm sie die hinter anderen Alkoholika verborgene Flasche vom Regal und goss Katharina ein. Einen mehr als großzügig bemessenen Doppelten. »Und du?« Sie sah zu Amendt.

»Für mich nur einen Pfefferminztee. – Alkohol verträgt sich vermutlich nicht so gut mit –«

»Andreas!«, unterbrach ihn Marianne Aschhoff streng. »Du hast doch nicht schon wieder Tabletten eingeworfen?«

»Nein«, verteidigte sich Andreas Amendt. »Ich … ich habe …«

»Gekifft«, vervollständigte Katharina seinen Satz.

Marianne Aschhoff musterte ihren Schützling mit hochgezogener Augenbraue: »Ich wusste es ja. Aus dir wird eines Tages ein echter Jazzer. Im Guten wie im Schlechten. – Aber tu mir den Gefallen und gib dem Jungen da was ab.« Sie deutete wieder auf den Pianisten. »Dann wird er vielleicht etwas lockerer. – Also, einen Pfefferminztee.«

»Und wenn du was zum Knabbern hättest …«

Marianne Aschhoff lachte tief und kehlig: »Cannabis, die Traumdroge jedes Küchenchefs. Natürlich.« Sie stellte einen großen Korb mit Salzbrezeln und Kartoffelchips vor Amendt hin. Er begann, sich genussvoll damit zu beschäftigen.

»Also? Was ist passiert?«, fragte Marianne Aschhoff. Katharina gab ihr eine kurze Zusammenfassung des Tages.

Als sie geendet hatte, warf Andreas Amendt zwischen zwei Salzbrezeln ein: »Wir würden gerne eine Nacht im Bunker übernachten, wenn das möglich ist.«

»Klar. Der ist frei.« Marianne Aschhoff wühlte in einer Schublade und fischte schließlich einen Schlüssel hervor, den sie Amendt hinhielt. »Andreas, du weißt aber schon, dass du dich nicht erst in einen Kriminalfall verwickeln lassen musst, wenn du die Nacht mit einer Frau verbringen willst? Du hast jetzt eine eigene Wohnung.«

Amüsiert sah Katharina, dass Amendt rot wurde. Er nahm seiner mütterlichen Freundin den Schlüssel ab. »Marianne ...«

Sie wandte sich zu Katharina: »Wissen Sie, er hat seine erste Liebesnacht mit Ihrer Schwester im Bunker verbracht.«

»Marianne, das gehört nun wirklich nicht –«

»Ach? Erzählen Sie mal«, unterbrach ihn Katharina. Amendt so verlegen zu sehen, war ein nettes Schauspiel.

Marianne Aschhoff lehnte sich vor: »Also, Ihre Schwester war ziemlich verschossen in ihn. Und er in sie. Hat aber natürlich die Zähne nicht auseinander gekriegt. – Und dann hatten wir hier ein Konzert. Danach haben wir an der Bar gesessen, wie jetzt. Und plötzlich hat Ihre Schwester ihn geküsst.«

Katharina kicherte. Oh ja, das passte. Susanne konnte ziemlich direkt sein.

»Ich habe mir gedacht, dass der Heimweg für die beiden viel zu lang ist«, fuhr Marianne Aschhoff fort. »Viel zu viele Gelegenheiten für Andreas, es zu vermasseln oder einen Rückzieher zu machen. Also habe ich die beiden in den Bunker verfrachtet. – Lang ist es her.« Sie seufzte tief. »Waren bessere Zeiten damals.«

In diesem Augenblick beendete der Pianist seinen Vortrag. Der Applaus war mäßig. Dennoch stand er artig auf und verneigte sich wie nach einem Vorspiel für »Jugend musiziert«.

Marianne Aschhoff kam hinter der Bar hervorgeeilt und tippte Amendt auf die Schulter: »Schnell, die Gelegenheit ist günstig. Bevor er noch auf die Idee kommt, eine Zugabe zu geben.«

Andreas Amendt folgte ihr auf die Bühne. Das Publikum begrüßte sie mit warmem, dankbarem Applaus. Marianne nahm ein Gesangsmikrofon, Amendt die Gitarre, die an einem Verstärker lehnte.

»Passend zum Abend ein Klassiker von Cole Porter: Let's misbehave«, kündigte Marianne Aschhoff an.

Katharina drehte sich zur Bühne und lauschte, hin und wieder an ihrem Whiskey nippend. Endlich in Sicherheit! Außerdem hatte Amendt es tatsächlich geschafft, dass dieser verfluchte Satz »Ich töte keine Unschuldigen« nur noch sehr leise in ihrem Kopf hallte.

Als das Lied endete und der jetzt sehr viel üppigere Applaus verebbt war, sagte Andreas Amendt plötzlich: »Ich würde gerne noch das Lieblingslied eines mir sehr wichtigen Menschen spielen, wenn ich darf.« Er sah zu Katharina. Sie nickte. »Autumn Leaves« würde nicht mehr wehtun.

»Und was ist nun dieser ominöse Bunker?«

Andreas Amendt hatte Katharina in einen Nebenraum des Blauen Cafés geführt, in dem sich deckenhoch die Getränkekisten stapelten: »Oh, er ist genau das! Ein Bunker. Kommen Sie?«

Hinter einem Stapel Apfelweinkisten führte eine steile Treppe in die Tiefe. Noch tiefer? Sie waren doch bereits im Keller.

Am Kopf der Treppe waren zwei große Schalter mit der Aufschrift »Elektrizität« und »Lüftung« angebracht, die Amendt jetzt umlegte. Dann ging er Katharina voran in die Tiefe. Katharina zählte mehr als zwanzig Stufen. Am Fuß der Treppe schloss Amendt eine große Stahltür auf, die auf einen breiten Gang führte.

»Das hier ist ein alter Luftschutzkeller aus dem Zweiten Weltkrieg«, erklärte er. »Der frühere Besitzer des Hauses war felsenfest davon überzeugt, dass eines Tages die Russen kommen. Also hat er den Bunker atombombenfest ausbauen lassen. Und Sie hätten sehen sollen, was er hier alles gelagert hatte. Pistolen, Sturmgewehre, Handgranaten und genug Munition für einen mittleren Bürgerkrieg. Als Marianne und ich den Bunker renoviert haben, mussten wir erst mal den Kampfmittelräumdienst kommen lassen. – Jetzt haben wir hier unten unser Studio und ein Gästezimmer mit Bad. Vermutlich einer der sichersten Orte in Frankfurt. Über uns und um uns sind zwei Meter Stahlbeton.«

Amendt zeigte Katharina das Studio, das Bad und schließlich das gemütlich im Flohmarktstil eingerichtete Gästezimmer mit einem unglaublich breiten und sehr bequem aussehenden Bett. Es gab wahrlich schlimmere Orte für eine erste Liebesnacht, dachte Katharina unwillkürlich. Susanne hatte der Bunker bestimmt gefallen: ein Abenteuer genau nach ihrem Geschmack.

»Stimmt die Geschichte eigentlich, die Marianne erzählt hat?«, fragte sie.

»Sie meinen Susannes Kuss? Ja, die stimmt. Aber das spontane Küssen scheint bei Ihnen ja in der Familie zu liegen.«

Jetzt war es an Katharina, rot zu werden. Sie hatten gerade ihren ersten gemeinsamen Fall abgeschlossen und waren zu den Leitern der neuen Sonderermittlungseinheit befördert worden, da hatte sie Andreas Amendt geküsst. Einfach so. Auf einem Flur im Polizeipräsidium. Er hatte die Flucht ergriffen. Katharina hatte es erst nicht verstanden, aber da hatte sie auch noch nicht gewusst, wer Amendt wirklich war: der ehemalige Verlobte ihrer toten Schwester. Das hatte ihr erst Polanski gesagt. Später. Damals hatte sie den Verlobten ihrer Schwester nie kennengelernt – sie war ja als Austauschschülerin in Südafrika gewesen.

»Verzeihung, ich wollte Sie nicht in Verlegenheit bringen«, begann Amendt zögernd. »Aber Sie verstehen jetzt sicher, warum ich damals davongelaufen bin?«

Katharina nickte stumm. Natürlich verstand sie das. Ein Kuss von der Schwester seiner ermordeten Verlobten. Zu dem Zeitpunkt war Amendt zudem noch fest davon überzeugt gewesen, dass er selbst Susanne und ihre Familie umgebracht hatte. Kein Wunder, dass er die Flucht ergriffen hatte. Himmel, sie hatte Glück gehabt, dass er sich nicht aus dem nächsten Fenster gestürzt hatte.

»Also ... es tut mir leid«, sagte Amendt. Dann fuhr er eilig fort: »Auf jeden Fall, wenn Susanne mich nicht geküsst hätte, dann ... Na ja, das hab ich Ihnen ja vorhin erzählt: zwei Klassen übersprungen, immer der Jüngste ... Ich habe irgendwie das Lebensalter verpasst, in dem man flirten lernt. Susanne war die erste Frau, mit der ich zusammen gewesen bin.« Er sah Katharina einen Augenblick lang unschlüssig an, dann fügte er hinzu: »Und die Letzte. – Brauchen Sie irgendetwas? Zahnbürste? T-Shirt?«, fragte er eilig.

Katharina verneinte völlig übertölpelt und klopfte auf ihre Handtasche: »Survival Pack!« Doch sie musste es einfach fragen: »Die Letzte?«

Amendt atmete geräuschvoll aus. »Ja, nach Susannes Tod ... Ich hatte einfach Angst, schon wieder alles zu verlieren.« Rasch wechselte er das Thema: »Ich lasse Ihnen den Vortritt im Bad. Währenddessen schlage ich mein Nachtlager im Studio auf.«

Er wollte schon eine der beiden Decken und eines der Kissen vom Bett nehmen, doch Katharina hielt ihn auf: »Nachtlager im Studio?«

»Ja, hier gibt es noch irgendwo eine Isomatte und ...«

»Kommt überhaupt nicht infrage. Das Bett ist wirklich breit genug.«

»Aber –«

»Kein Aber. Einen unausgeschlafenen Gerichtsmediziner mit Rückenschmerzen kann ich nicht brauchen. Und wir sind erwachsen, um Himmels willen.«

»Wie Susanne«, stöhnte Amendt gespielt auf. »Die kannte auch kein Pardon, wenn es um das Wohlergehen ihrer Mitmenschen ging. Aber nur, wenn es Sie wirklich nicht stört.«

»Nein, es stört mich nicht.« Beinahe hätte Katharina ein »Im Gegenteil« hinzugefügt, konnte ihre Zunge aber gerade noch im Zaum halten.

Während Katharina sich gründlich die Zähne putzte, dachte sie nach. Susanne war Andreas Amendts erste und letzte Frau gewesen. Verständlich, nach dem, was passiert war. Katharina musste sich eingestehen, dass sie im Grunde nicht anders war: One-Night-Stands, lose Affären, der nette Pizzabote, bei dem sie manchmal etwas bestellte und der ein paar Stunden blieb – bloß keine feste Bindung. Keine zu große Nähe. Man kann nicht verlieren, was man nicht hat. Sie war ganz gut damit durchs Leben gekommen. Und vielleicht würde irgendwann alles anders werden. Wenn sie den Mörder ihrer Familie gefunden, einen Schlussstrich gezogen hatte unter diesem Kapitel. Vielleicht würde sie wirklich irgendwann mit jemandem am Mainufer entlangwandern und einen Schneemann bauen. Nicht nur als Tarnung. Ihn zum Dank küssen, wenn er sie nach dem Zweigabschneiden auffing …

Mit diesem melancholischen Gedanken ging sie ins Gästezimmer. Ihr fielen bereits die Augen zu. Im Halbschlaf spürte sie, wie Amendt aus dem Bad kam und sich gleichfalls ins Bett legte. Auf seine Seite. Fast an den Rand. Schamabstand. Dann löschte er das Licht, der Raum versank in Dunkelheit. Nur eine kleine Notleuchte an der Wand spendete ein paar Lichtstrahlen. Richtig. Sie befanden sich ja tief unter dem Erdboden. Über ihnen zwei Meter Stahlbeton. Sie waren in Sicherheit.

Gentle Thoughts

In einer ebenso angenehmen
wie peinlichen Situation,
in den frühen Morgenstunden des nächsten Tages

Eine Hand. Schlank, aber kräftig. Ein paar dunkle Härchen auf dem Handrücken. Sorgsam maniküre Fingernägel, die ein klein wenig über die Kuppe hinausragten. Eine Gitarristenhand.

Katharina kannte die Hand, die sie da fest in ihren eigenen Händen hielt. Die Hand von Andreas Amendt. Katharina lag auf der Seite. Sie spürte die Wärme des Körpers, der sich von hinten an sie schmiegte und sie umschlungen hielt.

»Tststs«, machte eine leise Stimme. Katharina sah auf. Susanne saß auf der Bettkante. Trotz der Dunkelheit konnte Katharina sie ganz genau sehen.

»Geh weg, Susanne«, flüsterte sie leise. »Lass mich doch träumen.«

Susanne grinste und spielte mit ihrer neonblauen Haarsträhne. »Ach, ich wollte auch nur mal nach dem Rechten sehen. Lass dich nicht stören. Es bleibt ja in der Familie.« Und damit war sie verschwunden im Nichts der nächtlichen Dunkelheit.

Ganz recht. Es blieb ja in der Familie. Katharina strich sanft mit den Fingerspitzen über die Hand und schloss die Augen wieder.

Moment! Die Augen schließen? Im Traum? Katharina riss die Augen wieder auf. Sie ... sie schlief nicht mehr. Sie war wach. Und die Hand war immer noch da!

Zumindest bis zu diesem Augenblick. Sie wurde weggezogen, als hätte sich der Eigentümer der Hand die Finger verbrannt.

Andreas Amendt und Katharina setzten sich zeitgleich erschrocken im Bett auf. »Oh, das ist ...« – »Entschuldigung, ich ...« –

»Was war …« – »Tut mir leid, da ist wohl …« – »Nein, Sie brauchen sich nicht …«

In diesem Augenblick ging die Tür auf. Licht fiel auf das Bett. Marianne Aschhoff streckte ihren Kopf in das Zimmer: »Guten Morgen, ihr Turteltäubchen. Frühstück ist fertig.«

Der Tisch im Blauen Café war reich gedeckt, Kaffee und Tee warteten auf sie. Katharina und Andreas Amendt aßen schweigend und vermieden jeden Blickkontakt.

»Warum so wortkarg? War der Sex so schlecht?«, fragte Marianne Aschhoff vergnügt, als sie sich zu ihnen an den Tisch setzte und sich eine Tasse Kaffee einschenkte.

»Wir haben nicht …«, sagte Andreas Amendt zögernd.

»Ihr habt *nicht*? Und warum dann die langen Gesichter?«

»Wir …«, begann Katharina, wusste aber nicht, was sie sagen sollte.

»Na ja, hättet ihr mal. Dann hättet ihr vor dem muffligen Anschweigen wenigstens etwas Spaß gehabt.« Marianne Aschhoff trank amüsiert von ihrem Kaffee.

Katharina entschloss sich, das Gespräch auf ungefährliches Terrain zu lenken: »Doktor Amendt, wir sollten …«

»*Doktor* Amendt?«, mischte sich Marianne Aschhoff erneut ein. »So förmlich? Man könnte meinen, ihr solltet schon längst beim Du angekommen sein. Wollt ihr nicht …?«

»Nein«, antworteten Katharina und Andreas Amendt gleichzeitig und ohne zu überlegen.

Marianne Aschhoff lachte herzhaft: »Ja, ja, nur nichts überstürzen. Kein Wunder, dass es in Frankfurt so viele Singles gibt.« Dann fügte sie hinzu: »Unterhaltet euch wenigstens. Gleich kommen noch mehr Frühstücksgäste. Und die sollen doch nicht denken, dass sie Zeugen des Nachbebens eines schlechten One-Night-Stands werden. Ist nicht gut fürs Geschäft.«

Dankenswerterweise klingelte in diesem Augenblick Amendts Handy. Er nahm ab, lauschte, dann reichte er Katharina das kleine Telefon: »Kurtz!«

»Wusste ich es doch, dass du wieder mit Amendt zusammensteckst«, scholl ihr die gut gelaunte Stimme ihres Patenonkels entgegen. »Seid ihr eigentlich –«

»Nein! Wir sind kein Paar!«, blaffte Katharina ins Telefon.

»Das wollte ich auch gar nicht fragen. Sondern, ob ihr schon die nächsten Schritte überdacht habt.« Kurtz ließ sich die gute Laune nicht verderben.

»Ja, wir …« Katharina bremste sich. Kurtz musste nicht alles wissen. »Besser nicht am Telefon.«

»Stimmt. Besser nicht. Wie dem auch sei: Deine Wohnung ist wanzenfrei. Wir haben alles dreimal gecheckt. – Der Mörder muss Koala gefolgt sein.«

Eigentlich hätte das Katharina beruhigen sollen. Aber sie hatte immer noch einen Knoten im Magen.

»Wo seid ihr jetzt?«, fragte Kurtz.

»In Sicherheit«, antwortete Katharina knapp.

»Gute Antwort. Du lernst dazu.« Vor ihrer überstürzten Flucht nach Afrika hatte Kurtz sie streng ermahnt, niemals Fluchtorte bekannt zu geben, erinnerte sich Katharina.

»Ich würde aber gerne Hans und Lutz –«, fuhr Kurtz fort, doch Katharina schnitt ihm schroff das Wort ab: »Nein. Das wird nicht nötig sein. – Ich will so wenig Aufmerksamkeit auf mich ziehen wie nötig«, fügte sie etwas diplomatischer hinzu.

»Nun gut.« Kurtz klang enttäuscht. »Auf jeden Fall ist deine Wohnung sauber. Und deine Wäsche übrigens auch. Du hast sie in der Waschmaschine vergessen. Wir waren so frei, sie aufzuhängen. Außerdem habe ich deine Lebensmittelvorräte aufgefüllt. Das war ja ein verheerender Zustand in deiner Küche. – Und wenn du sonst irgendwie Unterstützung brauchst, lass es mich wissen.«

»Kommen Sie, lassen Sie uns mal nachschauen, wie es Walter geht!« Katharina hatte eigentlich auf direktem Weg zum Auto laufen wollen, doch Amendt lotste sie wieder auf die Uferpromenade.

In der Nacht hatte Walter Gesellschaft bekommen. Um ihn herum stand jetzt eine ganze Kolonie von Schneemännern.

»Walter ist aber der Schönste!« Amendt wollte etwas Schnee von Walter herunterwischen und hob den Arm. Im selben Augenblick zuckte er zusammen: »Au!«

»Was ist?«, fragte Katharina.

Statt einer Antwort kommandierte Amendt: »Nehmen Sie mich mal in den Polizeigriff, aber vorsichtig!«

»Ich soll ... was?«

»Polizeigriff ... vorsichtig ... bitte!« Amendt hatte offenbar starke Schmerzen, daher zögerte Katharina. Doch schließlich gehorchte sie und drehte ihm behutsam den Arm auf den Rücken.

»Jetzt drücken Sie mit der anderen Hand auf meine Schulter! Ja, genau so!«, befahl Amendt weiter. »Und nun ziehen Sie meinen Arm weiter nach oben.«

Katharina tat es, Amendt stöhnte auf. Dann sagte er mit zusammengebissenen Zähnen: »Zeigen Sie keine Gnade!«

Katharina zog noch weiter. Plötzlich knackte es unter ihrer Hand, Amendt schrie auf, sie ließ erschrocken los, er fiel nach vorne in den Schnee. Sie hatte ihm doch nicht etwa die Schulter gebrochen?

Aber Amendt drehte schon den Arm im Gelenk und massierte seine Schulter: »Ah, das ist besser! Danke!«

»Was war denn?«, fragte Katharina verstört.

»Meine Schulter war disloziert ... verrenkt«, erklärte er.

»Wovon das denn?«

Amendt stand grinsend auf und klopfte sich den Schnee von der Hose: »Das wollen Sie gar nicht so genau wissen.«

»Doch, natürlich will ich das. – Nun sagen Sie schon.«

»Haben Sie sich noch nicht gefragt, wie Sie heute Nacht in meinen Arm gekommen sind?«

»Nun, ich denke ... Wie denn?«

»Sie haben irgendwann zugepackt und meinen Arm zu sich herübergezogen. Sie sind ganz schön kräftig.«

»Oh, das tut mir leid.« Katharinas Wangen begannen zu glühen.

»Machen Sie sich nichts draus. Sie sind halt wie Susanne.« Amendt drehte sich wieder zu Walter, wischte den Schnee ab und korrigierte ein paar Kleinigkeiten. Endlich trat er zurück und betrachtete stolz sein Werk. »Doch, Walter ist der Schönste. Tja, schade, dass Susanne ihn nicht sehen kann.«

Curiosity

Katharinas Elternhaus, etwa eine Stunde später

»Irgendwie habe ich gerade so eine Vorahnung, dass wir am Ende unserer Untersuchungen herausfinden werden, dass sich Ministro in der Haustür geirrt hat«, stellte Andreas Amendt trocken fest.

Am Wendehammer der Sackgasse standen zwei vollkommen gleich gebaute Villen aus den Dreißigerjahren hinter zwei gleichfalls identischen schmiedeeisernen Toren. Während allerdings die rechte Villa in frischem Weiß strahlte, war die Farbe des linken Hauses – in dem Katharina, Susanne und ihre Eltern gewohnt hatten – vom Schmutz der Jahre ergraut.

Katharinas Vater hatte die Geschichte der Häuser geliebt, und sie jedem, der sie hören wollte, erzählt: Die beiden Villen waren ursprünglich von einem reichen Industriellen als Erbteil für seine beiden zerstrittenen Söhne errichtet worden. Er hatte keinen von beiden bevorzugen wollen und daher zweimal die gleiche Villa bauen lassen. Auch die Grundstücke waren exakt gleich groß. Außerdem teilten sich die beiden Häuser aufgrund einer Panne im Bebauungsplan – es lebe die Bürokratie! – die gleiche Hausnummer.

Obwohl im Wendehammer Parkverbot galt, stand genau zwischen den beiden Toren ein himmelblau lackierter VW-Bus T2 mit dem Baujahr 1969. Katharina kannte den Wagen: Sie hatte den Hörnchen geholfen, ihn zu restaurieren.

Amendt sprang aus dem Papamobil und schloss das schmiedeeiserne Tor auf, sodass Katharina hindurchfahren konnte. Dann lotste er die Hörnchen gleichfalls auf das Grundstück. Sie parkten den Bus hinter dem Papamobil und stiegen aus. Unter ihren abgewetzten Bundeswehrparkas trugen sie bereits weiße Einwegoveralls. Die passenden Hauben hielten sie in den Händen.

»Guten Morgen, große Meisterin!« – »Die Untersuchungen mögen beginnen!« Die Hörnchen verneigten sich erneut tief vor Katharina.

»Und Meister Amendt ist auch da!« – »Guten Morgen, verehrter Meister und Chef in spe!« Auch Amendt wurde Adressat einer Verbeugung. Bei ihrer letzten Begegnung waren sie noch vor ihm auf die Knie gefallen. Vermutlich war es nur der Schnee, der sie diesmal daran hinderte.

Dann begannen sie wieder in ihrem eigenwilligen Chor zu sprechen: »Wir haben uns erst in der Haustür geirrt.« – »Aber die übrigens sehr hübsche …« – »Sehr, sehr hübsch!« – »Vielleicht etwas zu alt für uns!« – »Aber wirklich sehr, sehr, sehr hübsch!« – »Also, die Nachbarin hat uns dann an dieses Haus verwiesen.« – »Die Häuser sehen sich aber auch zu ähnlich.« – »Wie Zwillinge!« – »Wie wir!« – »Vielleicht sollten wir hier einziehen!« – »Also, um was geht es?«

»Ich will den Mord an meiner Familie aufklären.« Es kostete Katharina einige Überwindung, diesen Satz laut auszusprechen. Mit der Reaktion der Hörnchen hatte sie allerdings nicht gerechnet: »Na endlich!« – »Da warten wir schon seit Jahren drauf!« – »Wo sollen …« – »… wir anfangen?«

»Ich dachte, wir …«, begann Katharina zögernd. »Ich dachte, *ihr* nehmt erst einmal den Tatort unter die Lupe. Vielleicht findet ihr noch etwas, was damals übersehen wurde.«

»Worauf warten wir dann noch?« – »Lass uns anfangen.«

Die Luft im Haus roch abgestanden. Es war seit der Tat unbewohnt. Katharina tastete nach dem Lichtschalter. Der Kronleuchter in der Eingangshalle – in seiner Kitschigkeit ein Kontrast zur übrigen, modernen Einrichtung und deswegen schon wieder cool – flammte gehorsam auf.

Die Treppe aus knorrigen Bohlen links des Eingangs führte in die obere Etage zu den Schlafzimmern. Zur Rechten lag das

Arbeitszimmer ihres Vaters; ihre Mutter hatte ein eigenes Büro im ausgebauten Dachboden gehabt. Eine Tür zur Linken führte in die Küche. Und geradeaus ging es ins Wohn- und Esszimmer. Dem eigentlichen Tatort.

»Wohin führt ...« – »... die Tür da?« Die Hörnchen zeigten gleichzeitig auf eine unscheinbare Tür neben der Treppe.

»In den Keller. Zum Tresorraum.«

Katharinas Vater hatte fast den gesamten Keller zu einem großen, begehbaren Tresor umbauen lassen, in dem er die Kunstwerke lagerte. Katharina stieg den anderen voran die Treppe hinab, die in einem kleinen Vorraum zum Tresor endete.

Die Hörnchen betrachteten ehrfürchtig die große, schwere Stahltür: Eine Zahlenkombination, zwei Schlüssel sowie ein Code für ein elektronisches Tastenfeld waren nötig, um den Tresor zu öffnen. Außerdem war der Tresorraum klimatisiert, um die darin gelagerten Bilder nicht zu beschädigen. Die Klimaanlage selbst stand in einer kleinen Klinkerhütte hinter der Villa. Katharina achtete streng darauf, dass sie regelmäßig gewartet wurde. Soweit sie wusste, war die Kunstsammlung im Tresor einen achtstelligen Betrag wert. Schon mehrfach hatten Menschen Katharina dazu aufgefordert, den Tresor zu öffnen: Sei es, um die Kunstwerke auszustellen – in seiner unnachahmlich taktvollen Art hatte ihr das der trauerredende Kulturdezernent bereits auf der Beerdigung ihrer Familie vorgeschlagen –, sei es, um sie zu kaufen. Was hatte Richter Weingärtner, ein alter Freund und Kunde ihres Vaters, gesagt? »Wenn Ihnen die Sammlung nicht gefällt, versilbern Sie sie. Dann können Sie das Polizeipräsidium kaufen und sich selbstständig machen.«

»Was ist denn das?« – »Das ist ...« Die Hörnchen deuteten auf einen kleinen, dunklen, runden Fleck an der Unterkante der Stahltür. »Katharina, sei so gut ...« – »... und mach doch mal kurz das Licht aus.«

Sie gehorchte. »Achtung«, sagte sie und drückte den Lichtschalter. Um sie herum wurde es stockdunkel.

Plötzlich durchbrach unwirkliches blaues Licht die Dunkelheit.

»Sehen Sie, Frau Klein, *die Hörnchen* haben eine UV-Lampe!« Es war ein Running Gag zwischen Andreas Amendt und Katharina: Bei ihrer ersten Begegnung hatte er eine UV-Lampe benötigt, um einen verdächtigen blauen Fleck zu untersuchen. Katharina hatte natürlich keine dabeigehabt. Und dann, als sie sich in Afrika über den Weg gelaufen waren, war wieder seine erste Frage gewesen: »Haben Sie zufällig eine UV-Lampe?« – Gut, da hatte Katharina ihn noch für den Mörder ihrer Familie gehalten und ihn zur Antwort beinahe über den Haufen geschossen.

Die Hörnchen hatten das Licht auf den Boden vor dem Tresor gerichtet. Der dunkle Fleck fluoreszierte blau: eindeutig ein Blutfleck. Er war halb von der Tresortür verdeckt. Es musste also jemand blutend in den Tresor gegangen sein. Das hatte nicht in der Akte gestanden. Doch wer? Hatte sich Ministro selbst verletzt? Vielleicht, als er die große Panoramascheibe im Wohnzimmer eingeschlagen hatte? Aber wie war er in den Tresor gekommen? Katharinas Vater hatte ihn immer sorgfältig verschlossen. Von ihrer Familie konnte sich niemand nach hier unten geschleppt haben. Die Schüsse auf sie waren sofort tödlich gewesen.

Vielleicht war der Blutfleck ja auch älter? Hatte nichts mit der Sache zu tun? Katharina konnte es sich nur sehr schwer vorstellen. Ihre Mutter war eine Sauberkeitsfanatikerin gewesen. Sie hätte den Fleck bestimmt nicht übersehen.

Amendt schaltete das Licht wieder ein.

»Wir werden …« – »… auch den Tresor untersuchen müssen«, stellten die Hörnchen fest. »Sind da auch die Bilder drin?« – »Die aus dem Wohnzimmer?«

Richtig! Der Testamentsvollstrecker hatte alle Bilder im Haus in den Tresor bringen lassen. Katharina hatte weder Schlüssel noch Kombination. Sie würde den Mann aufsuchen müssen. Notar … Notar … Sie kam nicht auf den Namen. Aber Kurtz würde ihn wissen.

Gemeinsam stiegen sie die Treppe zur Eingangshalle hinauf.

»Dann wollen wir mal anfangen.« – »Hast du noch irgendwelche Unterlagen?«

Katharina zog den dicken Pappschnellhefter mit der Akte aus ihrer Handtasche und gab ihn den Hörnchen.

»Das ist alles?« – »Mehr nicht?« – »So wenig?« – »Sieht ja nicht gerade nach einer sorgfältigen Untersuchung aus!« – »Das können wir besser!« – »Aber hast du …« – »… vielleicht sonst noch etwas?«

Sonst noch etwas? Ja! Katharina fiel siedend heiß ein, dass sie noch immer den SD-Speicherchip vom Mann mit den Eukalyptuspastillen hatte. Sie zog ihn aus der Brusttasche ihrer Lederjacke.

»Ihr habt doch sicher eure Notebooks dabei, oder? Können die solche Speicherchips lesen?«

»Klar!« – »Aber natürlich!« – »Solche Chips …« – »… nutzen wir auch in unseren Kameras.«

Die Hörnchen führten Katharina und Andreas Amendt nach draußen zu ihrem VW-Bus. Sie zogen die hintere Türe auf: Der Bus war vollgestellt mit Koffern aus Plastik und Stahl.

»Ihr habt euch ja auf einen Großeinsatz vorbereitet.«

»Wir wussten nicht, was uns erwartet.« – »Da haben wir einfach mal alles mitgebracht.« – »Außerdem haben wir uns …« – »… den 3D-Tatort-Scanner ausgeborgt.« – »Aus unserem neuen Labor.«

Katharina kannte das Gerät bisher nur aus Artikeln in Fachzeitschriften: ein mobiler 3D-Scanner, der ein Computermodell des Tatorts erzeugte. Damit konnte man den Tathergang sehr viel einfacher rekonstruieren als mit Puppen und Bindfäden. Das Polizeipräsidium war bisher zu geizig gewesen, solch ein System anzuschaffen, doch jemand hatte offenbar eine ganze Menge Geld für die Sonderermittlungseinheit springen lassen. Für eine Weglobe-Einheit, die möglichst schnell und preisgünstig scheitern sollte? Andererseits: Die Titanic war ja auch ein Luxusliner gewesen, bevor sie sank. Katharina würde darüber nachdenken, wenn es Zeit dafür war.

Eines der Hörnchen – Katharina konnte auch nach jahrelanger Zusammenarbeit nicht sagen, ob Alfons oder Bertram – klappte einen der Koffer auf und zog ein flaches Notebook hervor. Er schaltete es an und steckte den Chip in den dafür vorgesehenen Einschub. Dann knurrte er unzufrieden. Er zeigte Katharina den

Bildschirm. »Unbekanntes Dateisystem« stand da in einer Warnmeldung. »No decryption key detected.« Verschlüsselt also. Das hätte sich Katharina auch denken können. Sie nahm den Chip wieder an sich.

»Können wir euch irgendwie helfen?«, fragte sie anschließend.

Die Hörnchen schüttelten im Konzert die Köpfe: »Nein!« – »Wirklich nicht!« – »Ihr tragt uns nur …« – »… irgendwelche Spuren ins Haus.«

Und damit schnappten sich die Zwillinge mehrere Koffer, mit denen sie in Richtung Haustür gingen. »Wir beginnen zunächst mal …« – »… mit der Rekonstruktion des Tathergangs!«, sagten sie über ihre Schultern zu Katharina. Sie waren bereits im vollen Tatort-Modus. Katharina wusste, das Beste, was sie jetzt tun konnte, war, sie in Ruhe arbeiten zu lassen.

Als sie wieder ins Auto gestiegen und aus dem Tor gefahren waren – rückwärts und am Bus der Hörnchen vorbei, kein Problem dank der Steuerhilfe des Cayenne – fragte Andreas Amendt Katharina: »Und? Was machen wir in der Zwischenzeit?«

»Wir treiben den Schlüssel und die Zugangscodes für den Tresor auf. Außerdem …« Katharina zog die Visitenkarte, die sie am Abend zuvor eingesteckt hatte, aus der Jackentasche. »Wir werden mal der Wohnung unseres Eukalyptuspastillen lutschenden Freundes einen Besuch abstatten. Ist vermutlich nur eine Tarnadresse, aber vielleicht finden wir dort trotzdem eine Möglichkeit, den Chip zu entschlüsseln.«

The Pleasure Is Mine

Frankfurter Nordend, sonniger Wintervormittag

Der Anwalt und Notar, der einst Katharinas Vater betreut hatte und später zum Testamentsvollstrecker wurde, bewohnte eine verwunschen-efeuberankte Jugendstilvilla mit Blick auf den Holzhausenpark: Testamente zu vollstrecken musste ein lukrativer Job sein.

Amendt hatte eben nach der Klinke des Tores in der hohen Hecke gegriffen, als es von selbst aufsprang. Ein Mann kam herausgestakst. Er hatte den Kragen seines schwarzen Trenchcoats zum Schutz vor der Kälte hochgeschlagen und auf seinem kahlen Schädel saß ein zu kleiner Hut. Der Mann beachtete sie nicht weiter, sondern ging leise vor sich hin murmelnd zwischen ihnen hindurch. Katharina hätte schwören können, dass er das BGB zitierte.

»Hallo Lienhardt«, rief Amendt dem Mann hinterher, der kurz innehielt und ihn durch die kleinen, nickelbebrillten Augen musterte. »Bitte unterbrechen Sie mich nicht!«, sagte er mit Nachdruck, drehte sich um und ging mit eckigen Schritten weiter, sein Selbstgespräch fortsetzend. An der nächsten Straßenecke hielt er kurz an, nahm seine Hände aus den Taschen, deutete mit ausgestrecktem kleinem Finger in die unterschiedlichen Wegesrichtungen und bog dann ab.

»Wer war das denn?«, fragte Katharina konsterniert.

»Das war Lienhardt Tripp. Der Anwalt und Problemlöser-Lakai von Paul Leydth. Ich glaube, ich habe Ihnen gestern Abend von ihm erzählt.«

»Das ist Tripp? Und er ist Anwalt?«

»Ein sehr Guter. Er kann alle deutschen Gesetze auswendig. Auch die Kommentare. Sie hätten ihn damals erleben sollen. Er war mein Verteidiger und hat Polanski und den Haftrichter dermaßen mit Paragrafen beworfen, dass ihnen schwindelig geworden ist.«

»Aber ...«

»Asperger-Syndrom. Eine vergleichsweise leichte Form von Autismus. Außerdem hat er die emotionale Reife eines Achtjährigen«, erklärte Amendt. »Paul ist der Einzige, zu dem er eine menschliche Beziehung aufgebaut hat. Deswegen arbeitet Tripp auch für ihn. – Einer von Pauls Hochbegabungsfällen.«

»Hochbegabungsfälle?«

»Paul hat eine Schwäche für Menschen mit Hochbegabungen. Lienhardt ist ein paar Jahre älter als ich. Und er war zunächst auch Pauls Patient. Seine Eltern kamen mit ihm nicht zurecht. Paul schon. Alle paar Jahre nimmt Paul einen neuen Fall bei sich auf. Nach Lienhardt kam dann ich.«

»Sie? Sie sind aber nicht autistisch, oder?«

»Nein. Trotzdem etwas kommunikationsgestört.« Amendt schmunzelte, als er Katharinas Widerspruch mit einer Geste unterband: »Hey, ich bin neununddreißig und habe in meinem Leben erst mit einer Frau geschlafen. Und das auch nur, weil sie den ersten Schritt getan hat. Kommen Sie, ich habe Ihren Blick gesehen, als ich Ihnen das gestern Abend erzählt habe. Sie finden das doch auch nicht so ganz normal, oder?«

»Nein, vielleicht nicht, aber ...«

»Na ja, auf jeden Fall ist Paul von Menschen wie mir und Lienhardt fasziniert. Warum auch immer.«

Katharina sah wieder in die Richtung, in die der seltsame Mann verschwunden war: »Ich frage mich, was er hier gemacht hat.«

»Ach, viele Anwälte konsultieren ihn. Er kennt bei praktisch jeder beliebigen Sachlage die richtigen Paragrafen. Seine Professoren haben ihn gehasst, weil er sie in Grund und Boden argumentiert hat. Hat das beste Jura-Examen gemacht, das es je in Hessen gegeben hat.«

»Und jetzt arbeitet er für Paul Leydth?«

»Er ist Paul ergeben wie ein Hündchen. Kein Wunder, Paul war der erste Mensch, der ihn ernst genommen hat.«

»Aber Autismus … Und dann ist er Problemlöser?«

»Genau deswegen. Wenn er einmal eine Aufgabe hat, arbeitet er so lange, bis er sie bewältigt hat. Und er hat überhaupt keine Skrupel.«

> Dr. Absalom
> -Schmitz
> Rechtsanwalt und Notar

Das Schild neben der Tür der Jugendstilvilla war weiß emailliert, der Namenszug in einer altmodischen Frakturschrift geschrieben. Erst beim näheren Hinsehen erkannte Katharina, dass ein Teil des Nachnamens sorgfältig übermalt war. Sie tastete nach den verborgenen Buchstaben, konnte sie aber nicht entziffern. Und das war noch nicht einmal das Merkwürdigste an dem Schild. Links neben dem Namen prangte, wie es sich für einen Notar gehörte, das Wappen des Landes Hessen. Und rechts davon die lachende rote Sonne auf gelbem Grund, die »Atomkraft? Nein danke!« in die Welt hinausrief. Unter dem Schild war eine dezente Plakette aus Messing angebracht: »Retter des deutschen Waldes«.

Gespannt, was sie erwartete, zog Katharina an der altmodischen Klingel.

Kurze Zeit später Schritte, das Umdrehen eines Schlüssels, dann wurde die Tür geöffnet. Der Mann, der vor ihnen stand, schien sich im Jahrhundert oder zumindest im Theaterstück vertan zu haben. Er war kaum größer als Katharina und trug einen altmodischen, schwarzen Dreiteiler, auf seinem Bauch baumelte eine schwere goldene Uhrkette. Zu diesem Ensemble trug er ein weißes Hemd und eine große rote Fliege mit gelben Punkten. Sein schlohweißes Haupthaar stand nach allen Richtungen ab, als wäre er gerade aus einem Sturm gekommen. Außerdem presste er sich ein Taschentuch unter die Nase.

»Ja? Sie wünschen?«, fragte er freundlich. Durch das Taschentuch war seine Aussprache etwas nasal und undeutlich.

Katharina antwortete verlegen: »Guten Tag, mein Name ist Katharina Klein und –«

Weiter kam sie nicht. Der Mann strahlte über das ganze Gesicht – zumindest so weit es das Taschentuch zuließ.

»Natürlich. Du bist aber groß geworden! Entschuldige, dass ich dich nicht gleich erkannt habe. Komm doch rein.«

Dann fiel sein Blick auf Amendt: »Und Sie sind?«

»Andreas Amendt«, stellte der Angesprochene sich vor. Der Blick des Mannes kühlte deutlich ab. Deswegen sagte Katharina schnell: »Er ist unschuldig! Ehrenwort!«

»Unschuldig?« Vor Überraschung ließ der Mann die Hand mit dem Taschentuch sinken. Katharina sah, dass aus einem Nasenloch ein dicker Blutstropfen quoll.

»Sie haben Nasenbluten«, stellte sie fest.

Schnell presste der Mann das Taschentuch wieder unter seine Nase. »Ja, leider. Das kriege ich, wenn ich mich zu sehr aufrege.«

»Ja, Tripp hat diese Wirkung auf Menschen. – Lassen Sie mich mal schauen. Ich bin Arzt.« Zum Beweis hielt Amendt seine schwarzlederne Arzttasche in die Höhe, die er am Abend zuvor aus seiner Wohnung mitgenommen hatte und die er seitdem noch besser bewachte als Katharina ihre Handtasche. Er hatte die Tasche nicht im Papamobil zurücklassen wollen, da – so seine Worte – Drogensüchtige für den Inhalt ihre Großmutter verkaufen würden.

Der Mann nickte mit zustimmender Begeisterung. »Aber vielleicht kommen Sie erst mal rein. Ich bin übrigens Absalom Schmitz.«

Mit schnellen, elastischen Schritten ging Schmitz ihnen voran durch die Eingangshalle in ein großes, helles Arbeitszimmer mit angebautem Wintergarten. Darin stand ein über und über mit Papieren bedeckter Glasschreibtisch, dahinter ein moderner lederner Chefsessel. Im Wintergarten standen eine kleine Chippendale-Sitzgruppe mit passendem niedrigen Tisch und ein kleiner Beistellwagen mit Gläsern und ein paar Karaffen: Wasser, Orangensaft, ein paar Alkoholika.

»Setzen Sie sich und legen Sie den Kopf in den Nacken.« Amendt lotste Schmitz auf seinen Chefsessel und stellte die Arzttasche auf eine freie Stelle auf dem Schreibtisch. Er entnahm ihr eine Nasenleuchte, mit der er vorsichtig Schmitz' Nasenloch untersuchte: »Ein geplatztes Äderchen. Das haben wir gleich.«

Er nahm ein blaues Salbentöpfchen und ein langes Wattestäbchen aus der Tasche. »Das brennt jetzt gleich etwas, aber es hilft. Also bitte stillhalten.« Schmitz quiekte kurz auf, als Amendt ihm das mit Salbe bestrichene Wattestäbchen in die Nase einführte.

»Schon vorbei.« Amendt warf das Wattestäbchen in den Papierkorb. »Die Salbe ist ein Spezialrezept von mir. Zieht die Äderchen zusammen und beschleunigt die Wundheilung. Hilft übrigens auch bei Platzwunden, Hämorriden und Augenringen.«

Schmitz atmete probehalber durch. »Ah, das ist wirklich besser. Vielen Dank. – Sind Sie Facharzt?«

Amendt zuckte mit den Schultern: »Wie man es nimmt: Ich bin Gerichtsmediziner.«

Einen Augenblick starrte ihn Schmitz erschrocken an, dann sagte er: »Ach ja, richtig! Nochmals danke.«

»Keine Ursache. Die Salbe lasse ich Ihnen mal da. Aber Sie sollten mit Ihrem Hals-Nasen-Ohren-Arzt sprechen, dass er das Äderchen verödet. Danach dürften Sie überhaupt keine Probleme mehr haben.« Er stellte den Salbentopf auf den Tisch und verschloss seine Arzttasche wieder.

Katharina war unterdessen im Raum herumgewandert. An den Wänden des Büros hing ein wildes Sammelsurium von Bildern, das, wäre dies eine Ausstellung in der Schirn-Kunsthalle, vermutlich »Misteln, Mythen, Metamorphosen. Der Deutsche Wald in der Kunst« betitelt gewesen wäre. Röhrende Hirsche, Jagdszenen, abstrakte Bäume und Reliefs aus Borke – alles war dort zu finden. Dazwischen hingen zahlreiche Ehrenurkunden, die »Dr. Absalom v. Hohenstein-Hohenlepp-Schmitz« für sein Engagement bei der Rettung des Waldes – in Deutschland und vielen anderen Ländern, vor allem in Südamerika – auszeichneten. Der Name »Hohenstein-Hohenlepp« kam Katharina bekannt vor, ein Nachklang aus einer anderen Zeit. Vielleicht aus ihrer Kindheit. Wie hatte Schmitz sie vorhin begrüßt? »Du bist aber groß geworden.«

»Sie mögen Wälder, oder?«, fragte Amendt arglos.

Oh nein! Als Katharina mit Kurtz telefoniert hatte, um ihn nach dem Namen des Notars zu fragen, hatte er sie gewarnt, sie solle Schmitz bloß nicht auf das Thema »Wald« ansprechen. Sie hatte vergessen, diese Warnung an Amendt weiterzugeben.

»Oh ja!« Schmitz stand stolz aus seinem Sessel auf und deutete auf die Bilder. »Der Wald – die Lunge unseres Planeten!«, verkündete er. »Die Geburtsstätte unserer Zivilisation. Doch wir behandeln ihn schändlich. Ein halbes Fußballfeld – so viel Wald wird weltweit in jeder Sekunde unwiederbringlich vernichtet. Eine stille Katastrophe. Stirbt der Wald, stirbt der Mensch!« Er blieb stolz vor einer Urkunde von Greenpeace stehen, die ihn als einen der fünfzig wichtigsten Retter der Erde feierte. »Ich habe es mir zur Lebensaufgabe gemacht, den Wald, diese Urstätte allen Seins, zu retten. Und ich war im bescheidenen Umfang erfolgreich. – Wissen Sie, als ich gesehen habe, was damals der saure Regen den stolzen deutschen Wäldern angetan hat, dem Harz, dem Schwarzwald, dem Spessart – übrigens einst meiner Familie als Lehen anvertraut und ich nehme diese Verpflichtung immer noch sehr ernst – also, als ich das gesehen habe: die zerfressenen Baumkronen, die verendeten Tiere, da habe ich gewusst, warum ich auf dieser Welt bin!«

Schmitz musste Luft holen und Katharina nutzte die Chance: »Hohenstein-Hohenlepp-Schmitz?«, fragte sie.

»Ja, der Name meiner Familie. Etwas lang, zugegeben. Wir sind ein jahrhundertealtes Rittergeschlecht. Und Schmitz ... Na ja, mein Urgroßvater entschloss sich, eine Bürgerliche zu heiraten. Eine Suffragette, einen richtigen Blaustrumpf. Sie bestand auf diesem Namensbestandteil. Genauso ihr Vater. Sonst hätte er die

Mitgift verweigert. Reicher Industrieller. Meine Familie ... Nun ja, damals waren wir gerade wieder einmal mit Anstand und Stil verarmt.« Er ging lächelnd auf Katharina zu und streckte ihr die Hände entgegen: »Der Name hat dich schon als Kind fasziniert, erinnerst du dich? Du wolltest immer die Rittergeschichten meiner Familie hören. Und Hoppe Hoppe Reiter spielen. Und jetzt? Wie groß du geworden bist. Polizistin. Eine Ritterin für Recht und Gerechtigkeit. – Aber wo bleibt mein Benehmen? Nehmt doch Platz!«

Katharina wusste nicht recht, ob sie vor Scham rot anlaufen oder den alten Mann knuddeln sollte.

»Hoppe Hoppe Reiter?«, fragte Amendt leise, während sie auf dem Sofa der Sitzgruppe Platz nahmen. »Hören Sie bloß auf damit«, zischte Katharina zurück. »Bevor er noch die Babyfotos herausholt.«

Amendt hatte ein Herz und erlöste sie von weiteren möglichen Peinlichkeiten. »Und jetzt nennen Sie sich nur Schmitz?«

»Ja, das ist kürzer«, antwortete der Notar vergnügt. »Und außerdem engagiere ich mich seit Jahren bei den Alternativen. Die sind etwas misstrauisch uns Vons und Zus gegenüber. – Also, was kann ich für euch tun? Tee?« Ohne die Antwort abzuwarten, sprang Schmitz wieder auf und eilte zu einem Glockenzug, der neben der Tür hing. Dafür, dass er die Siebzig schon ein paar Jahre hinter sich gelassen haben musste, war er ziemlich kregel, dachte Katharina.

Ein paar Sekunden später betrat eine Haushälterin den Raum, eine Matrone im schwarzen Kleid und mit weißer, gestärkter Schürze. Schmitz bestellte Tee. Die Haushälterin marschierte aus dem Raum, als sei ihr soeben befohlen worden, Rom einzunehmen.

»Ach, hätte ich gewusst, dass du kommst«, sagte Schmitz zu Katharina, nachdem er sich wieder in seinen Sessel hatte fallen lassen, »dann hätte ich Mürbchen gebacken. Die hast du als Kind geliebt.«

»Mürbchen?«, fragte Andreas Amendt.

»Eine Kekssorte. Ein Rezept meiner Urgroßmutter. Leider nicht sehr haltbar, sonst hätte ich damit Millionen verdienen können. So hat es dann nur zum Notar gereicht. – Nun, was kann ich für euch tun?«

»Also«, begann Katharina. »Wir müssten in den Tresor im Haus meiner Eltern und –«

Schmitz schlug sich vergnügt auf die Schenkel: »Du willst den Mord an deiner Familie aufklären! Habe ich recht? – Das ist eine großartige Idee. Ich habe ja damals immer gesagt, dass die Untersuchung zu oberflächlich war. Aber niemand hat auf mich hören wollen. Auf den linken Spinner. Also, wie kann ich helfen?«

»Wir bräuchten den Schlüssel zum Tresor.«

»Gar kein Problem. Den hole ich gleich! – Und ich steige nachher auch mal ins Archiv hinab und suche die ganzen Unterlagen zu den Geschäften deines Vaters heraus. Vielleicht ist da noch was dabei, was euch weiterhilft. Ich wüsste zwar nicht was – du kanntest ja deinen Vater, Herrn Redlich haben wir ihn immer genannt –, aber man weiß ja nie.«

Katharina räusperte sich: »Ich muss mich aber drauf verlassen können, dass …«

Schmitz winkte großmütig ab: »Von mir erfährt niemand etwas. Anwaltliche Schweigepflicht. Du bist ja praktisch meine Klientin. – Wäre ohnehin nicht gut, wenn das rauskäme. Immerhin bist du Angehörige. Da dürft ihr doch eigentlich gar nicht ermitteln, oder? Also, keine Sorge. Wenn die Staatsmacht hier auftaucht, dann werde ich sie so lange in Dienstwege und Paragrafen einwickeln, bis sie aufgeben. Notfalls hole ich mir Lienhardt Tripp dazu, auch wenn ich dann wieder Nasenbluten bekomme. Aber ich habe ja jetzt diese Wundersalbe.«

»Woher kennen Sie eigentlich Tripp?«, fragte Andreas Amendt.

»Ach, praktisch jeder Anwalt Hessens kennt ihn. Entweder, weil er gegen ihn verloren oder weil er ihn als Berater engagiert hat. Wir nennen ihn den wandelnden Schönfelder. Sie wissen schon, diese große, rote Gesetzessammlung, an der sich schon so mancher Anwalt einen Bruch gehoben hat. – Woher kennen Sie ihn?«

»Na ja, er arbeitet für Paul Leydth, das ist mein –«

»Ach ja, richtig! Sie waren auch eines von Leydths Wunderkindern. Sind alle was geworden. Tripp, dann dieser – wie hieß er noch? Dieser Biologe, der vor zwei Jahren den Nobelpreis bekommen hat? Sie wissen sicher, wen ich meine. Und natürlich Sie. Doktor Andreas Amendt. Der Gerichtsmediziner und Schrecken aller Anwälte.« Er wandte sich kichernd an Katharina: »Weißt du, was er mal zu einem Staatsanwalt gesagt hat, als der gefragt hat, ob der Tote eventuell noch gelebt haben könne, obwohl Amendt gerade das Gehirn entfernt hatte?«

»Ja, er hätte durchaus noch als Staatsanwalt praktizieren können«, zitierte Katharina.

»Genau! – Aber, wo waren wir …? Ach ja, die Schlüssel und der Code für den Tresor. Die liegen in meinem Safe!« Schmitz sprang auf und ging zu einer mit Bildern behangenen Wand: »Wenn ich jetzt noch wüsste, hinter welchem Bild ich den Safe habe. – Ach, mein Gedächtnis. Das Alter!«

Katharina stand auf und trat neben ihn. Sie versuchte, die ganze Wand auf sich wirken zu lassen. Da! Sie ging zielstrebig auf ein mittelgroßes Bild zu: »Hier hinter!«

»Ich wusste es doch, es war eine Jagdszene. – Wie bist du darauf gekommen?«

Katharina liebte solche Spiele: »Nicht genau in der Mitte, sondern eher unauffällig. Die richtige Größe für einen Bürosafe. Und hier«, sie deutete auf den Rahmen, »ein paar ganz leichte Abnutzungsspuren vom Anfassen.«

»Beeindruckend! Du bist wirklich im richtigen Beruf!« Schmitz klappte das Bild zurück, dahinter kam tatsächlich der Safe zum Vorschein. Eine Sekunde starrte Schmitz unschlüssig das Stellrad für die Kombination an, dann begann er, daran zu drehen: »Eiche, Buche, Tanne, Kiefer, Birke und der Pinienwald«, rezitierte er dabei wie bei einem Abzählreim. Er drehte sich zu Katharina um:

»Den Trick habe ich von deinem Vater gelernt. Der hat sich auch immer solche Eselsbrücken gebaut.«

Katharina erinnerte sich. Immer, wenn ihr Vater seinen kleinen Safe im Arbeitszimmer öffnen wollte, hatte er »Königin, Prinzessin, Prinzessin, Hofnarr« vor sich hin gemurmelt. In dem Safe hatte er Bargeld aufbewahrt. Und die Schusswaffe, die er besaß, weil er häufiger wertvolle Bilder transportierte. Eine Walther PPK, der gleiche Typ Pistole, mit dem auch die Morde begangen worden waren. Die Pistole war laut Akte verschwunden und galt als Tatwaffe. Aber hatte Ministro erst die Waffe entwendet, die er gleich danach einsetzen wollte? Möglich, aber schwer vorstellbar.

Schmitz hatte ein kleines, lackiertes Kästchen aus dem Safe genommen, das er Katharina reichte. Darin lagen die Tresorschlüssel und zwei silberne Plaketten mit eingravierten Zahlenkombinationen. Rasch schloss Katharina das Kästchen wieder und steckte es in ihre Handtasche.

In diesem Moment stolzierte die Haushälterin herein, stellte das Teegeschirr aus chinesischem Porzellan auf den Tisch und zündete das Teelicht im kleinen Stövchen an. Dann marschierte sie wieder hinaus.

Schmitz schenkte ihnen Tee ein. Dann setzte er sich erneut und schlug die Beine übereinander. Die Bewegung sah fast tänzerisch aus: »Pilates für Senioren. Jeden Morgen ein halbes Stündchen, um die alten Knochen in Schwung zu halten«, erklärte er stolz, als er Katharinas Blick bemerkte. »Aber um zum Thema zurückzukommen: Habt ihr eigentlich eine Spur?«

Gut, warum sollte sie es Schmitz nicht erzählen?, dachte Katharina. Vielleicht fiel ihm noch etwas ein. »Also, der Todesschütze war ein Auftragskiller namens Ministro –«

»Ministro? Ernsthaft?«, unterbrach Schmitz sie. Seine Heiterkeit war plötzlich von ihm abgefallen.

»Haben Sie schon von ihm gehört?«

»Gehört ist gut. Ich habe viele Projekte in Südamerika gemacht. Um den Regenwald dort zu retten. Da sind wir natürlich einer

Menge Leute gehörig auf den Schlips getreten: Minenbesitzern. Großbauern. Und ... es sind damals eine Reihe Menschen umgebracht worden. Helfer von uns. Lokale Projektleiter. Brutal gefoltert, dann erschossen. Irgendwann wollte niemand mehr für uns arbeiten. Ich habe Ministro immer für einen Aberglauben gehalten.« Er malte Anführungszeichen in die Luft. »›Dann kommt der Ministro und holt dich.‹ Doch irgendjemand hat mir erzählt, dass es diesen Ministro wirklich gibt. – Und der hat deine Familie auf dem Gewissen?«

Katharina nickte langsam. Dann fragte sie: »War Papa ... War mein Vater irgendwie mit diesen Projekten befasst?«

Schmitz schüttelte vehement den Kopf: »Nein. Er hat zwar gerne gespendet und auch zwei Wohltätigkeitsvernissagen abgehalten, aber mit den Projekten hatte er nie direkt zu tun.«

»Vielleicht wollte jemand den Geldhahn abdrehen?«

»Dann hätte er töten müssen, was in Frankfurt Rang und Namen hatte. Dein Vater war nur einer der kleineren Spender. Da wäre der Direktor der Deutschen Bank ein viel besseres Ziel gewesen.«

Katharina runzelte die Stirn: »Herrhausen ist ermordet worden.«

»Ich meinte auch seinen Nachfolger. Der ist bei uns sehr engagiert.«

Gut, das ergab wirklich kein Motiv. Aber ... »Hat vielleicht jemand Papas Geschäft benutzt, um Geld zu waschen oder zu transportieren? Ohne sein Wissen?«

Schmitz spielte nervös mit den Fingerspitzen: »Möglich. Also ganz theoretisch. Da habe ich damals auch viel drüber nachgedacht. Aber alles über zehntausend Mark ist über meinen Schreibtisch gelaufen, da wäre mir sicher was aufgefallen. Und du kanntest doch deinen Vater. Er hat Bilder nur in liebevolle Hände abgegeben. Kann ich mir also nicht vorstellen. Und bewusst schon mal gar nicht.«

Survival Of The Fittest

In der Nähe des Palmengartens,
etwas später

Die Adresse auf der Visitenkarte des Mannes mit den Eukalyptuspastillen war leicht zu finden gewesen. Katharina kannte das unscheinbare, modernistische Gebäude in der Beethovenstraße. Sie hatte dort bereits einmal ermittelt, vor drei Jahren, ausgerechnet an Heiligabend. Damals hatte sie Thomas kennengelernt, ihren Partner und besten Freund, der später im Kugelhagel aus der Maschinenpistole eines Drogenhändlers umgekommen war. Sein Tod war nicht einmal zwei Monate her und gehörte doch in eine andere Zeit, ein anderes Leben.

Das Gebäude war im Besitz einer Gesellschaft, die möblierte Wohnungen auf Zeit vermietete: an Banker, an Wissenschaftler, an Projektarbeiter, die sich länger in Frankfurt aufhielten, zu lange für ein Hotel, aber nicht lange genug für einen festen Umzug. Manche blieben ein paar Wochen, andere Monate. Die Mieter zahlten, je nach Größe der Wohnung, bis zu zweitausendfünfhundert Euro im Monat – ein lukratives Geschäft.

Ein paar Minuten standen Katharina und Andreas Amendt unschlüssig vor dem Eingang des Hauses. Tatsächlich war eine der vielen Klingeln mit »H. Müller« beschriftet – Hartmut Müller lautete der Name auf der Visitenkarte. Vermutlich ein Alias.

Natürlich konnten sie einfach irgendwo klingeln, Katharina konnte ihren Dienstausweis zücken und so ins Gebäude gelangen. Aber besser nicht unnötig Aufmerksamkeit erregen. Jemand könnte im Polizeipräsidium anrufen. Dann wäre ihre Ermittlung sehr schnell zu Ende. Polanski war ja mehr als deutlich gewesen.

Sie hatten Glück. Plötzlich ging die die gläserne Tür des Hauses auf und ließ zwei in ein intensives Gespräch vertiefte Männer hindurch – Trenchcoat, Anzug, Schlips, blaue Bankerhemden. Amendt hatte die Chance erkannt und die Tür festgehalten. Schnell schlüpften er und Katharina hinein. Neben der Fahrstuhltür hing eine große Tafel, auf der neben den Apartmentnummern mit schwarzem Filzstift die Bewohner vermerkt waren: Apartment 303B, H. Müller.

Die Fahrstuhltür öffnete sich auf einen langen, nur mäßig beleuchteten Flur mit vielen Türen: die desinfizierte Version eines Bahnhofsviertel-Bordells. Sie gingen langsam den Flur entlang auf der Suche nach der richtigen Wohnung. Aus einer Tür drang Musik, hinter einer anderen Tür lief der Fernseher. Börsennachrichten.

Endlich hatten sie die richtige Tür gefunden: Unscheinbar und mit Holz verkleidet, doch als Katharina dagegenklopfte, hörte sie den dumpfen Widerhall von Metall. Zwei Türschlösser. Moderne Sicherheitsschlösser, bei denen man den Schlüssel horizontal einsteckte. Die dazugehörigen Schlüssel hatten keinen herkömmlichen Bart, sondern an der Oberfläche eine Reihe von kreisrunden Vertiefungen. Ihr kleines, an der Spitze zu einem Haken geschliffenes Taschenmesser, mit dem sie sonst Schlösser knackte, würde ihr nicht weiterhelfen. Was nun?

Amendt schob sie beiseite: »Lassen Sie mich mal.« Er öffnete seine Arzttasche und entnahm ihr zwei Paar Einweghandschuhe, von denen er eines Katharina reichte. Das Zweite streifte er selbst über. Dann zog er ein flaches, schwarzes Etui hervor und klappte es auf: ein professionelles Dietrich-Set. Routiniert wählte er zwei Instrumente aus und führte sie in das erste Schloss ein. Keine zwanzig Sekunden später drehte sich der Zylinder. Beim zweiten Schloss ging sogar noch schneller: Der Riegel schnappte zurück, die Tür war offen.

Rasch schob Amendt Katharina hindurch und schloss die Tür hinter ihnen. Katharina addierte im Geiste ihre Straftatenliste:

Diebstahl und Beweisunterschlagung, jetzt kam noch Einbruch hinzu.

»Schlösser öffnen? Woher können Sie das denn?«, fragte sie rasch. »Haben Sie sich Ihr Studium als Einbrecher verdient?«

»Nein, nichts so Dramatisches«, antwortete Amendt, während er Instrumente und Etui wieder verstaute. »Ich habe eine Zeit lang überlegt, ob ich mich auf Neurochirurgie spezialisieren soll. Der Professor damals meinte, Schlösserknacken wäre ein gutes Training für die nötige Feinmotorik.«

»Und das Dietrich-Set? Ich weiß bestimmt, dass die nicht einfach so im Handel zu haben sind.«

»Haben Sie eine Ahnung! Es gibt nichts, was man im Internet nicht findet. – Aber als Gerichtsmediziner kann ich solche Sachen offiziell bestellen. Mich wundert, dass Sie so ein Set nicht haben.«

»Ich habe so ein Set. Nur nie gebraucht. Dauert in der Regel zu lang.«

»Man muss das natürlich üben. – Aber kommen Sie, wir sollten nicht länger hierbleiben als nötig.«

Katharina sah sich um. Die Durchsuchung würde nicht sehr lange dauern. Der kleine Flur mit der, bis auf ein noch von der Reinigung in Plastikfolie verpacktes Hemd, leeren Garderobe öffnete sich auf den einzigen Raum der Wohnung. Das große Fenster mit dem kleinen Balkon davor lag zur Straße. An der einen Wand eine kleine Küchenzeile, daneben die Tür zum Badezimmer. Ein Esstisch mit zwei Stühlen, ein kleiner Schreibtisch, ein überordentlich gemachtes Bett. Ein Kleiderschrank. Ein an die Wand montierter Flachbildfernseher. Über dem Bett ein schlechter Druck eines unbedeutenden Chagalls. Alle Möbel aus hellem Holz, die Polster mit grauem Stoff bezogen. Keine Teppiche auf dem Laminatboden.

Auf dem kleinen Nachtschränkchen lag ein Buch aus der aktuellen Bestsellerliste, mit Lesebändchen und akkurat an den Kanten des Nachttischs ausgerichtet. Katharina schlug das Buch auf und blätterte es durch: Zwischen den Seiten verbarg sich nichts.

Die obere Schublade des Nachtschränkchens war leer, die untere enthielt ein schmales Etui mit einer Lesebrille, sonst nichts.

Der Alarm des in das Kopfende des Bettes eingelassenen Weckers war auf 5:32 Uhr eingestellt. Nachlässigkeit oder bedeutete die Zeit etwas? Katharina machte sich im Geiste eine Notiz.

Der Chagall-Druck ließ sich einfach abnehmen, offenbarte aber nur ein Stückchen kahle Wand. Katharina klopfte sicherheitshalber dagegen: solider Beton.

Auf dem Schreibtisch ein Handyladegerät, ein Notizblock und ein Kugelschreiber, daneben das Festnetztelefon. Katharina drückte die Wiederwahltaste: keine eingespeicherten Nummern. Kein Anrufbeantworter. Auf einem kleinen Schild auf dem Telefon stand, dass die »Beethoven-Residenz«, so der klangvolle Name des faden Wohnbunkers, über ein Mailboxsystem verfügte. Darunter war die Nummer notiert. »Keine Nachrichten«, verkündete die anonym-maschinelle Frauenstimme.

Der Kleiderschrank enthielt neun gleich geschnittene graue Anzüge, acht Hemden – das Neunte hing ja auf dem Flur –, neun Garnituren teurer, aber schlichter Unterwäsche und drei Paar sorgsam polierter schwarzer Halbschuhe, alle das gleiche Modell der gleichen Firma.

Katharina tastete Sessel und Stühle nach verborgenen Fächern oder versteckten Objekten ab, sah unter das Bett: Darunter lag ein Hartschalenkoffer, leer, auch das Futter war unberührt. Einzig eine nachlässig in eine Innentasche gesteckte halb leere Tube Zahnpasta verriet, dass dieser Koffer benutzt worden war. Keine Reiseanhänger, das kleine Adressschild am Griff des Koffers war nicht ausgefüllt.

In den Schränken der Küche Geschirr, ein paar Töpfe, eine beschichtete Pfanne. Alles mit Gebrauchsspuren, aber sauber. Der Kühlschrank war wider Erwarten gut gefüllt: Der Mann mit den Eukalyptuspastillen hatte sich offenbar gesund ernährt. Der Mülleimer war bis auf einen gebrauchten Kaffeefilter und ein paar Obstschalen leer. In einer Schublade des Küchenschranks endlich etwas, das auf die Identität des Bewohners hindeutete: ungefähr zwanzig kleine Beutel mit Eukalyptuspastillen einer skandinavischen Marke.

Das Badezimmer bot das gleiche eintönige Bild: Die Handtücher hingen akkurat an ihren Haken, die Dusche war benutzt, aber ausgewischt, ein einfaches Duschgel vom Discounter auf der Ablage. Ein Stück Seife auf dem Rand des Waschbeckens. Im Spiegelschrank eine elektrische Zahnbürste, ein Zahnputzglas, Mundwasser, Zahnpasta und Zahnseide. Außerdem ein altmodischer Rasierpinsel, Rasierseife, ein Nassrasierer, in den man noch richtige Rasierklingen einspannen musste, Ersatzklingen, ein Alaunstift. Aftershave und Deostick waren unparfümiert.

Katharina hebelte den Spülkasten der Toilette auf, ein oft genutztes Versteck: nichts. Schließlich schraubte sie die nur lose eingesetzte Kachel an der Duschwanne ab, die den Zugang zum Abfluss ermöglichte, und tastete unter der Wanne herum. Auch nichts. Nun, das war nicht anders zu erwarten. Jeder Einbrecher wusste, dass unbedarfte Menschen dort ihre Wertsachen versteckten.

Katharina ging zurück in den Hauptraum und schaltete den Fernseher ein. Irgendein Boulevardmagazin. Sie zappte durch die Kanäle: nur ein ganz normaler Fernseher. Was hatte sie auch erwartet? Ein Videotelefon mit direktem Draht zu Big Brother?

Nirgendwo fand sich etwas Verwertbares oder zumindest Persönliches. Aber trotzdem wirkte die Wohnung nicht inszeniert. Hier hatte tatsächlich ein Mensch ... Ja, was? Gewohnt? Gehaust? Existiert? Ein Mensch, der sich auf altmodische Art rasierte, seine Zähne sorgfältig pflegte, sich unauffällig kleidete und Eukalyptuspastillen lutschte.

»Ich glaube, wir haben gerade die Wohnung des langweiligsten Menschen auf dem Planeten gefunden«, fasste Andreas Amendt zusammen. Während Katharina die Räume durchsuchte, hatte er Fußleisten abgeklopft, Lampen raus- und wieder reingedreht, Nischen und Winkel auf der Suche nach einem Versteck abgetastet. Auch er war nicht fündig geworden.

Der langweiligste Mensch der Welt, dachte Katharina. Nur, dass er für irgendeine Form von Geheimdienst gearbeitet hatte. Und jetzt war er tot.

»Kommen Sie, hier können wir nichts mehr ausrichten. Lassen Sie uns nachschauen, ob die Hörnchen mehr Erfolg –« Abrupt verstummte Andreas Amendt: Ein Schlüssel wurde in die Tür der Wohnung gesteckt und umgedreht.

Katharina bedeutete Amendt stumm, im Badezimmer in Deckung zu gehen. Dann zog sie ihre Pistole und stellte sich mit dem Rücken zur Wand neben die Tür.

Die Tür wurde aufgestoßen, eine Frau schob sich mit dem Hintern voran herein. Katharina richtete die Waffe auf sie und sagte laut: »Polizei! Wer sind Sie und was wollen Sie hier?«

Lautes Poltern. Die Frau war vor Schreck zurückgestolpert und hatte die Reisetasche in ihrer Hand fallen lassen. Der kleine Rollkoffer, den sie hinter sich hergezogen hatte, kippte in die Tür. Mit erschrocken aufgerissenen Augen hob die Frau die Hände.

»Wer sind Sie? Was wollen Sie hier?«, wiederholte Katharina ihre Frage.

»Ich, ich … ich bin Sylke Müller«, stotterte die Frau ängstlich. »Das … das ist die Wohnung meines Vaters. Ich übernachte manchmal hier, wenn er auf Geschäftsreise ist und ich in Frankfurt bin.«

Katharina ließ die Waffe sinken. Die Frau verschränkte ihre Arme vor der Brust. »Und wer sind Sie?«

»Polizei!«, antwortete Katharina knapp.

»Können Sie sich ausweisen?«, fragte die Frau im gleichen schroffen Ton zurück.

Katharina zog ihren Dienstausweis hervor und reichte ihn der Frau, die ihn nahm, musterte und zurückgab. Plötzlich fragte sie erschrocken: »Und … und was machen Sie hier? Ist etwas …?«

»Vielleicht kommen Sie besser erst mal herein!«

Die Frau stellte die Reisetasche und den Rollkoffer ordentlich unter die Garderobe und schloss die Tür. Dann kam sie in den Wohnraum. Im Licht konnte Katharina sie erstmals richtig ansehen. Eine schöne Frau und sie wusste es auch: Lange schwarze Haare flossen in Wellen um ihre Schultern, ihr vornehm-blasser Teint war dezent geschminkt, ein sanfter Lidstrich betonte ihre leuchtend blauen Augen. Der schwarze, kurze Ledermantel, der eng anliegende Rollkragenpullover, die Stoffhose, die kniehohen Stiefel taten nichts, um die perfekte Figur zu verbergen. Die Frau stemmte die Hände in die Hüften: »Also?«

»Vielleicht setzen Sie sich besser.« Andreas Amendt war leise aus dem Badezimmer getreten. Die Frau wirbelte erschrocken zu ihm herum; er hob die Hände, um ihr zu zeigen, dass er ihr nichts tun würde. Dann rückte er ihr einen Stuhl zurecht.

Nach anfänglichem Zögern setzte sich die Frau gehorsam hin. Katharina fiel auf, dass sie züchtig die Füße nebeneinanderstellte und die Knie schloss. Ihr Rücken blieb kerzengerade. Amendt zog sich den zweiten Stuhl vom Esstisch heran und setzte sich zu ihr. Er fragte mit leiser Stimme: »Sie sind die Tochter von Hartmut Müller?«

Die Frau nickte: »Ja, Sylke Müller. – Sylke mit Ypsilon«, fügte sie mechanisch hinzu. Sie musste wohl so oft andere beim Schreiben ihres Namens korrigiert haben, dass es ihr in Fleisch und Blut übergegangen war.

Amendt bedeutete Katharina, sich auf die Bettkante zu setzen, damit Sylke Müller sie auch sehen konnte. Dann begann er: »Frau Müller, ich habe eine traurige Nachricht für Sie. Ihr Vater ist gestern Abend verstorben.«

Sylke Müllers Mund zuckte, ihr Teint wurde schlagartig fahl. »Verstorben? Wie denn? Ein … ein Unfall?«, stieß sie hervor.

»Nein, kein Unfall. Er ist erschossen worden.«

»Erschossen?« Sylke Müllers Stimme war jetzt ganz tonlos. Gleich würde sie die Besinnung verlieren, deshalb nahm Andreas Amendt eine ihrer Hände und packte sie ganz fest.

Plötzlich bemerkte Katharina aus den Augenwinkeln eine Bewegung. Ein kleiner roter Punkt wanderte über die Wand. Eine Reflexion? Der Punkt wanderte rasch weiter, auf die Brust von –

Katharina kippte den Stuhl mit Sylke Müller darin nach hinten um und riss danach Andreas Amendt zu Boden. Keine Sekunde zu früh. Die Fensterscheibe zerbarst, die beiden dicht hintereinander abgefeuerten Geschosse rissen Putz aus der Wand.

»Liegenbleiben!«, kommandierte Katharina. Sie hob vorsichtig den Kopf, sah, wie der rote Punkt des Laservisiers wieder über die Wand wanderte. Sobald sie sich aufsetzten, würden sie in die Schusslinie geraten. Katharina dachte fieberhaft nach. Sie mussten raus aus dem Zimmer. Erst mal in den kleinen Flur. Dann raus aus der Wohnung, dem Haus. Aber eines nach dem anderen.

»In den Flur kriechen! Nicht aufstehen oder den Kopf heben!«, befahl sie. Amendt reagierte als Erster. Zentimeter um Zentimeter arbeitete er sich vor. Endlich hatte er den rettenden Flur erreicht. »Jetzt Sie!« Auch Sylke Müller gehorchte. Wie eine Schlange wand sie sich über den Boden. Amendt streckte die Arme aus, packte sie an den Händen und zog sie in den Flur. Jetzt erst machte sich Katharina auf den Weg, es kam ihr endlos lange vor, doch dann zog Andreas Amendt auch sie in Deckung.

Sylke Müller hockte auf dem Boden. Ihr Atem ging schnell, auf ihrer Stirn hatte sich Schweiß gebildet, ihr Kajal war verwischt. Amendt redete beruhigend auf sie ein und hielt wieder ihre Hand.

Katharina versuchte, sich im Geiste ein Bild vom Grundriss des Hauses zu machen. Der Flur verlief parallel zur Straße. Dort waren sie zunächst mal sicher. Wenn der Schütze alleine war. Wenn nicht vor der Wohnungstür bereits jemand auf sie lauerte.

Es gab nur einen Weg, das herauszufinden. Katharina zog ihre Pistole und öffnete die Tür ein Stück. Nichts passierte. Also dann! Sie riss die Tür ganz auf und sprang auf den Gang. Geduckt wirbelte sie im Kreis, ihre Waffe im Anschlag. Doch der Flur war menschenleer.

»Schnell!«, rief sie durch die Tür. »Wir müssen raus hier!«

»Aber meine Tasche und mein Koffer … da ist … da sind meine ganzen Akten drin, ich … ich komme in Teufels Küche, wenn ich die hier … Die müssen …« Sylke Müllers Stimme quietschte und überschlug sich. Schockhysterie. Kurzerhand ging Katharina zurück in den Wohnungsflur und packte Sylke Müller fest an den Schultern: »Sie müssen sich jetzt zusammenreißen. Wir müssen weg hier, bevor uns der Killer findet.«

»Aber …« Sylke Müller deutete auf die Reisetasche und den Koffer. Katharina machte kurzen Prozess und schubste sie auf den Hausflur hinaus. Amendt hängte sich die Reisetasche über die Schulter und hob den kleinen Koffer an. In die andere Hand nahm er seine Arzttasche, die er glücklicherweise auf dem Flur hatte stehen lassen.

»Ist alles nicht schwer«, erstickte er Katharinas Protest.

Direkt gegenüber dem Fahrstuhl war ein mannshohes Fenster. Katharina bedeutete den beiden, stehen zu bleiben, während sie sich vorsichtig an das Fenster heranschlich. Es führte auf den Innenhof. Rasch suchte sie das gegenüberliegende Haus nach einem Menschen auf dem Dach oder offenen Fenstern ab. Nichts zu sehen.

Katharina wollte schon auf den Fahrstuhlknopf drücken, doch … In der Fahrstuhlkabine waren sie leichte Ziele für jemanden, der vor der Aufzugtür im Erdgeschoss lauerte. Verdammt, das Gebäude musste doch eine Nottreppe haben. Nur wo?

Neben dem Fahrstuhl hing ein Fluchtplan. Ihr Standort war mit einem dicken, roten Punkt markiert. Und die Nottreppe war direkt hinter ihnen eingezeichnet. Katharina drehte sich um, doch dort war nur das Fenster. Moment! Fenster?

Das war kein Fenster, das war eine Tür, die auf die außen am Gebäude angebrachte Metalltreppe führte. Nicht ideal, aber die einzige Möglichkeit.

Rasch drückte Katharina die Fahrstuhltaste. Dann fragte sie Andreas Amendt: »Haben Sie zufällig ein Heftpflaster?«

»Natürlich!«

Die Fahrstuhlkabine kam; Katharina wartete kauernd und mit der Pistole im Anschlag, dass die Tür sich öffnete. Die Kabine war leer. Sehr gut. Schnell betätigte sie den Notausschalter und überklebte sicherheitshalber noch die Lichtschranke. So konnte ihnen niemand direkt folgen.

»Kommt!« Sie griff nach der Klinke an der Glastür zur Nottreppe. Sie sah, dass die Klinke alarmgesichert war. Sollte ihr recht sein. Das würde Verwirrung stiften. Mit Kraft drückte sie die Klinke herunter. Die Tür öffnete sich, doch nichts sonst passierte. Stiller Alarm? Das machte doch keinen Sinn! Vermutlich war die Anlage einfach defekt. Leichtsinnig. Keine Zeit, darüber nachzudenken.

»Wir müssen so schnell wie möglich die Nottreppe runter. Nicht stehen bleiben. Und nach Möglichkeit auch nicht stolpern!« Katharina spurtete los, hinter sich hörte sie die Schritte von Sylke Müller und Andreas Amendt.

Drei Stockwerke! Schnell! Kein Ziel abgeben! Nicht stehen bleiben! Bitte, bitte nicht straucheln! Ihre Gebete wurden erhört. Wohlbehalten kamen alle drei am Fuß der Treppe an. Katharina schob Amendt und Sylke Müller gleich in den Unterstand mit den Mülltonnen. Deckung. Sicherheit.

Doch was jetzt? Wenn der Schütze allein war – und danach sah es aus –, würde er darauf warten, dass sie wieder auf die Straße kamen. Sollten sie hier etwa ausharren, bis es dunkel war?

»Klettertour!«, rief Amendt plötzlich.

»Was?«, fragte Katharina.

»So haben wir das als Kinder genannt. In einen Innenhof rein und dann so weit wie möglich klettern, ohne auf die Straße zurückzukehren. Wir haben doch an der Bockenheimer Landstraße geparkt, oder? – Wenn mich nicht alles täuscht, können wir auf den Hinterhöfen bleiben, bis wir dort sind. Wir müssen halt klettern.«

»Und was ist, wenn der Schütze am Wagen auf uns wartet?«

»Dann lassen wir uns was einfallen.« Plötzlich beugte sich Amendt zu Katharinas Ohr und flüsterte so leise, dass nur sie es hören konnte: »Der war nicht hinter uns her.«

Vor ihrem inneren Auge sah Katharina die Szene noch einmal vor sich: Der rote Punkt war auf die Brust von … Sylke Müller gewandert. Dann erst waren die Schüsse gefallen. Erschrocken sah Katharina zu Sylke Müller, die außer Atem und immer noch bleich an einem Mülleimer lehnte. Warum sollte jemand sie umbringen wollen?

Keine Zeit, darüber nachzudenken! Und Amendt hatte recht: Der beste Fluchtweg führte über die Hinterhöfe. Hoffentlich konnte ihre Begleiterin klettern.

Sie konnte. Ein halbes Dutzend hohe Zäune und eine niedrige Mauer später standen sie im Innenhof eines Hauses, das hoffentlich an der Bockenheimer Landstraße stand. Eine schmale Hofeinfahrt führte auf die Straße hinaus. Katharina ging vorsichtig hindurch, blieb in der Deckung der Hausecke stehen und sah sich um. Ihr Wagen stand kaum zehn Meter von ihnen entfernt. Schnell sondierte Katharina die umliegenden Dächer: Niemand zu sehen. Und auf der Straße war zu viel Verkehr für einen Mordanschlag. Blieb nur noch die Gefahr einer Autobombe. Katharina lief es eiskalt über den Rücken: Sie war bereits einmal einem Bombenanschlag nur knapp entronnen.

Sie bedeutete Amendt und Sylke Müller, auf ihr Zeichen zu warten, dann spurtete sie zum Auto. Schnell blickte sie unter den Wagen. Nichts. Sie fischte den Autoschlüssel hervor und schloss den Kofferraum auf. Vorsichtig hob sie Klappe an: Nichts passierte, keine verdächtigen Sprengstoffpakete, die Fächer zu den Scheinwerfern waren fest verschraubt. Katharina öffnete langsam die Tür zum Fond des Wagens, suchte unter den Sitzen: nur eine leere Coladose, die dem Reinigungsdienst der Autovermietung durch die Lappen gegangen war. Sie öffnete vorsichtig die Fahrertür von innen und zog am Riegel für die Motorhaube. Auch der Motor und die Elektronik waren unangetastet. Sie stieg wieder ein und sandte ein Stoßgebet zum Himmel. Der Motor sprang brav an. Der Wagen war sicher. Sie stellte den Motor wieder ab, atmete tief durch, stieg aus und winkte ihren Begleitern.

»Schnell, einsteigen und –« Weiter kam Katharina nicht. Sylke Müller war plötzlich zusammengebrochen. Amendt hatte sie aufgefangen. Was war? Ein schallgedämpfter Schuss?

Doch Andreas Amendt gab sofort Entwarnung: »Nur eine Ohnmacht. Das Ganze war wohl doch etwas viel für sie.«

Sie bugsierten Sylke Müller auf den Rücksitz und schnallten sie an.

»Wollen Sie sie nicht wecken?«, fragte Katharina.

»Die kommt schon wieder zu sich. Ihr Puls ist stabil. Und vielleicht ist es besser, wenn wir ihr ein wenig Zeit geben, das Ganze zu verarbeiten.«

Katharina war auf einem rasanten Zickzackkurs immer wieder spontan abgebogen, um mögliche Verfolger abzuschütteln. Das Papamobil erwies sich als erstaunlich wendig. Andreas Amendt hatte sich am Haltegriff über der Tür festgeklammert, aber nichts gesagt. Zuletzt war Katharina in den Verkehr auf dem Reuterweg eingetaucht und ließ den Wagen einfach mitschwimmen. Doch wohin? Vielleicht zu Kurtz? Zu offensichtlich. Zu ihr? Ebenfalls zu offensichtlich. Zum Haus ihrer Eltern? Was sollte Sylke Müller denn dort?

Endlich fragte Katharina Andreas Amendt: »Irgendeine Idee, wohin?«

»Das Vernünftigste wäre wohl, sie zum Polizeipräsidium zu bringen.«

Alles in Katharina wehrte sich gegen diesen Gedanken: »Nein. Kann sein, dass es dort ein Leck gibt. Einen Maulwurf. Und selbst wenn … Ich meine, wenn sie wirklich Ziel des Anschlags war, dann weiß sie vielleicht etwas, was für uns wichtig ist.«

»Dachte mir schon, dass Sie das sagen würden. Und ich habe da eine Idee.«

»Ins Blaue Café?«

»Nein.« Er deutete mit dem Daumen auf den Rücksitz, wo Sylke Müller nur halb bei Bewusstsein in ihrem Sicherheitsgurt hing. »Sie braucht vielleicht ärztliche Versorgung.«

»In die Uniklinik?«

»Nein! Fahren Sie erst mal weiter geradeaus.« Amendt fischte sein Handy hervor und wählte. »Hallo Paul, ich bin es, Andreas.«

The Eye Of The Hurricane

Eine pittoreske Villa an Frankfurts Stadtgrenze,
nach einem Zickzackkurs durch die verschneite
Stadt

Im Schnee sah die Gründerzeit-Villa der Leydths mit ihren verspielten Erkern und Türmchen noch märchenhafter aus. Katharina war als Kind häufig mit dem Fahrrad an dem Grundstück vorbeigefahren und hatte sich Geschichten über die Bewohner ausgedacht: Vielleicht wohnte dort ein verrückter Wissenschaftler. Oder ein Welten rettender Philanthrop – das Wort hatte sie von ihrer Mutter gelernt und der Klang hatte ihr gefallen. In einer Phase, in der sie vor allem Comics gelesen hatte, hatte sie darüber spekuliert, ob dort ein geheimnisvoller Millionär wohnte, der nachts heimlich durch Frankfurt zog und Verbrechen bekämpfte.

Der Wahrheit am nächsten kam wohl noch der verrückte Wissenschaftler: Professor Paul Leydth, der Letzte der Leydths, einer uralten, reichen Industriellenfamilie, war Neurologe und Psychiater. Katharina hatte ihn schon bei ihren früheren Besuchen ins Herz geschlossen, wohl auch, weil er ihre Liebe zu Zeichentrickfilmen teilte. Er war ein bisschen verrückt, das würde er selbst als Erster zugeben, aber im Wesentlichen entsprach er Katharinas Idealvorstellungen eines Großvaters: Mitte siebzig, weißes, volles Haar, gepflegter Bart und majestätischer Bauch.

Professor Leydth schaute allerdings äußerst missmutig, als Katharina durch das große Tor auf das Grundstück einbog. Außerdem trug er nicht seinen üblichen hellen Dreiteiler mit gestrickter Weste, sondern eine blaue Mechaniker-Latzhose und einen alten Parka. In der Hand hielt er eine große Rohrzange.

»Was ist?«, fragte Andreas Amendt, nachdem er seinen Quasi-Adoptivvater zur Begrüßung umarmt hatte.

»Ach, die neue Heizung spinnt. Ich musste gerade den Haupthahn abdrehen, weil da irgendwo Gas leckt. Da will man nun was für den Umweltschutz tun und rüstet das Haus auf Biogas um. Und zum Dank droht einen das Ding in die Luft zu sprengen oder erfrieren zu lassen. Gut, dass wir im ganzen Haus noch funktionierende Kamine haben. – Wo ist denn die Patientin?«

Amendt führte ihn zur hinteren Wagentür. Sylke Müller hatte sich wieder einigermaßen erholt – zumindest war sie ansprechbar. Paul Leydth fühlte routiniert ihren Puls und leuchtete ihr mit einer kleinen Stablampe in die Augen. Dann drehte er sich zu Amendt um: »Andreas, bring sie doch bitte hoch ins Haus. Angelica wartet schon. Miss den Blutdruck unserer Patientin und dann gib ihr was zur Beruhigung, damit sie schlafen kann.«

Katharina wollte widersprechen: »Aber wir müssen unbedingt –«

»Zuerst muss sie versorgt werden«, unterbrach Leydth sie höflich, aber bestimmt. »Sie hat einen schweren Schock.« Er wandte sich wieder an Andreas Amendt: »Angelica hat schon die Gästewohnung vorbereiten lassen. Du weißt, wo du alles findest?«

Amendt nickte und half Sylke Müller aus dem Wagen; dann hängte er sich die Reisetasche über die Schulter und nahm den Rollkoffer. Mit dem anderen Arm stützte er seine Patientin, während er sie den geschwungenen Weg zum Haus hochführte.

»So! Und wir schaffen jetzt erst mal den da in die Garage.« Paul Leydth tippte missbilligend mit dem Zeigefinger auf die Motorhaube des Papamobils. »Der verschandelt mir die Einfahrt.«

Er betätigte eine Fernbedienung und das Garagentor ging auf. Katharina manövrierte den Cayenne vorsichtig zwischen einen großen Lexus und einen kleinen roten MG, Modell A. Paul Leydth war genau so ein Autofan wie Katharina. In seiner unterirdischen Garage standen zwei Dutzend Wagen, die meisten davon gut gepflegte Oldtimer.

Sie stieg aus. Paul Leydth hatte währenddessen das Garagentor schon wieder verschlossen. Jetzt machte er sich an einer Bedienkonsole zu schaffen, die noch sehr neu aussah: »Wir haben unser Sicherheitssystem aktualisiert nach dem ... Sie wissen schon.«

Natürlich wusste Katharina, wovon er sprach: vom Bombenanschlag auf ihr Auto. Sie hatte in der Einfahrt der Leydths geparkt; der Attentäter hatte sich zum Auto geschlichen, als sie und Andreas Amendt gerade im Haus waren. Und hätte Katharina nicht in Gedanken mit der Fernbedienung herumgespielt ...

»Nun denn!« Leydth legte ein paar Schalter um und gab auf einem Zahlenfeld einen Code ein. »Jetzt haben wir Videokameras und Bewegungsmelder auf dem ganzen Grundstück. Alle Türen und Fenster sind gesichert. Polizei und ein privater Wachdienst sind in wenigen Minuten da. Hier ist unsere Patientin in Sicherheit, versprochen!«

Der Professor führte Katharina durch einen unterirdischen Gang, der die Garage mit dem Haupthaus verband. Am anderen Ende des Ganges stieß er eine Stahltür auf, die in ein kleines Gewölbe führte.

»Kennen Sie eigentlich schon mein Kino?«, fragte Leydth vergnügt und öffnete eine weitere Tür. Drei Reihen bequemer Sessel, die Leinwand von einem roten Samtvorhang verdeckt.

»Sechzehn Millimeter, fünfunddreißig Millimeter und ein kinotauglicher Videoprojektor«, zählte Leydth stolz auf. »Alles für meine Zeichentrickfilme. Ich lasse gerade meine ganzen Originale digitalisieren.«

Katharina rümpfte die Nase: »Hier riecht es aber immer noch nach Gas«, warnte sie.

»Ja, leider. Der Haupthahn ist hinter der Leinwand. Der Heizungsraum ist direkt hier nebenan. – Aber das haben wir gleich.« Leydth betätigte einen Schalter. Katharina spürte den kalten Luftzug der Klimaanlage.

»Kommen Sie, bevor Sie sich einen Schnupfen holen«, schlug der Professor vor. »Verdammte Heizung. Ich hoffe, der Monteur kommt heute noch. – Irgendwann stecke ich noch mal Dynamit in die alte Bude und sprenge sie in die Luft.«

Munteren Schrittes lief der Professor Katharina voran. Wieder war Katharina überrascht von der Helligkeit und Freundlichkeit des Hauses. Leydth hatte alles Eichern-Düstere der Gründerzeitarchitektur entfernen lassen. Die hohen Räume waren sparsam und geschmackvoll-modern möbliert.

Die Villa bestand aus zwei Gebäudeteilen, verbunden durch einen hohen Raum mit großen, nach Norden ausgerichteten Oberlichtern. Bei ihrem letzten Besuch hatte Leydth Katharina erzählt, dass dies ursprünglich einmal die Ahnengalerie seiner Familie gewesen sei. Testamentarisch dazu verpflichtet, in diesem Raum seinen Vorfahren qua Abbildung Respekt zu zollen, hatte Leydth einen Künstler beauftragt, sie alle auf einem einzigen Gemälde, einem Wimmelbild, zu verewigen. So konnte er die zahlreichen Einzelporträts in den Keller verbannen. Den freigewordenen Platz nutzte er nun für seine eigene Kunstsammlung, die er nach einem sehr eigenwilligen Prinzip gehängt hatte: nicht nach Epochen oder Themen, sondern so, wie die Bilder nach Farbe und Größe am besten zusammenpassten. So hing Pop-Art neben Renaissance, Expressionismus neben Barock, Asiatisches und Afrikanisches neben Europäischem.

Wie auch bei ihrem letzten Besuch zog ein Bild Katharina magisch an. Die unscheinbare Zeichnung hing einzeln an einer Säule: ein blauer Delfin, aus dem Wasser emporspringend, auf transparentem Papier gezeichnet. Ihrem Vater hatte der Zufall drei dieser Zeichnungen in die Hände gespielt. Eine hatte er Paul Leydth verkauft, die beiden anderen wollte er behalten. »Eine Überraschung für meine beiden delfinverrückten Töchter.« Katharina und Susanne hatten damals alles gesammelt, was mit Delfinen zu tun hatte.

»Ich glaube, das ist eines der letzten Bilder, die Ihr Vater verkauft hat«, sagte Paul Leydth leise. »Ich habe es erst von seinem Notar bekommen. Diesem Schmitz. Nachdem ...« Er stockte, dann fragte er: »Möchten Sie es haben?«

Stumm schüttelte Katharina den Kopf.

»Apropos: Ich nehme an, Sie wissen inzwischen, wovon ich damals gesprochen habe?«

Bei ihrem letzten Besuch hatte Paul Leydth Katharina um ein Gespräch unter vier Augen gebeten. Er hatte ihr von Andreas Amendt erzählt. Von seiner schizophrenen Mutter. Dass Amendt am Tatort eines Mordes gewesen war, sich aber nicht daran erinnern konnte. Natürlich hatte der Professor nicht erwähnt, dass es sich dabei um den Mord an Katharinas Familie gehandelt hatte. Dann hatte er Katharina um Hilfe gebeten. Darum, die Wahrheit herauszufinden, egal, wie sie ausfiel.

»Tut mir leid, ich … ich hätte es Ihnen sagen sollen.« Der Professor musste ihr angesehen haben, dass sie inzwischen die ganze Wahrheit kannte. »Aber Andreas hat mich gebeten, es nicht zu tun. Er wollte es Ihnen selbst –«

»Er ist unschuldig«, unterbrach Katharina den Professor. Er starrte sie an wie eine Marienerscheinung: »Wirklich?«

»Ja. Er hat versucht, Susanne wiederzubeleben. So ist das Blut auf seine Kleidung gekommen. Der Mörder hat ihn unter Drogen gesetzt. Irgendwas, was das Gedächtnis manipuliert …«

»Na, da hätte es nicht viel gebraucht. Bei dem Schock …«

»Immerhin war er noch geistesgegenwärtig genug, zu versuchen, meiner Schwester zu helfen. Und dann die Polizei zu rufen.«

»Ja, das ist Andreas. Wenn er unter Stress steht, schaltet er auf Autopilot, bis das Problem gelöst ist oder es keinen Ausweg mehr gibt. Dann erst klappt er zusammen. Für die Psyche nicht sehr gesund, aber es macht ihn zu einem guten Arzt.«

»Einem verdammt Guten!«, bestätigte Katharina.

»Genau. Und er weiß gar nicht, wie gut er wirklich ist.«

Dankbar für den Themenwechsel erzählte Katharina: »In Afrika hat er kurzfristig eine Leber ersetzt. Mit der Leber eines Warzenschweins.«

»Eine extrakorporale Lebersubstitution? Ich meine, außerhalb des Körpers?« Leydth neigte sich neugierig vor: »Hat es funktioniert?«

»Ja. Aber der Patient ist später trotzdem gestorben. Seine Leber war schon zu zerstört.«

»Das hat Andreas bestimmt ziemlich mitgenommen, oder?«

Katharina nickte.

»Tja, mit dem Tod von Patienten konnte er nie richtig umgehen.« Leydth wiegte sorgenvoll den Kopf hin und her. »Medizin ist nur ein höfliches Wort für den Krieg mit dem Tod. Und Andreas hat sich schon immer als Ein-Mann-Spezialeinheit an vorderster Front gesehen.«

»Erstaunlich, dass er dann ausgerechnet Gerichtsmediziner geworden ist.«

»Ach, eigentlich ist das ziemlich offensichtlich. Um die Metapher noch weiter zu strapazieren: Dauereinsatz hinter den feindlichen Linien. Andreas will das Problem Tod von hinten nach vorne aufrollen. – Kommen Sie, lassen Sie uns Kaffee trinken gehen.«

Leydth und Katharina gingen in einen großen Salon, an den sich der Musikraum von Angelica Leydth, einer Sängerin und Dozentin an der Musikhochschule, anschloss.

Im Kamin brannte ein wärmendes Feuer. Der Kaffee war bereits aufgetragen. Der Professor schenkte Katharina gerade eine Tasse ein, als Amendt durch eine Doppeltür trat: »Paul? Kann ich den Schlüssel zum Medikamentenschrank haben? Unsere Patientin ist noch immer ziemlich neben der Spur und ich denke, wir brauchen ein etwas stärkeres Sedativ.«

»Wir kommen. Und unterwegs erzählst du mir von der extrakorporalen Lebersubstitution, die du improvisiert hast. Ein Warzenschwein? Sind das überhaupt richtige Schweine?«

Sylke Müller lag auf dem Bett in der kleinen Gästewohnung und starrte mit offenen Augen zur Decke. Ihre Finger wühlten unermüdlich in der Überdecke, als wollten sie sich eingraben.

Katharina war einen kurzen Augenblick allein mit ihr, als Amendt und Leydth in das Sprechzimmer des Professors gingen, um das Beruhigungsmittel zu holen. Das war ihre Chance. Wer wusste, woran sich Sylke Müller noch erinnerte, wenn sie erst einmal unter Drogen stand. Katharina setzte sich auf die Bettkante und nahm eine von Sylke Müllers Händen: »Können Sie mir noch ein paar Fragen beantworten?«

Sylke Müller nickte unmerklich.

»Wissen Sie, warum es jemand auf Ihren Vater abgesehen haben könnte?«

Ein mattes Kopfschütteln.

»Was wissen Sie über die Tätigkeit Ihres Vaters?«

»Er … er war Controller beim KAJ-Konzern.« Sylke Müllers Stimme war tonlos. »Das ist eine Funktion in der Buchhaltung. – Er hat immer gesagt, das sei spannender, als es sich anhöre.«

Selbst seine Tochter hatte der Mann mit den Eukalyptuspastillen also im Unklaren darüber gelassen, was er wirklich machte. »Hat er jemals etwas erzählt … Ich meine, hat er Schwierigkeiten gehabt?«

Sylke Müller schüttelte wieder den Kopf: »Nein. Nie. War wohl eher der Problemlöser. Mein Vater hat sich nie gerne gestritten.«

Katharina sah auf Sylke Müller herab. Mit dem blassen Teint, den schwarzen Haaren und den roten Lippen sah sie aus wie Schneewittchen. Nur wenig Ähnlichkeit mit ihrem Vater.

»Und Ihre Mutter?«, fragte Katharina vorsichtig.

»Tot. Seit drei Jahren. Krebs.«

»Das tut mir leid. Sollen wir irgendjemanden verständigen, der sich um Sie kümmert?«

»Nein, da ist niemand.«

Kein Freund? Kein Mann? Offenbar führte Sylke Müller genau so ein Vagabundenleben wie ihr Vater.

»Darf ich fragen, was Sie beruflich machen?«

»Ich bin Projektkoordinatorin in der medizinischen Forschung.« Mit einem Ruck setzte Sylke Müller sich auf. »Mein Gepäck!«

Katharina zeigte auf den kleinen Rollkoffer und die Reisetasche, die neben dem Bett standen: »Keine Sorge, da ist es.«

»Ich komme in Teufels Küche, wenn ... Es darf auch niemand hineinschauen. Da sind extrem vertrauliche Unterlagen drin. Wenn die in falsche Hände geraten ...«

Katharina drückte Sylke Müller sanft auf das Bett zurück. »Niemand wird Ihr Gepäck anrühren. Versprochen!«

Moment! Vertrauliche Unterlagen? Der Schütze war hinter Sylke Müller her gewesen. Warum? Hatte der Mord an Sylke Müllers Vater vielleicht doch nichts mit Katharinas Eltern zu tun?

»Haben Sie Feinde?« Katharina ärgerte sich, dass die Frage so trampelig klang. Aber wie sonst sollte man das formulieren? »Oder beruflich ...?«

»Industriespionage, meinen Sie?« Sylke Müller schwieg einen Augenblick nachdenklich. »Nun, wir entwickeln ... also, wir entwickeln etwas, das ziemlich viel Geld wert ist. Sie meinen doch nicht ...?«

Katharina wünschte sich, Sylke Müller die Wahrheit ersparen zu können. Aber sie musste wissen, in welcher Gefahr sie sich befand: »Die Schüsse vorhin, in der Wohnung Ihres Vaters. Die galten Ihnen.«

»Mir?«

»Ja, leider. Wer wusste davon, dass Sie in der Wohnung Ihres Vaters übernachten wollten?«

»Eine Menge Leute. War kein Geheimnis.«

»Und Ihr Vater? War der auch in das Projekt involviert?«

»Ja, der KAJ-Konzern ist wesentlicher Treiber des Projekts ...« Urplötzlich kullerten Sylke Müller große Tränen über die Wangen. »Wir haben darüber Witze gemacht. Dass er mir jetzt auf die Finger schaut beim Geldausgeben. Wie früher beim Taschengeld.«

Katharina nahm wieder Sylke Müllers Hand und drückte sie ganz fest. Der KAJ-Konzern. Dieser Name tauchte immer wieder auf. Eine Spur, der sie nachgehen sollte?

»So, und nun müssen Sie aber schlafen, Frau Müller.« Andreas Amendt und Professor Leydth waren ins Zimmer gekommen. Amendt trug ein kleines Tablett mit einer Spritze, ein paar Tupfern, einem Pflaster, einem Stauschlauch und einer Sprühflasche mit Desinfektionsmittel.

Er setzte sich auf die andere Bettkante: »Ich würde Ihnen gerne ein Beruhigungsmittel spritzen, wenn das in Ordnung ist?«

Sylke Müller nickte wieder stumm. Amendt rollte ihren Ärmel hoch und band den Arm ab, damit die Venen besser hervortraten.

Katharina drückte Sylke Müllers Hand noch fester, um sie abzulenken. »Ich verspreche Ihnen, ich finde den Mörder Ihres Vaters.«

»Danke!« Das Wort war nur ein Hauch.

»Achtung, kalt!« Amendt desinfizierte Sylke Müllers Ellenbeuge, dann setzte er behutsam die Spritze in die Vene und drückte den Kolben langsam herunter. Während er noch die Einstichstelle mit einem Tupfer abdrückte, begannen Sylke Müllers Augenlider bereits zu flattern. Gleich darauf war sie eingeschlafen.

Endlich hatten sie Zeit gefunden, sich zum Kaffeetrinken in den Salon zu setzen. Katharina hatte berichtet, was ihr Sylke Müller erzählt hatte.

»Vielleicht sollten wir doch ihr Gepäck untersuchen«, schlug sie vor.

»Nein«, widersprach Leydth streng. »Nicht, wenn sie ausdrücklich darum gebeten hat, es nicht zu tun. Sie können sie morgen danach fragen. Dann dürfte auch der Schock halbwegs abgeklungen sein.«

Nun gut, aber etwas anderes konnte sie tun: »Immer wieder taucht da dieses Unternehmen KAJ auf. Vielleicht hatte mein Vater auch mit denen zu tun. Ich werde mal diesen Schmitz anrufen.« Katharina bat Amendt um sein Handy, doch dann fiel ihr ein, dass sie zwar Schmitz' Adresse, aber keine Telefonnummer hatte.

»Sie haben nicht zufällig die Telefonnummer von Absalom Schmitz?«

»Wir haben Lienhardt vorhin aus seinem Haus kommen sehen«, ergänzte Andreas Amendt.

»Ach ja, richtig. Er hat so was erzählt. Irgendeine Beratung. Wenn das weiter so geht, wird sich Lienhardt noch irgendwann selbstständig machen. – Moment ...« Der Professor, der inzwischen statt Latzhose und Parka wieder seinen gewohnten Dreiteiler trug, nahm ein winziges Telefon aus der Westentasche und wählte. »Lienhardt? Kannst du mir die Nummer von Absalom Schmitz geben?«

Bereits nach dem zweiten Klingeln meldete sich Schmitz fröhlich: »Absalom Schmitz, Rechtsverdrehung und Waldrettung?«
»Katharina Klein hier, Sie –«
»Ja, natürlich. Und ›du‹ genügt. Wir kennen uns ja nun dreißig Jahre. – Ich habe gerade die ganzen Unterlagen für dich zusammengesucht. Bring jemand Kräftigen zum Tragen mit.«
»Deswegen rufe ich an, beziehungsweise ... Hat mein Vater jemals Geschäfte mit einem Unternehmen namens KAJ gemacht?«
»KAJ ... KAJ ... Sekunde mal.« Der Telefonhörer wurde beiseitegelegt. »K ... K ... K ... Ah, da ...«, hörte Katharina dumpf Schmitz' Stimme. Dann wurde der Hörer wieder aufgenommen: »Ja, hier gibt es einen Vorgang.«
»Um was ging es da?«
Papierrascheln. »Hm, um den Verkauf eines Bildes. Merkwürdig. Da steht kein Bildername. Nur der Kaufpreis. Fünfhunderttausend Mark. – Aber der Handel ist nicht zustande gekommen. Ich habe hier nur einen Vertragsentwurf.«
»Wissen Sie ... Weißt du, warum?«
»Warte mal. – Ah, hier, auf dem Deckel der Akte. PMN.«
»PMN?«
»Ja, die Abkürzung für ›passt mir nicht‹. Das war unser Code für Kunden, die dein Vater nicht für seriös hielt oder ... die ihm eben nicht passten. Gerade bei Unternehmen war er immer sehr zögerlich. Weil die Kunst zumeist nur als reine Wertanlage gesehen haben.«
»Steht da, wer der Ansprechpartner war?«
»Ja, natürlich. Ein gewisser Hartmut Müller.«
Hartmut Müller? Der Mann mit den Eukalyptuspastillen? Wirklich? Oder eine zufällige Namensgleichheit?

»Erinnerst du dich zufällig an diesen Müller?«, fragte sie.

»Ich nicht, aber ... Moment! Ach da, Gerlinde! Großartige Gerlinde! Meine Sekretärin damals. Gerlinde Artig. Ich habe sie aber immer Gerlinde Großartig genannt. Oder Unartig. Je nachdem. Sie hat zu jedem Klienten eine Karteikarte angelegt. Was sie dachte, was wichtig war.« Erneutes Papierblättern. »Also hier steht: Unauffällig. Bemüht freundlich, aber unangenehm. Anzug von der Stange. Nimmt seinen Kaffee schwarz mit einem Teelöffel Zucker. Lutscht Eukalyptusbonbons.«

Katharinas Vater hatte also Geschäfte mit dem Mann mit den Eukalyptuspastillen gemacht. Oder besser: Nicht gemacht. Hatte er deswegen sterben müssen?

And What If I Don't

Das Haus von Katharinas Eltern,
über die Ereignisse ist es Nachmittag geworden

Katharina schloss den Reißverschluss ihrer Lederjacke bis zum Hals und vergrub die Hände in den Taschen. Die Hörnchen hatten die Sperrholzplatte, die das große Panoramafenster im Wohnzimmer ihres Elternhauses verschlossen hatte – das Fensterglas war nie ersetzt worden –, entfernt. Die Platte war bei der Untersuchung im Wege gewesen. Jetzt war es eiskalt im Raum und es zog.

Katharina stand im Fensterrahmen und sah ins Freie. Hier draußen also hatte Ministro gestanden. Gewartet. Gelauert. Hatte er gezögert, gezweifelt? Bestimmt nicht. Er hatte einen Auftrag zu erledigen. Nur einen Job. Einen von vielen.

Katharina drehte sich um. Auf dem Fußboden, auf den Wänden, auf dem kleinen Tisch vor dem Kamin, an dem ihre Familie gesessen hatte, auf dem Sofa und den Sesseln: Überall glitzerte es, als hätte jemand Konfetti aus Aluminiumfolie verstreut. Die winzig kleinen Reflektoren markierten die Blutspuren, die die Hörnchen wieder sichtbar gemacht oder anhand der Akte rekonstruiert hatten.

Neben Susannes Lieblingssessel waren eine große Lache und zahlreiche Spritzer markiert. Amendt musste Katharinas Schwester von ihrem Sessel herab auf den Boden gezerrt haben, um sie wiederzubeleben. Zwecklos. Die Schüsse hatten das Herz und die Aorta zerfetzt, sagte der Obduktionsbericht.

Das Gerät, das in der Mitte des Wohnzimmers stand, gehörte nicht zur Einrichtung: Der 3D-Tatort-Scanner sah aus wie eine Kreuzung aus Handymast und Lichtorgel. Neben dem Scanner, auf einer Kiste, die mehrere Rechner enthielt, stand ein aufgeklappter Laptop. Der Monitor zeigte den Scan des Raumes.

»Die Untersuchung damals ...« – »... wurde ziemlich schlampig durchgeführt«, begannen die Hörnchen mit ihrem Bericht. »Kein Mensch hat sich um die Art ...« – »... der Blutspuren gekümmert.« – »Geschwindigkeit ...,« – »Winkel ...,« – »Tropfengröße ...« – »... oder Wischspuren.« – »Alles im Bericht nicht vermerkt.«

Das erklärte, warum die Ermittler damals die Blutspuren auf Amendts Kleidung nicht als das erkannt hatten, was sie waren: als Zeugnis seiner Versuche, Katharinas Schwester wiederzubeleben.

»Außerdem ist denen einiges andere nicht aufgefallen«, fuhren die Hörnchen fort. »Zum Beispiel, dass die Scheibe nicht nach innen gefallen ist.« – »Wie es passiert wäre, wenn man die Scheibe von außen einschlägt.«

»Sondern?«, fragte Katharina.

»Sie ist in sich zusammengefallen.« – »Senkrecht nach unten.« – »Deshalb lag die eine Hälfte der Splitter draußen ...« – »... und die andere Hälfte drinnen.«

»Zusammengefallen? Wie das denn? Von alleine?«

»Nein, das nicht.« – »Aber schau selbst.«

Die Hörnchen führten Katharina zu dem Laptop. Eines der Hörnchen betätigte eine Taste. Auf dem Monitor erschien ein Diagramm der aus den forensischen Daten berechneten Flugbahnen der Geschosse. Doch das Bild war verwirrend: Sieben der acht Schüsse waren vom gleichen Punkt abgegeben worden, vor dem Tisch, weniger als einen Meter von den Opfern entfernt. So weit nachvollziehbar. Doch die Flugbahn eines Projektils führte geradewegs durch das Panoramafenster hindurch: der Schuss, der Katharinas Vater in den Kopf getroffen hatte. Ein ganz anderer Winkel. Und das war den Ermittlern damals nicht aufgefallen? Hatten sie überhaupt die Flugbahnen rekonstruiert?

»Aber das macht doch keinen Sinn.« Katharina deutete auf die abweichende Flugbahn.

»Doch!« – »Macht es!«

Die Hörnchen rangelten kurz darum, wer die Ehre hatte, die nächste Taste zu drücken; schließlich taten sie es gleichzeitig.

Auf dem Laptop-Monitor begann ein Video abzuspielen: eine 3D-Animation des simulierten Tatverlaufs.

Eine schematische Figur auf dem Sessel mit dem Rücken zum Fenster – Susanne. Zwei weitere Figuren auf dem Sofa: Katharinas Eltern.

»Der erste Schuss kam durch das Fenster«, kommentierten die Hörnchen das Geschehen auf dem Monitor. »Dein Vater wird getroffen ...,« – »... deine Schwester und deine Mutter beugen sich zu ihm.«

Ein weiterer Schemen bewegte sich über den Monitor und blieb vor dem Tisch stehen.

»Dort hat der Täter ...« – »... die restlichen Schüsse abgegeben.«

Eines der Hörnchen stoppte das Video: Katharinas Mutter und ihr Vater zusammengesackt auf dem Sofa. Susanne halb über der Sessellehne hängend.

Der erste Schuss – durch das Fenster? Katharina bat Andreas Amendt und die Hörnchen: »Könnt ihr euch mal so hinsetzen wie meine Familie?«

Sie gehorchten. Die Hörnchen nahmen die Plätze von Susanne und Katharinas Mutter ein. Andreas Amendt setzte sich auf den Platz ihres Vaters.

Katharina trat durch den Rahmen der großen Panoramascheibe ins Freie. Dann zielte sie mit ihrem Zeigefinger: auch ohne die Glasscheibe kein leichter Schuss. Ihre Schwester wäre ein viel einfacheres Ziel gewesen. Und dann noch die Lichtbrechung durch das Glas ... All das musste der Schütze bedacht haben. Aber warum so ein komplizierter Schuss?

Kurzerhand bat sie Amendt um sein Handy und wählte die Nummer von Schönauer. »Katharina Klein! Ich –«

»Natürlich!«, unterbrach der Ballistik-Experte sie. »Schon was Neues von Ministro?«

»Vielleicht. Aber ich brauche mal Ihre Meinung zu einer Tatortsituation.« Katharina schilderte ihm, wie der erste Schuss vermutlich gefallen war. Dann fragte sie: »Ist so ein Schuss möglich?«

»Möglich ist das schon. Aber ... Nur ein einzelner Schuss durch die Scheibe, sagten Sie?«

»Ja. Warum?«

»Das ist ungewöhnlich: Normalerweise schießt man direkt zweimal durch eine Glasscheibe. Der erste Schuss perforiert die Scheibe, der Zweite ist der Zielschuss.«

Richtig. So war auch der Schütze vorgegangen, der auf Sylke Müller geschossen hatte: zwei Schüsse, direkt hintereinander.

»Noch eins«, fragte Katharina. »Stellen Sie sich vor, Sie haben drei Personen in einem Raum, relativ dicht beisammen. Eine davon ist die Zielperson. Auf wen schießen Sie zuerst?«

»Blockieren die Personen einander?«

»Nein.«

»Sind die anderen Personen Sicherheitspersonal, bewaffnet oder sonst irgendwie zur Gegenwehr bereit?«

»Nein.«

»Dann auf die Zielperson.«

»Danke.« Der Mordanschlag hatte also ihrem Vater gegolten. Wenn Schönauer recht hatte. Mit zitternden Händen beendete Katharina das Telefonat und gab Amendt das Handy zurück. Dann ging sie zum Laptop und ließ das Video noch mal ablaufen. Die Hörnchen sahen ihr über die Schulter.

»Ihr habt vorhin gesagt, dass die Scheibe nicht eingeschlagen wurde, oder? Aber hätte der eine Schuss nicht nur ein Loch hinterlassen?«

»Normalerweise schon.« – »Aber an dem Tag ...« – »... war es draußen kalt.« – »Minus vier Grad, sagt der Bericht der Spurensicherung.« – »Und hier drinnen warm.« – »Die Scheibe stand also unter Spannung.« – »Und ist deshalb einfach ...« – »... in sich zusammengefallen ...,« – »... ohne die Flugbahn der Kugel ...« – »... zu beeinträchtigen.«

Gut, damit wäre das auch geklärt. »Was jetzt?«, fragte Katharina.

»Die Zimmer im ersten Stock haben wir noch nicht untersucht.« – »Das wollten wir nicht machen, ohne dass du ...« – »Sind ja Schlafzimmer und so.« – »Da dachten wir ...«

Die Hörnchen! Manchmal wollte Katharina sie am liebsten knuddeln. Auch wenn sie immer zu Scherzen aufgelegt waren, nahmen sie ihre Arbeit äußerst ernst und brachten Opfern und Angehörigen einen enormen Respekt entgegen. Einer der vielen Gründe dafür, weshalb sie so gut in ihrem Job waren. Und so hartnäckig.

»Und dann ist da natürlich …«, fuhren sie fort, »… noch die Blutspur am Tresor.« – »Außerdem würden wir gerne die Bilder hier wieder aufhängen.« – »Um die restlichen Spuren zu sichern.« – »Und die Rekonstruktion des Tatorts zu vervollständigen.«

Im Vorraum des Tresors zog Katharina das Kästchen mit den Schlüsseln und den Codes, das sie von Schmitz erhalten hatte, aus der Handtasche und musterte die große, schwere Stahltür. Die Schlüssel ließen sich leicht den beiden Schlössern zuordnen. Aber in welcher Reihenfolge musste man aufschließen und die Codes eingeben? Katharina erinnerte sich, dass ihr Vater es damals der ganzen Familie erklärt hatte. Für den Notfall. Falls er sich im Tresor einschließen sollte. Der anwesende Techniker hatte nur gelacht: Von innen ließ sich der Tresor immer öffnen. Dennoch hatte ihr Vater die Lektion fortgesetzt. Er war viel zu stolz auf seine Schatzkammer gewesen, um es nicht zu tun.

Also, wie war die Reihenfolge? Katharina erinnerte sich, dass man die Kombination auf dem Tastenfeld mit der LED-Anzeige als Letztes eingeben musste. Das Display würde erst aufleuchten, wenn die anderen drei Schlösser entriegelt waren. Testweise drehte sie am Kombinationsrad an der Tresortür. Es war blockiert. Also kam das wohl erst später.

Plötzlich erinnerte sie sich: oberes Schloss, Kombinationsrad, unteres Schloss, Tastenfeld. Ja, so war es.

Der erste Schlüssel drehte sich. Es klickte. Jetzt das Kombinationsrad. Katharina las die Zahlen von der kleinen silbernen Plakette mit dem eingravierten Rad ab, während sie drehte. Endlich klickte es erneut und das zweite Schloss wurde freigegeben. Der nächste Schlüssel drehte sich leichtgängig.

Jetzt fehlte nur noch das Tastenfeld. Katharina fischte die zweite Plakette aus dem Kästchen und wollte tippen, doch das LED-Display war dunkel. Sie tippte die Zahlen blind ein. Keine Reaktion. Vielleicht gab es einen verborgenen Schalter? Sie tastete das Gehäuse der Zahlentastatur ab, doch vergeblich.

Vielleicht hatte sie irgendwo einen Fehler gemacht. Also das Ganze noch mal von vorne. Wieder das gleiche Resultat: Das Display blieb dunkel und verweigerte die Annahme des Codes. Sie probierte eine andere Reihenfolge: Nichts. Der Tresor blieb zu.

Sie wollte schon frustriert gegen die schwere Stahltür treten, als ihr Henry einfiel. Natürlich! Sie würde einfach Henry Mörich bitten, ihr zu helfen. Ihren Automechaniker. Vor diversen Verurteilungen wegen Einbruchs galt er als einer der besten Schränker von Hessen. Als er das letzte Mal aus dem Knast entlassen wurde, hatte Katharina ihm mit einem Kredit unter die Arme gegriffen, sodass er seine Autoreparaturwerkstatt in Enkheim einrichten konnte. Jetzt lebte er legal – nun ja, mehr oder minder. Katharina vermutete, dass er manchmal Autos fragwürdiger Herkunft frisierte, und das kleine Hotel neben der Werkstatt, das Henrys Frau betrieb, galt als diskreter Treffpunkt für halbseidene Geschäfte. Aber Katharina sah über diese kleinen Unregelmäßigkeiten hinweg, denn Henry hatte oft gute Informationen für sie. Außerdem war er immer sehr hilfreich, wenn es darum ging, Türen zu öffnen. Aber bis Henry hier war, würde es dauern. Wenn er überhaupt Zeit hatte. Und es war schon spät.

»Feierabend, Kinder«, sagte sie deshalb enttäuscht zu den Hörnchen. »Ich muss erst einen Spezialisten rufen. – Ich hoffe, ihr habt morgen noch mal Zeit?«

Die Hörnchen nickten unisono. »Natürlich!« – »Für dich immer!« – »Außerdem ...« – »... wird es doch gerade spannend.«

»Sehr gut. Danke. Aber vielleicht können Doktor Amendt und ich ...« Moment! Wo war eigentlich ...? »Habt ihr den Amendt gesehen?«, fragte sie die Hörnchen, die zur Antwort die Köpfe schüttelten. Merkwürdig. Und besorgniserregend.

Zwei Stufen auf einmal nehmend, lief Katharina die Kellertreppe hinauf. Amendt war weder in der Eingangshalle noch im Wohn- oder Arbeitszimmer. Sicherheitshalber steckte Katharina den Kopf in die Küche. Vielleicht hatte er ja die Idee gehabt, Kaffee zu kochen. Doch auch in der Küche war niemand.

Wo steckte Amendt? Katharina stieg die Treppe hoch in den ersten Stock. Vielleicht war er ja in Susannes Zimmer gegangen, um seinen Weg durch das Haus nachzuvollziehen. Aber dort war er auch nicht.

Plötzlich stand Katharina der Bericht der Streifenbeamten zu Amendts Festnahme vor Augen. »Eine verdächtige, hilflose Person«, hatte es darin geheißen. »Nackt unter der Dusche.« Sie rannte ins Badezimmer.

Andreas Amendt kauerte nackt in der Duschkabine, die Arme um die Knie geschlungen. Er wippte vor und zurück und murmelte immer wieder, wie ein Mantra: »Eine Minute hat zweimal dreißig Sekunden. Staying alive. Staying alive. Eine Minute ...«

Katharina sprang kurzerhand zu Amendt in die Duschwanne und packte ihn an den Schultern.

»... hat zweimal dreißig Sekunden. Staying alive. Staying alive. Eine Minute hat ...«

Sie versuchte, ihn zu umarmen, um ihn zu erden. Es misslang.

»... zweimal dreißig Sekunden. Staying alive. Staying alive. Eine Minute hat zweimal ...«

Was jetzt? Es half nichts! Katharina holte aus und gab Amendt zwei schallende Ohrfeigen.

»... dreißig Sek – Au!«

Amendt sah sie eher erstaunt als erschrocken an. Tränen rannen ihm über das Gesicht, doch gleichzeitig lächelte er: »Ich habe mich erinnert!«

Ready Or Not

```
        Katharinas Wohnung,
         nach einer kurzen,
  aber anstrengenden Auseinandersetzung
```

Es hatte fast eine halbe Stunde gedauert, bevor Andreas Amendt sich halbwegs beruhigt hatte. Katharina hatte ihn in das Papamobil verfrachtet. Dort hatte er schweigend neben ihr gesessen, bis sie in Richtung ihrer Wohnung abgebogen war. Protestierend hatte er erklärt, er wolle aber zu sich nach Hause. Katharina hatte mitten im Verkehr mit einer Vollbremsung angehalten und ihn bei den Schultern gepackt: »Sie haben einen schweren Schock, Doktor Amendt. Deshalb kommen Sie über Nacht mit zu mir!«

»Aber –«

»In der umgedrehten Situation würden Sie das Gleiche tun«, erstickte sie seinen Protest.

Er hatte sich gefügt, sie aber trotzdem gebeten, kurz zu ihm zu fahren, damit er ein paar Dinge holen konnte. Sie hatte ihm den Gefallen getan, war aber selbst mit in die Wohnung hinaufgestiegen, um ihn im Auge zu behalten.

In Katharinas Wohnung angekommen, hatte sie Amendt, der schlotterte, als habe er Schüttelfrost – Nachbeben seines Schocks –, kurzerhand in die heiße Badewanne verfrachtet. Währenddessen hatte Katharina gekocht. Okay, sie hatte ein Paket von Kurtz' hausgemachter Bolognese-Soße aus dem Tiefkühler genommen, aufgetaut und Spaghetti aufgesetzt.

Sie hatten gegessen. Amendt hatte abgewaschen. Er hatte darauf bestanden, obwohl Katharina eine Geschirrspülmaschine besaß. Jetzt saßen sie sich am Küchentisch gegenüber und Katharina konnte endlich aussprechen, was schon die ganze Zeit an ihr nagte.

»Es tut mir leid, dass ich Sie in das Ganze mit hineingezogen habe«, begann sie.

Amendt lehnte sich vor und legte sanft seine Hand auf die ihre. »Sind Sie bescheuert?«, fragte er freundlich. »Sie haben mich nirgendwo mit reingezogen. Ich bin hier, weil ich hier sein will. Das bin ich Susanne schuldig.«

»Aber –«

»Ich habe einen Schock, Frau Klein. Der geht vorbei.« Sein Blick wurde hart, doch seine Stimme blieb sanft: »Also, hören Sie auf, sich Vorwürfe zu machen. Selbstgeißelung fällt in meine Zuständigkeit. – Und ich werde ganz sicher nicht aufgeben. Nicht jetzt. Ich will den Schuldigen! Am liebsten auf meinem Autopsietisch. Vorzugsweise lebend.«

»Sie wollen was?«

Er zuckte mit den Schultern: »Mit einer Festnahme gebe ich mich auch zufrieden. Aber letzte Nacht habe ich geträumt, dass wir den Mörder stellen. Ich ihn auf meinen Autopsietisch fessele. Und ihn langsam zu Tode quäle.«

»Das würden Sie doch nicht wirklich …?«

»Nein. Vermutlich nicht. Aber es wäre sehr befriedigend. Glaube ich. Nicht so sehr das Töten. Aber die Todesangst in seinen Augen.«

»Bitte versprechen Sie mir …«

Amendt seufzte: »Natürlich. Ich wollte auch nur, dass Sie verstehen, dass Sie mich in nichts reingezogen haben. Haben Sie keine Rachefantasien?«

Katharina nickte stumm. Die hatte sie. Nicht so grausam wie Amendt. Ein gut platzierter Schuss würde ihr schon reichen. Der dem Mörder die Schädeldecke wegfetzte wie bei ihrem Vater und ihrer Mutter. Aber sie war Polizistin, verdammt! Sie schwor sich, dass sie Polanski anrufen würde, sobald sie wusste, wer der Täter war. Sicher war sicher.

Amendt klappte seine altmodische Arzttasche auf. »Haben Sie zufällig ein Diktafon? Und vielleicht einen Zeichenblock und ein paar Stifte? – Wir haben noch was zu erledigen.«

Die beiden Spritzen, die auf dem Küchentisch lagen, beunruhigten Katharina. Jetzt sollte sie Amendt auch noch unter Drogen setzen.

»Kommen Sie, los geht's«, befahl er, während er sich den Hemdsärmel aufrollte. »Wir müssen meine Erinnerungen nutzen, solange sie frisch sind. Und vergessen Sie nicht, das Diktafon einzuschalten, Frau Klein.«

Katharina nahm zögernd die erste Spritze in die Hand. »Was spritze ich Ihnen da überhaupt?«

»Einen Brainbooster. So eine Art Aufputschmittel fürs Gehirn. Und ein leichtes Hypnotikum«, antwortete Amendt, während er sich den Stauschlauch aus seiner Arzttasche um den Arm band und ein paar Mal die Faust ballte, um die Venen hervortreten zu lassen. »Und denken Sie dran, die andere Spritze ...«

»Ja, ich weiß. Falls Sie austicken. Irgendwo in einen Muskel.«

»Vene wäre zwar besser, aber dazu werden Sie vielleicht keine Gelegenheit haben. – Und jetzt seien Sie kein Angsthase. Ich weiß schon, was ich tue.«

Nun gut. Wenn er darauf bestand. Katharina nahm den Tupfer mit dem Desinfektionsmittel und rieb ihn gründlich über die Vene in Amendts Ellenbeuge. Dann setzte sie die Nadel an, wie Amendt es ihr gezeigt hatte. Tief einatmen, lange ausatmen, befahl sie sich. Dann drückte sie leicht, die dünne Nadel glitt wie von selbst durch die Haut.

»Wie ein Profi«, lobte Amendt. »Und jetzt schön langsam den Kolben herunterdrücken.«

Katharina gehorchte. Nach einer endlosen Anzahl von Sekunden war der Kolben ganz durchgedrückt.

»Und jetzt? Wie lange?«

»Vielleicht ein bis zwei Minuten. – Und Sie wissen ja, offene –«

»Ja, ich weiß, offene Fragen stellen. Zeit zum Antworten geben. Ist nicht meine erste Vernehmung.«

»Ja, aber hoffentlich Ihre Erste mit Drogeneinsatz.«

Katharina schaltete das Diktafon ein. »Vernehmung Andreas Amendt, vernehmende Beamtin Katharina Klein«, sagte sie ganz automatisch in das kleine Mikrofon, bevor sie das Gerät zwischen sich und Amendt auf den Tisch stellte.

Amendts Blick war starr geworden, seine Pupillen winzig. »Sie können anfangen.«

»Gut, Doktor Amendt, vielleicht beginnen wir etwas früher«, sagte Katharina sachlich. »Was haben Sie am fraglichen Tag, dem dritten Dezember 1991, gemacht?«

»Ich hatte eine lange Schicht in der Uniklinik. Damals war ich noch in der Facharzt-Ausbildung zum Neurologen.«

»Gab es an diesem Tag irgendwelche besonderen Vorkommnisse, an die Sie sich erinnern?«

Amendt nickte steif. »Ein Patient ist gestorben. Er war am Morgen wegen eines epileptischen Anfalls eingeliefert worden. Wir haben ein krampflösendes Mittel appliziert und ihn ruhiggestellt.«

»Und dann?«

»Er war ein paar Minuten unbeaufsichtigt, weil die Schwester zu einem Notfall gerufen wurde. Als sie zurückkam, hat er bereits wieder gekrampft. – Er hat sich bei diesem zweiten Krampf die Zunge abgebissen. Daran ist er erstickt.«

»Und was haben Sie getan?«

»Ich habe seine Atemwege freigemacht und sofort mit der Reanimation begonnen. So lange, bis der Oberarzt gekommen ist und den Tod festgestellt hat.«

»Und dann?«

»Ich habe mich rasch umgezogen – da war ziemlich viel Blut auf meiner Kleidung – und die wartende Ehefrau informiert. Der Seelsorger hat mich abgelöst. Dann hat der Oberarzt mich nach Hause geschickt.«

»Als Strafe?«

»Nein, er hat gesagt, dass solche Dinge nun mal vorkommen.«

»Und? Haben Sie ihm geglaubt?«

Amendt lachte höhnisch auf: »Natürlich nicht. So gut sollten Sie mich inzwischen kennen.«

»Und dann? Was ist dann passiert?«

»Ich bin zu Susanne gefahren. Ins Haus Ihrer Eltern.«

»Mit dem Motorrad?«

»Nein, ich habe mir ein Taxi genommen. Ich war noch zu durcheinander.«

»Sie sind also zu Susanne gekommen. Und dann?«

»Susanne hat natürlich gleich gesehen, dass was mit mir nicht stimmte. Sie hat mich an die Hand genommen, in ihr Zimmer geführt, mich auf ihr Bett gesetzt und gesagt, ich soll erzählen. Sie hat neben mir gesessen, die Arme um mich gelegt und mir zugehört. Als ich fertig war, hat sie befohlen, ich solle mich hinlegen. Sie hat mir die Schuhe ausgezogen und mich aufs Bett geschubst. Dann hat sie mich zugedeckt und mir diesen großen Plüschdelfin in den Arm gedrückt. Danach hat sie mich geküsst und sich auf die Bettkante gesetzt, bis ich eingeschlafen bin.«

Amendt hatte innegehalten und einen Schluck Wasser aus dem Glas genommen, das er bereitgestellt hatte. »Sorry, diese Drogen machen Durst.«

»Kein Problem. Und dann?«

»Plötzlich bin ich schlagartig aufgewacht. Draußen ist es schon dunkel gewesen.«

»Was hat Sie geweckt?«

»Ein lauter Knall. Ich dachte erst, den hätte ich geträumt. Aber dann knallte es wieder und wieder. Ich bin aufgesprungen, aber mein Kreislauf war noch nicht so stabil. Mir war kurz schwindelig und ich musste mich wieder setzen. Verdammt!« Amendt schlug mit der Faust auf die Tischplatte. »Wenn ich schneller gewesen wäre …«

»Dann wären Sie Ministro in die Arme gelaufen und ebenfalls tot. Erzählen Sie weiter!«

»Ich bin also aufgestanden und die Treppe runtergegangen. An der Wohnzimmertür bin ich stehen geblieben. Susanne, Ihr Vater und Ihre Mutter ... sie saßen auf ihren Stammplätzen. Aber eben nicht richtig. Susanne lag auf der Lehne ihres Sessels, Ihr Vater und Ihre Mutter ... Ich habe erst nicht ... und dann ... Irgendetwas hinter mir ...« Er schlug sich plötzlich mit der Hand gegen den Hals. »Ein ... ein scharfer Schmerz. Und meine Beine waren plötzlich ... wie Gummi. Ich ... ich glaube, ich habe noch gedacht, dass mir jemand was gespritzt hat. Einen Tranquilizer. Ich bin gestürzt und ...« Amendt stürzte den Rest des Wassers runter, verschluckte sich, hustete. Gerade als Katharina aufspringen wollte, um ihm zu helfen, winkte er ab. »Geht schon.«

»Und dann? Haben Sie das Bewusstsein verloren?«

»Nein, das ... das war merkwürdig. Ich habe gespürt, wie mich jemand halb auf den Rücken gedreht hat. Zwei Finger an meinem Hals ..., die haben nach dem Puls getastet. Und dann eine Stimme: ›Es tut mir leid.‹ Er ... er hat sich entschuldigt. Einen Moment hat sein Gesicht über mir geschwebt.«

Amendt griff nach dem Zeichenblock und den Stiften, die Katharina bereitgelegt hatte, und begann, manisch zu zeichnen. Ein paar Mal brach der Bleistift ab und er nahm einen neuen. Grobe Striche. Schraffuren. Linien. Irgendwann griff auch die andere Hand nach einem Stift und er zeichnete mit beiden Händen.

Endlich warf er die Stifte hin und schob den Block von sich. Katharina erkannte das Gesicht, das Amendt gezeichnet hatte, sofort. Der Priester, der sie damals vom Flughafen abgeholt hatte. Ministro.

Unterdessen hatte Amendt sein Wasserglas zweimal aufgefüllt und den Inhalt heruntergestürzt.

»Sollen wir abbrechen?«, fragte Katharina vorsichtig.

»Abbrechen? Sind Sie verrückt? Fragen Sie weiter!«

»Gut, Sie sind also unter Drogen gesetzt worden. Und dann?«

»Ich, ich habe noch gesehen, wie der ... der Mann zur Haustür gegangen ist. Dann wurde mir schwarz vor Augen.«

»Woran erinnern Sie sich als Nächstes?«

»Ich ... ich bin wieder hochgeschreckt. Hab versucht, aufzustehen, aber die Beine wollten nicht. Endlich habe ich es geschafft.

Dann ... ins Wohnzimmer ... Da liegen sie. Ich ... ich sehe das Blut auf der Wand und dann ... Ich habe Susanne gepackt und von ihrem Sessel gezogen. Kein Puls. Mund-zu-Mund-Beatmung. Herzmassage. Immer wieder und wieder. Keine Lebenszeichen. Hilfe holen! Telefon! Auf dem Schränkchen neben der Tür! Eins! Eins! Null! ›Bitte, Hilfe! Etwas Schreckliches ist passiert! Etwas Schreckliches ist passiert! Etwas Schreckliches ist passiert!‹ Die Stimme am anderen Ende. Hat immer wieder gefragt. Name und Adresse. Kann mich nicht erinnern. Etwas Schreckliches ist passiert. Aufgelegt. Kalt! Entsetzlich kalt!« Amendt hatte die Beine angezogen und die Arme herumgeschlungen. Er wippte vor und zurück. »Dusche. Ausziehen. Du musst dich ausziehen, sagt eine Stimme. Ich tue es. Heißes Wasser. Endlich Wärme. Aber immer noch kalt. Kalt. Kalt. Eine Minute hat zweimal dreißig Sekunden. Staying alive. Staying alive. Eine Minute hat zweimal dreißig Sekunden. Staying alive. Staying alive. Eine Minute ...«

Okay, Zeit für die Notfallspritze.

»... hat zweimal dreißig Sekunden. Staying alive. Staying alive. Eine Minute hat zweimal ...«

Katharina zog mit den Zähnen die Schutzkappe von der Nadel. Doch wohin spritzen? Amendts Körper bebte; er wippte immer schneller vor und zurück.

»... dreißig Sekunden. Staying alive. Staying alive.«

Sie stach kurzerhand in Amendts Hintern und drückte den Kolben runter. Dann zog sie die Spritze wieder heraus, bevor die Nadel abbrechen konnte. Hoffentlich hatte sie keinen Schaden angerichtet.

»Eine Minute hat zweimal dreißig Sekunden. Staying alive. Staying alive. Eine Minute hat zweimal dreißig Sekunden. Staying alive. Staying alive. Eine Minute hat zweimal dreißig Sekunden. Staying alive. Staying alive ...«

Amendts Mantra wurde langsamer. Plötzlich wurde sein Körper schlaff. Katharina packte ihn an den Schultern. Sie schaffte es gerade noch, ihn aufzufangen und auszubalancieren. Behutsam legte sie seinen Kopf auf die Tischplatte und tastete nach dem Puls. Er schlug kräftig und gleichmäßig.

Katharina schüttelte Amendt sanft. Nichts. Auch ein Kniff ins Ohrläppchen ließ ihn nicht aufwachen.

Katharinas Herz begann, schneller zu schlagen. Was war, wenn die Dosis nun zu hoch war? – Sie brauchte einen Arzt! Sofort!

Sie hatte sich schon ihr Telefon geschnappt und wollte den Notruf wählen. Doch dann zögerte sie. Das, was sie hier machten, war ganz sicher nicht legal. Amendt würde seinen Job verlieren. Seine Zulassung. Und ihre Ermittlungen …

Nein! Nicht den Notruf. Aber … Amendt musste doch Ärzte kennen. Sie durchsuchte seine Lederjacke nach seinem Handy, klappte es auf und blätterte fieberhaft durch das Nummernverzeichnis.

Ihre Augen blieben bei »Meyer, Katja, Dr.« hängen. Natürlich! Katja Meyer war Kinderärztin. Amendt verbrachte oft seine Pausen bei ihr auf der Säuglingsstation und fütterte die Kinder.

Kinderärztin? Katharina blickte auf den bewusstlosen Andreas Amendt. Von Notfallmedizin würde Katja Meyer ja hoffentlich trotzdem etwas verstehen.

»Andreas! Du bist zurück!«, scholl Katharina der warme Alt von Katja Meyer aus dem Hörer entgegen.

»Nein, hier ist nicht Andreas Amendt. Ich bin Katharina Klein und –«

»Natürlich! Die asiatische Kommissarin! Wie geht es … Was hat Andreas angestellt?« Katja Meyers Ton war plötzlich streng.

Katharina schilderte es ihr, so gut sie konnte.

»Tststs, Andreas und seine Experimente. Und jetzt schläft er?«

»Ich … ich glaube, er ist bewusstlos. Ich kriege ihn nicht wach.«

»Lesen Sie mir mal vor, was auf der Ampulle steht.«

Auf dem Tisch standen drei Ampullen. Zwei Medikamente waren in der ersten Spritze gewesen, eines in der Zweiten. Nur welche Ampulle gehörte wozu? Katharina nahm auf gut Glück die Erste und las die Schrift vom Etikett ab.

»Also das ist der Brainbooster. Ein Aufputschmittel, wenn Sie so wollen. Nichts für längere Einnahme, aber sonst relativ harmlos«, erklärte Katja Meyer. »Was noch?«

Katharina nahm die zweite Ampulle und las das Etikett vor.

»Ein mildes Hypnotikum. Auch harmlos. Und das dritte Medikament?«

Katharinas Antwort ließ Katja Meyer leise auflachen: »Oh Andreas, du kannst es auch nicht doll genug bekommen, oder? Also, das ist ein extrem starkes Beruhigungsmittel. Wie viel hat er davon bekommen?«

Katharina sah unschlüssig auf die Spritze. Sie fasste fünf Milliliter und war nicht ganz aufgezogen gewesen.

»Drei Milliliter. Vielleicht dreieinhalb.«

»Okay, das ist eine normale Dosis. – Wie ist denn seine Gesichtsfarbe? Blass? Lippen blau?«

Amendts Gesicht hatte eine normale Farbe und seine Lippen waren rosig.

»Sein Puls?«

»Kräftig und gleichmäßig.«

»Können Sie seinen Blutdruck messen?«

»Moment!« Amendt hatte doch sicher ein Blutdruckmessgerät in seiner Arzttasche … Ach da. Katharina streifte die kleine Manschette über Amendts Handgelenk und drückte die große Taste mit der Aufschrift »Start«. Endlose Sekunden später blinkte das Display mit dem Ergebnis. »Hundertzehn zu siebzig. Puls fünfundsechzig.«

»Gesegnet sei Andreas' Kreislauf!«

»Und jetzt?«, fragte Katharina drängend.

»Lassen Sie ihn schlafen«, antwortete Katja Meyer gelassen. »Blutdruck und Puls sind normal. Die Sauerstoffversorgung scheint auch in Ordnung zu sein. Also soll er sich ausschlafen. Der wacht schon wieder auf, keine Sorge. Andreas weiß in der Regel, was er tut. Und er hat sein Hirn ziemlichem Stress ausgesetzt mit dem Booster und den Erinnerungen.«

»Wie meinen Sie das?«

»Stellen Sie sich vor, Sie fahren mit durchgedrücktem Gaspedal von Frankfurt nach München. Er ist einfach … Salopp gesagt: Sein Hirn ist überhitzt und muss abkühlen.«

»Aber er liegt hier halb auf meinem Küchentisch und …«

Katja Meyer lachte wieder auf: »Kind! Wissen Sie nicht, wie Sie einen Mann ins Schlafzimmer bekommen? So, wie Sie aussehen?«

»Ja, aber die sind in der Regel bei Bewusstsein.«

»Ach, Ihnen fällt schon was ein. Und wenn es Ihnen gelingt, den Amendt ins Bett zu kriegen …« Katja Meyer kicherte. »Lassen Sie doch bitte uns Damen vom Krankenhaus wissen, wie das geht. Es gibt hier einige, die Ihnen Unsummen für das Geheimnis zahlen würden. – Apropos: Woran musste sich Andreas denn so dringend erinnern?«

Katharina erzählte es ihr so knapp wie möglich.

»Er ist also unschuldig? Das ist wirklich mal eine gute Nachricht. Obwohl ich es ja immer gesagt habe. Einfach so Menschen zu erschießen, passt gar nicht zu ihm. – Langsam zu Tode quälen schon eher. Aber dazu müssen sie ihm schon ziemlich Schlimmes angetan haben. Oder ein Kind misshandelt«, fügte Katja Meyer leichthin hinzu. »Und, ach ja, stellen Sie ihm genug Wasser zum Trinken neben das Bett. Diese Aufputschmittel machen durstig. – Ich weiß nicht, ob Sie schon mal Ecstasy genommen haben, aber so ungefähr.«

»Ist mir klar. Mache ich.« Katharina hatte zwar mit Drogen nichts am Hut, aber sie war in ihrer Streifenzeit einmal zu einem Rave abkommandiert gewesen. Ihr Hauptjob in jener Nacht hatte darin bestanden, die dehydrierten Tänzer mit ausreichend Wasser zu versorgen.

Sie verabschiedete sich von Katja Meyer und schob Amendts Handy zurück in seine Lederjacke. Dann packte sie Spritzen und Medikamente weg und stellte endlich das Diktafon ab. Sie sah seufzend auf die Skizze von Ministros Gesicht. Wirklich weitergekommen in ihrer Ermittlung waren sie nicht. Aber hoffentlich hatte das Ganze wenigstens Andreas Amendt Seelenfrieden gebracht.

Also, auf dann! Katharina rückte Amendts Stuhl ein wenig vom Tisch ab. Gut, dass ihr Ausbilder damals keine Gnade gekannt hatte: »Wenn Sie Polizistin werden wollen, müssen Sie in der Lage sein, einen Bewusstlosen aus einem brennenden Fahrzeug zu befreien. Noch mal!« Und dann hatte er sie wieder ihren schwersten und größten Kollegen aus dem Autowrack ziehen lassen. Dagegen sollte Amendt ein Klacks sein. Also: Unter den Armen durchgreifen, mit beiden Händen einen Unterarm vor der Brust des Bewusstlosen fassen und los! Vom Stuhl runter, durch die Küchentür, verschnaufen. Dafür, dass Amendt unschuldig war, war er ein ziemlich schwerer Junge.

Über den Flur. Verschnaufen. Ins Gästezimmer. Verschnaufen. Und aufs Bett. Geschafft. Sie sah auf Amendt herab: So konnte er auf keinen Fall bleiben. Wenn schon, dann richtig: Schuhe aus, Strümpfe aus. Das ging noch leicht. Nun die Jeans. Die Hose hatte Knöpfe statt eines Reißverschlusses. Katharina musste kurz kichern, als sie sich an Amendts Schritt zu schaffen machte. Was hatte Katja Meyer gerade gesagt? Es sollte ihr leicht fallen, einen Mann ins Bett zu kriegen? Sie erinnerte sich, dass der allererste Sex in ihrem Leben beinahe ausgefallen wäre, weil der Junge und sie damals trotz gemeinsamer Bemühungen seine Hose erst nicht aufgekriegt hatten.

Endlich! Geschafft! Katharina streifte Amendt die Jeans ab. Darunter trug er mit Comicfiguren bedruckte Boxershorts. Amendt, Amendt, dachte Katharina, wenn Sie jemals vorhaben sollten, mit einer zweiten Frau in Ihrem Leben Sex zu haben, gehen wir aber vorher noch mal einkaufen.

Sie legte die Jeans sorgfältig über einen Stuhl. Nun das Hemd. Um es ihm auszuziehen, musste sie Amendt aufsetzen. Dabei kam er kurz zu Bewusstsein. »Sie gehen aber ran, Frau Klein!«, kicherte er.

Na klasse, high war er also auch noch. »Heben Sie mal die Arme an«, befahl Katharina.

»Mag aber lieber schlafen!«

»Aber nicht ohne T-Shirt! Das ist sonst zu kalt.«

»Sie klingen genau wie Susanne, wissen Sie? Es bleibt eben alles in der Familie.« Amendt kicherte wieder.

Katharina nahm das T-Shirt aus seiner Reisetasche und wollte es ihm überstreifen, aber er machte keine Anstalten, ihr dabei zu helfen.

»Sie haben grüne Augen! Das ist schön!«, stellte er mit verwaschener Stimme fest.

»Nun seien Sie nicht so …« Was? Kindisch? Natürlich! Amendt war wie ein Kind. Und was hatte ihre Mutter immer gemacht? Klar!

»Alle Vöglein fliegen hooooch!«

Artig streckte Amendt die Arme in die Höhe und Katharina konnte ihm das T-Shirt überstreifen. Dann schubste sie ihn sanft auf das Bett zurück und deckte ihn zu.

»Sie haben den gleichen Delfin wie Susanne!« Amendt nahm das große Plüschtier, das auf dem Bett gelegen hatte, und schloss es in die Arme. Dann fragte er: »Lesen Sie mir noch was vor?«

Auch das noch. Aber gut, was konnte sie denn …? Bevor sie noch den Gedanken zu Ende denken konnte, hörte sie es hinter sich leicht rascheln. Amendt hatte sich zur Seite gedreht, den Delfin immer noch fest im Arm. Seine Augen waren geschlossen, sein Atem ging gleichmäßig. Er war wieder eingeschlafen.

Ganz friedlich lag er da, mit seinen verwuschelten Haaren, wie immer leicht unrasiert. Katharina konnte nicht widerstehen: Sie beugte sich hinab und gab ihm einen Gutenacht-Kuss auf die Stirn.

»Ich will einen Richtigen«, murmelte Amendt im Halbschlaf. Im gleichen Moment hatte er Katharinas Kopf sanft zu sich herabgezogen und küsste sie. Seine Lippen waren weich. Für eine Sekunde berührten sich ihre Zungenspitzen. Dann drehte Amendt den Kopf vorsichtig weg und ließ Katharina los: »Gute Nacht, Susanne!«

Katharina verstand nicht, wieso, aber am liebsten hätte sie losgeheult.

Help Yourself

```
Auf dem Weg zu Katharinas Elternhaus,
        am nächsten Morgen
```

Schneefall. Verkehrschaos. Stau. Katharina und Andreas Amendt saßen im Papamobil zwar bequem, kamen aber trotzdem nur im Schritttempo voran. Doch wenigstens konnten sie die Fahrt nutzen. Katharina hatte auf Amendts Bitten hin die Aufnahme von ihrem Diktafon auf ihren Computer überspielt und dann auf eine CD gebrannt, die sie jetzt hörten.

»Eine Minute hat zweimal dreißig Sekunden. Staying alive. Staying alive«, tönte es schließlich in edlem Dolby-Raumklang aus den Lautsprechern. Amendt schaltete den CD-Player ab.

»Eine Minute hat zweimal dreißig Sekunden? Staying alive?«, fragte Katharina. »Was bedeutet das? Das haben Sie auch schon im Haus meiner Eltern gesagt. Als Sie …«

»Ach das!« Amendt lächelte schief. »Eine Eselsbrücke für die Faustregel zur Reanimation: Dreißigmal Herzmassage, zweimal beatmen.«

»Und ›Staying alive‹?«

»Das kommt von diesem Lied von den Bee Gees. Das kennen Sie doch sicher?« Er sang melodiös: »Ah ha ha ha staying alive! Staying alive! – Auch so eine Eselsbrücke. Die Art und Weise, wie die Bee Gees das ›Staying alive‹ singen, ist das perfekte Timing für die Herzmassage.« Er demonstrierte es an der Ablage über dem Handschuhfach. »Bei ›Stay‹ kräftig runterdrücken. Dann bei ›ing alive‹ locker lassen.«

In der Auffahrt zum Haus von Katharinas Eltern stand nicht nur der Bus der Hörnchen, sondern noch ein weiteres, sehr eigenwilliges Fahrzeug. Es war einmal ein VW-Käfer gewesen, doch aus der Motorhaube, die beim Käfer am Heck saß, ragten jetzt dicke, silberne Belüftungsstutzen. Außerdem war der Auspuff versetzt worden. Ein Vierfach-Rohr ragte aus einer Aussparung der Motorhaube. Als wäre das nicht genug, stand das Gefährt auf grobstolligen Reifen unter monströs vergrößerten Kotflügeln.

Als Katharina gerade das Papamobil abgestellt hatte, öffnete sich die Tür des seltsamen Gefährtes und Henry stieg aus. Ihr Mechaniker. Natürlich. So ein Auto konnte nur er zurechtbasteln. Er hob seinen Werkzeugkasten aus dem Wagen: »So, wo ist denn der verschlossene Patient?«

Im Schneidersitz auf dem Kellerboden kauernd, das dicke Handbuch des Tresors auf dem Schoß, bewunderte Henry die große, schwere – und noch immer verschlossene – Tür. Katharina ging nervös auf und ab, bis Henry sie freundlich bat, ihn allein zu lassen. Er müsse nachdenken, das bräuchte Zeit. »Und Ruhe!«, fügte er mit Nachdruck hinzu.

Widerwillig hatte Katharina sich zurückgezogen. Auf halber Treppe hatte sie sich noch einmal zu ihm umgedreht. Er hatte die Augen geschlossen, seine Hände ruhten auf den Knien, aus Daumen und Zeigefinger einen Kreis formend. Er meditierte? Nun, wenn es half. Leise schloss sie die Kellertür hinter sich, um den Künstler nicht bei der Arbeit zu stören.

Sie fand Amendt und die Hörnchen in der Küche. Die Hörnchen hatten klugerweise daran gedacht, einen großen Kanister Trinkwasser, Kaffeepulver und Milch mitzubringen, und Amendt war es gelungen, die alte Kaffeemaschine wieder in Gang zu setzen. Sie blubberte bereits fröhlich vor sich hin. Katharina verteilte Tassen aus dem Küchenschrank. Dort entdeckte sie auch ihre damalige Lieblingstasse: groß, weiß, der Henkel wie ein Delfin geformt. Susanne hatte fast die gleiche Tasse gehabt, nur war ihre schwarz gewesen. Ihr Vater hatte sie von einer seiner Reisen mitgebracht: »Für meine delfinverrückten Töchter.«

Als endlich alle eine Tasse in der Hand hielten, begann Katharina: »Also, jetzt wissen wir genau, wie die Tat abgelaufen ist. Nun würde mich noch interessieren, was danach passiert ist.«

»Schon dabei!« – »Immer einen Schritt voraus!«, antworteten die Hörnchen. »Komm ins Wohnzimmer!« – »Und sieh selbst.«

Artig trabten Katharina und Andreas Amendt den Hörnchen hinterher. Eines der Hörnchen klappte den Laptop auf dem Tatort-Analysesystem wieder auf und ließ das Video der Tat noch einmal ablaufen. Nach der Simulation der Schüsse tippte Amendt auf die Pausentaste und deutete auf die Figur, die Susanne darstellen sollte: »So wurde sie aber nicht gefunden.«

»Nein, natürlich nicht.« – »Deswegen haben wir Hilde noch mit den restlichen Spuren gefüttert.« – »Also mit den Spuren auf deinem T-Shirt und so.« – »Und dann hat Hilde …« – »… die Nacht über gerechnet.«

»Hilde?«, fragte Katharina dazwischen.

Die Hörnchen tätschelten liebevoll das Flightcase mit den Rechnern. »Das Scan- und Analyse-System.« – »Weiß alles.« – »Weiß alles besser.« – »Wie unsere Mutter.« – »Deswegen haben wir sie Hilde getauft.« – »Auf jeden Fall:« – »Hilde hat eine Bibliothek …« – »… mit wahrscheinlichen Szenarien.« – »Und das hier …« – »… hat sie vorgeschlagen.«

Die Hörnchen starteten das Video wieder. Auf dem Monitor erschien eine Uhr: Sie zeigte an, dass etwa zehn bis fünfzehn Minuten vergingen, bis etwas geschah.

Dann betrat eine weitere Figur die Szene, zog die Susanne-Figur vom Sofa, legte sie auf den Boden, kniete sich neben sie und begann mit einem Wiederbelebungsversuch.

»Woher weiß Hilde das denn?«, fragte Katharina erstaunt.

»Ach, das ist nicht so ungewöhnlich.« – »Hilde ist darauf trainiert …,« – »… Spuren zu erkennen …,« – »… die von Rettungsmaßnahmen herrühren.«

Natürlich. Lebensrettung ging immer vor Spurensicherung. Daher musste man an Tatorten die Spuren von Tat und Rettungsmaßnahmen oft erst einmal auseinandersortieren – eine mühevolle Arbeit.

»Und die lange Zeitspanne vor dem Wiederbelebungsversuch?«, fragte Andreas Amendt.

»Die ergibt sich …« – »… aus den Blutspuren.«

Eines der Hörnchen schlug die Akte auf, die Katharina ihnen gegeben hatte, und zeigte Amendt das vergrößerte Foto einer verwischten Blutspur auf Susannes Sessel.

»Siehst du hier!« – »An den Rändern minimal geronnen.« – »Dann erst verwischt.« – »Als du sie vom Sessel gehoben hast.«

Amendt nickte: »Aber ich … ich hatte mich damals in Susannes Zimmer etwas hingelegt. Wenn mich die Schüsse geweckt haben, habe ich bestimmt nicht so lange gewartet.«

»Nein, verehrter Meister!« – »Hast du auch nicht!« Die Hörnchen strahlten vor Stolz, während sie Katharina und Amendt zurück in die Eingangshalle schoben.

»Daran haben wir die ganze Nacht geknackt.« – »Aber wir haben die Lösung gefunden!« – »Also, das war so:« – »Du bist aufgewacht …,« – »… hast die Schüsse gehört …« – »… und bist praktisch gleich nach unten gekommen.«

Eines der Hörnchen deutete pantomimisch an, wie er die Treppe herunterschlich.

»Hier an der Tür zum Wohnzimmer bist du stehen geblieben …«

Das andere Hörnchen hatte sich unterdessen im Arbeitszimmer von Katharinas Vater, dessen Tür nur zwei Meter von der Wohnzimmertür entfernt lag, verborgen. Er huschte aus seinem Versteck und tippte seinem Bruder an den Hals.

»… und hier hat dir der Täter eine Spritze in den Hals gegeben.«

»Du bist zusammengesackt.« – »Daher waren hier auf dem Boden deine Fingerabdrücke!« – »Du hast vermutlich kurz das Bewusstsein verloren.«

»Woher wisst ihr das denn?« Amendt drehte sich zu Katharina um. »Haben Sie ihnen Ihre Theorie erzählt?«

Katharina schüttelte vehement den Kopf. »Nein, habe ich nicht.«

»Musste sie auch nicht.« – »Das ergibt sich …« – »… eindeutig aus der Spurenlage.« – »Sieh selber.«

Eines der Hörnchen zog wieder seine kleine UV-Lampe hervor und ging ins Arbeitszimmer von Katharinas Vater. Er wartete, bis sie alle eingetreten waren, dann schloss er die Tür halb.

»Hier hat er dir aufgelauert«, begann das andere Hörnchen.

Anstatt den Satz zu vollenden, richtete das erste Hörnchen die UV-Lampe auf die Kante des schwarzen Bücherregals, das direkt neben der Tür stand. Eine kleine Wischspur leuchtete auf.

»Der Täter muss bei den Schüssen selbst Blut abbekommen haben.« – »Und hier ist er drangekommen.« – »Und hier!«

Das Hörnchen richtete die UV-Lampe jetzt auf die Kante der Tür. Auch dort glomm eine Blutspur auf. Beide Spuren waren im ursprünglichen Bericht der Spurensicherung nicht vermerkt.

Die Hörnchen mussten ahnen, was Katharina dachte: »Sagen wir doch!« – »Äußerst schlampige Arbeit damals!« – »Wie dem auch sei …,« – »… hier hat er gelauert.« – »Und dich betäubt.« – »Mit einer Spritze.«

»Eine Spritze? Wie kommt ihr darauf?« Amendt wirkte beunruhigt. Kein Wunder. Was die Hörnchen da erzählten, entsprach so exakt seinen Erinnerungen, als wären sie am Abend zuvor bei seiner drogeninduzierten Wahrheitssuche dabei gewesen.

»Ach, zum einen durch das Foto in der Akte.« – »Von dir.« – »Von deiner einzigen Verletzung.« – »Dem blauen Fleck.« – »An deinem Hals.« – »Kreisrund.« – »Typisch für eine hastige Injektion.«

»Und zum anderen?«, drängte Amendt ungeduldig.

Die Hörnchen deuteten auf den Boden der Eingangshalle. Erst jetzt sah Katharina, dass dort lauter winzige Klebepunkte aufgebracht waren. Sie bildeten fast genau eine Linie von der Tür des Arbeitszimmers zu dem Punkt, an dem Amendt stehen geblieben sein musste.

»Die hat die Spurensicherung zwar bemerkt.« – »Aber damals als irrelevant abgetan.« – »Im ursprünglichen Bericht steht …,« –

»… Tropfen einer unbekannten Flüssigkeit.« – »Vermutlich ein früher verschüttetes Getränk.« – »Falsch!«

»Und wie sind die Spuren dann entstanden?«, platzte Amendt angespannt heraus.

»Nur Geduld!« – »Wir haben auch eine Weile gebraucht …,« – »… bis wir drauf gekommen sind.« – »Und das zeigen …« – »… wir euch jetzt.«

Eines der Hörnchen zog eine Injektionsspritze aus der Tasche seines Overalls wie ein Magier seinen Zauberstab vor dem größten Trick des Abends. Das andere Hörnchen spielte hilfreiche Assistentin und deutete mit großer Geste auf seinen Bruder.

»Warum habt ihr denn eine Injektionsspritze dabei?« Katharina musste es einfach fragen.

»Die gehört meinem Bruder.« – »Der spritzt damit sein Heroin.« Die Hörnchen lachten meckernd.

»Und? Was ist nun mit der Spritze?«, fragte Amendt dazwischen.

»Das ist …« – »… mit der Spritze«, antworteten die Hörnchen ein wenig beleidigt, dass Amendt ihnen die Show verdarb.

Einer der Brüder trat an die Position, an der Ministro gelauert haben musste. Mit dem Mund zog er die Schutzkappe von der Kanüle, dann ging er ein paar schnelle Schritte, die Spritze in seiner Hand bereit zum Zustechen. Mehrere Tropfen spritzten aus der Kanüle und fielen auf den Boden. Parallel zur Spur der Klebepunkte.

»Ausgezeichnet! Könnt ihr feststellen, was in der Spritze war?«, fragte Katharina rasch.

Die Hörnchen sahen sich zweifelnd an. »Vielleicht.« – »Ist aber nicht sehr wahrscheinlich.« – »Nicht nach so langer Zeit.« – »Vielleicht mit dem Massenspektrometer.« – »Dazu müssten wir aber …« – »… ein Stück aus dem Parkett aussägen.« – »Und das wollten wir nicht machen …,« – »… ohne dich zu fragen.«

»Macht es!« Parkett war zu ersetzen. Eine mögliche Spur nicht.

Während die Hörnchen sorgsam das Parkett aufsägten und das kleine, mobile Massenspektrometer aus ihrem Bus in die Küche schleppten, waren Katharina und Andreas Amendt in den Keller hinabgestiegen. Zu Henry, der seine Meditation inzwischen beendet hatte. Er sah überhaupt nicht glücklich aus. Kein Wunder, denn die Tresortür war noch immer geschlossen: »Nichts zu machen. Nicht ohne Gewalt.«

»Und mit Gewalt?«, fragte Katharina.

Zur Antwort klopfte Henry auf die Stahltür. »Das ist Vielschichten-Stahl. Um da ein Loch reinzukriegen, brauche ich einen ultraheißen autogenen Schneidbrenner. Damit ruiniere ich aber den Schließmechanismus. Ich müsste die ganze Tür aufschneiden. Oder sprengen.«

»Sprengen?«, fragte Katharina entsetzt.

»Ja. Und das geht nicht, weil … Nun ja, dieser Tresor ist so stabil, dass ich eher das Haus sprenge als die Tür oder die Wand.«

»Und von oben durch die Decke?«

»Gleiches Problem. Und bei der Hitze, die der Schneidbrenner macht, ist es ziemlich wahrscheinlich, dass der Inhalt des Tresorraums Feuer fängt.« Henry ging zu der Zahlentastatur mit dem noch immer dunklen LED-Display. »Das hier ist unser Problem. Das Zahlenfeld wird von einem Computer gesteuert, der sich herunterfährt, wenn das Schloss längere Zeit nicht benutzt wird.«

»Müsste er sich dann nicht wieder hochfahren?«

»Normalerweise schon. Aber er wird in der Zeit nur von einer Batterie gepuffert. Und die ist vermutlich leer. Wann ist der Tresor denn zum letzten Mal geöffnet worden?«

»Vor sechzehn Jahren.«

»Na dann, kein Wunder. Das ist der einzige Konstruktionsfehler des Tresors, den ich entdecken konnte. Leider einer, der dafür sorgt, dass das verdammte Ding zubleibt.«

»Aber es muss doch eine Möglichkeit geben, ihn wieder aufzubekommen.«

»Nun ja, theoretisch kann man das System von außen wieder zum Leben erwecken«, erwiderte Henry skeptisch. »Aber dazu fehlt mir die Fachkenntnis. Ich bin Schränker, kein Hacker.«

Hacker, Hacker, Hacker ... Manchmal verfluchte Katharina die Zahnräder ihres Gehirns, weil sie im entscheidenden Moment so langsam arbeiteten. Sie ... Doch! Sie kannte einen Hacker!

Katharina spurtete die Kellertreppe hoch und zog gleichzeitig ihr Handy aus der Tasche. Mit fliegenden Fingern blätterte sie durch das Telefonverzeichnis. Wo war die verdammte Nummer von ...? Verdammt. Natürlich. Die Nummer war nur im internen Speicher ihres alten Handys gespeichert gewesen. Kurzhand rief sie die Auskunft an und ließ sich mit dem Rathaus Frankfurt verbinden.

»Kollwitz, guten Morgen!« Die nasale Männerstimme ließ die Begrüßung klingen wie eine Kriegserklärung. Hessische Höflichkeit eben.

»Katharina Klein. Ich möchte bitte Oberbürgermeisterin Grüngoldt sprechen.« Sie machte sich schon auf eine Abfuhr gefasst.

»Aber selbstverständlich, *Frau Kriminaldirektorin*«, kam es jedoch sofort serviI zurück. »Ich stelle Sie sogleich durch.«

Hatte der Mann eben die Hacken zusammengeschlagen? Oder war das nur der Schaltknacks der Telefonzentrale?

Nicht mal einen halben Durchlauf elektronischen »Für Elise«-Gepiepses später drang das Organ der Oberbürgermeisterin so laut aus dem Hörer, dass Katharina das Telefon ein Stück von ihrem Ohr weghalten musste: »Frau Klein! Welch eine Ehre! Was kann ich für Sie tun?« Die Freude in ihrer Stimme war echt. Der Sohn der Oberbürgermeisterin, Frank Grüngoldt, war zwei Monate zuvor in eine Geiselnahme geraten. Katharina hatte die beiden Geiselnehmer erschossen und ihm so das Leben gerettet. Seither hatte Oberbürgermeisterin Walpurga Grüngoldt sie in mythischer Heldenverehrung in ihr Herz geschlossen.

»Ja, es ist mir etwas peinlich, aber ...«, begann Katharina. »Ich habe wieder mal ein Problem mit meinem Computer. Ob ich mir wohl noch einmal Ihren Sohn ausborgen dürfte?«

»Aber natürlich. Das macht er sicher gerne. Er ist zu Hause. Lernfrei fürs Abitur, aber er langweilt sich sicher furchtbar. Warten Sie, ich gebe Ihnen seine Handynummer. Haben Sie was zu schreiben?«

»Boah, das ist ja wie bei Ocean's Eleven!« Die Ohren des schlaksigen Jungen glühten rot vor Begeisterung. Frank Grüngoldt hatte sich sofort nach Katharinas Anruf auf den Weg gemacht. Keine zwanzig Minuten später hatte er vor der Tür des Hauses gestanden, eine Werkzeugtasche über der Schulter und einen Laptop im Arm.

Katharina hatte ihn in den Keller geführt und ihm erklärt, was er tun sollte. Ohne seinen ehrfürchtigen Blick von der Tresortür abzuwenden, fragte er Katharina: »Ich nehme aber an, offiziell tausche ich die Festplatte an Ihrem Computer?«

Der Junge lernte wirklich fix. Katharina wollte schon bejahen, doch dann fiel ihr ein: »Nein, die Festplatte hatten wir beim letzten Mal.«

»Okay, dann ist Ihr SCSI-Interface abgeraucht.«
»Mein Rechner hat kein SCSI-Interface.«
»Aber das weiß Mama doch nicht! – Also, was soll ich tun?«
»Henry?«, übergab Katharina das Wort. Dann ließ sie die beiden allein. Sollten sie doch erst mal fachsimpeln.

Katharina fand Andreas Amendt und die Hörnchen in der Küche, Kaffeetassen in der Hand und über einen Ausdruck gebeugt. Eines der Hörnchen hatte sein Notebook vor sich und tippte eifrig, während Amendt und das andere Hörnchen ihm komplizierte chemische Formeln diktierten.

»Und? Was habt ihr entdeckt?«, fragte sie neugierig.
»Das ist das Ergebnis …« – »… des Massenspektrometers.« – »Supergutes mobiles Gerät.« – »Auch aus unserem neuen Labor.«
»Cool. Und?«
»Sie haben tatsächlich Spuren mehrerer chemischer Verbindungen gefunden. Einige davon sind Reinigungsmittel. Ein paar andere können wir nicht zuordnen«, übernahm Amendt das Wort.

»Doch!« – »Jetzt schon.« Die Hörnchen drehten stolz das Notebook zu Katharina und Andreas Amendt. In einer Tabelle standen drei Markennamen, unschwer am Trademark-Zeichen zu erkennen. Die Namen klangen medizinisch und sagten Katharina nichts. Doch Amendt pfiff durch die Zähne. »Das hier«, er deutete auf den ersten Namen, »kennen Sie besser als Natrium-Pentobarbital. Ein sehr starkes Narkosemittel. Das zweite Medikament verändert das Zeitempfinden. Wird gerne bei Lokal-Anästhesien verabreicht, damit dem Patienten die Operation kürzer vorkommt. Und das Dritte ist was besonders Leckeres. Stammt aus der Traumaforschung. Es vermindert die Übertragung vom Kurzzeit- ins Langzeitgedächtnis. Man dachte ursprünglich, man könnte damit traumatisierten Patienten helfen.«

»Indem man ihre Erinnerungen löscht?«, fragte Katharina.

»So ungefähr. Hat aber nie so richtig funktioniert. Der einzige Grund, warum es überhaupt auf dem Markt ist, ist, dass man es manchmal bei Operationen einsetzt. Wirkt aber maximal eine Stunde.«

»Eine Stunde«, dachte Katharina laut nach. »Das ist ziemlich genau die Zeitspanne, die Ihnen gefehlt hat, oder?«

Amendt nickte. »Ja. Dieser Cocktail hat dazu beigetragen. Und natürlich der Schock. – So, jetzt wissen wir also, dass Ihre Theorien und meine Erinnerungen stimmen.« Er verzog das Gesicht: »Aber das hilft uns gar nicht weiter, oder? Tut mir leid, dass wir so viel Zeit verschwendet haben, nur um –«

»Ach, halten Sie doch die Klappe«, erstickte Katharina Amendts Gejammer freundlich, aber bestimmt. »Wir wissen jetzt definitiv, dass Sie unschuldig sind. Und wir haben einen zeitlichen Ablauf des Ganzen.«

»Und noch mehr ...« – »... wissen wir«, mischten sich die Hörnchen ein. »So einen Medikamentencocktail ...« – »... schleppt niemand zufällig mit sich herum.« – »Das Ganze war exakt geplant.« – »Einschließlich deines Auftritts und Gedächtnisverlustes.«

Amendt wollte etwas erwidern, doch in diesem Augenblick stürmten Henry und Frank Grüngoldt in die Küche: »Wir wissen …,« – »… wie wir den Tresor aufkriegen!«

Die Wartungs- und Lüftungsanlage des Tresors war in einem kleinen Klinkerbau im rückwärtigen Teil des Gartens untergebracht. Von außen sah das Häuschen aus wie eine Gartenhütte, allerdings bestanden die Wände unter der Klinkerschicht aus dreißig Zentimeter Stahlbeton. Eine solide Stahltür versperrte den Zugang zur Hütte. An der Tür waren zwei Schlösser. Hoffentlich befanden sich die Schlüssel an dem großen Schlüsselbund, der zum Haus gehörte. Katharina probierte eine Reihe von Schlüsseln durch. Zwei passten. Wenigstens etwas, das auf Anhieb klappte.

Die Wartungs- und Lüftungsanlage sah aus wie die Kreuzung aus einem Heizungskessel und der Raumschiff-Steuerung aus einem Science-Fiction-Film der Sechzigerjahre. Anzeigen, Knöpfe, Schalter, Regler … Temperatur, Luftfeuchtigkeit, Fremdkörpergehalt, Luftstromgeschwindigkeit: All das ließ sich auf den altmodischen Pegelinstrumenten ablesen.

»Wo haben wir denn … Ach da!« Frank Grüngoldt stellte sein Notebook auf eine freie Fläche, klappte es auf und zog ein Kabel hervor, das er mit dem Computer und einer kleinen Schnittstelle auf der Konsole verband. »Gutes, altes RS232C. – Der Uropa von USB«, fügte er erklärend hinzu. »Dann wollen wir mal.«

Katharina sah ihm neugierig über die Schulter. Er startete ein Programm, der Bildschirm des Notebooks wurde schwarz bis auf einen kleinen, blinkenden Cursor in einer Ecke. Frank tippte ein paar Tasten, dann erschien Schrift auf dem Monitor: »TresAir Control System. Press ? for help.«

»Na bitte.« Frank Grüngoldts Finger rasten über die Tastatur, Menüs erschienen und verschwanden wieder, schließlich stand da nur noch: »Enter new Code and press Enter to Confirm:«

»So, jetzt können wir die neue Kombination eingeben. Damit wird der Rechner für das Zahlenfeld auch wieder gestartet.«

Katharina las ihm die Ziffernfolge auf der silbernen Plakette vor. Wozu die Kombination ändern? Das waren immerhin sechs zweistellige Zahlen, das konnte sich doch kein Mensch merken.

Frank gab die ihm diktierten Zahlen ein und drückte stolz die Eingabetaste. »So, das war's. Jetzt nur noch ... Scheiße.«

»Keypad Server offline. Please reconnect Keypad Server and try again«, lautete die Fehlermeldung auf dem Computerschirm.

»Na ja, vielleicht braucht der Server etwas Zeit zum Hochfahren«, schlug Katharina vor. »Probieren wir es noch mal!«

Frank gehorchte. Wieder erfolglos.

»Vielleicht auch die Batterie?«, schlug Katharina enttäuscht vor.

Frank Grüngoldt schüttelte heftig den Kopf: »Nein, das kann nicht sein. Die Verbindung ist fest verdrahtet. Der Rechner hier drückt sozusagen ganz normal den Ein-Schalter. – Moment!« Er manövrierte sich durch ein paar Menüs. »Ich lasse jetzt mal eine Diagnose laufen.«

Quälend langsam erschienen die Meldungen auf dem Bildschirm: »Air Conditioning ... OK. Heating ... OK. De-Moisturizing System ... OK. Smoke and Heat Sensor Array ... OK. ...«

Und endlich: »Keypad Server ...« Der Computer versank fast eine Minute in Schweigen, dann ergänzte er: »...Offline. No Keypad Server detected. Please check Power Supply.«

»Er hat keinen Strom«, übersetzte Frank Grüngoldt. »Vielleicht ist das Netzteil abgeraucht.«

»Der Tresor bleibt also zu«, fasste Katharina frustriert zusammen.

Ebenso enttäuscht klappte Frank Grüngoldt sein Notebook zu und deutete auf die beiden Röhren, die mit »Zuluft« und »Abluft« gekennzeichnet waren. »In Filmen sind Lüftungsschächte immer so groß, dass man durchkrabbeln kann.«

»Ja, in Filmen«, maulte Henry. »Hab ich aber in der Realität noch nirgendwo gesehen.«

Plötzlich mischte sich Andreas Amendt ein: »Ich weiß, es ist vielleicht eine ganz dumme Idee, aber da war gerade diese Anzeige für Rauch- und Hitzemelder. Und da habe ich gedacht: Was passiert eigentlich, wenn ein Feuer ausbricht?«

Henry zuckte mit den Schultern: »Sie können das ganze Haus abfackeln ... aber wenn Sie nicht gerade eine Atombombe nehmen, bleibt der Tresor sicher.«

»Und wenn das Feuer im Tresor ausbricht? Ich meine, da drin werden ja wohl kaum Sprinkler installiert sein, oder? Wegen der Bilder? Und die Feuerwehr hat doch dann auch keine Zeit, erst umständlich das Schloss zu öffnen? Müsste da der Tresor nicht aufgehen?«

Henry blätterte in der dicken Bedienungsanleitung und knurrte verärgert: »Der Tresorraum wird mit Halon geflutet. Das ist ein Gas, das die Flammen erstickt. Außerdem wird automatisch die Feuerwehr alarmiert. Steht hier zumindest.« Er wollte die Bedienungsanleitung schon wieder frustriert zuschlagen, doch dann las er weiter: »Verdammt, Sie haben recht! Wenn das Halon die Flammen nicht ersticken kann, geht der Tresor wirklich auf.«

»Das ist ja alles schön und gut«, warf Katharina ein. »Aber wie zünden wir im Tresor ein Feuer an? Vorzugsweise eines, das die Bilder nicht beschädigt?«

In das hilflose Schweigen hinein räusperte sich Frank Grüngold: »Was ist, wenn wir ... Ach nein, das ist eine dumme Idee.«

»Nun sagen Sie schon«, raunzte Katharina.

»Ich meine, hier die Röhren«, er deutete wieder auf die Zu- und Abluftleitungen, »die führen doch direkt in den Tresor, oder? Wenn wir den Luftfilter ausbauen und ... Na ja, wir könnten einfach so lange Rauch einleiten, bis das System denkt, dass das Halon nicht wirkt.«

»Und dann kommt die Feuerwehr?«, warf Amendt sarkastisch ein.

»Nein, das kann ich hier abstellen.«

»Und der Rauch dürfte auch nicht so toll für die Bilder sein«, widersprach Amendt erneut. »Können Sie nicht irgendeinen Virus in das System einschleusen, der den Rauch nur vorgaukelt?«

»Das ist ein proprietäres System. Da brauche ich Wochen zu. Wenn ich es überhaupt entschlüsselt und umprogrammiert kriege.« Frank Grüngoldts Ohren liefen rot an. Katharina zuckte mit den Achseln: »Dann hilft alles nichts. Mein Vater dürfte alle Bilder ohnehin abgedeckt haben. Und lieber einen leichten Rauchschaden, als dass uns eine Spur durch die Lappen geht. Aber passt auf, dass ihr die Lüftungsanlage nachher wieder zusammenkriegt.«

Katharina und Andreas Amendt waren gerade auf halbem Wege durch den Garten zum Haus, als sie durch wütendes Gebell aus mehreren Hundekehlen gestoppt wurden. Eine scharfe Frauenstimme fragte: »Sie! Was machen Sie denn da?«

Im Nachbargarten stand, umringt von sieben kläffenden Dackeln, eine hochgewachsene Frau. Sie mochte Anfang sechzig sein, graue Strähnen durchzogen ihr langes, schwarzes Haar, ihr Gesicht war geradezu klassisch schön. Sie musterte Katharina und Amendt mit misstrauisch zusammengekniffenen Augen.

Nach der ersten Schrecksekunde erkannte Katharina die Frau: Farnoush Schatz, die Nachbarin ihrer Eltern. Sie und ihr Mann waren ungefähr zur selben Zeit in ihr Haus – den Zwilling zum Haus von Katharinas Eltern – eingezogen. Katharina trat vorsichtig an den Zaun. Entrüstet bellten die Dackel noch lauter.

»Ich … ich bin Katharina Klein …«, versuchte Katharina, sich über den Lärm verständlich zu machen.

»Sitz!«, kommandierte die Frau scharf. Katharina war im ersten Augenblick perplex, doch der Befehl hatte nicht ihr gegolten, sondern den Dackeln. Die Tiere gehorchten und setzten sich, leise vor sich hin knurrend, im Halbkreis um ihre Herrin in den Schnee.

»Ich bin Katharina Klein und –«, wiederholte Katharina.

Weiter kam sie nicht. »Natürlich! Katharina!« Die Frau strahlte plötzlich über das ganze Gesicht. »Ich habe dich gar nicht erkannt! Du bist aber groß geworden!«

Amendt gluckste ein unterdrücktes Lachen. Doch die Frau hatte es gehört. Ihr Blick verfinsterte sich. Sie musste auch ihn erkannt haben: »Und Sie –«

»Doktor Amendt ist unschuldig«, unterbrach Katharina sie rasch.

»Ernsthaft?«, fragte die Frau.

»Ja. Wir haben es vorhin bewiesen. Ehrenwort.«

»Na dann.« Das Gesicht der Frau entspannte sich. Sie wandte sich wieder Katharina zu: »Ich habe dich ja eine Ewigkeit nicht gesehen. Nur gehört, dass du zur Polizei gegangen bist. – Ziehst du wieder ins Haus?«

»Nein, vorerst nicht. Wir …« Was sollte Katharina sagen? Am besten die Wahrheit. Farnoush Schatz war eine sehr strenge Studienrätin für Latein und Geschichte gewesen und wie viele Lehrer ein wandelnder Lügendetektor. »Wir versuchen, den Fall noch mal aufzurollen.«

»Ich verstehe. War ja ein ziemlicher Schock damals. – Wollt ihr nicht rüberkommen auf eine Tasse Tee? Jörg ist auch da.« Jörg war der Mann von Farnoush Schatz. Import- und Exportkaufmann. Katharinas Vater hatte manchmal mit ihm zusammengearbeitet. Sie wollte die Einladung schon freundlich, aber bestimmt ablehnen, da fiel ihr ein, dass die Schatz' mit ihren Eltern befreundet gewesen waren. Doch ihr Name tauchte in den Akten nicht auf. Vielleicht hatte Polanski damals diese möglichen Zeugen übersehen.

»Zu Tee sagen wir nicht Nein, nicht wahr, Doktor Amendt?« Katharina ließ ihm keine Zeit für eine Antwort, sondern stiefelte schnurstracks durch den knöchelhohen Schnee zum Gartentor.

Farnoush Schatz erwartete sie am Eingang des Nachbargartens. Die Dackel lauerten direkt hinter ihr, bis zu den Bäuchen im Schnee, aber äußerst wachsam. Dackel waren gute Wachhunde. Sehr aufmerksam. Und was sie einmal mit ihrer Schnauze gepackt hatten, ließen sie so schnell nicht mehr los. Katharina hatte während der Ausbildung einmal mit einem Hundeführer zusammengearbeitet, der die Meinung vertreten hatte, die beste Wachhund-Kombination, die man haben könne, seien ein Schäferhund zur Abschreckung und ein Dackel zum Zubeißen. Entsprechend respektvoll ging Katharina durch das Tor. Die Dackel pirschten sich an und …

… gingen schnurstracks an ihr vorbei. Dann setzten sie sich erwartungsvoll vor Andreas Amendt in den Schnee. Er ging in die Knie und ließ die Tiere an seiner Hand schnuppern, bevor er sie der Reihe nach streichelte und kraulte. Die Dackel quietschten vor Vergnügen und kugelten sich im Schnee.

»Ach ja, richtig. Das habe ich völlig vergessen«, sagte Farnoush Schatz mit einem leichten Lachen. »Das war früher auch schon so. Die Tiere haben Doktor Amendt vergöttert. Von Anfang an. Deswegen hat es mich auch wirklich gewundert damals, dass … Dackel sind gute Menschenkenner!«

Richtig. Die Schatz' hatten früher schon mehrere Dackel gehabt. Katharina war den Hunden gegenüber immer etwas misstrauisch gewesen, aber Susanne hatte sie hin und wieder Gassi geführt.

»Das sind aber nicht die Tiere von damals, oder?«, fragte Katharina.

»Nein, natürlich nicht«, antwortete Farnoush Schatz mit einem Schmunzeln. »Die Kinder und Enkel. – Fangen Sie bloß nicht mit Schneebällen an«, warnte sie Andreas Amendt, der gerade eine Handvoll Schnee aufgehoben hatte. »Sonst sind Sie Stunden beschäftigt.«

Zu spät. Amendt hatte den Schneeball schon geformt und in hohem Bogen in den Garten geworfen. Die Tiere stoben hinterher, Schnee unter ihren Pfoten aufwirbelnd, mit fliegenden Ohren und begeistert kläffend. Sie zerwühlten den Schnee an der Aufschlagstelle. Dann drehten sie um und rannten zu Amendt zurück. »Noch mal, noch mal«, sagte ihr hohes, kurzes, begeistertes Bellen. Endlich ließ Amendt sich erweichen und warf noch einen Schneeball.

»Nutzen Sie die Chance und kommen Sie ins Haus«, rief ihm Farnoush Schatz zu, als die Hunde vom zweiten Schneegeschoss abgelenkt waren. »Sonst müssen Sie so lange spielen, bis Sie festfrieren.«

Farnoush Schatz hatte sie ins Haus geführt und gebeten, ihre Schuhe auszuziehen. Jetzt trugen Katharina und Andreas Amendt übergroße Filzpantoffeln. Die Dackel hatten das Ende des Spiels zwar bedauert, waren aber auf den Pfiff ihres Frauchens artig ins Haus gekommen und ins »Hundezimmer« neben der Haustür geschlüpft. Dort hatte Farnoush Schatz sie rasch einen nach dem anderen mit einem Frotteetuch abgerubbelt.

Dann waren die Tiere ihnen voran ins Wohnzimmer gewuselt und hatten sich in einer Reihe vor das große Panoramafenster gelegt, um hinauszusehen. »Ach Menno, so viel Schnee zum Spielen und wir versauern hier drin«, hatte Andreas Amendt gedolmetscht und damit Farnoush Schatz zum Lachen gebracht.

Ein gigantisches Aquarium nahm fast eine ganze Wohnzimmerwand ein. Zwischen Schwärmen kleiner, bunter Fische trieben mehrere Koi-Karpfen, träge mit den Flossen paddelnd. Die Schatz' hatten damals schon Koi-Karpfen gehabt, erinnerte sich Katharina. Noch bevor der Trend aus Japan nach Deutschland geschwappt war. Dazu hatten sie einen Teich in ihrem Garten angelegt. Das hier war vermutlich das Winterquartier.

»Sag mal, Farnoush, wo ist denn …? – Ach, wir haben Besuch!«

Katharina riss sich vom Anblick des Aquariums los und drehte sich um. Das musste Jörg Schatz sein. Katharina hatte ihn größer in Erinnerung. Außerdem hatte er einen guten Teil seiner Haare verloren.

»Ja, schau mal, wer da ist!«, antwortete Farnoush Schatz ihrem Mann. »Erinnerst du dich noch an Katharina?«

»Natürlich! Die kleine Katharina. Mein Gott, bist du aber groß geworden! Und Sie –«

Andreas Amendt, der sich hingehockt hatte, um die Dackel ein wenig zu kraulen, war aufgestanden. Auch Jörg Schatz' Gesichtsausdruck verdüsterte sich bei seinem Anblick. Katharina wollte sich schon einmischen, doch Farnoush Schatz war schneller: »Er ist unschuldig, Schatz!«

Jörg Schatz' Miene hellte sich schlagartig auf. Seine Frau fuhr fort: »Ich habe dir ja immer gesagt: Jemand, der so gut zu Tieren ist, kann kein böser Mensch sein.«

Dann registrierte Jörg Schatz wohl, dass Katharina das Aquarium betrachtet hatte: »Ja, die Karpfen. Die haben dich damals schon fasziniert. Dich und deine Schwester. Du hast sogar mal gefragt, ob man die essen kann. Aber da warst du noch so klein!« Er deutete mit der Hand ungefähr die Höhe von einem Meter an.

Katharinas Wangen fingen an zu glühen. Deshalb fragte sie rasch: »Das sind aber nicht mehr die Tiere von damals, oder?«

Jörg Schatz trat stolz vor das Aquarium: »Nein, natürlich nicht. Aber die da«, er deutete auf zwei besonders große Karpfen mit prächtigem Muster, »das sind direkte Kinder von unserem ersten Paar. Ach, das waren Fische! Die haben uns praktisch das Haus finanziert.«

Koi-Karpfen wurden mitunter sehr teuer gehandelt. Aber gleich ein ganzes Haus? »So wertvoll?«, fragte Katharina.

»Ja. Sie waren ungeheuer fruchtbar. Und dann die Musterung ... Siehst du das Karmesinrot, die goldenen Einsprengel und die silberne Decke um die Rückenflosse?«

Katharina nickte wissend, obwohl sie nur Rot, Gelb und Grau sah.

»Diese Musterung ist sehr, sehr selten«, fuhr Jörg Schatz fort. »Und unsere haben gelaicht ohne Ende. Die Japaner haben uns die Tiere aus den Händen gerissen.«

»Was kostet denn so ein Fisch?«

»Es kommt darauf an. Für Einzeltiere haben wir bis zu zehntausend D-Mark gekriegt. Und Paare mit fruchtbarem Weibchen ... da kamen schon mal fünfzigtausend und mehr zusammen. Und aus jeder Ablage entstanden damals bis zu zwanzig Fische. Da hat es rasch für das Haus gereicht. – Aber um deine Frage von damals zu beantworten: Man kann Kois tatsächlich essen. Das machen viele Züchter mit Tieren, deren Musterung verunglückt ist. Und ein paar ganz spinnerte Reiche kaufen auch schön gemusterte Tiere, nur um ihren Gästen einen Fünftausend-Euro-Fisch vorzusetzen. Ich hoffe ja, dass die dann an den Gräten ersticken. Majestätische Tiere, diese Karpfen. Außerdem sehr beruhigend. – Ein Bekannter von mir ist Psychologe, und der hat in seinem Sprechzimmer ein großes Aquarium stehen. Meint, es wirkt Wunder bei hysterischen Patienten.«

»Schatz«, unterbrach ihn seine Frau. Katharina wusste nicht, ob sie ihn mit seinem Nachnamen oder einem Kosenamen anredete. »Nun langweile doch unsere Gäste nicht und hol den Tee, den ich gerade großzügig offeriert habe.«

»Zu Befehl, Frau Schatz!« Jörg Schatz tänzelte aus dem Wohnzimmer, jedoch nicht, ohne sich neben seiner Gattin auf die Zehenspitzen zu stellen – er war einen halben Kopf kleiner als sie – und ihr einen Kuss auf die Wange zu geben.

Der Tee wurde in dickwandigen Schalen aus schwarzem, unglasiertem Ton serviert. Farnoush Schatz erklärte, dass sich darin der Geschmack am besten entfalte. Katharina war das eigentlich egal, aber die Schale wärmte ihre Finger.

Die Schatz' stellten viele Fragen: Was Katharina denn in den letzten Jahren gemacht habe? Wie es so sei als Frau im Polizeidienst? Jörg Schatz hatte sogar gefragt, ob man denn auch Frauen erlaube, eine Pistole zu tragen. Amendt hatte in diesem Moment gerade an seinem Tee genippt und sich böse verschluckt. Geschah ihm recht! Irgendwann würde Katharina Marianne Aschhoff nach Kindergeschichten von ihm ausfragen und ihn dann damit aufziehen.

Keiner hatte sich so recht getraut, das heikle Thema des Mordes anzusprechen. Schließlich machte Katharina den ersten Schritt: »Was ich Sie ... euch fragen wollte«, die Schatz' hatten auf dem Du bestanden. »Wir versuchen gerade, uns ein Bild von damals zu machen; und mich hat gewundert, dass ihr nicht auf der Zeugenliste steht. Habt ihr nicht trotzdem irgendetwas gehört oder gesehen?«

»Leider nein. Ich war damals auf Geschäftsreise und meine Frau ... Du warst doch auch irgendwie weg, Frau Schatz?«

»Ja, auf einer Ski-Freizeit mit meiner Klasse im Harz. Obwohl ...« Sie zögerte plötzlich, als sei ihr etwas ganz Entscheidendes eingefallen: »Erinnerst du dich, Schatz? Wir haben doch damals erst nicht fahren wollen. Wegen des Einbruchs.«

»Einbruch?« Das war das erste Mal, dass Katharina davon hörte.

»Ja, wir hatten einen Einbruch. Das haben wir seinerzeit auch diesem Polizisten erzählt«, fuhr Farnoush Schatz entrüstet fort. »Wie hieß er noch? Irgend so ein polnischer Name.«

»Polanski?«, schlug Katharina vor.

»Genau. Polanski. Der meinte aber, das wäre wohl nicht so wichtig. Typisch Polizei … Verzeihung. Ignorieren einen Einbruch.«

»Na ja, Einbruchsversuch«, beschwichtigte Jörg Schatz seine Frau. »Der Einbrecher ist nur durch die Haustür gekommen, dann haben Adalbert und seine Gang sich seiner angenommen und ihn in die Flucht geschlagen.«

»Adalbert und seine Gang?«, fragte Andreas Amendt.

»Ja!« Jörg Schatz lachte kurz auf. »So haben wir unsere Dackel damals genannt. Adalbert war der Alpharüde und immer auf Schabernack aus. Die Gang muss dem Einbrecher ziemlich die Haxen zerfleischt haben, nach dem vielen Blut im Vorgarten zu urteilen.«

Der Dackel, der es sich auf Amendts Schoß bequem gemacht hatte, hob den Kopf und bellte ein zufrieden-bestätigendes »Wuff« in Anerkennung der Leistung seiner Vorfahren.

»Ganz recht, Celinda«, pflichtete Jörg Schatz der Meinung des Hundes bei. »Der Einbrecher war wirklich schön blöd, in ein Haus mit Dackeln einzubrechen.«

Was hatte Andreas Amendt gesagt, als sie gestern Morgen auf das Haus von Katharinas Eltern zugefahren waren? »Irgendwie habe ich gerade so eine Vorahnung, dass wir am Ende unserer Untersuchungen herausfinden werden, dass sich Ministro in der Haustür geirrt hat.« Hatte er vielleicht halb recht gehabt? Hatte der Einbrecher sich geirrt? War das bereits der erste Anschlagsversuch gewesen?

»Ist der Einbrecher denn gefasst worden?«, fragte Katharina behutsam. Sie wollte die Schatz' nicht noch nachträglich ängstigen.

Jörg Schatz schüttelte den Kopf: »Nein, nie. Aber wir haben uns gesagt, dass er wohl genug gestraft ist. Ich meine, fünf Dackel am Bein ... Wenn er danach überhaupt jemals wieder laufen konnte, hat er mal mindestens ein Humpeln zurückbehalten.«

»Gab es denn noch mehr Einbruchsversuche? Ich meine, hier in der Gegend?«

»Hier? Im Tal des blauäugigen Friedens?« Farnoush Schatz lachte bitter. »So hat dein Vater die Gegend getauft. Hier passiert nichts. Ich meine, deine Mutter und ich waren die ersten Ausländer hier. Gab nicht nur Neugierde, sondern auch ein paar böse Blicke. Die Exoten von den Zwillingshäusern haben sie uns immer genannt. Dein Vater hat dann übrigens verbreitet, dass deine Mutter ein trainierter Ninja ist. Danach war Ruhe.«

»Und Frau Schatz«, ergänzte ihr Mann, »die hat immer herumerzählt, dass sie eine stolze Perserin ist, die ihren Stammbaum bis zu den Amazonen zurückverfolgen kann.«

»Und die haben das geglaubt.« Farnoush Schatz kicherte. »Manchmal sind die Leute hier echt weltfremd. Eben das Tal des blauäugigen Friedens.«

»Deswegen ...«, Jörg Schatz wurde plötzlich wieder ernster, »deswegen waren wir damals alle sehr erschrocken, als das mit deiner Familie passiert ist. Hast du schon eine Idee, wer es gewesen sein könnte?«

Katharina mochte sich die Reaktion der Schatz' auf die Nachricht, dass im Tal des blauäugigen Friedens ein Profikiller sein Unwesen getrieben hatte, lieber nicht ausmalen. Deshalb antwortete sie: »Nein, aber wir fangen ja mit der Untersuchung auch gerade erst an.«

Farnoush Schatz hatte sie noch zum Gartentor gebracht und sich überschwänglich von ihnen verabschiedet. Jetzt wanderten Katharina und Andreas Amendt wieder durch den Garten des Hauses von Katharinas Eltern, um zu sehen, wie weit Frank Grüngoldt, Henry und die Hörnchen mit ihren Rauch-Einleitungsversuchen waren.

»Denken Sie auch, dass sich der Einbrecher vielleicht in der Tür geirrt hat?«, fragte Amendt, als Farnoush Schatz außer Hörweite war. »Ich meine, so viel zum Stehlen gibt es bei denen nicht. Die haben ja nicht mal einen Fernseher im Wohnzimmer, nur diese Fische.«

»Möglich«, antwortete Katharina. »Auf jeden Fall wahrscheinlicher, als dass Ministro sich geirrt hat.«

»So, wir wären dann so weit«, sagte Henry, als Katharina und Andreas Amendt das kleine Klinkergebäude mit der Wartungs- und Lüftungsanlage betraten. »Bis auf ...« Er zögerte.

»Bis auf ...?«, fragte Katharina.

»Wir haben keinen Rauch.«

»Wir haben es mit einem ölgetränkten Lappen versucht.« – »Aber das hat nicht ausgereicht.« – »Zu wenig Rauch.« – »Viel zu wenig«, erklärten die Hörnchen zerknirscht.

»Wir bräuchten eine Rauchbombe oder so«, ließ sich Frank Grüngoldt vernehmen.

Rauchbombe? Nichts einfacher als das, dachte Katharina. »Dann baue ich mal eben eine!«

»Sie bauen ... was?«

Katharina bemerkte, dass alle Blicke auf ihr ruhten: »Habt ihr noch nie eine Rauchbombe gebaut?«

Allgemeines Kopfschütteln.

»Eine langweilige Jugend müsst ihr gehabt haben – einer wie der andere.« Jetzt war es an Katharina, konsterniert den Kopf zu schütteln.

Sie wollte schon gehen, als ihr Blick auf Frank Grüngoldts Notebook fiel. Der SD-Chip vom Mann mit den Eukalyptuspastillen! Vielleicht konnte der Bürgermeisterspross etwas damit anfangen. Katharina zog den Chip aus der Brusttasche ihrer Lederjacke und hielt ihn Frank Grüngoldt hin: »Können Sie in der Zwischenzeit mal schauen, ob Sie den entschlüsseln können und was da drauf ist?«

Katharina hatte ein wenig Herzklopfen, als sie ihr altes Zimmer betrat. Sie war am Tag der Beerdigung ihrer Eltern zuletzt hier drin gewesen, und auch damals hatte sie nur schnell so viele Kleidungsstücke wie möglich zusammengerafft und in mehrere große Koffer gestopft. Danach hatte Antonio Kurtz sie zum Flughafen gefahren und sie war nach Südafrika zurückgeflogen.

Ganz im Gegensatz zu ihrer Schwester Susanne hatte es Katharina schon immer gerne ordentlich gehabt: Ihre Bücher standen in Reih' und Glied, ihre Stifte steckten nach Größe und Farbe sortiert im Stifteständer, ihre Schreibtischunterlage lag exakt auf Kante. Katharina öffnete einen der eingebauten Schränke. Der Chemiebaukasten war noch immer an seinem angestammten Platz.

Sie klappte den Kasten auf: Ja, da war die kleine Flasche mit Salpeter. Die erste Zutat. Die Zweite fand sie in ihrer Schreibtischschublade: ein Päckchen Wunderkerzen. Gut. Jetzt brauchte sie nur noch Streichhölzer und Zucker.

Auf dem Kamin im Wohnzimmer lag eine Schachtel mit langen Kamin-Zündhölzern. Waren die noch gut? Zur Probe riss Katharina eines an. Es fing beim ersten Versuch Feuer.

Der Zucker in der Zuckerdose in der Küche war zwar ein einziger steinharter Klumpen, aber das machte nichts.

Katharina krümelte Wunderkerzen, Zündholzköpfe und Zuckerbrocken in den großen Gewürzmörser ihrer Mutter und zerrieb alles zu einem hellgrauen, feinen Pulver. Dann rührte sie den Salpeter unter und kippte das Gemisch in die nun leere Streichholzschachtel. Als Zünddocht steckte sie eine Wunderkerze durch ein Loch im Deckel der Schachtel. Unter der Spüle fand sie einen alten Blecheimer. Genau, was sie brauchte.

»Hat jemand ein Feuerzeug?« Die Hörnchen, Henry und Frank Grüngoldt klopften ihre Taschen ab. Ohne Erfolg. Seufzend suchte Katharina also das Feuerzeug, das sie für Notfälle in ihrer Handtasche hatte. Endlich fischte sie es heraus und ließ es probeweise aufflammen.

»Einer von euch läuft bitte mal vor und schaut, ob die Tresortür sich öffnet.« Henry setzte sich sofort in Bewegung.

Dann zündete sie die Wunderkerze an, legte die Rauchbombe in den Blecheimer, den sie so dicht wie möglich vor die Einlassöffnung der Lüftungsanlage stellte, und scheuchte sie alle aus dem Klinkerhäuschen ins Freie. Dort warteten sie gespannt, bis aus der Hütte ein Zischen zu hören war: Die Rauchbombe hatte gezündet. Hoffentlich war die Lüftung stark genug, um den ganzen Rauch in den Tresor zu blasen.

Sie würden jetzt ein paar Minuten ausharren müssen, also fragte Katharina Frank Grüngoldt, der ängstlich sein Notebook umklammert hielt: »Schon was rausgefunden wegen des Chips?«

Frustriert gab Frank Grüngoldt ihr den Chip zurück: »Nichts zu machen. Der ist verschlüsselt und hat außerdem ein völlig obskures Dateisystem. Vermutlich braucht man dazu ein spezielles Lesegerät. Oder der Chip gehört zu irgendeinem proprietären Handy-Betriebssystem, das ich nicht kenne. Da gibt es gerade eine Menge Wildwuchs.«

Enttäuscht schob Katharina die kleine Plastikkarte zurück in ihre Jacke. Offenbar war es den Geheimnissen des Mannes mit den Eukalyptuspastillen bestimmt, für alle Zeiten vor ihr verborgen zu bleiben.

»Er ist offen! Er ist offen!« Henry war aus dem Haus gelaufen gekommen und winkte ihnen mit beiden Armen, während er vor Freude in die Luft hüpfte.

Katharina öffnete rasch die Tür des Klinkerhäuschens, damit der Rauch dort abziehen konnte. Sie nahm den Eimer mit den Resten der Rauchbombe, stellte ihn ins Freie und erstickte die Glut mit ein paar Händen voller Schnee. Dann bat sie die Hörnchen, die Belüftungsanlage wieder zusammenzusetzen.

Henry hatte einen dicken Holzklotz in die Tresortür geklemmt, damit sie nicht wieder zufiel. Dann war er die Treppe hinaufgestürmt, um der Rauch- und Halonmischung zu entgehen. Auch als Katharina einen ersten Blick in den Tresor warf, musste sie vom Rauch noch husten. Sie hatten also warten müssen, bis die

Lüftung wieder funktionierte. Gott sei Dank arbeiteten die Hörnchen schnell und eine verdiente Tasse Kaffee später hatte sich der Rauch verzogen.

Frank Grüngoldt eilte ihnen voran in den Tresor, um zu sehen, welcher Fehler ihm denn da seinen schönen Tresor-Hack zunichte gemacht hatte. Als Katharina durch die große Stahltür trat, hielt er ihr bereits triumphierend ein Kabel entgegen: »Jemand hat das hier herausgezogen. Das ist das Netzkabel vom Keypad-Server.«

Seltsam, dachte Katharina. Warum das denn? Schmitz hatte die Zugangscodes und er musste doch auch der Letzte im Tresor gewesen sein. Oder nicht? War nach ihm noch jemand eingedrungen und hatte den Safe sabotiert? Oder vielleicht hatte Schmitz einfach nicht gewusst, wozu der Computer, der in der Ecke hinter der Tresortür stand, diente, und wollte einen möglichen Kurzschluss vermeiden? Das schien Katharina wahrscheinlicher. Sie ging an den drei großen Regalreihen mit den senkrecht angeordneten Fächern, in denen Gemälde standen, und an dem riesigen Schubladenschrank für die Zeichnungen vorbei in die kleine Nische, in der der Buchhaltungs-PC ihres Vaters stand. Auch er war ausgesteckt. Also vermutlich eine Vorsichtsmaßnahme. Verständlich, wenn auch etwas dumm.

»Five p.m.!« – »Hopper!« – »Meister!« – »Wir sind unwürdig!«

Katharina wirbelte um. Sie hatte das Gemälde, das an der rückwärtigen Wand des Tresors hing, nicht weiter beachtet; es hatte immer dort gehangen. Doch die Hörnchen waren beim Anblick des Bildes auf die Knie gefallen.

»Was ist?«, fragte Katharina.

»Das ist er!« – »Der verschollene Hopper!« – »Wir sind unwürdig!« – »Unwürdig!«

Katharinas Vater hatte das Bild gehabt, so lange sie denken konnte. Es war sein Lieblingsbild gewesen. Eine Straßenszene in der beginnenden Abenddämmerung. Ein paar vereinzelte, einsame Menschen auf der Straße. Alles in das dunstige Licht getaucht, für das Hopper so berühmt war. Katharina beugte sich vor, um die winzige Signatur am rechten unteren Bildrand zu lesen. Tatsächlich: Dort stand »Edward Hopper«.

»Ihr mögt Hopper? Und ihr kennt das Bild?«, fragte sie die Hörnchen.

»Natürlich.« – »Hältst du uns für Kulturbanausen?«, kam es entrüstet zurück. »Das ist ...« – »Five p.m.« – »Hopper hat es einem Freund geschenkt.« – »Dessen Witwe wusste wohl nicht ...,« – »... was das Bild war ...,« – »... und hat es für ein paar Tausend Dollar verkauft.« – »Seitdem ist es verschollen.«

Plötzlich keimte in Katharina ein Verdacht. Was hatte Amendt gesagt? Kunstsammler konnten ziemlich biestig werden?

»Was ist das Bild denn so wert?«, fragte sie vorsichtig.

»Was das Bild wert ist?« – »Du willst das doch nicht verkaufen, oder?« – »Du Banausin.« – »Das ist unschätzbar!«

»Nein, nein«, versuchte sie die Hörnchen zu beruhigen. »Ich will nur wissen, ob vielleicht jemand das Bild stehlen wollte. Oder ein anderes. Damals.«

»Ach so ...« – »Na ja, Kunst ist unschätzbar.« – »Aber mit der Geschichte ...« – »Bestimmt so zehn Millionen Dollar.« – »Oder mehr.« – »Viel mehr.«

Katharina pfiff zwischen den Zähnen. Das waren zehn Millionen gute Mordmotive. Vielleicht hatte ihr Vater noch mehr solche Schätze gehabt? Hatte Amendt recht? Ging es am Ende um ein Bild? Das war doch endlich mal eine anständige Spur!

Andreas Amendt und Henry standen vor der Tresortür und diskutierten über Schlösser. Henry versuchte Amendt gerade zu erklären, wie man eines der Tresorschlösser knackte.

»Was macht ihr denn da?«, fragte Katharina.

»Nur ein wenig Fortbildung«, antwortete Andreas Amendt. »Wenn man schon mal einen Experten trifft ...«

»Wollen Sie nicht in den Tresor schauen?«

»Nein. Ich will den Hörnchen keine Spuren verwischen.«

Verdammt, daran hatte Katharina gar nicht gedacht, als sie in den Tresorraum getrampelt war. Nun, es war nicht mehr zu ändern.

»Der Einbrecher hätte sich übrigens echt die Zähne ausgebissen. Auch ohne Dackel«, erklärte Amendt, während er frustriert seine Dietriche aus dem Schloss zog.

»Dackel?«, fragte Henry.

Doch statt zu antworten, schlug sich Amendt plötzlich gegen die Stirn. »Ich bin so blöd. Natürlich. *Der Dackelmann!*«

»Der Dackelmann?«, fragte Katharina, doch Amendt war schon die Kellertreppe hochgerannt. Sie fand ihn telefonierend in der Eingangshalle des Hauses.

»Hallo Eric, ich bin es. Sag mal, erinnerst du dich noch an den Dackelmann?«

Amendt lauschte, dann fragte er überrascht: »Sag das noch mal! – Ist er ansprechbar? – Wir kommen vorbei. Bis gleich.«

The Thief

```
Intensivstation des Universitätsklinikums
   der Johann Wolfgang Goethe-Universität
            Frankfurt am Main,
    ein paar gefühlte Sekunden später
```

Ganz gegen seine Gewohnheit trieb Andreas Amendt Katharina zur Eile an, obwohl es schon wieder schneite und der Schnee die Straßen in eine Rutschbahn verwandelte. Als sie wegen eines Staus anhalten mussten, kam Katharina endlich dazu zu fragen: »Wer ist der Dackelmann?«

»Also, das ist so«, holte Amendt aus. »Damals wurden wir jungen Ärzte häufiger zu interessanten Fällen gerufen, damit wir sie uns ansehen können. Und einmal, das muss kurz vor … Sie wissen schon. Also, wir wurden zu einem Fall von Tierbissen gerufen. Ist in Frankfurt nicht so häufig. Beide Waden waren so richtig zerfleischt. Von Dackeln! Das hat der Mann zumindest behauptet. Während der ganzen Untersuchung hat er alle Hundehalter aufs Gröbste verflucht. Vor allem die Besitzer von Dackeln. Da hatte er seinen Spitznamen natürlich weg. Der Dackelmann.«

»Der Dackelmann ist unser Einbrecher? Und der liegt noch immer im Krankenhaus?«

»Nein. Wieder. Er hat vorgestern Nacht versucht, sich umzubringen. Jetzt liegt er auf der Intensivstation. Ist aber wohl wieder wach.«

Dr. Eric Neurath, ein ehemaliger Studienkollege von Andreas Amendt, war ein schlaksiger Mann, an dem alles eine Nummer zu groß zu sein schien und deshalb schlaff an ihm herabhing.

Am Empfang der Intensivstation hatte er Katharina und Andreas Amendt in sterile Einweg-Overalls gesteckt, sie dann in die Station geschleust, in sein kleines Sprechzimmer geführt und gebeten, Platz zu nehmen.

»Also, eigentlich darf ich euch nicht zum Patienten lassen. Und auch keine Informationen geben«, begann er das Gespräch.

»Eric!«, wollte Amendt widersprechen.

»Ich komme in Teufels Küche!«

»Eric, es ist aber wirklich wichtig!«

»Kann sein, dass er etwas weiß, was uns zu den Mördern meiner Familie führt«, ergänzte Katharina hektisch. »Es kann sein, dass er einen Einbruch bei den Nachbarn meiner Eltern begangen hat. Damals.«

»Es kann nicht nur sein. Er hat!«, sagte Amendt schroff. »Die Dackel der Nachbarn haben ihn in die Flucht geschlagen und dabei seinen Beinen zugesetzt.«

Dr. Neurath atmete langsam aus: »Also gut. Aber zu niemandem ein Wort. Ein verlässlicher Zeuge ist er ohnehin nicht.«

»Warum?«, fragten Katharina und Andreas Amendt gleichzeitig.

»Schwere bipolare Störung. – Manisch-depressiv.«

»Und dann liegt er hier auf der Intensivstation?«, fragte Katharina. »Sollte er nicht in der Psychiatrischen sein?«

»Da kommt er auch hin. Aber er hat vorgestern versucht, sich das Leben zu nehmen. Nicht zum ersten Mal. Doch diesmal war er besonders gründlich.«

»Gründlich?«

»Na ja, die bisherigen Versuche waren immer ziemlich halbherzig. Zwei Hände voll Aspirin. Schlafmittel. Einmal ist er aus einem Fenster im ersten Stock gesprungen. Aber diesmal? Er hat sich die Pulsadern geöffnet, und zwar vertikal, nicht horizontal. Wenn seine Schwester nicht zufällig früher von der Arbeit nach Hause gekommen wäre … Er lebt bei ihr, wenn er nicht gerade in der Psychiatrie einsitzt. Oder im Gefängnis. Sie ist Krankenschwester und hat gewusst, was zu tun ist. Er hat eine Menge Blut verloren, aber … Auch diesmal wird er überleben.«

»Kann es sein –«, begann Andreas Amendt, doch Katharina drängte sich vor: »Gefängnis?«

»Ja. Er hat eine ziemlich umfangreiche kriminelle Karriere hinter sich. Einbrüche, Diebstähle, einmal ein Überfall auf einen Geldboten. Muss wohl erst ziemlich gut gegangen sein. In seiner besten Zeit hat er zwei Kneipen im Bahnhofsviertel besessen. Doch dann hat die bipolare Störung zugeschlagen. Seitdem ist seine Glückssträhne zu Ende. Und er ist regelmäßig hier zu Gast.«

»Wie heißt er überhaupt?«, fiel Katharina endlich ein, zu fragen.

»Jakob Jürgens. Besteht aber drauf, Jack genannt zu werden.«

»Gut!« Amendt stand auf. »Können wir ihn dann mal sehen?«

»Aber nur fünf Minuten! Und wie schon gesagt, viel werdet ihr nicht aus ihm rauskriegen. Ist gerade auf dem Weg in die manische Phase. Und geht nicht zu nahe ans Bett. Wir mussten ihn fixieren.«

»Hey, Süßfotze!« Trotz seiner Fesselung glänzten Jack Jürgens' Augen vor Begeisterung. »Sorry, dass ich nicht aufstehe, aber die Scheißkerle haben mich festgebunden. – Hey, aber wenn ich hier schon so liege: Willste nicht ein bisschen blasen? Dieser perfekte Männerkörper ist ganz Dein.«

Katharina unterdrückte ein Würgen. Kurzerhand zog sie ihren Dienstausweis aus der Handtasche und hielt ihn Jürgens unter die Nase: »Katharina Klein, Kriminalpolizei. Wir haben ein paar Fragen.«

»Du bist 'ne Bullette? Echt? Schade. Ich kenn da Läden, da könnteste mit dem Gesicht und den Titten reich werden.«

Katharina wiederholte: »Wir haben da ein paar Fragen!«

»Was auch immer es ist: Ich war's nicht. Siehste ja, Zuckerfötzchen, ich hab ein wasserdichtes Alibi. Bin ja sozusagen fest verplant hier.« Er lachte gackernd und hob die Hände an. Sie waren mit Lederfesseln an das Bett gebunden.

»Vor sechzehn Jahren waren Sie das nicht.«

»Sechzehn Jahre, sechzehn Jahre … Verdammt lange Zeit. Warst du da überhaupt schon auf der Welt?«

»Sie haben vor sechzehn Jahren einen Einbruch begangen und –«

»Hör mal, Blasmäulchen, soll ich mich ernsthaft an ein Ding erinnern, das ich vor sechzehn Jahren gedreht hab? Weißt du, wie viele Einbrüche ich begangen habe? Hunderte! Tausende!« Er hob wieder die Hände an. »Mit diesen Händen hab ich jede Tür aufgekriegt. Und jeden Tresor geknackt. Das ist aber alles verjährt.«

»Wir wollen Sie ja auch nicht festnehmen.«

»Schade, ich mag Handschellenspiele. Willste nich' doch lieber 'nen bisschen vögeln? Ich hab so Druck auf den Eiern und wichsen kann ich hier nicht. Nicht mit den Fesseln.«

»Nein, aber danke für das Angebot«, antwortete Katharina trocken.

»Na ja, ist auch egal.« Plötzlich liefen Tränen über Jack Jürgens' Gesicht. »Ich krieg sowieso keinen mehr hoch. Kommt von den verdammten Medikamenten. Und dann wirken die Scheißdinger noch nicht mal. Verfickte Ärzte. Sagen, ich bin bi-po-lar. Alles Quatsch. Das kommt von den verdammten Dackeln damals. Die haben mich mit irgendwas angesteckt. Danach war Essig mit meinem Leben. Scheißviecher.« Er drehte den Kopf zur Seite.

Katharina zog einen Stuhl heran und setzte sich. »Genau darüber wollte ich mit Ihnen sprechen. Die Dackel haben Sie bei einem Einbruch angefallen, richtig?«

»Das ist doch alles so was von scheißegal«, kam dumpf zur Antwort.

Jürgens war auf dem Weg in eine depressive Phase. Ärgerlich, sehr ärgerlich. Katharina wusste, dass mit Depressiven nichts anzufangen war. Sie würde ein wenig pokern müssen.

»Wir untersuchen gerade Fälle von Hundebissen«, begann sie. »Damit diese gemeingefährlichen Bestien von der Straße kommen. Doktor Amendt hier«, sie deutete über die Schulter auf Andreas Amendt, der in Jürgens' Krankenakte blätterte und harmlos tat, wie Katharina ihn gebeten hatte, »ist Gerichtsmediziner. Wenn wir genügend Fälle zusammenbekommen …«

»Wirklich?« Jürgens' Kopf hatte sich wieder in Katharinas Richtung gedreht.

»Ja, da ist sogar vielleicht ein Schadensersatz für Sie drin. – Also, was ist damals passiert?«

»Na, was wohl? Ich bin sauber durch die Tür durch … Echt klasse Arbeit, hat mir damals so schnell keiner nachgemacht. Die hätten nicht mal mitgekriegt, dass jemand in ihrem Haus war. Wenn da nicht diese Drecksviecher gewesen wären. Die haben mich angefallen. Hat mir keiner gesagt, dass die Dackel haben. Und dann gleich so viele.«

»Wieso sind Sie in das Haus eingebrochen?«

»So ein blöder Auftrag. Hätt ich damals mal auf mich selbst gehört. Jackie, hab ich mir immer gesagt, du machst das nicht mehr mit diesen Aufträgen. Du baldowerst deine Dinger selber aus und so … Aber der hat mir viel Geld geboten. Zehntausend Mark. Nur damit ich da einbreche und zwei Fische ausm Tresor klaue.«

»Fische? Aus dem Tresor?«

»Ja, ich glaube, aus 'nem Tresor. Keine Ahnung, warum die Fische im Tresor gesteckt haben. Scheißauftrag. – Und als das schiefgegangen ist, waren natürlich Auftrag und Geld futsch. Und meine Beine hin. Musste erst wieder laufen lernen. Echt jetzt. Die Frau, die das mit mir geübt hat, war aber echt 'ne scharfe Braut. Knallen durfte ich die dann aber doch nicht. Irgendwas von Pa-ti-en-ten-ver-hält-nis. Ich wollte doch kein Verhältnis mit der. Nur mal richtig gut vögeln.«

»Und wissen Sie noch, wer Ihnen den Auftrag gegeben hat?«

»Nee!« Jack Jürgens schüttelte den Kopf. »So läuft das nicht. Irgendjemand sagt zu irgendjemandem, dass da was zu tun ist und dass ein anderer irgendjemand viel Geld dafür bezahlt.«

»Und der Irgendjemand, der das dann zu Ihnen gesagt hat? Wer war das?«

»Das werd ich dir gerade auf die Nase binden. Der macht mich doch kalt, wenn ich ihn verpfeife. – Aber eins kann ich dir verraten. Der Auftrag ist danach noch mal weggegangen.«

»An wen?«

»Für 'nen Kuss sag ich es dir, Fötzchen.«

Katharina lachte auf: »Ach, ich kriege das auch so raus. Aber mit dem Schadensersatz ist dann natürlich Essig.«

Jürgens zögerte, dann sagte er rasch: »Also gut, weil du's bist. Und weil ich an dich denke, wenn ich mir das nächste Mal einen abwichse. Wenn das verdammte Ding da unten jemals wieder steht.«

»Also, an wen ging der Auftrag?«

»An wen wohl? An Didi Bach, den verdammten Absahner.« Jack Jürgens rollte den Kopf wieder zur Seite und schloss die Augen.

Katharina stand auf und wollte schon gehen. Sie wusste genug. Doch Amendt fragte plötzlich, über das Bett von Jürgens gebeugt: »Die Schnittwunden an den Armen. Haben Sie sich die selbst zugefügt?«

Jürgens machte die Augen wieder halb auf: »Weiß nicht. Muss wohl. Hab aber geträumt, dass das 'ne richtig scharfe Braut war. Stahlblaue Augen. Apfeltitten. Und 'ne Mundfotze ... so richtig zum Reinspritzen. Verdammte Medikamente. Lassen mich solches Zeug träumen und sorgen dann dafür, dass ich keinen hochkrieg. Kein Wunder, dass ich mir an den Armen rumritze, oder?«

Amendt kletterte auf den Beifahrersitz des Papamobils, schnallte sich an und schüttelte sich. »Bah! Ich hoffe, Sie verstehen jetzt, warum ich von der Neurologie zur Gerichtsmedizin gewechselt bin, oder? Da bleiben mir solche Patientengespräche wenigstens erspart.«

»Ach der?«, erwiderte Katharina gut gelaunt. »Der war doch noch harmlos. Da habe ich ganz anderes mit Verdächtigen erlebt. Einige packen sogar ihren Schwanz aus und masturbieren.«

»Echt? Und was machen Sie dann?«

»Was wohl? Mit dem Finger auf den Schwanz zeigen und lachen. Wirkt besser als ein Eimer kaltes Wasser.«

»Sie können ganz schön grausam sein, wissen Sie das?«

»Ja!«, antwortete Katharina zufrieden. »Aber warum haben Sie nach seinen Schnittwunden gefragt?«

»Ich habe mir seine Akte angeschaut. Klassische bipolare Störung. Aber alle anderen Suizidversuche waren ziemlich halbherzig, wie Eric schon gesagt hat. Und dann geht er plötzlich auf Nummer sicher? Jeweils zwei saubere Schnitte parallel zur Schlagader? Keine Testschnitte? Normalerweise zögern Leute, die sich die Pulsadern aufschneiden, und probieren erst mal.«

»Sie meinen, das war ein Mordversuch?«

»Es ist immerhin möglich. Schade, dass Eric kein toxikologisches Gutachten angefordert hat. Dann könnten wir sehen, ob er vielleicht betäubt wurde.«

»Kann man das nicht noch nachholen?«

»So, wie die ihn hier mit Medikamenten vollgepumpt haben, vermutlich nicht. – Aber das Timing ist doch auffällig, oder? Wir sollten zumindest in Erwägung ziehen, dass da jemand seine Spuren von damals verwischen will.«

»Dann müsste der Einbruch aber dem Haus meiner Eltern gegolten haben. Doch Jürgens hat gesagt, dass er Fische stehlen soll. Das klingt mir eher nach den Koi-Karpfen.«

»Nein, er hat gesagt: Fische aus dem Tresor. Vielleicht Bilder mit Fischen?«

»Möglich. Obwohl mir spontan kein Meister der Fischmalerei einfällt, der einen Dreifachmord rechtfertigt. – Aber vielleicht erfahren wir gleich mehr.«

»Wo fahren wir überhaupt hin?«, fragte Andreas Amendt.

»Ins Bahnhofsviertel.«

»Was wollen wir denn da? Oder planen Sie ernsthaft einen Karrierewechsel?«

Katharina lachte: »Natürlich nicht. Ich will mit Didi Bach sprechen. Der ist nämlich dem Amte wohlbekannt.«

»Dieter's Trinkhalle« – nur original mit falschem Genitivapostroph – lag in der Moselstraße zwischen den Eingängen zweier Bordelle. Katharina hatte zwar ganz in der Nähe einen Parkplatz gefunden, dennoch war der Weg dorthin nicht einfach. Erst pfiffen ihr Männer nach, einer rief »100 Euro«. Dann entrüsteten sich die trotz des Schnees spärlich bekleideten Damen, die vor ihrem Arbeitsplatz standen und rauchten. Sie sprachen zwar in einer fremden Sprache miteinander, doch Katharina konnte sich auch so denken, was sie sagten: Wie sie es wagen konnte, einen Kunden wie Amendt ausgerechnet hier abzuschleppen. Sie hatte zwar gelernt, solche Anmachen zu ignorieren, aber trotzdem war sie recht froh, als sie endlich den kleinen, mit Getränkekästen, Zeitschriftenständern und Lotterielosen vollgestellten Laden betraten.

»Guten Tag, Frau Kriminalhauptkommissarin«, begrüßte Didi Bach sie mit sonorer Stimme, um die beiden finsteren Gestalten, die an der Theke lehnten, davon zu überzeugen, sich besser aus dem Staub zu machen.

»Ab jetzt Kriminaldirektorin, bitteschön«, erwiderte Katharina freundlich, während die beiden Gestalten an ihr vorbei ins Freie huschten.

»Wow, sind Sie befördert worden? Da gratuliere ich aber.« Didi Bach war ein kleiner, untersetzter, gemütlich wirkender Mann. Sein spärliches Haar war grau. »Was kann ich für Sie tun?«

»Sie können uns zwei Kaffee einschenken.«

Didi Bach nahm zwei Plastikbecher aus einem Ständer: »Zum Mitnehmen?«

»Aber nicht doch. Wir werden den Kaffee hier trinken und die gastliche Atmosphäre genießen.«

Seufzend schob Didi Bach die Plastikbecher zurück in den Ständer und schenkte zwei Keramiktassen aus einer Thermoskanne ein. Kanne und Tassen hatten schon bessere Zeiten gesehen. Dann stellte er die Tassen auf den Tresen. »Also, was wollen Sie?«

Anstatt zu antworten, nippte Katharina genießerisch an ihrem Gebräu: »Sehr guter Kaffee. Ich glaube, ich komme jetzt öfters mal hierher. Und ich werde natürlich auch meinen Kollegen einen Besuch empfehlen.«

»Nicht wirklich, oder?«, erwiderte Didi Bach. In seinem Blick stand pure Verzweiflung. »Sie vertreiben mir meine Kundschaft. – Also, was wollen Sie wirklich?«

»Nur Kaffeetrinken. Und während wir das tun, erzählen Sie uns alles über einen Einbruch, den ein Typ namens Jack Jürgens vergeigt hat. Und mit dem Sie dann beauftragt wurden.«

Didi Bach wurde schlagartig totenbleich. Schnell kam er um den Tresen herum und ging zur Tür. Katharina dachte schon, er wolle abhauen, und machte sich bereit, ihm hinterherzurennen. Doch er drehte nur das Schild an der Tür von »offen« auf »geschlossen« um und schloss die Tür ab. Dann verkroch er sich wieder hinter den Tresen.

»Ich wusste ja, diese verdammte Geschichte holt mich eines Tages wieder ein.« Er öffnete einen Flachmann aus seiner Auslage und nahm einen kräftigen Schluck. Dann hielt er Katharina und Andreas Amendt die Flasche hin: »Schuss in den Kaffee?«

»Nein danke«, lehnte Katharina ab. »Wir sind im Dienst. – Also, was für eine Geschichte?«

»Na, der Einbruch damals. Jackie hat das Ganze versiebt, die arme Socke. Ist seitdem nicht mehr auf einen grünen Zweig gekommen. Also war der Auftrag wieder offen. Und ich Idiot sage auch noch zu. Aber Charlie wollte diesmal auf Nummer sicher gehen. Der Jackie hat sich nämlich in der Tür geirrt. Und deshalb ist ihm das mit den Dackeln passiert.«

»Welcher Charlie?«

»Charlie Heitz natürlich.«

Katharina pfiff durch die Zähne. Amendt fragte: »Wer ist das?« – »Erzähle ich Ihnen später. – Und, wie ging es dann weiter?«

»Also, Charlie ist mitgefahren. Ich sollte nur rein und den Tresor öffnen. Irgend so ein großes Ding im Keller. Gehörte einem Kunsthändler.«

Katharina setzte ihr bestes Pokerface auf, auch wenn ihr Magen schmerzte. Der Einbruch hatte also doch dem Haus ihrer Eltern gegolten. »Und? Was ist dann passiert?«

Didi Bach schluckte: »Ich habe geschworen, dass ich keinem Menschen davon erzähle. Die machen mich sonst kalt.«

»Von mir erfährt niemand etwas, Ehrenwort«, sagte Katharina schnell.

»Aber Ihr Bericht ...«

»Es wird keinen Bericht geben. Das Ganze ist doch verjährt. Ich will nur wissen, was damals passiert ist.«

»Na gut, aber wirklich zu niemandem ein Wort. Und ich erzähle das auch nur, weil alle sagen, dass Sie absolut nicht korrupt sind. Und dass Sie die Klappe halten können.«

Katharina nickte. Es hatte ein wenig gedauert, sich diesen Ruf zu erarbeiten, aber mit der Hilfe ihres Patenonkels hatte sie sich ein solides Netz von Informanten aufgebaut. Sie hatte noch keinen von ihnen je im Stich gelassen. »Also?«, fragte sie. »Sie sind in das Haus eingedrungen?«

»Nein. So weit bin ich gar nicht gekommen. Ich hatte gerade mein Werkzeug rausgeholt, als mich plötzlich ein paar Typen packen. Kräftig. Schwarze Ski-Masken. Ich sehe gerade noch, wie der Heitz seine Karre startet und wegrast, dann werfen die Kerle mich in so einen schwarzen Transporter. Echt wie im Kino.«

»Und dann?«

»Jemand gibt mir eine Spritze. Bin erst wieder in irgendeinem Keller zu mir gekommen. Und die haben mich ausgequetscht. So richtig hart. Mit Elektroschocks und allem. Einer war ganz besonders widerlich. Der hat die ganze Zeit nach ... Na, wie diese Salbe, mit der man sich bei Husten die Brust einreibt, danach hat er gerochen.«

»Eukalyptus?«

»Ja, genau. Eukalyptus. Der Typ war richtig übel. Immer ganz sanft fragen. Aber dann gleich wieder Schocks befehlen. Oder Schläge. Das war seine Masche.«

»Und? Was haben Sie denen gesagt?«

»Alles, was ich weiß, natürlich. Klar, man singt nicht, aber echt ... Das war kein Geld der Welt wert. Und Heitz war sowieso schon längst abgetaucht. Ich kenn den doch. Kommt immer überall heil raus.«

Didi Bach nahm wieder einen Schluck aus dem Flachmann. Katharina nippte an ihrem Kaffee und wartete. Er würde schon reden, wenn er so weit war.

»Und plötzlich, ich weiß nicht, nach wie langer Zeit«, fuhr Didi Bach fort, nachdem der Flachmann leer war und er sich einen neuen aufgeschraubt hatte, »da steht wieder dieser Hustensalben-Typ vor mir. Hält ein langes, ganz dünnes Messer in der Hand und sagt, wenn ich irgendwas zu irgendwem sage, dann rammt er mir das Ding ins Ohr, dass es auf der anderen Seite wieder rauskommt. Na, und dann spritzt mir wieder jemand was. Als Nächstes wache ich in meinem Wagen auf, hier im Bahnhofsviertel. Auf meinem Schoß liegt ein dicker Umschlag. Ich mache ihn auf … und da sind lauter Tausender drin. Hunderttausend Mark. Da habe ich mir geschworen, dass das mein letztes Ding war. Dass ich ehrlich werde. Mit dem Geld habe ich den Laden hier angezahlt.«

Er stürzte den zweiten Flachmann herunter und stellte ihn lautstark auf der Theke ab. »So, jetzt wissen Sie alles.«

»Und Sie sind sicher, dass es das linke Haus war, in das Sie einbrechen sollten?«

Didi Bach zögerte einen Moment, dann verstand er: »Ja. Ich habe noch zu Charlie gesagt, kein Wunder, habe ich gesagt, dass der Jackie sich geirrt hat. Die Häuser sehen ja absolut gleich aus. Und da ist der Charlie noch mal zu 'ner Telefonzelle zurückgefahren und hat jemanden angerufen, um zu fragen, welches Haus denn nun.«

»Wissen Sie, wen er angerufen hat?«

»Nee. Wollte ich auch nicht wissen. Vermutlich so einen reichen Pinkel, der irgendwas aus dem Haus eines anderen reichen Pinkels haben wollte. Der Heitz hatte häufiger solche Aufträge zu vergeben. Immer gut bezahlt und kein Problem, die Beute loszuwerden.«

»Gut. Danke. Dann wollen wir Sie nicht weiter behelligen.« Katharina hatte schon ihre Handtasche vom Tresen genommen und wollte gehen, als Amendt sie anstieß. »Jack Jürgens«, murmelte er rasch. »Selbstmordversuch oder nicht?«

Katharina verstand und wandte sich wieder an Didi Bach: »Ach ja, der Typ mit dem Eukalyptus ist tot. Erschossen.«

»Mein Beileid«, antwortete Didi Bach frei von Mitgefühl und öffnete den nächsten Flachmann. »Ist nicht schade drum.«

»Und Jackie Jürgens liegt im Krankenhaus.«

»Ach nee, die arme Sau. Hat er wieder versucht, sich umzubringen?«

»Ja, aber diesmal war er gründlicher. Intensivstation. Kann sein, dass jemand nachgeholfen hat.«

»Oha!« Das klang immer noch nicht sehr mitfühlend.

»Was ich damit sagen will«, begann Katharina also etwas direkter. »Wenn Sie mal dringend das Bedürfnis verspüren, ein paar Tage Urlaub zu machen, irgendwo, wo Sie niemand kennt …, dann wäre jetzt der richtige Zeitpunkt.«

Vor Schreck ließ Didi Bach die Flasche fallen. Sie zerbrach mit einem Knall in tausend Scherben. »Sie meinen …?«

»Es sieht so aus, als ob jemand hinter sich aufräumt. Wäre vielleicht besser, von der Bildfläche zu verschwinden.«

Didi Bach nickte: »Danke. Das werde ich machen.«

Katharina fiel ein, dass sie noch einen Rest ihrer Pokerkasse in der Handtasche hatte. »Brauchen Sie Geld?«, fragte sie.

Didi Bach schüttelte den Kopf. »Mein Laden sieht zwar nicht nach viel aus, wirft aber ordentlich was ab. – Trotzdem danke für das Angebot. Jetzt verstehe ich, warum die Leute immer sagen, dass man sich auf Sie verlassen kann.«

Sly

Im »Puccini«, etwas später

»Charlie Heitz also?«, knurrte Antonio Kurtz. »Wenn es nicht so offensichtlich wäre, hätte ich es mir ja eigentlich denken können.«

Ärgerlich rührte er in seiner Espressotasse. Nach ihrem Gespräch mit Didi Bach waren Katharina und Andreas Amendt ins »Puccini« gefahren. Jetzt saßen sie um den großen Holztisch in der Privatküche.

»Wer ist dieser Charlie Heitz?«, fragte Andreas Amendt arglos.

»Abschaum«, antwortete Kurtz. »Ein kleiner Ganove, der gerne eine große Nummer wäre. Organisiert halbseidene Geschäfte. Vermittelt Einbrüche und solche Dinge.« Dann befahl er: »Lutz, das Konferenztelefon!«

Der große Leibwächter stellte das Gerät auf den Tisch. Kurtz wählte eine Nummer. Nach dreimaligem Läuten hob jemand ab und sagte nur knapp: »Hallo?«

»Heitz? Hier spricht Antonio Kurtz!«

Kurzes Schweigen in der Leitung. Dann ein geschmeidiges: »Herr Kurtz! Was kann ich für Sie tun?«

»Was du für mich tun kannst?«, bellte Kurtz. »Du kannst mir sagen, wer dich vor sechzehn Jahren mit dem Einbruch beim Kunsthändler Diether Klein beauftragt hat.«

Ein kurzes, dumpfes Knacken aus dem Lautsprecher, dann die zögerliche Antwort: »Das kann ich Ihnen nicht sagen. Sie wissen doch, Verschwiegenheit ist –«

»Hör mir auf mit Verschwiegenheit!«

»Aber ich kriege mächtig Ärger, wenn ich –«

»Mächtig Ärger? Ist es dir lieber, *ich* mache dir mächtig Ärger? Du weißt genau, was ich damals befohlen habe: Ihr Kroppzeug habt Diether Klein in Ruhe zu lassen. – Also, den Auftraggeber bitte.«

»Wenn ich Ihnen den Namen sage, kann ich mich gleich umbringen.«

»Und wenn du ihn nicht sagst, erledigen das meine Leute für dich. Aber ganz langsam«, knurrte Kurtz.

»Das muss aber absolut unter uns bleiben, wenn ich Ihnen den Namen verrate. Und ich will Geld dafür!«

»Geld? Wie wäre es damit: Du sagst den Namen und ich verzichte darauf, dir alle Knochen brechen zu lassen?«

»Aber … wenn ich Ihnen den Namen sage, dann muss ich untertauchen.«

Kurtz wollte etwas antworten, doch Katharina hob die Hand: »Herr Heitz, Katharina Klein hier! Warum müssen Sie dann untertauchen?«

»Ach du Scheiße, Kurtz! Sie haben die Bullen da! Warum sagen Sie das nicht gleich? – Das ist alles verjährt.«

»Ich weiß«, antwortete Katharina. »Ich brauche auch nur den Namen. Keine Sorge, ich halte Sie da raus.«

»Ich muss trotzdem untertauchen. Sicher ist sicher. Und das kostet.«

Katharina zögerte kurz, um den Eindruck zu erwecken, dass sie nachdachte. Dann fragte sie: »Wie viel?«

»Hunderttausend. Bar. Kleine Scheine. Und die Summe ist nicht verhandelbar.«

»Und? Was kriege ich dafür?«

»Den Namen.«

»Reichlich viel Geld für einen Namen.«

Heitz antwortete triumphierend: »In diesem Fall nicht. Der Auftrag kam vom Staufer persönlich.«

Katharina und Antonio Kurtz lachten gleichzeitig laut los. »Hunderttausend Euro? Für ein Schauermärchen?«, fragte Kurtz.

»Kein Schauermärchen«, kam es beleidigt zurück. »Ich weiß, wer er ist. Und ich kann es beweisen. Ich habe selbst mit ihm gesprochen.«

»Na, dann raus mit dem Namen!«

»Guter Versuch, Kurtz. Aber erst, wenn ich mein Geld habe.«

»Dann beweg mal deinen Hintern ins ›Puccini‹.«

»Nein, nicht im ›Puccini‹. Neutraler Ort.«

»Und wo schlagen Sie vor?«, fragte Katharina.

Schweigen in der Leitung. Amendt tippte Katharina auf den Arm. Als sie ihn ansah, formte er stumm mit den Lippen die Worte »Blaues Café«.

Gute Idee. Katharina beugte sich über das Konferenztelefon: »Herr Heitz? Kennen Sie das Blaue Café? Das ist ein Jazzclub in der Nähe des Mainufers.«

»Nee, aber den werde ich schon finden.«

Amendt sagte stumm »Ruhetag« und deutete pantomimisch ein Klopfzeichen an. Katharina übersetzte: »Da ist zwar Ruhetag heute, aber die Wirtin, Frau Aschhoff, wird Sie einlassen. Klopfen Sie dreimal kurz und dann dreimal lang.«

»Nun … Gut. Und wann?«

»Sagen wir in zwei Stunden?«

»Anderthalb«, kam es befehlend zurück. »Und keine Minute später oder ich bin wieder weg.«

»Einverstanden. Anderthalb Stunden.«

Knacken aus dem Lautsprecher. Charlie Heitz hatte aufgelegt.

»Den knöpf ich mir vor!« Kurtz knirschte mit den Zähnen.

»Ach, lass gut sein, Antonio. Wenn er recht hat, dann kann er das Geld zum Untertauchen gut gebrauchen.«

»Du meinst, er kennt den Staufer?«

Katharina schüttelte den Kopf: »Nein, ein Hirngespinst kann man nicht kennen. Aber vermutlich ist der Auftraggeber mächtig genug, dass er der Staufer sein könnte. Heitz hatte wirklich Angst.«

»Wenn du meinst … So, ich mach dann mal ein paar Anrufe, um die Summe aufzutreiben.«

»Nicht nötig, Antonio. Ich habe das Geld.«

Katharina nahm ihr Handy und die Visitenkarte ihres Vermögensverwalters aus der Handtasche und wählte: »Herr von

Koestler? Es sieht so aus, als würde die ganze Aktion doch deutlich billiger. Können Sie in der nächsten Stunde hunderttausend Euro auftreiben?«

Katharina hatte das Telefonat beendet und wollte das Handy zurück in die Handtasche stecken, als sie mit dem Nagel ihres Zeigefingers an etwas hängenblieb und ihn einriss. Verdammt. Konnte nicht einmal etwas glattgehen? Sie wollte schon ihre Nagelfeile in der Handtasche suchen, als ihr auffiel, woran der Nagel hängengeblieben war. Das Handy hatte an der Seite eine schmale Vertiefung. Das war ein Einschub für eine SD-Speicherkarte! Was hatte Frank Grüngoldt gesagt? Handybetriebssystem? Spezielles Lesegerät? Das Handy stammte vom Mann mit den Eukalyptuspastillen. Hatte er so weit vorausgeplant? Es kam auf einen Versuch an.

Sie fischte den Speicherchip aus ihrer Jacke und schob ihn in den Schlitz. Prompt meldete das kleine Display: »Neue Speicherkarte erkannt. Soll die Karte jetzt entschlüsselt werden? Ja/Nein«.

Katharina tippte die »Ja«-Taste.

Einen Augenblick lang tat sich nichts. Dann vermeldete das Display: »Dateisystem entschlüsselt. Eine Datei erkannt. Dateiverzeichnis jetzt anzeigen?«

Ha, Frank Grüngoldt, du bist nicht der einzige Hacker, dachte Katharina triumphierend und tippte auf »Ja«.

Auf dem winzigen Display öffnete sich ein Fenster mit dem Icon für eine Datei: »Akte_Staufer.pdf«

Kurtz hatte sich über sie gebeugt: »Was ist das?«

»Das ist eine Datei, die ich von dem Mann mit den Eukalyptuspastillen bekommen habe. Verschlüsselt.«

»Das kann nichts Gutes bedeuten. Nicht, wenn es von Koala kommt.«

»Meinst du, er … er spinnt?«

»Nein. Nicht Koala. Irgendwas ist da drin. Mach die Datei mal auf.«

Katharina tippte auf das Icon. Doch statt die Datei anzuzeigen, vermeldete das Display nur höflich: »Arbeitsspeicher nicht ausreichend. Bitte vergrößern Sie den Arbeitsspeicher oder übertragen Sie die Datei auf ein entsprechend dimensioniertes Gerät.« Na klasse!

Heartbeat

Mainufer, auf dem Weg zum Blauen Café

»Nun rasen Sie doch nicht so!«

Katharina bretterte die Mainuferstraße mit fast hundert Sachen hinunter. Erst war Koestler reichlich spät gekommen, dann hatte sie elend viele Formulare für den Empfang des Geldes unterschreiben müssen. Koestler hatte darauf bestanden, ihr jedes Einzelne zu erklären. Als sie endlich das »Puccini« verließen, hatten sie und Andreas Amendt gerade noch zwanzig Minuten Zeit, um durch den Frankfurter Feierabendverkehr rechtzeitig auf die andere Mainseite ins Blaue Café zu kommen. Entsprechend hatte Katharina die Verkehrsregeln recht flexibel ausgelegt.

»Großartig«, kommentierte Amendt den grellgelben Blitz einer Radarfalle. »Der Wagen ist auf meinen Namen angemietet.«

»Nun machen Sie sich nicht ins Hemd!«, antwortete Katharina unwirsch. »Ich bin schließlich als Fahrerin eingetragen.«

In der Nähe des Blauen Cafés gab es natürlich keinen Parkplatz. Katharina musste zweimal um den Block fahren, bis vor ihr endlich ein Wagen aus einer Parklücke bog: ein Alpha Spyder Cabriolet, wie auch Paul Leydth eins besaß. Allerdings hatte es ein Offenbacher Kennzeichen, das zudem schief in der Halterung hing. Typisch Offenbächer, dachte Katharina. Nur die konnten auf die Idee kommen, bei Eis und Schnee mit einem Oldtimer-Cabriolet durch die Gegend zu fahren. Nun, ihr sollte es recht sein. Mit Schwung setzte sie den Wagen in die Parklücke, zog den Zündschlüssel ab und stieg aus. Mit schnellen Schritten ging sie Richtung Blaues Café. Andreas Amendt konnte kaum folgen.

Als sie ihr Ziel fast erreicht hatten, sprang die Tür des Blauen Cafés auf. Ein Mann trat heraus. Er erstarrte, als er Katharina und Andreas Amendt sah. Auch Katharina blieb wie festgefroren stehen. Ihr Blick und der des Mannes trafen sich. Schwarz gekleidet, Priesterkragen, graue Augen: Ministro!

Im nächsten Moment hatte Ministro sich umgedreht und rannte davon. Katharina setzte ihm nach. Im Rennen zog sie die Pistole aus ihrem Gürtelholster. Ministro bog um eine Ecke. Katharina schlitterte, als sie die Kurve zu schwungvoll nahm und auf dem frisch gefallenen Schnee ausglitt, doch sie fing sich sofort wieder. Ministro war etwa zehn Meter vor ihr. Er rannte mit schnellen, gleichmäßigen Schritten, ein geübter Läufer. Doch Katharina war schneller. Meter um Meter holte sie auf. Noch eine Ecke. Diesmal würde sie nicht ausrutschen. Diesmal ...

Eiskalter Schnee traf sie ins Gesicht und machte sie blind. Katharina stieß mit der Schulter gegen ein parkendes Auto und ihre Füße rutschten weg. Sie versuchte, sofort wieder aufzustehen, doch ausgerechnet dort, wo sie gestürzt war, war der Gehweg vereist. Endlich stand sie wieder auf zwei Beinen und wischte sich den Schnee aus dem Gesicht. Ministro war nirgends zu sehen. Verdammt! Er war entkommen. Nur ... Was hatte er überhaupt im Blauen Café gemacht? Na, was wohl?

Katharinas rannte, so schnell sie konnte, zurück zum Blauen Café und riss die Tür auf.

»Du Arsch krepierst mir hier nicht.« Andreas Amendt hockte über einem am Boden liegenden Mann und verpasste ihm wütend eine Herzmassage.

Katharina hielt ihre Pistole im Anschlag und wirbelte um die eigene Achse. Doch niemand sonst war im Raum. Nur Andreas Amendt und der Mann, der Charlie Heitz sein musste. Er lag in einer ständig größer werdenden Blutlache.

Katharina zwang sich, kurz die Augen zu schließen und tief durchzuatmen. Ihr Herzschlag beruhigte sich. Am liebsten hätte sie sich übergeben, aber dazu war keine Zeit.

Hoffentlich war Marianne Aschhoff ...

Marianne Aschhoff! Wo war Marianne Aschhoff?

Die Flaschen im Regal hinter der Bar – sie waren ... Das war Blut. Die Flaschen waren über und über mit Blut bespritzt.

Katharina rannte um die Theke herum und wäre beinahe gestolpert. Splitter einer zerbrochenen Tasse auf dem Boden. Milchkaffee und Schaum vermengten sich mit der großen Blutlache. Rote Haare ... fließend in das Rot des Blutes übergehend. Ein Gesicht ... Nein, kein Gesicht mehr. Eine blutige Masse. »Nahschuss ins Gesicht«, sagte die leise, aber kristallklare Stimme in Katharinas Kopf. »Großes Kaliber. Mindestens neun Millimeter.« Als ob das jetzt noch wichtig wäre.

Lydian Interlude

```
Polizeipräsidium Frankfurt am Main,
           22. Januar 2008
```

»Frau Klein? Alles in Ordnung?«

Katharina spürte, wie jemand ihre rechte Hand nahm und fest drückte. Ihre linke Hand schloss sich um etwas Kühles, Glattes. Sie öffnete die Augen: Es war ein Glas Wasser.

Richter Weingärtner hatte sich vorgelehnt und musterte sie besorgt. Er musste es gewesen sein, der ihr das Glas in die Hand gedrückt hatte. Frauke Müller-Burkhardt, die Staatsanwältin, die sich heute zu Katharinas Verteidigerin ernannt hatte, hielt ihre andere Hand. Behutsam machte Katharina sich los, griff das Glas mit beiden Händen und nahm einen großen Schluck. Sie hatte gar nicht gemerkt, wie ausgedörrt ihre Kehle war.

»Brauchen Sie eine Pause?«, fragte Richter Weingärtner. »Sie sind totenblass.«

Erst jetzt wurde Katharina langsam wieder bewusst, wo sie war. Sie saß noch immer im Sitzungssaal, vor der Kommission, die über ihr weiteres Schicksal entscheiden sollte. Energisch schüttelte sie den Kopf: »Nein, es geht gleich wieder.«

Aber ... eine kurze Pause, ein paar Minuten etwas anderes sehen, vielleicht etwas Tageslicht ... »Es hätte nicht zufällig jemand eine Zigarette für mich?«

Wortlos griff Kriminaldirektor Weigl in seine Jacketttasche, zog seine Zigarettenschachtel hervor und schob sie Katharina über den Tisch hinweg zu.

»Sonst noch was? Ein Rumpsteak vielleicht?«, knurrte Staatsanwalt Ratzinger.

Katharina wollte antworten, doch Kriminaldirektor Weigl kam ihr zuvor: »Man sieht, dass Sie schon lange nicht mehr an einem Tatort waren, Herr Staatsanwalt. Sonst wüssten Sie nämlich, dass eine Zigarette manchmal das Einzige ist, was einen dann noch aufrecht hält.«
Die anderen Kommissionsmitglieder sahen ihn verblüfft an.
»Was ist?«, *fragte er mürrisch.* »Bevor ich nach Frankfurt gekommen bin, habe ich eine Mordkommission geleitet.«
Ein tonloses »Danke« *murmelnd, fischte sich Katharina eine Zigarette aus der Schachtel und suchte in ihrer Handtasche nach dem Feuerzeug.*
»Hier ist aber Rauchverbot«, *maulte Staatsanwalt Ratzinger.*
Katharina sah auf: »Keine Sorge, ich gehe auf den Raucherbalkon.«
Sie stand auf und verließ den Raum, die schwere Tür des Sitzungssaales so geräuschlos wie möglich hinter sich schließend.

Die Luft auf dem Raucherbalkon war klamm und kalt. Katharina zündete sich die Zigarette an und nahm einen tiefen Zug. Eigentlich war sie Nichtraucherin. Aber die kurze Pause, das Alleinsein, vielleicht auch die beruhigende Wirkung des Nikotins – das war jetzt nötig. Vor ihrem inneren Auge sah sie wieder die tote Marianne Aschhoff. Amendt konnte behaupten, was er wollte. Es war ihre Schuld gewesen.

Ärgerlich schüttelte Katharina den Kopf, um die Gedanken zu vertreiben. Erst musste sie ihre Aussage hinter sich bringen. Dann konnte sie nach Hause fahren, sich in ihrem Bett die Decke über den Kopf ziehen und sich ausführlich das Gehirn mit Selbstvorwürfen zermartern.

Sie rauchte in tiefen, langsamen Zügen, artig die Asche in die kleine Blechdose abstreifend, die ein guter Geist mit Draht am Geländer des Balkons befestigt hatte, damit die Kollegen ihre Kippen nicht mehr achtlos in die Tiefe warfen. Nein, nicht irgendein guter Geist: Thomas hatte die Dose angebracht, ihr toter Partner. Es war ihr kleines Ritual gewesen: Wenn sie in einem Fall feststecken, hatten sie sich auf diesen kleinen Balkon zurückgezogen und gemeinsam einen Grübel-Zigarillo geraucht. Manchmal hatten sie dabei Ideen ausgetauscht, aber noch viel häufiger hatten sie einfach nur geschwiegen. Und wenn sie dann in ihr Büro zurückgekehrt waren, hatte sich der Knoten meistens gelöst.

Katharina drückte schwermütig die Zigarette aus und schob die kalten Hände in die Taschen ihrer Jacke. Dann verließ sie den kleinen Balkon und wanderte langsam zurück zum Sitzungssaal. Zurück zum Blauen Café.

III
WANZE

*»Three can keep a secret,
if two of them are dead.«*
BENJAMIN FRANKLIN

Black Gravity

Blaues Café, später

Lauter und lauter werdendes Sirenengeheul. Blaulicht blitzte durch die Fenster herein. Schritte in schweren Stiefeln. Aufflackernde Neonröhren. Grelles Licht von Bauscheinwerfern auf Stativen. Polizisten in Uniform. Rettungssanitäter in roten Jacken.

»Verlassen Sie den Tatort!« Starke Arme packten Katharina. Führten, zogen, schubsten sie nach draußen.

Ein Polizeibus, in zweiter Reihe geparkt. Langsames Blinken der Warnblinkanlage, das gelbe Licht reflektierte im Schnee. Ein Polizist trieb Schaulustige auseinander.

Katharina wurde in den Polizeibus gesetzt und sich selbst überlassen. Als hinge ihr Leben davon ab, klammerte sie sich an ihre Handtasche. Ein Geschenk von Susanne. Katharina wusste nicht, weshalb sie ausgerechnet jetzt daran denken musste.

Ein Sanitäter kam aus dem Blauen Café auf die Straße. Er zündete sich eine Zigarette an. Dann entdeckte er Katharina und steckte den Kopf durch die offene Tür des Busses. »Alles in Ordnung?« Er hielt ihr die Zigarettenschachtel hin. Katharina schüttelte den Kopf. Sie fror. Der Sanitäter musste es gesehen haben, denn er holte eine Decke aus seinem Rettungswagen und legte sie Katharina um. Sie hatte nicht die Kraft, sich zu bedanken. Der Sanitäter schob die Tür des Busses zu. Dann stieg er in seinen Rettungswagen und fuhr los. Den Platz des Rettungswagens nahm ein unauffälliger matt silbergrauer Transporter ein. Zwei Männer stiegen aus, öffneten die Heckklappe und zogen den ersten der beiden Zinksärge heraus.

Stille in der Polizeibus-Zeitblase. Wie lange? Katharina wusste es nicht. Plötzlich wurde die Tür des Busses aufgeschoben. Jemand stieg ein. Nahm auf der Bank gegenüber Platz. Polanski.

»Was ist passiert, Katharina?«

Ja, was war passiert? In kurzen, abgehackten Sätzen, atemlos hervorgestoßen, als würde sie keine Luft mehr bekommen, berichtete Katharina. Von Ministro. Von den Toten im Café. Von Charlie Heitz, der angeblich den Namen des Staufers wusste.

»Vom Staufer? Sind Sie jetzt ganz übergeschnappt? Katharina, ich hatte Ihnen doch ausdrücklich befohlen, sich da rauszuhalten. Warum haben Sie mich nicht angerufen? Warum, Katharina?«

Ja, warum? Vielleicht wäre das klüger gewesen. Einfach Polanski übernehmen lassen. Abwarten. Geduld haben. Nicht ihre Stärke.

»Wer hat noch gewusst, dass Sie Heitz hier treffen wollten?«

Ja, wer? Andreas Amendt. Und Kurtz. Antonio Kurtz. Ihr Patenonkel. Der alles für sie tun würde. Oder nicht? Hatte er sie verraten? Katharina beantwortete Polanskis Frage mit einem Achselzucken.

»Sie und Ihre Alleingänge! Wie sind Sie überhaupt auf Heitz gestoßen?«

»Paul, das bringt doch jetzt nichts. Siehst du nicht, dass sie einen schweren Schock hat?«

Da saß noch jemand neben Polanski. Katharina hatte den Mann gar nicht bemerkt. Hölsung! Er duzte Polanski? Ein Sakrileg! Und warum verteidigte Hölsung sie überhaupt? Frechheit!

»Nun gut. Aber ab sofort halten Sie sich wirklich aus den Ermittlungsarbeiten raus, sonst sperre ich Sie in eine Verwahrzelle! Haben Sie verstanden, Katharina?«, sagte Polanski ruhig, aber nachdrücklich.

Katharina nickte stumm. Sich raushalten. Das klang plötzlich nach einer sehr guten Idee. Sie hätte früher auf ihren Chef hören sollen.

Die Fahrt nach Hause wie in Trance. Nie schneller als vierzig Stundenkilometer. Die Autos hinter ihr hupten. Aber lieber zu langsam als zu schnell. Heil zu Hause ankommen. Sich verkriechen. Sich die Decke über den Kopf ziehen. Schlafen. Nicht mehr aufwachen.

Mit Mühe schaffte Katharina es, das Papamobil durch die enge Hofeinfahrt zu ihrem Haus zu manövrieren. Sie stellte den Wagen einfach in einer Ecke des Hofes ab. Sollten die anderen Bewohner doch schimpfen. Das Haus gehörte schließlich ihr.

Sie umklammerte ihre Handtasche, stieg aus, war noch geistesgegenwärtig genug, die Zentralverriegelung zu betätigen. Dann setzte sie einen Fuß vor den anderen. Und noch mal. Und noch mal. Zur Haustür. Aufschließen. Die Treppe hoch. In der zweiten Etage konnte sie nicht mehr. Ihre Beine gaben nach. So würde es also enden. Genickbruch im eigenen Treppenhaus.

Zwei kräftige Arme fingen sie auf. »Ganz langsam«, sagte eine beruhigende Stimme. Andreas Amendt. Was machte der denn …? Er musste mit ihr mitgefahren sein. Sie hatte es nicht bemerkt. Oder verdrängt.

Amendt führte sie die Treppe hoch. Nahm ihr den Schlüssel ab. Schloss die Wohnungstür auf. Half ihr aus der Jacke. Brachte sie in die Küche. Setzte sie auf einen Stuhl. Rückte sich selbst einen Stuhl heran. Setzte sich. Sah sie an. Graue Augen mit einem Schuss Blau.

»Es … es tut mir leid«, begann Katharina stotternd. »Das ist … war alles meine Schuld. Wenn ich nicht … Sie wissen doch … Sie ist tot, meinetwegen. Ich war nicht … nicht schnell genug. Ministro …«

Zwei schallende Ohrfeigen brachten Katharina zum Schweigen. Erschrocken starrte Katharina Amendt an. Er nahm ihre Hände und hielt sie fest in den seinen: »Entschuldigung«, sagte er leise. »Aber Sie waren gerade auf dem Weg in einen Nervenzusammenbruch. Das wollte ich verhindern. Verzeihen Sie mir?«

Katharina nickte langsam: »Warum? Ich habe doch nichts zu verzeihen. Im Gegenteil … Sie sind doch …«

»Schluss jetzt!«, kommandierte Amendt mit ungewohnter Schärfe. Gleich darauf wurde seine Stimme wieder ruhig und sachlich: »Für Trauer und Selbstvorwürfe haben wir später immer noch Zeit.«

Er ließ ihre Hände los und klappte seine schwarze Arzttasche auf, die er auf den Küchentisch gestellt hatte. Er nahm das Blutdruckmessgerät heraus und schlang es um Katharinas Handgelenk. Während er das Display des Gerätes beobachtete, biss er sich auf die Lippen. »Das ist viel zu niedrig«, sagte er schließlich. »Ziehen Sie mal Ihren Pulli über den Kopf.«

»Was soll ich …?«

»Ich will Sie abhorchen.« Katharina zog gehorsam ihren schwarzen Rollkragenpullover aus. Amendt hauchte auf das Stethoskop, bevor er es ihr an die Brust hielt. Es war trotzdem eisigkalt. Katharina zuckte kurz zurück, doch Amendt legte ihr seine andere Hand auf den Rücken und hielt sie fest. Sorgfältig horchte er sie ab, maß noch einmal den Blutdruck. Dann legte er Stethoskop und Blutdruckmessgerät zurück in seine Tasche und nahm eine Spritze sowie eine Ampulle heraus.

»Keine Sorge, das hier soll nur Ihren Kreislauf wieder stabilisieren«, sagte er beruhigend, während er die Spritze aufzog.

Katharina spürte den Einstich überhaupt nicht. Eben ein guter Arzt, dachte sie und hätte beinahe angefangen, zu lachen. Egal, was er sagte: Sie war verantwortlich für den Tod von Marianne Aschhoff, seiner Ersatzmutter. Und anstatt ihr Vorwürfe zu machen … behandelte er sie.

»Besser, Sie machen sich für die Nacht fertig«, sagte er, nachdem er ein Pflaster über die Einstichstelle in ihrer Ellenbeuge geklebt hatte.

»Warum? Es ist doch erst …?«

»Tun Sie, was ich sage!« Amendts Ton duldete keinen Widerspruch. »Sie müssen ausgeruht sein für morgen.«

Plötzlich stiegen Katharina die Tränen in die Augen: »Alles meine Schuld«, wiederholte sie. »Morgen übergebe ich an Polanski und —«

Amendt packte sie fest an den Schultern und schüttelte sie: »Sind Sie verrückt? Glauben Sie im Ernst, dass Polanski das hinkriegt? Oder dieser Hölsung, der da vorhin durch den Tatort getrampelt ist?« Amendts Griff wurde noch fester: »Jetzt hören Sie mir gut zu! Wissen Sie noch, was Sie am Flughafen gesagt haben? Wir bringen das zu Ende. Ein für alle Mal. Sie und ich! – Dabei bleibt es. Und jetzt machen Sie sich gefälligst bettfertig!«

»Aber –« Amendt legte ihr den Finger auf den Mund und erstickte so ihren Widerspruch. Katharina stand auf. Ihre Bewegungen fühlten sich an, als würde sie bis zum Hals in zähem Gelee stecken. Wie ein Automat ging sie ins Bad. Putzte sich die Zähne. Schminkte sich ab. Im Schlafzimmer zog sie sich aus und schlüpfte in ihren Pyjama. Dann ging sie zurück in die Küche und setzte sich wieder auf ihren Stuhl.

Andreas Amendt stellte eine dampfende Tasse vor sie hin: »Kakao mit Honig. – Aber erst nehmen Sie die hier.« Er drückte ihr eine kleine, weiße Tablette in die Hand.

»Was ist das?«

»Etwas, das Ihnen schlafen hilft. Ich ... wir brauchen Sie morgen ausgeruht und fit. Und das sind Sie nicht, wenn Sie sich die ganze Nacht mit Selbstvorwürfen im Bett herumwälzen. Überlassen Sie das mir. Ich habe damit sechzehn Jahre Erfahrung.«

Katharina gehorchte und schluckte die kleine Tablette. Dann trank sie schweigend ihren Kakao. Bald breitete sich in ihr eine wattig-lähmende Müdigkeit aus.

Sie bekam nur noch halb mit, wie Amendt ihr vom Stuhl aufhalf, den Arm um sie legte und sie in ihr Schlafzimmer führte. Er legte sie behutsam ins Bett und deckte sie zu. »Ich lasse die Tür nur angelehnt. Rufen Sie, wenn irgendetwas ist«, hörte sie seine Stimme weit entfernt. Dann löschte er das Licht.

Katharina suchte in ihrem Bett nach Alfred, ihrem weißen Teddy. Endlich fand sie ihn, schloss ihn in die Arme und rollte sich zusammen. Im Halbschlaf sah sie plötzlich Amendt vor sich, ein blutiges Skalpell in der Hand, auf dem Tisch vor ihm Ministro. Amendt zog ihm gerade die Gesichtshaut ab. Eigentlich erschreckend, dachte Katharina, dass ich nicht eingreifen will. Und dann war sie eingeschlafen.

Hidden Shadows

Katharinas Wohnung, am nächsten Morgen

Kaffeegeruch. Das Klappern einer Tasse, die abgestellt wurde. Jemand, der sich auf ihr Bett setzte. Eine Hand, die vorsichtig an ihrer Schulter rüttelte. »Frau Klein? Sie haben jetzt dreizehn Stunden geschlafen. Das dürfte auch für Sie genug sein.«

Ruckartig setzte sich Katharina in ihrem Bett auf. Wer war …? Ach ja, richtig. Andreas Amendt. Sie erinnerte sich dunkel, dass er sie gestern Abend nach Hause begleitet hatte. Nach … Ihr Magen krampfte sich zusammen. Marianne Aschhoff war ermordet worden. Sie waren im Blauen Café gewesen, dann hier in der Wohnung. Amendt hatte sie verarztet und ihr eine Schlaftablette gegeben.

»Ich habe Ihnen schon mal Kaffee gebracht.« Er deutete auf die Tasse auf dem Nachttisch. »Wenn Sie wach sind, kommen Sie bitte in die Küche. Ich muss Ihnen etwas zeigen.«

Katharina nahm ein paar Schlucke Kaffee und ging dann, die Tasse in der Hand, ins Bad. Ihre Schritte fühlten sich immer noch wattig an. Am liebsten wäre sie umgekehrt und hätte weitergeschlafen. Aber dazu hatte sie keine Zeit. Sie stieg unter die Dusche und drehte das kalte Wasser bis zum Anschlag auf. Jetzt war sie wenigstens so weit wach, dass sie sich waschen, die Zähne putzen und ihr Make-up auflegen konnte. Schminken? Zeitverschwendung! Doch das fiel ihr erst auf, als sie schon den halben Lidstrich gezogen hatte.

Als sie fertig war, betrachtete sie sich im Spiegel. Ihre Pupillen waren winzig, ihre Haut blass. Die Nachwirkungen des Schocks? Warum nahm sie das überhaupt so mit? Es war doch nicht das erste Mal, dass sie an einem Tatort gewesen war. Vielleicht, weil sie Marianne Aschhoff gekannt und gemocht hatte. Vielleicht, weil der Mord ihre Schuld war … Aber was hatte Andreas Amendt gestern Abend gesagt? Für Trauer und Selbstvorwürfe hätten sie auch später noch genug Zeit.

Der Inhalt von Katharinas Handtasche lag sorgfältig geordnet auf dem Küchentisch ausgebreitet. In der Mitte die zwei dicken Kugelschreiber, einer rot, einer blau. Katharina wollte etwas sagen, doch Amendt legte ihr die Finger auf die Lippen. Dann nahm er die beiden Kugelschreiber und bedeutete Katharina stumm, ihm zu folgen.

Der PC auf dem kleinen Schreibtisch im Gästezimmer war eingeschaltet. »Nordhammer Security Technologies« lautete der Name der Website, die Amendt aufgerufen hatte. Ein Online-Shop für Sicherheitstechnik. Anbieter des »Surveillance and Tracking Pen«. Das Produktbild zeigte die gleichen Kugelschreiber, die Amendt in der Hand hielt.

Katharina überflog die Beschreibung: hochempfindliches Mikrofon mit Kugelcharakteristik, GPS-Empfänger, Datenübertragung über alle Handynetze. Der Akku wurde durch Bewegungen des Stiftes aufgeladen. Und, natürlich, schrieb der Stift auch noch mit einem edlen Schreibbild: der Stolz jedes Schreibtisches. Lieferbar in Blau und Rot.

Fast musste Katharina bitter auflachen. So also war ihnen Ministro auf der Spur geblieben. Er musste ihr die Stifte noch in Afrika in die Handtasche gesteckt haben. Aber gleich zwei? Vielleicht dachte er, doppelt genäht hält besser.

Als Andreas Amendt sah, dass sie gelesen und verstanden hatte, zog er Katharina wieder mit sich fort. Diesmal ins Wohnzimmer. Er hielt die Stifte hoch und zeigte auf den kleinen Wandtresor. Katharina verstand, öffnete den Safe und legte die Stifte hinein. Mit einem Kopfnicken bedeutete sie Amendt, ihr wieder in die Küche zu folgen. Sicherheitshalber schlossen sie alle Türen hinter sich.

In der Küche angekommen, fragte sie halblaut: »Wie sind Sie auf die Kugelschreiber gekommen?«

»Ich habe hier gesessen und nachgedacht. Erst habe ich geglaubt, dass Antonio Kurtz ... Also, dass er uns verraten hat. Aber er hat doch ganz andere Möglichkeiten, sich diesen Heitz zu schnappen. Dann habe ich gedacht, wenn ich jemanden abhören müsste, würde ich die Wanze direkt an dieser Person oder ganz in ihrer Nähe unterbringen. Deshalb habe ich erst mal unsere Jacken untersucht. Und dann Ihre Handtasche. Die Stifte sind mir irgendwie bekannt vorgekommen. – Sie erinnern sich an mein Dietrich-Set? Das habe ich im Internet bestellt. Bei diesem Shop. Mir ist eingefallen, dass ich dort auch Abhörtechnik gesehen habe.«

Katharina war innerlich erleichtert, dass Antonio Kurtz entlastet war. Nur ... »Was machen wir jetzt? Die Stifte zerstören?«

Amendt schüttelte den Kopf: »Ich glaube, das ist keine gute Idee. Ministro würde merken, dass wir seine Wanzen entdeckt haben und ... Wer weiß, was er dann tut. – So können wir wenigstens seine Schritte lenken. Und wenn wir was Wichtiges zu besprechen haben, vergessen Sie eben Ihre Handtasche im Auto.«

Katharina behagte das zwar nicht, aber Amendt hatte recht. Bisher hatte Ministro sie selbst verschont. Aber das konnte sich ganz schnell ändern, wenn er keine Informationen mehr bekam.

Amendt deutete auf den Inhalt der Handtasche auf dem Küchentisch: »Sorry für die Unordnung. Ich hätte sie wieder eingeräumt, aber ...«

»Kein Problem.« Eigentlich war Katharina das sogar ganz recht. Sie war sehr eigen mit der Ordnung in ihrer Handtasche. Schnell verstaute sie alles und schob ihre Pistole in die dafür vorgesehene Schlaufe. Zuletzt hielt sie nur noch ihr Handy in der Hand. Nachdenklich drehte sie das Gerät in den Händen. Irgendwas wollte sie damit. Nur was? Ach ja, natürlich! Sie wollte die Datei des Mannes mit den Eukalyptuspastillen, die sie am Vortag entdeckt hatte, auf ihren Computer übertragen.

Sie ging ins Gästezimmer und verband das Telefon mit ihrem PC. Es wurde sofort erkannt, im Explorer konnte sie den internen Datenspeicher öffnen. Da war sie, die Datei »Akte_Staufer.pdf«.

Katharina hasste Loseblatt-Sammlungen. Also hatte sie zwei Exemplare der Datei – jeweils mehr als hundert Seiten – ausgedruckt und in rote Schnellhefter geheftet. Mit den Mappen in der Hand ging sie zurück in die Küche. Andreas Amendt hatte unterdessen ein paar belegte Brote gemacht. Katharina hatte eigentlich keinen Hunger, aber Amendt ließ keinen Widerspruch zu: »Sie müssen etwas essen, sonst kippen Sie später um.«

»Zu Befehl, Herr Doktor!« Katharina nahm sich ein mit Schokocreme beschmiertes Brot und schlug einen der Schnellhefter auf.

Die »Akte Staufer« begann mit einer langen Liste: Daten, sechs- und siebenstellige Geldbeträge und so malerische Namen wie »Projekt Schlossgespenst« oder »Projekt Hinter den Spiegeln«. Sie überschlug im Kopf die Summen: Das waren insgesamt fast vierzig Millionen Mark, verteilt auf sechsundzwanzig Projekte. Eine Menge Geld. Eine Menge Mordmotive. Aber was hatte das mit ihrem Vater zu tun? Oder mit dem Staufer?

Die nächsten Seiten schlüsselten zumindest die pittoresken Projektnamen auf: Jeder davon stand für eine Straftat, dokumentiert mit Polizeiberichten, Zeitungsausschnitten und handschriftlichen Notizen: Einbrüche, Überfälle, Morde, Drogenhandel … Alles Verbrechen in großem Maßstab. Alle unaufgeklärt. Einige der Fälle kannte Katharina. Es galt als Sport, diese Fälle hin und wieder im Kollegenkreis neu zu diskutieren. Eine beliebte Beschäftigung während nächtelanger Bereitschaftsdienste.

Amendt hatte sich das zweite Exemplar der »Akte Staufer« genommen und las darin, während er lustlos an seinem Brot knabberte. Er fragte Katharina über den Rand der Mappe hinweg: »Was erzählt man sich eigentlich bei der Polizei so über den Staufer?«

»Na ja, seine große Zeit war vor mir. Aber er war wohl der ideale Sündenbock für alle unaufgeklärten Verbrechen. Und auch für einige aufgeklärte. Die Täter haben oft behauptet, sie hätten in Auftrag des Staufers gehandelt. Einige haben sogar gesagt, der Staufer hätte sie nachts hypnotisiert und ihnen den Plan suggeriert. Ziemlich albern.«

»Was wirft man ihm denn genau vor – falls er existieren sollte?«

»Diejenigen, die an ihn glauben, halten ihn – wörtliches Zitat – ›für den Napoleon des Verbrechens‹. Angeblich soll er ein sehr einflussreicher Geschäftsmann sein, der – wiederum im Auftrag – Straftaten einfädelt. Ähnlich wie Charlie Heitz, aber in größerem Maßstab.«

»Und Sie? Was denken Sie?« Amendt hatte sich vorgebeugt und die Ellbogen auf den Tisch gestützt.

»Ich? Ich halte das Ganze für ein Hirngespinst. Leute aus der organisierten Kriminalität dealen meistens mit Drogen, Waffen, Glücksspiel und Prostitution. Vielleicht kommen noch Grundstücksgeschäfte, Geldwäsche und Steuerhinterziehung hinzu. Aber dieser Gemischtwarenladen?« Katharina tippte auf den Schnellhefter. »Da ist alles dabei. Vom Kunstdiebstahl über Drogenschmuggel bis hin zum Auftragsmord. Aber alles ohne gemeinsame Handschrift.«

»Warum dann diese Akte?«

»Keine Ahnung. Vielleicht wusste unser pastillenlutschender Freund etwas, was andere nicht wussten. Vielleicht hatte er eine Spur. Oder er hat sich einfach in was reingesteigert.«

»Und Ihr Vater? Was sollte er mit dem Ganzen zu tun haben?«

Katharina zuckte mit den Schultern: »Vielleicht hat Herr Eukalyptusbonbon genauso gedacht wie wir. Kunstwerke sind gut, um Geldbeträge zu transferieren. Wir können ja sicherheitshalber mal die Buchhaltung meines Vaters untersuchen. Aber selbst wenn ... Ich glaube nicht, dass Papa davon gewusst hat.«

»Denke ich auch nicht.« Amendt hatte geistesabwesend in der Akte geblättert. Plötzlich hielt er inne: »Lesen Sie mal die letzte Seite.«

Das Blatt war überschrieben mit »Observation Diether Klein«. Katharina las halblaut vor: »Der Kunsthändler Diether Klein, wohnhaft ... blablaba ... erwies sich bei der Kontaktaufnahme sehr offen. Das vorgeschlagene Geschäft hat er allerdings im Laufe der Vertragsverhandlungen abgelehnt und die Kontaktperson gebeten, sein Haus zu verlassen. Nach seinen Worten vermutete er hinter dem Geschäft Geldwäsche. – Na also!«

»Lesen Sie weiter!«

»Jedoch gibt es zumindest zu einigen der untersuchten Geldbeträge zeitlich passende von Diether Klein abgewickelte Geschäfte. Das ergab eine kursorische Überprüfung der Buchhaltung. Wir müssen davon ausgehen, dass Klein wissentlich oder unwissentlich die Summen und Kunstwerke transferiert hat. Demnach ist der Staufer vermutlich im Kundenumfeld von Diether Klein zu finden. Eine genaue Kundenliste liegt uns aber nicht vor.« Katharina spürte einen Hauch von Triumph in sich aufsteigen. »Uns aber«, sagte sie zu Andreas Amendt. »Mein Vater war zwar immer sehr diskret, was seine Kundschaft betrifft. Aber alle Daten sollten auf dem Buchhaltungscomputer im Tresor sein.«

»Sie glauben also plötzlich doch an den Staufer?«

»Nein, aber unser Eukalyptus-Freund war auch kein Spinner, oder? Sonst wäre er jetzt nicht tot.«

Katharina las den letzten Absatz des Berichtes wieder halblaut: »Der verhinderte Einbruch stand offenbar in keinem Zusammenhang mit den Aktivitäten des Staufers. Dieter Bach wurde entlassen und entschädigt. – Glauben Sie das auch?«, fragte sie Andreas Amendt.

»Mag sein. Aber wir wissen ja gar nicht, ob die Geldwäsche überhaupt was mit dem Mord zu tun hat. Eventuell ging es wirklich um ein Bild. – Wir sollten mal mit Paul Leydth darüber sprechen. Er kennt in der Stadt Gott und die Welt. Vielleicht fällt ihm jemand ein, den er für skrupellos genug hält, einen Einbruch einzufädeln. – Außerdem können wir dann auch gleich mit Sylke Müller reden.«

Oh Gott, die hatte Katharina ja völlig vergessen. Hoffentlich hatte sie sich erholt und war sicher. Und außerdem ... »Richtig, vielleicht weiß sie doch mehr, als sie uns bis jetzt sagen konnte. Zumindest Ministro hat das geglaubt, sonst hätte er nicht auf sie geschossen. – Ich würde sagen, wir fahren erst mal zum Haus von meinen Eltern und schauen, was die Hörnchen machen. Und dann zu Paul Leydth. Und wenn wir die Kundenliste haben, dann sollten wir auch noch mal mit Kurtz sprechen.«

In diesem Augenblick klingelte Katharinas Handy. Katharina erkannte die Nummer auf dem Display. Kurtz. Wenn man vom Teufel sprach.

»Katharina, ich habe gerade eben erst gehört, was passiert ist.« Kurtz' Stimme war atemlos. »Bist du verletzt? Geht es dir gut?« Er ließ Katharina nicht zu Wort kommen. »Hör mal, irgendwie muss hier was durchgesickert sein. Ich lasse gerade den ganzen Laden auseinandernehmen und nach Wanzen absuchen. Außerdem knöpfe ich mir jeden meiner Angestellten einzeln vor. Wenn da irgendwer geplaudert hat: Ich schwöre dir, der treibt morgen im Main.«

Jetzt musste Kurtz Luft holen und Katharina nutzte die Chance: »Nicht nötig, Antonio. Doktor Amendt hat herausgefunden, wie wir abgehört wurden.«

»Und wie?«

Katharina sagte es ihm. »Madonna ragazzi«, kam es aus dem Hörer zurück. »Da hätte ich drauf kommen müssen. Scusami, scusa, scusa. – Und jetzt? Habt ihr die Wanzen zerstört?«

»Nein, Doktor Amendt hat gemeint, wenn wir die zerstören, weiß Ministro, dass wir ihm auf die Schliche gekommen sind. Wir sorgen ab jetzt dafür, dass er nur hört, was er hören soll.«

»Klingt einleuchtend«, stimmte Kurtz zähneknirschend zu. »Aber ich schicke trotzdem Hans und Lutz zu deinem Schutz.«

»Das ist nicht –«

»Katharina!«, fiel Kurtz ihr schroff ins Wort. »Keine Widerrede. Drei Morde. Und jedes Mal warst du am Tatort. – Also, bevor du irgendwas unternimmst: Du wartest, bis Hans und Lutz bei dir sind!«

Knee Deep

Im Papamobil, mal wieder

Katharina hatte Hans und Lutz angeboten, einem von ihnen das Fahren zu überlassen. Die beiden hatten entrüstet abgelehnt und sich mit verschränkten Armen auf die Rückbank des Papamobils gesetzt. Um es mit den Worten von Hans zu sagen: »Wenn mich jemand sieht am Steuer dieses ... Dings!«

»Was macht die Doktorarbeit, Lutz?«, fragte Katharina über die Schulter.

»Einundzwanzig Seiten. Knifflig. Heidegger«, kam die einsilbige Antwort. Der große, muskulöse Leibwächter hatte einen unfreiwilligen Urlaub auf Staatskosten für ein Fernstudium der Philosophie genutzt. Wenn Lutz nicht gerade seinen Beruf ausübte, schrieb er schon seit geraumer Zeit an seiner Dissertation. Außerdem redete er ungern.

»Und Kalle Blomquist, Hans?«, fragte Katharina den zweiten Leibwächter. Hans war klein, drahtig, nicht der Hellste, meistens etwas überdreht und er redete gerne und viel: »Hab ich durch. Alle drei Bände«, erklärte er stolz. »Lutz hat mir ›Die Brüder Löwenherz‹ geschenkt. Das ist ein schönes Buch. Aber so traurig. Das mag ich gar nicht meinen Kindern vorlesen ...«

Hans plapperte fröhlich weiter vor sich hin, doch Katharina sah im Rückspiegel, dass er dabei die Umgebung genauso kritisch musterte wie Lutz. Nicht umsonst galten sie als die besten Leibwächter Frankfurts. Sie hatten sich im Gefängnis kennengelernt. Lutz hatte Hans das Lesen und Schreiben beigebracht.

»Wohin?«, fragte Lutz gewohnt präzise und ökonomisch.

»Zum Haus meiner Eltern«, antwortete Katharina genauso knapp. Im Rückspiegel sah sie, wie Lutz ein Smartphone hervorholte und darauf herumtippte. »Was machst du da?«, fragte sie neugierig.

»Google Maps«, lautete die Antwort.

»Ich kenn den Weg.«

»Will auch nur einen Blick auf die Umgebung werfen. Mag keine Überraschungen.« Er zeigte Hans das Telefon und begann mit ihm eine Diskussion über Sichtlinien und Schusswinkel. Katharina spürte einen Schauer über ihren Rücken laufen.

Die Hörnchen standen in der Küche von Katharinas Elternhaus und tranken Kaffee. Den Ringen unter ihren Augen nach hatten sie die Nacht durchgearbeitet.

»So, alle Spuren gesichert …,« – »… aber nicht viel Neues.« – »Allerdings …« – »… fehlt ein Bild«, berichteten sie in gewohntem Chor.

Ein fehlendes Bild? Hatte Amendt recht gehabt? Ging es also doch um Kunstdiebstahl? »Wisst ihr, welches?«, fragte Katharina rasch.

»Nein. Die Namen der Bilder standen nicht …« – »… im Bericht der Spurensicherung.« – »Nur die Anzahl.« – »Dreihundertvierundsiebzig ungerahmte Bilder.« – »Die alle da sind.« – »Hundertdrei gerahmte Bilder.« – »Vierhundertsiebenundsiebzig …« – »… insgesamt.« – »Im Tresor sind aber …« – »… nur hundertzwei gerahmte Bilder.« – »Wir haben …« – »… dreimal nachgezählt.«

»Sprecht ihr immer so?«, fragte Hans, der gerade dabei war, Katharina, Amendt, Lutz und sich Kaffee einzuschenken.

»Ja.« – »Stets.«

»Und wenn nur einer von euch …? Ich meine, wenn ihr mal getrennt werdet?«

»Dann erfährt der Zuhörer …« Das zweite Hörnchen gönnte sich eine endlos lange Kunstpause: »… nur die halbe Wahrheit.«

Katharina hatte sich das auch schon immer gefragt. Aber zurück zum Thema: »Also? Das Bild?«

»Ist nicht da.« – »Wir haben dreimal nachgezählt.« – »Vermutlich …« – »… haben die werten Herren Kollegen …« – »… sich damals …« – »… verzählt.«

Nun, möglich war das schon, dachte Katharina. Solche Fehler kamen vor. Doch wenn die Zahlen gestimmt hatten … Dann hatte jemand *nach* der Untersuchung das Bild entwendet. Gelegenheitsdiebstahl oder eine heiße Spur? War der Mord eingefädelt worden, um im Nachgang unbehelligt das Bild beiseiteschaffen zu können? Nun, das sollte sich klären lassen. Auf dem Buchhaltungs-PC musste ja auch eine korrekte Liste der Bilder sein. Mit ihrem Kaffeebecher in der Hand ging sie ihren Begleitern voran die Kellertreppe hinunter.

Halb in der Tresortür stand auf dem Boden ein kleines Schild mit einer Nummer. Eine Spurenmarkierung. Was hatten die Hörnchen …? Ach ja, richtig. Der Blutfleck am Eingang des Tresors. Katharina zeigte auf das Schild und fragte die beiden Spurensicherer: »Was dazu herausgefunden?«

»Ja.« – »Blutgruppe AB.« – »Also nicht …« – »… deine Familie.«

Richtig: Alle in ihrer Familie hatten Blutgruppe Null. Als Susanne mit dem Medizinstudium anfing, hatte sie sie alle getestet. Blutgruppe Null – die seltenste aller Blutgruppen. Was hatte ihr Vater damals gesagt? »Ich wusste ja immer, dass ihr was ganz Besonderes seid.«

Katharina spürte, wie ihre Augen zu brennen begannen. Nicht weinen! Schnell! Weiterfragen! »Sonst noch was?«

»Nicht viel.« – »Nur ein Haar.« – »Klebte im Blut.« – »Liegt jetzt oben.« – »Unter dem Mikroskop.«

»Ich sehe es mir mal an«, mischte sich Andreas Amendt ein.

»Gute Idee«, meinte Katharina. »Ich schaue derweil, ob ich dem Computer meines Vaters eine Bestandsliste entlocken kann.«

»Ui, das ist aber schön.« Hans und Lutz, die Katharina wie zwei Schatten gefolgt waren, standen vor dem Hopper-Gemälde. »Five p.m.«, stellte Lutz fachmännisch fest. Katharina hatte schon lange aufgehört, sich über Lutz' lexikalisches Wissen zu wundern. Aber vielleicht konnte man dieses Wissen ja anzapfen.

»Lutz, was weißt du eigentlich über den Staufer?«, fragte Katharina, während sie den alten IBM-PC einschaltete, der mühelos ansprang. Qualität verging eben nicht.

»Gerüchte. Märchen«, antwortete der große Leibwächter knapp.

»Nämlich?« Das war der Nachteil von Lutzipedia: Man musste ihm alles einzeln aus der Nase ziehen.

»Gibt eine ganze Reihe ungeklärter Verbrechen, die er eingefädelt haben soll. Ist aber seit Anfang der Neunziger inaktiv.«

»Hältst du es für möglich, dass es ihn gibt?«

»Gegeben hat. Und nein, glaube ich nicht. Aber wenn, ist er tot. Ein paar der Verbrechen reichen bis nach Russland und Südamerika. Wenn er die Dinger wirklich eingefädelt hat, hat er sich Feinde gemacht. Solche, mit denen man nicht spaßt.«

»Du meinst ...?«

»Umgelegt. Wenn es ihn wirklich gegeben hat.«

»Hm«, machte Katharina. »Aber Südamerika und dann der Name ›Staufer‹? Wo ist da der Zusammenhang?«

»Wo ist der Zusammenhang Frankfurt und Staufer?«, brummte Lutz. »Macht historisch auch keinen Sinn. Sag ja: Märchen.«

Endlich war der PC hochgefahren und das Buchhaltungsprogramm meldete sich. Auf dem Monitor erschienen lauter Begriffe, mit denen Katharina nichts anfangen konnte: Eingang, Ausgang, Saldenkonten, FiBu, Konsistenzprüfung ... Aber wozu hatte sie ihr wandelndes Lexikon?

»Lutz, verstehst du zufällig auch was von Buchhaltung?«

Der große Mann schüttelte den Kopf: »Nee.«

»Vielleicht kann ich helfen?«, fragte jemand hinter ihnen.

Katharina und Lutz wirbelten herum, Lutz hatte schon die Hand unter seiner Jacke. Berndt Hölsung hob die Hände zum Friedensangebot: »Halblang, halblang. Ich bin es nur!«

»Was wollen Sie denn hier?«, fragte Katharina giftig.

»Das könnte ich dich genauso gut fragen. Du bist verdammt schwer zu finden, weißt du das? Aber Paul hatte so eine Ahnung ...«

»Polanski? Ist er auch hier?«

»Nein, der sitzt im Präsidium und beißt sich durch den Papierkram von gestern Abend.«

»Und? Was wollen Sie?«

»Noch mal nachfragen, wegen gestern Abend.«

»Fragen Sie und verziehen Sie sich.«

»Gut, dann erklär mir mal, was du hier machst.«

»Das geht Sie nichts an.«

»Wenn du meinst. Aber ich kann mir das auch so denken. Du pfuschst schon wieder in unseren Ermittlungen rum, oder? Und nun sei nicht bockig, sonst kann ich dich auch festnehmen lassen.«

»Weswegen?«

»Behinderung der Justiz.«

»Nur zu. Wenn es Ihnen Freude macht.« Katharina streckte ihm die Hände hin, als erwartete sie, dass Hölsung ihr Handschellen anlegte.

Hölsung atmete tief aus und legte die Fingerspitzen aneinander. Proaktiv deeskalierende Körperhaltung. Katharina hatte dieses Seminar für Defensiv-Rhetorik auch besucht. »Hör mal, Katharina«, begann er zuckrig. »Du untersuchst den Mord an deiner Familie und ich drei Morde, die damit zusammenhängen.«

»Zusammenhängen?«, fragte Katharina betont harmlos.

»Nun stell dich nicht dumm. Du warst an beiden Tatorten. Das einzige verbindende Element. Also: irgendeine Idee?«

»Ministro«, antwortete Katharina. Damit verriet sie nicht zu viel, oder?

»Das hat Paul auch schon gemeint. – Na ja, vielleicht hast du recht. Mal sehen, was die ballistische Untersuchung beim BKA ergibt. Aber die machen wieder einen auf extralangen Dienstweg. – Wie hast du eigentlich den Schönauer dazu gebracht, dass er deine Kugeln gleich untersucht?«

»Wie meinen Sie ...?«

»Verarsch mich nicht. Du gibst Paul die Kugeln und am nächsten Morgen hat er den Bericht? – Was hast du gemacht? Bist du mit Schönauer ins Bett gehüpft?«

Das ging eindeutig zu weit, also schoss Katharina zurück: »Nein, nach Ihnen habe ich mir keine Liebhaber mehr bei der Polizei gesucht. Zu viel Stress für zu schlechten Sex.«

Hölsung verzog den Mund, verkniff sich aber eine Erwiderung. Stattdessen wechselte er das Thema: »Hör mal. Ich kenne dich doch. Dich kann doch ohnehin nichts davon abhalten, weiter zu ermitteln, oder? Warum tauschen wir nicht zumindest aus, was wir wissen?«

Ganz blöd war der Gedanke nicht, auch wenn er von Hölsung kam. Andererseits war Hölsung ein Intrigant erster Güte. Also antwortete Katharina knapp: »Gut. Sie zuerst.«

»Meinetwegen. Ist ohnehin nicht viel, was wir haben. Keine brauchbaren Spuren bis auf die Geschosse. Und … Ach ja. War wohl nicht das erste Mal, dass auf Hartmut Müller geschossen wurde.«

Fast hätte Katharina sich verraten. Aber offiziell kannte sie ja den Namen des Mannes mit den Eukalyptuspastillen nicht. »Auf wen?«

»Den ersten Toten. Hat eine Weile gedauert, ihn zu identifizieren. – In seiner Wohnung ist durch das Fenster auf ihn geschossen worden. Scharfschützengewehr, irgendwas Russisches.«

Katharina überlegte einen Augenblick, ob sie Hölsung die Wahrheit sagen sollte. Aber Sylke Müller war *ihre* Zeugin. Die würde er nicht in die Finger bekommen.

»Okay, du bist dran«, forderte Hölsung sie auf.

Katharina zuckte mit den Schultern: »Viel habe ich auch nicht. Amendt ist unschuldig, aber das haben Sie sicher schon von Polanski gehört.«

Hölsung nickte: »Ja. Auch von Amendts Handel mit Paul. Und sonst?«

»Ein Einbruch bei den Nachbarn. Ein Einbruchsversuch hier. Außerdem fehlt offenbar ein Bild.«

»Weißt du, wer die Einbrecher waren?«

»Ja, aber das werden ich Ihnen nicht sagen. Sind schon genug Menschen zu Schaden gekommen.«

»Willst du etwa behaupten ...?«, brauste Hölsung auf. Katharina beschwichtigte ihn: »Nein, aber wer weiß, ob es im Präsidium nicht irgendwo ein Leck gibt?«

Hölsung atmete wieder ruhig durch: »Nun gut. Und weiter?«

»Die Einbrüche sind von Charlie Heitz eingefädelt worden.«

»Und in wessen Auftrag? Heitz handelt schließlich nicht auf eigene Rechnung. – Handelte«, korrigierte sich Hölsung peinlich berührt.

Katharina zögerte einen Augenblick, dann antwortete sie: »Vom Staufer. Hat Heitz zumindest behauptet.«

»Vom Staufer?« Hölsung unterdrückte ein Auflachen. »Das hast du gestern Abend schon gesagt. Da habe ich das auf den Schock geschoben.«

»Ich gebe nur wieder, was Heitz gesagt hat.«

»Aber du hast ihm geglaubt? Ich habe immer gedacht, das Einzige, worin wir uns jemals einig sein werden, ist, dass es den Staufer nie gegeben hat.«

»Eben. Deswegen wollte ich erst mit Heitz selbst sprechen, bevor ich zu Polanski gehe. Auf jeden Fall wollte Heitz mir den Namen des Staufers verkaufen. Aber so weit kam es gar nicht.«

Hölsung nickte nachdenklich: »Und jetzt?«

»Jetzt versuche ich rauszufinden, welches Bild hier fehlt. – Aber das Ding da ...« Sie zeigte frustriert auf den PC, der immer noch die Startmaske der Buchhaltungssoftware zeigte.

»Lass mich mal sehen«, bot Hölsung überraschend freundlich an.

»Tun Sie sich keinen Zwang an. Vielleicht sind Ihre buchhalterischen Kenntnisse ja besser als meine.«

»Oh, das nehme ich an. Ich habe mal Steuerfachgehilfe gelernt.«

Das hätte Katharina sich ja bei einem Langweiler wie Hölsung denken können. »Und? Warum haben Sie den Beruf gewechselt? Zu aufregend?«

Statt einer Antwort lachte Hölsung keckernd, dann setzte er sich auf den Stuhl vor dem PC und begann zu tippen.

»Da, die Bestandsliste«, sagte er nach ein paar Sekunden triumphierend. »Wie viele Bilder sollten es denn sein?«

Was hatten die Hörnchen gesagt? »Vierhundertsiebenundsiebzig insgesamt. Davon hundertdrei gerahmte.«

»Hier steht aber: Gesamtzahl vierhundertachtundsiebzig«, widersprach Hölsung erstaunt.

Katharina rechnete nach. Die Spurensicherung hatte vierhundertsiebenundsiebzig Bilder gezählt, die Hörnchen vierhundertsechsundsiebzig. Gut, das ließe sich jetzt noch mit einem Verzähler erklären. Aber warum sagte dann die Bestandsliste, dass es noch ein Bild mehr gab? So penibel, wie ihr Vater war, konnte sie einen Fehler in der Datenbank praktisch ausschließen. Das bedeutete, dass zwei Bilder fehlten.

»Können Sie mir die Bestandsliste ausdrucken?«, fragte Katharina.

»Klar. Wenn wir das alte Ding dort in Gang kriegen.« Hölsung deutete auf den großen Nadeldrucker neben dem Computer. Gemeinsam und mithilfe eines frischen, noch eingeschweißten Farbbandes, das Katharina in einer Schublade gefunden hatte, gelang es ihnen und der Drucker begann, Meter um Meter Endlospapier auszuspucken.

»Noch irgendetwas?«, fragte Hölsung, stolz die Finger ineinander verschränkend und dehnend wie ein Hacker, der soeben ins Pentagon eingedrungen war. Katharina fielen die Geldbeträge aus der »Akte Staufer« ein. Es war natürlich ein Wagnis, aber ...

»Komm, Katharina. Da ist doch noch was«, drängte Hölsung sie. »Wir sitzen doch im gleichen Boot, du und ich.«

Vielleicht hatte Hölsung recht. Und seine Buchhalterseele war genau das Richtige für ihr Problem. Sie zog einen der beiden roten Schnellhefter aus ihrer Handtasche, schlug ihn auf und zeigte Hölsung die Seite mit den Geldbeträgen.

»Können Sie sehen, ob diese Beträge da irgendwo auftauchen?«

Hölsung nahm ihr den Hefter aus der Hand: »Woher hast du das?«

»Das ... das hat mir Hartmut Müller zukommen lassen. – Per E-Mail«, fügte sie rasch hinzu.

»Und warum hast du das noch nicht an Paul weitergegeben?«

Zur Antwort zeigte ihm Katharina die Titelseite: »Akte Staufer? Polanski hätte mich doch ausgelacht.«

Hölsung gab ein rostiges Schnauben von sich: »Da hast du vermutlich recht. – Na, dann wollen wir mal sehen.«

Er begann wieder zu tippen. »Das dauert hier eine Weile«, sagte er über die Schulter. »Und es geht nicht schneller, wenn du mir permanent auf die Finger starrst.«

Wenn es denn sein musste. »Hans, Lutz, passt auf, dass Herr Hölsung keine Dummheiten macht«, befahl Katharina. Die beiden Leibwächter nickten und stellen sich rechts und links neben dem Schreibtisch in Positur.

Katharina fand Andreas Amendt und die Hörnchen im Wohnzimmer. Amendt starrte angestrengt in das Okular eines kompakten Mikroskops, das die Hörnchen dort aufgebaut hatten. Was hatten die denn noch alles in ihrem Bus?

Endlich blickte Amendt auf: »Augenbraue, Nase oder Bart.«

»Was?«, fragte Katharina zurück.

»Das Haar, das wir gefunden haben.« – »In dem Blutfleck vor dem Tresor«, erläuterten die Hörnchen.

»Außerdem ziemlich hell«, übernahm Amendt wieder. »Ich würde mutmaßen, der Besitzer des Haares war dunkelblond oder hellbraun.«

Also definitiv nicht Ministro. Und von niemandem aus ihrer Familie: Katharinas Vater war rothaarig gewesen, Katharina und Susanne hatten das schwarze Haar ihrer Mutter geerbt. Also war noch jemand im Tresor gewesen. Nur wann?

»Irgendeine Idee, wie der Blutstropfen dorthin gekommen ist?«, fragte Katharina.

»Ein normaler Blutstropfen ...,« – »... der zu Boden gefallen ist«, erklärten die Hörnchen. »Vielleicht aus einer Schnittwunde ...« – »... oder jemand hatte Nasenbluten.«

Amendt nickte zustimmend: »Das würde auch das Haar erklären.«

»Wisst ihr, wann der Blutstropfen dorthin gelangt ist?«, wandte sich Katharina an die Hörnchen. »Vor oder nach der Tat?«

Schulterzucken unisono. »Das lässt sich jetzt ...« – »... leider nicht mehr herausfinden.«

»Also, die Summen tauchen hier nirgendwo auf.« Hölsung wischte sich eine Haarsträhne aus dem Gesicht. »Zumindest auf den ersten Blick nicht. Wenn die Summen aufgeteilt sind, allerdings ... Darf ich mir einen Ausdruck machen und mitnehmen?«

»Nein«, sagte Katharina knapp. Sie beugte sich vor, um den Monitor zu betrachten. »Warum stehen in der Spalte dort lauter Fragezeichen?«

»Da sollten eigentlich die Kundennamen stehen. Aber die Kundendatenbank ist fehlerhaft und ich wollte sie nicht reparieren, ohne dich zu fragen. Kann sein, dass dabei Daten verloren gehen.«

Die Kundenliste? Die brauchte Katharina doch unbedingt! »Machen Sie es.«

»Hast du irgendwo Disketten? Ich will erst eine Sicherungskopie der Daten ziehen. Ist ohnehin sinnvoll. Wer weiß, wie lange dieser Oldie noch durchhält.« Er klopfte zärtlich auf den Monitor des alten PCs.

Disketten, Disketten ... Natürlich! In der Schublade, in der auch das Farbband gelegen hatte. Sie nahm die quadratische, weiße Schachtel heraus. »So was hier?«

»Ach ja, das gute, alte Fünf-Einviertel-Zoll-Format.« Hölsung zog ein schwarzes Kunststoffquadrat von der Größe einer alten Single-Schallplatte aus der Schachtel. »Oldies, but Goldies.« Er schob die Diskette ins Laufwerk und betätigte ein paar Tasten. Der PC begann arbeitsam zu rattern.

»Hat dein Vater eigentlich regelmäßig Sicherungskopien gemacht?«, fragte Hölsung.

»Vermutlich. Ich weiß es nicht.«

»Na, die sind wahrscheinlich hier drin.« Hölsung tippte auf einen Teil des Schreibtischs. Erst jetzt sah Katharina, dass eine Seite der Tischplatte auf einem kleinen Geldschrank ruhte. Komisch, der hatte doch früher immer im Arbeitszimmer ihres Vaters gestanden?

»Schon was rausgefunden ...« – »... wegen des verschwundenen Bildes?«, platzten die Hörnchen neugierig in den Tresorraum.

»Nicht so richtig. Aber ich habe jetzt eine Liste der Bilder!« Sie nahm den großen Stapel Endlospapier von der Ablage hinter dem Drucker.

»Sollen wir vergleichen?« – »Dürfen wir?« Die Hörnchen streckten gleichzeitig die Hand nach dem Ausdruck aus.

»Nun, wenn ihr wollt. Das wird aber ziemlich mühsam.«

»Aber das macht doch nichts.« – »Überhaupt nicht.« Ihre Augen glänzten wie die von Kindern zu Weihnachten. Wer hätte gedacht, dass die beiden solche Kunstliebhaber waren?

Katharina gab ihnen den Stapel und die Hörnchen begannen, ihn unter sich aufzuteilen. Dabei zankten sie sich stumm darüber, wer welche Bilder sichten durfte.

»So, ich bin dann auch fertig.« Hölsung war von dem hölzernen Bürostuhl aufgestanden und hielt Katharina eine Visitenkarte hin. »Meine Rufnummern, auch zu Hause und Privat-Handy. Falls du noch mal einen Buchhalter brauchst.« Er lächelte freundlich. War das wirklich eine Geste der Versöhnung? Katharina nahm misstrauisch die Karte und bedankte sich. Hölsung nickte den anderen zu und ging schlendernd aus dem Raum.

Als er weg war, fragte Hans neugierig: »Was war das denn für einer? Und warum duzt er dich, während du ihn siezt?«

»Ach herrje, lange Geschichte.« Dabei wollte Katharina es eigentlich bewenden lassen, doch Hans und Lutz sahen sie neugierig an. Auch die Hörnchen hatten ihren Streit unterbrochen.

»Nun sag schon«, drängte Hans.

»Also gut, er duzt mich, weil es bei der Polizei so üblich ist. Und ich sieze ihn, weil ich ihn nicht leiden kann.«

»Aha. Und warum nicht?«, bohrte Hans nach. »Nun lass dir doch nicht jedes Wort aus der Nase ziehen. Du bist ja schlimmer als Lutz.«

»Wenn es denn sein muss«, antwortete Katharina genervt. »Ich hatte mit ihm mal einen One-Night-Stand. War aber kein berauschendes Erlebnis. Ich wollte es also nicht wiederholen, er schon. Seitdem hat er mich auf dem Kieker.«

Lutz legte ihr väterlich die Hand auf die Schulter: »Du und die Männer. Vielleicht solltest du dir mal was Festes suchen.«

»Sagte der Mann, der bis vor sechs Wochen noch behauptet hat, Beziehungspartner brächten nur Ärger.«

»Elfie hat mich vom Gegenteil überzeugt. Bin lernfähig.«

Katharina wollte das Thema jetzt einfach nicht vertiefen. Also verließ sie kurzerhand den Tresorraum, stieg die Kellertreppe hoch und schloss sich so lange in der Toilette ein, bis das Thema – so hoffte sie zumindest – vom Tisch war.

Als sie zurückkam, hatten sich die Hörnchen auf eine Aufteilung geeinigt und bereits mit dem Abgleich von Bildern und Liste begonnen. Katharina überlegte, was sie tun konnte, als ihr Blick auf den kleinen Geldschrank fiel.

Nun, warum nicht? Sie zog das kleine Kästchen aus der Handtasche, das die Schlüssel und Codes für den Tresorraum enthielt. Aber darin fand sich keine weitere Kombination. Schade. Dann musste der Geldschrank also warten oder … Was hatte ihr Vater noch mal vor sich hin gemurmelt, wenn er den Safe öffnete? »Königin, Prinzessin, Prinzessin, Hofnarr.« – Na klar! Der Geburtstag ihrer Mutter, dann der ihrer Schwester, dann

Katharinas und dann der ihres Vaters. Katharina drehte bedächtig das Kombinationsrad. Bei der letzten Zahl klickte es vernehmlich. Der Geldschrank war offen.

Im obersten Fach des Safes lag ein flaches, in Geschenkpapier eingewickeltes Paket, etwa so groß wie ein Schulzeichenblock. Katharina nahm es heraus und legte es auf den Schreibtisch. Am Geschenkband hin eine kleine Karte: »Für Katharina«.

Ein Geschenk für sie? Von ihrem Vater? Katharina musste schlucken. Erst wollte sie das Paket schon zurück in den Geldschrank legen, dann übermannte sie doch die Neugierde. Ehrfürchtig zog sie die Schleife des Geschenkbands auf und faltete das Papier auseinander. Ein gerahmtes Bild. Ein gezeichneter Delfin, wie er auch in der Sammlung von Paul Leydth hing. »Ich habe was ganz Tolles für deine Delfinsammlung«, hatte ihr Vater gesagt. Am Telefon. Bei ihrem letzten Telefonat. Katharina biss sich auf die Unterlippe, um die Tränen zu unterdrücken.

»Ah, Nummer Drei Fünf Drei Sieben.« – »Zeichnung eines Delfins.« Die Hörnchen waren unbemerkt näher gekommen und hatten ihr über die Schulter geschaut. Jetzt hakten sie das Bild auf ihrer Liste ab. Schnell legte Katharina es in den Geldschrank zurück.

Dann hielt sie inne und nahm das Bild noch einmal heraus: Natürlich, die Spurensicherung hatte den kleinen Safe nicht geöffnet und untersucht. Das hier war eines der fehlenden Bilder. Jetzt wurde nur noch ein Bild vermisst. Wenn die Hörnchen sagten, dass sie nur vierhundertsechsundsiebzig Bilder gefunden hatten, dann waren es auch nur vierhundertsechsundsiebzig. Mit dem Bild, das sie jetzt in der Hand hielt, waren es vierhundertsiebenundsiebzig. Wo war das vierhundertachtundsiebzigste? Ein Computer konnte sich doch nicht verzählen, oder? Nachdenklich schlug Katharina das Geschenkpapier wieder um das Bild und legte es zurück an seinen Platz.

Im zweiten Fach des Safes lagen mehrere Schachteln mit Disketten, jeweils nur mit einem Datum beschriftet. Vermutlich die Sicherheitskopien, von denen Hölsung gesprochen hatte. Neben den Disketten fand Katharina eine braune Kunstledertasche mit Reißverschluss. Sie enthielt D-Mark-Scheine und ein paar Quittungen über kleinere Bildverkäufe.

Im dritten Fach lag ein Klemmholster für eine Pistole. Sie schob die Hand weiter in das Fach, bis sich ihre Finger um Metall schlossen.

Da war sie! Die Pistole ihres Vaters! Eine Walther PPK, Kaliber 9 mm. Aus der Akte zur Ermordung ihrer Familie hatte Katharina erfahren, dass die Waffe als vermisst galt. Als mögliche Tatwaffe. Dabei hatte sie nur hier im Tresor gelegen. Sorgfältig gereinigt und geölt. Ungeladen. Wie es sich gehörte.

Katharina musste an den letzten Brief von Susanne denken. In dem sie von ihrer Schwangerschaft geschrieben hatte. Von der Freude ihrer Eltern. Ihr Vater hatte gleich darauf bestanden, das Haus kleinkindersicher zu machen. Deshalb hatte er wohl den Geldschrank und die Pistole in den Tresorraum verbannt. Katharina nahm die Waffe in die Hand, zog probehalber den Schlitten zurück und blickte in den Verschluss. Ganz sauber. Seit der letzten Reinigung nicht beschossen. Sie legte die Waffe zurück in den Geldschrank.

Fehlte nur noch das abschließbare Fach am Boden des Safes. Katharina fand den kleinen Schlüssel am Schlüsselbund zum Haus ihrer Eltern. Das Fach enthielt das Magazin der Pistole und eine Schachtel Munition.

Mehr Geheimnisse barg der Safe nicht. Katharina wollte ihn schon wieder verschließen, als ihr einfiel, dass sie besser die Sicherheitskopie der Daten, die Hölsung angefertigt hatte, zu den anderen legen sollte. Sie griff in das Diskettenlaufwerk des Rechners.

Leer! Und auch der rote Schnellhefter lag nicht mehr auf dem Schreibtisch. Hölsung musste beides mitgenommen haben. Was hatte die intrigante Ratte denn jetzt wieder vor?

The Maze

Im Hause der Leydths,
zu Kaffee und einem zweiten Frühstück

Eigentlich wäre Katharina ja lieber Hölsung hinterhergejagt, um ihm Schnellhefter und Buchhaltungsdaten wieder abzunehmen. Aber Andreas Amendt hatte sie zur Vernunft gebracht: Sollte er doch dem Hirngespinst namens Staufer hinterherjagen. Dann kam er ihnen wenigstens nicht in Quere. Außerdem hatten sie auch noch einen zweiten Ausdruck der »Akte Staufer«.

Also waren sie zu Paul Leydth gefahren, der sie bereits am Tor seines Anwesens erwartete. Der Professor hatte sie wieder in die Garage gelotst. Jetzt waren sie auf dem Weg durch das große Haus. Kein Wunder, dass Paul Leydth trotz seines majestätischen Bauches so fit war: Er musste am Tag viele Tausend Schritte hinter sich bringen.

»Und?«, fragte er. »Schon Fortschritte gemacht bei den Ermittlungen?«

Katharina zuckte mit den Schultern: »Wir laufen ständig in Sackgassen. Aber eines der Bilder meines Vaters scheint zu fehlen.«

»Wisst ihr schon, welches?«

»Leider nein. – Außerdem poppt immer wieder ein Name auf.«

»Welcher?«

»Der Staufer. Ich weiß, es ist lächerlich.«

»Nicht unbedingt«, erwiderte der Professor schmunzelnd. »Auch wenn ich diesen Namen schon … Das muss so zwei Jahrzehnte her sein, dass ich ihn zum letzten Mal gehört habe.«

»Sie glauben an den Staufer?«

»So würde ich das nun auch nicht sagen. Wollen Sie meine Theorie hören?«

Diese Frage war natürlich rhetorisch. »Also«, begann der Professor. »Ich habe mir damals immer gedacht, dass es vielleicht nicht einen Staufer gibt, sondern mehrere.«

»Mehrere? Wie meinen Sie das?«

»Ist eigentlich ganz einfach. Irgendjemand erfindet diese Figur, warum auch immer. Vielleicht hat im Verhör eine Flasche ›Stauffacher Mineralwasser‹ gestanden. Oder er hatte einen deutschnationalen Großvater. Er kommt damit durch. Prahlt damit. Ein anderer greift die Idee auf und so weiter …«

»Sie meinen also …«

»… dass sich die Legende vom Staufer, dem großen Herrscher der Unterwelt, irgendwann mal verselbstständigt hat. Ist doch praktisch, wenn es einen Schuldigen gibt, dem man alles in die Schuhe schieben kann. Und vielleicht hat dann ja auch der eine oder andere dunkle Geselle behauptet, er sei der Staufer, um Eindruck zu schinden. – Wie kommen Sie auf den Staufer?«

»Der Mann mit den Eukalyptuspastillen …«, erklärte Katharina. »Also Hartmut Müller, der Vater von Sylke Müller, der hat mir ein Dokument zugespielt. Eine ›Akte Staufer‹. Sie enthält sechsundzwanzig Straftaten – so ziemlich alles von Diebstahl bis zu Auftragsmord – und dazugehörige Geldsummen. Honorare vermutlich. Müller hat damals meinen Vater überwachen lassen, weil er gedacht hat, dass die Gelder vielleicht über Kunstwerke transferiert werden.«

»Denkbar«, sagte Paul Leydth.

»Ja, aber die Summen tauchen in der Buchhaltung meines Vaters nicht auf.«

»Vielleicht wurden die Summen aufgeteilt?«, fragte Paul Leydth.

»Sie meinen, mein Vater …?«

»Aber nicht doch.« Paul Leydth hob besänftigend die Hand. »Zumindest nicht wissentlich. Sie kennen doch sicher den Spitznamen, den Ihr Vater damals hatte? Herr Redlich? So wurde er zumindest von denen bezeichnet, die ihn nicht Barbarossa genannt haben. Sie wissen schon, wegen seines roten Bartes. – Aber vielleicht hat jemand diese Redlichkeit ausgenutzt.«

»Ja, aber ich kann die Kunden von damals auch nicht überprüfen. Die Datei mit der Kundenliste ist defekt.«

Paul Leydth blieb stehen und drehte sich zu Katharina um. »Ich weiß, es klingt jetzt sehr hart: Aber ich würde nicht bei den Kunden schauen. Eher bei Menschen, denen er wirklich vertraut hat.«

»Sie meinen doch nicht ...?«

»Antonio Kurtz? Würde man denken, ja. Aber ihn meine ich nicht. Ich würde sagen, gerade weil sein Geschäft so ... schillernd ist, macht ihn das einigermaßen unverdächtig.«

Katharina fragte sich, wer dann noch blieb: »Vielleicht der Vermögensverwalter meines Vaters. Arthur von Koestler. Oder sein Notar. Absalom Schmitz.«

»Der selbsternannte ›Retter des deutschen Waldes‹?« Paul Leydth lachte herzhaft. »Nein, den würde ich auch ausklammern. – Koestler schon eher. Trauen Sie der Gründerzeitfassade, die er um sich herum verbreitet, besser nicht.«

»Fassade?«

»Kennen Sie ihn? Haben Sie die Ahnengalerie in seiner Empfangshalle gesehen?«

»Ja. Antonio Kurtz sagt immer, Koestler ist ein Untoter und die Bilder zeigen alle den gleichen Mann.«

Paul Leydth lachte erneut. »Oh, das tun sie. Aber er ist kein Untoter.«

»Alle Bilder ...?«

»... zeigen Arthur von Koestler, ja. Er hat die Bilder beim gleichen Maler malen lassen wie ich mein Wimmelbild-Familienporträt.«

»Dann ist die Vermögensverwaltung gar nicht so alt?«

»Doch, das schon. Aber seine Ahnen ... Sagen wir mal, Fahndungsfotos wären die passenderen Porträts. Die Familie hat sich ihr Geld zusammengegaunert. – Der Apfel fällt nicht weit vom Stamm, auch wenn Koestler sich jetzt seriös gibt.«

Inzwischen waren sie wieder in der Galerie angelangt, die die beiden Haupthäuser miteinander verband. Es war Katharina bisher nicht aufgefallen, aber wenn man die Galerie betrat, lief man direkt auf die Säule mit dem Bild des Delfins zu. Sie blieb stehen und betrachtete es.

»Ich habe übrigens das Gegenstück dazu gefunden, das mir mein Vater schenken wollte«, erzählte sie Paul Leydth.

»Was ist das für ein Bild?«, fragte Hans neugierig dazwischen.

Froh, zu einem seiner Lieblingsthemen – Zeichentrickfilme – befragt worden zu sein, präsentierte der Professor das Bild mit großer Geste: »Das hier ist eine der wenigen Originalzeichnungen aus dem Film ›The Legend of the Dolphin‹.«

»Aha«, sagte Hans unbeeindruckt. »Nie gehört davon.«

Der Professor schmunzelte: »Das ist auch kein Wunder, junger Freund. Der Film wurde nie fertiggestellt. ›The Legend of the Dolphin‹ hätte eigentlich der erste abendfüllende farbige Zeichentrickfilm werden sollen – noch vor Disneys ›Schneewittchen‹.«

»Ah, den mag ich«, antwortete Hans strahlend. »Ich meine natürlich, meine Kinder mögen ihn«, fügte er etwas beschämt hinzu.

»Ich mag ihn auch, mein Freund. Ein Meisterwerk. Aber um zu ›Legend of the Dolphin‹ zurückzukommen: Der Film wollte neue technische Standards setzen. Mit speziellen Unterwasserkameras haben die Macher echte Delfine gefilmt und Bild für Bild abgezeichnet – damals eine Sensation.«

»Und dann?«, fragte Hans, jetzt neugierig geworden.

»Das Studio brannte ab. Der Chefzeichner kam in den Flammen um.«

»Brandstiftung?«, fragte Lutz dazwischen.

»Man weiß es nicht«, antwortete Leydth geheimnisvoll. »Obwohl man es munkelt. Das Einzige, was überlebt hat, sind zwei Zeichnungen. Und angeblich auch ein paar Meter Film.«

»Zwei Zeichnungen?«, fragte Katharina. Eine für sie, eine für Susanne, eine für Leydth machten doch …

»Drei. Verzeihung. Ich habe mich versprochen. Drei Zeichnungen«, korrigierte Leydth sich rasch. »Das hier ist eine davon.«

»Wow«, machte Hans. »Dann muss die ja sehr wertvoll sein.«

»Ach, materiell nicht«, seufzte Leydth. »Leider. Die Leute wissen die Arbeit eines Zeichentrickfilmers einfach nicht zu schätzen. Aber der ideelle Wert für echte Fans wie Frau Klein und mich? Unschätzbar.«

»Langweilst du deine Gäste wieder mit Zeichentrickfilmvorträgen?«, erklang eine sonore Frauenstimme, die problemlos die ganze Galerie mit Klang füllte. Angelica Leydth, eine in Schönheit gealterte, hochgewachsene Frau mit langen, silbergrauen Haaren, stand im Eingang und sah ihren Mann tadelnd an: »Nun kommt endlich. Der Brunch wird kalt.«

Eigentlich hatten sich Hans und Lutz nicht mit an die große Tafel setzen wollen, aber Paul Leydth hatte ihnen hoch und heilig versichert, dass sich die neue Sicherheitsanlage des Hauses in höchster Alarmbereitschaft befand.

Nun saßen sie also alle um den langen Tisch: Katharina, Andreas Amendt, der Professor, seine Frau Angelica, Hans, Lutz und Sylke Müller. Auch Lienhardt Tripp, Paul Leydths – wie hatte Amendt ihn noch mal bezeichnet? Ach ja! – Problemlöser, war plötzlich hereingehuscht gekommen und hatte sich hingesetzt, ohne einen Menschen anzusehen. Sylke Müller schien sich einigermaßen von ihrem Schock erholt zu haben. Paul Leydth erzählte, dass sie die letzten anderthalb Tage praktisch durchgeschlafen habe. Erst am Abend zuvor hätte sie sich wieder blicken lassen, doch der Professor und Angelica Leydth hätten in die Oper gemusst, daher hätten sie sie nur in Gesellschaft der Krankenschwester zurückgelassen.

»Ja, mir ... mir geht es wieder besser«, beantwortete Sylke Müller Katharinas Nachfrage. »Und ich will auch nicht länger die Gastfreundschaft –«

»Papperlapapp«, unterbrach sie Angelica Leydth. »Sie bleiben, bis sich die Situation geklärt hat. – Außerdem«, wandte sie sich an Andreas Amendt, »Frau Müller hat eine ausgezeichnete Gesangsstimme. Ich meine, für Oper ist es vielleicht etwas spät, aber für Chanson oder so ...«

Sylke Müller blickte beschämt auf den gut gefüllten Teller vor sich: »Ich hatte als Jugendliche mal Gesangsunterricht und ... Also damals habe ich immer davon geträumt, Schauspielerin zu werden.«

»Tja, Singen ist wie Radfahren. Das verlernt man nicht so schnell. Ein paar Übungen für Ihre Stütze ...«

Die Wangen von Sylke Müller färbten sich rosig: »Danke.«

»Wir untersuchen immer noch den Mord an Ihrem Vater«, begann Katharina vorsichtig.

»Und? Gibt es schon eine Spur?«

»Bisher nichts Konkretes. – Können Sie uns sagen, an was für einem Projekt Sie mit Ihrem Vater zusammengearbeitet haben?«

»Zusammengearbeitet ist vielleicht zu viel gesagt. Und ich ...« Sylke Müller sah sich ängstlich um. »Ich darf wirklich nicht drüber sprechen.«

»Immer mit der Ruhe«, mischte sich Paul Leydth ein. »Niemand hier wird etwas weitererzählen.«

Ein weiterer unsicherer Blick, dann nickte Sylke Müller: »Also gut. – Was wir da entwickeln ... entwickelt haben ... ist ein völlig neuer, kompakter DNA-Sequencer. Man kann damit DNA-Analysen machen. Für weniger als zehn Dollar. Etwa hundertfünfzig Dollar, wenn es darum geht, ein ganzes Genom aufzuzeichnen.«

Andreas Amendt nickte: »Das ist wirklich günstig. Aber ich meine, davon schon gehört zu haben.«

»Ja, es gibt noch andere Firmen, die daran arbeiten. Aber unser Sequencer ... Also bei Computerprogrammen nennt man so etwas Open Source. Wenn das Gerät fertig ist, werden wir die Pläne, die Software und alle Schnittstellen offenlegen, sodass jeder, der sich damit auskennt, Anwendungen entwickeln oder das Gerät für seine Zwecke modifizieren kann.«

Amendt pfiff verblüfft zwischen den Zähnen: »Kein Wunder, dass man auf Sie geschossen hat. Denken Sie nur an die ganzen Applikationen: Medizin, Landwirtschaft und so weiter. So ein Gerät würde es den Marktführern ganz schön schwer machen. – Warum diese Open-Source-Lösung?«

»Das ist so ein KAJ-Ding. Die haben das Projekt zum großen Teil finanziert ... Und die wollen es nutzen, um in Afrika die Landwirtschaft anzukurbeln und genetisch bedingte Erkrankungen zu bekämpfen. Die Geräte dort praktisch verschenken.«

»Landwirtschaft ankurbeln? In Afrika?«, fragte Katharina.

»Naja, ertragreichere und widerstandsfähige Pflanzen züchten und so.«

»Gute Idee«, ließ sich der Professor vernehmen.

»Ja. Dachten wir auch.«

»Und Ihre Rolle dabei?«, fragte Katharina.

»Ich bin die Projektkoordinatorin. Sozusagen der Manager und Sklaventreiber.«

»Und Ihr Vater?«

»Der hat das Ganze auf KAJ-Seite als Controller betreut. Damit die Kosten nicht aus dem Ruder laufen.«

Das passte so gar nicht zum Bild, das Katharina vom Mann mit den Eukalyptuspastillen hatte. Ein Schreibtischjob? Kein Geheimdienst? Wie kam er dann an seine Informationen?

»Was ist eigentlich KAJ für eine Firma?«, fragte sie Sylke Müller.

»Ich ... ich weiß es eigentlich nicht so genau. Der Sequenzer war das erste Projekt, bei dem ich mit denen zu tun hatte. Und Papa hat nie viel über seinen Job geredet.«

Papa ... Katharina fühlte einen Stich im Bauch. So hatte sie ihren Vater auch immer genannt. Und der gleiche Mann, der Katharinas Familie umgebracht hatte – Ministro –, hatte auch den Vater von Sylke Müller auf dem Gewissen.

»Nun, vielleicht kann ich aushelfen«, meldete sich Paul Leydth zu Wort. »Bei KAJ hat es bei mir irgendwo geläutet. Deshalb habe ich Lienhardt gebeten, ein paar Erkundigungen einzuholen. Lienhardt?«

»Sehr gerne«, antwortete Lienhardt roboterhaft. Er stand auf, rückte seinen Stuhl weg und klappte ein Notebook auf. Dann ging er zum Ende der langen Tafel und rollte dort umständlich eine Leinwand aus. Erst jetzt bemerkte Katharina den kleinen, kompakten Videoprojektor in der Mitte des Tisches.

Endlich stand die Leinwand exakt zentriert. Tripp ging zurück zu seinem Platz und drückte eine Taste auf dem Notebook. Auf der Leinwand erschien ein Unternehmenslogo: KAJ in geschwungenen Lettern, von einem grünen und einem blauen Band umwoben. Darunter stand: »Wir machen die Welt besser. Tag für Tag.«

Lienhardt Tripp testete die Funktion des Laserpointers, den er aus einer Tasche seines Jacketts gezogen hatte. Zufrieden mit dem Ergebnis, legte er das Gerät vor sich auf den Tisch und begann, mit monotoner Stimme zu sprechen: »KAJ hat seinen Hauptsitz in Frankfurt. Das Unternehmen beansprucht ein Viertel einer Büroetage im Europatower. Die Räume werden jedoch selten genutzt. Auch unter der Telefonnummer auf der Website des Unternehmens meldet sich nur ein Anrufbeantworter. Ähnliche Büros unterhält das Unternehmen auf der ganzen Welt. Das Geschäftsfeld des Unternehmens ist unklar. KAJ veröffentlicht keine Geschäftsberichte. Auch im Internet finden sich nur wenige Verweise auf das Unternehmen. Die Homepage besteht nur aus dem Logo und einer Impressumsadresse. Der einzige andere aktuellere Hinweis ist eine Gewinnwarnung vom Dezember letzten Jahres. Diese Gewinnwarnung entsprach jedoch nicht den realen Zahlen.«

»Moment, wenn die keine Geschäftsberichte veröffentlichen, woher wissen Sie dann etwas über deren finanzielle Situation?«, fragte Katharina.

»Bitte unterbrechen Sie mich nicht«, sagte Tripp mit noch immer monotoner Stimme.

»Lienhardt hat Verbindungen zum Finanzamt«, flüsterte Paul Leydth Katharina zu, während Tripp den Laserpointer noch einmal testete.

Endlich fuhr Tripp fort: »Es ist auch nicht bekannt, wer für das Unternehmen arbeitet. Selbst an der Pforte des Europatowers erkennt man die Mitarbeiter nur an ihren schwarzen Dienstausweisen, die aber keinen Namen tragen. Lediglich eine Nummer. Eine Empfangsdame, mit der ich gesprochen habe, mutmaßt, es handele sich um eine Geheimdienstniederlassung, vermutlich von der CIA, denn die Mitarbeiter sprechen oft Englisch miteinander. Aber eine diesbezügliche Recherche ergab ebenfalls keinerlei Hinweise auf solch eine Verbindung.«

»Vielleicht ein privater Geheimdienst«, spekulierte Paul Leydth. Lienhardt Tripp war nicht froh über diese erneute Unterbrechung, traute sich jedoch nicht, seinem Herrn zu widersprechen. Stattdessen überprüfte er zum dritten Mal den Laserpointer.

»Privater Geheimdienst? Und der DNA-Sequenzer?«, fragte Andreas Amendt. »Wie passt der da rein?«

Leydth runzelte die Stirn: »Vielleicht ein Deckgeschäft. Irgendwas müssen sie offiziell ja machen. Und humanitäre Projekte sind gute Türöffner. – Aber entschuldige, Lienhardt, ich habe dich unterbrochen.«

Tripp legte den Laserpointer mit einem lauten Klack auf den Tisch zurück. »Wo war ich?«, fragte er.

»Keine Hinweise auf Geheimdienst-Verbindungen«, soufflierte Katharina hilfsbereit.

»Bitte unterbrechen Sie mich nicht. Also, es gibt keine Hinweise auf eine Verbindung zu staatlichen Geheimdiensten. Alle weiteren Informationen sind Spekulation. Wollen Sie sie trotzdem hören?« Tripp wartete die Antwort nicht ab, sondern sprach einfach weiter: »In der Internet-Usegroup de.soc.alt.verschwoerung –«

»Wo?«, fragte Sylke Müller, die die ganze Zeit schweigend zugehört hatte.

»Bitte unterbrechen Sie mich nicht. In der Internet-Usegroup –«

»Das Usenet ist eine sehr alte Unterkategorie des Internets«, erklärte Katharina. »Wird kaum noch genutzt.«

»Sie sollen mich bitte nicht unterbrechen.« Diesmal hatte Tripp den Laserpointer mit einem Knall auf den Tisch geworfen. Zufrieden, die Aufmerksamkeit wieder voll und ganz auf sich gezogen zu haben, fiel er in seinen monotonen Sprachfluss zurück: »In der Internet-Usegroup de.soc.alt.verschwoerung findet sich ein Post eines gewissen Harald Husch, der das Unternehmen KAJ und seine weltweiten Niederlassungen für ein zentrales Werkzeug der Illuminaten hält. Er untermauert dies mit der Form der farbigen Bänder im Logo. Seiner Meinung nach sehen sie aus wie die Ziffern Zwei und Drei. Dreiundzwanzig.« Stolz nahm Tripp nun den Laserpointer und zog mit ihm die verschlungenen Bögen auf dem Logo des Unternehmens nach. Tatsächlich konnte man mit viel Fantasie die beiden Ziffern darin erkennen.

Tripp legte den Laserpointer wieder ab – sanft und geräuschlos diesmal – und fuhr fort: »Allerdings glaubt Harald Husch auch, dass die Mondlandung niemals stattgefunden hat, dass John F. Kennedy von einer Freimaurerverschwörung mit Unterstützung des Vatikans ermordet wurde und dass wesentliche Führer der Welt gegen Reptilien in Menschenmasken ausgetauscht worden sind.«

»Und der läuft wirklich frei rum?«, rutschte es Katharina heraus. Damit löste sie am Tisch ein allgemeines Kichern aus. Nur Tripp blieb ernst: »Bitte unterbrechen Sie mich nicht. Und nein, Harald Husch ist zurzeit Patient der Psychiatrischen Landesklinik in Marburg. Er besteht allerdings darauf, politischer Gefangener zu sein.« Mit diesem Satz setzte sich Tripp wieder auf seinen Platz. Offenbar hatte er seinen Vortrag beendet.

»Privater Geheimdienst«, wiederholte Professor Leydth seine Vermutung.

»Ich arbeite für eine Institution, deren Aufgabe es ist, Fehler auszubügeln. Auf die eine oder andere Art«, sagte Katharina für sich. Doch leider war es gerade vollkommen still im Raum; so bekam Katharina die volle Aufmerksamkeit der Anwesenden.

»Wie meinen?«, fragte der Professor.

»So hat er sich mir vorgestellt. Der Mann mit den Eukalyptuspastillen ... Hartmut Müller, meine ich.«

»Mein Vater hat für einen Geheimdienst gearbeitet?« Sylke Müller war wieder blass geworden. »Nein, das glaube ich nicht. Er war ... Controller! Buchhalter!« Sie sackte zusammen. »Andererseits ... Jetzt ergibt das alles Sinn ... die vielen Reisen«, murmelte sie leise vor sich hin. »Dass er nie von seinem Beruf gesprochen hat … Hat immer gesagt, das wäre langweilig. Langweilig! Ha!« Ihr Mund verzog sich zu einem müden Lächeln.

»Ich glaube, Sie legen sich besser wieder etwas hin«, sagte Andreas Amendt. Er half Sylke Müller aufzustehen und führte sie aus dem Raum. Katharina schämte sich für den leisen Stich der Eifersucht, den sie spürte, als Sylke Müller den Kopf an Amendts Schulter legte.

»Nun denn! Ein privater Geheimdienst. Ich glaube, davon können wir ausgehen«, sagte Paul Leydth geschäftsmäßig, nachdem Amendt mit seiner Patientin den Raum verlassen hatte. »Und nun?«

»Aber wenn das ein privates Unternehmen ist, dann muss es doch irgendwem gehören«, dachte Katharina laut nach. »Herr Tripp? Wissen Sie, wem?«

»Bitte nennen Sie mich Lienhardt. Tripp ist ein ganz furchtbar graugrüner Klang.«

»Synästhesie«, erklärte der Professor. »Lienhardt hört in Farben.«

»Also gut, Lienhardt. Wissen Sie, wem das Unternehmen gehört?«

»Nein.« Zur Bestätigung klopfte Lienhardt zweimal auf die Tischplatte.

»Vielleicht gibt der Name Aufschluss?«, schlug Paul Leydth vor. »Lienhardt? Weißt du, wofür die Abkürzung KAJ steht?«

»Ja. Steht auf der Website. Koestler, Anderson und Jeremy.«

»Koestler?«, fragte Katharina. »Arthur von Koestler?«

»Ich weiß es nicht. Im Impressum der Website war nur ein Unternehmen als verantwortlicher Ansprechpartner genannt. Das ist rechtlich gar nicht zulässig. Man kann sie abmahnen.«

»Das solltest du tun«, brummte Professor Leydth. »Dann erfahren wir vielleicht mehr.«

»Jawohl!« Lienhardt stand auf, verneigte sich knapp in Richtung seines Herrn, steckte den Laserpointer in sein Jackett, klemmte sich das Notebook unter den Arm und wandte sich zum Gehen.

»Lienhardt? Eine Frage noch«, hielt Katharina ihn auf.

Lienhardt Tripp stellte das Notebook ab und legte den Laserpointer wieder auf den Tisch. »Ja? Eine Frage?«

»Wie heißt das Unternehmen, das im Impressum angegeben ist?«

»Koestler Asset Management«, antwortete Tripp mit dem Engagement eines gelangweilten Navigationssystems.

Bubbles

```
Ein kurzer Zwischenstopp im Frankfurter Nordend
```

»Was wollen wir denn hier? Ich dachte, wir wollten diesen Koestler aufsuchen?«, fragte Andreas Amendt, als Katharina an der altmodischen Klingel unter dem Schild mit dem halb überklebten Namen und dem Antiatomkraft-Emblem neben dem Notariatswappen zog.

»Koestler ist erst in einer Stunde wieder im Büro«, antwortete Katharina. »Ich habe angerufen, als Sie Sylke Müller verarztet haben. Und da dachte ich, wir könnten schnell ein paar Unterlagen aufgabeln. – Wie geht es ihr überhaupt?«

»Den Umständen entsprechend. Etwas schwacher Kreislauf. – Wollte aber trotzdem wissen, ob ich sie nicht mal durch die Jazzszene von Frankfurt führen könnte, wenn all das hier vorüber ist.«

Schon wieder dieser Stich im Magen. Amendt konnte doch ausgehen, mit wem er wollte. »Ja, ja, der Ritter in silberner Rüstung und die Jungfer in Not«, sagte Katharina deshalb leichthin.

»Aber –« Weiter kam Amendt nicht mit seinem Protest, denn in diesem Augenblick wurde die Tür geöffnet. Schmitz erkannte sie und strahlte: »Katharina! Herr Doktor Amendt! – Schön, euch zu sehen. Und Verstärkung zum Tragen habt ihr auch mitgebracht.«

Katharina deutete auf Hans und Lutz, die grimmig und mit verschränkten Armen hinter ihnen standen: »Das sind meine Leibwächter. – Anordnung von Antonio Kurtz.«

»Ach ja, Kurtz! Der Gute! Du und Susanne ... Ihr wart ja immer die Töchter, die er selbst nie hatte. – Kommt doch rein.«

Er ging ihnen voran durch die Eingangshalle, in der an diesem Tag eine junge, etwas verhärmte Frau hinter einem Schreibtisch saß. Sie nickte ihnen freundlich zu. »Sabine Artig«, stellte Schmitz sie vor. »Meine Büroperle.« Die Frau errötete.

»Die Tochter von Gerlinde übrigens, ihrer Vorgängerin«, führte Schmitz weiter aus. »Manche Dinge bleiben eben in der Familie.«

»Tee?«, fragte Sabine Artig mit leiser, hoher Stimme.

»Aber natürlich«, antwortete Schmitz. Dann ging er seinen Gästen voran in sein Arbeitszimmer.

»Wow«, sagte Hans, beeindruckt von der Menge der Bilder an der Wand. »Sie mögen Wälder, oder?«

»Ganz recht, junger Freund!« Schmitz legte Hans den Arm um die Schulter und lenkte ihn zu seiner Sammlung: »Der deutsche Wald ...«

Während Schmitz Hans durch Geschichte und Mythen des deutschen Waldes führte, hatte Sabine Artig den Tee gebracht. Sie signalisierte der übrigen kleinen Gruppe, es sich besser bequem zu machen, der Vortrag könne noch eine Weile dauern. Dann hatte sie ihnen Tee eingeschenkt und war wieder aus dem Raum gehuscht.

So hatten sich Katharina, Amendt und Lutz also hingesetzt und gewartet. Amendt hatte plötzlich angefangen, unterdrückt zu kichern. Katharina stieß ihm den Ellenbogen in die Seite: »Was ist denn?«, fragte sie flüsternd.

»Erinnern Sie sich noch an Kristina?«, fragte Amendt ebenso leise und verzweifelt bemüht, sein Kichern zu unterdrücken.

Katharina nickte. Natürlich erinnerte sie sich an den blondgelockten Krimifan, der ihnen auf Mafia Island so furchtbar auf die Nerven gegangen war. »Was ist mit der?«

»Sie würde bestimmt darauf bestehen, dass Schmitz der Täter ist.« Amendt kicherte immer noch. Wenn das weiter so ging, würde ihn Katharina mit einer kräftigen Ohrfeige erlösen müssen.

»Warum das denn?«

»Na ja, in einem Krimi ist doch immer der der Täter, der auf den ersten Blick am wenigsten passt. Der liebenswerte, etwas schrullige Butler oder Gärtner oder ...«

»Notar«, ergänzte Katharina. Jetzt musste sie selbst kichern. Ausgerechnet Schmitz.

»So jemand als Chef einer grandiosen Verschwörung«, fuhr Amendt fort. »Vielleicht ist er sogar der Staufer höchstpersönlich? Und dann der große Showdown! Anstatt seine teuflischen Pläne zu offenbaren, hält er dem tapferen Kommissar einen Vortrag über Wohl und Wehe des deutschen Waldes.«

Das war nun wirklich zu viel: Amendt und Katharina wären vor Lachen beinahe vom Sofa gerutscht.

»Na? Ihr seid ja glänzender Laune!« Plötzlich saß Schmitz im Sessel vor ihnen. Offenbar hatte er seinen Vortrag beendet. »Was gibt es denn so Amüsantes?«

Katharina und Andreas Amendt setzten sich betont aufrecht hin: »Nichts.« – »Gar nichts.« – »Beerdigungsheiterkeit.« – »Galgenhumor.«

Schmitz klatschte vergnügt in die Hände: »Na, es ist doch gut, wenn ein junges Paar den Humor teilt. Ganz wichtig. Wenn Hannelore … also meine Frau, Gott hab sie selig … und ich nicht so viel gemeinsam hätten lachen können, wer weiß, was aus unserer Ehe geworden wäre.«

»Wir … wir sind kein Paar«, beeilte sich Katharina, richtigzustellen.

Schmitz sah sie verdutzt an: »Nicht? Schade. Ich fand schon beim letzten Mal, ihr passt gut zusammen. Aber woher soll ich das auch wissen? Als Notar bin ich ja eher mit dem Ende von Ehen beschäftigt. – Also? Was kann ich diesmal für euch tun?« Sein Ton wurde plötzlich kummervoll. »Ach, und ich habe schon wieder keine Mürbchen.«

»Aber das macht doch nichts. Vielleicht das nächste Mal«, sagte Katharina, um Schmitz zu trösten. »Eigentlich wollten wir auch nur rasch die Akten abholen.«

Schmitz nickte: »Natürlich!« Er deutete auf drei große Kartons auf seinem Schreibtisch. »Stehen schon bereit für dich. Aber ich hoffe, du kennst dich mit Buchhaltung aus. Jede Menge Zahlen da drin. Und Buchhaltung war für mich immer ein Buch mit sieben Siegeln. Da hat sich Gerlinde drum gekümmert. Ach, großartige Gerlinde …«

»Und haben Sie –«

Schmitz wedelte spielerisch-drohend mit dem Zeigefinger: »Du!«

»Und hast *du* eventuell eine Kundenliste meines Vaters?«, korrigierte Katharina sich.

»Nein, leider nicht. Nur die einzelnen Akten. Aber ich habe Gerlindes Karteikarten mit hineingetan. Ihr wisst schon. Auf denen sie immer ihre Kundenbeobachtungen notiert hat. Die können euch vielleicht helfen. – Ich wollte das ja alles mal in den Computer übertragen lassen. Bin ich aber bisher nicht dazu gekommen. Und ich muss zugeben, dass ich etwas altmodisch bin und Papierakten vorziehe.« Schmitz tippte sich plötzlich an die Stirn: »Apropos! Wo habe ich nur meinen Kopf heute! Ich habe noch mal mit Gerlinde telefoniert, der guten Seele. Weil ich mich an diesen Hartmut Müller so gar nicht erinnern konnte. Dabei habe ich sonst ein gutes Gedächtnis für Menschen.«

»Und?« Katharina beugte sich neugierig vor.

»Sie konnte sich noch sehr gut an den Herrn erinnern. Gerlinde hat ein echtes Elefantengedächtnis. Obwohl ich das ja eigentlich nicht mehr sagen wollte. Elefanten sind Baumschädlinge. In Indien –«

»Was hat sie gesagt?«, fragte Katharina mit Nachdruck.

»Ach ja. Richtig. Stimmt. Also, sie kann sich noch gut an Hartmut Müller erinnern. Fand ihn sehr unangenehm. Und sie ist sich sicher, dass er damals in ihrem Schreibtisch herumgeschnüffelt hat, als sie einen Kaffee für ihn holen war.«

»Und KAJ? Sagt dir das Unternehmen etwas?«

»Nur dunkel. Muss wohl so eine Art – wie nennt man das heute? Ach ja – Think Tank sein. Ideen zur Rettung der Menschheit und so. Ich glaube, ich bin mal mit denen aneinandergeraten, damals in den Achtzigern.«

»Weshalb?«

»Weil die Landwirtschaftsprojekte in Südamerika gefördert haben. Urwaldrodung. Viele Fußballplätze am Tag. Für Ackerland, das maximal ein paar Ernten lang zu gebrauchen ist, bevor es die Erosion zerstört. Verheerend. – Der Wald hat Besseres verdient als reiche Spinner aus einem Think Tank.« Den letzten Satz hatte Schmitz ausgespuckt, seine Augen blitzten zornig.

»Und Arthur von Koestler?«, fragte Katharina vorsichtig.

»Ach, hör mir auf mit dem. Ich weiß auch nicht, was dein Vater an dem gefunden hat. Ein Gauner aus einer Gaunerfamilie. Die Vau Punkt Koestlers«, er dehnte den Adelstitel angeekelt, »das waren Raubritter. Kein Respekt für ihr Lehen. Keine Loyalität außer ihrer eigenen Kasse gegenüber. Jedem Herrscher in den Hintern gekrochen bis hin zu dem albernen Kleinen mit dem Oberlippenbart. Aber nachher waren sie natürlich im Widerstand und schon immer dagegen. Ich will nicht wissen, wie viele jüdische Millionen bei denen in den Schatzkammern schlummern. Und Arthur mit seiner Schattenbank und seinen Hedgefonds und so: Der ist echt der Schlimmste. Er hat einen ganzen hessischen Mischwald fällen lassen! *Für einen Golfplatz!*« Schmitz hatte sich in Rage geredet. Automatisch zog er sein Taschentuch hervor und presste es unter die Nase. Amendt war schon aufgestanden, um ihn zu verarzten, doch Schmitz winkte ab. Er nahm das Taschentuch herunter und betrachtete es staunend. Dann strahlte er wie ein Kind: »Hach, da habe ich mich aufgeregt und gar kein Nasenbluten. – Ihre Salbe bewirkt wirklich wahre Wunder, Doktor Amendt.«

»Ja, aber dennoch sollten Sie die Ader veröden lassen. Das ist ein Fünf-Minuten-Eingriff … und Sie haben für immer Ruhe.«

»Für immer Ruhe?« Schmitz kicherte vergnügt. »Aus dem Mund eines Gerichtsmediziners klingt das nicht gerade beruhigend.«

»Ich meinte …«

»Ach, ich weiß doch, was Sie meinten. Nur ein Scherz. Vielleicht sollte ich mich auch weniger aufregen. Sagt zumindest mein Arzt. Aber Hannelore … also meine Frau, Gott hab sie selig … die hat immer gesagt: ›Absalom‹, hat sie gesagt, ›reg dich ruhig auf. Das hält dich jung.‹ Und recht hat sie gehabt. – Aber um auf Arthur Vau Punkt Koestler zurückzukommen«, Schmitz' Stimme wurde wieder ernst. »Also, das ist ein ganz seltsamer Vogel. Und, ganz ehrlich gesagt, mich hat gewundert, dass die Polizei ihn nicht genauer unter die Lupe genommen hat. Damals, du weißt schon …«

»Bei der Ermordung meiner Familie«, bestätigte Katharina.

»Genau. Aber manche Menschen werden echt vom Teufel selbst beschützt.«

»Glauben Sie, er ist der Staufer?«, fragte Andreas Amendt plötzlich.

Schmitz sah ihn erstaunt an: »Der Staufer? Mein Gott, den Namen habe ich aber auch schon lange nicht mehr gehört. – Aber Koestler der Staufer? Nun, ich will niemanden falsch beschuldigen, aber wenn ihr feststellt, er war es: Wundern täte mich das nicht.«

Triangle

```
    Erneut im Finanzzentrum Deutschlands,
              etwas später
```

Der livrierte Diener führte Katharina und ihre Begleitung direkt in Koestlers Büro. Der Vermögensverwalter hatte hinter seinem Schreibtisch gesessen. Als sie eintraten, war er aufgestanden und auf sie zugegangen: »Das ist aber schön, dass Sie mich so schnell wieder beehren. Und dann gleich vier Mann hoch.«

Katharina nahm die angebotene Hand. Koestlers Händedruck war fest und kühl. Ein Millionenauftrags-Händedruck. »Doktor Amendt kennen Sie ja«, stellte Katharina ihre Begleitung vor. »Und Hans und Lutz sind –«

»Ich weiß. Leibwächter Ihres Patenonkels. Wir sind uns schon begegnet.«

»Kurtz hat mich ihnen anvertraut, weil …«

»Wegen des Mordes an dieser Jazzsängerin? Schreckliche Geschichte. Ich habe davon in den Nachrichten gehört. – Aber kommen Sie, nehmen Sie doch Platz.«

Katharina und Andreas Amendt setzten sich auf das edle Ledersofa, Hans und Lutz blieben an der Wand stehen, den Raum unablässig mit Blicken sondierend. Koestler musterte sie einen Augenblick: »Entspannen Sie sich, meine Herren. Die Scheiben hier sind kugelsicher. Und sowohl meine Empfangsdame wie auch die Diener sind trainiertes, bewaffnetes Sicherheitspersonal.«

Hans und Lutz entspannten zwar gehorsam ihre Schultern, blieben aber stehen. Katharina bemerkte, dass sie beide unauffällig ihre Aufmerksamkeit auf die Tür lenkten. Bewaffnetes Sicherheitspersonal konnte Probleme bereiten. Falls sich Koestler irgendwie verriet. Falls er überhaupt in die ganze Sache verwickelt war. Katharina war sich inzwischen nicht mehr ganz so sicher. Das Ganze schmeckte ihr zu sehr nach Bond-Bösewicht.

Sie legte den kleinen Aktenkoffer, den ihr Koestler am Vortag gegeben hatte, auf den Tisch vor dem Sofa: »Den hier würde ich gerne erst mal zurückgeben. Das Geld habe ich doch nicht gebraucht.«

»Na wunderbar. Einen Cent gespart, einen Cent verdient, wie wir Finanzhaie zu sagen pflegen.« Koestler nahm den Koffer an sich und ging zur Wand hinter seinem Schreibtisch. Dort klappte er einen Teil der dunklen Holzverkleidung zurück. Katharina stand auf, um zu sehen, was er da tat.

»Automatische Geldzähl-Einheit mit direkter Verbindung zum Kellertresor«, erklärte Koestler über die Schulter. Er klappte den Koffer auf und begann, die Maschine, die aussah wie eine Kreuzung aus Hochleistungskopierer und Geldautomat, mit Geldbündeln zu füttern. Der Geldzähler ratterte vor sich hin, es klang fast vergnügt. Innerhalb weniger Augenblicke war das Geld registriert und auf dem Weg in den Tresor. »Hunderttausend Euro. Alles da und alle Scheine echt. So lobe ich mir das«, sagte Koestler zufrieden.

Er kam zu ihnen zur Sitzgruppe, setzte sich in einen Sessel und schlug die Beine übereinander. Katharina bemerkte, dass er zu seinem teuren Anzug ausgerechnet Turnschuhe trug. »Eine Marotte von mir«, erklärte Koestler entschuldigend. »Ich habe Knick-Senk-Spreizfüße. Normale Anzugschuhe bringen mich an manchen Tagen echt um. – Außerdem weiß man ja nie, wann man einen Sprint einlegen muss.« Er lachte, dann sah er wieder zu Katharina. »Was kann ich sonst noch für Sie tun?«

Katharina legte die Fingerspitzen aneinander und versuchte, ihre Schultern zu entspannen. Am liebsten wollte sie aufspringen, Koestler packen, schütteln und fragen, ob er der Staufer war.

»Nun, wir sind da im Laufe der Ermittlungen immer wieder auf ein Unternehmen gestoßen«, begann sie zögernd. »Und wir dachten, Sie könnten uns vielleicht etwas dazu sagen.«

»Nur zu«, antwortete Koestler freundlich. »Mein gesamtes Wissen über die deutsche und die Weltwirtschaft steht Ihnen zur

Verfügung, solange ich dabei nicht das Bankgeheimnis verletze. – Wie heißt das Unternehmen?«

»KAJ.« Katharina bemühte sich, den Namen so ausdruckslos wie möglich auszusprechen.

Mit Koestlers Reaktion hatte sie allerdings nicht gerechnet. Er lachte und hob spielerisch drohend den Zeigefinger: »Na, da habe ich Sie jetzt aber erwischt. Sie lesen Ihre Jahresberichte nicht.«

»Meine Jahresberichte?«

Koestler stand auf, ging zu seinem Schreibtisch und nahm einen in Leder gebundenen Hefter: »Hier, den hier haben Sie beim letzten Mal sogar liegen lassen.« Er schlug den Hefter auf und reichte ihn Katharina. »Vorletzter Posten auf dieser Seite.«

Katharina überflog die Tabelle, bis sie den Eintrag gefunden hatte: »Unternehmensanteile KAJ«. In der Spalte »Aktueller Wert, 12/2007« stand »503.127 Euro«.

»Ich habe Anteile an KAJ?«

»Oh ja. Eine solide Anlage. Immer so um die sechs bis acht Prozent Rendite in den letzten fünfundzwanzig Jahren.«

»Und Sie leiten das Unternehmen? Koestler, Anderson und Jeremy … Der Koestler sind doch Sie, oder?«

»In der Tat. Ja. Ich leite das Unternehmen. Offiziell zumindest. Irgendein Name muss da ja stehen.«

»Und inoffiziell?«

»Leitet es sich selbst.«

»Es leitet sich selbst? Was ist das denn für ein Unternehmen?«

»Was wissen Sie denn schon?«, fragte Koestler zurück.

»Nicht viel. Den Namen. Dass das Unternehmen Büros auf der ganzen Welt hat. Und wir konnten uns des Eindrucks nicht erwehren, dass es sich dabei um eine Art privaten Geheimdienst handelt.«

»Oder um eine Weltverschwörung«, ergänzte Andreas Amendt. Katharina gab ihm einen Knuff mit dem Ellenbogen.

Koestler kicherte vergnügt in sich hinein: »Ja, eine Weltverschwörung. Das kommt ziemlich genau hin. – Die beste Rotweinidee, bei der ich je mitgewirkt habe.«

»Weltverschwörung? Rotweinidee?«, fragte Katharina verblüfft.

»Ja, natürlich. Aber ... Ach ja, das können Sie ja nicht wissen. Da sind Sie zu jung für. – Also, vorweg muss ich sagen: Das waren die Siebziger und frühen Achtziger. Wir waren alle jung damals. Zumindest jünger als jetzt. Engagiert. Und wenn nicht reich, dann zumindest wohlhabend. Ich, Ihr Vater ...«

»Mein Vater? Wer noch?«

»Ach, eine ganze Reihe Menschen. Was so in Frankfurt Geld oder Namen hat. – Aber es war auch eine knifflige Zeit. Der lange Marsch durch die Institutionen erwies sich als schwieriger als gedacht, die letzten Illusionen des Wirtschaftswunders lösten sich endgültig in Rauch auf ... und es gab da so viele Probleme. Also, nicht unbedingt für uns. Aber auf der Welt. Hunger. Die Umwelt. Diverse regionale Konflikte. Drogenhandel. Und so weiter und so fort.«

»Und dann?«

»Also, eines Abends haben ein paar von uns zusammengesessen. Ihr Vater war auch dabei. Und wir haben uns wieder mal bei Rotwein in Rage geredet über die Schlechtigkeit dieser Welt. Und dass man endlich mal was tun müsse. Nur wie? – Ach ja, was Sie noch wissen müssen: Damals gab es gerade so eine Welle von Weltverschwörungstheorien. Robert Anton Wilson mit seinen Illuminati und so. Wir haben uns immer köstlich darüber amüsiert.«

»Warum?«

»Ich bitte Sie: Die großen Banker und Mächtigen kommen zusammen und regieren die Welt mit unsichtbarer Hand? Zwei Banker können sich ja nicht mal auf den Wein einigen, den sie gemeinsam trinken wollen, geschweige denn auf eine Strategie. – Also: Wir haben da zusammengesessen, Rotwein getrunken, diskutiert. Und ich weiß auch nicht mehr, wer, aber irgendjemand hat gesagt: Eine Weltverschwörung, das wäre es. Eine, die die Probleme anpackt und löst. Geführt wie ein Wirtschaftsunternehmen.«

»Und dann?«

»Wir haben alle zugestimmt. Sie wissen ja, wie das ist, wenn man was getrunken hat: Da kommt einem schnell mal eine Idee genial vor. – Aber am nächsten Morgen war die Idee immer noch gut: die Gründung eines Unternehmens, das mehr oder minder im Geheimen die Probleme dieser Welt löst, so weit das möglich ist. Wissen Sie, Greenpeace mit seiner straffen Organisation war ein paar Jahre zuvor gegründet worden. Da haben wir uns gesagt: Das können wir auch und zwar besser. So ist KAJ entstanden. – Aber da wir hier gerade so traut zusammensitzen: Kaffee? Die Geschichte ist noch etwas länger.«

Katharina nickte zustimmend. Den Verdächtigen in Sicherheit wiegen. Reden lassen. Und abwarten, wann er sich verplapperte. Grundkurs Vernehmung.

Koestler bestellte über das Interkom auf seinem Schreibtisch. Nach nicht mal einer Minute brachte der livrierte Diener Kaffee und einen Teller Kekse. Er schenkte ihnen ein und zog sich dann wieder lautlos zurück, misstrauisch beobachtet von Hans und Lutz. Jetzt, wo sie es wusste, konnte auch Katharina die Ausbuchtung an der Hüfte des Dieners sehen: Er war tatsächlich bewaffnet.

Koestler setzte sich wieder und nippte genießerisch an seinem Kaffee: »Jamaica Blue Mountain! Sehr guter Kaffee. Und aus fairem Handel. – Aber wo war ich?«

»Sie wollten uns eben erklären, wie KAJ arbeitet.«

»Genau. Wir hatten also diese Idee. Uns war klar, dass wir dafür Geld brauchten. Jeder von uns hat was dazugegeben. Ihr Vater hunderttausend D-Mark. Und ich habe noch weiter gesammelt. Bald hatten wir ein nettes Startkapital zusammen.«

»Wer waren diese Geldgeber?«

»Im Prinzip alles, was Rang und Namen hat in der Stadt. Fanden sehr viele … Nun, heute würde man wohl sagen, sie fanden es cool, bei so einer Geheimorganisation ohne den Brauchtumsmief von Freimaurern, Rotariern und Konsorten mitzumischen.«

»Paul Leydth auch?«, fragte Andreas Amendt plötzlich dazwischen.

Koestler schüttelte den Kopf: »Leider nein. Dabei war er einer der Ersten, dem ich die Idee vorgestellt habe. Aber vermutlich zu früh. Er fand das alles ziemlich unausgegoren und hat abgelehnt.«

Katharina sah zu Amendt. Er dachte wohl das Gleiche wie sie. Sie sagte: »Paul Leydth sagt aber, dass er den Firmennamen nicht kennt. Haben Sie eine Erklärung dafür?«

Koestler nickte: »Natürlich. Damals, als ich ihn gefragt habe, gab es den Namen noch nicht. Da hieß das Ganze noch Projekt 23. Sie wissen schon, wegen der Illuminaten und so. KAJ kam erst danach. Klang harmloser.«

»Ach ja«, fragte Katharina weiter. »Wer sind denn Anderson und Jeremy?«

Koestler schmunzelte: »Die Hauptfiguren in einem Comicstrip. – So ein Strip aus den Siebzigern: Ein Hippie und ein – heute würde man sagen – neoliberaler Yuppie ... zusammen in einer WG, die einander das Leben erklären. Sehr witzig. Habe ich damals in den USA immer verschlungen. – Und da wir die Abkürzung KAJ schon hatten, haben wir eben diese Namen genommen.«

»Wie? Die Abkürzung gab es schon?«

»Ja, das war so ein ... Wie schon gesagt, das Ganze ist über ziemlich vielen Flaschen Rotwein entstanden. Also so eine Art Scherz.«

»Und wofür steht KAJ?«

Koestler zuckte mit den Achseln: »Konzern für Alles und Jedes.«

Oh Mann, wenn Banker Witze machten! Katharina fragte weiter: »Gut, aber was ist KAJ nun genau?«

»Unsere ursprüngliche Idee war, Wissenschaftler zu engagieren, in ein Labor zu setzen und einfach machen zu lassen. Aber die Probleme, die es zu lösen galt, waren komplexer und oft eher politischer Natur. Also haben wir nicht nur Wissenschaftler rekrutiert, sondern auch Diplomaten, Wirtschaftsfachleute und so weiter.«

»Geheimdienstler?«

Koestler nickte: »Ich nehme es an. Diplomatie und Geheimdienst lassen sich ja nicht immer sauber trennen. – Also, als wir das Kernteam zusammenhatten, haben wir ihnen völlig freie Hand gegeben. Sie sollten die Probleme aufspüren und lösen. Gemeinsam entscheiden, dann zielstrebig handeln. Wir Geldgeber sollten völlig außen vor bleiben, um Einflussnahme aus Eigeninteresse zu vermeiden. Ich bin die einzige Schnittstelle. Und auch ich erfahre erst dann von Projekten, wenn sie abgeschlossen sind.«

»Und das funktioniert?«

»Ausgesprochen gut, wie Sie sehen können. Acht Prozent Rendite im Jahr. Auch wenn dieses Geld nie direkt ausgezahlt wird. Sie können höchstens Ihre Anteile an KAJ zurückverkaufen. Einige Geldgeber haben das getan und beißen sich heute deswegen in den Hintern. Aber: einmal raus, immer raus. Das ist das Prinzip. Nicht dass nachher noch jemand kommt, eine große Summe auf den Tisch legt und ab da sagen möchte, wo es bei KAJ langgeht.«

»Und wo kommen die Einnahmen her?«

»Das ist das Geniale. Man könnte es Robin-Hood-Prinzip nennen: Die Bedürftigen erhalten die Problemlösungen umsonst. Die, die es sich leisten können, zahlen dafür, aber richtig.«

»Wie soll das denn gehen?«

»Ganz einfach. Nehmen Sie nur mal die Umwelt: viele Probleme, aber auch viele Lösungen. Schwefeldioxid-Filter für Fabriken gegen den sauren Regen: Die hat KAJ mitentwickelt. Und dafür zahlen die Nutznießer natürlich. Windenergie, Katalysatoren: alles Milliardengeschäfte. KAJ hält viele Patente in diesem Bereich. Natürlich, ohne dass jemand das weiß. Geheimhaltung ist das oberste Prinzip.«

»Warum?«

»Damit das Unternehmen nicht vereinnahmt wird. Stellen Sie sich vor, irgendwelche Großunternehmen kriegen frühzeitig mit, was KAJ so ausheckt. Da sind doch Spionage und Sabotage vorprogrammiert. Oder, schlimmer noch, Politiker! Politiker sind doch die Letzten, die an den Problemen dieser Welt herumpfuschen sollten, meinen Sie nicht?«

Katharina nickte: »Durchaus. Aber warum erzählen Sie mir das alles?«

»Sie sind Anteilseignerin. Damit haben Sie ein Anrecht auf dieses Wissen«, erklärte Koestler erstaunt. »Außerdem verlasse ich mich auf Ihre Diskretion.«

»Und wenn mich meine Ermittlungen weiterführen?«

»Dann erwarten Sie vollständige Kooperation von uns. Alle unsere Projekte bewegen sich im gültigen legalen Rahmen.«

»Also ist KAJ kein Geheimdienst?«

»Nein. Obwohl das Unternehmen natürlich massiv Informationen sammelt, um Problemfelder zu identifizieren. Soweit ich weiß, werden einige dieser Informationen auch verkauft.«

»Wie geht das vor sich?«

»Nun, wie schon gesagt, aus guten Gründen bin ich nicht über die laufenden Projekte informiert. Aber in diesem Fall werden Berichte für Abonnenten zusammengestellt. Ich glaube, man nennt das heute Newsletter.«

»Und wer kriegt die?«

»Journalisten, Unternehmer, Wirtschaftsfachleute ... Sie können diese Newsletter ganz einfach über das Internet abonnieren. Stehen aber keine großen Geheimnisse drin. Nur eben sehr detaillierte Informationen, von denen sich sonst niemand die Mühe macht, sie zusammenzustellen.«

»Wenn Sie so wenig mit den Geschäften zu tun haben, kennen Sie dann die Mitarbeiter?«

»Nur sehr wenige. Wie schon gesagt: KAJ führt sich selbst, und zwar mehr oder minder basisdemokratisch.«

Zeit für einen Überraschungsangriff: »Sind Sie mal einem Hartmut Müller begegnet?«

»Wem? Nein, ich glaube, der Name sagt mir nichts.«

»Sehr unscheinbarer Mensch. Lutscht andauernd Eukalyptuspastillen.«

»Ach, Koala! Sagen Sie das doch gleich.«

»Sie kennen ihn unter seinem Codenamen?«

»Codename? Nein, das ist sein Spitzname. In Wirklichkeit heißt er ... Warten Sie, mir fällt es gleich ein ... Ach ja, richtig. Er heiß Kuhles. Frank Kuhles. Gehörte mit zu den ersten Angestellten von KAJ. War der Bundeswehrkamerad von irgendjemandem. Tüchtiger Mann. Er ist so was wie ... Na ja, heute heißt das Risk- und Compliance-Manager. Untersucht und bewertet Unternehmensrisiken.«

»Ein Sicherheitsbeauftragter also?«

Koestler lächelte gönnerhaft: »Nein, nein. Nicht so dramatisch. Koala kümmert sich drum, dass die Buchführung in Ordnung ist und schaut, ob man irgendwelche Risiken minimieren kann. Also Risiken in dem Sinne, dass ein wirtschaftlicher Verlust droht. Außerdem ist er Volljurist und kann daher auch vertragliche Probleme identifizieren.«

»Und warum nutzt er einen falschen Namen? Wir kennen ihn als Hartmut Müller.«

»Ach, das machen viele KAJler. Einige haben wir von anderen Unternehmen abgeworben, die darüber nicht immer glücklich waren. Andere wollen einfach anonym bleiben, um nicht unter Druck zu geraten. Ich sage ja, das sind alles ziemliche Idealisten. Wobei ich Ihnen bei Herrn Kuhles nicht mal sagen könnte, welches nun sein richtiger Name ist. Bei uns heißt er immer nur Koala. – Warum fragen Sie nach ihm?«

»Ach, das wissen Sie nicht?«

Koestler schüttelte den Kopf. »Nein, was denn?«

»Er ist vorgestern ermordet worden.«

»Großer Gott!« Koestler wirkte ehrlich entsetzt. »Warum das denn? Und wie?«

»Erschossen in seinem Auto. – Und warum? Nun, wir sind uns nicht sicher.« Katharina zögerte. Wie viel sollte sie preisgeben?

»Eine Vermutung werden Sie doch hoffentlich haben?«

»Eventuell waren Mitbewerber hinter einem Projekt von KAJ her. Einem DNA-Sequenzer.«

Koestler schüttelte verständnislos den Kopf: »Aber das Projekt ist doch praktisch abgeschlossen. Nächste Woche wird es vorgestellt. – Und Koala hatte damit allenfalls am Rande zu tun.«

»Auf jeden Fall ist sein Aktenkoffer aufgebrochen worden. Und die Unterlagen darin sind weg.«

»Das ist zwar ärgerlich, aber nächste Woche hätte die sowieso jeder gehabt.«

»Vielleicht Konkurrenz?«

»Glaube ich nicht. Zumindest würde die keinen Mord dafür begehen. So wichtig ist das Projekt auch nicht. – Aber ich nehme an, Sie haben noch eine andere Vermutung, oder?« Koestler wechselte plötzlich den Ton. Er klang fast ungehalten.

»Wie kommen Sie darauf?«

»Frau Klein, nun verkaufen Sie mich nicht für dumm. Sie untersuchen den Mord an Ihrer Familie. Und Sie würden nicht nach Koala fragen, wenn Sie keinen Zusammenhang sehen.«

Katharina nickte. Zeit, die Würfel richtig rollen zu lassen. Sie zog den zweiten Schnellhefter mit der »Akte Staufer« aus der Tasche.

»Ich glaube, er wurde umgebracht, weil er versucht hat, mir das hier zukommen zu lassen.« Sie reichte Koestler den Hefter, ihn genau beobachtend. Würde er sich verraten?

Aber seine Reaktion fiel erneut ganz anders aus, als sie erwartet hatte. Kaum hatte er die Titelseite aufgeschlagen, sagte er: »*Die* Geschichte? Aber das ist doch ... Wie lange ist das jetzt her?«

»Sie wissen davon?«

»Ja, das war eines dieser Seitenprojekte von Koala. Ich habe das, ehrlich gesagt, für eine fixe Idee gehalten.«

»Wie meinen Sie das?«

»Nun, wir haben damals ein Projekt zur Demokratisierung der Landwirtschaft in Südamerika durchgeführt. Eines der wenigen Projekte, die ich selbst betreut habe. War mir ein Herzensanliegen. Meine Vorfahren waren auch in Südamerika tätig und haben dort verbrannte Erde hinterlassen. Ich dachte, ich kann das irgendwie wiedergutmachen. – Aber das Projekt war eine Katastrophe. Wörtlich.«

»Wie das?«

»Also, uns ging es darum, Kleinbauern auszubilden. Ihnen zu zeigen, wie man Äcker anlegt, vernünftig bewässert und so weiter. Um die Macht der Großgrundbesitzer zu brechen. Die Kleinbauern waren oft praktisch so etwas wie Sklaven. Das wollten wir ändern. Und dann ...« Koestler nahm hektisch einen Schluck Kaffee.

»Und dann?«

»Sie haben sicher schon von den Todesschwadronen gehört? Auf jeden Fall sind viele der Kleinbauern und ihre Familien bestialisch abgeschlachtet worden. Vor allem die Anführer.«

»Weiß man, vom wem?«

»Offiziell nicht. Die Regierungen in der Region damals, die Polizei ... Nun, sie waren leicht käuflich. Aber ich vermute, dass da eine unheilige Allianz aus Drogengroßhändlern und Großgrundbesitzern hinter steckte.«

Andreas Amendt beugte sich vor: »Und? Was hatte dieser Koala damit zu tun?«

Koestler hustete und brauchte einen Moment, bis er wieder bei Luft war. Dann fuhr er fort: »Ich habe das ja für ein Hirngespinst gehalten, aber ... Koala war der Überzeugung, dass die Todesschwadronen aus Deutschland orchestriert und finanziert wurden.«

»Davon findet sich aber nichts in der Akte«, warf Katharina ein.

»Natürlich nicht. Nach Koalas Ansicht wurden die Verbrechen aus dieser Akte begangen, um den daraus entstehenden Gewinn nach Südamerika zu transferieren und damit die Todesschwadronen zu bezahlen.«

»Aber das gibt doch keinen Sinn. Wer in Deutschland sollte Interesse daran haben?«

»Genau mein Reden. Keinen Sinn. Im Gegenteil. Eine demokratisierte Landwirtschaft und damit eine starke Mittelschicht sind nämlich gut für die Weltwirtschaft. Und damit auch für Deutschland. Wir sind nun mal führende Exportnation. Das würde ja den eigenen Markt zerstören. – Aber wie schon gesagt, ich habe das für ein Hirngespinst gehalten. Koala hatte ja auch keine Beweise. Nur Vermutungen. Aber ich dachte, ich lasse ihn machen. Vielleicht war ja doch was dran. Und es ging ja um die Aufklärung von schweren Straftaten. Ich habe jedoch nie wieder davon gehört, daher dachte ich, das Ganze wäre im Sande verlaufen. Aber was hat Ihre Familie damit zu tun?«

»Letzte Seite«, sagte Katharina statt einer Antwort.

Koestler überflog den mageren Überwachungsbericht, dann schüttelte er ärgerlich den Kopf: »Koala hat wirklich geglaubt, Ihr

Vater soll die Gelder transferiert haben? Via Kunsthandel? Was ist das denn für eine Schnapsidee?«

»Nun, so abwegig ist das nicht ...«, begann Katharina.

Koestler winkte ab: »Ja, ja, ich weiß, was Sie sagen wollen. Dass illegale Gelder aus der organisierten Kriminalität oft über den Kunsthandel gewaschen und transferiert werden. – Aber das ist Humbug, zumindest soweit es Ihren Vater betrifft. Der hat sich sehr genau angeschaut, wem er was verkauft hat. Und natürlich auch, bei wem er die Bilder erworben hat. Und wenn er einen Kunden nicht kannte, dann musste jemand für ihn bürgen. Jemand, dem Ihr Vater vertraute.«

»Ihnen zum Beispiel?«

»Ich? – Ich kann einen Beuys nicht von einem Verkehrsunfall unterscheiden, nein.« Plötzlich wurde sein Blick schmal, seine Stimme ärgerlich: »Sie glauben doch nicht, dass ich ... Also wirklich, Frau Klein, wie lange kennen wir uns jetzt? Habe ich Ihnen jemals Anlass gegeben, an meiner Integrität zu zweifeln? Aber wenn Ihnen meine Dienste ... Wir können Ihren Account gerne jederzeit auflösen.«

Katharina hob besänftigend die Hände: »Nein, nein, aber Sie verstehen hoffentlich, dass ich das fragen muss, oder? Immerhin waren Sie für die Finanzen meines Vaters verantwortlich.«

»Hat Ihnen das der linke Spinner eingeredet?« Koestlers Gesicht war vor Rage rot angelaufen.

»Notar Schmitz?«

»Genau. Schmitz. Absalom von Hohenstein-Hohenlepp-Schmitz!« Koestler dehnte den Adelstitel ins Höhnisch-Endlose. »Das sähe ihm ähnlich. Immer so toll tun und den Weltverbesserer spielen. Prahlen, aus was für einer ach so edlen Familie er stammt, die sich angeblich bis zu Aloisus, dem Viertel-Vor-Zwölften, zurückverfolgen lässt. – Aber der Kerl ist hinterfotzig. Und er hasst mich.«

»Nun beruhigen Sie sich bitte. Ich musste fragen. Und Schmitz scheint auf Sie auch nicht gut zu sprechen zu sein. Übrigens wegen des Südamerika-Projektes.«

»Ach, Unfug.« Koestler war aufgestanden, hatte einen weiteren Teil der Wandverkleidung zurückgeklappt und sich aus der dahinter verborgenen Bar einen Cognac eingeschenkt, den er jetzt hinunterstürzte. »Südamerika interessiert ihn nicht die Bohne. Der ist nur immer noch sauer.«

»Weshalb, wenn ich das fragen darf?«

Koestler setzte sich wieder. Er konnte den Triumph in seiner Stimme nicht ganz verbergen: »Ich habe ihm seine Frau ausgespannt.«

»Hannelore?«

»Nein, seine erste Frau. – Hannelore ... Na ja, die hieß damals unter uns immer der Trostpreis. Wie dem auch sei ... Seitdem hasst er mich. Nachvollziehbar, aber nach dreißig Jahren nun allmählich wirklich etwas albern.«

Katharina nahm nachdenklich einen Schluck Kaffee. Dann fragte sie: »Und wenn mein Vater die Gelder doch transferiert hat? Unwissentlich?«

»Wie schon gesagt, das kann ich mir absolut nicht vorstellen. Doch ich kann ja mal nachhaken. Aber, und ich wiederhole mich, ich kann es mir nicht vorstellen, dass Ihr Vater jemals unsaubere Geschäfte gemacht hat. Wissentlich oder unwissentlich. Dazu war er viel zu ...«

»Redlich, ich weiß«, beendete Katharina seinen Satz.

Koestler lehnte sich in seinem Sessel zurück. »Sonst noch etwas?«

Katharina stand auf: »Nein, ich glaube nicht.«

Koestler erhob sich ebenfalls und reichte ihr die Hand zum Abschied: »Richten Sie seiner waldigen Durchlauchtigkeit Schmitz etwas von mir aus, wenn Sie ihn das nächste Mal sehen?«

»Und was?«

Koestler begann, spöttisch zu singen: »Nana Nana Naaaanaaaa.«

The Twilight Clone

Das Haus von Katharinas Eltern, auf ein Neues

Die Hörnchen kamen aufgeregt aus dem Haus gelaufen, wild mit den Ausdrucken wedelnd, kaum dass das Papamobil das Tor passiert hatte.

»Das ist merkwürdig!« – »Ganz merkwürdig!« Am liebsten wollten sie wohl Katharina mit sich ins Hausinnere schleifen. Sie hob abwehrend die Hände: »Ganz ruhig! Was ist los?«

»Laut Liste sind alle Bilder da!« – »Aber es sind immer noch vierhundertsiebenundsiebzig.« – »Nicht vierhundertachtundsiebzig.« – »Wie der Ausdruck behauptet.« – »Wir haben nachgezählt.« – »Drei Mal!«

Das war nun wirklich seltsam. Ein Fehler in der Datenbank? Konnte ein Computer sich verzählen? Katharina folgte den Hörnchen, die an ihr zerrten und zergelten wie junge Hunde. Sie führten sie hinunter in den Keller zum Tresor.

»Also, wir haben …« – »… alle Bilder abgehakt.« – »Angeblich sind alle da!« – »Nur eines zu wenig.« – »Wenn die Zahl …« – »… stimmt.« – »Also die …« – »… auf dem Ausdruck.«

»Irgendeine Erklärung dafür?«, fragte Katharina.

Die Hörnchen schüttelten unisono die Köpfe. »Nein.« – »Absolut nicht.«

Katharina besah sich den alten PC. Bei ihrem sprichwörtlichen Glück war das nur ein Fehler der veralteten Technik. Sie schaltete das Gerät ein, es fuhr artig hoch. Die Hörnchen sahen ihr neugierig über die Schulter. So konnte sie nicht arbeiten oder nachdenken. »Macht doch erst mal Pause! Geht einen Kaffee trinken.«

Die Hörnchen schlichen enttäuscht davon.

Wie hatte das Hölsung vorhin gemacht? Ach ja! Sie wählte den Menüpunkt »Bestandsliste« an und die Liste füllte den Bildschirm. Vielleicht war ja beim Ausdrucken ein Eintrag verloren gegangen. Das hatte sie im Präsidium schon erlebt. Ihr blieb wohl nichts anderes übrig: Sie musste selbst nachzählen.

Sie brauchte eine geschlagene Viertelstunde dafür, denn sie zählte ebenfalls dreimal nach: vierhundertsiebenundsiebzig Einträge! Doch die letzte Zeile verkündete weiterhin höhnisch: »Gesamtzahl: 478«.

Half wohl alles nichts. Sie würde Hölsung anrufen müssen. Lustlos fischte sie ihr Handy und Hölsungs Visitenkarte aus der Handtasche.

Es klingelte dreimal, dann meldete sich eine wohlbekannte Männerstimme: »Kriminalkommissariat 11, Kriminalhauptkommissar Hölsung?« Der Mensch hinterließ ja selbst am Telefon eine Schleimspur.

»Katharina Klein«, knurrte sie ins Telefon.

»Oh, ich … äh …«

Vielleicht wäre es ganz gut, etwas Druck zu machen: »Sie haben die Sicherheitskopie vom Computer meines Vaters mitgenommen. – Und meine Akte«, blaffte Katharina.

»Es … es tut mir leid, aber …«, stotterte Hölsung. »Aber in der Akte … da waren ein paar Straftaten hier aus Frankfurt drin und … ich dachte …«

»Sie hängen Sie meinem Vater an?«

»Nein, nein. Aber ich dachte, in den Buchhaltungsdaten verbirgt sich vielleicht eine Spur zu dem Geld oder so …«

»Und?«, fragte Katharina grimmig. »Fündig geworden?«

»Nein, die Datenbank mit den Kundenadressen ist völlig zerstört und –«

»Unwichtig«, schnitt ihm Katharina das Wort ab. »Ich brauche noch mal Ihre Hilfe!«

»Und warum sollte ich …?«, kam ebenso überheblich zurück.

»Weil Datendiebstahl eine Straftat ist, natürlich. Und weil Sie deshalb keinen Ärger wollen.«

Sie hörte Hölsung am anderen Ende aufseufzen. »Also gut, was kann ich für dich tun?«

Katharina schilderte ihm kurz die Diskrepanz zwischen der tatsächlichen Anzahl der Datenbankeinträge und der genannten Zahl. »Irgendeine Erklärung dafür?«

»Hm«, antwortete Hölsung. »Warte mal.« Katharina hörte, wie der Telefonhörer beiseitegelegt wurde, dann emsiges Tippen auf einer Computertastatur. Nach endlosen Minuten meldete sich Hölsung wieder: »Bist du noch dran?«

»Ja! – Haben Sie die Datenbank etwa auf Ihrem Computer?«

»Nein, ich bin … Also, ich wollte schauen, ob die Jungs von der IT die Kundendatenbank wiederherstellen können, daher bin ich bei denen. Die hatten noch so einen alten PC mit der richtigen Software rumstehen. – Aber … Also, das ist so: Eigentlich kann so ein Fehler nicht sein. Wenn dort vierhundertachtundsiebzig Einträge stehen, dann sind es auch so viele Datensätze.«

»Aber?«

»Na ja, wenn einer der Datensätze leer ist, wenn also nichts in den Feldern steht, dann wird er in der Tabelle nicht angezeigt. Geh mal zu Eintrag vierhundertdreiundsechzig. Das ist das Bild mit der Nummer Drei Fünf Drei Sieben, ziemlich am Ende der Tabelle.«

Katharina ließ den Cursor wandern, bis er in der richtigen Zeile war: »Und jetzt?«

»Drück Enter!«

Sie tippte auf die Eingabetaste. Auf dem Bildschirm erschien die Detailbeschreibung eines Bildes. Ihres Bildes! Der springende Delfin. Im Feld »Besondere Vermerke« stand »Geschenk für meine delfinverrückte Katharina«. Sie schluckte rasch, um den Kloß im Hals zu beseitigen. »Und jetzt?«

»Wandere mal mit dem Cursor ganz nach unten. Da ist ein Feld ›Nächsten Datensatz anzeigen‹. Wähle das aus und drück noch mal Enter. Damit kommst du –«

»In den nächsten Datensatz, das habe ich schon verstanden.«

Katharina tat, was Hölsung ihr gesagt hatte. Die Maske auf dem Bildschirm war plötzlich leer. Kein einziges Feld war ausgefüllt.

»Siehst du das?«, fragte Hölsung überflüssigerweise.

»Ja. – Kann das Bild vielleicht verkauft worden sein?«

»Nein, kann es nicht. Dann würde der Eintrag einfach nur in die Tabelle ›Verkaufte Bilder‹ verschoben.«

»Und wie kommt das dann? Bildverlust?«

»Nein, dann … Also, so einen Leereintrag darf es eigentlich gar nicht geben.«

»Es gibt ihn aber! Irgendeine Erklärung dafür?«

»Nur eine. Jemand hat die Einträge in den einzelnen Feldern von Hand gelöscht. Das verstößt zwar gegen jede gute Buchhaltungsregel, aber bei diesem Programm geht das dummerweise noch.«

Hatte ihr Vater einen Bedienfehler gemacht? »Kann man irgendwie feststellen, was das für ein Bild war?«

»Nicht direkt, nein. – Du musst in den Sicherheitskopien der Datenbank nachschauen, die dein Vater hoffentlich gemacht hat. Einfach die Diskette einlegen und im Hauptmenü ›Reparieren‹ auswählen. Soll ich vorbeikommen und helfen?«

Katharina verkniff sich die sarkastische Antwort. Stattdessen wählte sie ihren Ton bewusst freundlich: »Nein, nicht nötig. Danke.«

Sie wollte schon das Telefon vom Ohr nehmen, als Hölsung noch fragte: »Du hast dich gar nicht erkundigt, ob wir es geschafft haben, die Kundendatenbank zu reparieren. Hast du vielleicht die Liste aus einer anderen Quelle?«

Hui, Hölsung schloss zur Abwechslung mal messerscharf, schnell und korrekt. Sie hatte zwar die Liste nicht, aber die Akten von Schmitz. »Nein«, log Katharina rasch. »Sind Sie weitergekommen?«

»Leider nein. Aber vielleicht gibt die Sicherungskopie auch da was her. Hältst du mich auf dem Laufenden? – Wäre schon gut, wenn wir einen dieser Fälle …«

»Arbeiten Sie wieder an Ihrer Karriere, Hölsung?«

»Hey, es kann nicht jeder das Glück haben, den Sohn der Oberbürgermeisterin aus einer Geiselnahme zu befreien.«

»Tja, hätten Sie doch damals das SEK mitgebracht. Denken Sie bei der nächsten spektakulären Festnahme dran.« Katharina hängte auf, ohne die Antwort abzuwarten. Die verkorkste Geiselnahme, aus der Katharina Frank Grüngoldt befreit hatte, war Hölsungs Schuld gewesen. Er hatte gehofft, im Alleingang zwei Drogengroßhändler festzunehmen, doch dann war die Situation aus dem Ruder gelaufen.

Sie nahm die Box mit den Sicherungsdisketten aus dem kleinen Safe, suchte die Diskette mit dem jüngsten Datum – erster Dezember 1991, zwei Tage vor dem Mord an ihrer Familie – und schob sie in das Diskettenlaufwerk. Hämmern, Rattern, leises Kreischen: Aus dem Diskettenlaufwerk drangen sehr unschöne Geräusche. Katharina konnte sich schon denken, was sie bedeuteten, noch bevor der Computer meldete: »Hard Sektor Error. Disk unreadable.« – Diskette kaputt. Sie probierte eine Diskette nach der anderen: immer das gleiche Ergebnis. Nun, dann würde sie eben auf die harte Tour rausfinden müssen, welches Bild fehlte. Vielleicht gaben ja die Unterlagen von Schmitz dazu einen Aufschluss. Sie löschte das Licht im Tresorraum, schloss ihn sorgfältig ab und stieg die Treppe nach oben.

Hans und Lutz hatten die Akten aus den Boxen von Schmitz auf dem Küchentisch ausgebreitet. Lutz übertrug die Namen der Kunden auf einen Zettel. »Sind schon bei der dritten Box«, brummte er, als Katharina die Küche betrat. »Dann geben wir sie an Kurtz durch.«

Andreas Amendt, der an der Anrichte lehnte, reichte Katharina eine Tasse Kaffee. Sie nahm sie dankbar entgegen und trank in kleinen Schlucken. Die Hörnchen saßen müde auf zwei Küchenstühlen. Sie hielten ihre Kaffeetassen umklammert, als hinge ihr Leben davon ab. Kein Wunder. Sie hatten jetzt zwei Tage und zwei Nächte durchgearbeitet.

»Kinder«, wandte sich Katharina an die Hörnchen. »Ihr macht jetzt mal Pause. Ihr schlaft sonst im Stehen ein.«

»Aber ...« – »Das fehlende Bild ...«, wollten sie widersprechen.

»Keine Widerrede. Dafür ist morgen auch noch Zeit. Also packt eure Sachen zusammen und fahrt mal nach Hause.«

»Wenn du meinst ...«, sagten die Hörnchen gleichzeitig und erhoben sich missmutig.

»Ich rufe euch morgen an, sobald wir hier weitermachen können, okay? Wir kommen doch ohne euch nicht aus.«

Die Hörnchen lächelten schwach. Dann trollten sie sich ins Wohnzimmer, wo sie begannen, ihr Equipment zu verpacken.

»Und jetzt?«, fragte Andreas Amendt.

»Keine Ahnung.« Katharina berichtete von ihrem Telefonat mit Hölsung und dem gelöschten Datenbankeintrag.

»Wir sollten mal im Haus suchen, ob wir eine Spur zu dem vermissten Bild finden«, schlug sie anschließend vor.

»Okay.« Amendt richtete sich auf. »Wo fangen wir an?«

Katharina überlegte kurz: »Nehmen Sie sich doch mal Susannes Zimmer vor. Achten Sie auf –«

»Ich weiß«, winkte Amendt ab. »Jedes Detail ist wichtig. Auf dann.«

Auch ihm schien die Müdigkeit in den Knochen zu stecken. Kein Wunder, dachte Katharina. Seine beste Freundin war ermordet worden. Vermutlich hatte er die ganze Nacht kein Auge zugetan.

Verzweifelt betrachtete Katharina die langen Reihen von Aktenordnern im Arbeitszimmer ihres Vaters. Sie würde eine Ewigkeit brauchen, um alle durchzusehen.

Lustlos blätterte sie im Posteingangskorb auf dem Schreibtisch ihres Vaters. Ein paar nicht abgelegte Lieferscheine und Rechnungen. »Skizzen mit Motiv Delfin, Transparentpapier« las sie beim Überfliegen. Ihr Bild. Sie ertappte sich dabei, dass sie überlegte, wo in ihrer Wohnung sie es aufhängen sollte, und ermahnte sich streng, sich zu konzentrieren.

Die Bücherregale mit den Kunstbänden waren akkurat geordnet wie immer: nach Epochen, dann nach Alphabet. Alle Bände waren an der vordersten Kante der Regalbretter ausgerichtet.

Vielleicht ... Probehalber steckte Katharina die Finger in ein paar der so entstandenen Hohlräume hinter den Büchern. Nichts, nur Staub. Ihr Vater hätte sich darüber aufgeregt. Wenn all das hier vorüber war, würde Katharina ein paar Leute für einen gründlichen Hausputz engagieren. *Wenn* es denn jemals vorüber war.

Andreas Amendt stand in der Mitte von Susannes Zimmer. Er drehte sich zu Katharina, als sie hereinkam. Sie sah, dass ihm zwei Tränen über die Wangen gelaufen waren: »Es ist einfach zum Kotzen!«, sagte er trotzig und wischte sich mit dem Handrücken über das Gesicht: »Alle Menschen, die mir etwas bedeuten, kommen früher oder später zu Schaden. Susanne, Ihre Eltern ... Marianne ... Sie!«

»Ich?«, fragte Katharina. Doch sie wusste, was er meinte: Er hatte ihr bereits dreimal das Leben gerettet. Auf Mafia Island hatte er sie sogar wiederbeleben müssen – sie war fast ertrunken, doch Amendt hatte sie rechtzeitig aus dem tödlichen Swimmingpool gefischt. Schmerzhaft biss sie sich auf die Lippen: Es war eine ganz blöde Idee gewesen, ihn ausgerechnet in das Zimmer von Susanne zu schicken. Allein.

Sie nahm seine Hand und wollte ihn aus dem Zimmer führen. »Kommen Sie, ich kann das hier auch alleine ...« Doch beinahe wütend machte Amendt sich los und blieb stehen, wo er war. Sein Ton war plötzlich sachlich und kalt: »Schwer zu sagen, ob sich hier irgendetwas verändert hat.« Er deutete auf das sympathische Chaos, das Susanne zu Lebzeiten um sich herum verbreitet hatte: ein wildes Durcheinander von Büchern, Kleidungsstücken, Studienunterlagen ... Susanne hatte aber immer behauptet, sie wüsste, wo alles läge.

»Nur ein Bild fehlt.« Amendt zeigte auf die Wand, die Susanne über und über mit Bildern von Delfinen tapeziert hatte. In der Mitte ein Stück weiße Tapete. Katharina betrachtete die Stelle näher. Richtig, dort war ein Nagel in die Wand eingeschlagen. Vermutlich hatte er Susannes Delfinzeichnung gehalten. Aber Schmitz hatte damals aus Sicherheitsgründen alle Bilder in den

Tresor bringen lassen. Es musste also da unten irgendwo sein. Nun, auch dieses Bild würde an seinen angestammten Platz kommen. Wenn all dies vorüber war.

Andreas Amendt ließ sich schweigend auf das Bett sinken. Katharina wollte sich neben ihn setzen, doch er wehrte ab: »Nehmen Sie sich die anderen Zimmer vor. Ich komme schon klar.«

Katharina ließ Amendt alleine in Susannes Zimmer zurück und ging ins Schlafzimmer ihrer Eltern. Sie musste schmunzeln: Über dem Bett ihrer Eltern prangte das große Aktporträt ihrer Mutter, das ihr Vater hatte malen lassen. Die Hörnchen mussten es wieder aufgehängt haben. Es stammte von einem jungen Maler, der kurz darauf zum Shootingstar avancierte, woran ihr Vater sicher nicht ganz unschuldig gewesen war.

Katharina zog sorgsam den Vorhang über dem Bild zu. Den Vorhang hatte ihre Mutter anbringen lassen. »Ich bin zwar nicht prüde, aber es muss mich doch nicht jeder nackt sehen«, hatte sie gesagt. Dann warf Katharina einen Blick unter das Bett: nur ein paar Staubmäuse. Der Kleiderschrank enthielt Kleider und die Schuhsammlung ihrer Mutter, sonst nichts. Katharina hatte die weibliche Neigung zu Schuhen nie ganz verstanden und zeitlebens nie mehr als sieben Paar Schuhe gleichzeitig besessen. Susanne war da anders gewesen. Auf den Nachttischschränkchen ein Kunstkatalog (auf der Seite ihres Vaters) und ein dicker Wälzer auf Koreanisch (auf der Seite ihrer Mutter). Sie zog die Schubladen der Nachttischchen auf. Die ihres Vaters war leer, der Inhalt des Schränkchens ihrer Mutter trieb Katharina die Röte ins Gesicht: eine eingetrocknete Tube Gleitcreme, ein Vibrator, ein paar Handschellen und eine kleine, mehrschwänzige Lederpeitsche. So genau hatte sie nun auch nicht über die Vorlieben ihrer Eltern Bescheid wissen wollen. Schnell schloss sie die Schublade wieder und verließ das Schlafzimmer.

Sie stieg die Raumspartreppe in den ausgebauten Dachboden hoch. Dort lag das Büro ihrer Mutter. Es war ähnlich chaotisch verkramt wie Susannes Zimmer. Die Bücher standen unordentlich in den Regalen, auf dem Schreibtisch stapelten sich Unterlagen.

In die große DIN-A3-Schreibmaschine war ein Blatt eingespannt, halb mit koreanischen Schriftzeichen gefüllt. Katharina verfluchte sich, dass sie nie die Sprache ihrer Mutter gelernt hatte. Susanne hatte fließend Koreanisch gesprochen. Und Englisch. Und Französisch. Und Spanisch. Dafür konnte Katharina bereits im Alter von zwölf Jahren Motoren auseinandernehmen und wieder zusammensetzen. Im Moment kein sehr hilfreiches Talent. Der Großteil der Unterlagen war in irgendwelchen asiatischen Sprachen geschrieben; die Einzigen, die Katharina entziffern konnte, weil sie auf Deutsch oder Englisch verfasst waren, waren Unterlagen aus der Uni oder irgendwelche Seminararbeiten.

Nun, vielleicht würde Lutz weiterhelfen können. Er sprach zumindest Mandarin, wie Katharina wusste. Oder, um es mit Kurtz zu sagen: »Lutz schweigt in acht Sprachen fließend.«

Sie stieg die Treppe wieder hinunter, um in die Küche zu den beiden Leibwächtern zu gehen. Doch bereits in der Eingangshalle kam ihr Hans aufgeregt entgegen: »Kurtz hat einen der Namen erkannt und ziemlich geflucht. Wir sollen sofort zu ihm ins ›Puccini‹ kommen.«

Water Torture

```
Im »Puccini«, nach einer abgehetzten Autofahrt
```

Kurtz erwartete sie schon ungeduldig an der Eingangstür seines Restaurants. Statt sie zu begrüßen, winkte er ihnen stumm, ihm zu folgen. Er führte sie durch seine Privatküche. Im Vorübergehen nahm er eine große Geflügelschere aus einem Ständer. Dann stieß er die Tür zum rückwärtigen Teil des Gebäudes auf.

Mitten in der großen Halle des entkernten Hauses saß ein auf einem Stuhl gefesselter Mann. Beim Näherkommen erkannte Katharina den grauhaarigen Gefangenen an der tiefen Narbe, die senkrecht über seine linke Gesichtshälfte lief: Dimitrij Tschackow, einer der führenden »Russen«, wie Kurtz alles nannte, was an organisierter Kriminalität aus dem Osten Europas kam.

Kurtz rückte sich einen Stuhl heran, setzte sich neben Tschackow, klappte die Geflügelschere auf und legte die beiden scharfen Klingen um den rechten kleinen Finger des Mannes, der ihn unverwandt anstarrte.

»Dimitrij, wir müssen uns dringend mal unterhalten«, begann Kurtz freundlich. Tschackow antwortete nicht und tat Kurtz auch nicht den Gefallen, ängstlich auf seine Hand zu starren.

»Dimitrij, Dimitrij, habe ich euch damals nicht ausreichend klar gemacht, dass ihr Diether Klein in Ruhe lassen sollt?« Kurtz drückte die Schere ein klein wenig zusammen. Katharina sah, dass ein Tropfen Blut unter der oberen Klinge hervorquoll.

»Antonio, nicht!«, unterbrach sie ihn. Kurtz drehte sich zu ihr um, seine Augen funkelten hasserfüllt: »Darf ich vorstellen? Dimitrij Tschackow. Auch bekannt als Jaromir Oblonski.« Dann fügte er geschäftsmäßig hinzu: »Katharina? Du kannst gehen oder bleiben, aber Dimitrij und ich werden uns jetzt eine Weile unterhalten. Über deinen Vater. Und die Geschäfte, die Dimitrij mit ihm gemacht hat. – Lutz, die Akte.«

Der große Leibwächter reichte Kurtz einen der Aktendeckel aus den Unterlagen von Schmitz. Kurtz legte die Geflügelschere in seinen Schoß und schlug den Hefter auf. Dann hielt er seinem Gefangenen eine Seite hin: »Jaromir Oblonski? Das bist doch du? Das ist auf jeden Fall deine Handschrift. – Kannst du mir das erklären?«

Tschackow schwieg trotzig. Ohne Vorwarnung ließ Kurtz die Akte in Tschackows Schoß fallen und schlug ihm mit der Faust ins Gesicht. Tschackows Kopf schnappte zurück. Als er sich wieder aufrichtete, war seine Oberlippe aufgeplatzt.

»Verzeihung, ich glaube, ich habe mich nicht deutlich genug ausgedrückt«, sagte Kurtz wieder sehr freundlich. »Von deiner Erklärung hängt es ab, ob du hier als Ganzes wieder rauskommst oder in vielen kleinen Einzelteilen.« Er nahm die Geflügelschere wieder auf und ließ die Klingen ein paar Mal auf- und zuschnappen. Dann schloss sich die Schere um Tschackows Nase. Dessen Augen weiteten sich vor Entsetzen. Katharina wollte eben schon ihrem Patenonkel in den Arm fallen, als Tschackow den Kopf zurückzog: »Schon gut, schon gut. – Ich sage dir, was du wissen willst.«

»Na bitte!« Kurtz ließ zufrieden die Geflügelschere sinken. »Ich höre?«

»Ich habe drei Ikonen gekauft.« Blut rann Tschackow aus den Mundwinkeln und hinderte ihn am Sprechen. Er schluckte und sprach weiter: »Ganz regulär. Und das lief gar nicht direkt über diesen Klein, sondern über seinen Anwalt. Müller ... Meier ... Schmidt ...«, suchte er nach dem Namen.

»Schmitz?«, half Kurtz höflich aus.

»Genau. Dieser Schmitz mit dem seltsamen Vornamen und dem Waldfimmel.«

»Und die Ikonen?« Kurtz schob die Klingen der Geflügelschere langsam in Tschackows Nasenlöcher. »Welchen dreckigen Deal hast du damit bezahlt?«

Tschackow wollte den Kopf schütteln, doch die scharfen Schneiden in seiner Nase hinderten ihn daran: »Nein, nein, das verstehst du ganz falsch. Die Ikonen waren für meine Mutter.«

»Für deine Mutter?«, wiederholte Kurtz höhnisch.

»Doch, wirklich. Die haben uns gehört.« Tschackow mühte sich, nicht auf die Geflügelschere zu starren. »Meiner Familie. Vor der Revolution. – Meine Mutter hat sie sich immer zurückgewünscht. Endlich hatte ich genug Geld verdient, da ... da hab ich diesen Schmitz gefragt, ob er mir helfen kann, die Ikonen zurückzubekommen. Ganz legal. Und er hat Diether Klein gebeten, ihm bei dem Handel zu helfen.«

Kurtz knurrte etwas Unverständliches und schüttelte mit dem Kopf. Seine Hände spielten immer noch mit der Geflügelschere. Ihm ging es wohl wie Katharina: Er wusste nicht, ob er Tschackow trauen durfte. Sie überlegte: Was könnte die Aussage von Tschackow bestätigen? Vielleicht ...

»Kann ich die Akte da mal haben?«, fragte sie ihren Patenonkel. Kurtz reichte sie ihr, ohne sie anzusehen. Katharina schlug den Hefter auf und blätterte ihn durch. Da, endlich! Eine sorgfältig in einer Klarsichthülle abgeheftete Karteikarte: die Notizen von Gerlinde Artig, Schmitz' ehemaliger Sekretärin. Katharina las halblaut vor: »Jaromir Oblonski. – Angenehmer Mann. Russe. Sehr höflich. Wäre wohl gern harter Kerl, aber weicher Kern. Zur Vertragsunterschrift und Bildübergabe Mutter (über achtzig) mitgebracht. Beide geweint.« Etwas weiter unten auf der Karte stand noch: »Trinkt keinen Kaffee. Magenprobleme?«

Tschackow, dem inzwischen der Schweiß auf der Stirn stand, nickte eifrig: »Da, da, da hören Sie es, Kurtz. – Wir, also ich und meine Mutter, wir haben geweint. Weil die Ikonen endlich wieder in unserem Besitz waren. Und das ist alles. Ehrenwort.«

Kurtz sah zu Katharina: »Glaubst du ihm?«

Katharina sah noch einmal zu Tschackow. Er blickte sie direkt an, ängstlich, aber nicht flehend. »Ja, ich glaube ihm.«

Mit der Geflügelschere schnitt Kurtz die Kabelbinder, mit denen Tschackow an den Stuhl gefesselt war, durch. Tschackow rieb sich die Handgelenke und wollte aufstehen, doch Andreas Amendt hielt ihn behutsam mit einer Hand zurück. »Nicht so schnell. Ich will mir erst mal ihre Lippe ansehen. – Keine Sorge, ich bin Arzt.«

Aus seiner schwarzen Arzttasche nahm er ein paar Einweghandschuhe und streifte sie über. Dann betastete er vorsichtig Tschackows Lippe, die noch immer blutete. »Die muss genäht werden. Ich betäube die Lippe kurz und ...«

Tschackow wehrte ab: »Keine Betäubung!« Offenbar musste er sein männlich-hartes Image wiederherstellen. Katharina verkniff sich ein Schmunzeln. Wenn er meinte, dazu leiden zu müssen – es traf ja keinen Unschuldigen.

Amendt nahm eine Nadel mit Faden und eine kleine Zange aus seiner Tasche. Mit vier Stichen nähte er die Wunde an der Lippe. Tschackow knirschte mit den Zähnen, in seinen Augen standen Tränen, doch er gab keinen Laut von sich.

»Danke«, sagte er, als Amendt fertig war. »Ach ja, ich kann übrigens einen Arzt brauchen, der hin und wieder gegen gute Bezahlung diskret seine Arbeit macht. Sie wissen schon, was ich meine.«

Amendt lächelte schmal: »Meine Arbeit? Das glaube ich nicht. Ich bin Gerichtsmediziner.«

Kurtz half Tschackow aufzustehen: »Nichts für ungut. Aber du weißt ja, was ich euch damals angedroht habe.«

Tschackow bleckte die blutverschmierten Zähne zu einem Grinsen: »Hätte genauso gehandelt. Nur hätte ich vorher noch ein paar von deinen Männern umlegen lassen, damit meine Botschaft auch ankommt. Aber du bist halt ein Weichei, Kurtz!«

Katharinas Patenonkel überhörte die Provokation: »Grappa?«

»Guter russischer Wodka wäre mir lieber.«

»Kulinarischer Barbar!«

Kurtz war ihnen voran in die Küche gegangen. Hans und Lutz hatten Tschackow sicherheitshalber in die Mitte genommen, damit er nicht auf dumme Gedanken kam. Doch er lehnte sich ganz entspannt an die kleine Theke in Kurtz' Privatküche, während Katharinas Patenonkel Grappa und Wodka einschenkte.

»Nastarovje«, verkündete Tschackow und stürzte seinen Wodka herunter. Kurtz nippte nur an seinem hohen, schlanken Grappa-Glas. Dann schenkte er Tschackow nach. Erneut stießen sie an.

Es war ein fast schon komischer Anblick, dachte Katharina. Da standen zwei Todfeinde einander gegenüber – und tranken.

Tschackow seufzte tief, während er das nun wieder leere Glas auf der Theke abstellte. Dann fragte er: »Kurtz? Erklärst du mir jetzt, warum du in alten Geschichten rumwühlst?«

»Das geht dich nichts an«, antwortete Kurtz freundlich, aber bestimmt, während er erneut nachschenkte.

Tschackow spielte nachdenklich mit dem Wodkaglas: »Ich kann schweigen«, sagte er schließlich. »Und vielleicht kann ich helfen.«

»Ich sagte doch, es geht dich –«

Katharina unterbrach ihren Patenonkel: »Ich suche nach dem Mörder meiner Familie.«

Tschackow drehte sich zu ihr um. Katharina meinte, in dem harten, vernarbten Gesicht plötzlich so etwas wie Mitgefühl zu sehen. »Schlimme Geschichte damals«, sagte er leise. »Ganz schlimme Geschichte.« Dann fuhr er etwas lauter fort: »Ich meine ... wenn dir jemand wirklich in die Quere kommt, klar, dann gilt: er oder du. – Aber eine ganze Familie so mir nichts, dir nichts ... Das macht man nicht. – Also, wie kann ich helfen?«

Katharina wollte schon mit dem Kopf schütteln und ablehnen. Aber Tschackow war gut vernetzt, auch international. Vielleicht sollte sie wieder zu ihrem allerersten Plan zurückkehren? Mit der Hilfe von Tschackow?

»Nun?«, drängte Tschackow. »Was auch immer es ist: Wenn es in meiner Macht steht ...«

»Ich ...« Katharina blieb der Satz zunächst im Hals stecken, doch dann stieß sie ihn heraus: »Ich brauche einen Kanal zu einem professionellen Killer namens Ministro.«

»Ministro?« Tschackow wurde schlagartig kalkweiß. Er wusste wohl nicht recht, ob er das volle Wodkaglas in seiner Hand fallen lassen oder runterstürzen sollte. Er entschied sich für Letzteres.

»Ja, Ministro. Wissen Sie –?«

»Nein«, fuhr Tschackow ihr über den Mund. »Und ich will es auch nicht wissen. Wenn Ministro in das Ganze verwickelt ist, gebe ich Ihnen einen guten Rat: Vergessen Sie es! Ministro ist …« Er spuckte ein wütendes russisches Wort aus.

»Luzifer persönlich«, übersetzte Lutz unbeeindruckt.

»Sie wissen also nicht, wie man ihn erreichen kann?«, bohrte Katharina nach.

»Hören Sie mir nicht zu?«, schnauzte Tschackow sie an. Hans und Lutz traten unwillkürlich einen Schritt auf ihn zu, er hob beschwichtigend die Hände: »Tut mir leid. Aber mit Ministro lege ich mich nicht an. Bei aller Liebe nicht. Will ja nicht, dass es mir so geht wie dem Staufer.«

Kurtz, Hans und Lutz lachten höhnisch auf, doch Amendt fragte plötzlich: »Der Staufer? Was hat Ministro mit dem zu tun?«

Tschackow musterte ihn von oben bis unten: »Was wohl? Er hat den Staufer erledigt. – Was denken Sie, woher Ministro seinen Ruf hat?«

Kurtz lachte auf. »Und das Ungeheuer von Loch Ness hat Ministro wohl auch erlegt?«

Tschackow spuckte aus: »Ja, ja, Kurtz. Das wird dir eines Tages das Genick brechen. Du bist so arrogant: Was du nicht sehen willst, gibt es auch nicht. Aber es *gibt* den Staufer. – Gab ihn! Ich muss das wissen. Immerhin hat er vier meiner besten Männer auf dem Gewissen.«

»Vier Ihrer Männer?«, fragte Katharina.

Tschackow nickte: »Ja. Die hat er … sagen wir mal … engagiert. Ist aber verjährt. Sie haben damals ihren Job gemacht und …«

»Und?«, hakte Katharina streng nach.

»Und sie tauchten in Wladiwostok wieder auf. In Ölfässern. Mit einem Loch in der Stirn und einem schönen Gruß vom Staufer.«

»Und was für ein Ding war das, für das sie engagiert waren?«

Tschackow zuckte mit den Schultern und schwieg.

Katharina zog den roten Schnellhefter mit der »Akte Staufer« aus der Tasche und schob ihn auf dem Tresen zu dem Russen hinüber. »Zeigen Sie drauf, wenn Sie es sehen.«

Hektisch blätternd überflog Tschackow die Akte. Auf einer Seite hielt er inne, knallte den Schnellhefter auf den Tresen und schob ihn zurück zu Katharina. »Das hier. Ist aber verjährt.«

Katharina nahm die Akte und warf einen Blick auf die aufgeschlagene Seite. Es war ein Zeitungsbericht über den Überfall auf einen Wertsachentransporter, bei dem 1990 Diamanten im Wert von mehr als zehn Millionen D-Mark gestohlen worden waren. Katharina kannte den Fall. Einer der größten ungelösten Fälle in Hessen. Das Fahndungsplakat von damals hing noch immer ausgeblichen an der Pinnwand auf dem Flur des KK 11. Die Beute war nie wieder aufgetaucht, die Täter verschwunden. Nun, wenn es stimmte, was Tschackow sagte, hatten sie keine Freude an dem Coup gehabt. Sie schlug die Akte zu: »Und das hat der Staufer eingefädelt?«

Tschackow nickte grimmig: »Ja. – Und ein Jahr später oder so hat es ihn dann selbst erwischt. Geschieht ihm recht.«

»Dann wissen Sie, wer der Staufer war?«, fragte Katharina.

Der Russe schüttelte vehement den Kopf: »Natürlich nicht. Der Staufer hat immer sehr darauf geachtet, dass ihn keiner identifizieren kann. Deshalb hat er vermutlich auch meine Männer abgeknallt.«

»Und woher wissen Sie dann, dass er tot ist?«

»Weil Ministro ihn umgenietet hat«, wiederholte Tschackow ungeduldig. »Das habe ich doch schon gesagt. Das machte damals ziemlich schnell die Runde!«

»Gerüchte!« Kurtz schenkte Tschackow schulterzuckend nach.

»Nein, keine Gerüchte!« Der Russe stürzte auch dieses Glas hinunter. »Der Staufer ist ganz plötzlich von der Bildfläche verschwunden. Keine Deals, keine Coups mehr. Er war einfach weg. – Aber so jemand hört nicht einfach auf. Den hat es erwischt. Und wenn jemand gut genug für so was ist, dann Ministro.«

»Wissen Sie, in wessen Auftrag Ministro den Staufer erledigt haben soll?«

»Auftrag?«, fragte Tschackow überrascht.

»Ministro ist doch Profi, oder? Da muss ihn doch jemand –«

»Ach klar, stimmt!«, unterbrach Tschackow sie. »Das können Sie ja nicht wissen. Ministro hatte wohl selbst eine Rechnung mit dem Staufer offen, sagt man. – Vermutlich hat der einen Auftrag nicht bezahlt oder so.« Der Russe lachte höhnisch. »Das wäre auf jeden Fall ausgeglichene Gerechtigkeit. Karma!«

Katharina kaute schweigend auf ihrer Unterlippe. Wenn das alles stimmte ... Wenn der Staufer in den Mord an ihrer Familie verwickelt war ... Und wenn er tot war ... Wer versuchte dann so verzweifelt, alle seine Spuren zu verwischen?

Tschackow schlug ihr auf die Schulter: »Tut mir leid, Frau Kriminalhauptkommissarin. Ich kann Ihnen nicht helfen. Aber wenn Sie Ministro aufspüren sollten, richten Sie ihm bitte aus, dass er bei mir einen gut hat.«

»Das wird sie nicht tun«, sagte Kurtz streng. »Und Frau Kriminaldirektorin, bitte.«

»Ui! Befördert worden?« Tschackow hob ironisch sein Glas. »Na, dann auf Ihr Wohl! Nastarovje!«

Hang Up Your Hang-Ups

In Katharinas Wohnung

Schlag. Schlag. Tritt. Schlag. Wegtauchen. Tritt. Schlag. Fauststoß. Und wieder von vorne. Katharina wusste nicht, wie lange sie den schweren Sandsack bereits malträtierte. Ihr stand der Schweiß auf der Stirn, die Knöchel ihrer Fäuste schmerzten. Nur noch eine Runde. Und noch eine. Und noch eine. Doch die Schläge wollten die Scham, die ihre Eingeweide zusammenklumpte wie Lehm, nicht vertreiben. Katharina schämte sich, weil sie sich einsam fühlte. Im Stich gelassen. Weil sie Andreas Amendt vermisste.

Amendt. Amendt. Amendt. Der Name hämmerte im Rhythmus der Schläge gegen ihre Schläfen. Er hat sich vor dem »Puccini« von ihr verabschiedet: »Ich muss jetzt mal allein sein.« Der Tod von Marianne Aschhoff hatte ihn doch noch eingeholt.

Ein harter Schlag, ihr Knöchel platzte auf, Blut rann langsam ihre Hand hinab und tropfte auf den Boden. Egal! Durch den Schmerz durcharbeiten! Stärker werden! Sie holte erneut aus.

Jemand packte ihren Arm. Sie wirbelte herum, wollte sich wehren, wollte … Doch Hans hielt sie fest. »Du hast genug«, sagte er streng. »Du musst jetzt mal was essen. Komm in die Küche.«

Erst als Katharina auf dem Küchenstuhl saß, zu dem Hans sie manövriert hatte, spürte sie, wie erschöpft sie war. Am liebsten wäre sie auf der Stelle eingeschlafen. Doch Hans kannte keine Gnade. Er stellte einen Teller Nudeln vor sie. »Aufessen!«, befahl er.

Sie gehorchte. Quälte sich Bissen für Bissen. Aber Hans hatte recht. Sie musste essen. Sonst würde sie irgendwann einfach umkippen. Endlich war der Teller leer, Hans nahm ihn fort und stellte ihn in die Spülmaschine.

Katharina schleppte sich ins Bad unter die Dusche. Fast zwanzig Minuten stand sie reglos unter dem heißen Wasserstrahl, bevor sie die Kraft aufbringen konnte, sich einzuseifen und abzuspülen.

Hans und Lutz saßen an Katharinas großem Küchentisch aus schwerer Eiche. Lutz hatte sein Haupt in einen seiner philosophischen Wälzer versenkt, Hans las »Die Brüder Löwenherz«, die Worte mit den Lippen formend.

Katharina machte sich einen Kaffee und setzte sich zu ihnen. Lutz schlug sein Buch zu: »Und?«, fragte er. »Was denkst du über all das?«

»Ich weiß es nicht. Keine Ahnung«, antwortete Katharina schroff. »Ich kriege keine Ordnung in meinen Kopf.«

Lutz nickte beruhigend. »Mindmapping«, brummte er.

»Was?«, fragte Katharina gereizt.

»Du brauchst Mindmapping.« Lutz nahm einen College-Block und einen Filzstift aus seinem Rucksack, schlug eine leere Seite auf und nahm die Kappe vom Stift. »Erzähl mir einfach, was dir zu der Geschichte durch den Kopf schießt«, erklärte er. »Den Rest mache ich.«

Nun, warum nicht? Schaden konnte es nichts. Katharina begann, zu erzählen. Von Afrika, von Ministro, von ihrer plötzlichen Eingebung auf dem Flughafen. Vom Mann mit den Eukalyptuspastillen. Von seiner Tochter. Von KAJ. Von Schmitz und Koestler. Von dem fehlenden Bild und der manipulierten Datenbank. Von Hölsung. Von ihrer Schwester, die ihr manchmal im Traum erschien. Von ihrer Mutter, ihrem Vater. Von der Beerdigung ... Lutz hörte zu, brummte manchmal »Hmhm?«. Hin und wieder schrieb er ein Wort auf seinen Block und umkringelte es.

»So, mehr fällt mir nicht ein.« Katharina stieß erschöpft die Luft aus und nahm einen großen Schluck Kaffee. Er war inzwischen kalt geworden, aber das machte nichts. Hauptsache flüssig. Ihre Zunge schien nur noch aus trockenen Fusseln zu bestehen.

Lutz zeichnete ungerührt auf seinem Block herum, ohne etwas zu sagen. Endlich legte er zufrieden den Stift beiseite und schob den Block zu Katharina herüber.

Er hatte zwei Diagramme gezeichnet: Eines war furchtbar kompliziert, mit Dutzenden von Pfeilen zwischen Wörtern wie Staufer, Koestler, Schmitz, KAJ und so weiter.

Das Zweite war viel einfacher. Sechs eingekringelte Worte, der Reihe nach durch eine Linie verbunden: Bild, Kunstsammler, Ablehnung, Einbruch, Mord, Beschaffung.

Lutz deutete auf das kompliziertere Diagramm: »Also, im Grunde hast du zwei Theorien. Die eine ist sehr komplex – praktisch eine Weltverschwörung. Und was da völlig fehlt, ist die Frage nach dem Warum.«

»Und die Zweite?«, fragte Katharina.

»Weißt du, was Ockhams Rasiermesser ist?«

»Ein philosophisches Prinzip«, antwortete Hans ebenso stolz wie vorlaut. »Eine Theorie ist einfach, wenn sie möglichst wenige Variablen und Hypothesen enthält, die in klaren logischen Beziehungen zueinander stehen, aus denen der zu erklärende Sachverhalt logisch folgt«, zitierte er.

»Und das bedeutet?«, fragte Lutz wie ein sehr geduldiger Lehrer.

»Na ja«, fuhr Hans fort. »Wenn es zwei Erklärungen für irgendetwas gibt, eine kompliziert, eine einfach, dann gilt die einfachere.«

»So ungefähr«, bestätigte Lutz. Dann deutete er auf das zweite Diagramm. »Hier! Jemand will unbedingt ein bestimmtes Bild. Dein Vater weigert sich, es ihm zu verkaufen. Also probiert es der Jemand mit Einbrüchen. Klappt nicht. Daher der Mordauftrag an Ministro. Irgendjemand stiehlt anschließend das Bild aus der Erbmasse und manipuliert die Datenbank. Jetzt merkt er, dass du ihm auf den Fersen bist, und beauftragt Ministro erneut. Diesmal soll er die ganzen Spuren verwischen. So weit alles klar?«

Katharina spürte, wie sie auf einmal frei atmen konnte. Lutz hatte recht. Sie hatte schon in mehr als zwanzig Mordfällen ermittelt. Nie war es um eine große Weltverschwörung gegangen. Aber oft genug um Habgier. Außerdem wusste sie jetzt, was sie tun musste: »Wir müssen herausfinden, um welches Bild es ging«, sagte sie. »Dann sehen wir, wo es hängt und …«

Lutz brummte bestätigend: »Ein möglicher Plan, ja. Muss ja ein ziemlich wertvolles Ding sein, wenn der Dieb den Hopper unberührt lässt. Gibt aber noch eine viel einfachere Möglichkeit.«

»Nämlich?«, fragte Katharina überrascht.

»Du knöpfst dir einfach alle vor, die nach dem Mord Zugang zum Tresor hatten. Verwandte. Die Bullen … tschuldigung, ich meine natürlich die ermittelnden Beamten … oder diesen Schmitz. Obwohl ich glaube, dass der eher weniger infrage kommt. Wenn das verlorene Bild nicht gerade eine berühmte Waldszene ist.«

Einen Augenblick lang schwieg Katharina. Sie wusste nicht, ob sie sich vor Wut in den Hintern beißen, vor Freude tanzen oder den großen Leibwächter küssen sollte. Daran hatte sie überhaupt nicht gedacht. Sie hatte den Wald vor lauter Bäumen nicht gesehen.

Sie … sie musste sofort Andreas Amendt anrufen. Das würde ihn vielleicht ein wenig trösten. Sie ging auf den Flur und wollte gerade das Telefon aus der Ladestation nehmen, als es an der Tür klingelte.

Katharina drückte den Haustüröffner und wartete, bis sie Schritte auf der Treppe hörte. Dann spähte sie durch den Türspion. Hölsung! Was wollte der denn? Egal! Er konnte hilfreich sein. Wenn damals wirklich ein Polizist das Bild entwendet hatte … Nichts würde Hölsung mehr Freude bereiten, als einen Kollegen so richtig in die Pfanne zu hauen. Schwungvoll öffnete sie die Tür und …

… blickte in die Läufe von Maschinenpistolen. Das SEK. Verschanzt auf der Treppe. Als wollten sie ein Terroristennest ausheben.

»Katharina Klein?«, verkündete Hölsung triumphierend. »Sie sind hiermit festgenommen wegen Mordes an Hartmut Müller, Marianne Aschhoff und Karl Heitz. – Und wie Sie sehen, habe ich Ihren Rat beherzigt und das SEK mitgebracht. Machen Sie also bitte keine Schwierigkeiten!«

Getting To The Good Part

Polizeipräsidium Frankfurt, danach

Schwierigkeiten? Und ob sie Hölsung Schwierigkeiten machen würde! Ganz einfach, indem sie das Gesetz und alle Vorschriften befolgte. Paragraf für Paragraf, Satz für Satz, Wort für Wort, Buchstabe für Buchstabe.

Zwei Beamte hatten Katharina im Hof des Polizeipräsidiums in Empfang genommen, mit schnellen Schritten in ein Vernehmungszimmer geführt und sie dort zunächst sich selbst überlassen.

Eine kleine Ewigkeit später war Hölsung hereingekommen, flankiert von Kriminaloberkommissarin Bähr, seiner langjährigen Partnerin, einem mausgrauen Wesen in erdbraunem, grobwollenem Kostüm. Die beiden hatten sich pompös hingesetzt und die vorgeschriebenen Formeln in das auf dem Tisch stehende Mikrofon diktiert. Hölsung hatte einen prall gefüllten Papphefter vor sich auf den Tisch gelegt und trommelte nervös mit den Fingern darauf herum.

Artig hatte Katharina alle ihre Personalien angegeben, ihren zweiten Vornamen, Yong, buchstabiert und anschließend erklärt, dass sie sich zu diesem Zeitpunkt und ohne Konsultation eines Anwalts nicht zur Sache äußern wolle.

Kriminaloberkommissarin Bähr hatte sich nicht entblödet, Katharina aufzufordern, sich auszuweisen. Wenigstens war das SEK so freundlich gewesen, auch Katharinas Handtasche mit aufs Präsidium zu bringen. Katharina hatte also ihren Personalausweis und ihren neuen Dienstausweis vorgezeigt, erneut erklärt, zur Sache nicht aussagen zu wollen, und einen Anwalt verlangt.

Jetzt warteten sie schweigend. Hölsung starrte Katharina an, als sei er der »Große Zambini, Show-Hypnotiseur«.

Katharina setzte sich betont aufrecht, legte die Hände vor sich auf den Tisch – und schwieg. Sie hatte ja oft genug auf der anderen Seite des Tisches gesessen, um zu wissen, dass man am besten den Mund hielt, wenn man unschuldig war. Außerdem – ein netter Bonus – trieb ihr Schweigen Hölsung zum Wahnsinn: Seine Finger trommelten immer fahriger und heftiger auf den Aktendeckel ein. Wenn er tatsächlich ausrastete, wäre diese Vernehmung sehr schnell beendet und Katharina mangels begründetem Verdacht ebenso zügig wieder auf freiem Fuß.

Doch bevor Katharinas geschätzter Kollege wirklich in die Luft gehen konnte, klopfte es nachdrücklich an der Tür des Vernehmungszimmers. Ein Beamter führte Schmitz herein. Das weiße Haar des Notars stand wie üblich wüst in alle Richtungen. Doch der schwarze Anzug, die bunte Weste, das weiße Hemd und die gepunktete Fliege saßen akkurat. Umständlich nahm Schmitz auf dem Stuhl neben Katharina Platz, öffnete enervierend langsam seinen schmalen Aktenkoffer, entnahm ihm einen Schreibblock sowie einen Füllfederhalter und legte beides vor sich auf den Tisch, nachdem er sich von Füllstand und Schreibfähigkeit seines Stiftes überzeugt hatte. Er lehnte sich vor, stützte die Ellbogen auf den Tisch und legte die Fingerspitzen zusammen: »Haben Sie meine Mandantin schon belehrt?«

Katharina verkniff sich ein Grinsen. Natürlich nicht. Hölsung war wohl davon ausgegangen, dass sie als Kriminalpolizistin über ihre Rechte Bescheid wusste.

Schmitz interpretierte Hölsungs Zögern richtig: »Dann wäre es wohl jetzt an der Zeit, dies nachzuholen«, sagte er höflich. »Es soll ja alles seinen geregelten, vorschriftsmäßigen Gang gehen.«

Hölsung seufzte und spulte die Belehrung in voller Länge ab. Als kleine Rache fragte er anschließend: »Frau Klein, haben Sie die Rechte und Pflichten, die sich aus dieser Belehrung für Sie ergeben, verstanden oder benötigen Sie weitere Erläuterungen?«

Schmitz räusperte sich: »Ich denke, die benötigt meine Mandantin nicht, nein. Und nachdem wir das jetzt geklärt haben, bitte ich um die Aushändigung einer Zweitschrift der Akte, damit ich mich einarbeiten kann. – Und Sie … Hölsung war Ihr geschätzter Name, oder? … Sie können bereits die Entlassung meiner Mandantin in die Wege leiten.«

Hölsung stieß empört die Luft aus: »Was?«

Schmitz lächelte versonnen: »Ach, ich war so frei, auf der Fahrt hierher mit dem zuständigen Staatsanwalt zu telefonieren. Er hat sich durchaus meiner Meinung angeschlossen, dass bei meiner Mandantin als verdienter Polizistin weder von Verdunklungsgefahr noch von Flucht auszugehen ist.«

»Eine Entlassung kommt ja überhaupt nicht infrage. Nicht bei diesen Vorwürfen.«

Schmitz' Ton bekam Schärfe: »Nun, zu den Vorwürfen werden wir zu gegebener Zeit Stellung nehmen.«

Katharina hob ihre Hand: »Ich würde erst mal gerne erfahren, was man mir vorwirft.«

Hölsung schüttelte verärgert den Kopf: »Das habe ich Ihnen doch schon bei Ihrer Verhaftung gesagt. Ihnen wird zur Last gelegt, drei Menschen getötet zu haben.«

Bei jedem anderen Beamten wäre Katharina von einem missglückten Scherz ausgegangen, aber Hölsung besaß keinen Humor. »Und wie kommen Sie auf dieses schmale Gleis?«, fragte Katharina mit so viel Höflichkeit, wie sie noch aufbringen konnte.

»Als ob du … Als ob Sie das nicht ganz genau wüssten.«

Schmitz legte beruhigend seine Hand auf Katharinas Arm. Liebenswürdig fragte er: »Offensichtlich weiß es meine Mandantin nicht. Wenn Sie also die Güte hätten, die Vorwürfe zu erläutern?«

Hölsungs Mund verzog sich zu einem bösartigen Grinsen. »Aber gerne«, echote er Schmitz' Höflichkeit. Er schlug den Aktendeckel auf, der vor ihm lag, und entnahm ihm einen Stapel Endlospapier.

»Wissen Sie«, begann er, »diese Liste mit Geldsummen aus der Staufer-Akte hat mir keine Ruhe gelassen. Und irgendeinen Grund muss es ja gehabt haben, dass Hartmut Müller Ihren Vater hat beobachten lassen. Also habe ich mir die Buchhaltung Ihres Vaters noch einmal ganz genau angeschaut –«

»Haben Sie nichts Besseres zu tun?«, fragte Katharina leicht genervt.

»Nein, erstaunlicherweise war das nämlich genau die richtige Idee. Vorhin, also in Ihrem Elternhaus, da haben wir den Fehler gemacht, dass wir nach den ganzen Summen gesucht haben. Das war aber der falsche Ansatz. – Die Summen waren nämlich aufgeteilt, meist auf zwei oder drei Bildverkäufe, außerdem musste man die Nebenkosten«, er deutete mit einem Kugelschreiber auf die entsprechende Spalte im Ausdruck, »also die musste man auch noch mit hinzuaddieren. Diese Nebenkosten sind übrigens ganz schön hoch, nur mal so als Anmerkung. Dabei sollten das doch eigentlich nur die Notariatsgebühren sein.«

Schmitz winkte ab: »Ich weiß, ich weiß. Aber ich habe für Herrn Klein häufiger Verkäufe vermittelt und deshalb hat er mir bei einigen Geschäften eine recht großzügige Provision gezahlt. – Würden Sie dann bitte fortfahren? Ich harre nämlich immer noch darauf, zu erfahren, was Sie meiner Mandantin eigentlich vorwerfen.«

»Immer mit der Ruhe«, sagte Hölsung entspannt. »Zunächst einmal: Es ist mir gelungen, nicht weniger als dreiundzwanzig der sechsundzwanzig Summen aus der Staufer-Akte aufzuspüren. Und selbst die Daten der geschäftlichen Transaktionen passen perfekt zu den Taten.«

Er legte Katharina und Schmitz zwei Blätter vor, eines davon ein Ausdruck aus der Buchhaltung von Katharinas Vater, auf dem mit gelbem Marker drei Einträge angestrichen waren, das andere eine Seite aus der Staufer-Akte: ein Zeitungsbericht zu einem Einbruch bei einem Juwelier.

»Und das beweist jetzt was?«, fragte Schmitz, als würde er einen leicht zurückgebliebenen Menschen um die Uhrzeit bitten.

»Nun«, erwiderte Hölsung hochnäsig. »Ich bin mir ziemlich sicher, dass wir so belegen können, dass über den Kunsthandel von Diether Klein illegale Geschäfte abgewickelt worden sind.«

»Dann wünsche ich Ihnen aber viel Vergnügen beim Versuch, das gerichtsfest zu machen. Herr Klein – und übrigens auch ich – sind regelmäßig vom Finanzamt überprüft worden. Aufgrund einer anonymen Anzeige war sogar die Staatsanwaltschaft bei ihm und mir im Haus. Die haben damals alles auseinandergenommen, aber nichts gefunden.«

»Die wussten damals ja auch nicht, wonach sie suchen mussten.«

»Vielleicht. Vielleicht auch nicht.« Schmitz steckte seinen Füllfederhalter in die Brusttasche seines Jacketts. »Wenn das alles ist, würde ich jetzt gerne gehen und meine Mandantin mitnehmen.«

»Ach, das ist noch längst nicht alles.«

»Noch längst nicht!«, echote Kriminaloberkommissarin Bähr die Worte ihres Partners und Vorgesetzten.

»Dann seien Sie doch bitte so gut, zur Sache zu kommen.« Schmitz lehnte sich in seinem Stuhl zurück und gähnte demonstrativ. »Die Stunde ist schon weit vorgerückt und ich bin ein alter Mann.«

Hölsung blätterte fahrig in seiner Akte. Ein guter Pokerspieler würde nie aus ihm werden, dachte Katharina. Er war offensichtlich drauf und dran, seinen größten Trumpf auszuspielen.

Erstaunlicherweise zog er ein Foto aus der Akte. Ihr Vater, ihre Mutter, Susanne und Katharina selbst, in ihrem Garten aufgenommen, das letzte gemeinsame Bild ihrer Familie. Hölsung deutete mit dem Kugelschreiber auf das Gesicht von Katharinas Vater: »Wissen Sie eigentlich, wie man Ihren Vater genannt hat?«, fragte er viel zu freundlich.

Katharina zuckte mit den Schultern: »Herr Redlich, soweit ich weiß.«

»Das auch!« Hölsung wollte wohl sein triumphierendes Grinsen unterdrücken, doch es gelang ihm nicht. Mit dem Stift zeichnete er den Bart von Katharinas Vater nach: »Der hier hat ihm noch zu einem anderen Spitznamen verholfen. Rotbart – oder …« Er legte eine lange Kunstpause ein, dann platzte er endlich heraus: »Barbarossa!«

Katharina und Schmitz sahen sich an, blickten dann wieder zu Hölsung, der offensichtlich von ihrer wenig dramatischen Reaktion enttäuscht war. Schmitz lehnte sich vor: »Seien Sie doch so gut, Herr Hölsung, und klären Sie uns auf, was der Spitzname des

Vaters meiner Mandantin damit zu tun hat, dass sie angeblich drei Morde begangen haben soll.«

»Muss ich es wirklich für Sie buchstabieren? Aus welcher großen deutschen Herrscherfamilie stammte Barbarossa? Na?«, fragte Hölsung herablassend. »Katharinas ... Frau Kleins Vater ... Es ist doch offensichtlich, oder nicht? Diether Klein war der Staufer!«

Am liebsten wollte Katharina über den Tisch langen und Hölsung eine reinhauen. Sie zwang sich zur Ruhe, doch dann bemerkte sie, dass Schmitz neben ihr geschüttelt wurde wie von einem schweren Schluckauf. Schließlich konnte er es nicht mehr zurückhalten: Ein langes, herzhaftes Lachen platzte aus ihm heraus. Vor Vergnügen trommelte er mit den Fäusten auf den Tisch.

Hölsung und seine Partnerin saßen mit verschränkten Armen und heruntergezogenen Mundwinkeln auf ihrer Seite des Tisches. Ihre Enttäuschung war ihnen deutlich anzusehen.

Endlich hatte sich Schmitz so weit beruhigt, dass er wieder sprechen konnte: »Und da hat man Sie mir als humorlosen Bürokraten beschrieben, Herr Hölsung. Ich muss sagen, Ihr Ruf wird Ihnen gar nicht gerecht. Solch ein Humor und dann in dieser Situation ...«

»Denken Sie doch, was Sie wollen«, kam die schmollende Antwort.

»Und, ach, ehe ich es vergesse ...« Schmitz sprach wieder betont liebenswürdig. »Es wäre Ihnen dringend anzuempfehlen, Ihre These nicht weiter zu verbreiten. Allein schon die Vorstellung, Diether Klein wäre zu einem Verbrechen fähig ... Nun, Sie haben ihn nicht gekannt und ich schreibe Ihre Vermutungen dem Ungestüm Ihrer Jugend zu. Aber die These, Diether Klein sei der Staufer gewesen, ist schlicht und ergreifend absurd.«

»Das werden wir ja noch sehen.«

»Ganz recht. Das werden wir ja noch sehen.« Plötzlich wurde Schmitz' Stimme schneidend: »Insbesondere Sie werden sehen, was sich das Strafgesetzbuch unter falscher Beschuldigung, übler Nachrede und Verunglimpfung des Andenkens Verstorbener vorstellt. Sollten Sie Ihre These auch nur ansatzweise wiederholen und mir das zu Ohren kommen, dann werde ich den Rest meiner beruflichen Karriere und alles politische Gewicht, das ich besitze, dazu nutzen, Ihnen das Leben zur Hölle zu machen. Sie können sich gerne über mich erkundigen und werden erfahren, dass ich in dieser Hinsicht nicht die geringsten Skrupel besitze.« Er räusperte sich kurz und sprach dann höflich weiter: »Vielleicht sollten wir endlich darüber sprechen, wie Sie darauf kommen, dass meine Mandantin gemordet haben soll.«

»Kein Problem.« Hölsung wollte sich offenbar zu einem unverbindlichen Lächeln zwingen, aber es misslang. Er fletschte die Zähne wie ein in die Enge getriebener Hund: »Ein Zeuge, der in einer Wohnung gegenüber dem Blauen Café wohnt, hat die Schüsse gehört und kurz darauf eine Frau mit langen, schwarzen Haaren aus dem Eingang des Cafés kommen sehen.«

Schmitz schnaubte verächtlich: »Es soll noch mehr Frauen mit langen schwarzen Haaren geben, habe ich mir sagen lassen.«

»Das mag sein. Aber dann muss Frau Klein mir das hier erklären.« Hölsung entnahm seiner Akte ein weiteres Blatt: »Das ballistische Gutachten des BKA zu den Geschossen, die Hartmut Müller, Marianne Aschhoff und Karl Heitz getötet haben.«

Betont neutral begann er, vorzulesen: »Die Geschosse entstammen einer Heckler & Koch P2000. Ein weitergehender Abgleich mit der uns zur Verfügung stehenden Datenbank erbrachte mehr als ausreichende Übereinstimmungen mit Geschossen einer Waffe, die laut Seriennummer am ersten März 2007 zur dienstlichen Verwendung an ›Klein, Katharina, Kriminalhauptkommissarin‹ ausgegeben wurde.«

Hölsung legte das Blatt auf den Tisch. Katharina brauchte einen Moment, um die Informationen aus dem Amtsdeutsch des Gutachtens zu verarbeiten. Dann sackte ihr das Blut aus dem Gesicht in die Eingeweide. In ihren Ohren begann es, zu pulsieren. Hölsungs nächste Frage hörte sie nur noch wie durch Watte:

»Also, Frau Klein, können Sie mir erklären, warum Hartmut Müller, Karl Heitz und Marianne Aschhoff mit Ihrer Dienstwaffe erschossen wurden?«

Interlude in b Minor

```
Polizeipräsidium Frankfurt am Main,
           22. Januar 2008
```

»Und jetzt werden Sie uns sicher erzählen, wie Sie sich zum wiederholten Male strafbar gemacht haben, indem Sie aus der Haft entwichen sind!« Kriminaldirektor Weigl warf den Kugelschreiber, mit dem er die ganze Zeit gespielt hatte, mit einem lauten Klacken auf den Tisch.

»Aber, aber, Herr Weigl! Nun unterbrechen Sie Frau Klein doch nicht kurz vor dem dramatischen Höhepunkt«, tadelte ihn Richter Weingärtner. Er wollte Katharina auffordernd zunicken, doch in diesem Augenblick murmelte Staatsanwalt Ratzinger etwas in seinen nicht vorhandenen Bart. Der Richter und Kriminaldirektor Weigl drehten sich überrascht zu ihm um.

»Wie meinen?«, fragte Richter Weingärtner.

»Haftentweichung ist kein Straftatbestand«, wiederholte der Staatsanwalt etwas lauter.

»Das Verstoßen gegen eine richterliche Anordnung aber schon«, giftete Kriminaldirektor Weigl zurück.

»Die hat aber zu diesem Zeitpunkt schon gar nicht mehr bestanden.«

»Aber das wusste Frau Klein doch nicht.«

»Dann wäre das ein Tatbestandsirrtum, der nicht zuungunsten von Frau Klein ausgelegt werden darf.«

»Hosianna, oh Zeichen, oh Wunder!« Richter Weingärtner streckte beide Arme zum Himmel. »Staatsanwalt Ratzinger springt für Frau Klein in die Bresche. – Und so spannend sicher die Erörterung der Strafbarkeit eines Gefängnisausbruchs ist, würde ich dennoch vorschlagen, diese Debatte zu vertagen und Frau Klein weitererzählen zu lassen.« Der Richter erhob sich: »Aber erst –«

»Aber erst müssen Sie mal pinkeln?«, fragte Staatsanwalt Ratzinger rhetorisch. »Haben Sie es schon einmal mit Kürbiskernextrakt versucht? Hat bei meinem Großvater Wunder bewirkt.«

»Kommen Sie erst mal gesund in mein Alter«, erwiderte der Richter keck, dann rauschte er aus dem Raum.

Kriminaldirektor Weigl sah ihm nach, gedankenverloren mit der Zigarettenschachtel spielend, die noch immer vor ihm auf dem Tisch lag.

»Nun gehen Sie schon rauchen«, wies ihn Frauke Müller-Burkhardt streng zurecht. »Wir wollen doch nicht, dass Sie noch einen Nervenkollaps kriegen.«

Demonstrativ steckte Kriminaldirektor Weigl die Zigarettenschachtel in die Innentasche seines Jacketts. »Der Richter scheint sich ja köstlich zu unterhalten.«

»Na ja, wenigstens schläft er diesmal nicht«, stimmte Staatsanwalt Ratzinger zu.

»Oh, er schläft nie«, korrigierte ihn Frauke Müller-Burkhardt. »Oder haben Sie jemals erlebt, dass ihm auch nur irgendeine Kleinigkeit entgangen ist?«

Innerlich stimmte Katharina der Staatsanwältin zu. Richter Weingärtner war der cleverste und genauste Richter, den sie kannte. Und in seiner Urteilsfindung mitunter reichlich unkonventionell.

Schweigend hatten sie gewartet, bis sich die Tür des Sitzungsaales wieder schwungvoll auftat und Richter Weingärtner zu seinem Platz zurücksegelte: »So, dann wollen wir mal weitermachen. Die Geschichte ist nämlich gerade spannender als ein Sonntagabend-Krimi.«

»Wenigstens Sie amüsieren sich prächtig«, murrte Staatsanwalt Ratzinger.

Der Richter stimmte zufrieden zu: »Es steht ja auch nirgends geschrieben, dass einem der Beruf keinen Spaß machen darf. – Frau Klein? Ich glaube, wir hatten am Ende des von Berndt Hölsung mit Ihnen geführten Verhörs unterbrochen? Was ist dann geschehen? Und, um den werten Herrn Kriminaldirektor Weigl nicht länger auf die Folter zu spannen: Wie sind Sie eigentlich aus der Verwahrzelle herausgekommen?«

Katharina räusperte sich. »Das glauben Sie mir niemals.«

IV
DELFIN

*»The truth will set you free,
but first it will piss you off!«*
GLORIA STEINEM

The Prisoner

Polizeipräsidium Frankfurt am Main, später

Grelles Neonlicht spiegelte sich in weißen Kacheln. Es roch nach Desinfektionsmitteln und Erbrochenem, nach altem Schweiß und Urin. Katharina saß auf der harten Pritsche einer Verwahrzelle und wartete auf ihren Transport ins Preungesheimer Untersuchungsgefängnis.

Sie hatte aussagen wollen, erklären, was mit ihrer Dienstwaffe geschehen war; doch Schmitz hatte sie gebeten, sie gedrängt, ihr befohlen, es nicht zu tun. Alles, was sie sagte, würde gegen sie verwendet, jede Erklärung als Märchen abgetan werden. Schließlich hatte sie nachgegeben. Dann war sie war abgeführt worden. Zur erkennungsdienstlichen Behandlung. Man hatte sie fotografiert und ihre Fingerabdrücke genommen. Mit dem Reinigungstuch, das die Beamtin ihr reichte, hatte sie notdürftig ihre Hände gesäubert. Doch sie fühlten sich immer noch klebrig an, als hätte Katharina nicht in Stempelfarbe, sondern in Blut gefasst.

Man hat ihr die Schnürsenkel abgenommen, ihren Gürtel, sie schließlich auch noch aufgefordert, ihren BH auszuziehen. Es sollte ihr nichts bleiben, mit dem sie sich oder andere schädigen konnte.

Die Beamtin hatte alles in einem großen Papierumschlag verstaut. Katharina hatte für die von ihr abgegebenen Gegenstände unterschrieben, dann wurde sie in die Verwahrzelle gebracht. Die schwere Stahltür war hinter ihr ins Schloss gefallen, ein Schlüssel wurde umgedreht, Schritte entfernten sich, Stille. Nur eine der Neonröhren gab ein leises elektrisches Summen von sich. Katharina hatte sich auf die harte Pritsche gesetzt, aufrecht, mit kerzengeradem Rücken. Sie würde nicht einknicken, nicht weinen, nicht schlafen oder dösen. Keine Angriffsfläche bieten. Abwarten, ausharren, hoffen. So also fühlte sich die Prozedur von der anderen Seite an.

»Diether Klein war der Staufer!« Hölsungs Satz hallte durch Katharinas Kopf. Im Duett mit Ministros »Ich töte keine Unschuldigen«. Immer wieder und wieder. Wie ein Mantra. Aber das war doch unmöglich, oder? Ihr Vater? Ein Schwerverbrecher?

Sie biss sich auf die Unterlippe. Genau das hatte sie selbst bei ihren Ermittlungen schon so oft gehört, von Angehörigen, Freunden, Bekannten: Er kann es gar nicht gewesen sein, er ist doch so ein netter Mensch, er hat sich nie etwas zuschulden kommen lassen.

Hatte Hölsung recht? War die Bezahlung für Auftragsverbrechen über den Kunsthandel ihres Vaters abgewickelt worden? Wusste ihr Vater davon? Hatte er gar die Verbrechen eingefädelt, wie Hölsung behauptete? War er wirklich der Staufer?

Sie konnte, sie wollte es sich nicht vorstellen. Es musste etwas anderes dahinterstecken: das verschwundene Bild. Vielleicht ein verborgener Millionenschatz wie der Hopper. Lutz hatte recht, die einfachste These war fast immer die Richtige. Doch natürlich gab es Ausnahmen. Aber ihr Vater? Herr Redlich?

Oder Rotbart. Barbarossa. Der Spitzname des größten Staufer-Kaisers, das wusste sogar Katharina. Und ihr Vater war oft verreist gewesen, zu Kunstmessen, zu Sammlern, zu anderen Händlern. Wusste sie, was er dann gemacht hatte?

Wenn sie hier jemals wieder herauskam, würde sie jeden einzelnen Ordner im Arbeitszimmer ihres Vaters durchgehen, mit jedem Menschen sprechen, den ihr Vater jemals gekannt hatte. *Wenn* sie hier jemals wieder herauskam. Katharina verfluchte sich. Sie hätte all das vermeiden können. Polanski die Kugeln aus Ministros Pistole geben und abwarten. Wie es den Vorschriften entsprach. Aber sie hatte ja unbedingt auf eigene Faust ermitteln müssen. Hätte sie mal auf ihren Chef gehört.

Falsch. Sie hätte schon viel früher Nein sagen müssen. Wie konnte sie nur auf die dämliche Idee kommen, Karten für die

Oper kaufen zu wollen? Sie und ihr Partner Thomas wollten gemeinsam mit dessen Frau einen Abend in der Oper verbringen. Thomas und Katharina hatten eine Dienstpause genutzt und waren ins Parkhaus an der Oper gefahren. Plötzlich hatten sie sich mitten in dieser verdammten Geiselnahme wiedergefunden, Thomas war getötet worden, Katharina hatte die Geiselnehmer erschossen. So hatte alles begonnen. Wie in einem endlosen, tödlichen Dominospiel war ein Stein nach dem anderen umgefallen. Die Begegnung mit Andreas Amendt, die Flucht nach Afrika, die Konfrontation mit Ministro, die Kugeln aus seiner Waffe …

Wenn all das nicht passiert wäre, dann wäre sie immer noch Kriminalhauptkommissarin, hätte einen tollen Partner und besten Freund, die Ermordung ihrer Familie wäre in ihrer Erinnerung allmählich in weite Ferne gerückt. Und irgendwann hätte der Gedanke daran nicht mehr wehgetan.

Andererseits hätte sie dann auch Andreas Amendt nicht kennengelernt. Zumindest nicht so wie jetzt. Er wäre auf ewig der Stinkstiefel aus der Gerichtsmedizin geblieben. Was er jetzt wohl machte? Er war so undurchschaubar. Schwer zu sagen, was in ihm vorging.

Katharina stellte fest, dass sie sich Sorgen um ihn machte. Sie wollte ihn nicht auch noch verlieren. Andreas Amendt. Ihren Freund.

»Das wirst du nicht«, sagte eine leise Stimme neben ihr. Susanne legte den Arm um Katharina und zog sie an sich. Verdammt. Jetzt war sie doch eingedöst. Katharina musste blinzeln, denn die Sonne schien ihr plötzlich grell ins Gesicht. Dann sah sie, wo sie war. Sie und Susanne saßen in einem Strandkorb. St. Peter-Ording. Dort hatte Katharinas Familie oft den Sommerurlaub verbracht. Es roch nach Salz und Sonnenöl, ein leichter Wind wehte. Es war Flut, das Meer schlug in kleinen Wellen auf den Strand. Katharina ließ ihre Fußspitzen durch den weichen Sand gleiten. Dann sah sie zu Susanne: »Glaubst du auch, dass Papa …?« Sie konnte den Satz nicht zu Ende sprechen, den Gedanken nicht zu Ende denken.

Susanne stieß ein Schnauben aus, halb Lachen, halb Entrüstung: »So ein Quatsch! Papa? Ein Großkrimineller? Kopf eines Verbrechersyndikates? Das glaubst du doch selbst nicht.«

»Nein, aber …«

»Ich weiß, was du sagen willst. Man steckt nicht drin. Aber hast du im Haus irgendetwas gefunden, was auch nur ansatzweise darauf hindeutet? Nein? Siehst du!«

Natürlich hatte ihre Schwester recht. Außer einer wilden Theorie – und ausgerechnet von Meisterkriminalist Berndt Hölsung – gab es wirklich nichts.

Bis auf die Geldsummen, die Hölsung aufgespürt hatte. Und was hatte Tschackow gesagt? Ministro hatte den Staufer erledigt? Was, wenn Tschackow damit den Mord an ihrer Familie gemeint hatte?

»Ministro muss Dutzende Menschen umgelegt haben«, widersprach Susanne ungeduldig. »Hunderte. Warum sollte Tschackow ausgerechnet den Mord an Papa meinen?«

»Es wäre aber eine schlüssige Erklärung.«

»Die ist Lutz' Theorie auch! Jemand will ein Bild, Papa weigert sich, es ihm zu verkaufen und … Peng! Es gibt doch einen Grund, warum Papa immer bewaffnet war, wenn er Bilder transportierte.«

»Aber wenn wir die Spuren richtig verstanden haben, dann war Ministro gar nicht im Tresor. Er kann also gar kein Bild mitgenommen haben.«

»Aber nach dem Mord waren doch genug andere Menschen im Haus. Polizei, der Beerdigungsunternehmer, Putzkräfte … Jeder von denen hätte das Bild bequem an sich nehmen können. Ganz einfach. Du kennst doch Papas Satz: Die Größe spielt beim Wert eines Bildes nur eine untergeordnete Rolle. Vielleicht war es klein, einfach zu transportieren und besonders wertvoll. Ich meine, immerhin hat der Dieb den Hopper nicht angerührt. Das fehlende Bild muss also noch viel kostbarer gewesen sein.«

Katharina seufzte und nickte: »Du hast recht.«

»Natürlich habe ich das! – Und nun komm schwimmen.« Susanne stand auf, rekelte sich und ging auf das Wasser zu. Zwei junge Männer, die in einiger Entfernung auf ihren Handtüchern lagen, konnten ein begehrliches Pfeifen nicht unterdrücken. Susanne hatte die perfekte Badeanzug-Figur.

»Kommst du endlich?« Katharina Schwester hatte sich auf halbem Wege zum Wasser zu ihr umgedreht. »Oder bist du wieder ein kleiner Feigling?«

»Aber ich kann doch nicht –«, wollte Katharina erwidern, doch Susanne schnitt ihr das Wort ab: »Doch, du kannst! Erinnerst du dich nicht?«

Richtig! Nach dreiunddreißig Jahren als Nichtschwimmerin mit panischer Angst vor tiefem Wasser hatte Katharina in Afrika endlich das Schwimmen gelernt. Amendt hatte es ihr beigebracht. Sie hatte erst furchtbar Angst gehabt, doch zuletzt hatte es ihr sogar richtig Spaß gemacht. Sie hatte sich sogar getraut, vom Einmeterbrett zu springen. Es hatte furchtbar gespritzt und musste sehr unbeholfen ausgesehen haben.

Entschlossen stand Katharina auf und ging ihrer Schwester hinterher, die bereits bis zur Hüfte im Wasser stand. Susanne tauchte mit einem eleganten kleinen Sprung unter, nur um gleich darauf wieder aus den Wellen aufzutauchen. Wie ein Delfin. Natürlich! Susanne hatte einen St. Peter-Ordinger Sommer lang jeden Tag geübt, um die Delfin-Technik zu lernen. Jetzt glitt sie mit gleichmäßigen Schlägen durch das Wasser.

Katharina ging langsam durch das kalte Meer. Endlich konnte sie sich überwinden, tauchte ein und schwamm mit vorsichtigen Zügen.

Eine Welle spritzte ihr ins Gesicht und nahm ihr den Atem. Sie musste strampeln, spürte, wie etwas ihren Fuß packte, sie trat danach, vergeblich … Katharina wurde gnadenlos in die Tiefe gezogen, Meter um Meter, ihre Lungen schrien nach Luft, ihre Augen brannten, um sie herum nur noch trübe Schwärze. Endlich hielt sie es nicht mehr aus, sie musste Luft holen, sie musste …

Mit einem unterdrückten Schrei schreckte Katharina auf. Einen kurzen Augenblick wusste sie nicht, wo sie war. Weiße Fliesen? Grelles Neonlicht? Ach ja, richtig, die Verwahrzelle.

Ein Schlüssel wurde laut klirrend im Schloss der Zellentür umgedreht. Das musste der Transport nach Preungesheim sein. Sie strich sich rasch die Haare aus dem Gesicht und setzte sich wieder aufrecht hin. Eine gute Figur machen. Keine Angriffsfläche bieten.

In Begleitung eines uniformierten Beamten betrat ausgerechnet Hölsung die Zelle. Er warf Katharina ihre Lederjacke zu: »Zieh die über!«

Katharina gehorchte. Dann zog Hölsung ein paar Handschellen aus dem Etui an seinem Gürtel und bedeutete Katharina, die Hände nach vorne zu strecken. Er ließ mit großer Befriedigung die Metallbügel um ihre Handgelenke einrasten. Sollte er doch triumphieren, dachte Katharina. Aber sie würde um keinen Preis vor ihm einknicken.

Er fasste sie am Arm und führte sie aus der Zelle. Die uniformierte Beamtin ging einen Schritt hinter ihnen. Ihr Weg führte sie an den anderen Zellen vorbei, an offenen Büros, an der Pforte. Die Menschen dort drehten ihr den Rücken zu. Katharina wusste, was sie dachten: Eine von ihnen hatte sie verraten. War zur Verbrecherin geworden. Zur Mörderin.

Der Spießrutenlauf endete auf dem Hof des Präsidiums. Dort wartete ein schwarzer BMW. Hölsung öffnete die Tür zur Rückbank und setzte Katharina hinein, ihren Kopf mit der Hand sorgfältig am Türholm vorbeiführend. Dann nahm er selbst auf dem Fahrersitz Platz. Er startete den Motor und fuhr los. Die Schranke öffnete sich automatisch.

Irgendetwas war seltsam. Der BMW war kein Dienstfahrzeug, schon gar kein Gefangenentransporter. Kein griffbereites Blaulicht, kein Funkgerät am Armaturenbrett … Das musste Hölsungs Privatwagen sein. Offenbar wollte er seinen Triumph bis zu den Toren des Untersuchungsgefängnisses auskosten.

Die Ampel an der Kreuzung nach Preungesheim war rot, der Wagen kam leicht schlitternd zum Stillstand. Hölsung hatte keinen Blinker gesetzt. Unvorsichtig, unvorsichtig. Gerade bei der Witterung. Während Katharina noch überlegte, wie sie sich mit gefesselten Händen am besten anschnallte, rollte der Wagen wieder an.

Hölsung fuhr geradeaus weiter. Aber er hätte doch rechts abbiegen müssen! Dort ging es nach Preungesheim. Die Straße, auf der sie jetzt fuhren, führte geradewegs stadtauswärts. Was …?

Katharina hatte plötzlich einen Kloß im Hals: Ihre Hände waren vor ihrem Körper gefesselt, nicht hinter ihrem Rücken, wie es Vorschrift gewesen wäre. Und ein Gefangenentransport mit einem Privatwagen? Was hatte Hölsung vor? Er würde doch nicht …

Sie tastete unauffällig nach der Tür, doch der Wagen war viel zu schnell, als dass sie hätte rausspringen können. Außerdem war die Kindersicherung vorgelegt.

Katharina spürte Panik in sich aufsteigen. »Hölsung! Was haben Sie denn vor? Mich auf der Flucht erschießen?«

Hölsung antwortete nicht.

Blieb nur eine Möglichkeit! Sie schob ihre Hände zwischen den Vordersitzen durch und …

In diesem Moment fuhr Hölsung den Wagen an den Straßenrand. Schlitternd kam er auf dem schneebedeckten Schotter zum Stehen. Katharina wurde gegen den Vordersitz geworfen.

Sie lehnte sich wieder zurück. Hölsung drehte sich zu ihr um: »Hier! Nimm!«

Auf seiner Hand lagen … Handschellenschlüssel? Katharina zögerte.

»Nun nimm schon!«, schnauzte Hölsung sie ungehalten an.

Sie gehorchte und nahm die kleinen Schlüssel.

»Kommst du zurecht?«

Katharina wollte schon ihre Handschellen aufschließen, doch sie zögerte erneut: »Hölsung! Was soll das? Fluchtversuch mit tödlichem Ausgang?«

Hölsung ließ in gespielter Verzweiflung seinen Kopf gegen die Nackenstütze sinken: »Du bist paranoid, weißt du das?« Er zog seine Dienstwaffe aus dem Holster, ließ das Magazin ausschnappen und nahm die verbliebene Patrone aus dem Lauf. Dann verbannte er Magazin und Pistole ins Handschuhfach. »Besser so?«, fragte er genervt. »Kann ich dann weiterfahren?«

»Wohin?«, fragte Katharina zurück.

»Wohin wohl? In Sicherheit! – Und du, tu uns den Gefallen und schau im Rückfenster, ob uns irgendjemand folgt.«

»Wer sollte uns denn folgen?«

Hölsung blickte wieder nach vorn auf die Straße. »Derjenige, der mit deiner Dienstwaffe drei Menschen umgebracht hat, natürlich. – Ich bin vielleicht nicht so ein guter Ermittler wie du, aber auch mir ist klar, dass du gelinkt worden bist.«

On Green Dolphin Street

Irgendwo in der hessischen Pampa, später

Sie hatten die Stadt hinter sich gelassen und waren über Landstraßen und durch kleine Gässchen gefahren. Ein paar Mal hatten sie kleine Dörfer passiert, deren Namen Katharina nichts sagten. In der Dunkelheit hatte sie vollkommen die Orientierung verloren.

Endlich war Hölsung auf einen Feldweg abgebogen, der zu einem kleinen Wäldchen führte. Zwischen den Bäumen verbarg sich ein schicker Bungalow. Er lag vollkommen im Dunkeln, kein Licht brannte, nicht im Haus, nicht auf der Veranda. Hölsung hielt auf dem kleinen Kiesplatz vor der Haustür.

»So, hier bist du fürs Erste in Sicherheit!« Er stieg aus; im Licht der Scheinwerfer seines Wagens schloss er die Haustür auf. Dann schaltete er das Licht auf der Veranda an.

»Wo sind wir?«, fragte Katharina, nachdem sie selbst aus dem Wagen geklettert war.

»In Sicherheit«, wiederholte Hölsung.

»Aber … die werden nach mir fahnden. Und nach Ihnen auch.«

Hölsung grinste selbstzufrieden: »Hier werden sie aber garantiert nicht suchen.«

»Und warum nicht?«

»Weil das hier das Wochenendhaus des Innenministers ist.« Hölsung schob Katharina in den kleinen Flur. »Schon praktisch, den richtigen Golfpartner zu haben. Er ist auf Dienstreise und hat es mir für die nächsten Wochen überlassen. Eigentlich wollte ich ein paar Tage Urlaub machen, aber so ist es auch ganz in Ordnung.«

Er schaltete das Licht im großen Wohnraum an: Kamin, Sofas, ein großer Flat-Screen-Fernseher, ein rustikaler Esstisch, in einer

Ecke ein kleiner Schreibtisch, darauf ein kompakter PC mit Flachbildschirm.

»So!« Hölsung klatschte in die Hände und rieb sie schnell aneinander, um sie aufzuwärmen. »Ich mache gerade mal die Heizung an und koche uns Tee. Dann reden wir. In Ruhe.«

Katharina drehte sich fragend zu ihm um, doch er war bereits die Treppe in den Keller hinabgestiegen.

Aber er hatte recht. Es war wirklich kalt in dem Haus, die Luft roch ein wenig abgestanden. Katharina schob die Hände in die Taschen ihrer Lederjacke und begann, auf- und abzugehen, um die Steife aus ihren Gliedern zu vertreiben.

Auf dem Kaminsims standen gerahmte Bilder: der Innenminister, immer pompös und mit buschigem Rauschebart, der ihm den Spitznamen »Maximo Lider« eingetragen hatte, mal beim Handschlag mit der Bundeskanzlerin, mal mit Wirtschaftsführern und Kollegen, einmal sogar mit seinem Todfeind, dem Justizminister. Dazwischen persönliche Fotos. Eines zeigte den Innenminister und Berndt Hölsung, die Arme um zwei vielleicht acht- oder neunjährige Jungen gelegt. Auf dem Bild schien die Sonne, alle vier trugen T-Shirts und Shorts. Im Hintergrund vollführte ein Delfin gerade einen Salto. Die Menschen auf dem Foto lächelten glücklich. Doch irgendetwas ... Endlich fiel Katharina auf, was es war: die Jungen – zu große Köpfe, die Augenbrauen zu Wülsten vorgewölbt, asiatisch-geschlitzte Augen; Downsyndrom.

»Der Innenminister, ich und unsere Söhne. In Florida, bei der Delfintherapie«, sagte eine erklärende Stimme hinter Katharina. Sie erschrak fast. Sie hatte Hölsung gar nicht herankommen hören. Er reichte ihr eine dampfende Tasse, in der noch ein Teebeutel hing. Katharina nahm sie, dankbar, etwas zu haben, woran sie sich die Finger wärmen konnte.

»Danke. Ich ... ich wusste gar nicht, dass Sie einen Sohn haben«, sagte sie unbeholfen.

»Ich hatte. – Jonas ist gestorben. Vor drei Jahren.«

»Das tut mir leid. Das wusste ich nicht.«

»Es gibt eine Menge Dinge, die du nicht weißt.« Hölsung schüttelte den Kopf, als wollte er eine Fliege vertreiben. »Belassen wir es dabei?«

Plötzlich durchfuhr es Katharina siedend heiß: »Vor drei Jahren?«

»Na ja, fast dreieinhalb.« Hölsung trat von einem Fuß auf den anderen. Er wollte offensichtlich nicht darüber sprechen, aber Katharina musste fragen: »Das war doch kurz bevor …?«

»Bevor wir miteinander ins Bett gegangen sind? Ja.«

»Hassen Sie mich deshalb so?«

Hölsung stieß ein verächtliches Schnauben aus: »Typisch Frau. Man erzählt ihr vom Tod seines Sohnes und irgendwie geht es dann doch um sie. Und nein. Ich hasse dich nicht. Nicht deshalb. Ich hatte zwar damals gehofft, dass wir … Na ja, ich war einsam, meine Ehe kriselte, und ich habe vielleicht bei dir nach mehr Halt gesucht, als du mir bieten konntest. – Aber nicht ausstehen kann ich dich aus einem anderen Grund.«

»Nämlich?«

»Weil du Polanskis Liebling bist. Die mit den tollen Erfolgen und den spektakulären Ermittlungen. Wir anderen können sehen, wo wir bleiben.«

»Sie können mich nicht leiden, weil ich gut in meinem Job bin und Ergebnisse bringe?«

»Wenn dich diese Antwort glücklicher macht. – Komm, setzen wir uns an den Esstisch. Es gibt eine Menge zu bereden.«

Katharina setzte sich Hölsung gegenüber. Er nahm einen kleinen Schluck aus seiner Tasse.

»Warum haben Sie mich befreit?«, fragte Katharina.

»Kannst du nicht endlich anfangen, mich kollegial zu duzen?« Hölsung lächelte freundlich. »Immerhin sind wir jetzt Komplizen bei einem Gefängnisausbruch.«

Katharina hatte keine Lust auf eine Diskussion: »Also gut, Berndt, ausnahmsweise. – Warum hast *du* mich befreit? Du handelst dir eine ganze Menge Ärger ein, wenn das rauskommt.«

»Das habe ich dir doch schon gesagt. Um dich in Sicherheit zu bringen. – Und der Ärger wird sich in Grenzen halten. Es wird ohnehin kein Mensch glauben, dass ausgerechnet ich dir zum Ausbruch verholfen habe. Also werde ich denen erzählen, dass du mir entwischt bist. Ein paar Leute werden ein wenig schimpfen. Und das war's.«

»Und wieso glaubst du, dass ich in Gefahr bin?«

»Du bist der Wahrheit zu nah gekommen. Warum sonst sind die Morde geschehen, kurz bevor du an den Tatorten aufgelaufen bist? – Und als der Gefangenentransport plötzlich abgesagt wurde, bin ich erst recht misstrauisch geworden.«

»Abgesagt? Vielleicht wurde der Haftbefehl aufgehoben?«

»Nein. Dann hätten die ja wohl als Erstes den ermittelnden Beamten informiert. Mich. Ich bin mir ziemlich sicher, dass es für dich übel ausgegangen wäre, wenn ich dich nicht aus deiner Zelle geholt hätte. – Wir haben irgendwo im Präsidium einen Maulwurf.«

Katharina schluckte und sagte leise: »Danke. – Hast du irgendeinen Verdacht, wer?«

»Ja, habe ich. Aber jetzt erzähl mir erst mal, was mit deiner Dienstwaffe passiert ist.«

Katharina versuchte sich zu erinnern, wie das genau gewesen war: »Also, nach meiner Rückkehr aus Tansania bin ich direkt zu Polanski ins Büro gefahren. Du weißt ja, um diese Kugeln untersuchen zu lassen.«

Hölsung nickte: »Ja. Und irgendwann musst du mir wirklich mal erklären, wie du den Schönauer dazu gebracht hast, die Kugeln sofort zu untersuchen. Die machen nämlich seit Neuestem immer auf extra langen Dienstweg. – Aber erzähl weiter.«

»Also, Polanski hat sich bereit erklärt, die Kugeln ans BKA zu schicken. Dann hat er mich über die Pflichten meines neuen Postens aufgeklärt.«

»Ach ja, richtig. Die Sonderermittlungseinheit. Nimm es mir nicht übel, aber so eine richtig tolle Beförderung ist das nicht. Klingt eher nach Schleudersitz.«

»Ich hatte die Wahl: entweder das oder Verkehrsüberwachung in Kassel. – Auf jeden Fall hat Polanski mir erklärt, dass ich als

Kriminaldirektorin keine Dienstwaffe mehr führen werde. Und dann habe ich ein Formular unterschrieben, dass ich die Waffe bei ihm abgegeben habe.«

Hölsung runzelte die Stirn: »Du hattest die Waffe mit in Afrika?«

»Nein, nein. – Die Waffe war in Polanskis Safe. Er hat sie aus meiner Wohnung geholt, als ich in Afrika war.«

»Polanski war in deiner Wohnung? In deiner Abwesenheit?«

»Ja, er hat Licht gesehen und … Das war aber nur Kurtz, der gerade meine Vorhänge gewaschen hatte. Er dachte wohl, er lässt die Pistole besser nicht unbeaufsichtigt, damit sie nicht wegkommt.«

Hölsung knabberte nachdenklich an seiner Unterlippe, sagte aber nichts.

»Was ist?«, fragte Katharina ungeduldig.

»Nichts. Nur ein Gedanke. Du warst also in Polanskis Büro. Und was ist dann mit deiner Waffe passiert?«

»Ich habe also das Formular für die Rückgabe unterschrieben. Und dann weiß ich nicht mehr …« Katharina schloss kurz die Augen, um die Szene auf ihrem geistigen Bildschirm noch mal ablaufen zu lassen. Da war doch … »Ach ja, richtig. Plötzlich hat uns eine Putzfrau unterbrochen. Wollte unbedingt Polanskis Zimmer sauber machen und ließ sich nur schwer abwimmeln. Ich habe die Ablenkung genutzt und den Umschlag für das BKA an mich genommen. Aber meine Waffe … Ich habe gedacht, Polanski hätte sie wieder in seinem Safe eingeschlossen.«

Hölsung nickte stumm, während er weiter auf seiner Unterlippe kaute.

»Und? Was denkst du?«, drängte Katharina ihn.

»Dass das alles nur zu gut passt. Schade. Ich hatte gehofft, ich hätte mich geirrt. Aber das war wirklich das letzte Puzzlestück, das mir noch gefehlt hat.«

»Was meinst …?«, wollte Katharina fragen, doch plötzlich verstand sie. Ihr Magen verkrampfte sich zu einem Stein. »Polanski?«, fragte sie fast tonlos. »Aber das kann nicht sein.«

»Doch«, entgegnete Hölsung schroff. Dann wurde sein Ton sanfter: »Leider. Es passt alles zusammen.«

Katharina musste ein paar Mal tief durchatmen. Dann sagte sie nachdrücklich: »Dann lass mal hören.«

»Na ja«, begann Hölsung. »Ich habe mir erst mal die Ermittlungsakte vorgenommen. Du weißt, die von damals ... die ...«

»Die zum Mord an meiner Familie?«

Hölsung nickte fast unmerklich: »Und du hast sicher selber bemerkt ... Mein Gott, ich bin ja nun wirklich nicht das Ermittlergenie, aber selbst mir ist aufgefallen, dass Polanski die Ermittlungen damals ausgesprochen ... Ich will nicht sagen schlampig, aber sehr einseitig geführt hat. Kein Blick auf den Hintergrund deines Vaters. Selbst Kurtz kommt in der Akte nur am Rand vor. Polanski hat sich auf den erstbesten Verdächtigen gestürzt. Ich gebe zu, die Indizien gegen Amendt waren erdrückend, aber ... Man muss doch auch immer über Alternativen nachdenken.«

»Na ja, der Fall hat damals ziemliche Wellen geschlagen. Vielleicht war Polanski einfach froh, so schnell einen Täter präsentieren zu können.«

»Gut, das kann natürlich sein. Andererseits ... Das passt doch überhaupt nicht zu Polanski, oder?«

Hölsung hatte recht. Polanski war ein Genauigkeitsfanatiker, der darauf bestand, jeden Stein dreimal umzudrehen.

»Also«, fuhr Hölsung fort. »Wenn das das Einzige gewesen wäre ... Aber du erinnerst dich doch an diese Liste von Fällen aus der Akte Staufer?«

»Natürlich.«

»Polanski war in mindestens fünf der Fälle als Ermittler tätig. Und alle diese Fälle sind nicht aufgeklärt. – Und dann das fehlende Bild? Es wäre ein Leichtes für Polanski gewesen, während der Ermittlungen das Bild zu stehlen. Und so viel EDV-Sachverstand hat er doch, dass er die Datenbank manipulieren konnte. Er hat natürlich keine Ahnung von Buchführung. Deswegen hat er versucht, den Datensatz zu löschen, indem er alle Felder über-

schreibt, statt ihn einfach in die Rubrik Verkäufe zu verschieben.
– Weißt du eigentlich inzwischen, was das für ein Bild war?«

Katharina schüttelte den Kopf: »Nein. Leider nicht.«

»Ich habe mal so ein bisschen nachgeforscht. In deinem Tresor liegen ziemliche Schätze. Sagt zumindest unser Experte für Kunst. Allein der Hopper ... Also muss das verschwundene Bild wohl ziemlich wertvoll sein.«

»Noch kann das alles Zufall sein. Polanski war ja nicht der Einzige mit Zugang zum Tresor.«

»Das *kann* natürlich Zufall sein. Aber dann seine raschen Beförderungen ...«

»Du meinst, dass sich jemand für gute Dienste revanchiert hat? Jemand mit viel Einfluss?«

Hölsung nickte müde: »Ja. Danach sieht es aus.«

»Aber wenn Polanski immer noch ... Glaubst du wirklich, dass mein Vater der Staufer war?«

»Ehrlich gesagt, ich weiß es nicht. Aber es passt natürlich. – Andererseits gibt es in der Buchhaltung deines Vaters außer den Summen, die ich da aufgespürt habe, keine Hinweise auf krumme Geschäfte. Er war also sehr gut darin, seine Spuren zu verbergen.«

»Oder er war unschuldig. Und jemand hat den Kunsthandel nur benutzt.«

»Oder das. – Auf jeden Fall will jemand verhindern, dass du die Wahrheit herausfindest. Entweder Polanski selbst, um sich nicht zu belasten. Oder es gibt noch einen dritten Player. Jemand mit Macht, Einfluss und Geld. Irgendeine Idee, wer das sein könnte?«

Eigentlich passte diese Beschreibung nur auf einen Menschen. »Arthur von Koestler. Mein Vermögensverwalter. Er hat auch schon für meinen Vater gearbeitet. Aber er streitet alles ab«, antwortete Katharina.

Hölsung notierte sich den Namen: »Ich werde auf jeden Fall mal bei unseren Kollegen von der Wirtschaftskriminalität nachfragen. Vielleicht ist dieser Koestler bei denen ja schon aufgetaucht. – Und was ist mit Kurtz? Deinem Patenonkel?«

Katharina schüttelte vehement den Kopf: »Nein, da habe ich auch schon nachgebohrt. Aber das passt nicht. Es weiß doch jeder, was Kurtz macht. Und der Staufer – wer auch immer es war – hat ja sehr viel Wert darauf gelegt, nicht aufzufallen.«

Hölsung zog nachdenklich die Stirn in Falten: »Ja, und Mord ... Ich meine, Kurtz hat zwar seine Finger in einer ganzen Menge Dinge drin, aber Mord und Gewalttaten sind nicht dabei. Allerdings kennen er und Polanski sich.«

»Ich weiß. Andererseits: Jeder kennt Kurtz, auf die eine oder andere Art und Weise.«

»Aber nur Polanski hat einen rügenden Aktenvermerk wegen Teilnahme an einer Glücksspielrunde. Bei Kurtz.«

»Und weiter? Was hast du noch?«, bohrte Katharina nach.

»Reicht dir das noch nicht? Polanski hatte, und zwar als Einziger, Zugang zur Tatwaffe. Und ...«

Hölsung zögerte, doch Katharina drängte ihn: »Und?«

»Nun, er war derjenige, der den Gefangenentransport abgesagt hat. Ich habe das zufällig mit angehört. Und als er mich gesehen hat, ist er ganz schnell weggegangen.«

Katharina schüttelte frustriert den Kopf: »Das sind aber alles nur Indizien. Und nichts davon ist direkt belastend.«

»Aber sie ergeben ein Gesamtbild.«

»Außerdem fehlt das Warum. Ich sehe einfach kein Motiv.«

»Geld. Karriere. – Komm, Katharina, wir beide haben schon erlebt, dass Leute wegen sehr viel weniger morden. – Außerdem: Nehmen wir mal an, dein Vater war wirklich der Staufer. Und Polanski hat mit ihm zusammengearbeitet. Ministro bringt deine Familie um, in wessen Auftrag auch immer. Und plötzlich sieht Polanski auch seine Felle wegschwimmen. Wenn rauskommt, dass ein Profi am Werk war ... Irgendjemand hätte vermutlich irgendwann angefangen, die falschen Fragen zu stellen. So wie wir jetzt.«

»Und das Bild? Wie passt das da rein?«

»Na ja, vielleicht wollte Polanski zwei Fliegen mit einer Klappe schlagen. Irgendjemand war eventuell hinter einem der Bilder her. Vielleicht jemand Einflussreiches. Oder er wollte eine falsche Spur legen. Falls doch noch mal jemand nachforscht.«

Katharina nahm einen großen Schluck von ihrem Tee. »Und was machen wir jetzt?«

»Wir? *Wir* machen gar nichts. *Du* bleibst hier untergetaucht und überlässt alles Weitere mir.«

»Aber –«

»Kein Aber. Das ist Präsidiumspolitik. Nicht gerade deine Stärke. Und wenn es irgendetwas gibt, worin ich wirklich gut bin ...« Hölsung stand auf: »So, ich muss dann mal in die Höhle des Löwen. Aber ich hab noch deine Handtasche im Auto. Die bringe ich dir gleich. Du hast doch vermutlich immer noch dein Übernachtungsgepäck dabei?«

»Ja.«

Hölsung schmunzelte kurz: »Dachte ich mir. Aber deine Waffe und dein Handy sind nicht mehr in der Handtasche. Die befinden sich in der Asservatenkammer.«

Unbewaffnet? Nun gut. Sie würde sich schon zu verteidigen wissen. Außerdem musste man sie hier erst mal finden. Wer würde schon eine flüchtige Schwerstkriminelle ausgerechnet im Wochenendhaus des Innenministers vermuten? Aber Moment! Die Abhörstifte! Doch dann atmete Katharina erleichtert aus. Die lagen ja in ihrem Wohnzimmertresor. Katharina hatte sie zwar, um eine falsche Fährte zu legen, zurück in ihre Handtasche packen wollen, wie sie es mit Andreas Amendt besprochen hatte, doch dann schlicht vergessen.

»Ich verstehe.« Sie sah zu Hölsung auf. »Und, Hölsung?« Sie korrigierte sich rasch: »Berndt? Danke.«

Hölsung musterte sie einen Moment schweigend, dann sagte er: »Nichts zu danken.«

Stille hatte sich über das Wochenendhaus gelegt. Vor den Fenstern trieben große, schwerfällige Schneeflocken vorbei. Die Stille dröhnte in Katharinas Ohren, am liebsten hätte sie ganz laut Musik angemacht, aber sie wusste nicht, ob sie nicht doch jemand hören konnte.

In der Küche fand sie gebackene Bohnen in Tomatensoße. Sie machte sich nicht die Mühe, sie heißzumachen, sondern löffelte direkt aus der Dose. Dann spülte sie Löffel und Dose und ging zurück ins Wohnzimmer.

Sie wusste, es wäre besser, sie würde sich ausruhen, vielleicht etwas schlafen. Aber sie war hellwach. Polanski, Polanski, Polanski hämmerte es in ihrem Kopf. Er war immer wie ein Vater zu ihr gewesen. Hatte schützend die Hand über sie gehalten. Und dennoch war Hölsungs Theorie erschreckend schlüssig. War Polanski wirklich einer der Drahtzieher? Ein Helfer des Staufers? War ihr Vater tatsächlich der Staufer gewesen?

Katharina hatte sich eine zweite Tasse Tee gekocht und war damit durch den Bungalow gewandert. Schließlich hatte sie wieder vor dem Kamin gestanden und die Bilder betrachtet. Macht, Einfluss ... Der Staufer musste ein honoriges Mitglied der Gesellschaft gewesen sein, gut getarnt, bestens vernetzt. Zugegeben, das traf alles auf ihren Vater zu. Doch eine kleine, kindliche Stimme in ihr wiederholte immer wieder: »Das kann nicht sein. Er war es nicht.« Eine sehr viel erwachsenere Stimme widersprach. »Es passt aber. Es passt perfekt.« Doch auch ihr erwachsenes Ich konnte sich täuschen. Und wenn ihr Vater nicht der Staufer war ...

Sie musterte die Bilder vom Innenminister, wie er Honoratioren, Kollegen, Wirtschaftsführern die Hand schüttelte. Auch Absalom Schmitz war darunter. Der Innenminister überreichte ihm gerade eine Urkunde. Natürlich, der Retter des deutschen Waldes.

Sie trat einen Schritt zurück und betrachtete die Bilder als Ganzes. Wenn ihr Vater unschuldig war, dann war es gut möglich, dass sie in diesem Augenblick dem Staufer ins Gesicht blickte. Dass er auf einem der Fotos abgebildet war. Aber die Eingebung blieb aus, sie entdeckte kein halb verborgenes Indiz auf einem der Fotos. Das wäre ja auch zu schön gewesen. Ausgerechnet im Wochenendhaus des Innenministers auf die entscheidende Spur zu stoßen.

Ihr Blick blieb wieder am Bild von Hölsung, dem Ministerpräsidenten und ihren Söhnen hängen. Die beiden Jungen sahen glücklich aus. Wussten sie, was das Schicksal für sie bereithielt? Katharina erinnerte sich, dass, als sie ein Kind war, auch in ihrer Nachbarschaft ein Mädchen mit Downsyndrom gewohnt hatte, ungefähr in Katharinas Alter. Sie hatten manchmal zusammen gespielt. Eines Tages war das Mädchen verschwunden gewesen. War es auch gestorben?

Sie nahm das Bild vom Kaminsims. Hölsung sah sehr gut aus auf dem Bild, braun gebrannt, er lächelte. Sie wusste schon, warum sie ihn anziehend gefunden hatte. Hätte er ihr doch die Wahrheit gesagt! Vielleicht … Nein! Sie wäre vermutlich schreiend davongelaufen. Anderer Leute Probleme … Nicht ihre. Und ausgerechnet Hölsung, der sie doch so sehr verabscheute, hatte jetzt versucht, sie zu retten. Einerlei, ob er mit seinen wilden Theorien recht hatte oder nicht, sie hatte ihm unrecht getan. Nun denn, sie würde versuchen, es irgendwie wiedergutzumachen.

Der Delfin, der im Pool hinter Hölsung und seinem Sohn seine Kapriolen schlug, schien zu lachen. Katharina wusste, dass das ein Irrtum war. Eine Projektion menschlichen Verhaltens. Aber dennoch wirkte der Delfin glücklich. Wie der Delfin auf ihrer Zeichnung, die im kleinen Geldschrank ihres Vaters auf sie wartete. Das Bild würde einen Ehrenplatz kriegen. Wenn all das hier vorüber war. Sie lachte bitter auf, als sie sich ausmalte, wie sie in ihrer Gefängniszelle nach der richtigen Stelle für das Bild suchte. Nein, so würde es nicht enden. Sie würden den Täter überführen. Sie und Doktor Amendt würden … Ja was eigentlich? Im Papamobil in den Sonnenuntergang reiten?

Während sie noch über diese Vision kicherte, sah sie vor ihrem inneren Auge plötzlich den leeren Datenbankeintrag vor sich. Sie brauchte einen Augenblick, bis sie verstand. Der Datenbankeintrag war der, der genau hinter dem Eintrag für ihre eigene Delfinzeichnung lag. »Hast du eigentlich Susannes Zeichnung gesehen?«, fragte eine Stimme in ihr, die verdächtig nach Lutz klang. Nun, es gab schlimmere Über-Ichs als einen philosophischen Leibwächter. Und nein, sie hatte das Bild nicht gesehen. Aber das war vielleicht auch nur Zufall. Oder ...

Was war, wenn der leere Datenbankeintrag ursprünglich für das Bild ihrer Schwester gestanden hatte? Nein, das war wirklich albern! Die kleine Zeichnung konnte einfach nicht das fehlende Bild sein. Sie hatte Thomas, ihrem toten Partner, zu seinem fünfunddreißigsten Geburtstag eine Donald-Duck-Zeichnung geschenkt, ein Original von Carl Barks, dem berühmten Comic-Zeichner. Was hatte sie damals dafür bezahlt? Ein paar Hundert Euro, mehr nicht. Thomas hatte sich sehr gefreut. Die Zeichnung hatte immer über seinem Schreibtisch gehangen, in ihrem gemeinsamen Büro. Die Delfinzeichnung konnte nicht sehr viel mehr wert sein. Viel zu preiswert für einen Kunstdiebstahl. Andererseits ...

Ohne zu wissen, warum, erinnerte Katharina sich daran, wie sie den Vorhang über dem Aktporträt ihrer Mutter geschlossen hatte. Im Schlafzimmer ihrer Eltern. Dann sah sie vor ihrem inneren Auge den weißen Fleck an Susannes Wand. Hatten die Hörnchen auch alle anderen Bilder im Haus wieder an ihren Platz gehängt? Und wenn ja: Warum hing Susannes Delfinzeichnung dann nicht an ihrem Platz?

Dafür konnte es tausend Gründe geben, mahnte ihr innerer Lutz. Vielleicht hatten die Hörnchen das Bild nicht zuordnen können. Oder es war zwischen den anderen Bildern untergegangen. Hinter den großen Schrank mit den ungerahmten Bildern gerutscht. Bei Katharinas sprichwörtlichem Glück in letzter Zeit würde das des Rätsels Lösung sein: Das fehlende Bild lag hinter dem Schrank. Fall aufgeklärt, ihr Vater ein Schwerverbrecher, sie selbst hinter Gittern für drei Morde, die sie nicht begangen hatte.

»Man hat schon Pferde kotzen sehen«, quengelte eine kleine, kindliche Stimme in ihrem Kopf, um ihr zu widersprechen. Ihr innerer Lutz ermahnte die Stimme, sich doch bitte anständig auszudrücken, musste sich aber den Argumenten von Katharinas innerem Kind geschlagen geben. »The Legend of the Dolphin« war geheimnisumwittert. Der Brand des Studios, der Tod des

Chefzeichners, die wenigen Zeichnungen, die das Feuer überstanden hatten, das Gerücht von den paar Metern Film, die angeblich irgendwo existierten. Vielleicht ...

Katharinas Magen kribbelte und ihre Nackenhaare stellten sich auf. Sie kannte das Gefühl: Ihr Jagdinstinkt meldete sich. Aber nein, das war wirklich albern! Das Bild würde wieder auftauchen. Und sie würde über diese abartige Idee vermutlich lachen, wenn man sie abführte.

Andererseits – eigentlich hatte sie ja nichts Besseres zu tun. Sie konnte zumindest mal ein wenig nachforschen. Wenn es auch sonst nichts nützte, würde es sie doch wenigstens auf andere Gedanken bringen.

Der PC auf dem kleinen Schreibtisch in einer Ecke des großen Wohnzimmers war ein hochmodernes Gerät. Katharina sah, dass er mit einem DSL-Modem verbunden war. Natürlich, der Innenminister brauchte Internet, auch im Urlaub.

Der Computer fuhr anstandslos hoch und zeigte den Anmeldebildschirm. Drei Accounts. »Hahnfried«, »Freia« und »Gast«. Katharina klickte auf »Gast«, ein paar Sekunden später erschien der Desktop. Kein Passwort? Das war aber unvorsichtig, lieber Herr Innenminister!

Sie rief den Browser auf und gab »Legend of the Dolphin« in die Suchmaschine ein. Mehrere Tausend Treffer. Doch der Erste führte bereits zu einem Blog, den Katharina kannte: den »Zeichentrickmädchenblog«. Ella-Simone, die Betreiberin des Blogs, war eine arbeitslose Filmwissenschaftlerin, die sich wegen einer schweren Angststörung in ihrem Einzimmerapartment im Gallusviertel verschanzt hatte. Katharina hatte sie einmal wegen eines Falles von häuslicher Gewalt in der Nachbarschaft vernommen und dabei ihre große Sammlung von Zeichentrickfilmen entdeckt. Über diese gemeinsame Leidenschaft waren sie ins Gespräch gekommen und hatten schließlich ihre Kontaktdaten ausgetauscht. Katharina hatte sie manchmal besucht oder nachts mit ihr gechattet, wenn sie selbst nicht schlafen konnte. Ella-Simone war ein wandelndes Lexikon in Sachen Zeichentrickfilme und hielt sich mit Artikeln in Zeitungen und Fachzeitschriften über Wasser.

Katharina überflog den Blog-Eintrag. Nichts wirklich Neues. Er beschrieb die Geschichte des Films, den Studiobrand, den Tod des Chefzeichners. Am Schluss des Artikels fand Katharina ein unscharfes Schwarz-Weiß-Bild von einer der Delfinzeichnungen. In der Bildunterschrift stand: »Eine der angeblich erhaltenen Originalzeichnungen. Gerüchten zufolge haben lediglich zwei Zeichnungen und eine Rolle Film den Brand überstanden, Zeichnungen wie Film sind aber verschollen. Zahlreiche Parteien haben versucht, beides wieder aufzuspüren, jedoch bisher ohne dokumentierten Erfolg.«

Katharina musste unwillkürlich an einen der wenigen Kriminalfilme, die sie jemals gesehen hatte, denken. »Der Malteser Falke«. In dem Film hatten auch »zahlreiche Parteien« versucht, ein verschwundenes Kunstobjekt aufzuspüren. Es hatte viele Leichen gegeben und zu guter Letzt hatte sich herausgestellt, dass das Kunstobjekt wertlos war. Katharina hatte sehr gelacht. Und auch damals hatte sie schon gedacht, dass die Idiotie und die Sinnlosigkeit durchaus ihre Entsprechung in der Realität hatten.

Ihr Kribbeln im Magen hatte immer noch nicht aufgehört. Hatte sie wirklich eine Spur gefunden?

Ihr innerer Lutz schüttelte gemächlich den Kopf, doch schließlich sagte er: »Hast du sonst irgendetwas zu tun?«

Nun ja, es würde sie wenigstens vom Grübeln abhalten. Am besten wäre, sie würde einmal mit Ella-Simone direkt sprechen.

Neben den Computer lag ein Headset. Auf dem Rechner war Skype installiert, ein Programm für Internet-Telefonie, über das sie schon häufiger mit Ella-Simone gesprochen hatte.

Sie startete es, gab ihre Zugangsdaten ein und wartete. Es dauerte endlos lange, bis ihre Kontakte geladen waren. Sie scrollte durch die Liste. Endlich. Ella-Simone. Daneben das Foto einer blonden Frau, die schüchtern in die Kamera lächelte. Das kleine Symbol neben ihrem Namen war grün. Sie war online. Gott sei Dank.

Katharina setzte sich das Headset auf und klickte den Button zum Anrufen. Ella-Simone nahm praktisch sofort ab: »Katharina! Schön von dir zu hören! Bist du zurück aus Afrika?«

Katharina bejahte. Ella-Simone hatte ihr nach Silvester eine verzweifelte Mail geschrieben, weil sie sich Sorgen um Katharina machte. Katharina hatte ihr geantwortet, um sie zu beruhigen.

»Ich hoffe, du hast dich gut erholt.« Ella-Simone hatte eine kindlich-hohe Stimme. »Aber du warst doch nicht …? Ich hab von diesem Serienmörder gelesen, auf Mafia Island.«

»Nein, nein«, log Katharina rasch, um Ella-Simone nicht aufzuregen. »Ich war in einem anderen Resort.«

»Na Gott sei Dank. Da bin ich aber beruhigt. Und der Täter ist ja …« Sie brach ab. Tot, ergänzte Katharina für sich.

»Du«, begann sie. »Ich brauche mal deinen fachlichen Rat. Beruflich.«

»Echt?« Der Stolz in Ella-Simones Stimme war nicht zu überhören.

»Es geht um ›The Legend of the Dolphin‹.«

»Cool. – Da habe ich gerade erst letzte Woche einen langen Artikel drüber geschrieben. Für meinen Blog.«

»Ich weiß. Den habe ich gerade gelesen.«

»Und?« Ella-Simones Stimme wurde noch höher. »Wie kann ich dir helfen?«

»Du schreibst am Schluss des Artikels, dass ein paar Zeichnungen und eine Rolle Film den Brand überlebt haben sollen. Weißt du mehr darüber?«

»Nur, dass sie verschollen sind. Die Zeichnungen gehörten mal einem Privatsammler, doch die Erben haben sie verkauft, ohne zu wissen, um was es sich handelte.«

»Ich habe eine davon. Und ich weiß, wo eine Zweite hängt.«

»Wirklich?« Ella Simone Stimme überschlug sich. »Die muss ich unbedingt mal …« Doch dann hielt sie ängstlich inne.

»Ich komme demnächst mit meiner Zeichnung bei dir vorbei«, sagte Katharina freundlich.

»Oh ja, bitte! Bitte!«

»Darum auch meine Frage. Weißt du, was diese Zeichnungen wert sind?«

»Für sich genommen? Nicht sonderlich viel. Vielleicht ein paar Tausend Euro, vielleicht auch weniger. – Aber ...«

Ella-Simone machte es wirklich spannend. »Aber?«, fragte Katharina.

»Nun, es gibt ein Gerücht. Nichts, für das ich seriöse Quellen hätte, deshalb steht auch nichts davon im Artikel.«

»Was für ein Gerücht?«

»Na ja, es gibt Menschen, die behaupten, dass man mithilfe der Bilder die Filmrolle aufspüren könne. Wenn man die Bilder ... Wie sagt man doch gleich? Forensisch?«

»Forensisch untersucht?«

»Genau. Bilder und Filmrolle wurden nämlich anfangs gemeinsam verwahrt. In der Asservatenkammer der Polizei von Los Angeles. Von dort sind sie verschwunden. Nur die Zeichnungen sind irgendwann in einer Privatsammlung aufgetaucht. Die Filmrolle nicht. Und ab da wird es wirklich mysteriös.«

»Warum?« Katharina zwang sich dazu, ruhig und freundlich zu bleiben, auch wenn ihr Nackenkribbeln immer mehr zunahm.

»Also, es geht das Gerücht ... Du hast ja in dem Artikel gelesen, dass das Feuer in dem Studio vermutlich Brandstiftung war? Also, es gibt Menschen, die vermuten, dass dahinter ein Konkurrent steckte.«

»Welcher Konkurrent?«

»Ein Großer! Ein ganz Großer!« Ella-Simones Stimme war zu einem Raunen geworden, als ob sie Angst hatte, dass ihnen jemand lauschte.

»Und dieser Konkurrent ...?«, bohrte Katharina nach.

»Also, es geht das Gerücht, dass er versucht hat, die Filmrolle verschwinden zu lassen. Es ist angeblich nicht gelungen und die Rolle schlummert in irgendeinem Archiv. Aber die von dieser anderen Filmfirma würden auch heute noch alles daransetzen, sie in die Finger zu bekommen und zu vernichten.«

»Warum das denn?«

»Na ja, der Chefzeichner ... Der hat damals für ›Legend of the Dolphin‹ eine ganze Menge Techniken erfunden. Techniken, für die später der Konkurrent die Patente erhalten hat.«

»Und die Filmrolle ...?«

»Die Filmrolle würde beweisen, dass diese Techniken zuerst in ›The Legend of the Dolphin‹ eingesetzt wurden. Die Erben des Chefzeichners oder der Besitzer der Filmrolle hätten also Anspruch auf einen guten Teil der mithilfe der Patente erzielten Einnahmen.«

»Von wie viel Geld sprechen wir denn? Ein paar Hunderttausend Dollar? Eine Million? Mehr?«

Ella-Simone lachte verschmitzt: »Viel mehr. Versuch es mal mit Milliarden. Der Konkurrent ist jetzt ein riesiger Konzern. Und alles Wachstum, alle Errungenschaften ... Die sind aus den Einnahmen der Zeichentrickfilme entstanden, die mit der neuen Technik damals gemacht worden sind.«

Katharina pfiff verblüfft zwischen den Zähnen: »Milliarden?« Milliarden gute Gründe für einen Mord. Ganz ohne Weltverschwörung und ohne dass ihr Vater ein Krimineller war. Lutz hatte richtig gelegen. Ockhams Rasiermesser. Habgier. Das häufigste Mordmotiv. Noch vor Eifersucht.

Katharinas Blick fiel wieder auf den Artikel im noch immer geöffneten Browserfenster. »Zwei Zeichnungen« stand da.

»Weißt du, wie viele Zeichnungen den Brand überlebt haben?«, fragte sie gehetzt.

»Meines Wissens nur zwei.«

»Mehr nicht?«

»Zumindest sind nur zwei Zeichnungen dokumentiert. Aber vielleicht hat ja irgendein Feuerwehrmann noch eine an sich genommen. Da weiß ich aber nichts drüber. Und ich glaube es auch nicht. Der Brand hat damals ziemlich Schlagzeilen gemacht. Das wäre bestimmt rausgekommen. Daher bin ich zu neunundneunzig Prozent sicher, dass es wirklich nur zwei Zeichnungen sind. – Hallo? – Katharina? – Bist du noch da?«

Katharina hatte fast eine Minute auf den Monitor gestarrt. Dann hatte sie Ella-Simone endlich geantwortet und das Gespräch beendet. Ihre Wangen fühlten sich eiskalt an.

»Das Einzige, was überlebt hat, sind zwei Zeichnungen. Und angeblich auch ein paar Meter Film«, hörte Katharina Professor Leydth in ihrem Kopf sprechen. Doch dann hatte er sich korrigiert: »Drei Zeichnungen.« Wusste er mehr als Ella-Simone? Oder hatte er …?

Katharina sprang auf. Sie musste nach Frankfurt! Jetzt sofort! Die Wahrheit herausfinden!

Nur wie? Ihre erste Idee war, ein Taxi zu rufen, doch sie hatte nicht den leisesten Schimmer einer Ahnung, wo sie eigentlich war. Aber …

Bei ihrer Ankunft hatte sie im Licht der Autoscheinwerfer ein Garagentor gesehen. Ein Anbau an den Bungalow. Wenn sie recht hatte, müsste sich die Garage eine Wand mit der Küche teilen.

Tatsächlich, in der Küche fand sie eine unscheinbare Tür, direkt neben dem großen Kühlschrank. Katharina öffnete sie und tastete an der Wand nach dem Lichtschalter.

Das aufflackernde, kalte Neonlicht offenbarte die nächste Enttäuschung: ein wenig Werkzeug auf einer Werkbank, ein paar Sportgeräte, an einer Wand lehnten Ski. Aber kein Auto. Was hatte Katharina auch anderes erwartet? Das wäre doch das erste Mal gewesen, dass während … Ja, während was eigentlich? Was war das eigentlich, was sie hier tat? Eine Ermittlung? Die Jagd nach einem Phantom? Sie entschloss sich schließlich für das Wort Wahrheitssuche. Also, das wäre das erste Mal gewesen, dass während ihrer Wahrheitssuche irgendetwas auf Anhieb glattgegangen wäre. Katharina wollte schon das Licht ausschalten und die Garage wieder verlassen, als ihr an der Rückwand der Garage eine größere Plane auffiel, die etwas abdeckte.

Unter der Plane verbarg sich ein pinkfarbener Motorroller. Katharinas Nackenhaare sträubten sich. Aber immerhin: ein Fahrzeug! Mit einem einfachen Mopedkennzeichen. Theoretisch durfte sie den Roller mit ihrem Autoführerschein fahren. Praktisch wusste sie nicht einmal, wie man so ein Ding startete. Sie verfluchte sich, dass sie immer Angst vor Motorrädern gehabt und daher die dienstliche Möglichkeit, einen entsprechenden Führerschein zu erwerben, ausgeschlagen hatte.

Sie ging um das Gefährt herum. Die Bedienung schien relativ einfach zu sein. Gashebel und zwei Bremsen am Lenker, keine Gangschaltung, also ein Automatikgetriebe. Rückspiegel, Blinker und eine große Taste mit der Aufschrift »Start«. Das sollte zu bewältigen sein.

In einem kleinen Schloss an der Lenksäule steckte ein winziger Zündschlüssel. Sie drehte ihn um und drückte probehalber die Start-Taste. Nichts passierte. Dann erinnerte sie sich, dass man auch bei einigen Autos mit Automatikgetriebe die Bremse betätigen musste, um den Motor zu starten. Ihr zweiter Versuch gelang und der kleine Zweitaktmotor sprang sofort an. Schnell schaltete sie wieder ab. Sie wollte sich schließlich keine Kohlenmonoxidvergiftung einhandeln.

An einem Haken an der Wand hing ein pinkfarbener Halbschalenhelm mit einem »Hello Kitty«-Aufkleber. Ihr blieb auch nichts erspart. Katharina probierte den Helm an, er passte.

Versuchshalber fasste sie ans Garagentor: abgeschlossen. Aber an der Tür zur Küche war nur eine sehr kleine Stufe. Das müsste sie schaffen. Sie nahm den Motorroller von seinem Ständer und schob. Im dritten Anlauf gelang es ihr, ihn über die Schwelle zu schieben, durch die Küche, zur Haustür und schließlich ins Freie.

Sie ging zurück ins Haus und streifte ihre Lederjacke über. Gott sei Dank, ihre Handschuhe waren in ihrer Handtasche. Aber … Sie betrachtete ihre Füße, die immer noch in Halbschuhen ohne Schnürsenkel stecken. Damit würde sie nicht fahren können.

Im Schuhschrank auf dem Flur fand sie ein Paar mit pinkfarbenem Pelz besetzte Moonboots. Sie mussten der Frau des Ministerpräsidenten gehören, ebenso wie Helm und Motorroller. Katharina wusste, dass er geschieden war und eine deutlich jüngere Frau geheiratet hatte. Aber so jung? War sie überhaupt schon volljährig? Ihr Geschmack ließ das Gegenteil vermuten. Sei es, wie es sei, die Moonboots passten wie angegossen und waren angenehm warm.

Katharina löschte alle Lichter im Haus, warf zur Sicherheit einen Blick in die Küche, ob der Herd auch wirklich abgeschaltet war – sie wollte ja nicht zu allem Unglück auch noch das Wochenendhaus des Innenministers niederbrennen –, dann ließ sie die Haustür hinter sich ins Schloss fallen und stieg auf den Motorroller. Sie startete den Motor und betätigte vorsichtig den Gashebel. Das Gefährt rollte ein wenig schwankend an. Am Ende des kleinen Feldwegs traute Katharina sich sogar, die Füße auf das Bodenbrett zu stellen.

Also, auf nach Frankfurt! Wenn sie jemals den Weg aus dieser Ödnis herausfand. Aber sie hatte schon schlimmere Situationen überstanden. Und ihr innerer Lutz kommentierte, dass sie, sollte sie tatsächlich heil ankommen, nach dem Schwimmen nun schon ihre zweite Phobie – die vor Motorrädern – überwunden hätte. Verdammte Philosophen!

Come Running To Me

```
Andreas Amendts Wohnung,
eine nervenaufreibende Schlitterpartie später
```

»Ach, Sie sind das!« Amendt stand in seiner Wohnungstür, im Pyjama, aber er schien noch nicht geschlafen zu haben. Seine Augen waren rot. Hatte er wieder …? Nein, seine Pupillen hatten die richtige Größe. Er musste geweint haben.

»Großer Gott, Ihre Lippen sind ja ganz blau.« Amendt fühlte Katharinas Wange, seine warmen Finger brannten wie Feuer. »Sie sind ja vollkommen unterkühlt! Kommen Sie sofort rein!«

Er packte sie bei den Schultern und schob sie in die Wohnung, dann ins Badezimmer. »Runter mit den Klamotten!«, befahl er, während er schon das heiße Wasser der Badewanne aufdrehte. »Wir müssen Sie auftauen!«

Katharina rührte sich nicht. Kurzerhand zog Amendt den Reißverschluss ihrer Lederjacke auf und streifte sie über die Schultern. Dann zog er ihr den Rollkragenpullover aus. Erst als er sich am Verschluss ihrer Jeans zu schaffen machte, wehrte Katharina ihn ab.

»Das ist jetzt nicht der Zeitpunkt für Schamgefühl«, schimpfte er. »Und ich weiß, wie Frauen nackt aussehen. – Ihre Klamotten sind total durchnässt. Also runter damit.«

Er half Katharina dabei, ihre Jeans abzustreifen, war aber gnädig genug, sie ihr Höschen – den BH hatte sie ja bei ihrer Verhaftung abgeben müssen – selbst ausziehen zu lassen.

Währenddessen goss er einen Tropfen Schaumbad in die Badewanne: »Rein da! Auftauen!«

Katharina ließ sich gehorsam in das heiße Wasser sinken. Im ersten Augenblick fühlte es sich an, als würde sie in glühende Lava eintauchen. Am liebsten wäre sie sofort wieder aufgesprungen. Doch sie zwang sich, sitzen zu bleiben.

Andreas Amendt hängte ihre Kleidungsstücke über den Heizkörper im Bad, dann drehte er sich zu ihr um: »Ich mache Ihnen einen Ingwertee und hole einen Bademantel.«

Als er das Bad verlassen hatte, ließ sich Katharina ganz in das Wasser sinken. Plötzlich musste sie ob ihres assistierten Striptease kichern. Zugegeben, es hatte in der Vergangenheit durchaus Momente gegeben, da hätte sie nichts dagegen gehabt, von Andreas Amendt entkleidet zu werden. Aber doch nicht so!

Während sie sich die Haare wusch, ließ sie ihren Höllentrip durch die hessische Pampa Revue passieren. Sie hatte fast zwei Stunden nach Frankfurt gebraucht, war im dichten Schneegestöber mehrfach im Kreis gefahren, einige Male ins Schlittern gekommen. Doch sie hatte Glück gehabt. Endlich war sie an einem Wegweiser vorbeigekommen, der sie in bekanntere Gefilde schickte.

Auf der Fahrt waren ihre Gedanken gerast. Was musste sie jetzt tun? Was war der erste Schritt? Konnte sie Beweise für ihre Theorie finden? Oder – das sagte eine kleine, hoffnungsvolle Stimme in ihr – zumindest einen Beleg dafür, dass sie sich vollkommen irrte?

An der Frankfurter Stadtgrenze hatte sie wie in Trance den Weg zu Andreas Amendts Wohnung genommen. Sie hatte nicht genau gewusst, warum.

Die Badezimmertür öffnete sich und Amendt kam mit einem flauschigen Bademantel und einer dampfenden Tasse herein. Er stellte die Tasse auf eine kleine Ablage neben der Badewanne. »Es wird zwar ziemlich eklig schmecken, aber trinken Sie das. Ingwer. Das treibt Ihre Körpertemperatur wieder nach oben. Und wenn Sie spüren, dass Sie genug haben, kommen Sie aus dem Wasser. Gut abtrocknen und föhnen! Sie sollen sich ja keine Lungenentzündung holen. – Ich mache inzwischen ein Bett für Sie fertig.«

Entgegen Amendts Drohung war der Tee ausgesprochen lecker. Katharina mochte Ingwer. Sie trank ihn in kleinen Schlucken, während sie im warmen Wasser lag und auftaute. Endlich war ihr warm genug, sie stieg aus der Badewanne und trocknete sich mit dem großen, weichen Handtuch, das Amendt ihr hingelegt hatte, ab. Aus ihrer Handtasche nahm sie ihre Ersatz-Unterwäsche und schlüpfte hinein. Dann zog sie den Bademantel über: Er war ihr viel zu groß, aber angenehm kuschelig. Sie föhnte und kämmte sich die Haare, langsam, bedächtig, den unausweichlichen Augenblick, an dem sie Andreas Amendt die Wahrheit sagen musste, hinauszögernd.

Er würde die Wahrheit wissen wollen, egal, wie sie lautete. Katharinas Magen schmerzte trotzdem. Endlich gab es nichts mehr zu tun, keine Zeit mehr zu schinden. Sie verließ das Badezimmer und schloss die Tür so leise wie möglich. Vielleicht hatte sie Glück, sagte die kleine, leise Stimme in ihr. Vielleicht schlief er. Vielleicht konnte sie alles auf den nächsten Morgen verschieben.

Doch Andreas Amendt wartete an seinem Wohnzimmertisch auf sie. Katharina setzte sich auf den Stuhl ihm gegenüber und räusperte sich. »Ich muss Ihnen etwas sagen.«

Amendt hatte mit steinernem Gesicht zugehört, während Katharina erzählte. Endlich war sie am Ende angelangt und schwieg. Auch er sagte nichts. Nach endlosen Minuten stand er plötzlich auf und verließ den Raum.

Katharina wollte ihm schon nachgehen, als er zurückkam, einen dicken Pullover und eine lederne Motorradhose in der Hand: »Ziehen Sie die hier über! Die müssten Ihnen passen. Sie haben Susanne gehört.«

Dann ging er aus dem Raum. Katharina hörte das Klappen der Schlafzimmertür. Sie schlüpfte schnell in die Kleidungsstücke. Ein paar Minuten später kam Amendt wieder aus dem Schlafzimmer. Auch er trug eine Lederhose für Motorradfahrer, Stiefel und einen dicken Pullover. In den Armen hielt er seine und Katharinas Lederjacken.

»Kommen Sie!«, befahl er mit kühler Stimme. »Wir fahren ins Haus Ihrer Eltern. Die Wahrheit finden.«

Andreas Amendt schob eine große Enduro aus einer Garage hinter seinem Haus. Wortlos drückte er Katharina ihren »Hello Kitty«-Helm in die Hand. Sie sah ihn ängstlich an, doch er zog nur die Augenbraue hoch: »Ich fahre seit mehr als zwanzig Jahren Motorrad. Und ich habe noch nie einen Unfall gehabt.« Er schlug mit der Hand auf den Sitz der Enduro: »Das hier ist meine Wintermaschine.«

Er betätigte den Kickstarter. Beim zweiten Versuch sprang der Motor an, grollend wie ein wütendes Raubtier. Katharina holte noch einmal tief Luft, dann schwang sie sich auf den Soziussitz und fasste Amendt um die Taille.

»Gut festhalten«, sagte er noch, dann betätigte er den Gashebel und die Maschine schoss in die Nacht hinein.

Traitor

```
Katharinas Elternhaus, mitten in der Nacht
```

Das stete Vibrieren des Motors, die präzisen Bewegungen, mit denen Amendt die Maschine durch die nachtleeren Straßen steuerte: Nachdem Katharina ihre anfängliche Angst überwunden hatte, begann sie sich sicher zu fühlen. Geborgen. Dennoch bedauerte sie es nicht, als sie endlich in die Straße zum Haus ihrer Eltern einbogen.

Amendt schaltete das Licht ab und ließ sein Motorrad im Leerlauf auf das Haus zurollen. Es war dunkel und unbewacht. Katharina sprang ab und öffnete das Tor. Amendt fuhr hindurch und stellte die Maschine hinter dem Haus ab.

Die Haustür war polizeilich versiegelt. Katharina wollte die Siegel schon durchtrennen, als Amendt sie zurückhielt. Aus seiner Arzttasche, die er zusammen mit Katharinas Handtasche auf den Gepäckträger seines Motorrades geklemmt hatte, als sie losgefahren waren, nahm er eine kleine Flasche. Mit der Flüssigkeit darin befeuchtete er die Siegel und löste sie vorsichtig, sodass sie sie später wieder anbringen konnten.

Sie schlossen leise die Haustür hinter sich und schalteten ihre Taschenlampen ein. Nur keine unnötige Aufmerksamkeit erregen.

Vor der Tresortür durchwühlte Katharina ihre Handtasche. Gott sei Dank! Das Kästchen mit den Schlüsseln und den Kombinationen war noch drin. Katharina schloss auf, drehte das Kombinationsrad und tippte die zweite Kombination in das Zahlenfeld. Die Tür des Tresors öffnete sich.

»Ich suche nach dem Bild, Sie nehmen sich die Buchhaltung vor«, kommandierte Andreas Amendt knapp.

Katharina nickte. Sie schaltete den alten PC ein, rief wieder die Bestandsliste auf und blätterte sie langsam durch. Doch sie fand nur einen einzigen Eintrag mit der Beschreibung »Zeichnung eines Delfins«: ihr Bild, das den möglichen Diebstahl im kleinen Geldschrank überstanden hatte.

Ein Hoffnungsfunken flammte plötzlich in ihr auf: Vielleicht war das Bild ja doch regulär an Paul Leydth verkauft worden. Vielleicht hatte der Professor es geschafft, Susanne und ihren Vater zu überzeugen. Oder vielleicht sogar … Vielleicht hatte Ella-Simone sich getäuscht. Vielleicht gab es ja ein drittes Bild, das sich auch im Besitz ihres Vaters befunden und das er Paul Leydth verkauft hatte.

Das Hauptmenü des Buchhaltungsprogramms bot die Option »Verkäufe«. Katharina wählte sie an, auf dem Monitor erschien eine lange Liste. Systematisch arbeitete sie sich rückwärts. Einen Monat, drei Monate, ein Jahr, zwei Jahre … Keine Zeichnung eines Delfins.

Oder hatte ihr Vater keine Chance mehr gehabt, den Verkauf von der Quittung in die Buchhaltung zu übertragen? Kurzentschlossen öffnete Katharina den kleinen Geldschrank. Sie hatte doch dort irgendwo Quittungen gesehen? Ach ja richtig, in der Kasse.

Sie nahmen den Stapel der kleinen Blätter heraus und breitete sie auf dem Tisch mit dem PC aus. Sorgfältig betrachtete sie jede einzelne Quittung, doch sie wusste schon, bevor sie bei der Letzten angelangt war, dass sie vergeblich hoffte.

Aber … Sie hatte doch einen Lieferschein für die Delfinzeichnungen gesehen. Schnell stopfte sie die Quittungen zurück in die Kasse, verschloss den kleinen Tresor und stürmte die Kellertreppe hinauf in das Arbeitszimmer ihres Vaters.

Wo war der Lieferschein noch mal gewesen? Ach ja, richtig. Im Eingangskorb. Sie nahm den Stapel mit Papieren heraus und blätterte ihn durch, ihre kleine Taschenlampe zwischen den Zähnen haltend.

Endlich! Da war der Lieferschein. Eine größere Lieferung an ihren Vater, in der letzten Zeile der Eintrag: »Skizzen mit Motiv Delfin, Transparentpapier«.

Mit zitternden Fingern suchte sie die Spalte »Anzahl«. Sie schloss kurz die Augen und sandte ein Gebet zu wem auch immer. Dann öffnete sie die Augen wieder. Ihr Gebet war nicht erhört worden. Dort stand eine Zwei. Es hatte von Anfang an nur zwei Zeichnungen gegeben. Eine hatte sie, eine hatte Paul Leydth.

Ihre Knie zitterten, als sie mit dem Lieferschein in der Hand die Kellertreppe hinunterstieg und in den Tresor zurückkehrte. Andreas Amendt stand in der Mitte des Tresorraums, sein Gesicht war aschgrau. Sie brauchte nichts zu sagen, er kannte die Wahrheit.

Im nächsten Augenblick stürmte er los, versuchte, an Katharina vorbeizukommen. Doch sie fing ihn ab und wusste sich nicht anders zu helfen, als ihn in den Polizeigriff zu nehmen und zu Fall zu bringen.

»Lassen Sie mich los!«, stieß Amendt zornig hervor. Doch Katharina packte nur noch fester zu: »Das werde ich nicht tun! Ich werde nicht zulassen, dass Sie sich Ihr Leben endgültig ruinieren.«

»Was ist da noch zu ruinieren?«

»Das wissen Sie selbst ganz genau. Kann ich Sie loslassen oder muss ich Sie fesseln?« Katharinas Stimme war stahlhart.

Amendts Körper wurde schlaff. Er nickte müde: »Und was schlagen Sie stattdessen vor?«

»Was wohl? Wir bringen das zu Ende, Sie und ich. Aber auf anständige Art und Weise. Mit Festnahme und Verurteilung.«

Amendt raffte sich auf: »Entschuldigung. Sie haben natürlich recht.«

»Trotzdem: Ihr Handy und Ihren Motorradschlüssel, bitte!«

Zähneknirschend händigte ihr Amendt beides aus: »Und jetzt?«

Katharina sah auf die Uhr des Handys. »Es ist gerade mal halb vier. Ich schlage vor, dass wir versuchen, noch etwas Schlaf zu finden. Und dann fahren wir gemeinsam zu Paul Leydth.«

Amendt hatte sich Katharinas Befehl gefügt und sich vollständig bekleidet auf das Bett im Gästezimmer gelegt. Sicherheitshalber hatte Katharina seine Stiefel mitgenommen. Sie selbst war in ihr altes Zimmer gegangen und hatte sich auf dem Bett ausgestreckt. Sie war eingedöst, doch der Schlaf hatte nur böse Träume mit sich gebracht. Ein paar Mal hatte sie sich hin und her gewälzt, dann hatte sie es aufgegeben. Sie war aufgestanden, in die Küche hinuntergestiegen und hatte die Kaffeemaschine in Betrieb genommen. Kaum war der Kaffee durchgelaufen, leistete Amendt ihr Gesellschaft. Sein Gesicht war noch immer grau, seine Augen blickten starr ins Leere.

Lustlos tranken sie das bittere Gebräu und warteten.

Endlich hatte die Uhr auf dem Handy halb acht gezeigt. Zeit zum Aufbruch. Sie hatten sich schon wieder fertig angezogen, als Katharina noch eine Idee hatte. Wenn Hölsungs Theorie stimmte, konnte sie vielleicht zwei Fliegen mit einer Klappe schlagen. Wenn nicht, war ihr Chef willkommene Verstärkung.

Sie klappte das Handy auf und tippte seine Nummer ein. Er meldete sich nach dem ersten Klingeln: »Polanski?«

»Ich bin es, Katharina.«

»Katharina! Endlich! Wir suchen schon überall nach –«

»Keine Zeit jetzt! Treffen Sie uns in einer halben Stunde am Tor zum Anwesen von Paul Leydth.«

Katharina klappte das Handy zu und reichte es Amendt zusammen mit seinen Motorradschlüsseln zurück.

Sie wollten schon aus der Haustür gehen, als Katharina noch etwas einfiel: Sie war ja vollkommen unbewaffnet. Sie stürmte die Kellertreppe hinunter in den Tresorraum, öffnete den kleinen Geldschrank und nahm die Walther PPK ihres Vaters heraus. Sie füllte das Magazin mit Patronen aus der kleinen Schachtel und schob es in die Waffe. Hoffentlich war die Munition noch gut.

Sie lud durch – der Schlitten bewegte sich leichtgängig, ein gutes Zeichen – und legte den Sicherungshebel um. Dann steckte sie die kleine Pistole in die Tasche ihrer Lederjacke. Sie betete darum, dass sie die Waffe nicht einsetzen musste.

Dolphin Dance

```
Das Anwesen der Leydths,
am Morgen - eine gute Zeit
für ein letztes Gefecht
```

»Katharina?«

Im dichten Schneegestöber war die Gestalt, die langsam die schmale Straße zum Anwesen der Leydths auf Katharina und Andreas Amendt zugestapft kam, einem Polarbär ähnlicher als einem Menschen: hochgewachsen, breitschultrig, langer Mantel, eine Fellmütze mit Klappen für die Ohren: Polanski!

Einen Augenblick lang war Katharina versucht, nach der Walther PPK in ihrer Jackentasche zu greifen, doch ihr Chef hob bereits die Arme: »Keine Sorge, ich bin allein!«

Er fasste Katharina beinahe ungläubig an den Schultern: »Sie sind es tatsächlich! Wir suchen Sie schon überall!«

Katharina machte sich mit einem Ruck los: »Sie können mich nachher gerne festnehmen, keine Sorge! Aber erst –«

»Festnehmen?«, fiel ihr Polanski ins Wort. »Der Haftbefehl gegen Sie ist doch längst aufgehoben!«

»Was?« Katharina starrte Polanski verwirrt an.

»Ja. Ein etwas paranoider Nachbar vom Blauen Café hat schon seit Wochen alle Lärmbelästigungen notiert. Mit genauer Uhrzeit, abgelesen von seiner Atomfunkuhr.«

»Und?«

»Na, er hat die Schüsse gehört und diese Frau weglaufen sehen. Das hat Hölsung Ihnen doch erzählt?«

Katharina nickte.

»Aber das können Sie nicht gewesen sein«, fuhr Polanski fort. »Sie sind nämlich fast gleichzeitig mit Ihrem Wagen in eine Radarfalle gefahren. Mehr als einen Kilometer weit weg. Sie und Doktor Amendt haben also ein Alibi.«

Katharina musterte ihren Chef skeptisch: »Und meine Dienstwaffe?«

Polanski hob hilflos die Schultern. »Ich weiß nicht, was mit der passiert ist. Ich war der festen Überzeugung, dass ich sie wieder in meinem Bürosafe eingeschlossen habe. Sie wissen schon, nachdem Sie das Übergabeformular unterschrieben haben. Aber die Waffe ist einfach weg. Verschwunden. – Jetzt glaubt Hölsung, ich bin es gewesen. Er war damit schon bei der Staatsanwaltschaft. Hat aber noch keinen Haftbefehl bekommen.« Er macht eine lange Pause, dann fragte er plötzlich drängend: »Wissen Sie wirklich, wer der Täter damals war? Und wer diese Morde begangen hat? An Hartmut Müller und Marianne Aschhoff und Karl Heitz?«

Katharina nickte zögernd: »Ich glaube ja. Die Morde hat Ministro begangen. Ich habe ihn gesehen, als er aus dem Blauen Café kam. Er will wohl die Spuren von damals verwischen.«

»Und wissen Sie auch, wer ihn damals beauftragt hat?«

Katharina nickte wieder: »Deshalb sind wir hier.«

Polanski sah durch das Tor auf das Haus der Leydths: »Paul Leydth? Der Professor?«

Katharina schüttelte reflexartig den Kopf. Besser, ihr Chef wusste noch nicht zu viel. »Nein, aber er hat vielleicht den entscheidenden Hinweis. – Darum lassen Sie mich bitte das Gespräch führen. Und wundern Sie sich nicht.«

Polanski seufzte, doch er lächelte warmherzig: »Ach Katharina, ich habe inzwischen gelernt, dass man Ihnen besser nicht in die Quere kommt, wenn Sie auf der Jagd sind.«

Andreas Amendt hatte mehrfach tief durchatmen müssen, bevor er endlich die Kraft aufbrachte, die Klingel am Tor zu drücken. Das Tor öffnete sich ohne Rückfragen. Die kleine Truppe marschierte hindurch, Katharina an der Spitze.

Entgegen seiner Gewohnheit empfing Paul Leydth sie nicht an der Garage, sondern wartete an der Eingangstür des Hauses auf sie: »Oh welch unerwartete, doch gern gesehene Gäste so früh am Morgen. Hereinspaziert! Wir wollten gerade frühstücken.«

Ohne eine Antwort abzuwarten, drehte er sich um und führte sie in den großen Salon, in dem sie auch schon das letzte Mal gesessen hatten. Dort wartete eine reiche Frühstückstafel. Die Haushälterin legte schnell drei zusätzliche Gedecke auf.

Angelica Leydth, die bereits am Tisch gesessen hatte, stand auf, um sie zu begrüßen. Auch Sylke Müller erhob sich zögernd.

»Haben Sie schon etwas herausgefunden?«, fragte sie Katharina ängstlich.

»Ja, ich denke schon«, antwortete Katharina und bemühte sich dabei, so vertrauenerweckend wie möglich zu klingen. »Aber dazu muss ich Ihnen ein paar Fragen stellen, wenn das in Ordnung ist.«

Sylke Müller setzte sich wieder und nickte schüchtern: »Natürlich, wenn ich irgendwie helfen kann.«

»Aber erst wird gefrühstückt«, ließ Angelica Leydth ihren sonoren Alt vernehmen. »Ihr seht alle so aus, als könntet ihr eine Stärkung und vor allem viel Kaffee vertragen. Habt ihr euch die Nacht um die Ohren geschlagen? – Und Sie ...« Erst jetzt hatte sie Paul Polanski wahrgenommen, der als Letzter in den Salon getreten war. »Sie kenne ich doch von irgendwoher.«

»Ja, ich ...«, begann Polanski zögernd.

»Das ist Kriminaldirektor Polanski, mein Vorgesetzter«, übernahm Katharina die Initiative.

Angelica Leydths Blick kühlte ab. »Ach ja, jetzt erinnere ich mich. Der Herr, der Andreas so gerne hinter Gittern sehen wollte.«

»Ja, es ... es tut mir leid«, stotterte Polanski. »Ich habe mich damals geirrt. Aber es sah ja wirklich alles danach aus ...«

»Schnee von gestern«, erlöste ihn der Professor. »Dank der Arbeit von Frau Klein. Und als Chef einer so tüchtigen Kommissarin können sie kein ganz schlechter Mensch sein. Setzen Sie sich.«

Polanski nahm dankbar auf dem ihm zugewiesenen Stuhl Platz und verschränkte die Hände in seinem Schoß.

Katharina stellte fest, dass sie tatsächlich Hunger hatte. Außerdem musste sie Paul Leydth in Sicherheit wiegen. Und wer wusste, wann sie das nächste Mal eine Mahlzeit bekommen würde. Sie langte also tüchtig zu. Amendt musterte sie mit einem angewiderten Kopfschütteln, nahm sich dann aber selbst ein Mohnbrötchen, von dem er kleine Ecken abbrach und knabberte.

Paul Leydth tat es Katharina nach und ließ sich mehrere dick belegte Brötchen schmecken. Seine Frau nippte nur an ihrem Tee, bis sie erneut von der Haustürklingel unterbrochen wurden. Angelica Leydth stand auf: »Das werden meine Schüler sein. Stimmprobe für den Hochschulchor.« Damit verließ sie das Zimmer.

Die Verbliebenen frühstückten stumm weiter, untermalt erst von Singübungen, dann von einem Musikstück, das Katharina sogar erkannte: das »Dies irae« aus Mozarts Requiem. Kein ganz unpassender Soundtrack.

Endlich wandte sie sich an Sylke Müller, die ihr schon die ganze Zeit immer wieder gespannte Blicke zugeworfen hatte: »Ich bin dem Projekt mal nachgegangen. Sie wissen schon, dem DNA-Sequencer.«

Sylke Müller nickte eifrig.

»Also«, fuhr Katharina fort. »Es hat da massive Ungereimtheiten gegeben. Die gingen wohl vor allem von KAJ aus. Und wenn ich das richtig verstanden habe, hat Ihr Vater das Ganze aufgedeckt.«

»Ungereimtheiten? Davon hat er mir nie etwas erzählt.«

»Vielleicht wollte er Sie da einfach nicht mit reinziehen. Eventuell hat man ihn vorher schon bedroht.«

Mit einem Seitenblick bemerkte Katharina, dass Andreas Amendt sie ungläubig anstarrte. Sie gab ihm einen unauffälligen Tritt vors Schienbein. Er verstand, gehorchte und vertiefte sich wieder in die Brocken seines Brötchens.

»Sind Sie jemals einem anderen Mitarbeiter von KAJ begegnet?«, fragte Katharina weiter.

»Ja, zwei der Entwicklungsingenieure waren von denen. – Ich komme aber grad nicht auf die Namen. Ich hab sie Hans und Franz getauft. Weil sie einander so ähnlich gesehen haben.«

»Sind Sie sonst noch jemandem begegnet? Aus der Geschäftsführung vielleicht?«

Sylke Müller schüttelte nachdenklich den Kopf. »Nein, dazu bin ich zu weit unten in der Hierarchie.«

»Haben Sie den Namen Arthur von Koestler schon mal gehört?«

»Nein, leider nicht.«

Katharina seufzte tief. »Schade. – Ich hatte gehofft, Sie könnten mir noch etwas Munition liefern.«

»Arthur von Koestler also«, sagte der Professor befriedigt. »Das hätte ich mir ja denken können. Ist er dieser … Wie hieß er doch gleich? Der Staufer?«

»Vielleicht. Es deutet einiges darauf hin. Das würde auch die Verbindung zu meinen Eltern erklären.« Katharina fragte sich, ob sie nicht ein wenig übereifrig wirkte. Ihre Stimme war viel zu hoch.

Doch Leydth nickte nur: »Also, mit Munition kann ich vielleicht aushelfen. Ich bin mir ziemlich sicher, dass der alte Raubritter in irgendwas verwickelt ist. Ich setze Lienhardt mal drauf an.«

»Danke, das würde mir sehr helfen«, sagte Katharina ein wenig zu überschwänglich.

Amendt räusperte sich tadelnd, auf Katharinas strengen Blick hin riss er sich jedoch zusammen. Allmählich musste sie handeln, dachte Katharina. Bevor Andreas Amendt noch das Buttermesser nahm und Paul Leydth damit in die ewigen Jagdgründe beförderte.

Denk an etwas Schönes, befahl sie sich. Dann drehte sie sich strahlend zum Professor um: »Ach ja, ich habe mein Bild im Tresor gefunden. Es lag im kleinen Safe meines Vaters. Sie wissen schon …«

»Ihre Zeichnung aus ›Legend of the Dolphin‹?«, fragte der Professor begeistert.

Katharina nickte eifrig: »Ja, wir haben es erst nicht finden können. Daher dachten wir, ein Bild sei verschwunden. – Ach, haben Sie eigentlich Ihr Bild mal untersuchen lassen? Von wegen der Herkunft und so? Angeblich …«

»Angeblich sollen die Bilder zu einer Filmrolle führen, ich weiß.« Der Professor bemühte sich, seriös zu wirken, aber es gelang ihm nicht ganz. Plötzlich rieb er sich vergnügt die Hände: »Ja, ich habe das Bild untersuchen lassen. Natürlich. Die besten Spezialisten habe ich darauf angesetzt.«

»Und?« Katharina ärgerte sich über das Kieksen in ihrer Stimme. Den Oscar würde sie so nicht gewinnen.

Aber Paul Leydth grinste zufrieden und dehnte die Pause, bevor er antwortete, fast ins Unendliche: »Ja! Ich habe die Filmrolle gefunden! Sie ist hier. In meinem Archiv. Einer meiner größten Schätze. Zumindest einer meiner Liebsten.« Er beugte sich verschwörerisch zu Katharina: »Wollen Sie sie sehen?«

»Geht das denn?«, fragte Katharina mit gespieltem Erstaunen. »Ist der Film nicht zu empfindlich?«

»Ich habe alle meine Filme digitalisieren lassen. In Kinoqualität. Auf Knopfdruck abrufbar!«, erklärte Professor Leydth voller Stolz.

»Na dann! Den möchte ich wirklich gerne sehen!«

»Jetzt gleich?« Leydths Augen leuchteten mit kindlicher Begeisterung. »Wir müssen nur runter ins Kino gehen.«

Katharina sprang auf und zwang sich, nicht in die Hände zu klatschen. Das wäre wohl etwas übertrieben gewesen. »Oh ja, so viel Zeit haben wir.« Dann wandte sie sich an die anderen. »Wollt ihr auch mitkommen? Das ist ein echter Schatz.«

Sylke Müller, offensichtlich erleichtert, nicht noch weiter über ihren toten Vater sprechen zu müssen, erhob sich. Dann Andreas Amendt, dann Polanski, der Katharina ansah, als hätte sie endgültig den Verstand verloren. Angeführt von Paul Leydth, verließ die kleine Gruppe im Gänsemarsch den Salon.

»Dies irae, dies illae«, erklang es zum wiederholten Mal, als sie das Musikzimmer passierten. Katharina konnte einen Blick in den

Raum erhaschen. Angelica Leydth saß an einem großen Flügel, um den sich ein gutes Dutzend junger, brav gekleideter Frauen versammelt hatte. Mit einer schroffen Geste brachte die Kammersängerin den kleinen Chor zum Verstummen. »Das ist der Tag des Zorns, nicht der Tag, an dem eure Schmusedecke verloren geht. Etwas mehr Engagement, bitte«, befahl sie mit sonorem Ärger in der Stimme, bevor sie wieder die begleitenden Akkorde anschlug.

Inbrünstig begannen die Studentinnen zu singen: »Dies irae, dies illa solvet saeclum in favilla …« *Der Tag des Zorns, der Tag, an dem die Welt in Blut und Asche aufgeht*

Während die übrigen bereits in den Sesseln im Kino Platz genommen hatten, hatte Katharina den Professor in den kleinen Vorführraum begleitet. Stolz klopfte er auf einen großen, blauen Stahlkasten: »Mein neuer Projektor. Digital. Kinoqualität.«

An einem kleinen Computerterminal neben dem Projektor blätterte sich Paul Leydth durch eine lange Liste von Filmen. Katharina sah ihm über die Schulter. Alles, was an Zeichentrickfilmen Rang und Namen hatte, von uralten Klassikern bis zu neuesten Kinofilmen, war hier versammelt.

»Ach da«, sagte der Professor befriedigt und klickte auf eine Zeile. »Kommen Sie, Frau Klein! Der Film fängt gleich an!« Er geleitete sie zu einem Sessel im Kinosaal, dann tippte er eine Taste auf einer großen Fernbedienung. Das Licht dimmte langsam herunter, der Vorhang fuhr majestätisch zur Seite, dann flimmerten im Sekundentakt herunterzählende Nummern über die nun entblößte Leinwand.

Endlich begann der Film: blaues Wasser, Wellen, dann ein Delfin, der aus den Wellen emporschoss und wieder eintauchte, emporschoss und wieder eintauchte, emporschoss, einen Salto schlug und wieder eintauchte. Der Film war zwar stumm, doch die Zeichnungen waren detailliert, die Bewegungen des Delfins perfekt eingefangen.

Als der Film zu Ende war, wurde es langsam wieder hell, der Vorhang schloss sich mit lautloser Eleganz. Dann sagte Paul

Leydth bescheiden in die Stille hinein: »Tja, das ist mein größter Schatz.«

»Großartig«, rief Katharina. »Wunderschön!«

Amendt, Polanski und Sylke Müller musterten den Professor und Katharina, als überlegten sie, ob sie nicht vielleicht doch besser psychiatrische Hilfe alarmieren sollten.

Katharina atmete noch einmal tief durch, dann stand sie aus ihrem Sessel auf und fragte so harmlos, wie sie konnte: »Und? Wie viel Geld hat man Ihnen gezahlt, damit Sie den Film verborgen halten?«

Paul Leydth fragte verständnislos zurück: »Geld?«

»Natürlich! Der Film ist Milliarden wert. Wussten Sie das nicht?«

»Nein.« Klang Paul Leydths Stimme wirklich ehrlich und fest? Vielleicht zu fest?

»Aber ja doch«, fuhr Katharina fort. »Der Film belegt den Einsatz bestimmter Technologien, die ... Also, auf jeden Fall hat ein Konkurrent des Zeichentrickfilmstudios ein riesiges Vermögen mit seinen Filmen gemacht. – Und dieser Film hier belegt, dass der Konkurrent sich die Patente für die dafür nötigen Technologien widerrechtlich angeeignet haben muss.«

Paul Leydth musterte Katharina noch immer fassungslos: »Ja, jetzt wo Sie das sagen: Das klingt einleuchtend. Aber, ehrlich gesagt, habe ich da nie drüber nachgedacht.«

»Und warum haben Sie Himmel und Hölle in Bewegung gesetzt, um diese Filmrolle in die Finger zu bekommen?«, fragte Katharina plötzlich streng.

Der Professor schien ihren Ton zu überhören und zuckte arglos mit den Schultern: »Ach, Himmel und Hölle wäre zu viel gesagt. Ich hab ein paar gute Experten darauf angesetzt. Wissenschaftler, Privatdetektive. Ich war neugierig. Und ich meine ... Sie sind auch ein Fan von Zeichentrickfilmen. Sie müssen das doch verstehen.«

»Natürlich verstehe ich das. Bis zu einer gewissen Grenze.«

»Grenze?« In Paul Leydths Stimme mischte sich Ärger.

Zeit, ihr Blatt auszuspielen, dachte Katharina: »Nun, ich würde zum Beispiel niemals ein Bild stehlen. Oder einen Mord in Auftrag geben.«

»Was?« Nach dem ersten Schock verstand Leydth, worauf sie hinauswollte, und wurde zornig: »Was unterstellen Sie mir da?«

»Ich unterstelle gar nichts«, sagte Katharina frostig. »Ich weiß. Sie haben erst zwei Einbrüche in Auftrag gegeben, um das Bild zu stehlen. Als das nicht funktionierte, haben Sie Ministro engagiert. Einen Auftragskiller. Und dann? Haben Sie jemanden bei der Polizei bestochen, das Bild aus dem Tresor meines Vaters zu entwenden?« Katharina warf einen Blick auf Polanski, der offenbar ganz genau verstanden hatte, was sie ihm unterstellte. Doch er versuchte nicht, zu fliehen oder sich zu wehren; er saß einfach nur da auf seinem Sessel, mit offenstehendem Mund.

»Sind Sie übergeschnappt, Frau Klein?«, fuhr sie der Professor an. »Ich habe die Zeichnung regulär gekauft! Von Ihrem Vater!«

»Nein, das haben Sie nicht.« Katharinas war selbst überrascht von der Kälte in ihrer Stimme. »Es gab immer nur zwei Bilder. Die beiden Bilder, die mein Vater mir und meiner Schwester schenken wollte. Und das wissen Sie ganz genau.«

Das Gesicht des Professors war aschfahl geworden. Er öffnete den Mund, doch es kam nur ein Krächzen.

»Jemand hat die Buchhaltung meines Vaters manipuliert, um das zweite Bild auch dort verschwinden zu lassen«, fuhr Katharina sachlich fort. »Wer war es? Polanski? Jemand anderes?«

Polanski stand auf, aber ganz langsam, und hob die Hände. Auch er war bleich geworden: »Katharina, ich schwöre Ihnen, dass ich niemals –«

»Setzen Sie sich wieder hin!«, befahl Katharina schneidend. »Nun, Professor Leydth, war es das wert? Sechs Morde? Ihr eigener Ziehsohn beinahe im Gefängnis? Für drei Minuten Zeichentrickfilm? Und was war mit Hartmut Müller? Ist er Ihnen zu nahe gekommen? Charlie Heitz? Konnte er Sie identifizieren?«

Katharina hatte mit allem gerechnet: Leugnen, einem weinerlichen Geständnis, einem Wutausbruch, unbeholfenen Erklärungen, aber nicht mit dem, was Paul Leydth als Nächstes tat.

»Er hat doch tausend Eide geschworen, dass er das Bild regulär gekauft hat. Ich bring ihn um. Eigenhändig bringe ich ihn um«, stieß der Professor zwischen den Zähnen hervor, dann griff er in seine Jackentasche. Katharina wollte nach ihrer Waffe greifen, doch er zog nur ein Handy heraus und tippte eine Taste. Er hielt sich das kleine Gerät ans Ohr, lauschte, dann bellte er plötzlich: »Beweg deinen Arsch ins Kino, Lienhardt! Sofort!« Er steckte das kleine Telefon wieder weg, dann sah er Katharina an. Eine Träne rann aus seinem Augenwinkel und blieb an seinem Bart hängen: »Ich ... ich glaube, ich weiß jetzt, was damals geschehen ist.«

Schweigend hatten sie ausgeharrt. Andreas Amendt und der Professor hatten die Hände so fest in die Lehnen ihrer Sessel gekrallt, dass ihre Knöchel weiß hervortraten. Polanski hatte aufstehen und etwas sagen wollen, doch mit einer knappen Geste hatte Katharina ihn zum Schweigen gebracht.

Endlich kam Lienhardt Tripp mit schnellen, steifen Schritten ins Kino geeilt. In der Mitte des Raumes blieb er abrupt stehen. Zackig wandte er sich an Paul Leydth: »Du hast mich unterbrochen!«

Paul Leydth wollte wütend aufstehen, doch Amendt war schneller. Er sprang auf und packte Lienhardt Tripp am Kragen: »Hast du Susanne umbringen lassen? Wegen eines Bildes?«

»Bitte nicht anfassen«, jammerte Tripp statt einer Antwort.

»Sag mir die Wahrheit!« Amendt hatte Tripp von den Füßen gezogen.

»Bitte nicht anfassen!«

»Du wirst mir jetzt antworten!«

»Bitte nicht anfassen!«

Amendt holte aus, um dem schmalen Mann eine Ohrfeige zu geben, doch Paul Leydth hielt seine Hand fest. »Andreas, so geht das nicht! Lass ihn los!«

Amendt gehorchte widerwillig. Tripp fiel auf die Knie und starrte ihn ungläubig an: »Du ... du hast mir wehgetan. Du wolltest mich schlagen.«

Katharina kam rasch Paul Leydth zu Hilfe, der mit Leibeskräften bemüht war, Amendt davon abzuhalten, sich erneut auf Tripp zu stürzen. Es nützte ja nichts, wenn er Tripp *vor* seinem Geständnis zu Tode prügelte.

Endlich beruhigte sich Amendt. Katharina und Leydth ließen ihn los. Der Professor ging vor Tripp in die Hocke: »Lienhardt, hör mal. Ich habe dir vor langer Zeit den Auftrag gegeben, ein bestimmtes Bild zu besorgen. Die kleine Zeichnung mit dem blauen Fisch. Du weißt doch, die oben an der Säule in der Galerie hängt.«

»Delfine sind keine Fische, sondern Säugetiere«, gab Tripp zur Antwort. Dann blickte er auf seine Knie und wieder zum Professor: »Ich sitze auf dem Boden«, stellte er gekränkt fest. »Der Boden ist doch schmutzig.«

Wider Willen bemerkte Katharina, dass ein hysterisches Lachen in ihr aufstieg. Sie schluckte es mit Gewalt herunter. Das also sollte der Mann sein, der ihre Familie auf dem Gewissen hatte? Ein kleines Würstchen, das sich vor Schmutz fürchtete, vor Berührungen, vor Unterbrechungen? Andererseits: Was hatte sie auch erwartet? Teufelshörner und Pferdefuß?

Paul Leydth erhob sich, dann reichte er Lienhardt Tripp die Hand, um ihm aufzuhelfen. Tripp wich angewidert zurück und stand ohne Hilfe auf, staksig und ungeschickt. Leydth ging einen kleinen Schritt auf ihn zu, Tripp wollte instinktiv zurückweichen und es kostete ihn offenbar seine ganze Kraft, es nicht zu tun.

»Du erinnerst dich also an das Bild?«, fragte der Professor so sanft, als würde er ein Kind trösten, das sich das Knie aufgeschürft hatte.

Lienhardt nickte eckig. »Selbstverständlich. Ich vergesse nie etwas. Ich habe ein fotografisches Gedächtnis.«

Der Professor atmete geräuschvoll ein, seine Hände waren zu Fäusten geballt. Doch seine Stimme war noch immer sanft: »Das ist gut. Und du erinnerst dich auch an meinen Auftrag?«

»Ja. Du hast gesagt, ich solle diese beiden Zeichnungen mit dem Delfin organisieren.« Plötzlich ließ Tripp den Kopf hängen. »Aber ich habe dich sehr enttäuscht. Ich habe nur eine Zeichnung bekommen. Bist du deswegen jetzt böse?« Er klang wie ein hilfloses Kind, das Trost bei seiner Mutter suchte.

»Nein, natürlich nicht. Du hast getan, was du konntest.«

Tripp hob langsam den Kopf. Erst begannen seine Augen zu leuchten, dann hoben sich die Mundwinkel zu einem dankbaren Lächeln: »Dann bist du mir nicht mehr böse?«

»Doch, Lienhardt«, der Professor schaffte es gleichzeitig sanft und streng zu klingen, »ich bin sehr böse.«

Lienhardts Lächeln fiel in sich zusammen. »Das tut mir sehr leid.«

»Du musst uns jetzt unbedingt erzählen, wie du damals an das Bild gekommen bist.«

»Aber du hast doch gesagt, dass du nicht immer alles wissen willst«, protestierte Tripp schwach. »Das weiß ich noch ganz genau.«

»Ja, das habe ich gesagt.« Leydth nickte. »Aber jetzt haben sich die Umstände geändert. Die Rechtslage. Wie bist du an das Bild gekommen? Bitte erzähl es mir.«

Tripp richtete sich auf. Offenbar fühlte er sich jetzt wieder auf sicherem Gelände. Er begann: »Also, ich habe zuerst noch einmal den Kunsthändler gefragt. Diether Klein. Der dann später totgemacht wurde.« Er macht eine kurze Pause, doch Leydth drängte: »Und dann?«

»Bitte unterbrich mich nicht! Also, ich habe den Kunsthändler gefragt. Diether Klein. Der dann später –«

»Das haben Sie schon gesagt!« Katharina konnte sich einfach nicht mehr zurückhalten. Das war ja schlimmer, als Lassie zu befragen. Wo ist Timmy, Lassie? Ist Timmy in den Brunnen gefallen?

»Bitte unterbrechen Sie mich nicht«, sagte Tripp im selben Ton wie zuvor. »Also, ich habe den Kunsthändler gefragt. Diether Klein. Der dann später totgemacht wurde. Aber der wollte die

Bilder nicht hergeben. Obwohl ich ihm viel Geld geboten habe. Alles, was ich ausgeben durfte. – Das war eine große Enttäuschung für mich. Und ich war sehr traurig. Ich hatte doch versprochen, die Bilder zu besorgen. Und ich mache immer, was ich verspreche.«

Katharina holte Luft, doch Paul Leydth brachte sie mit einer Geste zum Verstummen. Er nickte beruhigend in Tripps Richtung, ohne ein Wort zu sagen und ihn so wieder zu unterbrechen.

Derart von seinem Herrn ermutigt, fuhr Tripp endlich fort: »Danach bin ich dann zu allen Galerien in Frankfurt gegangen. Aber sie hatten keine Zeichnungen mit Delfinen. Keine Einzige. Nur Kabeljau, Karpfen und Forelle blau. Und einen jungen Seehund. Aber das war ein Foto. Und es sah nicht schön aus. Weil jemand dem Seehund den Schädel eingeschlagen hatte.«

Katharina hatte auch ganz dringend das Bedürfnis, jemandem den Schädel einzuschlagen. Doch der Professor lehnte sich nur ruhig vor. »Und was hast du dann getan? Nachdem du in den Galerien warst?«

Lienhardt sah Leydth an, als hätte er etwas überaus Dummes gefragt: »Na, dann habe ich den Staufer um Hilfe gebeten, natürlich.«

»Den Staufer? Du weißt, wer er ist?«

Tripp nickte.

»Und du hast nie ein Wort gesagt?«

»Nein«, antwortete Lienhardt mit kindlichem Erstaunen. »Warum denn? Es hat mich nie jemand danach gefragt.«

»Der Staufer ... Lebt er noch?«, fragte Katharina dazwischen.

Tripp sah Katharina verdutzt an: »Natürlich lebt er. Er ist doch noch gar nicht so alt. Vielleicht Mitte siebzig. Aber er möchte nicht, dass man ihn Staufer nennt.«

»Und?« Katharina trat einen Schritt auf ihn dazu, Tripp wich unwillkürlich zurück. »Wer ist es?«

»Das darf ich nicht sagen«, stellte Lienhardt fest. »Das ist ganz böse, wenn ich das sage, hat er gesagt.«

»Aber das ist doch nicht böse«, begann der Professor. Wie er es schaffte, so sanft und ruhig zu bleiben, war Katharina ein Rätsel.

»Doch, ganz böse. Das hat er immer wieder gesagt.«

»Dann kennst du ihn näher? Den Staufer, meine ich?«, tastete sich Paul Leydth langsam an eine mögliche Antwort heran.

Tripp antwortete, als wäre es das Selbstverständlichste von der Welt: »Natürlich. Ich habe oft für ihn gearbeitet.«

»Würdest du uns denn jetzt sagen, wer er ist? Ich verspreche auch, es ist nicht böse und dir passiert nichts.«

Lienhardt sah seinen Herrn an, als müsste über diese unglaublich schwierige Frage intensiv nachdenken. Schließlich schüttelte er den Kopf: »Nein. Ich habe es versprochen. Und ich tue immer, was ich verspreche.«

»Es ist aber ungeheuer wichtig.«

»So wichtig wie ein Versprechen?«

Und das war der Moment, in dem Katharinas Geduldsfaden endgültig riss. Sie packte Lienhardt am Kragen: »Jetzt sagen Sie verdammt noch mal, wer er ist!«

»Lassen Sie mich bitte los.«

»Nein. Ich werde Sie erst loslassen, wenn Sie mir sagen, wer der Staufer ist.«

»Lassen Sie mich bitte los.«

»Wenn Sie mir den Namen nicht sagen, dann lasse ich Sie nie mehr los«, knurrte Katharina drohend. »Außerdem schleppe ich Sie nach draußen und steckte Sie in den Misthaufen!«

Volltreffer. Tripps Augen weiteten sich panisch. Ihn am Kragen gepackt haltend, ging Katharina einen Schritt auf den Ausgang zu. Tripp versuchte, die Füße in den Boden zu stemmen, doch Katharina schleifte ihn einfach mit sich mit. Über ihre Schulter fragte sie den Professor: »Wo ist der Misthaufen?«

Tripp stieß einen schrillen Schrei aus: »Nicht den Misthaufen. Nicht den Misthaufen. Nicht den Misthaufen.«

»Dann sagen Sie mir den verdammten Namen!«

»Welchen Namen?«

Mit einem Ruck riss Katharina Tripps Kopf auf ihre Augenhöhe: »Den Namen des Staufers!«

Lienhardts Kiefer arbeitete, sein Mund klappte mehrfach auf und zu, sein Atem ging stoßweise, als würde sich der Name des Staufers seinen Weg in die Welt mit dem Steiß voran bahnen.

»Also gut, der Staufer ist –«

Tripps Kopf platzte. Blut, Knochensplitter und Hirnmasse spritzten. Schrilles Pfeifen in Katharinas Ohren. Dann erst verstand sie: ein Schuss!

In einer fließenden Bewegung ließ sie Tripps Körper fallen und zog die Walther PPK ihres Vaters. Der blutige Nebel vor ihren Augen lichtete sich schlagartig. Sie wirbelte herum, um den Schützen zu sehen. War Ministro …?

Sylke Müller war aufgestanden. In ihrer Hand hielt sie eine Pistole. Mit aufgerissenem Mund starrte sie die Leiche an, langsam ließ sie den Arm sinken. Ihre Stimme war nur ein heiseres Flüstern: »Er … er selbst war der Staufer. Deswegen wollte er den Namen nicht sagen. Ganz bestimmt. Er! Er hat meinen Vater umgebracht!«

Sie sah aus, als würde sie im nächsten Augenblick umkippen. Katharina wollte ihr schon zu Hilfe eilen, doch dann fiel ihr Blick auf die Waffe, die Sylke Müller in den Händen hielt. Es war eine Heckler & Koch P2000. Schwarz. Silberne Visierung. Katharina kannte die Pistole. Sie hatte die Visierung selbst ausgetauscht: »Meine Dienstwaffe!«

Sylke Müller und sie rissen gleichzeitig die Pistolen hoch. Fast eine Minute starrten sie sich reglos und schweigend an, dann stellte Polanski die zwei dümmsten Fragen des Tages: »Wer sind Sie? Und wie kommen Sie an die Pistole?«

Sylke Müllers Mundwinkel verzogen sich zu einem höhnischen, bösen Grinsen: »Muss ich hier putzen. Alles dreckig«, sagte sie mit schriller Stimme.

Natürlich! Die Putzfrau! Sie hatte die Waffe aus Polanskis Büro entwendet. Katharina erinnerte sich, dass sie mit ihr im Aufzug aneinandergeraten war. Dabei musste sie Katharina den

Abhörstift in die Handtasche gesteckt haben. Katharina verfluchte ihr viel zu langsames Hirn. Da hätte sie sofort drauf kommen müssen. Schon in der Wohnung von Hartmut Müller. »Das ist S/M«, erklärte sie, ohne den Blick von Sylke Müller zu lassen. »Ein Profi. Wie Ministro.«

Sylke Müller, oder wie auch immer ihr Name war – Katharina bezweifelte, dass sie wirklich Müller hieß oder die Tochter von Hartmut Müller war – deutete tatsächlich eine Verneigung an: »Zu viel der Ehre. So gut wie Ministro bin ich nicht. Noch nicht. – Tja, schade. Jetzt werde ich Sie alle leider erschießen müssen.«

»Das glaube ich allerdings nicht.« Ein Rascheln des schweren Samtvorhangs, eine leise Stimme. Plötzlich stand ein Mann neben der Killerin, als hätte ihn ein besonders guter Illusionist dorthin gezaubert. Schwarzes Hemd, weißer Kragen. Ein Priester. Ministro. Er hielt seiner Kollegin eine Pistole an den Kopf.

Unwillkürlich richtete Katharina ihre Waffe auf seine Brust.

Ministro war unbeeindruckt: »Ja, Sie haben recht. Das hier ist S/M. Sie hätten mir erlauben sollen, sie zu erschießen. Vorgestern, in der Wohnung von diesem Hartmut Müller. – Aber grämen Sie sich nicht zu sehr: Unsere junge Freundin hat schon ganz andere getäuscht. Tja, sie ist eben eine sehr gute Schauspielerin.«

»Schau... Schauspielerin?«, stieß Paul Leydth, der mitten im Raum gestanden und erstarrt zugeschaut hatte, plötzlich aus.

»Ja, angeblich sogar studiert und diplomiert«, fuhr Ministro mit leise amüsiertem Ton fort.

Sylke Müllers Augen funkelten giftig: »Nicht angeblich. Ich war die Beste meines Jahrgangs. – Und du musst gerade reden, Ministro! Immer noch die alte Nummer mit dem netten Priester von nebenan? Man sollte meinen, das hätte sich inzwischen rumgesprochen.«

Ministro ignorierte sie. »Und jetzt?«, fragte er Katharina ruhig.

Katharina hielt ihre Waffe weiter auf seine Brust gerichtet, dann sagte sie mit der gleichen Ruhe: »Sie werden jetzt beide Ihre Pistolen auf den Boden legen. Dann werden Kriminaldirektor Polanski und ich Sie festnehmen.«

Sylke Müller – alias S/M – musterte sie mit hochgezogener Augenbraue und antwortete gelassen: »Ganz sicher nicht. – Mein Kollege hier neben mir ist genauso wenig scharf auf Polizeigewahrsam wie ich. Und egal, wie schnell Sie schießen … Den da«, sie richtete die Waffe auf Andreas Amendt, »erwische ich in jedem Fall. Und das wollen Sie nicht wirklich. Nicht nach dem Süßholzgeraspel, das ich mit angehört habe. Die Nummer mit dem Schneemann war echt ganz großes Kino.«

Amendt trat ihr plötzlich einen Schritt entgegen. S/M packte die Waffe fester.

»Na und?«, fragte Amendt sachlich. »Das war alles Theater. Um Sie auf die falsche Fährte zu locken. Sie können mich ruhig erschießen. Ich habe ohnehin nichts zu verlieren.«

Mit langsamen, kleinen Schritten bewegte er sich unaufhaltsam auf S/M zu. Katharina bemerkte, wie die Hand der Killerin plötzlich unsicher wurde. Sie ließ die Waffe ein kleines Stück sinken. Aus dem Augenwinkel sah sie, dass Andreas Amendt mit seinem scheinbar herabhängenden Arm leicht ausgeholt hatte: Er würde versuchen, die Waffe zu packen. Eine kleine Chance, doch sie bestand. Zentimeter für Zentimeter, Schrittchen für Schrittchen verfolgte Katharina Amendts Bewegung. Gleich war er in Reichweite. Und er hatte schon die linke Hand zu einer ablenkenden Geste gehoben. Noch einen kleinen Schritt …

»Was ist denn hier los?« Eine sonore Frauenstimme. Angelica Leydth stand plötzlich in der Tür des Kinos.

Die drei Schüsse fielen fast gleichzeitig. S/M stürzte kopfüber über einen Sessel, Ministro wurde zurückgeschleudert … Panisch sah Katharina zu Andreas Amendt, aber er stand aufrecht, erstarrt, die Hand noch immer zum Zupacken erhoben.

Doch wer …? Angelica Leydth! S/Ms Schuss hatte sie mitten in die Stirn getroffen und gegen die Wand geworfen. Wie in Zeitlupe siegte die Schwerkraft; Angelica Leydth glitt zu Boden, ihr vom Schuss zertrümmerter Hinterkopf hinterließ auf der Tapete eine Schmierspur aus Blut und Hirnmasse.

Katharina ließ ihre Waffe sinken. Sie war plötzlich unendlich schwer geworden und wäre ihr beinahe aus den Fingern geglitten. Schnell suchte sie mit dem Daumen den Sicherungshebel.

Als hätte man plötzlich die Zeit wieder eingeschaltet und auf schnellen Vorlauf gedrückt, sprangen Paul Leydth und Andreas Amendt gleichzeitig zu Angelica Leydth. Amendt zog sie von der Wand weg, legte sie auf den Rücken, wollte sie wiederbeleben, doch Paul Leydth, der neben seiner Frau auf die Knie gefallen war, stieß ihn weg. Es war zu spät. Angelica Leydth war tot.

Polanski nahm Katharina sanft die Pistole ab. Sie bemerkte, dass er Einweghandschuhe trug. Er steckte die Waffe in einen Plastikbeutel, den er in der Tasche gehabt haben musste – einmal Ermittler, immer Ermittler –, und legte sie auf einen Sessel. Dann beugte er sich vor und wollte die Waffe von S/M – Katharinas Dienstwaffe – aufheben.

Doch plötzlich stand Paul Leydth neben ihnen. Im nächsten Moment hatte er die Pistole in der Hand. Katharina wollte sie ihm abnehmen, doch behände trat er einen Schritt zurück und richtete die Pistole auf sie.

»Andreas?«, sagte er leise über die Schulter. »Andreas, ich ... Es tut mir leid. Das war alles meine Schuld. Ich wollte niemals ...«

Amendt stand langsam auf und ging einen Schritt auf Leydth zu. »Paul ...«, begann er und streckte die Hand nach der Waffe aus. »Das hat doch keinen Sinn.«

Der Professor schüttelte traurig den Kopf. »Nein, das hat wirklich alles keinen Sinn. Und ... Um das Kapitel abzuschließen: Ich bin der Staufer.«

»Ich glaube dir kein Wort«, sagte Amendt ärgerlich und wollte erneut nach der Waffe greifen. Doch zu spät. Leydth hob die Waffe ...

... und steckte sie sich in den Mund. Ohne zu zögern, drückte er ab.

Der Schuss schleuderte den Professor nach hinten auf einen Sessel, ein Sturzbach aus Blut schoss ihm aus Mund und Nase, die Pistole fiel klappernd auf den Boden. Dann war der Schuss verhallt, das einzige Geräusch das leise Klirren der Patronenhülse, die über den Boden rollte.

Andreas Amendt sah auf seinen Ziehvater herab: »Du Arschloch. Du feiges Arschloch«, murmelte er leise zwischen den Zähnen.

Polanski hob wortlos die Pistole auf und sicherte sie. Stumm fischte Katharina einen zweiten Beutel aus ihrer Handtasche und reichte ihn ihrem Chef.

In die Stille hinein drang plötzlich ein rasselndes Geräusch. Atmen. Es kam von … Paul Leydth? S/M? Nein, von Ministro!

Katharina wollte hinspringen, doch Andreas Amendt war schneller. Er legte Ministro auf den Rücken, tastete ihn ab, hob die Waffe an, die neben dem Priester auf dem Boden gelegen hatte, und wollte sie Katharina reichen, doch er musste sie falsch angefasst haben. Der Knall ließ Katharina zurückspringen, doch im selben Augenblick hechtete sie schon wieder vor, um die Pistole, die Amendt vor Schreck hatte fallen lassen, aufzufangen, bevor sich noch ein Schuss löste. Sie sicherte sie und legte sie neben die anderen Waffen auf den Sessel.

Amendt tastete nach Ministros Puls, lauschte mit dem Ohr an dessen Mund, dann begann er mit fiebriger Herzmassage: »Du entkommst mir nicht! Du entkommst mir nicht! Du entkommst mir nicht!«, stieß er im Rhythmus der Kompressionen aus. Endlich hielt er inne, beugte sich vor, öffnete Ministros Mund, um ihn zu beatmen. Zwei tiefe Atemzüge. Dann wieder: »Du entkommst mir nicht! Du entkommst mir nicht!«

Katharina tastete in ihrer Handtasche nach ihrem Handy. Ach ja richtig, sie hatte keines. Aber da war doch … An der Wand hing ein Telefon. Konnte man damit auch nach draußen telefonieren? Sie griff nach dem Hörer, ließ ihn aber gleich wieder entsetzt fallen. Sie roch … »Das ist Gas!«, schrie sie panisch auf. Einer der Schüsse musste die Hauptleitung getroffen haben. Was hatte der Professor gesagt? Sie verlief hinter der Leinwand? Verdammt, nebenan war die Heizung, dort brannte doch sicher zumindest eine Zündflamme. Wenn das Gas …

Sie packte Amendt an der Schulter: »Wir müssen hier raus!« Doch mit einem heftigen Ruck machte sich Amendt los und setzte seine Wiederbelebungsversuche fort: »Du entkommst mir nicht! Du entkommst mir nicht!«

Kurzerhand schlug Katharina Amendt mit der flachen Hand kräftig auf den Hinterkopf. Als er erschrocken zu ihr aufsah, packte sie seinen Arm, drehte ihn auf den Rücken und zog ihn hoch. Polanski war schon vorgegangen und hatte die Tür des Kinos aufgerissen. Katharina schubste Amendt nach draußen.

Er fiel auf die Knie, dann sah er verwundert zu ihr auf, als wäre er eben aus einem Traum erwacht: »Was ist?«

»Gas! Ein Schuss hat die Gasleitung getroffen.«

Amendt sprang auf. Einen Augenblick lang dachte Katharina, er würde ins Kino zurückspringen, um seine Wiederbelebungsversuche fortzusetzen. Doch dann tat er etwas noch viel Dümmeres. Er rannte die Treppe zum Haupthaus hoch. Katharina sprang ihm nach und erwischte ihn an der Jacke, Amendt wirbelte herum: »Der Chor! Die Bediensteten! Die sind doch alle noch im Haus!«, schrie er Katharina an, packte sie am Arm und wollte sie mit sich ziehen. Katharina drehte sich zu Polanski um und rief ihm zu: »Da, durch die Tür. Die führt zur Garage.«

Polanski zögerte einen Augenblick, also bellte Katharina: »Raus mit Ihnen! Sie sind nicht fit genug, Chef! Sie halten uns nur auf!«

Er gehorchte endlich und riss die schwere Stahltür auf. Katharina rannte Amendt hinterher.

Oben auf dem Treppenabsatz fing er sie ab: »Wir müssen uns aufteilen! Finden Sie den Weg ins Musikzimmer? Nur durch die Galerie und …«

»Natürlich! Und Sie?«

»Die Küche. Da sind die Bediensteten.«

Durch den Flur, durch die Galerie … Katharinas Beine brannten, sie fühlte sich, als würde sie durch schweren Morast rennen. Von der Säule höhnte sie das Bild an, das verdammte Bild eines kleinen, springenden Delfins!

Katharina zwang sich, weiterzurennen. Endlich! Der Salon mit dem Flügel! Die Studentinnen standen artig aufgereiht um das Instrument, ihre Noten in der Hand und sangen aus voller Brust.

»Ruhe!«, brüllte Katharina. »Raus hier! Gas!«, stieß sie hervor. Eine der jungen Frauen drehte sich zu ihr um: »Aber unsere Jacken …?«

In diesem Augenblick erschütterte ein schweres Rumpeln das Haus. Stuck bröckelte von der Decke. Katharina konnte diejenige, die nach den Jacken gefragt hatte, nur eben gerade noch beiseite stoßen, bevor der Kronleuchter von der Decke fiel und zerschellte.

»Raus! Raus! Raus!«, brüllte Katharina die Frauen an. Sie rührten sich nicht. Kurzerhand trat Katharina die filigrane Terrassentür ein, packte die Studentin, die am nächsten stand, und stieß sie ins Freie. Endlich erwachten die anderen Frauen aus ihrer Schockstarre. Sie schrien panisch. Doch wenigstens rannten sie in die richtige Richtung. Hinaus auf die Terrasse. Katharina stieß die letzte junge Frau nach draußen, dann rief sie, so laut sie konnte, um die panischen Schreie zu übertönen: »Laufen! Zum Tor!« Als die Frauen endlich gehorchten und durch den Schnee davonrannten, ließ sich Katharina kurz erleichtert gegen die Mauer sinken. Doch sie spürte sogleich, wie das Haus weiter bebte.

Sie widerstand dem Drang, gleichfalls davonzulaufen. Hatte Amendt es auch ins Freie geschafft? Eben wollte sie schon wieder ins Haus zurückstürzen, als der Seitenflügel, unter dem sich das Kino befand, mit lautem Krachen in sich zusammenfiel. Eine Stichflamme schoss empor und schleuderte Ziegel und Gemäuerbrocken in die Luft. Katharina hechtete hinter einer kleinen Schneewehe in Deckung. Doch sogleich rappelte sie sich wieder auf. Durch den Trümmerregen rannte sie um das Haus: Wo war Andreas Amendt?

Er saß mitten auf der großen Wiese hinter dem Gebäude im Schnee. Blut aus einer kleinen Schnittwunde auf der Stirn rann über seine Wange und vermischte sich dort mit Tränen.

Katharina kniete sich neben Amendt auf den Boden, raffte eine Handvoll Schnee zusammen und presste ihn auf die Wunde, um die Blutung zu stoppen. Mit dem anderen Arm zog sie ihren Freund an sich und hielt ihn so fest sie konnte.

Die Erde bebte unter ihnen, Katharina sah über die Schulter. Das große Haus stürzte in sich zusammen, Flammen loderten auf, Fenster splitterten, Gebälk brach, Mauern stürzten ein, ein großer Rauchpilz breitete sich aus.

Plötzlich spürte Katharina, wie Amendt in ihren Armen zuckte und bebte. Weinte er? Mit einem Ruck machte er sich los und fiel rückwärts in den Schnee. Er lachte. Schrill. Laut. Unmenschlich.

Das Gelächter traf Katharina mit voller Wucht, erschütterte ihr Innerstes, und schließlich brachte es den Damm zum Bersten: Katharina ließ sich rücklings in den Schnee fallen. Dann brach das Lachen auch aus ihr heraus. Es schmerzte im ganzen Körper, in der ganzen Seele, aber sie konnte nicht anders, schickte ihr Lachen in den stahlblauen Himmel über ihnen und zur eisig kalten Wintersonne, die auf sie herabstrahlte, als wolle sie sie verhöhnen. Es hatte aufgehört zu schneien. Endlich!

Interlude in D♭ Major

```
Polizeipräsidium Frankfurt am Main,
            22. Januar 2008
```

»*Sie haben gelacht?*« Staatsanwalt Ratzinger war aufgestanden und hatte sich über Katharina gebeugt.

»*Ja.*« Unsicher lehnte sich Katharina so weit in ihrem Stuhl zurück, wie sie konnte.

»*Und was war an der Situation so komisch?*«

Katharina schüttelte den Kopf. Sie wusste es nicht. Sie wusste nicht, warum sie und Amendt so gelacht hatten. Es war wohl die einzig noch verbliebene mögliche Reaktion gewesen.

Richter Weingärtner zog sanft, aber mit Nachdruck am Ärmel des Staatsanwalts: »*Nun, ich zumindest kann eine durchaus bitter-ironische Note erkennen: all das für ein nicht besonders wertvolles Bild? Dessen eigentlichen Wert der Besitzer gar nicht erkannt hat?*«

»*Hätte ich mir ja denken können, dass Ihnen dieses Ende gefällt*«, murmelte der Staatsanwalt, während er sich wieder hinsetzte und seinen Notizen zuwandte.

»*Nun, da bin ich mir nicht so sicher*«, erwiderte der Richter.

»*Na endlich*«, ließ sich Kriminaldirektor Weigl zufrieden vernehmen. »*Sie schließen sich also meiner Meinung an, dass Frau Klein tollkühn und rücksichtslos gehandelt hat, um es noch zurückhaltend zu formulieren?*«

Der Richter musterte ihn von oben herab: »*Herr Kriminaldirektor, so schnell bin ich in meinen Urteilen nicht. Und, ehrlich gesagt, habe ich zu diesem Punkt noch keine wirklich fundierte Meinung.*«

»*Aber Sie sagten doch …*«

»*Ich weiß, was ich gesagt habe, Herr Kriminaldirektor. Und ich hab es auch genau so gemeint. Ich bin mir einfach noch nicht sicher.*«

»*In Bezug auf was?*«

Der Richter atmete einmal tief ein und aus: »*Ich bin mir einfach noch nicht sicher, ob das wirklich das Ende der Geschichte ist.*«

»*Ach, da kann ich Sie beruhigen, zumindest, was das Sündenregister von Frau Klein betrifft. Ich habe sie rund um die Uhr überwachen lassen.*« *Kriminaldirektor Weigl verschränkte zufrieden die Hände hinter dem Kopf.*

Frauke Müller-Burkhardt kam Katharina in ihrem Aufbrausen zuvor: »*Sie haben … was?*«

»*Frau Klein überwachen lassen. Was hätten Sie denn an meiner Stelle getan? Außerdem hatte ich eine richterliche Anordnung.*«

»*Welcher Wahnsinnsknabe hat die denn unterschrieben?* »

»*Ich*«, *beantwortete Richter Weingärtner die Frage der Staatsanwältin.* »*Ich wollte nicht, dass Frau Klein sich noch mehr Schwierigkeiten einhandelt.*« *Er wandte sich an Kriminaldirektor Weigl.* »*Die Anordnung ist natürlich hiermit aufgehoben, bevor die Frau Staatsanwältin, die heute so heroisch die Seiten gewechselt hat, einen Schluckauf bekommt. – Aber meine Zweifel beziehen sich auch nicht auf das Handeln von Frau Klein.*«

»*Sondern?*«, *fragte Staatsanwalt Ratzinger mit mürrischem Desinteresse.*

Richter Weingärtner ignorierte die Frage und wandte sich stattdessen an die Protokollantin: »*Meines Wissens müssten Doktor Andreas Amendt und Kriminaldirektor Polanski vor der Tür warten. Seien Sie doch so gut und bitten Sie sie herein.*«

Katharina war aufgestanden, Polanski und Amendt standen rechts und links neben ihr.

»*Ich weiß, es ist etwas ungewöhnlich*«, *begann Richter Weingärtner.* »*Aber ich bitte Sie, jeder für sich, mir eine einzige Frage zu beantworten: Was glauben Sie? War Professor Paul Leydth wirklich der Staufer?*«

Polanski antwortete, ohne zu zögern: »*Ja, natürlich. Er hat schließlich gestanden. Und auch der Rest passt. Der Staufer muss ein angesehenes Mitglied der Gesellschaft sein und über beträchtliche finanzielle Reserven verfügen. Beides traf auf Professor Paul Leydth zu. Über seine Gutachtertätigkeit war er natürlich auch mit den Polizeibehörden bestens vernetzt.*«

»*Hmhm.*« *Das Gesicht des Richters war undurchdringlich.* »*Und Sie, Doktor Amendt? Glauben Sie, dass Paul Leydth der Staufer war?*«

»Nein«, antwortete der Gefragte schroff.

Richter Weingärtner verzichtete darauf, nachzufragen, sondern wandte sich an Katharina: »Und Sie? Frau Klein? Was ist Ihre Meinung?«

Ja, was glaubte sie eigentlich? War Paul Leydth der Staufer? Oder Lienhardt Tripp? Es gab gewichtige Anhaltspunkte für beide Annahmen. Doch ihr Bauchgefühl sagte nein. Aber vielleicht lag das auch daran, dass sie noch immer nicht so recht an die Existenz eines Superverbrechers namens Staufer glauben wollte. Es war eine zu einfache Erklärung, zu glatt. Das Leben verlief selten glatt und war noch seltener wirklich einfach.

»Frau Klein?«, bohrte der Richter nach. »Ihre Meinung? War Professor Paul Leydth der Staufer?«

Katharina zuckte mit den Achseln: »Ich weiß es nicht.«

Der Richter sah sie lange nachdenklich an, bevor er endlich nickte und sich an die übrigen Mitglieder der Kommission wandte: »Gut. Meine Herren? Ich denke, wir sollten uns jetzt in Ruhe beraten. Außerdem habe ich Hunger. Hier in der Nähe soll ein ziemlich guter Italiener aufgemacht haben. Ich schlage daher vor, dass wir uns dorthin verlagern.«

»Aber nicht auf Spesen«, kommentierte Kriminaldirektor Weigl, der schon nervös sein Jackett nach seinen Zigaretten absuchte.

»Und Sie?«, wandte sich der Richter an Staatsanwalt Ratzinger. »Begleiten Sie uns auch?«

»Was?«, fragte der Staatsanwalt. Er war in die Akte vor ihm vertieft gewesen und hatte nicht zugehört.

»Kommen Sie auch mit zum Italiener?«, wiederholte der Richter seine Frage.

»Ja, gleich …«, antwortete der Staatsanwalt gedankenverloren. »Aber …«

»Ja?«

»Mir ist da noch etwas aufgefallen. So schlüssig Frau Kleins Geschichte letztendlich klingt: Es gibt da eine ganz wesentliche Diskrepanz zur Spurenlage.«

Katharina spannte sich an, doch der Richter nahm ihr die Frage aus dem Mund: »Was meinen Sie?«

»Wir haben in den Trümmern der Villa nur vier Leichen gefunden. Keine fünf.«

»Nur vier?«, entfuhr es Katharina, bevor Frauke Müller-Burkhardt sie am Arm packen und so zum Schweigen bringen konnte.

»Ja. Gefunden wurden die Leichen einer jungen Frau, Mitte zwanzig bis Anfang dreißig ...«

»S/M«, bestätigte Katharina.

»... eines Mannes zwischen vierzig und fünfzig, Brillenträger ...«

»Lienhardt Tripp.«

»... einer älteren Frau zwischen fünfundsechzig und fünfundsiebzig ...«

»Angelica Leydth.«

»... und die Leiche von Professor Paul Leydth. Anhand seiner zahnärztlichen Unterlagen identifiziert.«

»Ministro fehlt.« Katharina spürte, wie ihre Wangen eiskalt wurden. *Ministro war doch tot. Sie hatte ihn erschossen. Mitten ins Herz. Andreas Amendt hatte ihn nicht wiederbeleben können. Oder war er etwa ...?*

Der Richter nahm die Akte an sich und schlug sie mit Nachdruck zu: »Die Untersuchungen sind noch nicht ganz abgeschlossen. Es hat schließlich eine schwere Explosion gegeben. Es kann sein, dass die Leiche in einen anderen Gebäudeteil geschleudert worden ist. Oder einfach zu Asche verbrannt. Ich habe schon mal einen derartigen Fall verhandelt. – Frau Klein, Herr Amendt, Herr Polanski? Finden Sie sich bitte morgen früh um acht Uhr wieder hier ein.« Richter Weingärtner nahm seinen Mantel von der Stuhllehne. »Kommen Sie, meine Herren? Mein Magen knurrt.« Ohne die Antwort abzuwarten, rauschte er aus dem Raum. Kriminaldirektor Weigl und Staatsanwalt Ratzinger hatten Mühe, mit ihm Schritt zu halten.

Katharina sah ihnen nach. Sie hoffte, dass der Richter recht behielt. Dass Ministros Leiche noch auftauchte. Oder wirklich verbrannt war.

Aber was hatte Richter Weingärtner zuvor gesagt? »Ich bin mir einfach noch nicht sicher, ob das wirklich das Ende der Geschichte ist.«

NACHSPIEL

AASKRÄHE

»This is the way the world ends
Not with a bang but a whimper.«
T.S. Eliot

You'll Know When You Get There

```
Polizeipräsidium Frankfurt am Main,
        23. Januar 2008,
    der Morgen nach der Anhörung
```

»Wenn man das Unmögliche ausgeschlossen hat, muss das, was übrig bleibt, die Wahrheit sein, so unwahrscheinlich sie auch klingen mag«, hob Richter Weingärtner an.

»Kommen Sie zur Sache und hören Sie auf, mit Goethe-Zitaten um sich zu werfen«, unterbrach ihn Staatsanwalt Ratzinger schroff.

»Sherlock Holmes, Sie Kulturbanause«, mischte sich Kriminaldirektor Weigl mit erhobener Stimme ein.

»Das ist doch einerlei. Kommen Sie endlich zur Urteilsverkündung.«

Richter Weingärtner musterte den Staatsanwalt mit erhobener Augenbraue: »Das hier ist keine Gerichtsverhandlung, sondern eine Anhörung. Und entsprechend ist das, was wir beschlossen haben –«

»Was *Sie* beschlossen haben. *Gegen* meinen ausdrücklichen Rat.«

»Nun denn, es ist entweder ein Beschluss oder eine Empfehlung. Auf jeden Fall kein Urteil. Und es ist die Mehrheitsentscheidung. Sie können ja gerne eine Minderheitsmeinung äußern.«

»Das werde ich tun. Keine Sorge.« Der Staatsanwalt begann demonstrativ, in einer Akte zu blättern.

»Was für eine Entscheidung haben Sie denn nun getroffen?«, drängte Frauke Müller-Burkhardt ungeduldig.

Richter Weingärtner schien für einen Moment aus dem Konzept gebracht, dann fasste er sich wieder: »Wie ich eben schon sagte: Wenn man das Unmögliche ausgeschlossen hat, muss das, was übrig bleibt, die Wahrheit sein, so unwahrscheinlich sie auch klingen mag. Und nichts ist trügerischer als eine offenkundige Tatsache.« An Staatsanwalt Ratzinger gewandt ergänzte er: »Auch Sherlock Holmes. Nur zu Ihrer Information.«

»Was für eine Entscheidung? Nun kommen Sie mal zu Potte.« Frauke Müller-Burkhardts Stimme hatte jetzt ihre gewohnte staatsanwaltliche Schärfe.

»Immer mit der Ruhe«, erwiderte Richter Weingärtner freundlich. »Sie werden zufrieden sein, Frau Kollegin. Und Sie auch, Frau Klein.«

Katharina stand neben Frauke Müller-Burkhardt vor dem Tisch der Kommission, ihre Hände so fest ineinander verschränkt, dass ihre Knöchel langsam weiß wurden. Am liebsten hätte sie Richter Weingärtner so lange geschüttelt, bis er endlich mit dem Beschluss herausrückte.

Der Richter räusperte sich. »Wir haben es uns nicht leicht gemacht und die halbe Nacht beraten. Doch von all den möglichen Szenarien war Ihre Geschichte, Frau Klein, schlicht die einzige halbwegs plausible. Deswegen werden die Ermittlungen gegen Sie eingestellt.«

Katharina atmete ganz langsam und kontrolliert aus, um nicht vor Erleichterung aufzuseufzen. Man hatte ihr geglaubt!

»Doch Sie wissen selbst, Frau Klein«, fuhr Richter Weingärtner in ungewohnter Strenge fort, »dass die Art und Weise Ihrer Ermittlungen alles andere als vorschriftsmäßig war. Sie haben dabei nicht nur sich selbst, sondern auch andere in Gefahr gebracht. Zudem hätten Sie als Angehörige eigentlich nicht einmal in die Nähe dieses Falles kommen dürfen.«

»Außer mir hat sich aber niemand wirklich dafür interessiert.«

»Oh, aus menschlicher Sicht habe ich vollstes Verständnis für Sie. Ich weiß, dass Sie den Weg, den Sie beschritten haben, nicht immer freiwillig gegangen sind. Und das ist der einzige Grund – ich betone: *der einzige* – weshalb wir nicht empfehlen werden, Sie aus dem Polizeidienst zu entfernen. Aber das war wirklich das letzte Mal, dass Sie sich so etwas erlauben können. Kriminaldirektor Weigl und seine Abteilung werden Ihr Verhalten ganz genau beobachten. – Herr Weigl?«

Kriminaldirektor Weigl, von der spontanen Worterteilung überrascht, setzte sich ein wenig aufrechter hin: »Ganz richtig. Wir werden jeden Ihrer Schritte, jeden Ihrer Berichte genauestens kontrollieren. Ich erwarte, dass Sie sich in Zukunft an unsere Dienstvorschriften halten. Und zwar Wort für Wort. Haben Sie das verstanden?«

Katharina nickte artig.

»Na hoffentlich. Außerdem sind Sie bis zum Dienstantritt bei ihrer neuen Stelle vom Dienst suspendiert. Bei verminderten Bezügen.« Kriminaldirektor Weigl nahm unbewusst Haltung an, als er weitersprach: »Und wir sind übereingekommen, dass Ihre Beförderung in den höheren Dienst ein Fehler war. Wir werden daher dem Innenministerium dringend empfehlen, Sie auf Ihren ursprünglichen Rang als Kriminalhauptkommissarin zurückzustufen.«

»Degradieren«, murmelte Staatsanwalt Ratzinger mit unverhohlener Befriedigung.

»Zurückstufen«, korrigierte ihn Richter Weingärtner. »Auch wenn es vermutlich mehr Ihren Vorstellungen entsprochen hätte, wenn wir Frau Klein im Morgengrauen auf dem Hof des Polizeipräsidiums vor versammelter Mannschaft die Dienstabzeichen von der Uniform reißen würden.«

»Die Kriminalpolizei hat keine Uniformen«, erwiderte der Staatsanwalt besserwisserisch.

Der Richter seufzte tief: »Das war die Pointe, Sie Sauertopf.«

»Sei es, wie es sei«, riss Kriminaldirektor Weigl das Wort wieder an sich. »Wir werden also dem Innenministerium empfehlen, Sie zurückzustufen. Und wir raten dringend, für die Sonderermittlungseinheit eine Führungskraft zu finden, die in der Lage ist, Sie bei Ihren Ermittlungen zu beaufsichtigen und zu bändigen.«

Katharina ertappte sich dabei, dass sie sich über diese Entscheidung freute. Sie hatte ohnehin keine Lust, nur noch an einem

Schreibtisch zu sitzen. Mit ihrem besten Pokerface nickte sie, um zu signalisieren, dass sie verstanden hatte.

»Nun gut«, übernahm wieder Richter Weingärtner das Wort. »Damit ist dieser Fall zumindest fürs Erste erledigt. Herzlichen Dank, Frau Klein. Sie sind hiermit entlassen. – Und seien Sie doch so gut und schicken Sie Kriminaldirektor Polanski herein.«

Andreas Amendt, der zusammen mit Polanski auf dem Flur vor dem Sitzungssaal auf Katharina gewartete hatte, hatte sie schweigend in Empfang genommen. Keine trockenen Kommentare, keine falschen Aufmunterungen. Er hatte ihr nur beruhigend den Arm um die Schultern gelegt, als sie gemeinsam zum Fahrstuhl gingen. Es gab nichts zu sagen; vielleicht war er aber in Gedanken auch schon bei der Beerdigung von Marianne Aschhoff.

Auch, als sie ins Papamobil stiegen und losfuhren, schwieg er noch. Doch immer wieder sah er zu Katharina, als wolle er ein Gespräch beginnen, ohne zu wissen, wie. Endlich sagte er: »Die Uni-Klinik will mir die medizinische Leitung der Sonderermittlungseinheit entziehen und mir dort einen Vorgesetzten verpassen. Bin ja mal gespannt, wen sie ausgraben. Alles, was in der Gerichtsmedizin Rang und Namen hat, wird den Teufel tun und so einen Kamikaze-Job annehmen.«

»Außer Ihnen«, erwiderte Katharina.

»Außer mir. Aber ich bin ja auch suizidal veranlagt.«

»Nicht doch. Und wir werden uns unsere neuen Chefs schon zurechtbiegen. Oder war es Ihnen nicht bisher auch egal, wer unter Ihnen Ihr Vorgesetzter ist?«

Darüber musste Amendt tatsächlich schmunzeln: »Da haben Sie allerdings recht.«

Eine rote Ampel zwang sie zum Anhalten. Katharina drehte sich zu Amendt um: »Es tut mir leid.«

»Was tut Ihnen leid?«

»Na, all das. Marianne Aschhoff. Der Professor und seine Frau. Dass ich Sie in das Ganze mit reingezogen habe.«

Amendt zog ärgerlich seine Augenbrauen zusammen: »Sie haben mich in nichts reingezogen! Ich glaube, das habe ich schon mal gesagt. Wir haben beide da drin gesteckt, seit Ministro damals den ersten Schuss abgefeuert hat. Auf Ihren Vater. Durch die Panoramascheibe. Oder nicht?« Er drehte sich zum Seitenfenster und verschränkte die Arme.

Die Ampel sprang auf Grün, Katharina fuhr an, doch sie kamen nur langsam vorwärts. In der Nacht hatte es wieder geschneit und entsprechend zäh floss der Verkehr.

»Ich möchte wirklich wissen, was mit Ministro passiert ist«, fiel Katharina plötzlich ein. »Denken Sie, dass er vielleicht überlebt hat? Irgendwie noch rechtzeitig aus dem Haus rausgekommen ist?«

Amendt wiegte den Kopf hin und her: »Ich wüsste nicht, wie. Meiner Meinung nach war er bereits tot. So wie Sie ihn getroffen haben, muss der Schuss mitten ins Herz gegangen sein. Vermutlich ist seine Leiche bei der Explosion irgendwohin geschleudert worden und dann verbrannt.«

»Halten Sie das wirklich für möglich?«

»Ist zumindest die einzige Erklärung. Und selbst, wenn er doch noch zu Bewusstsein gekommen ist und sich aus dem Haus geschleppt hat – er wäre ziemlich schwer verletzt gewesen. Die Kugel ist vielleicht an einer Rippe abgeprallt und hat so das Herz verfehlt. Aber ein Lungendurchschuss ist auch nicht gerade ohne.«

»Also kann er überlebt haben?«

»Ja, aber das ist nun wirklich unwahrscheinlich.«

Katharina musste auf die Bremse treten, da der Verkehr wieder zum Stillstand kam. Andreas Amendt legte ihr plötzlich die Hand auf den Arm: »Frau Klein, es ist vorbei. Endgültig. Wir sollten aufhören, uns den Kopf darüber zu zerbrechen. Vielleicht ist das, was wir haben, so nahe an der Wahrheit, wie es eben möglich war nach sechzehn Jahren. – Vielleicht müssen wir uns damit abfinden, dass wir keine endgültigen Antworten finden. Ob Paul wirklich der Staufer war, wie er behauptet hat, zum Beispiel.«

»Aber Sie glauben das nicht, oder?«

Amendt schüttelte den Kopf: »Nein. Das hat er nur gesagt, um mir Seelenfrieden zu schenken. Nett gemeint, aber ...« Er seufzte. »Ich wünschte, er hätte sich nicht erschossen. Alleine der Wahrheit wegen. Obwohl ich ihn verstehen kann.«

»Verstehen?«

»Na ja, er war allein. Endgültig. Seine Frau tot. Vor seinen Augen getötet. Angelica war die große Liebe seines Lebens. – Der eine Ziehsohn, Lienhardt, hat ihn verraten, und ich ... ich glaube nicht, dass ich Paul jemals hätte vergeben können.«

»Auch wenn er von dem Ganzen nichts gewusst hat?«

»Nichts gewusst?«

»Wie Tripp an das Bild gekommen ist.«

»Das hat Paul wirklich nicht gewusst. Da bin ich sicher. Aber er hat Lienhardt auch nicht gefragt, bis Sie ihn dazu gezwungen haben, obwohl er ja genau wusste, dass es nur zwei von diesen Delfinzeichnungen gibt. Und das verzeihe ich ihm nicht.«

»Und seine Familie? Freunde?«

»Keine Familie. Wenige Freunde. Wenn überhaupt. Viele Bekannte, aber sein einziger echter Freund war Angelica.«

Sprach Amendt wirklich noch über Paul Leydth? Oder über sich und Susanne?

»Haben Sie jemals selbst daran gedacht?«, fragte Katharina unwillkürlich.

»An Selbstmord? Oft. Aber bisher war ich immer zu feige.«

Ein Auto scherte plötzlich aus der anderen Fahrspur aus und drängte sich vor das Papamobil. »Idiot«, schimpfte Katharina für sich.

»Denken Sie manchmal darüber nach?«, fragte Andreas Amendt plötzlich.

»Über Selbstmord? Nein, ehrlich gesagt, noch nie.«

»Nein, sorry, ich war mit meinen Gedanken schon weiter. Ich meinte, was wohl wäre, wenn all das damals nicht passiert wäre?«

Katharina nickte: »Ja, oft.«

»Und? Was wäre wohl aus uns geworden?«

»Auf jeden Fall wäre ich nicht Polizistin geworden, denke ich.«

»Sondern Ärztin?«

»Vielleicht. Ich wollte immer Chirurgin werden. Vielleicht würde ich dann in diesem Augenblick irgendwo in einem Operationssaal stehen.«

»Sie wären wohl eher damit beschäftigt, auf einen Computermonitor zu starren und an einem undurchschaubaren Berichts- und Abrechnungssystem zu verzweifeln. Arzt sein ist weniger glamourös, als sich das die meisten Menschen so vorstellen. – Aber ich kann mich nur wiederholen: Sie wären bestimmt eine gute Ärztin geworden.«

»Vielleicht. – Und Sie? Denken Sie oft über das ›was wäre, wenn‹ nach?«

»Jeden Tag. Ich wäre jetzt vermutlich leitender Neurologe in irgendeinem Landeskrankenhaus. Susanne hätte eine Praxis als Kinderärztin. Vielleicht würden wir sogar schon den Zeitpunkt kennen, an dem unser Haus endlich abbezahlt wäre. Und Karin ... So wollten wir unsere Tochter nennen. Alexander, falls es ein Junge gewesen wäre. Also, Karin wäre jetzt fünfzehn, vermutlich schwer pubertär, vielleicht das erste Mal richtig verliebt, Manga-Fan und total genervt von ihren Eltern, die sie regelmäßig mit Hoppe-Hoppe-Reiter-Geschichten aufziehen, aus der Zeit, als sie fünf war. Gerne auch unterstützt von Kinderfotos. Vor allem, wenn ihr Freund zu Gast ist. Den ich vermutlich überhaupt nicht leiden kann.«

Hoppe Hoppe Reiter ... Katharina kam ein Bild in den Sinn. Aus ihrer Kindheit. Wie alt mochte sie damals gewesen sein? Vier? Fünf? Sie saß auf dem Schoß eines alten Mannes. Zumindest damals kam er ihr uralt vor. Der Mann hatte mit ihr Hoppe Hoppe Reiter gespielt. Sie hatte ihn gefragt, warum er so viele Nachnamen habe. Zur Antwort hatte ihr die Geschichte seiner Familie erzählt. Sie erinnerte sich noch, dass sie ganz erstaunt gefragt hatte: »Dann bist du also ein Prinz?« Der Mann hatte lächelnd den Kopf hin- und hergewiegt. Schon damals war seine Frisur schwer zu zähmen gewesen. »Na ja, fast«, hatte er geantwortet. »Aber ich bin der Letzte einer ganz langen Linie.«

Ohne Vorwarnung begannen die Puzzlestücke, in Katharinas Kopf umherzurasen: der Blutstropfen im Tresor. Das Haar darin. »Augenbraue, Nase oder Bart.« Nasenbluten. »Das kriege ich, wenn ich mich aufrege.« – Zugang zum Tresor. Schlüssel. Kombinationen. Die laienhaft manipulierte Datenbank. – »Buchhaltung war für mich immer ein Buch mit sieben Siegeln.« – »Jemand, dem Ihr Vater vertraute.« – »Ich habe für Herrn Klein häufiger Verkäufe vermittelt und deshalb hat er mir bei einigen Geschäften eine recht großzügige Provision gezahlt.« – »Wir sind ein jahrhundertealtes Rittergeschlecht.« – Staufer.

Verdammte Scheiße! Wie hatte sie nur so blind sein können! So taub! So ignorant! Katharina schlug wütend mit der Faust auf das Lenkrad, trat auf die Bremse und riss das Steuer herum.

Amendt klammerte sich erschrocken am Türgriff fest: »Was ist denn jetzt?«

Katharinas Stimme kratzte im Hals, die Worte wollten nicht herauskommen. »Ich weiß, wer der Staufer ist!«, stieß sie endlich hervor.

King Cobra

Frankfurter Nordend,
eine rasante Autofahrt später

»Was wollen wir denn hier?«, fragte Andreas Amendt, von der Fahrt noch etwas blass um die Nase. Katharina hatte mit quietschenden Reifen in der Parkverbotszone vor Schmitz' verwunschener Jugendstilvilla gehalten, dann die Tür aufgerissen und war schon halb aus dem Wagen gesprungen.

»Ich muss was überprüfen«, sagte sie über die Schulter zu Amendt. »Kommen Sie mit?«

Während Amendt sich aus seinem Sicherheitsgurt schälte und ausstieg, hatte Katharina schon die Heckklappe des Papamobils geöffnet. Sie nahm ein dick in Blasenfolie gewickeltes Päckchen heraus und wickelte es aus. Darin lagen die beiden Abhörstifte. Katharina hatte sie eigentlich zu den Beweismitteln geben wollen. Sie schraubte die Stifte auf und setzte die Akkus wieder ein. Irgendwie würde sie sich später in den Server hacken müssen, um an die Aufzeichnung zu kommen. Frank Grüngoldt würde ihr sicher behilflich sein.

Schmitz, wie üblich in einen altmodischen Dreiteiler gekleidet und mit zerrauftem, weißem Haarschopf, öffnete selbst die Tür. Er strahlte über das ganze Gesicht: »Katharina! Wie schön, dich zu sehen. Ich habe schon gehört, die Anhörung ist einigermaßen glimpflich verlaufen.« Er öffnete die Tür noch weiter, damit Katharina und Andreas Amendt eintreten konnten.

»Woher weißt du das denn?«, fragte Katharina überrascht. Die Anhörung war doch erst seit einer halben Stunde vorüber.

»Ach, ein guter Rechtsanwalt und Notar ist immer über seine Klienten im Bilde. – Aber kommt doch herein! Ich hatte mir ohnehin gerade frischen Tee aufgesetzt. Möchtet ihr eine Tasse? Zum Aufwärmen nach dem Schnee und der Kälte da draußen?«

»Eigentlich müssen wir –«, begann Andreas Amendt, doch Katharina stieß ihn sanft mit dem Ellbogen in die Seite. »Aber natürlich, gerne. Und wir sind ohnehin zu früh dran, nicht wahr, Doktor Amendt?«

Amendt nickte artig. Schmitz führte sie in sein Büro. Dann bot er ihnen Plätze in der Sitzecke im Wintergarten an. »Ich gehe nur rasch den Tee holen. Außerdem habe ich was ganz Besonderes für dich, Katharina.«

Elegant schritt er aus dem Raum. Als er außer Hörweite war, fragte Andreas Amendt: »Und? Was wollen wir hier?«

»Abwarten und Tee trinken«, antwortete Katharina knapp. »Außerdem ein paar Fragen stellen.«

Schmitz trug ein Tablett herein und stellte es auf dem kleinen Tisch ab. Er verteilte Tassen und Untertassen, goss feierlich Tee ein und stellte dann einen Teller mit Keksen vor Katharina.

»Echte Mürbchen. Selbst gebacken. Nach dem Rezept meiner Mutter. Als Kind warst du ganz versessen darauf.«

Katharina nahm höflich einen Keks und biss hinein. Ja, an den Geschmack konnte sie sich noch gut erinnern. Ein bisschen weich, ein bisschen krümelig, nicht zu süß und mit einem Hauch von Vanille und Orangen. Sie wusste noch nicht, warum, aber sie war sich plötzlich sicher, dass sie auf der richtigen Spur war.

»Ach, darf ich dir eine persönliche Frage stellen? Über meinen Vater?«, bat sie.

»Aber natürlich.« Auch Schmitz hatte sich gesetzt und einen Keks genommen, an dessen Rand er selig-vergnügt knabberte.

»Na ja, du kannst dir sich sicher denken, welche Frage mich beschäftigt. Ob mein Vater vielleicht doch irgendwas …«

Schmitz legte ihr beruhigend eine Hand auf den Arm: »Du willst fragen, ob ich glaube, dass dein Vater vielleicht doch der Staufer war?«

Katharina nickte schüchtern.

»Also, da kann ich dich absolut beruhigen. Dein Vater war wirklich die Ehrlichkeit und Redlichkeit in Person. Außerdem: Fast alle seine Geschäfte sind doch über meinen Schreibtisch gelaufen. Da hätte ich was gemerkt. – Also nein, dein Vater war ganz bestimmt nicht der Staufer. Das wird wohl einfach eine ganz schlimme Verwechslung gewesen sein.«

»Du kanntest meinen Vater sehr lange, oder?«

Schmitz nickte traurig: »Ja, ich war schon der Anwalt seiner Eltern, damals, als ganz junger Spund direkt von der Universität. Da war dein Vater … Da muss er so vierzehn, fünfzehn gewesen sein. Und übrigens auch ganz versessen auf Mürbchen. Tja, es sind wohl mehr Dinge erblich, als wir uns eingestehen wollen.« Er zwinkerte Katharina zu, der erst jetzt auffiel, dass sie unbewusst einen zweiten Keks genommen hatte. Schuldbewusst drehte sie ihn zwischen den Fingern.

»Iss ruhig. Es sind noch genug da. Ich hatte gestern Lust, zu backen. Und da habe ich gleich ein paar Bleche mehr gemacht.«

Katharina bedankte sich. Doch allmählich wurde es Zeit, das Gespräch in die richtige Richtung zu lenken. »Ach, was ich noch fragen wollte … Wir, also Doktor Amendt und ich, haben uns gerade im Auto über Kindheitserinnerungen unterhalten.« Amendt warf ihr einen erstaunten Seitenblick zu, sagte aber nichts. Katharina fuhr fort: »Du hast mir doch beim letzten Mal gesagt, dass du mir damals, beim Hoppe-Hoppe-Reiter-Spielen, immer Geschichten erzählt hast.«

»Ach ja, das hast du geliebt«, erwiderte Schmitz melancholisch. »Am liebsten wolltest du Rittergeschichten hören.«

»Richtig. Und ich meine mich zu erinnern, dass du mir mal die Geschichte deines Namens erzählt hast.«

»Hohenstein-Hohenlepp? Natürlich, das war eine deiner Lieblingsgeschichten.«

»Genau. Nur, ich kriege sie irgendwie nicht mehr zusammen. Wärst du wohl so freundlich …?«

Schmitz strahlte: »Aber gerne! Und jetzt bist du ja erwachsen. Da kann ich dir sogar die ganze Geschichte erzählen. Die ist nämlich nicht ganz jugendfrei.« Er setzte sich zurecht, dann fragte er: »Weißt du noch, wer Konradin war?«

»Ein deutscher Kaiser, nicht wahr?«

»Nein, dafür hat es leider nicht mehr gereicht. Nicht wie bei seinem Großvater, Friedrich dem Zweiten, seinem Urgroßvater, Heinrich dem Sechsten und natürlich seinem Ururgroßvater, Friedrich Barbarossa. Aber er war ja auch erst sechzehn, als er starb. Doch immerhin hat es Konradin noch zum Herzog von Schwaben, zum König von Jerusalem und zum König von Sizilien gebracht. – Wie dem auch sei: Die Königskrone in Sizilien ist ihm unter Umständen, die für die Geschichte keine Rolle spielen, abhandengekommen. Deswegen ist er mit einem großen Heer Richtung Süditalien aufgebrochen. Leider ohne Erfolg. Karl der Erste von Anjou hat ihn vernichtend geschlagen, gefangen gesetzt und zum Tode verurteilt. 1268 war das. Und hier beginnt nun die eigentliche Geschichte.« Schmitz nahm in Ruhe einen großen Schluck Tee, bevor er genüsslich fortfuhr: »Nun, Konradin war erst sechzehn und mit einer Zehnjährigen verheiratet, die er – so will es die Legende – nie angerührt hat. Verständlich, bei dem Alter. Auf jeden Fall: Am Vorabend der Hinrichtung packte Karl den Ersten angeblich das Mitleid. Er soll gesagt haben: Wer wie ein Mann kämpfen und sterben kann, soll auch wie einer gelebt haben. Man brachte Konradin also in ein Schlafgemach und sandte ihm drei edle Burgfräulein. Nun, vermutlich eher Hetären. Auf jeden Fall verbrachte Konradin die Nacht mit den drei Damen. Und am nächsten Tag ließ er sich in aller Ruhe und erhobenen Hauptes zur Hinrichtungsstätte führen.« Schmitz machte eine lange Pause, als wartete er auf Zuspruch oder Applaus.

»Und? Was geschah dann?«, drängte Katharina.

»Tja, eines der Burgfräulein ging mit mehr nach Hause als nur der Erinnerung an eine schöne Liebesnacht. Sie war schwanger. In aller Eile vermählte man sie mit dem Ritter von Hohenstein und sandte das Paar heim ins Reich, mit der strengen Anweisung, Stillschweigen zu bewahren. Aber natürlich – du weißt ja, wie das so in Familien ist – wurde die Geschichte unter der Hand weitererzählt. Du ahnst es vielleicht schon: Der Ritter von Hohenstein ist mein Urahn. Man sagt, das Lehen Hohenlepp habe er als Schweigegeld bekommen. – Vermutlich ist das alles eine Legende. Hohenlepp wird zum ersten Mal 1459 erwähnt, also lange nach dieser Geschichte. Aber mir gefällt der Gedanke, Nachfahre von Kaiser Friedrich Barbarossa zu sein. Der Letzte in direkter männlicher Linie. Mit einem, wenn auch schwer durchsetzbaren, Anspruch auf den Kaisertitel des Heiligen Römischen Reiches deutscher Nation.«

Andreas Amendt war während der Geschichte aufgestanden und zum Fenster gegangen. Er sah hinaus in den verschneiten Garten, während er fragte: »Dann sind Sie der letzte …?«

»Der letzte Staufer, ganz richtig«, vollendete Schmitz seinen Satz. »Wenn man denn der Märchensammlung, die sich meine Familiengeschichte nennt, glauben darf. Ich bin zwar nicht ganz sicher, aber ich bilde es mir gerne ein.«

Katharina betrachtete Schmitz, der sich, amüsiert in sich hineinlächelnd, eine neue Tasse Tee eingoss. Das war der Moment, ihre Karten auf den Tisch zu legen. Sie räusperte sich und fragte mit so viel Ruhe und Distanz in der Stimme, wie sie nur irgend aufbringen konnte: »*Sie* sind *der* Staufer, nicht wahr?« Erst nachdem sie es ausgesprochen hatte, fiel ihr auf, dass sie die Anrede gewechselt hatte. Aber mit dem Staufer würde sie sich nicht duzen. Niemals.

Sie wusste nicht recht, was sie eigentlich von Schmitz erwartet hatte – vielleicht einen Fluchtversuch, eine hektisch hervorgestoßene Verteidigung oder auch nur eine dramatische Blechbläserfanfare.

Doch Schmitz lehnte sich in Ruhe zurück und nippte an seinem Tee. Dann kicherte er vergnügt: »Ich wusste ja, dass du irgendwann darauf kommen würdest. Du warst schon immer ein kluges Mädchen.«

Am liebsten hätte ihm Katharina sein zufriedenes Grinsen aus dem Gesicht geprügelt. Doch sie zwang sich zur Ruhe und fragte: »Sie haben Ministro beauftragt, meine Familie zu töten?«

»Nein.« Schmitz nahm sich einen Keks und biss eine Kante ab. »Da hatte Ministro auf eigene Faust gehandelt. Und den Falschen getötet«, erklärte er sachlich.

Einen Moment lang glaubte Katharina, in einem ganz besonders absurden Traum gelandet zu sein. »Den Falschen? Und wen hätte er eigentlich töten sollen?«, fragte sie verständnislos.

»Mich. Beziehungsweise den Staufer.«

»Und warum?«

»Ganz einfach: Ich habe Ministros Eltern töten lassen. Sie waren«, Schmitz spuckte das Wort aus, »Rinderzüchter. Sie wollten nicht freiwillig darauf verzichten, noch mehr Urwald durch Brandrodung zu vernichten. Da musste ich eben ein Exempel statuieren lassen.«

»Urwald? Brandrodung?« Das hier konnte wirklich nur ein perfider Traum sein.

»Ja«, erwiderte Schmitz geschäftsmäßig. »Jedes Jahr werden Millionen Hektar Urwald im Namen der Landwirtschaft vernichtet. Die Folgen kennst du: Klimawandel, Bodenerosion und so weiter.«

»Sie haben also Ministros Eltern töten lassen, um den Urwald zu retten?«

Schmitz schwieg. Nun, das war auch eine Antwort. Plötzlich mischte sich Andreas Amendt, der immer noch am Fenster stand und hinausschaute, ein: »Aber warum hat Ministro geglaubt, Frau Kleins Vater sei der Staufer?«

Schmitzt drehte sich zu ihm um: »Das ist eine gute Frage. Und ich muss zugeben, dass ich daran nicht ganz unschuldig bin.«

»Wie meinen Sie das?«, fragte Katharina zornig.

»Nun, die Antwort müsstest du dir doch selbst geben können«, sagte Schmitz mit herablassender Ruhe. »Plötzlich erschien dieser Koala auf der Bildfläche, du weißt schon, Hartmut Müller. Und als ich mitgekriegt habe, dass er das Haus deines Vaters überwachen lässt, war mir klar, dass er mir früher oder später auf die Spur kommen würde. Außerdem hatte ich erfahren, dass Ministro nach mir suchte. Beziehungsweise nach dem Staufer. Ministro findet, wen er sucht. Da musste ich eben schweren Herzens ein Opfer bringen und ihn auf die falsche Spur setzen.«

»Meine Familie?« Katharina wusste nicht, ob sie sich lieber auf der Stelle übergeben oder Schmitz erwürgen wollte.

»Hat mir sehr leidgetan. Dein Vater war ein wirklich guter Freund.«

»Sie haben also zugelassen, dass meine Familie getötet wird, um Ihren eigenen Arsch zu retten«, fasste Katharina ungläubig zusammen.

»Ja, der Kopf ist einem eben näher als der Hals. Und meine Arbeit war noch nicht getan.«

»Ihre Arbeit?«

Plötzlich brauste Schmitz auf: »Glaubst du im Ernst, der Wald rettet sich von alleine? Mit guten Worten und Händeschütteln? Dazu braucht es Geld, Macht, Einfluss … Ich war nicht gerne der Staufer. Aber manchmal muss man eben Opfer bringen.«

»Wie meine Familie?«

»Ganz recht. Wie deine Familie! Und ich hätte tausend Menschen geopfert, wenn es nötig gewesen wäre!«

»Um den Wald zu retten?« Katharina wusste absolut nicht mehr, an wessen Verstand sie nun zweifeln sollte, ihrem eigenen oder dem von Schmitz.

Schmitz' Augen funkelten wütend, seine Stimme war nahe dran, sich zu überschlagen: »Du hast es nicht verstanden, oder? Der Wald ist die Lunge unseres Planeten. Es geht um nichts Geringeres als den Fortbestand der Menschheit. Und was sind da schon ein paar Opfer, auch wenn sie Freunde sind? Den Preis war es mir wert.« Außer Atem ließ sich Schmitz in seinen Sessel zurücksinken.

Was sollte sie darauf sagen? Katharina wusste es nicht. Endlich fiel ihr doch eine Frage ein: »Und das Bild? Der Delfin?«

Schmitz zuckte mit den Schultern: »Ein glücklicher Zufall. Zwei Fliegen mit einer Klappe. Ein gutes Geschäft und eine falsche Fährte.«

Darauf gab es nun endgültig nichts mehr zu sagen.

»Und warum erzählen Sie uns das alles?«, fragte Andreas Amendt in die Stille hinein. Er sah noch immer aus dem Fenster, die Hände in den Jackentaschen, als ginge ihn das alles nichts an. »Und vor allem«, fuhr er fort. »Warum haben Sie uns nicht einfach töten lassen? Von dieser S/M?«

Schmitz rückte sich die Fliege zurecht und strich sich über das Haar: »Das sollten Sie sich selbst beantworten können, Doktor Amendt. – Der Mord an einem Polizisten macht nur Scherereien. So war es einfacher.«

»Einfacher?«

»Ja. S/M hat ihren Auftrag perfekt erledigt. Es wird Ihnen nämlich kein Mensch glauben«, stellte Schmitz sachlich fest.

»Was macht Sie da so sicher?«, fragte Katharina. Sie tastete unauffällig nach den Stiften in ihrer Tasche. Hoffentlich erfüllten sie ihren Zweck.

»Katharina, nun stell dich nicht dumm! Der ehemalige Mordverdächtige mit Gedächtnisausfällen und Schizophrenie in der Familie? Und du? Die besessene Kriminalpolizistin, gerade eben noch mit einem blauen Auge davongekommen? Man wird euch für verrückt halten. Glauben, dass ihr all das frei erfunden habt. Ich meine, willst du wirklich die Legende vom Staufer hervorkramen? Wie oft hast du selbst Kollegen schon ins Gesicht gelacht, wenn dieser Name gefallen ist? – Ich werde selbstverständlich alles leugnen. Und die Menschen werden mir glauben. Mir, dem verdienten Retter des deutschen Waldes!«

»Und was, wenn ich es trotzdem versuche? Zum Beispiel über die Presse? Die lieben es doch, wenn ein hoch gefeierter Mensch über seine eigene Hybris stolpert.«

»Versuchs doch«, zischte Schmitz plötzlich wie eine giftige Schlange. »Aber dann werde ich dich vernichten. Den jämmerlichen

Rest deines Rufs, deine Karriere ... Du wirst im Knast landen. Glaub ja nicht, dass mein Einfluss nicht so weit reicht. Es gibt Gründe dafür, dass man mir nie auf die Schliche gekommen ist. Dass der Staufer heute noch als ein Märchen gilt. – Au!«

Schmitz schlug sich mit der Hand ins Genick, doch es war zu spät. Amendt hatte die Injektionsnadel schon wieder aus Schmitz' Nacken herausgezogen. In aller Seelenruhe steckte er die Schutzkappe wieder auf die Nadel und schob den schwarzen Injektionsstift in seine Jacke zurück.

Schmitz wollte aufspringen, doch Amendt packte ihn an der Schulter und hielt ihn in seinem Sessel fest: »Nicht doch. Damit beschleunigen Sie das Ganze nur«, sagte er ruhig.

Schmitz krümmte sich und presste eine Hand auf die Brust. Amendt neigte sich zu ihm herunter und sprach sanft in sein Ohr: »Gleichmäßig ein- und ausatmen. Das Herzklopfen geht gleich vorüber. Das ist das Epinephrin. Künstliches Adrenalin. Dient nur dazu, Ihren Kreislauf ein wenig anzutreiben, um den eigentlichen Wirkstoff möglichst schnell und gleichmäßig in Ihrem Körper zu verteilen.«

»Was haben Sie mir gespritzt?«, krächzte Schmitz.

»Strontium-Ferrastenose-Acetat«, sagte Andreas Amendt harmlos.

»Und was ist ...? Eine Wahrheitsdroge? Ich habe Ihnen doch schon alles gesagt.«

Amendt antwortete so freundlich, als würde er Schmitz über die Nebenwirkungen einer ärztlichen Therapie aufklären: »Aber nein. Strontium-Ferrastenose-Acetat ist das potenteste Karzinogen, das die Wissenschaft kennt. Man setzt es ein, um bei Labortieren Krebs zu züchten.«

»Krebs züchten?« Schmitz wurde totenblass.

»Ja. Bei Labormäusen zeigen sich die ersten Tumore in der Regel innerhalb von vierundzwanzig bis achtundvierzig Stunden. Bis zum Tod sind es dann noch ungefähr zwei bis drei Wochen. Bei Schweinen dauert es ungefähr drei Wochen oder einen Monat bis zu den ersten Symptomen. Bis zum Tod vielleicht ein halbes

Jahr. Bei Menschen vermutlich irgendwas dazwischen. Nun, Sie sind bei guter Konstitution, aber auch schon alt: drei Monate, fünf Monate. Vielleicht auch etwas länger.«

»Sie haben mich mit Krebs infiziert?« Schmitz' Stimme war nur noch ein stimmloses Krächzen.

Amendt lächelte noch immer: »Wissenschaftlich nicht ganz korrekt ausgedrückt, denn von einer Infektion spricht man nur bei Bakterien, Viren und Pilzen, aber im Großen und Ganzen: Ja, Sie werden Krebs bekommen. Unheilbar.«

»Ich werde –« Schmitz' Stimme war plötzlich wieder kräftiger geworden. Doch Amendt schnitt ihm schroff das Wort ab: »Sie werden was? Zur Polizei gehen? Mich anzeigen? Machen Sie sich nicht lächerlich! Glauben Sie, ich habe daran nicht gedacht? Bis dahin ist das Strontium-Ferrastenose-Acetat schon längst nicht mehr nachweisbar. Außerdem müssen Sie dann erzählen, warum Sie in dieser Situation sind. Frau Kleins Kollegen werden sich sicher freuen, einen geständigen Mörder vor sich sitzen zu haben.«

Ärger und Überheblichkeit waren aus Schmitz' Augen gewichen. Jetzt stand in ihnen die nackte Todesangst. »Bitte, Sie müssen mir das Gegengift spritzen. Dann gestehe ich alles. Bei der Polizei. Vor Zeugen. Jetzt gleich!«

»Nein«, sagte Andreas Amendt mit enervierender Höflichkeit. »Das kann ich leider nicht tun.«

Endlich erwachte Katharina aus ihrer Starre. »Bitte, Doktor Amendt. Spritzen Sie ihm das Gegengift.«

»Halten Sie sich da raus, Frau Klein!«, fuhr ihr Amendt über den Mund.

»Aber Sie können doch nicht –«

»Ganz richtig, ich kann nicht. Ich kann ihm kein Gegengift spritzen. Es gibt keins.«

»Kein Gegengift? Aber ...«

Amendt schüttelte nur den Kopf.

»Aber wenn wir ihn ins Krankenhaus bringen«, drängte Katharina. »Und die dort eine Blutwäsche machen ...«

»Dafür ist es bereits zu spät. Bis wir ihn dort haben, ist das Gift im ganzen Körper. In seinen Lymphen, in seinen Organen, in seinen Knochen. Und wenn er ganz viel Glück hat, sogar schon in seinem Gehirn. Hirntumore töten verhältnismäßig schmerzfrei. Ist aber nicht sehr wahrscheinlich.« Amendt hatte sich auf die Rückenlehne von Schmitz' Sessel gestützt. Er senkte den Kopf, um sein Opfer direkt anzusprechen: »Bei den Versuchstieren beginnt es übrigens zumeist in den Knochen. Haben Sie schon mal einen Knochenkrebs-Patienten erlebt? Nicht sehr schön. Die Tumore schaffen sich Platz, indem sie den Knochen auseinandersprengen. Unendlich schmerzhaft. Dagegen hilft nicht mal Morphium.«

Schmitz sprang auf und wollte zu seinem Schreibtisch laufen, doch Amendt stellte sich ihm in den Weg. »Na, was wollen Sie? Hilfe rufen? Oder haben Sie eine Waffe in der Schreibtischschublade? Die nützt Ihnen gar nichts.«

»Was wollen Sie von mir?«, stieß Schmitz hervor. »Ein Geständnis? Das habe ich doch schon –«

Mit zwei Fingerspitzen stieß Amendt den alten Mann zurück in seinen Sessel. Seine Stimme war nur noch ein gefährliches Raunen: »Was ich von Ihnen will? Ich will Sie leiden sehen. Langsam krepieren. Wie es eine so elende Kreatur wie Sie verdient hat. Wir werden Sie an Ihrem Krankenbett besuchen. Frau Klein und ich. Jeden Tag. Die guten, fürsorglichen Bekannten. Wir werden Ihnen Blumen mitbringen. Und wir werden jede Minute, in der Sie vor Schmerzen stöhnen und schreien, genießen.«

Das ging jetzt eindeutig zu weit. Katharina schrie: »Amendt! Tun Sie was.«

Schmitz sah flehend zu ihm auf: »Ja, Sie müssen noch irgendetwas tun können. Sie sind doch Arzt.«

Amendt zuckte mit den Schultern: »Ich sagte schon: Es gibt kein Gegengift. Sie können natürlich Glück haben und das Mittel wirkt nicht. Vielleicht geht der Krebs auch in Remission. Kommt manchmal vor. Doch wahrscheinlich ist das nicht.«

»Aber ...« Schmitz versagten die Worte. Andreas Amendt führte seinen angefangenen Satz weiter: »Aber es gibt etwas, das *Sie* tun können.«

»Alles, alles. Ich tue alles, was Sie verlangen.«

»Es geht nicht darum, was ich verlange. Sondern was Sie tun können, um sich das Leiden zu ersparen.« Andreas Amendt zog ein paar Einweghandschuhe aus seiner Lederjacke und streifte sie in aller Ruhe über. Dann ging er zum Schreibtisch und öffnete die oberste Schublade. »Ach, dachte ich es doch«, sagte er befriedigt. Er hob eine kleine, bissig aussehende Pistole aus der Schublade.

»Was machen Sie da?«, fragte Katharina panisch.

»Wollen Sie mich etwa erschießen?« Schmitz' Augen hatten sich vor Schreck geweitet.

»Aber nein. Keine Sorge. Das wäre mir viel zu ... Wie nennen Sie das doch gleich immer, Frau Klein? Richtig, banal! Ich will Ihnen nur einen Ausweg anbieten. Zugegeben, kein optimaler Ausweg, aber er kann Ihnen immerhin einen äußerst qualvollen Tod ersparen.«

Katharina wollte aufspringen, um Amendt die Pistole abzunehmen. Doch er richtete die Waffe auf sie: »Bleiben Sie sitzen, Frau Klein!«, befahl er mit Eis in der Stimme. Mit einer Hand räumte er das Teegeschirr auf das Tablett. Dann ging er zu der kleinen Bar und goss aus einer Karaffe ein Glas Wasser ein. Das Glas stellte er vor Schmitz auf den kleinen Tisch.

Plötzlich war er wieder die Freundlichkeit in Person: »Wissen Sie, welchen Fehler die meisten Menschen machen, die versuchen, sich zu erschießen? Sie schießen sich in die Schläfe. Die Kugel durchschlägt den Schädel, schädigt vielleicht den vorderen Hirnlappen und durchtrennt eventuell zudem die Sehnerven. Die Ärmsten überleben, aber sie sind blind und sprachgeschädigt. Viel sicherer ist es, sich die Pistole unter das Kinn zu setzen. Am besten, man nimmt dazu noch einen Schluck Wasser in den Mund.« Während er weitersprach, ließ er das Magazin aus der Waffe gleiten. Er nahm die Patronen heraus und steckte sie in seine

Jackentasche. Nur eine Einzige stellte er neben das Wasserglas. »Die Kugel und die Druckwelle zerfetzen das Kleinhirn. Sofortige Bewusstlosigkeit, Atem- und Herzstillstand. Tod in nicht mal einer Minute. Zudem praktisch schmerzfrei.«

»Sie wollen, dass ich mich erschieße?«, fragte Schmitz überflüssigerweise.

»Nein. Ich will Sie leiden und langsam krepieren sehen. Das habe ich Ihnen doch eben schon gesagt. – Aber ich bin kein Unmensch wie Sie. Ich biete Ihnen einen respektablen und schmerzfreien Ausweg an. Sie werden sicher eine schöne Trauerfeier haben. Minister werden reden. Alle werden Mitleid haben mit dem einsamen, alten Mann, der sein ganzes Leben der Rettung des deutschen Waldes gewidmet hat. Es gibt Schlimmeres.«

Mit diesen Worten legte Amendt feierlich die Pistole und das Magazin neben das Wasserglas und die Patrone. Dann hob er das Tablett mit dem Teegeschirr an. »Kommen Sie, Frau Klein?«

Mechanisch gehorchte Katharina und stand auf. Ihr Pflichtgefühl sagte ihr, dass sie Amendt jetzt überwältigen, festnehmen und einen Krankenwagen rufen müsste. Doch eine kleine, böse Stimme in ihr sagte: Hoffentlich tut er es! Hoffentlich schießt sich der Staufer die Rübe weg!

Die schwere Tür zu Schmitz' Villa fiel hinter Katharina ins Schloss. Moment! Half sie gerade wirklich dabei, einen Mord zu begehen?

Andreas Amendt war vor ihr her gegangen. Sie fragte seinen Rücken: »Stimmt das alles? Was Sie gerade gesagt haben? Haben Sie ihm wirklich ein Karzinogen gespritzt? Dieses Strontium-Ferro-Zeug?«

Amendt stellte ruhig das Tablett im Schnee ab. Dann drehte er sich zu ihr um. »Strontium-Ferrastenose-Acetat. Und ich kann Sie beruhigen. Dieses Mittel gibt es überhaupt nicht. Ich hab mir das gerade eben ausgedacht.«

»Sie haben …? Und was haben Sie …?«

Zur Antwort griff Amendt in seine Jacke, zog den schwarzen Injektionsstift hervor und reichte ihn Katharina. Sie drehte ihn zwischen den Händen. »Was ist das für ein Ding?«

»Ein EpiPen. Eine Notfall-Spritze für anaphylaktischen Schock. Viele Ärzte führen so einen mit sich. Sieht furchterregend aus, ist aber verhältnismäßig harmlos. Eine kleine Dosis künstliches Adrenalin.«

»Dann war das …?«

Amendt nahm den Stift wieder an sich und steckte ihn zurück in seine Jacke. »Ein Bluff, ja.«

»Aber warum?«

»Das habe ich doch schon gesagt. Ich wollte ihn leiden sehen. Seine Todesangst. Aufgabe erfüllt.«

»Und was, wenn er …«

»Zur Polizei rennt? Soll er doch. Ich sage gerne die Wahrheit.«

»Man könnte das Ganze als Mordversuch auslegen.«

»Untauglicher Versuch. Außerdem dürften Sie bis dahin Ihren Plan B umgesetzt haben.«

»Meinen Plan B?«

Amendt sah sie verständnislos an: »Frau Klein, Sie haben eben das wichtigste Verhör Ihres Lebens geführt. Sagen Sie nicht, dass Sie da unvorbereitet reingegangen sind. Dazu waren Sie viel zu ruhig. Also, was ist es?«

Einen Augenblick lang wusste Katharina nicht, wovon Amendt sprach. Doch dann fiel es ihr wieder ein: Sie hatte ja alles aufgezeichnet. Das hatte sie über Amendts dramatischem Auftritt völlig vergessen. Sie zog den roten und den blauen Kugelschreiber aus ihrer Jackentasche. Gerichtsfest war das nicht, aber es war ein Anfang. Sie musste jetzt unbedingt …

»Haben Sie eigentlich daran gedacht, was passiert, wenn Ministro noch lebt?«, unterbrach Amendt Katharinas Gedanken. »Wenn er die Aufzeichnung abhört? Und wenn er so erfährt, wer wirklich seine Eltern umgebracht hat?«

Nein, das hatte Katharina nicht bedacht. Aber andererseits …

»Ehrlich gesagt, ist mir das reichlich egal.« Der Satz rutschte ihr raus. Aber er stimmte. Sollte Ministro doch seine Rache haben. Und vielleicht gab ihr das eine Chance, den Killer zu fassen.

Plötzlich sah sie die Pistole vor sich, das Magazin, die Patrone, das Wasserglas. »Und haben Sie daran gedacht, was passiert, wenn sich Schmitz wirklich –?«

Zur Antwort hob Amendt die Hände. Wie ein Zauberkünstler ließ er zwischen seinen Fingern eine Patrone erscheinen: »Beruhigen Sie sich! Ich habe die hier auch noch mitgenommen. Ich habe doch gesagt: Ich will die Todesangst sehen. Von wirklich umbringen war nie die Rede.« Er steckte die Patrone in seine Jacke: »Tja, so endet die Welt. Nicht mit einem großen Knall, sondern mit einem Wimmern.«

Der Schuss ließ die Fensterscheiben der Villa klirren. Einen Augenblick lang starrten Katharina und Amendt sich an.

»Sie ... Sie haben vergessen, die Patrone, die noch im Lauf war, herauszunehmen«, stammelte Katharina.

»Mag sein. Oder er hatte noch irgendwo Ersatzmunition«, erwiderte Amendt fast gelangweilt. »Und wenn schon.« Gemächlich beugte er sich nach unten, um das Tablett aufzuheben. »Kommen Sie, Frau Klein? Wir müssen vor Mariannes Beerdigung das Zeug hier noch irgendwie verschwinden lassen. Ich schlage vor, wir suchen uns einen abgelegenen Müllcontainer.«

Er drehte sich um und ging zum Gartentor. Katharina beeilte sich, mit ihm Schritt zu halten: »Und wenn man bei der Autopsie die Einstichstelle des EpiPens entdeckt?«

»Dann wird man wohl einen sehr ausgiebigen toxikologischen Test machen und nichts finden. Epinephrin ist nichts anderes als Adrenalin. Und dass sein Adrenalinspiegel etwas erhöht ist – nun, das wird man auf den Stress der Selbsttötung schieben. Wenn man die Einstichstelle überhaupt entdeckt. Ich habe ihm in den Haaransatz gestochen. Ein schlechter Rechtsmediziner sucht da überhaupt nicht, ein einigermaßen Guter wird die kleine Wunde für eine Folge des Schusses halten.«

»Und wenn Schmitz einen Abschiedsbrief hinterlassen hat?«

»Das werden wir sehen. Und wenn er uns darin wirklich beschuldigt, werde ich sagen, dass ich Sie mit vorgehaltener Pistole gezwungen habe, sich da rauszuhalten. Was ja auch der Wahrheit entspricht.«

»Und Sie? Was wird aus Ihnen?«

»Das ist mir, ehrlich gesagt, absolut scheißegal.«

A Tribute To Someone

```
Frankfurter Hauptfriedhof.
Keine gute Zeit für eine Beerdigung.
Aber wann ist die schon?
```

Schweigend hatten die Trauernden – Freunde, Bekannte, Stammgäste des Blauen Cafés und viele, viele Musiker – im immer dichter fallenden Schnee ausgeharrt, während der Sarg von Marianne Aschhoff in das Grab hinabgelassen wurde. Dann waren sie einer nach dem anderen vorgetreten und hatten Blumen oder letzte Grüße auf den Sarg geworfen. Auch Katharina hatte eine Rose niedergelegt.

Andreas Amendt hatte seine Gitarre an einen batteriebetriebenen Verstärker angeschlossen und begonnen zu spielen. Autumn Leaves. Viele der Anwesenden hatten leise mitgesummt. Doch Katharina hatte sich fremd gefühlt. Schuldig. Sie hatte gemeint, eisige Blicke auf sich zu spüren. Also hatte sie verstohlen die Beerdigung verlassen und stapfte jetzt durch den Schnee auf dem Friedhof, fünf Rosen in der Hand. Es gab noch ein paar weitere Gräber, die sie besuchen musste.

Plötzlich hörte sie Schritte neben sich: Polanski, in einen dicken Wintermantel gehüllt, die Hände in den Taschen. Er besuchte immer die Beerdigung von Mordopfern. Katharina hatte erst vermutet, das gehöre zu seiner Ermittlungsstrategie. Die Trauergäste beobachten. Im Geiste Verdächtige notieren. Doch das war nicht einmal die halbe Wahrheit. Er kam aus Respekt und ehrlicher Trauer. Hielt sich im Hintergrund. Unauffällig, niemals aufdringlich. Auf seine Art und Weise nahm er Verbrechen genauso persönlich wie Katharina. Vielleicht verstanden sie sich deshalb so gut.

»Sie gehen schon?«, fragte er ein wenig außer Atem.

»Ich will noch das Grab von Thomas besuchen. Und das meiner Familie.«

»Gestatten Sie, dass ich Sie zu Thomas' Grab begleite?«

Katharina nickte, wenn auch widerwillig. Doch Thomas war auch Polanskis Kollege gewesen.

»Möchten Sie wissen, wie der Rest der Anhörung verlaufen ist?«

Eigentlich wollte Katharina das in diesem Moment nicht wissen. Andererseits war das Schweigen bedrückend, die durch den Schnee zu ihnen dringende Gitarrenmusik. Also nickte sie.

»Nun ja«, begann Polanski, »fangen wir mit dem Unwichtigsten an. Ich werde in allen Ehren frühpensioniert.«

Katharina blieb überrascht stehen: »Warum das denn?«

»Weil ich schlecht gearbeitet habe. Damals. Und heute. Ich hätte die Situation nie so eskalieren lassen dürfen.«

»Aber das war doch nicht Ihre Schuld.«

»Doch, das war es. Wenn ich damals besser ermittelt hätte, nur ein wenig im Umfeld geschaut … – Ich habe es mir zu bequem gemacht. Es war ja so praktisch: ein Verdächtiger mit angeblicher Erinnerungslücke direkt am Tatort, das Blut noch an seinen Händen.«

Katharina zuckte mit den Schultern: »Den Fehler hätte wohl jeder begangen.«

Polanski legte ihr die Hand auf die Schulter: »Sie nicht«, stellte er fest.

»Nun, wer weiß?«

»Ich weiß das. Und Sie auch, wenn Sie ehrlich sind. – Nun denn, also Frühpensionierung. So sind die mich los und ich habe endlich einmal so etwas wie Freizeit.« Das klang nicht sehr überzeugt, aber Katharina wollte nicht weiter bohren. Daher fragte sie: »Weiß man schon, wer Ihr Nachfolger wird? Doch nicht etwa –«

»Hölsung? Gott sei Dank nicht. Dazu müsste er über mehrere Dienstränge hinweg befördert werden.«

»Bei mir ging das doch auch.«

»Und genau deswegen ist man jetzt etwas vorsichtig geworden. Außerdem will es der Innenminister wohl nicht so aussehen lassen, als würde er guten Freunden Gefälligkeiten erweisen. Und Hölsungs etwas undurchsichtige Rolle bei –«

»Das wird jetzt vermutlich das erste und letzte Mal im Leben sein, dass ich Hölsung in Schutz nehme«, unterbrach ihn Katharina. »Aber er hat versucht, mir das Leben zu retten. – Wussten Sie eigentlich, dass er ein behindertes Kind hatte?«

Polanski schüttelte erstaunt den Kopf. Katharina berichtete ihm, was Hölsung ihr erzählt hatte, im Wochenendhaus des Ministerpräsidenten. Damals, dachte sie. Doch das Ganze war nicht mal eine Woche her.

Als sie geendet hatte, sagte Polanski: »Stimmt, vielleicht waren wir etwas zu hart zu ihm. Aber er hat nie davon gesprochen.«

Sie gingen schweigend weiter. Die Wege des Friedhofs waren nicht geräumt und Katharina wünschte sich, sie hätte vernünftige Schuhe angezogen.

»Und wie ging es weiter? Mit der Anhörung?«, fragte Katharina nach einer Weile.

»Oh, dann wurde es richtig lustig. Die waren am Diskutieren, ob man Sie rein rechtlich überhaupt zur Haupt- oder Oberkommissarin zurückstufen könne, da springt auf einmal die Tür auf und die Grüngoldt stürmt herein, im Schlepptau den Innenminister.«

Walpurga Grüngoldt. Die Oberbürgermeisterin. Das konnte nichts Gutes bedeuten.

»So wütend habe ich die noch nie gesehen«, fuhr Polanski verschmitzt fort. »Kriegt einen halben Tobsuchtsanfall Ihretwegen. Von wegen Heldin und Lebensretterin und fähigste Ermittlerin. Der Innenminister kam gar nicht erst zu Wort.«

Katharina stieß einen Pfiff zwischen den Zähnen aus. Der Innenminister redete gerne. Sehr gerne. Und ließ sich ungern die Butter vom Brot nehmen.

»Langer Rede kurzer Sinn«, schloss Polanski. »Auf jeden Fall hat man sich entschlossen, Sie nicht zu degradieren und Ihnen auch die kriminalistische Leitung der Sonderermittlungseinheit nicht zu entziehen. Allerdings hat man sich dann doch auf einen Kompromiss geeinigt. Sie kriegen einen Geschäftsführer als Aufpasser. Einen Beamten aus dem Innenministerium. Vermutlich wegen irgendwas in Ungnade gefallen und nicht anders loszuwerden. – Sie erinnern sich? Die Sonderermittlungseinheit ist ...«

»Eine Weglobe-Einheit, die nach dem Willen des Innenministers am besten scheitern sollte, ich weiß.«

»Eben. Deswegen sollten Sie sehr vorsichtig sein.«

»Oder ich quittiere einfach den Dienst. Reich genug bin ich ja.«

Polanski fasste Katharina den Schultern und drehte sie zu sich um: »Das wollen Sie doch nicht wirklich tun, oder?«

»Ehrlich gesagt, ich weiß es nicht. Ich bin wegen des Mordes an meiner Familie zur Polizei gegangen. Und der ist jetzt aufgeklärt. Was als Nächstes kommt ... Mal schauen!«

Polanskis Griff wurde härter: »Katharina, Sie sind eine der besten Ermittlerinnen, die je hier in Frankfurt gearbeitet haben. Vielleicht sogar die Beste. Sie sind zu gut, um aufzuhören.«

»Und was, wenn ich einfach keine Lust mehr habe, ständig Menschen am beschissensten Tag ihres Lebens zu treffen? Im Sumpf rumzuwühlen? Dinge ans Tageslicht zu zerren, die dort vielleicht einfach nicht hin gehören? Für was? Ein bisschen Trost für die Hinterbliebenen? Arbeitsbeschaffung für die Justiz? Die Toten bleiben tot, egal, wie gut ich meine Arbeit mache.«

Katharina hatte sich in Rage geredet, Polanski hatte sie vor Schreck losgelassen. Jetzt sagte er kühl: »Genau. Die Toten bleiben tot und können sich nicht wehren. Deswegen muss jemand für sie sprechen. Jemand wie Sie. – Ich kann Sie natürlich nicht hindern, den Dienst zu quittieren. Aber dann überlassen Sie das Feld dem Mittelmaß. Menschen wie Hölsung. Wenn es das ist, was Sie wollen ...«

Das hatte gesessen. Katharina drehte sich um und stapfte in Richtung Thomas' Grab davon, Polanski folgte ihr schweigend.

Neben dem schlichten Grabstein lagen schon ein paar Blumen und ein ewiges Licht brannte. Sicher war die Witwe von Thomas hier gewesen. Hier, an diesem Grab, hatte sie Katharina die Akte zur Ermordung ihrer Familie geben, die Thomas zugespielt worden war. Hier hatte sie sich bei Katharina dafür bedankt, dass sie Thomas' Mörder erschossen hatte. Katharina hatte ein schlechtes Gewissen gehabt; sie hatte Thomas nicht retten können. War im entscheidenden Moment nicht an seiner Seite gewesen, wie es sich für einen Partner, einen Freund gehörte.

Polanski hatte recht. Irgendjemand musste für die Toten sprechen, auch wenn sie dadurch nicht wieder lebendig wurden. Sie legte eine Rose auf das Grab und drehte sich zu ihrem ehemaligen Chef um, der respektvoll ein paar Schritte Abstand gehalten hatte.

»Wenn Sie jetzt frühpensioniert sind, dann könnte ich Sie doch eigentlich als Berater engagieren, oder? Ich werde ohnehin Hilfe brauchen, um mich in meinem neuen Job zurechtzufinden.«

Polanski grinste triumphierend: »Ach ja, das habe ich Ihnen noch gar nicht gesagt. Ihr Aufpasser ist auch für die ganze Organisation und so weiter verantwortlich. Sie können sich also ganz auf die Ermittlungen konzentrieren. Und machen Sie mir keine Schande.«

»Zu Befehl, Chef!«

»Nicht mehr Chef, Katharina. Einfach nur ein frühpensionierter Kollege.«

»Einmal Chef, immer Chef!«

»Ach ja, eines noch«, Polanski wurde auf einmal wieder ernst. »Ich finde, wir könnten allmählich mal zum kollegialen Du übergehen. Ich meine, so von Kriminaldirektor a. D. zu Kriminaldirektorin in spe. Also ... Ich heiße Paul.«

Er streckte Katharina die Hand hin. Sie schlug ein. »Katharina. Aber ich werde Sie ... *dich* weiterhin Chef nennen. Da musst du durch.«

Polanski ließ ihre Hand sachte los, dann wanderte er lachend durch den Schnee davon.

Was war das? Nur ein Schatten, verzerrt durch den fallenden Schnee? Nein, am Grab ihrer Familie kniete jemand. Plötzlich verspürte Katharina einen bitter-kupfernen Geschmack im Mund. Sie wusste schon, wer es war, noch bevor die Gestalt sich zu ihr umdrehte: Ministro. Er hatte also den Schuss ins Herz, die Explosion und das Feuer überlebt.

Ministro stand mühsam auf und wandte sich ihr zu: »Ich dachte mir, dass Sie hierherkommen würden.«

Katharinas Körper spannte sich an. Ein Satz, ein Schlag und sie hätte ihn. Er hob abwehrend die Hände: »Keine Angst, ich bin nicht hier, um Ihnen etwas zu tun.«

»Warum dann?«

»Um um Vergebung zu bitten.«

Katharina lachte bitter auf: »Ernsthaft? Sie erwarten Vergebung von mir?«

»Nein. Von den Toten. Sie bitte ich nur, mich mein Gebet vollenden zu lassen. Dann können Sie mit mir machen, was Sie wollen. Ich bin unbewaffnet und verletzt.« Ohne ihre Antwort abzuwarten, kniete sich Ministro wieder hin und faltete die Hände. Seine Lippen bewegten sich in stummem Gebet.

Mit ihm machen, was sie wollte: Das war doch mal ein Angebot. Katharina fischte einen Kabelbinder aus ihrer Handtasche. Diesmal würde er ihr nicht entkommen.

»Amen«, sagte Ministro leise. Katharina war hinter ihn getreten. Sie erschrak ein wenig, als ihre Lippen das Wort nachformten. Amen. »So soll es geschehen«. Wie wahr.

Als sie gerade zugreifen, Ministro die Arme auf den Rücken drehen und ihn fesseln wollte, sah er zu ihr auf: »Ich … ich habe Ihre Nachricht bekommen.«

»Meine Nachricht?« Unwillkürlich trat Katharina einen Schritt zurück.

»Die Aufnahme von vorhin. Ihr Gespräch mit diesem Schmitz.«

»Mit dem Staufer, meinen Sie?«

»Ja, mit dem Staufer.«

Katharina räusperte sich: »Nun ja, die Nachricht war eigentlich nicht für Sie bestimmt. Ich hatte gehofft, ich kann mich in die Accounts der Stifte einhacken und –«

»Lügen Sie sich nicht in die Tasche!«, schnitt ihr Ministro schroff das Wort ab. Er musste husten. Es dauerte einen Moment, bis er sich wieder beruhigt hatte. Dann fuhr er fort: »Sie wussten genau, dass ich vielleicht mithöre. Sonst hätten Sie einfach das Gespräch mit Ihrem Handy aufgenommen.«

Katharina widersprach nicht. »Stimmt es, was dieser Schmitz erzählt hat?«, fragte sie stattdessen. »Hat er wirklich Ihre Eltern auf dem Gewissen?«

Ministro nickte: »Er hat eine Todesschwadron zur Farm meiner Eltern geschickt. Zehn Männer mit Macheten. Sie haben meinen Vater und seine Männer vor den Augen der Frauen in kleine Stücke gehackt, dann die Frauen vergewaltigt und der Länge nach aufgeschnitten. Anschließend haben sie Feuer gelegt.«

»Und Sie? Wie sind Sie entkommen?«

»Ich war in Argentinien zum Studium.«

»Theologie?«

»Nein, Agrarwissenschaft. Gott habe ich erst später gefunden.« Er lächelte melancholisch. »Hier, an diesem Grab. Nach der Beerdigung. Eigentlich so absurd, dass es schon fast komisch ist: Ich bin als Priester verkleidet auf diesen Friedhof gekommen, um Sie zu töten. Und verlasse ihn als Mann Gottes. Zumindest im Herzen.«

»Sie meinen …?«

»Ja. Mir ist plötzlich bewusst geworden, dass ich Unschuldige getötet habe. Zum ersten und einzigen Mal in meinem Leben.«

Katharina schwieg. Ministro drehte sich zu dem Familiengrab um: »Sie müssen verstehen, ich war absolut besessen. Ich habe die Mitglieder der Todesschwadron gejagt. Auge um Auge, Zahn um Zahn. Meine Fähigkeiten im Töten wurden besser und besser. Meine Verkleidung als Priester immer perfekter. Irgendwann habe ich angefangen, meine Dienste anzubieten. Gegen Geld, gegen Informationen über die Hintermänner. Und dann, ganz plötzlich diese Spur nach Deutschland. Es schien alles so klar zu sein. Ein schwerreicher Kunsthändler: die ideale Fassade. Es hatte alles gestimmt. Zumindest wollte ich das glauben.«

»Und plötzlich hat Sie der Zweifel gepackt? Darf man fragen, warum?«

»Gott hat es mir gesagt.«

»Sagt man nicht, wenn du zu Gott sprichst, bist du religiös. Wenn Gott zu dir spricht, bist du schizophren?«

»Nun, *direkt* zu mir gesprochen hat er nicht. Doch ... Sie erinnern sich, dass *wir* hier miteinander gesprochen haben? Auf der Beerdigung?«

»Ich hab ein Weilchen gebraucht, Sie wiederzuerkennen. Aber ja, ich erinnere mich.«

»Nun, ich war eigentlich da, um ...«

»Sie wollten mich gleichfalls töten. Das haben Sie eben schon gesagt.«

Ministro nickte langsam: »Aber plötzlich ... Ich habe mich selbst gesehen, in Ihnen. Wie in einem Spiegel. Und auf einmal fielen alle Puzzleteile an ihren Platz.«

Katharina spürte einen Stich im Bauch. Puzzleteile. Das Bild hatte sie selbst so oft benutzt.

»Irgendetwas hat von Anfang an nicht gestimmt«, fuhr Ministro fort. »Aber ich habe das Gefühl darauf geschoben, dass ich endlich am Ziel meiner Arbeit war. Ich hatte den Staufer vor der Mündung. Und ich habe es für pure Hybris gehalten, dass er nicht in einer Festung saß, sondern in einem ganz normalen Haus. Dass er mit seiner Familie Tee getrunken hat. Dann der Sündenbock, den mir der Zufall in die Hände gespielt hat. Doktor Amendt. Das ist alles viel zu glatt gelaufen. Doch erst hier am Grab habe ich verstanden, warum. Ihr Vater war nicht der Staufer. Ich bin reingelegt worden.«

»Woher wussten Sie das?«

»Ein Strippenzieher wie der Staufer reist ohne Gepäck. Um sich nicht erpressbar zu machen. Und er sorgt dafür, dass niemals jemand wie ich oder Sie vor seiner Tür steht. Oder zumindest wieder unverrichteter Dinge abziehen muss. – Ich sagte doch, das war alles viel zu leicht.«

»Nun, ich habe den Staufer gestellt.«

»Und sind unverrichteter Dinge wieder abgezogen.«

»Er ist tot.«

»Aber nicht Ihretwegen. Das war Doktor Amendt. – Das war das Einzige, womit der Staufer nicht gerechnet hat: dass jemand so kaltblütig ist und gleichzeitig so wenig an seinem eigenen Schicksal interessiert.« Ministro hustete und schluckte. »Dass jemand so sehr lieben kann wie Doktor Amendt. Oder so sehr hassen wie Sie.«

»Aber ich hatte doch die Aufzeichnung ...«

»Die ich jetzt habe. Und die Ihnen nichts genützt hätte. Eine Tonaufzeichnung. Illegal. Nicht als Beweis zu gebrauchen. Deswegen hatten Sie ja als Sicherheit mich, nicht wahr? – Aber um meinen Teil der Geschichte zu Ende zu bringen: Meine Nachforschungen haben dann bestätigt, dass Ihr Vater nicht der Staufer war. Dass der Staufer – oder nennen wir ihn beim Namen – dass Schmitz weiterhin unbehelligt seiner Arbeit nachgegangen ist. Dass sich jede Spur zu ihm plötzlich in Luft aufgelöst hatte. Und den Rest kennen Sie.«

»Und das hätten Sie nicht alles vorhersehen können? Das hätte uns beiden eine Menge Ärger erspart«, knurrte Katharina zur Antwort.

»Ganz richtig. Und glauben Sie mir, es vergeht kein Tag, an dem ich mir das nicht wünsche.«

»Und doch morden Sie weiter.«

»Ach, das Gespräch hatten wir doch schon. – Geld für meine Gemeinde und so weiter. Und ich bin sehr viel sorgfältiger geworden. Wie Sie ja am eigenen Leibe erlebt haben.«

»Wollen Sie jetzt Bonuspunkte, weil Sie mich haben laufen lassen? Felipe de Vega geht auch auf Ihr Konto, nicht wahr?«

»Ja. – Aber Sie müssen zugeben, dass er es verdient hatte. Oder haben Sie auch nur eine Träne um ihn geweint? Und Bonuspunkte will ich nicht. Mir ist klar, dass ich eines Tages in der Hölle schmore. Aber auch das habe ich Ihnen schon einmal gesagt.«

Ministro wandte sich zum Gehen. Katharina spürte Wut in sich aufsteigen, ohne erst genau zu wissen, warum. Vielleicht lag es einfach daran, dass Ministro nicht nur recht hatte, sondern auch noch als moralischer Sieger aus diesem Gespräch hervorgehen würde. Aber ...

»Sie hatten das von Anfang an geplant, oder?«

Ministro drehte sich zu Katharina um: »Was hatte ich geplant?«

»Na, all das. Dass ich Sie zum Staufer führe. Deswegen haben Sie auch die Tatwaffe von damals wieder benutzt. Um mich auf die richtige Spur zu setzen.«

Ministro lächelte sanft: »Nein, nicht ganz. So klug war ich nicht. Und die Waffe habe ich nur benutzt, weil ich in Deutschland keine Kontakte hatte und deshalb auf mein altes Lager zurückgreifen musste. – Wer Sie sind, habe ich erst in Afrika begriffen. Und ich musste Sie nicht auf die richtige Spur setzen. Sie sind viel zu gut in Ihrem Job. Ich war mir sicher, dass Sie früher oder später darauf kommen, wer ich bin und wo wir uns bereits begegnet sind. Ich habe das Ganze nur ein wenig beschleunigt. Um diese Geschichte für uns alle zum Abschluss zu bringen. Wie jetzt geschehen.« Ministro wandte sich erneut zum Gehen.

»Und was ist, wenn ich der Geschichte ein weiteres Kapitel hinzufüge?«, hielt Katharina ihn noch einmal auf. »Was ist, wenn ich Sie jetzt festnehme?«

Ministro blieb stehen: »Festnehmen. Töten. Es steht Ihnen frei. Ich bin unbewaffnet und verletzt. Entkommen kann ich Ihnen nicht.«

Er streckte ihr die Hände hin, als würde er darum bitten, gefesselt zu werden. Nun denn, diese Bitte konnte erfüllt werden. Katharina rollte den Kabelbinder ab. Doch plötzlich trat Ministro einen Schritt zurück: »Ich möchte Sie allerdings bitten, eines zu überdenken. Ich besitze die Tonaufnahme in voller Länge.«

»Die als Beweis nichts wert ist, wie Sie vorhin ja schon festgestellt haben.«

»Nicht allein, nein. Aber zusammen mit meiner Aussage sieht das schon wieder anders aus.«

»Und wenn mir das egal ist? Der Mörder meiner Familie kommt hinter Gitter. Was danach mit mir geschieht ...«

»Katharina! Ich darf Sie doch Katharina nennen? Es geht doch nicht um Sie! – Die Aufnahme belegt eindeutig, dass Doktor Amendt Schmitz in den Selbstmord getrieben hat. Wenn ich richtig informiert bin, gilt das auch als Mord. Und genau das werde ich Ihren Kollegen berichten, wenn Sie mich festnehmen. – Und, ach ja: Schmitz hat einen kurzen Abschiedsbrief gleichen Inhalts hinterlassen. Ich war so frei, den an mich zu nehmen.«

Katharina spürte, wie das Blut ihr Gesicht verließ. Ihre Wangen wurden eiskalt. Ministro hatte sie am Haken. Sie würde niemals zulassen, dass Amendt …

Ministro musste ihre Gedanken erraten haben: »Wissen Sie jetzt, was ich damit meinte: mit leichtem Gepäck reisen? Nicht erpressbar sein? – Aber seien Sie froh, dass Sie nicht so sind. Dass Ihnen ein Mensch so viel bedeutet. Das ist rar, glauben Sie mir. – Und, bevor Sie mich endgültig für ein Monster halten: Ich brauche nur achtundvierzig Stunden, um das Land zu verlassen. Dann lösche ich die Aufnahme endgültig und vernichte den Brief. Und danach werden wir uns hoffentlich niemals wieder über den Weg laufen.«

»Und wenn doch?«

»Dann zielen Sie beim nächsten Mal bitte richtig.« Ministro tippte mit dem Finger auf seine Brust. »Situs inversus. Mein Herz sitzt auf der rechten Seite. Oder schießen Sie besser gleich in den Kopf. Vorausgesetzt, Sie sind schnell genug.« Er drehte sich schon zum Gehen um, dann fiel ihm noch etwas ein: »Ach, kann ich vielleicht meinen Stift wiederhaben? Sie sollten mit solchen Beweismitteln nicht durch die Gegend rennen.«

Fast automatisch gab ihm Katharina die beiden Stifte.

»Zwei?«, fragte Ministro.

»Einer von Ihnen. Und einer stammt wohl von S/M. Nehmen Sie.«

Ministro ließ die beiden Kugelschreiber in seinem Mantel verschwinden. »Und nun wünsche ich Ihnen Lebewohl.«

Er deutete eine Verbeugung an und wollte gehen, doch eines musste Katharina noch wissen: »Sagen Sie …«

»Ja?«, fragte Ministro über die Schulter zurück.

»In der Nacht auf Mafia Island, Sie wissen schon. Haben wir da …?« Sie konnte es nicht aussprechen.

Ministro drehte sich wieder um und sah sie mit seinen sanften grauen Augen an, als sei sie ein Kind, das eine überaus dumme Frage gestellt hatte: »Ob wir miteinander geschlafen haben? Natürlich nicht. Ich bin ein Mörder, kein Vergewaltiger. Ich nehme mein Keuschheitsgelübde sehr ernst. – Und ja, Sie dürfen gerne darüber lachen. Das bin ich gewohnt.«

Erst schien es, als sei dies das Ende des Gesprächs und Ministro würde ohne ein weiteres Wort endgültig gehen. Doch dann fügte er hinzu: »Aber unseren Kuss? Ganz ehrlich, den möchte ich nicht missen. Doktor Amendt ist ein glücklicher Mann.«

»Doktor Amendt?«, fragte Katharina überrascht. »Wir sind nicht –«

Ministros lautes Lachen schnitt ihr das Wort ab. »Ja, reden Sie sich das nur ein. – Immerhin hat er Ihretwegen einen Mord begangen.«

»Meinetwegen?«

»Natürlich.« Ministro musterte sie einen Augenblick schweigend. Dann fragte er: »Wissen Sie, wann Doktor Amendt den Entschluss gefasst hat, den Staufer umzubringen?«

»Er wollte ihn nicht –«

»Nun seien Sie doch nicht so naiv. Oder haben Sie ihm nicht eingeschärft, niemals die Kugel im Lauf zu vergessen, wenn man eine Waffe entlädt? Sie haben Amendt doch das Schießen beigebracht, oder?«

»Doch, aber –«

»Sehen Sie? Also: Wann hat er den Entschluss gefasst?«

Katharina zuckte mit den Schultern. »Als er das Geständnis gehört hat, nehme ich an.«

Ministro schüttelte den Kopf: »Nein. Das war auf der Aufnahme ganz deutlich zu hören. Er hat sich erst entschieden, als der Staufer Sie bedroht hat. – Und mit diesem Gedanken lasse ich Sie nun allein!«

»Kraah!«

Katharina hatte Ministro nachgesehen, bis er im Schneegestöber verschwunden war, nur noch ein Schatten unter vielen.

»Kraah!«

Hatte Ministro recht? In Bezug auf sie und Andreas Amendt? Und wenn ja, was würde Susanne wohl dazu sagen?

»Kraah!«

Nein, das würde sie nicht sagen. Eher etwas ganz Praktisches wie »Es bleibt ja in der Familie«. Dieser Gedanke rang Katharina ein melancholisches Lächeln ab. Sie legte die Rosen auf das Grab ihrer Familie, eine für ihre Mutter, eine für ihren Vater, eine für Susanne und eine für Karin, ihre ungeborene Nichte.

»Kraah!«

Sie sah auf: Eine Krähe hatte sich auf dem Grabstein ihrer Familie niedergelassen und starrte Katharina aus schwarzen, gefühllosen Augen an.

»Kraah!«

Krähen galten als Todesboten. Sie begleiteten die Seelen der Verstorbenen in Jenseits. Das hatte Katharina mal irgendwo gelesen.

»Kraah!«

Sie bückte sich kurzerhand, raffte eine Handvoll Schnee zusammen, formte einen Ball und warf ihn mit aller Wucht nach der Krähe, die protestierend krächzend davonflatterte, sich den Schnee aus den Federn schlagend. Das war zwar ungerecht und gemein, aber Katharina stand einfach nicht der Sinn nach so viel Symbolik.

Can't Hide Your Love

Fichardstraße, Zeit, Abschied zu nehmen

Es hatte fast wie ein ironischer Kommentar gewirkt, als pünktlich zum Ende der Beerdigung von Marianne Aschhoff der Himmel aufklarte. Jetzt war er strahlend blau; eine fahle Wintersonne schien auf sie herab, nicht wärmend, aber belebend.

Katharina war vom Grab ihrer Familie langsam zurückgewandert. Sie erreichte die Beerdigung gerade, als die letzten Noten der Musik verklungen waren und die Totengräber sich anschickten, das Grab zuzuschaufeln.

Amendt hatte sorgfältig seine Gitarre verpackt, den Koffer und den Verstärker genommen und war schweigend neben ihr her zum Auto gegangen. Auch auf der Fahrt hatten sie nicht geredet.

Direkt vor Amendts Haustür war eine Parklücke frei und sogar groß genug für das Papamobil. Katharina öffnete den Kofferraum. Andreas Amendt hob sein Gitarrenequipment heraus. Noch immer sagten beide kein Wort.

Fast schon hatte Katharina befürchtet, dass Amendt sich einfach umdrehen und schweigend in sein Haus gehen, sie einfach so auf der Straße stehen lassen würde: ohne Gruß, ohne Worte, ohne Abschied.

Doch er setzte sein Gepäck noch einmal ab und wandte sich ihr zu. Er schien etwas sagen zu wollen, doch er blieb stumm.

Endlich traute sich Katharina zu fragen: »Wie geht es Ihnen?«

Amendt zuckte mit den Schultern: »Kennen Sie den Unterschied zwischen einem Chirurgen, einem Neurologen und einem Gerichtsmediziner?«

Verdutzt schüttelte Katharina den Kopf.

»Der Neurologe weiß alles, aber kann nichts. Der Chirurg kann alles, aber weiß nichts. Der Gerichtsmediziner kann alles und weiß alles, kommt aber immer zu spät.« Amendts Mundwinkel verzogen sich zu einem freudlosen Lächeln. »Die Toten werden nicht wieder lebendig, egal, was wir anstellen.«

Katharina verstand. Sie und Andreas Amendt hatten die Wahrheit gefunden, ihre Rache gehabt, doch die Welt drehte sich weiter. Mit ihnen oder ohne sie. Und ihre Eltern, ihre Schwester, ihre ungeborene Nichte – sie lagen noch immer in ihren Gräbern.

»Und jetzt?«, fragte Katharina endlich.

»Ehrlich gesagt, ich weiß es nicht. Und Sie?«

Katharina stellte fest, dass sie keine Antwort auf ihre eigene Frage hatte. »Theoretisch wartet ja in drei Wochen unsere neue Aufgabe auf uns. Die Sonderermittlungseinheit.«

»Ja, theoretisch. Doch drei Wochen sind lang.«

»Ich kann aber nichts anderes.«

»Geht mir genauso. Ob ich nun als Neurologe daran scheiterte, unheilbar Kranken zu helfen, oder als Gerichtsmediziner den Toten: Es kommt wohl aufs Gleiche raus. Aber jetzt ...«

»Jetzt?«, fragte Katharina.

»Ehrlich gesagt, will ich jetzt erst einmal schlafen. Und am liebsten nicht mehr aufwachen.«

Schlafen ... Katharina spürte, wie sich Müdigkeit in ihr ausbreitete, in ihrem Körper, in ihrer Seele. Schlafen klang nach einer sehr guten Idee.

Plötzlich griff Andreas Amendt in die Innentasche seiner Lederjacke. »Ich habe noch etwas für Sie.«

Er überreichte Katharina ein schmales Etui. Neugierig klappte sie es auf. Es war ... Nein, keine Taschenlampe, sondern ... »Eine UV-Lampe!«

»Damit Sie beim nächsten Mal ausnahmsweise eine dabeihaben.« Amendt lächelte wieder, doch diesmal war es ein warmes, herzliches Lächeln.

Auf der Lampe war etwas eingraviert: »Damit Sie an mich denken. Andreas Amendt«.

»Ich weiß nicht ... Danke!«, sagte Katharina. Sie hatte plötzlich einen Kloß im Hals.

»Gern geschehen!« Plötzlich trat Andreas Amendt einen kleinen Schritt auf sie zu und nahm sie in den Arm. Vor Schreck wurde Katharina erst stocksteif, doch dann entspannte sie sich. Ihr Kopf ruhte in seiner Halsbeuge. Er passte perfekt dorthin. Genau die richtige Höhe, genau die richtige Größe. Sie schloss die Augen und wünschte sich, jetzt einfach für immer so stehen bleiben zu können. Andreas Amendt streichelte sanft ihr Haar.

»Nehmt euch gefälligst ein Zimmer!«, maulte ein Passant, dem sie wohl im Wege standen, doch sie ließen sich nicht stören. Erst als der Mann schon lange gegangen war, kopfschüttelnd und leise vor sich hin schimpfend, lösten sie sich voneinander. Langsam und unwillig.

»Nun, Frau Klein –«

Katharina legte Amendt den Zeigefinger auf die Lippen: »Können wir endlich mal das alberne Sie weglassen?« Sie stellte sich ein wenig in Positur: »Also, ich heiße Katharina.«

Auch Andreas Amendt stellte sich etwas aufrechter hin und reichte ihr die Hand: »Und ich Andreas. Erfreut, deine Bekanntschaft gemacht zu haben.«

Einen Augenblick lang standen sie da, einander die Hand reichend und sich ratlos ansehend. Und dann zog Andreas Amendt Katharina ein kleines Stück zu sich heran, hob mit zwei Fingern ihr Kinn, neigte sich vor und gab ihr einen Kuss. Seine Lippen berührten kaum die ihren, doch Katharina durchfuhr es wie ein Stromschlag. Die kleine Liebkosung löste in ihrem ganzen Körper heftige Schauder aus, in ihren Lippen, ihrem Herzen und, wie sie mit ein wenig Erstaunen feststellte, auch in ihrem Unterleib.

Noch bevor sich Katharina wirklich bewusst wurde, was eben geschehen war, hatte Andreas Amendt ihre Hand losgelassen, seine Gitarrenkoffer und seinen Verstärker hochgehoben, sich umgedreht und sich auf den Weg zu seiner Haustür gemacht.

Am liebsten wollte Katharina ihm hinterherlaufen, ihn aufhalten, ihn küssen ... Nein!, sagte eine strenge Stimme in ihr.

Vermutlich war das keine gute Idee. Schließlich war er ihr bester, ihr einziger Freund. Andererseits hatte er ihretwegen einen Mord begangen und …

Zu spät. Die Haustür war hinter Amendt ins Schloss gefallen. Katharina atmete tief durch, um die Bilder, die Wünsche aus ihrem Kopf zu verdrängen, und stieg zurück in den Wagen. Behutsam manövrierte sie das Papamobil aus der Parklücke. Sie musste sich sehr zwingen, sich nicht noch einmal umzuschauen.

Im üblichen Nachmittagsstau auf der Miquelallee hatte der Alltag Katharina wieder eingeholt. Während sich ihr Wagen Meter um Meter durch die ewige Baustelle auf dem Alleenring schob, stellte sie sich noch einmal die Frage: »Und jetzt?«

Sie hatte ihr Lebensziel erreicht. Der Mord an ihrer Familie war aufgeklärt, der Täter hatte seine mehr oder minder gerechte Strafe erhalten. Mit dreiunddreißig war sie noch einigermaßen jung. Das Vermögen, das sie geerbt hatte, war praktisch unangetastet. Sie konnte mit ihrem Leben machen, was sie wollte. Doch was wollte sie eigentlich?

Weiterhin Polizistin sein? Sie war gut in diesem Job, keine Frage. Und die neue Einheit war eine echte Herausforderung. Andererseits – wenn sie jetzt nicht den Absprung schaffte, wann dann? Sie wollte nicht zu einer dieser frustrierten Schreibtischbeamtinnen werden, die nur noch ihre Zeit bis zur Pensionierung absaßen.

Was konnte sie sonst tun? Im Grunde müsste sie überhaupt nicht mehr arbeiten, sie könnte in Ruhe von den Zinsen des Vermögens leben und tun, was ihr Spaß machte.

Sie könnte auch noch einmal ganz von vorne beginnen. Ihren Jugendtraum verwirklichen. Medizin studieren. Ärztin werden. Chirurgin.

Schließlich gab Katharina die Grübeleien auf. Sie war einfach zu erschöpft, um zu einer Entscheidung zu gelangen. Also würde sie erst einmal diesen Tag herumbringen. Es gab ja ein bisschen was zu tun. Sie musste endlich das Papamobil zurück zur Autovermietung am Flughafen bringen. Von dort würde sie ein Taxi zu ihrer Wohnung nehmen, in Ruhe aufräumen, vielleicht etwas essen, einen Zeichentrickfilm sehen und schlafen. Lange schlafen. Dann konnte sie immer noch weitersehen.

Sie erinnerte sich daran, wie Amendt und sie den Wagen gemietet hatten. Die Frau hatte sie für ein Paar gehalten. Da war sie, die Leerstelle in ihrem Leben. Kein Partner, keine Familie, sah man von einem Patenonkel bei der Mafia ab. Und ihr bester Freund war ein leicht gestörter Gerichtsmediziner. Bester Freund? Wäre Traum-Susanne jetzt hier, würde sie nur lachen. Dieses glockenhelle, leicht spöttische Lachen.

Und Katharina würde mit geröteten Wangen darauf beharren: »Doch, doch. Er ist wirklich nur ein Freund.«

Und Susanne würde wieder lachen.

Das Lachen ging über in lautes Hupen, das Katharina in die Wirklichkeit zurückholte. Sie trat auf das Gaspedal und schaffte es gerade noch über die Kreuzung, bevor die Ampel wieder auf Rot schaltete. Sie hatte den Engpass der Baustelle hinter sich gelassen und der Verkehr floss jetzt flüssiger. Noch eine Ampel, dann hatte sie die Auffahrt zur Stadtautobahn erreicht. Die Ampel wurde natürlich rot, als Katharina darauf zufuhr.

Sie könnte jetzt einfach umdrehen, flüsterte die kleine Stimme in ihr. Zurückfahren zu Andreas Amendt. Bei ihm klingeln. Und ...

Katharina schüttelte ärgerlich den Kopf. Jetzt fing ihre Fantasie schon an, Kitschfilme zu schreiben. Über ihre Gefühle für Andreas Amendt konnte sie sich auch noch morgen klar werden.

Also, erst mal drüber schlafen. Schlafen? Ja, das hatte was. Ihre Arme wurden bleischwer und die Augen drohten ihr zuzufallen. Das war nicht gut. So sollte man nicht Auto fahren. Aber sie musste doch zum Flughafen ...

Die Ampel wurde grün. Katharina erspähte auf der rechten Seite eine Parklücke. Sie parkte ein, schaltete den Motor ab und suchte die Taste, mit der sie ihren Sitz ein wenig zurückkippen konnte. Dann legte sie den Kopf auf das kühle Leder der Nackenstütze und schloss die Augen. Nur ein paar Minuten. Bis die schlimmste Müdigkeit verflogen war.

Im Kamin brannte wie üblich ein flackerndes Feuer. Susanne und ihre Mutter kicherten. Ihr Vater mochte gerade einen Witz erzählt haben, eine Anekdote aus seinem Geschäft. Katharinas Eltern saßen auf ihren Stammplätzen auf dem Sofa, Susanne hatte sich in ihren Lieblingssessel gekuschelt, Katharina selbst saß ihren Eltern gegenüber. Im Sessel neben ihr saß Thomas, ihr Partner.

Katharina nahm einen großen Bissen von der sauren Gurke in ihrer Hand. Saure Gurke? Zum Nachmittagstee? Erstaunt stellte sie fest, dass sie zudem in ihrer anderen Hand einen Teller mit einem Stück Kuchen hielt. Eine kleine Stimme in ihr sagte, dass Träume eben manchmal etwas seltsam seien. Richtig, das hier war ihr üblicher Traum. Ängstlich sah sie zum großen Panoramafenster. Jeden Augenblick würde die Scheibe zerspringen. Ministro würde hindurchtreten. Das Feuer auf sie eröffnen.

Doch nichts passierte. Dennoch behielt Katharina die Scheibe im Auge, während sie weiter an ihrer Gurke knabberte. Die Türklingel jagte ihr einen Schreckensschauder durch den Körper. Sie wollte aufspringen, doch ihre Mutter war schneller: »Bemüh dich nicht, Katharina. Ich geh schon.«

Kurze Zeit später kam sie zurück, in ihrem Schlepptau Andreas Amendt. Er nickte den Anwesenden grüßend zu, dann beugte er sich zu Katharina herab und küsste sie sanft auf den Mund. Er legte ihr behutsam die Hand auf den Bauch. »Na, wie geht es meinen beiden Mädchen?«

Erstaunt sah Katharina an sich herab, auf die Hand, die auf ihrem leicht vorgewölbten Bauch ruhte. Sie war ... schwanger? Amendt setzte sich auf die Lehne ihres Sessels, kraulte sie im Nacken, während er mit der anderen Hand die Tasse Tee nahm, die ihm Katharinas Mutter reichte.

Plötzlich klopfte es am Panoramafenster. Immer wieder und wieder, leicht metallisch, doch die Scheibe zerbrach nicht. Endlich sagte Susanne: »Katharina, ich glaube, du solltest jetzt mal aufwachen.«

Katharina fuhr aus dem Schlaf hoch, in ihrem Kopf immer noch das Echo des Klopfens. Moment. Das war kein Echo. Jemand klopfte an die Scheibe des Beifahrerfensters. Katharina betätigte den Schalter des automatischen Fensterhebers, eine Frau steckte den Kopf ins Auto: »Alles in Ordnung mit Ihnen? Geht es Ihnen gut?«

Gut war ein relativer Begriff. Doch Katharina nickte: »Ja, ja, alles in Ordnung. Ich musste nur für ein paar Minuten die Augen schließen.«

»Na, da bin ich ja beruhigt.« Die Frau zog ihren Kopf zurück und Katharina schloss das Fenster wieder.

Das war wirklich ein absurder Traum gewesen. Und sie brauchte sicher keinen Psychoanalytiker, um ihn zu verstehen. Nun denn, wenigstens etwas konnte sie von ihrer Liste abhaken: sich über ihre Gefühle für Andreas Amendt klar werden. Erledigt!

Kichernd stellte Katharina fest, dass diese Erkenntnis auch ihr zweites Problem löste: ihr neues Lebensziel. Die Eroberung des Doktor Amendt. Andreas, korrigierte sie sich. Sie waren jetzt per Du. Doch, sie würde die Würfel rollen lassen. Gleich morgen. Sie würde ihn anrufen, sich ganz dreist zum Essen einladen, eine Flasche Wein mitbringen, mit Doktor Amendt – Andreas! – einen Joint zu Susannes Ehren rauchen. Ein wenig hübsche Kleidung, eines ihrer schicken Dessous ... Einen Mann ins Bett zu kriegen war noch nie ein Problem für sie gewesen. Und alles Weitere würde man dann sehen. »Sei doch mal mutig«, hatte Susanne zu ihr gesagt. Damals. Als Katharina das erste Mal verliebt war. Nicht weiter wusste. Und sich bei Susanne ausgeheult hatte. »Sei doch mal mutig.« Ja, diesmal würde sie mutig sein. Sie war ja keine vierzehn mehr.

Ach, Susanne wäre so stolz auf sie. Susanne ...

Sie war auch in ihrem Traum gewesen. Ihre Eltern, Thomas, ihr toter Partner. Alle Personen in ihrem Traum waren tot gewesen. Die einzigen noch Lebenden waren sie ... und Andreas Amendt.

»Damit Sie an mich denken.« Das hatte Amendt zu ihr gesagt. Nein, nicht gesagt. Sie hatte es gelesen. Rasch nahm sie das Etui mit der UV-Lampe und klappte es auf. Ja, da stand es, eingraviert in einer geschwungenen Schrift: »Damit Sie an mich denken. Andreas Amendt«.

Oh, Scheiße! Das war kein freundlicher kleiner Insider-Joke gewesen. Das war ein Abschied!

Katharina startete hastig den Motor. Dabei fiel ihr Blick auf die Uhr. Sie hatte fast eine Stunde geschlafen. Genug Zeit, um ... Sie rammte den Gang rein, trat aufs Gas und wendete rücksichtslos quer durch den Nachmittagsverkehr. Bremsenquietschen. Lautes Hupen. Sie kümmerte sich nicht darum. Hoffentlich kam sie nicht zu spät. Bitte, bitte, bitte ...

Katharina steuerte den Wagen direkt in die Hofeinfahrt von Amendts Haus. Natürlich viel zu schnell. Der Wagen geriet ins Rutschen und stieß gegen eine Mülltonne, bevor er endlich zum Stillstand kam. Katharina stürmte zur Haustür, drückte auf die Klingel mit der Aufschrift »A. Amendt«. Immer wieder und wieder.

Nichts geschah. Was jetzt? Kurzerhand rammte sie ihren Ellbogen in das kleine Fenster der Tür. Sie ignorierte die Splitter und griff durch das Fenster nach der Klinke. Gott sei Dank war nicht abgeschlossen. Katharina rannte die Treppe hoch, zwei, drei Stufen auf einmal nehmend. Ihr Herz raste. Endlich hatte sie Amendts Wohnungstür erreicht. Sie klopfte laut, rief, klingelte. Keine Antwort. Gut, dann eben auch hier auf die harte Tour. Die Tür war eine Altbautür mit Kassettenscheiben. Ein kurzer Hieb mit dem Ellbogen, ein Griff hindurch nach der Klinke ... Verdammt, abgeschlossen. Katharina tastete nach dem Schloss. Der Schlüssel steckte. Nach einer gefühlten Ewigkeit gelang es ihr, ihn im Schloss herumzudrehen. Die Tür sprang auf.

Rechts, die Küche: leer. Links, das Schlafzimmer: leer. Das Badezimmer: auch leer. Im Musikzimmer standen der Gitarrenkoffer und der Verstärker, achtlos in der Mitte des Raumes abgestellt.

Vielleicht war Amendt ja einfach einkaufen gegangen. Bevor ihn die Müdigkeit endgültig übermannte. Aber nein, dann würde doch der Schlüssel nicht in der Tür stecken. Katharina holte tief Luft, um sich zu wappnen, und trat ins Wohnzimmer.

Andreas Amendt lag auf der Couch, die Augen geschlossen, noch immer in Hemd und Anzughose, doch der rechte Ärmel war aufgerollt und in seiner Vene steckte eine Infusionsnadel. Der Schlauch führte zu einer Maschine, die Katharina nicht gleich erkannte. Dann sah sie die drei Spritzen, die in der Maschine steckten. Eine war ganz eingedrückt, die Zweite halb, die Dritte noch aufgezogen. Eine Maschine zur automatischen Medikamenten-Dosierung. Mit Schrecken sah Katharina, wie sich der Kolben der zweiten Spritze unerbittlich senkte. Wo war der verdammte Ausschalter? Kurzerhand riss Katharina den Infusionsschlauch aus der Maschine.

»Leblose Person aufgefunden«, hallte es in ihrem Kopf. Wie oft hatte sie schon auf solch einen Notruf reagieren müssen? Automatisch tasteten ihre Finger am Hals von Andreas Amendt nach dem Puls. Schwach und rasend. Sie zog rasch die Nadel aus seinem Arm, dann gab sie ihm zwei leichte Ohrfeigen, kniff ihn ins Ohrläppchen. Doch nichts. Keine Reaktion.

Komm, das hier ist Standard-Protokoll, ermahnte sie sich, bevor die Panik sie lähmen konnte. Sie griff zum Telefon und wählte Eins Eins Null. Während sie ihre Meldung machte, mechanisch, wie auf Autopilot, starrte sie auf Andreas Amendt. Sein Gesicht war grau, seine Lippen bläulich. Sauerstoffmangel.

Endlich hatte sie den Notruf abgesetzt und tastete wieder nach dem Puls, doch diesmal fand sie ihn nicht. Wie war das? »Eine Minute hat zweimal dreißig Sekunden.« Dreißigmal Herzmassage, zweimal beatmen. Und wieder. Und wieder. Und wieder … Bis ein Sanitäter sie beherzt von Andreas Amendt wegzog.

4 a.m.

```
Universitätsklinik Frankfurt am Main,
        zwischen Raum und Zeit
```

Ein Tropfen hatte 0,05 Milliliter. Ein Milliliter entsprach also zwanzig Tropfen. Die Infusionsflasche fasste fünfhundert Milliliter. Tropfen für Tropfen fiel die farblose Flüssigkeit in die Tropfenkammer und rann durch den dünnen Schlauch in Andreas Amendts Vene. Ein Tropfen pro Sekunde. Zwanzig Sekunden für einen Milliliter. Zehntausend Sekunden, bis die ganze Infusion durchgelaufen war. Einhundertsechsundsechzig Minuten. Fast drei Stunden.

Katharina starrte auf die Tropfenkammer, zählte die Tropfen und ertappte sich immer wieder dabei, dass sie den Atem anhielt, wenn es schien, dass ein Tropfen nicht fallen würde.

Die Infusion musste ganz durchlaufen, das Medikament darin seine Wirkung tun, die Gifte aus Andreas Amendts Körper ausspülen, erst dann würde er aufwachen. Wenn er überhaupt aufwachte. Wenn sein Gehirn keinen zu großen Schaden genommen hatte. Wenn sein Herz nicht wieder stehen blieb. Wenn ...

Die Sanitäter hatten Andreas Amendt auf eine Trage gelegt und waren die Treppe hinuntergeeilt. Katharina hatte ihnen kaum folgen können. Sie hatte nicht im Rettungswagen mitfahren dürfen und war daher mit dem Papamobil gefolgt. Doch der Rettungswagen hatte sie abgehängt. Als sie endlich einen Parkplatz an der Uniklinik gefunden hatte, lag Amendt schon auf der Intensivstation. Man hatte sie nicht zu ihm lassen wollen. Sie hatte gebettelt, gefleht, Zeter und Mordio geschrien. Und endlich, endlich war Dr. Eric Neurath zu ihr gekommen. Er hatte sie in einen sterilen Overall gesteckt und auf die Intensivstation geführt. Andreas

Amendt lag in einem Einzelzimmer, an diverse Geräte angeschlossen. Seine Haut war noch immer grau, sein Atem flach.

Dr. Neurath war zu einem weiteren Notfall gerufen worden. Katharina saß auf einem Stuhl an der Bettkante und starrte auf die Infusionsflasche, um nicht zu Andreas Amendt sehen zu müssen. Ihre Hand lag auf seiner, immer wieder nervös nach dem Puls tastend, auch wenn die Geräte um sie herum verkündeten, dass sein Kreislauf stabil war. Noch. Aber das konnte sich jederzeit ändern.

Eine junge Ärztin war gekommen und hatte sich ihr als Dr. Ramona Dabant vorgestellt. Einfühlsam hatte sie Katharinas Fragen beantwortet. Doch sie hatte nicht viel sagen können. Außer, dass man Geduld haben müsse. Sie sei aber optimistisch. Andreas Amendt sei noch relativ jung und körperlich sehr fit. Doch zweimal hatten die Sanitäter ihn im Rettungswagen wiederbeleben müssen. Und es ließ sich nur schwer abschätzen, ob sein Gehirn den Sauerstoffmangel heil überstanden hatte. Auch war nicht klar, in wieweit die Gifte die inneren Organe geschädigt hatten. Die Leber. Die Niere. Vielleicht auch das Herz und die Lunge. All das könne nur die Zeit zeigen. Dann hatte Dr. Ramona Dabant Katharina wieder sich selbst überlassen. Katharina hatte sich auf den Stuhl gesetzt und begonnen, zu warten, ängstlich auf jede Regung, auf jeden Atemzug von Andreas Amendt lauschend, mit aufsteigender Panik, wenn ihr die Pause zwischen zwei Atemzügen zu lang erschien.

Hin und wieder war jemand gekommen. Dr. Neurath, wenn er sich von den Pflichten seiner Schicht freimachen konnte. Katja Meyer, die Kinderärztin. Sie hatte schweigend den Arm um Katharinas Schultern gelegt und mit ihr gewartet, bis ihr Pieper sie auf ihre eigene Station zurückrief. Polanski hatte den Kopf zur Tür hereingesteckt, ein paar Worte gemurmelt. Katharina hatte nicht zugehört.

Warum hatte Amendt versucht, sich umzubringen? Was hatte sie falsch gemacht? Hätte sie ihn in das Ganze wirklich mit hineinziehen dürfen? Hätte sie es nicht früher sehen müssen? Ihm helfen? Nur wie? Warum war sie beim Abschied vor Amendts Haustür nicht einfach ihrem Instinkt gefolgt? Warum war sie ihm nicht einfach hinterhergegangen? Warum hatte sie Andreas Amendt nicht einfach gesagt, was sie für ihn empfand? Warum hatte sie nicht einfach seinen Kuss erwidert? Warum war sie einfach so weggefahren? Warum hatte sie die Gravur auf der kleinen UV-Lampe nicht gleich als das erkannt, was sie war? Ein Abschied für immer? »Damit Sie an mich denken.« Deutlicher ging es ja wohl nicht. Selbst ein Anfänger direkt von der Polizeihochschule hätte das verstanden.

Sie musste eingenickt sein, denn plötzlich saß Susanne auf der anderen Seite des Bettes. Sie strich Amendt die Haare aus der Stirn. Dann sah sie zu Katharina. Ihr eisiger Blick sagte alles: »Wenn er stirbt, ist das ganz allein deine Schuld!«

Katharina fuhr hoch. Sie war wieder wach. Schuld, Schuld, Schuld … echote es in ihrem Kopf.

Sie brauchte einen Augenblick, bis sie es registrierte: Die Hand unter ihrer hatte sich bewegt. Katharina sah zu Andreas Amendt. Seine Augen waren offen. Er war wach. Wach!

Am liebsten hätte sie losgeheult, so erleichtert war sie. Doch sie biss sich auf die Lippen und nahm seine Hand fester.

Amendt wollte etwas sagen, doch es kam nur ein Krächzen. Die Ärztin hatte einen Becher mit Wasser und einem Strohhalm auf ein Tischchen gestellt. Sollte Dr. Amendt aufwachen, hatte sie gesagt, solle Katharina ihm einen kleinen Schluck zu trinken geben, wenn ihm danach war.

Behutsam führte Katharina den Strohhalm zwischen Amendts Lippen. Er sog vorsichtig etwas Flüssigkeit ein, schluckte, hustete leicht. Dann schob er Katharinas Hand mit dem Trinkbecher beiseite.

Katharina stellte den Becher weg und tupfte ihm den Mund ab. Dann setzte sie sich auf die Bettkante. Ihre Blicke trafen sich.

Erneut versuchte Andreas Amendt, zu sprechen. Seine Stimme war ein heiseres Flüstern; Katharina lehnte sich vor, um ihn besser zu verstehen.

»Warum haben Sie mich nicht sterben lassen?« Trotz des Flüsterns war der Vorwurf in seiner Stimme nicht zu überhören.

Katharina spürte, wie ihr die Tränen in die Augen stiegen. Tränen der Trauer, Tränen der Angst, Tränen der Wut.

Nein! Sie würde nicht vor ihm weinen. Stattdessen packte sie Amendt an seinem Krankenhauskittel und zog ihn hoch. Von dem Ruck lösten sich ein paar Elektroden und die Geräte im Raum begannen, schrill zu protestieren. Katharina ignorierte es.

»Warum haben Sie mich nicht sterben lassen?« So? War es das, was er wollte? Und waren sie wieder beim Sie? Nun gut, das konnte er haben!

Katharina zog Andreas Amendt noch näher zu sich heran, bis sein Gesicht ganz dicht vor dem ihren war: »Warum ich Sie nicht habe sterben lassen? Weil ich Sie liebe, Sie Arschloch!«

Schlussakkord?

```
    Ein Nachwort
Oder besser: eine Zwischenbemerkung
```

Damals.

Im letzten Jahrtausend.

Ein Gespräch mit einer Schauspielerin, jung, begabt und von der gleichen exotischen Schönheit wie ihre koreanische Mutter.

Es sei schwer, Rollen zu finden, beklagte sie sich, sie wolle nicht den Rest ihres Lebens asiatische Prostituierte mit Fistelstimme spielen. Ich fragte sie, was für eine Rolle sie denn gerne mal spielen wolle. Vielleicht … Sie blies nachdenklich den Rauch ihrer selbstgedrehten Zigarette aus. Vielleicht eine Journalistin. Oder eine Ärztin. Oder – noch ein Zug an ihrer Zigarette und als sie den Rauch ausstieß, leuchteten plötzlich ihre Augen auf – eine Kommissarin.

Ich wünschte, ich könnte sagen, in diesem Moment hätte es Klick bei mir gemacht. Aber es hat dann doch noch ein Weilchen gedauert: Als ich, etwas später, an meinem Schreibtisch saß und Ideen notierte, stand sie plötzlich vor mir: Katharina Klein, die Kommissarin mit dem deutschen Vater und der koreanischen Mutter. Schlecht gelaunt, denn sie steckte, wie so oft in ihrem Leben, wieder einmal in Schwierigkeiten. Sie stand auf einem Friedhof und sprach … mit dem Mörder ihrer Familie. Sie erkennen die Szene sicher wieder.

Nun, eifriger Informationen- und Ideensammler, der ich bin, schrieb ich alles auf – und legte das Geschriebene in meine virtuelle Schublade. Erst sieben Jahre später fielen mir meine Notizen wieder in die Hände. Ich hatte damals gerade meinen ersten Roman geschrieben und war auf den Geschmack gekommen. Jetzt suchte ich Stoff für einen Zweiten. Nun, warum nicht? Warum mich nicht einmal an einem Krimi versuchen?

Sprung ins Jahr 2012: Jetzt liegt es fertig vor mir, das erste große Kapitel der Geschichte von Katharina Klein. Drei Bände, mehr als tausend Seiten. Und natürlich stehe ich vor der Frage: Wie geht es weiter? Hat das Leben ein Happy End für Katharina und Andreas Amendt im Sinn? Holt der Mord am Staufer sie eines Tages wieder ein? Ist KAJ wirklich nur ein Unternehmen gewordener Robin Hood? Und was ist mit der ominösen Sonderermittlungseinheit? Wird Katharina Ministro eines Tages zu einem letzten Duell gegenüberstehen? Fragen über Fragen, die die Zukunft beantworten wird. Versprochen.

Doch erst möchte ich einen Augenblick innehalten. Danke sagen. All den Menschen, die mich auf meinem Weg begleitet haben. Meinen Eltern. Meinen Testlesern und Kritikern. Meinem Agenten, der an das Projekt geglaubt und sich für die Veröffentlichung eingesetzt hat. Dem ganzen Team des Sutton Verlages, in dem Katharina Klein und Andreas Amendt eine echte Heimat gefunden haben.

Und natürlich: den Leserinnen und Lesern. Danke! Dafür, dass Sie mir über drei Bände die Treue gehalten haben. Dafür, dass Sie die Bücher weiterempfohlen haben, im Bekanntenkreis, in Blogs und Foren. Für die vielen kritischen Anmerkungen und aufmunternden Mails, die Sie mir geschrieben haben. Ich hoffe, Sie werden meine Arbeit auch weiterhin begleiten und so viel Vergnügen beim Lesen haben wie ich beim Schreiben.

Mit dem Dank einher geht allerdings eine dringende Bitte meiner unbestechlichen Textwächterin und Lektorin, die ich hiermit gerne überbringe: Das Rezept zur Herstellung einer Rauchbombe ist nicht zur Nachahmung empfohlen. Selbstgebaute Feuerwerkskörper sind nicht nur illegal, sondern auch gefährlich für Leib und Leben. Und wer braucht schon so viel Rauch?

Uneingeschränkt empfehlen kann ich aber das Backen und Verzehren von Mürbchen. Die sind nämlich tatsächlich sehr lecker. Uuuund (begann der Autor schüchtern) ich würde mich über eine Einladung zu Kaffee und Mürbchen wirklich sehr freuen. Ich lese Ihnen dann gerne auch etwas vor.

Helmut Barz
im September 2012

Mehr von Katharina Klein finden Sie auf der nächsten Seite.

Kleins erster Fall – und gleich der wartet mit unglaublichen Verwicklungen auf. Klasse. Weiter so.

FRANKFURTER STADTKURIER

Westend Blues
Ein Katharina-Klein-Krimi aus Frankfurt am Main
Helmut Barz • 14,90 € [D] • ISBN: 978-3-86680-484-5

African Boogie ist seit langem wieder einmal ein Krimi aus deutschen Landen, der nicht in die Kategorie Regio-Krimi fällt und trotz humoristischem Einschlag dennoch genügend Spannung und Action bietet, um auch international bestehen zu können. [...] Ein sehr angenehm und leicht zu lesendes Stück Unterhaltungsliteratur.

KRIMI-COUCH.DE

African Boogie
Ein Katharina-Klein-Krimi … fort von Frankfurt am Main
Helmut Barz • 12,00 € [D] • ISBN: 978-3-86680-749-5

SUTTON KRIMI

SUTTON KRIMI